Time and you are secrets

时光与你
皆是秘密

蒋牧童 著

Jiang mu tong
works

1

廣東旅游出版社
GUANGDONG TRAVEL & TOURISM PRESS
悦读书·悦旅行·悦享人生

中国·广州

图书在版编目（CIP）数据

时光与你，皆是秘密 .1/ 蒋牧童著 . —广州 ：广东
旅游出版社 ，2022.5
ISBN 978-7-5570-2771-1

Ⅰ . ①时… Ⅱ . ①蒋… Ⅲ . ①长篇小说－中国－当代
Ⅳ . ① I247.5

中国版本图书馆 CIP 数据核字 (2022) 第 084514 号

**时光与你，皆是秘密 .1**
SHI GUANG YU NI，JIE SHI MI MI.1

出 版 人：刘志松
出版统筹：曾英姿
责任编辑：何 方 李 丽
责任校对：李瑞苑
责任技编：冼志良
特约编辑：龚 雯
封面设计：小茜设计 Minqian
封面画手：Left.z

广东旅游出版社出版发行
地址：广州市荔湾区沙面北街 71 号首、二层
邮编：510130
电话：020-87347732
印刷：湖南凌宇纸品有限公司（联系电话：0731-86300881）
（地址：湖南省长沙县黄花镇工业区凌宇纸品）
开本：880 毫米 ×1230 毫米　　1/32
字数：323 千字
印张：10
版次：2022 年 5 月第 1 版
印次：2022 年 5 月第 1 次印刷
定价：72.80 元（全二册）

# 目录

*Time*

C O N T E N T S

时 光 与 你 ， 皆 是 秘 密

# 第一章
## 小骗子

8月，正值盛夏里最炎热的时候，整个城市被热气笼罩。

直到昨夜的一场雨兜头而下。

纪染窝在窗前的小沙发上，手里拿着一本书，只不过，目光盯着落地玻璃窗外。午后雨势再起，直到这会儿也丝毫没有减缓的趋势。本来闷热的天地被这犹如利剑般的大雨劈开之后，热气退散。此刻哪怕隔着窗子都能感受到那种凉爽。

纪染在出神时，门外响起敲门声。纪染本来不想开口，可是，她昨天躺在沙发上没搭理敲门声时，赵阿姨大呼小叫地把家里的司机叫上来想要撞开她的房门，一副生怕她想不开的样子……

她为了避免重蹈覆辙，轻声开口说："放在门口吧，我待会儿吃。"赵阿姨听到她说话稍微安心了，这才把水果盘子放在了地上。只是，赵阿姨离开时又回头看了一眼房门，又惋惜又充满怜爱地摇头。

纪家是大户人家，光是这套房子就价值不菲，按理说，赵阿姨也没必要来同情纪染。不过，三天前纪染发了一场高烧，父母谁都没回来看她，病好了之后，小姑娘就把自己锁在了房间。赵阿姨真的觉得小姑娘怪可怜的，瞧瞧这爹不疼娘不爱的。况且，纪家的保姆、司机谁不知道纪庆礼和裴苑正在闹离婚。

此刻房间里的纪染收回视线，微微偏头清楚地看见旁边穿衣镜里的自己。她穿着一条纯白色的睡裙，一头没有经过任何化学染发品侵害的浓密又黑亮的长发，柔顺地搭在肩上。她的脸颊轮廓不仅漂亮、圆润，皮肤更是透着粉嘟嘟的白皙，乌黑的大眼睛清澈、水润，干净得跟琉璃珠子似的。这么清纯动人的模样，一下子将纪染拉回了十年前。

三天前，纪染在一场高烧中醒来。纪染昏迷前最后的记忆是她乘坐的车子出了车祸，她浑身疼得难受，直至昏迷⋯⋯

结果，她再次醒来时，居然是在自家十年前住过的别墅里。随后，她在镜子里第一次看见自己的脸，在错愕、不敢相信之后，她终于确定了一件事情。

她居然回到了平行时空里的十七岁。


这件事给纪染带来的冲击太大，以至于她整整三天没踏出自己的房门，直到在雨声中夹杂着汽车的声音响起。纪染起来站在窗口，她的房间在二楼，而且对着大门，正好能把此时驶进来的车子看得清楚。还挺巧，她高烧不退都没出现的父母，此刻居然前后脚回来了。

裴苑和纪庆礼的婚姻彻底结束是在纪染高二开学之前，纪染记得很清楚。她没有着急下楼，直到楼下传来叮叮当当的声音。在片刻的安静之后，纪染想了一下，还是站了起来。当沿着楼梯走下来站在转角台阶时，她已将客厅里的一切看在眼里。

纪家的房子装修得很高雅又有格调，毕竟不管是纪庆礼还是裴苑都有钱得过分。不过，此时不管是客厅里的椅子，还是桌子，甚至连墙壁上挂着的名画，都贴着便利贴。纪染朝墙上的画看了一眼，只见红色便利贴上写着"裴苑"两个字。这是她妈妈的名字。不远处的蓝色便利贴上写着"纪庆礼"三个字。

此刻裴苑和纪庆礼正分开坐在客厅里，因为沙发是裴苑买的，纪庆礼已经没资格坐，于是他坐在他买回来的一张古董椅上。

两人的面色还算平和，裴苑抬头看着对面，神色冷静地说："家里我买的这些东西，我会搬走，孩子以后也跟着我。"

纪庆礼一下子抬起头来，略有不悦地说："孩子凭什么归你？"

说起来，其实在原来的时空里她父母离婚的情形，纪染并没有亲眼看到。裴苑直接把她送去裴家老宅待了两个月，回来之后财产和她都被分得明明白白。纪染跟着母亲，但是，纪庆礼每年都会给一大笔的抚养费。她看向坐着的纪庆礼，明明隔了这么远，她还是看见了他脸上的挑衅。他也并不是真的想要纪染，只不过裴苑要的东西，他习惯性地不想给，这是他们这么多年婚姻积攒下来的习惯。

裴苑冷笑："难道跟着你，然后去认不知道从哪个角落里蹦出来的女人当妈？"

"你话别说得这么难听。"纪庆礼被她戳破了心底事，顿时恼羞成怒。不过，他还是勉强克制住，没发火。

裴苑似笑非笑地望着他："我话说得难听？比不上你事做得难看，还没离婚呢，就憋不住带着狐狸精四处招摇。"

纪庆礼被踩着尾巴似的："你别得寸进尺。"

裴苑望着眼前的男人，冷笑一声，不想再跟他啰唆："孩子归我，你给钱。"

纪庆礼本来想直接说"好"，结果一转头看见纪染站在楼梯口，于是轻咳了一声："染染也在呢，让她自己选。"

纪染安静地望着比十年后明显年轻许多的纪庆礼。她想起上一次纪庆礼在离婚之后，很快找到"第二春"，或者准确点儿说，他就是为了"第二春"才着急跟裴苑离婚。没有裴苑的阻挡，也没有纪染的阻挠，纪庆礼和他第二任老婆以及对方带来的女儿迅速组成了快乐和谐的一家。

本来这确实不太关纪染的事情，因为她在裴苑的严格要求之下，高中毕业之后被国外名校录取，大学毕业后进入著名投行，直到二十六岁的时候才回国。没想到，她因为工作前往B市之后才发现被称为纪家小姐的人，居然是她父亲第二任妻子的女儿。这姑娘拿着属于纪染的东西不仅在外面耀武扬威，甚至还跑到纪染的面前趾高气扬。

纪染还没来得及收拾那对母女，自己就遇到了这样的变故。

"染染，你觉得呢？"纪庆礼见她一直发呆、不说话，又出口提醒。

纪染将思绪扯回来看着面前的男人。她当然知道纪庆礼的心思，他并不在意抚养她这件事，无非就是想跟裴苑争一口气而已。

于是，她微微一笑："我选爸爸。"

纪庆礼露出震惊的表情，显然对纪染的选择很意外。一旁的裴苑跟着冷笑一声，她怎么会看不出纪庆礼的心思，无非就是以为纪染一定会选她，他在这儿故意卖乖呢！

纪庆礼听到裴苑的冷笑，立即露出笑容，开心道："好，你果然是爸爸的好女儿，没让爸爸失望。"

纪染露出乖巧的模样，淡笑着看向爸爸。

希望他能一直笑得这么开心吧！


半个月后。纪染从机场出来的时候，什么行李都没带，只背了一个背包。纪庆礼在离婚之后立即回了 B 市，她则跟她外公外婆住了半个月。本来她以为自己选择纪庆礼会要花些工夫说服裴苑，可是，没想到裴苑轻易就放手了。

她今天来之前，纪庆礼给她打过电话，说他晚上有事儿，没办法来接她，会派人过来。纪染从出口出来的时候，没看见司机，倒是她的手机响了起来。

"纪小姐，您是不是到了？"电话那头的司机还挺客气。

纪染漫不经心地"嗯"了一声，转头准备找跟她打电话的人，谁知那边的人开口说："抱歉，我这边有点儿急事儿，能麻烦您自己到停车场这边来吗？ B 区，车牌尾数是 05……"司机还没说完，一阵嘟嘟嘟的忙音传了过来。

纪染把手机拿到面前，才发现手机因为电量过低而自动关机了。机场的停车场真是大得过分，哪怕只是一个 B 区，就停着上百辆车子。她沿着一个又一个车位不紧不慢地找尾号是"05"的车子。

直到看见一辆黑色汽车的尾号是"05"，她扯了下嘴角，总算找到了。她走到后排座位边拉开车门准备坐上去时，居然看见有一双腿搭在车子的椅子上，于是她微弯腰望着车里躺着的人。

纪染第一眼没看见他的脸，因为他头上戴着一顶黑色鸭舌帽，帽檐压得极低，把一张脸盖得严严实实，只露出一点点脸颊的轮廓线。

他穿着一身黑衣黑裤，就连脚上穿着的板鞋都是纯黑色的。全身唯一露出来的地方是搭在小腹上的手臂，袖子被扯到手肘下面，露出干净瘦削的手腕，就是肤色白得过分。

司机的亲戚？

纪染低头看着他搭在椅子上的笔直的长腿，整个后座的空间被他占去了大半。她深吸一口气，想了想，还是没叫醒对方，安静地在后座仅剩的空间坐了下来。不过，坐下来之后，她也从背包里翻出一顶鸭舌帽戴在自己的头上。

不知等了几分钟，司机还没回来。纪染的脑袋轻轻地靠在椅背上，有种刚从飞机下来的困倦。

不一会儿，她的眼睛也闭了起来。

纪染睡得挺香，不知过了多久，车子慢慢地停了下来。

除了纪染，车里其他两人下了车。沈执一行人刚满十八岁就考了驾照。开车的夏江鸣早就憋了一路，刚准备打听的时候，对面公园里早等着他们的人立即挥着手臂打招呼。

黑衣少年双手插兜，步伐慵懒地走过去，神情困顿、冷漠，一副还没睡够、生人勿近的尖锐气场。

这是市里一条餐饮街旁边的小公园。这会儿天色昏暗，正是月黑风高时，也是个适合解决问题的好时间。

两群年轻人早已经准备就绪，看起来就是在等着最后这两人。

其中对面有个剃着寸头的人在看见夏江鸣出现之后，叫嚣着："总算来了，还以为你不敢出现呢！"

寸头哥明显是对面领头的。此时夏江鸣没被这声叫嚣吓住，不屑地朝寸头哥看过去，吼道："你别狂，我朋友来了。"

说完，他转头才发现沈执居然没站在他的旁边。他回头找了一圈，看见沈执站在人群后面，依旧是那副没睡够的漠然模样。

夏江鸣赶紧挤过去低声下气说："执哥，待会儿你别客气，毕竟这回有小同学看着呢！"十足的"狗腿"模样。

沈执微抬眼皮，有那么点儿蒙："谁？"

夏江鸣一愣，回头看了一眼，没想到纪染这会儿也醒了，正好趴在车窗上。

纪染是刚醒。她醒来的时候，车里的其他人都不见了，而且等她往车外看了几眼，发现车子被随意地停在路边，而不远处是两群看起来随时准备问候对方的年轻人。

裴苑管她一向很严，她连交友都要经过裴苑的筛选，实在没那个条件撞见这种场面。于是，她把车窗降了下来，趴在车窗边上安静地看热闹。

沈执跟着夏江鸣的目光看过去，不仅是他，这会儿两群人都被车窗边的少女吸引了。她双手交叠着搭在车窗边，下巴轻轻地垫在手臂上，脸颊微仰着看向这边。

因为隔着一段距离，他们看得很朦胧，只能看见她乌黑的长发和白皙透明的皮肤，可还是莫名地让人觉得她应该很漂亮。特别是暖橙色的路灯光正好笼罩着她，身上那种朦胧的美感越发叫人惊艳，像是突然出现的小仙女。

"执哥的朋友漂亮呀！"不知谁念叨了一句。

沈执微眯着眼望着车里的少女，本来冷漠的眸子渐渐起了变化。

至于纪染也没想到，她本来只是想看看热血现场，结果居然看见了自己的一生劲敌沈执。

她在投行圈里最大的对手。

纪染从小到大都没输给过别人，直到她在投行圈里遇到沈执，不仅项目被对方抢走，还一路被他压着，就连升职的机会都被他抢去。

夏江鸣一看对面的人也都在看纪染，立即嚷嚷说："执哥，他们不仅想欺负我，还在看小同学呢！"

沈执慢慢转回头，神色漠然地望着他们。

"很好看吗？"

沈执的声音不算大，他这人一向话少，一般绝对不会多费口舌。本来两拨人眼看着一言不合随时都要起冲突，此时他冷冷地说了一句话，声音倒不算大，但足够引爆对面怒气值。

对面有人刚要跨出一步打算反驳回来，谁知之前叫嚣得最厉害的寸头哥反而挺冷静的。他没跟身后的人一样听到这句话立即暴躁起来，反而盯着沈执的脸打量。刚才夏江鸣喊出"执哥"的时候，他有点儿震惊。待看清楚沈执的脸，他总算是确认。

寸头哥叫薛丁，周围个个学校里头但凡有点儿名气的刺头，他都挺熟。要是今天别人在这儿，他还没那么担心。但是，对方是沈执，他挺犯怵的。

他初中读的是普通学校，里面的学生素质参差不齐。这所学校离沈执读的九中不远。

两所学校之间说不上有什么深仇大恨，但沈执那学校是市里的重点名校，里头的学生眼高于顶，瞧不起其他学校的学生。

天之骄子嘛，哪能没傲气。时间长了，两校学生之间偶有摩擦。特别是九中的学生普遍家境不错，吃穿用度看起来都不一般。

薛丁和他的朋友一合计，在九中门口蹲人，专门找那种一身名牌又看起来挺老实的学生"交朋友"。

沈执就是被他们挑中的，新来的转学生，家里豪车接送，一身名牌，还天天独来独往。

那天去堵沈执，薛丁有事儿去得稍微晚了点儿，等他到的时候，自己的几个兄弟已经跟沈执聊上了。有个心急的，直接伸手去拽沈执的书包。本来垂着眼的少年在那一刻陡然变了脸色。本来清俊干净的眉眼此刻却透着不顾一切的神色。

到现在，薛丁还记得沈执那天的眼神，叫他现在想起来依旧胆战心惊的眼神。

还有那天沈执从头到尾说的唯一一句话："谁让你碰我的东西？"

薛丁没想到这么久之后，他和沈执又在这儿遇上。

薛丁轻咳了一声："执哥，你这兄弟挺不上道，不过，既然是你的朋友，只要他跟我道个歉，今天咱们就化干戈为玉帛。"

作为亲眼看着沈执声名大噪的人，薛丁太清楚沈执的实力。他也不是没脑子，可他现在是被架在这里，身后的朋友们都看着呢！

于是，他干脆给自己找个台阶，只要对面的人道歉就行。沈执本来站在队伍的最后面，他个子真的高，哪怕在后面，都特别显眼，有种鹤立鸡群的感觉。

薛丁这话明显是对他说的。于是，周围的人很配合地让开道，让沈执走到前面。

他缓缓走到最前面，眼皮微抬，望向对面，轻"嗯"一声。

少年的声音还带着没睡醒的懒散，但是，声音清冽，特别好听："你要丢脸之前，话总是这么多吗？"

薛丁："……"

周围的人："……"

他这漫不经心的语调，再听听他说的话太让人生气了。

本来两边跟炸药桶似的，一点就着，谁知沈执不仅点了火，还直接在上面浇油。不过因为这个小公园还有不少路人在，因此两边除了叫嚣以外，倒是还算克制。

纪染始终趴在车窗上看着这群夏日里的少年们，直到沈执转头看向车子这边，视线落在纪染的身上。她这个看戏的，姿势太舒服。况且，现在没有太阳，车里也挺凉快的。

很快，纪染眼睁睁看着本来站在最前面的少年借着接电话的借口，居然慢悠悠地走到了车边。沈执没有立即上车，反而是微微欠了下身，脑袋凑近纪染，眼睛里透着一股打量："你？"

沈执是想问，为什么她会上他的车。而纪染近距离地看着面前的少年时，心神又是一阵恍惚。

沈执这个名字，在当初纪染回国进入投行之后从未在她耳边停止过。

之后，她更是数度与沈执竞争，结果不仅被他抢去了项目，还处处被压一头。

在投行圈子里某不公开投票里排行第一的"男神"，矜贵冷傲，一张脸帅到颠倒众生。曾有人笑言，他这张脸就是合作通行证，不知惹得多少投行圈里的女精英芳心暗许。

纪染见过太多次沈执穿着定制西装三件套的冷傲模样，这样充满少年气的他，她是第一次见。好在此时沈执脸上全然不见刚才的冷漠。

少年的身材修长挺拔，哪怕此时微微弯着腰，一双长腿依旧长得惊人。他望着自己时，眼神并不冷，眼角微弯，漆黑的眸子只是透着点儿疑惑。本来他的皮肤有点儿过分冷白，像是那种未见天日的吸血鬼，偏偏头顶的路灯发出昏黄的柔光落在他的身上，跟上了一层薄釉似的，他周身的气场都柔和了。

纪染没被这表面的假象骗到，想了想，她微微仰着头，轻声说："不好意思，我上错车了。"好吧，她实话实说。

她虽然有点儿不太想承认，但是，现在的沈执挺危险的，在没彻底弄清楚敌我实力差距时，她不打算贸然跟他翻脸。她的长相是那种精致的清纯，安静时整个人透着漂亮的仙气儿，而且显得特别乖。

　　纪染的声音轻轻的、软软的。等她说完之后，差不多有那么两三秒，沈执终于给了反应，他轻轻嗤笑了一声，哑着声音笑了起来。

　　纪染以为他不信，双手压着车窗边缘，微微有些郑重："小哥哥。"她喊了一声，想再解释一句，她是真的不小心坐错车，而且她的手机没电，也联系不上自家司机。可沈执在听到她这一声"小哥哥"时，微微蹙眉，下意识地凑近她，有些玩味地看着她，勾起嘴角，竟是悠悠地应了一声。

　　"嗯？"

　　纪染本来还在想他的回应是怎么回事，直到他不紧不慢地说："你叫我哥哥？"

　　他连"小"字都自动省略了。

　　纪染听到这句话，仿佛石化。她要怎么跟沈执解释，"小哥哥"这三个字就跟在路上叫别人"帅哥"一样，就是个客气的称呼，一点儿都不特别。

　　沈执没等她说话，直起身，回头看了一眼，拉开驾驶座的门："走了。"

　　纪染愣了一下，眼睛望向远处两拨眼看要碰撞在一起的人群，他不管这帮人了？

　　但是，沈执已经用行动告诉她，他是真的要走了，因为他已经启动车子。沈执看了一眼腕上的手表，五分钟过去了。

　　隐约有警笛声从远处传来。车子已经慢慢往前开，纪染当然听到了警笛声。她想了想，还是轻声说："我们就这么走了？"

　　"时间刚刚好。"前面的少年淡声说。

　　纪染听到他说的话，突然脑海里冒出一个念头，她轻声问："是你刚才报的警？"

　　他并不打算跟这帮人起冲突，所以干脆掐着时间报了警。

　　终于沈执回头看了一眼，嘴角微扬，带着浅笑："挺聪明啊！"
　　他的话刚说完，车子像是利箭般冲了出去，只留下一阵尾气。

"你家的地址。"前面驾驶座上的少年寡淡的声音传来。

纪染微怔，反问："干吗？"

沈执像是听到什么好笑的声音，抬头扫了一眼后视镜道："你不是坐错车了？现在我送你回家。"

"老师说过，助人为乐是传统美德。"

纪染："……"

于是，纪染报了一个地址，安静地在后面坐着不吭声。

前面正好遇到红灯，沈执等绿灯亮起的时候，视线无意中从后视镜里扫了一眼，后座的小姑娘乖巧地坐着，因为穿着牛仔短裤，露在外面的一双小腿又细又白。

他脑子里突然蹿出小姑娘刚刚喊他的声音。

小哥哥。

声音真好听，还软。


纪染到别墅区门口的时候，居然进不去，虽然她之前偶尔来这边住过，但是，这个保安没见过她。哪怕她报出纪庆礼的名字，对方还是一脸狐疑。好在保安大叔性格很好，见她是小姑娘，天色又这么晚，让她先进保安室待着。

纪染正好给手机充电，打算开机之后给司机打电话。她坐在保安室里头，望着外面的小区，突然觉得有点儿好笑，这房子是纪庆礼的，结果她这个亲生女儿反而被人拦在外面。

没一会儿，手机重新开机，一连串信息提醒跳出来。

司机给她打了十几个电话。

纪染想了想，还是给司机回拨了过去："你好，我是纪染。"

"纪小姐，您在哪儿？"司机的声音听起来都快哭了，他去接自家老板的女儿，结果差点儿把人弄丢了，要不是有人拦着，他都要报警了。

纪染听出他声音里的着急，轻声说："我在机场的停车场，不小心上错车，不过现在已经到小区门口，麻烦你过来接我一下吧！"

司机一听，她居然已经回来了，赶紧点头："好、好、好，您在门口等我一下，我马上来，马上！"

没一会儿，司机出现在保安室外面，纪染站了起来。司机进来，他一个大男人真的差点儿激动得哭了："小姐，都怪我，幸亏您平安回来了。"

纪染见他这么激动，立即安慰道："是我的问题，我在机场不小心上错车，不怪你，你不用太自责。"

司机见她身上好好的，这才勉强放心，赶紧领着她回家。

等到了纪家的别墅门口时，刚进玄关，纪染听到里面说话的声音。

"我觉得她就是故意给妈妈你一个下马威呢！"一个娇滴滴的少女声音响起。

随后，另外一个成熟的女声打断她："好了，不许胡说。"

江利绮正在烦恼纪染的事情，应该说，自打她得知纪染的抚养权归纪庆礼之后，她就一直在烦这件事。可是，她不敢露出一丝反对的意见。

她只不过是个普通大学毕业的舞蹈老师，攀上纪庆礼之后，才拥有现在的一切。因为知道纪庆礼的妻子是个极强势的女人，所以，她对纪庆礼一直都是温柔小心，处处以他为主。

在纪庆礼的眼里，她是个朴实又知书达理的人。她怎么可能不愿意对方的女儿跟他们一起住呢！只是，没想到他女儿来的第一天就出事了，司机去接人，把人给接没了。

江利绮稳住司机，没让他报警。因为纪庆礼今晚有应酬，到现在还没回来，所以，她打算在他回家之前把人找回来，然后当这件事没发生过，要不然，她失职的罪过总逃不了。

江艺见她妈一副忧心忡忡的模样，知道她肯定是在烦恼纪染的事情。还没见面，江艺就不喜欢自己这个继妹了，她觉得肯定是纪染故意让她妈难堪呢！母女俩各有心思时，纪染进了客厅。

江利绮在看见她的一瞬间，从沙发上站了起来，笑意极浓地说："这就是纪染吧！"

江艺跟着看过去，只一眼，心底本来的好奇迅速变成嫉妒。小姑娘之间本来就会暗暗比较各自的长相，江艺的长相跟年轻时的江利绮十分像，都是瓜子脸、大眼睛，因此小姑娘对自己的相貌一向自信。

况且，她在学校里一直都是校花候选人，之所以不是校花，是因为学校里还有别人的支持率跟她不相上下。这是第一次江艺在一眼之后，就不得不承认对方是真的好看。特别是纪染的皮肤，站在客厅里的水晶吊灯下面，纪染整个人白得仿佛接近透明。

纪染好整以暇地打量着对面的江家母女，在看见江艺的眼睛里藏不住的嫉妒之后，微微笑道："你好。"

这一声招呼客气是真的客气，不过有些敷衍。

江利绮倒没什么感觉，小姑娘第一次见面，生疏是正常的，不过，一旁的江艺白眼差点儿翻到天上："不会叫人呀？"

"江艺。"江利绮突然厉声打断她的话。

江艺本来心底就不开心，此时见江利绮还训斥自己，干脆不管不顾道："本来就是，就算她不喊您妈妈，也应该叫一声阿姨吧！"

江利绮这次没打断江艺，有些话她不好说出口，倒是能借着江艺的嘴说。她不在乎纪染叫不叫自己妈妈，但是，她现在才是这个家的女主人，哪怕不能强迫小姑娘低头，最起码要让其认清楚。

可是纪染听到这句话没生气，毕竟她并不在意这对母女。


她微抬眼皮看着江艺，平静的脸上露出一点儿似笑非笑。她"扑哧"轻笑了一下，笑声低不可闻，偏偏听在有心人耳中充斥着不屑和轻视。

她从前一直没见过江利绮母女，直到她从国外回来才见到。本以为是这十年纪庆礼把她们的胃口养得太大，现在看来，她们的野心是早已经写在脸上。

突然，她听到门口传来开门的声音。待身后的脚步声清晰之后，下一秒，她的声音极轻又带着那么点委屈地说："我以后一定会注意的。"

"怎么了？"纪庆礼的声音适时地从身后响起。

江利绮没想到他会在这时候回来，下意识就要开口。但是纪染转头看向纪庆礼，一双大眼睛无辜地睁着，摇头说："没关系的，爸爸，江阿姨只是在教我而已。"

纪染这张脸特别有欺骗性，就是看起来很乖、很纯情，特别是此时她表情无辜又透着点儿可怜，就连声音都软乎乎的。

纪庆礼眉头一皱，有些不悦，纪染今天才到这里，江利绮就教训她。此时他已经把纪染说的"教"自动理解成教训。

"染染刚来这里，还不熟悉，她一向乖巧又懂事，作为长辈，你要好好照顾她、包容她，有什么事情好好说。"纪庆礼看着江利绮，不悦道。

话不算重，但是，听在江利绮的耳里已如晴天霹雳，毕竟她跟纪庆礼新婚宴尔，他可从没用这种口吻跟她说过话。

江艺听纪庆礼这么说，觉得江利绮吃亏了，立即不服气地说："爸爸，你别怪妈妈，她也是太担心才会这样的。"

她这么说，纪庆礼自然会追问，他问道："发生什么事情了？"

"今天妈妈早早地让司机去接纪染，结果她居然没坐司机的车回来，一个人也不知道跑去哪儿玩了，害得我们担心到现在呢！"江艺嘴快，直接把机场发生的事情说了，江利绮都没来得及拦。

纪庆礼听了，果然开始皱眉，转头看向纪染："染染，你怎么不坐司机的车？"

纪染轻笑了一声，把自己坐错车的经过说了一遍，淡笑道："爸爸，你别怪司机，是我自己坐错车了。"

突然，纪庆礼转头看向江利绮，神色中的不满流露了出来。江利绮这才想起来，纪庆礼叮嘱过她，让她去机场接纪染，只是她觉得自己一个长辈，去接小辈儿像什么话，便没去。

纪庆礼倒也不是多在乎江利绮接不接纪染这件事，他只是不喜欢江利绮违背自己的意愿。

江利绮知道此时说得多错得多，于是直接说道："染染坐了这么久飞机应该累了，要不先回房间休息吧！"

"走吧，阿姨给你准备了新房间。"江利绮站了起来，热情地说道。

不过，纪染敏锐地听到"新房间"三个字，虽然 B 市来得少，但是她并非没有来过。之前放假，她偶尔会过来住，在这里她是有自己的房间的。

给她准备了新房间，那她原本的房间呢？

"我记得我在二楼有个房间的。"纪染不紧不慢地说道。

她这么一说，江艺的心都快提到嗓子眼。纪染那个房间现在被江艺占了，从她搬到这里的第一天，她就喜欢上那个房间了。

虽然上次听说纪染要来，江利绮提过让她把房间还回来，但是，她又哭又闹，江利绮没办法，只能又给纪染准备好另外一个房间。

本来以为等纪染上楼看了房间，生米煮成熟饭，她闹也闹不起来，谁知她当着纪庆礼的面儿这么直接问出来了。

江利绮瞬间变得有些局促："不好意思啊，染染，你一直没在这里，那个房间一直空着，我怕浪费，所以让姐姐先住着。"

纪染本来没那么生气的，可是听到江利绮假惺惺的说辞，顿时冷笑了起来。

她看着江利绮母女，声音有些淡："既然我现在回来了，房间是不是也应该腾出来。"

江艺立即咬住唇，紧张地看着江利绮，希望妈妈能帮她保住自己的房间。江利绮面色尴尬："现在太晚了，要不，你先休息？"她打算先哄着纪染住下，等到过了今晚，住哪个房间还不是住。

"那是我的房间。"纪染的声音冰冷。

纪庆礼皱眉，本来他觉得只是一个房间而已，大晚上的，犯不着那么折腾，结果，他还没说话，纪染的眼圈就红了起来。小姑娘像是拼命憋住一样，憋到最后，一滴眼泪在她轻眨眼睛的瞬间顺着眼角掉了下来。

纪染轻声抽泣："爸爸，家里这么多房间，为什么偏偏要抢走我的？难道现在我连一个房间都不能拥有吗？"她这么委屈地说出口，纪庆礼都愣住。

纪染这孩子生性很倔强，他记得小时候不管裴苑怎么骂她，她都不哭。都说女儿是爸爸的小棉袄，因为女儿会跟爸爸撒娇，会哭哭啼啼，可是，他很少见到她哭，很少见她要这个、要那个。以至于她哭出来的时候，纪庆礼觉得她是真的受委屈了。

所以，他下意识地呵斥道："那是染染的房间，你怎么能随便让别人住。"

这一句话里的"别人"，直接让江艺难堪得也差点儿哭出来。

纪染望着纪庆礼迫不及待地护着她的模样，有种恍然大悟的感觉。她轻轻抬手用手背擦了一下自己的眼角，嘴角不自觉地勾起。

原来会哭的孩子真的有奶吃，哪怕演技不够精湛，照样有人愿意相信。


因为现在确实比较晚，江利绮只能喊家里的保姆一起过来把江艺的东西搬走。哪怕江利绮给纪染准备的房间并不差，可是，江艺看着这个房间，还是有种胸口要爆炸的感觉。直到她把最后的东西从纪染的房间搬出来时，站在门口的纪染突然开口："站住。"

江艺回头，几乎是咬着牙："你还想干吗？"

"你脖子上的项链……"纪染低头看了一眼她的脖子,因为是夏天,她戴着的项链,纪染一眼就能看清楚,"是我的吧?"

江艺身体僵住。这是她刚住进这个房间时在梳妆台的首饰盒里发现的,当时她还在想,谁会把这么漂亮又精致的项链丢在这里。

纪染伸出手,淡漠地说:"还给我,马上。"

这次江艺牙都要咬碎,但她还是放下手里的东西,伸手解下脖子上的项链递给纪染。纪染捏着那条项链,吊坠上的碎钻在灯光下闪闪发光。

就在江艺准备弯腰抱起自己的东西时,对面的纪染突然抬手,她手里的项链在空中滑过,最后消失在二楼走廊尽头的那个窗口。

江艺忍不住"啊"地惊呼了一声,那条项链她戴出去见朋友的时候,她们不知道多羡慕,都夸漂亮。

纪染坦坦荡荡地望着江艺,她就是要让江艺明白,别人的东西拿不得。

"我不要的东西,你也不能拿。"


开学还有好几天,纪染很清静,因为江艺一直躲在房间没怎么出现。直到开学前一天,她从楼下拿了一罐酸奶,边喝边上楼,听到江艺房间里有哭喊的声音。

"那么多学校,为什么让她跟我上同一所,我不要,我不要。"

江艺委屈的声音透过没关严实的门缝传了出来。

江利绮见她这么嚷着,立即呵斥道:"好了,这是你纪叔叔的意思。"

江艺读的四中是 B 市的重点中学,每年不仅名额少,竞争力也强,不知道多少家长绞尽脑汁地想把自己的孩子送到这所学校。

江艺中考的时候,江利绮已经跟纪庆礼在一起,只不过那会儿名不正言不顺。

所以,纪庆礼为了补偿江利绮,哪怕江艺考得一般,还是把她安排进了四中。

如今纪染来 B 市读书,去四中是理所当然的事情。

"她要是去我们学校,我就不去上学。"江艺发狠道。

江利绮终于不再惯着她,狠狠地瞪着江艺:"你给我闭嘴,你在闹腾什么?她是你纪叔叔的亲女儿,你真以为你叫一声'爸爸',你就能跟纪染相提并论了?"

江利绮这话说得太狠，彻底把江艺镇住。

她委屈地抽泣一声，这几天她为什么一直躲在房间里，就是因为那天这个家里所有人都看见她灰溜溜地从纪染的房间里搬出来。

正牌纪家大小姐回来了，她这个冒牌货立即被打回原形。

江艺恨得心都要滴出血。

江利绮见江艺哭了起来又觉得心疼。她伸手摸了摸江艺的脑袋，低声说："妈妈知道让你从那个房间搬出来受委屈了，但是，现在咱们先忍着，你好好跟纪染相处，这样你纪叔叔才会喜欢你。"

"小艺，听妈妈的话，现在我们一定要忍耐，才能在纪家有好日子过。"

江利绮低头看了一眼自己的小腹，纪庆礼和她虽然都四十多岁了，但是未必生不出孩子。

等她也生一个姓纪的孩子，看那个纪染还怎么嚣张。

纪染没偷听这对母女的对话，她只听到了江艺哭喊着的第一句，大概是不想跟她上同一所学校。至于她们说什么，她不用听都能猜到。

纪染躺在床上喝着酸奶时，又想到江艺哭着说不想跟她上同一所学校。

可是怎么办，她还挺想跟江艺上同一所学校。

纪染开心地把酸奶喝完，关灯睡觉。躺在柔软的大床上时，她居然开始期待明天在新学校的生活。

第二天一早，闹钟还没响，纪染已经醒了。她盯着头顶的吊灯看了一会儿，终于掀开被子准备起床。

到了楼下，阿姨见她下来，赶紧把准备好的早餐端到餐桌。

纪染坐下来吃早餐。等她快吃完的时候，江艺匆匆忙忙从楼上下来。

江利绮拎着江艺的书包跟在后面，有些埋怨："让你早点儿起床，非要赖床……"

江利绮在看见纪染的时候，话音停住。她光顾着去喊江艺起床，压根没想起来纪染今天也要上学。

江利绮立即换了脸色，笑着望向纪染："染染，今天司机会送你们去上学。你是第一天上学，别紧张，要是有什么不懂的，可以问江艺。"

"江艺，你一定要照顾好染染。"

江艺坐在餐桌旁边，手里拿着的切片面包差点被她捏碎了。她从没像这个暑假一样期待开学。江利绮跟纪庆礼结婚之后，她生活中的一切都改变了。

以前她上学都是坐公交车，可是现在家里不仅有汽车，还有专门的司机接送。

她早就想好了，开学第一天，她要坐家里的车上学，而且还要在校门口下车。

要是纪染跟她坐同一辆车，她还怎么在自己那帮闺密团面前炫耀……

今天是开学的日子，也是周一，路上特别堵，不仅有上学的人，还有上班的人，哪怕是豪车，也只能以龟速前进。

纪染在看见四中的围墙时，终于有点儿忍不住，趁着车子彻底堵住，干脆下车自己走了过去。她也不太想让别人看见她跟江艺从同一辆车下来。

倒是江艺坐在上面纹丝不动。

直到几分钟后，纪染走到四中门口，周围都是穿着校服的学生。学校门口更是挂着各种横幅，这是欢迎高一新生的。

B市四中建校已逾百年，是B市排得上号的重点名校。

但学校的校区是新的，整个学校的硬件设施现代化，特别是学校这座气势恢宏的大门，名校的气势扑面而来。

大门后面就是一个很大的半弧形广场，跟校园正对着的是一栋红白色建筑，看起来并不是教学楼，应该是学校的综合楼。

纪染问了人，找到高二教学楼之后，直接去了年级主任的办公室。

此时各个教室来的人不算多，一小半位子还空着。分班表就在各个班级的门口贴着，学校里风云人物的去向早已经确定，压根用不着听说，特别是沈执。

学校里总有那么一种人，他可以不认识全校的人，但是全校的人必然认识他。

沈执就是这么一个在四中广为人知的"传说"。

他从进校开始就特出名，这种名气是他从初中带过来的。

他在初中的时候被小流氓抢劫，结果一个人把对方全都送进了警察局，在九中彻底出名。

随着初中同校同学进入各个高中之后，沈执的名声在 B 市高中里都是数一数二。

突然，不远处的楼梯口出现一行人。为首的夏江鸣人还没到，声音已经先到："（8）班凭什么在三楼，爬得累死我了。"

很快，几个人都在走廊上露面。

走在最后的沈执在教室窗户露头的时候，本来人声鼎沸的教室像是被突然按了暂停键，安静下来。所有人迅速在自己座位上坐好，埋头看着面前的书。

夏江鸣被这一幕震惊，走进教室时，嘀咕一声："这么安静。"

一旁的徐一航踢了他一脚，笑骂："别得了便宜还卖乖。"

沈执直接走到教室里靠窗的最后一排坐下来，他个子高，从来只坐后排。坐下之后，他的眼睛依旧盯着手机，丝毫不关心教室里为什么突然安静下来。

此时前排不少女生偷偷地往回看。

长着这么一张脸的风云人物，想不吸引女生的注意都不可能。不过，没什么人敢光明正大地看，因为之前有传闻说，沈执这人太过冷漠，对女生都不太客气。

沈执低着头，手指不停地在手机屏幕上滑动，直到他不小心按错一个数字，微皱着眉头，狭长的眼睛里蓄起几分烦躁。

就在他不悦的情绪刚浮在脸上时，所有偷瞄的目光都收了回去。

他们不想惹他生气啊！

纪染顺利地找到年级主任之后，对方直接把她带到一个颇为年轻的男老师面前，笑着说："小乔，这是分到你班级的转校学生。"

本来纪染已经做出安静甜美的表情，打算在新老师面前留个好印象。

可是，年级主任在说出"小乔"两个字的时候，纪染下意识地抬头朝对面看过去，正好撞上男老师有些无奈的表情。

好在年级主任走后，男老师笑着说："你就别跟着主任叫'小乔'了，你叫我乔老师或者老乔都行。"

之前纪染在裴苑的安排下进入重点中学，班主任也是号称升学率最高的老师，自然是严厉又古板。

而面前这位年轻又有些风趣的"小乔"老师很不一样。

乔与桥就是这位小乔老师，他第一次当班主任，是毕业没两年的年轻老师，按理说，当班主任这件事轮不到他。

学校一般都会安排一些资历老又有经验的主科老师当班主任。

但是，这次是真有特殊情况，小乔老师被赶鸭子上架。

乔与桥准备把纪染带回自己的班级，刚走到门口，结果还没进门，又被别的老师喊走。他只得无奈地叮嘱："纪染同学，你先到教室里找个位子坐下，待会儿老师回来给你们开班会。"

纪染点头。


等走到教室的时候，她发现（8）班的气氛居然比她这一路路过的其他班级要好。别的班级哪怕是在走廊，都能听到吵闹嬉笑的声音，而（8）班真的挺安静。

也不是完全没有人说话，但是大家都压着声音。

等纪染抱着新书站在教室门口的时候，一个突兀又嘹亮的声音喊道："小同学。"

纪染怔住，顺着这个声音看过去。

然后，她第一眼就看见坐在最后的沈执。

沈执是在夏江鸣这一声喊完之后抬起头，他看见门口站着的少女，扎着马尾辫，一身白衬衫和深蓝色校裙，脚上是一双白色板鞋，露出的袜子边正好到小腿脚踝。

他低头看了一眼，校裙下面的一双腿细细的、长长的，是真的漂亮。

夏江鸣可激动坏了，他是真没想到会在这里见到"小同学"。之前沈执带着"小同学"丢下他跑路时，他都没生气。

但是，当他问起纪染，沈执一个字都不说时，说实话，他是有点儿生气的。

没想到执哥居然给他这么大的惊喜。

夏江鸣不顾别人的诧异，立即招手："小同学，快来这边坐。"

纪染站在原地没动，但她环顾了整个班级，发现全班剩下的唯一一个空位子居然就是沈执旁边的那个座位。

倒是沈执盯着她的脸看了半天，本来漫不经心的表情在她的犹豫之下变得淡漠。

她明显不想坐在他的旁边。

于是，他似笑非笑地望着纪染，开口说："不敢过来，怕我吃了你？"

顿时，整个班级都有种被点燃的感觉，沈执何时对女生说过这种话。哪怕这次真的会被沈执"眼神杀"，不少人的目光还是在两人之间来回转。

沈执抬起脚，直接用脚尖踢了一下他旁边的椅子。

少年的声线本来就很寡淡，可此刻压低了几分，透着一股危险："过来坐。"


全班同学看着站在门口的新同学，都替她捏了一把汗。转学第一天，她就得罪了学校里的风云人物，还被这么当众"恐吓"，也是够惨的。

夏江鸣也被沈执的话弄蒙了，他转头看了一眼沈执，满脸疑惑。那天执哥可是为了"小同学"连兄弟都不顾的，怎么今天说话这么冷漠？

难道两人吵架了？

夏江鸣瞬间脑洞大开，脑补出一段凄楚绝美的偶像剧剧情。

执哥这么对"小同学"，肯定不是他内心真实的想法，他太苦了。

夏江鸣朝旁边的沈执看了一眼，觉得自己必须站出来帮执哥。于是，夏江鸣猛地从座位上站起来，结果他站得太快，差点儿把桌子掀翻。

坐在他旁边的徐一航的桌子也被撞歪，惹得徐一航骂道："你有什么毛病呀！"

夏江鸣沉默不语，他不是有病，他是一片赤胆忠心！

于是，夏江鸣大步流星地走到纪染的面前，直接将她手里的书接了过来，压低声音说："小同学，你别生执哥的气，他也是有苦衷的。你们……"

一定要好好相处。


当然，最后这几个字，夏江鸣没说出来，他觉得这一切尽在不言之中。

夏江鸣的话太莫名其妙，纪染忍不住又朝沈执的方向看过去。

窗边坐着的少年再次闯入眼帘。

他的肩膀轻轻靠在窗边，坐姿松散慵懒，五官是少年人里少有的深邃利落。他的瞳孔颜色极深，是那种浓郁至极的墨色，眼底带着显而易见的桀骜、冷漠。

身上穿着的黑色 T 恤衬得他整个人极白，哪怕在阳光下，他的肤色也是那种极明显的冷白色调。

此刻他眼角轻挑，冷漠地望着纪染。

夏江鸣已经把她的书抱到沈执旁边的那张桌子。他抱过去的时候，脸上笑容灿烂如花，把书放下的时候还在沈执的耳边低声说了几句话。

其他同学望着这一幕，忍不住莫名地感慨，这怎么看着像狗腿小弟强抢民女献给恶霸大少爷。

倒是当事人自己没那么多想法。

纪染想了一下，知道现在教室里只剩下这个位子，心下已经没什么犹豫。当慢慢走过去看着沈执的脸越来越近时，她突然间觉得自己确实是成长了。

毕竟，搁在过去，没人敢让纪染和沈执坐在一块儿，哪怕他们是在一个投行。

纪染一直将沈执视为自己最大的对手，毕竟她很少尝到败绩，可每次她想要争取的项目，沈执都会抢先一步拿下。

因此，纪染一直对他敌意很大，一山不容二虎。


纪染在位子上坐下的时候，哪怕她没看着身边的少年，他的存在感依旧那么强烈。

纪染把一部分书放在桌子抽屉里，低头时正好看见旁边的人一双长腿包裹在黑色长裤里，双腿交叠，那么闲散地放着。

沈执个子很高，以前纪染很讨厌他这一点。

因为，她每次跟沈执对峙的时候，必须仰着头望着他。可是，她没想到他原来高二时候就这么高，这人是吃化肥长大的吧！

谁知她刚坐下，旁边的少年转头看着她嗤笑道："怕跟我坐在一起呀？"

纪染本来不打算说话，但是，想到他性格乖戾，还是摇了摇头。

沈执低头看着她，这次因为靠得很近，看得更清楚。

她的皮肤细腻白皙，哪怕离得这么近，都看不见一点瑕疵。

因为角度问题，他只能看见她杏眼上长长的睫毛，很浓密，有点儿毛茸茸的质感，阳光落在她的鼻尖，光影浮动，映得皮肤有点儿透明的白。

比起青春期里大部分女生的苍白、寡淡，眼前少女的美有种过分的精致，精致得近乎脆弱，让人哪怕只一眼，便心生出保护的欲望。

沈执突然抬起手靠近她的鬓角处，那里有一缕碎发，风一吹就飘在她的脸颊上，软软的，叫人忍不住想要伸手去摸。

纪染余光瞥到他的动作之后，忍不住往旁边挪了一下。

他看着她下意识的动作，笑了："骗子。"

还说不怕跟他坐在一起，他都没碰到她，她就吓成这样。

连着几节课老师都没出现，都是大家的自习时间。于是，大课间二十分钟，沈执被夏江鸣他们拉走，说是去打篮球。他们离开之后，教室里明显有种松了一口气的感觉。

嬉笑声很快响了起来。

纪染正翻开新领来的书本，准备在上面写上自己的名字。

坐在她前面的姑娘悄悄转回头，盯着纪染看了好一会儿，才打招呼道："新同学，你好厉害呀！"

纪染看着小姑娘讨喜的小圆脸，略想了一下，记起来她刚才自我介绍时的名字闻浅夏。

纪染笑着问："我厉害？"

闻浅夏低声说："跟沈执成为同桌，你还这么淡定，真的太厉害了。"

纪染没想到她说的是这个，被逗笑了，清亮的黑眸染上一层暖意，看得她心神微微恍惚。

刚才纪染站在门口的时候，闻浅夏就跟自己的同桌偷偷讨论过，这个女生长得也太漂亮了吧，是那种谁看了都挪不开眼睛的漂亮。

之前他们高一的时候，大家一直讨论年级里那几个漂亮的女生谁是校花，只不过各有争论，最后也没有结果。

闻浅夏现在觉得那些女生都比不上纪染。

她的眉眼是天然的生动如画。

"要一起去超市吗？"

纪染沉默了几秒，安静地点头。

在学生时代，有个女生邀请你一起去什么地方，那就意味着她向你伸出了友谊之手。

两人走出教室之后，闻浅夏长舒一口气："你有没有觉得我们班的气氛很沉重？"

纪染大概猜到了原因，但还是问道："为什么？"

"当然是因为沈执他们呀！"

闻浅夏压着声音说："我听说，开学前几天，沈执还和职高的人起冲突了，也不知道是不是真的。"

纪染沉默了一下，不用听说，什么都没发生。

因为她当时就在现场。

学校的超市在教学楼对面，得绕过篮球场才行。因为大课间，篮球场都是学生在打球。闻浅夏拉着她聊天，大部分话题都是跟沈执那帮人相关。

两人路过篮球场的时候，正好碰到沈执他们在最西边那个篮球场。

闻浅夏刚用手指着那边说："是沈执他们。"

纪染立即拉着闻浅夏离开。

倒是徐一航朝这边看了一眼，笑着说："执哥，是新同学呀，不过人家好像不太待见我们呢！"

纪染拉着闻浅夏离开的动作太过明显。

沈执回头看了一眼，望着纪染匆匆离去的背影，神色越发冷漠。

他并没有打球，只是坐在篮球架下面看着其他人打球。

没一会儿，他伸手摸了一下黑色T恤里的一枚吊坠。

徐一航正好看见，伸手碰了碰夏江鸣，轻笑着说："你说执哥那枚吊坠里到底是什么？"

"不知道呀！"夏江鸣不在意地说。

徐一航："你就不好奇？"

沈执脖子上挂着一枚吊坠，他们从未见他离身过，链子下的坠子是一个小盒子，可以打开的那种，里面应该是照片之类的。

但是，谁都没见过里面到底是什么。

哪怕是跟沈执的关系这样好的他们，都从未见过。

不过，几人好奇归好奇，谁都不敢强行看，沈执可不是没为这个吊坠疯狂过。

没一会儿，纪染和闻浅夏买了东西从超市回来。闻浅夏买了零食，纪染没什么东西要买，于是顺手买了一瓶矿泉水。

两人又路过篮球场的时候，纪染忍不住拉着闻浅夏快步穿过，眼睛更是没朝沈执他们那个球场看一眼。

结果，她就听到旁边传来一声惊呼："小心。"

等她转头时，一个高大的身影已经挡在她的面前，直接将快要砸到她的篮球，猛地拍向另外一个方向。

旁边的夏江鸣忍不住叹道："好危险呀，差点儿砸到小同学。"

沈执转过头看着她："你跑什么？"

她穿过篮球场的时候，拉着闻浅夏恨不得立即消失的模样，完全落在沈执的眼底。

纪染叹了一口气，不知道又哪里惹到他。

于是，她低声说："我没跑。"

沈执的目光落在她白皙的手上，她手里拿着一瓶矿水泉，还没打开的样子，只是瓶身被她捏得很紧。

沈执伸手："给我。"

纪染一愣，没意识到他说什么。

直到她顺着他的手指低头，才知道他是要自己手里的水。

她半晌没动弹，沈执有那么点儿不耐烦似的说了一句："我渴了。"

关她什么事，她心底有些恼火。她觉得她应该跟沈执和平相处，哪怕和他不是什么友好关系，当普通同学总可以吧！

夏江鸣他们面面相觑，谁都没想到沈执突然站起来走到这边，居然就是为了拦住新同学，跟人家要矿泉水。

之前他们打球的时候，不知多少女生暗自拿着水，只等着沈执一抬眼，立即送上前。

但是，沈执从没喝过那些女生送的水。

今天这是怎么了？

纪染想了想，最后还是认命地把水递了过去。她把水瓶举在半空中等着沈执来拿。

对面的少年打量着她的表情，伸手去拿水瓶。

他的手指轻抬时，不经意地擦过她的手背，有点儿绵软的触感在他的指尖稍纵即逝，仿佛是他心底的错觉。

沈执猛地拿住她的水瓶，转身就走。

闻浅夏一直到教室里的时候，还在念叨这件事。她觉得沈执他们这是在欺负人，反而纪染一直安静地等着。

周围的同学听到这件事，纷纷议论起来。

"纪染，你也别太担心，沈执在学校里面其实还挺低调的。"一个女生安慰她说。

"低调什么呀，你难道忘记上个学期他和一个高二的学长起争执的事情了吗？"

"胡说吧！"有人不信。

最开始说的男生信誓旦旦道："我要是说谎，我脑袋让你当球踢。真的，当时就堵在至诚楼前面那个小树林呀，好多人都看见了。据说，那个学长之后就休学了。"

"学校怎么没处分他？"一个男生好奇地问道。

结果这话说完，大家像是看动物园里来的新动物一样看着他。

"你知道人家是谁吗？"

"我管他是谁，在学校里闹事，凭什么不处分？"

"你可闭嘴吧，要不是托了人家亲爹的福，你现在还吹不上空调呢！"

暑假的时候，四中的教学楼和宿舍全都翻新了一遍，特别是宿舍，全部安装上了空调。这种待遇赶得上大学的住宿条件，据说空调全部是沈执他家赞助的。

"我以为沈执只是脾气硬，想不到背景更硬。"

听了这么多，原本还在絮叨的闻浅夏叹了一口气，望向纪染："纪染，你要是觉得害怕也没关系的。"

纪染当然不会被这么几句话吓住，她轻笑了一下："我害怕什么？"

"怕他欺负我，找我麻烦吗？"

说完，她低头在翻开的书本上写下自己的名字。

结果，她写完之后，发现周围突然变得特别安静，直到一只手掌按在她的桌子上，骨肉均匀，干净修长。

很漂亮的手。

纪染缓缓抬起头时，沈执微弯着腰，漆黑狭长的眸子正细细打量着她的脸。

他居高临下地看着她，神色冷漠又桀骜："小同学，看起来你不服呀！"

## 第二章
### 在我面前，想谁呢？

沈执欺负过女生吗？

当他这句话说完的时候，周围听到的同学疯狂地在脑海里搜索这个信息，毕竟新同学刚转学过来，又是这么好看的小姑娘，大家都于心不忍。

纪染心底叹了一口气，如果说之前她认识的沈执内敛深沉，是个玩死人不偿命的人，那么，此时的他性格阴晴不定，叫人捉摸不透。

所以，她心里有那么点儿烦，本来她刚到新学校，挺不想惹事儿的，可是沈执要是一直这样为难她，她觉得他们之间可能又和平不了。

或许她跟沈执之间注定就没有"友好"这个词。

于是，纪染慢慢地站了起来。旁边的沈执还没动，依旧在过道上站着。

这可把旁边的夏江鸣着急坏了，刚才回教室的时候，他就跟沈执说过，对女孩子呢，一定要温柔贴心，不能来那套幼稚的把戏。

况且，这个小姑娘长得这么漂亮，跟个小仙女似的，指不定多少人爱慕呢，执哥要还是这样的话，迟早要把"小同学"吓跑的。

结果，他们一回教室，见同学们聚在一块儿说话，就听到纪染说的那句"我害怕什么，怕他欺负我，找我麻烦吗"。

夏江鸣觉得纪染肯定是开玩笑，于是在沈执的背后冲纪染挥挥手，笑着说："小同学，你还记得我吗？"

纪染当然记得他，他那天被沈执毫不犹豫地"抛弃"在现场，居然还这么"狗腿"。

"我叫夏江鸣，夏天的夏，江水的江，一鸣惊人的鸣。我爸姓夏，我妈姓江，他们两个呢，希望我长大以后能一鸣惊人，所以给我取了这个名字。"夏江鸣特别热情地对纪染自我介绍着。

她的眸子里依旧带着那么点儿烦躁，但她还是压着声音说："我不叫什么'小同学'，我叫纪染。"

夏江鸣立即了然地点头，一副"对，我知道在学校里咱们应该低调"的表情："纪染同学，欢迎你转学到四中。"

说着，他还伸出手，想要给纪染一个来自同学热情欢迎的握手。

结果，他的手刚伸出去，沈执低头看了一眼，脸上浮现一丝冷笑。

随后"啪"的一声脆响，吓得所有人回头朝这边看时，夏江鸣缩回了自己的手。

他低头看着手背上瞬间浮现的红印："执哥，你下手也太狠了吧！"

一旁徐一航搭着陈松的肩膀，低声说："小松呀，咱们可别学这个傻子，这么没有眼力见。"

"活该。"陈松嘲讽地笑道。

徐一航从刚才沈执踢椅子让新同学坐在他旁边的时候，就发现他对这个新同学真的不一般呀！

沈执虽然声名远播，不过架不住一张脸实在太招人。

别说跟他同年级的女生，就连那些高年级的女生，不知多少人想要认识他。自从高一入学开始，他桌肚里的情书、巧克力等玩意儿就没断过。

有些女生甚至不顾矜持，在他们玩的地方堵住沈执，还有徐一航他们偶尔也会约女生出来玩，毕竟总是他们几个玩也无聊，那些女生也纷纷对沈执示好过。

但是，说真的，他没见过沈执正眼看过谁。

此时上课铃声响了起来，这节课是语文课，语文老师夹着一本书走了进来。

纪染站在过道等沈执坐进去，见沈执还站着不动弹，低声催促："老师来了，你还不进去吗？"

可是，她刚说完，沈执就伸手直接将她手里拿着的那支笔抽走了。

他这才不紧不慢地走到自己的位子上坐下。

纪染坐下后，立即朝他伸手："我的笔。"

沈执低头看着手里的笔，这是学校门口小便利店就有卖的黑色中性笔，三元钱一支，很便宜。但是，她拿在手里写出来的字精致漂亮，跟她的人一样。

字如其人，还真是没说错。

中性笔在沈执的手指间转了一圈之后，沈执偏头看着纪染："你没看出来吗？"

纪染微怔，下意识地说："看出什么？"

"我在欺负你呢！"沈执淡淡地解释她的疑惑，仿佛他说的这句话是再寻常不过的一句话。

"在找你的麻烦。"

"……"他全听到了。

当看见面前的少女呆滞的表情时，他突然觉得心情竟前所未有地好。他捏着手里的笔突然笑了起来，笑得肆意，丝毫不顾忌此时正在上课。

她怎么这么可爱。

开学本来就热闹，暑假里发生的各种事情，还有学校里的事情总让人有聊不完的话题，特别是关于风云人物的话题。

毕竟是刚分班，不少人跟之前班级里的人还热乎着，约着一块儿吃了午饭。于是沈执早上在教室里为难刚转学过来的新同学这件事，立即就被传遍了。

不过沈执他们虽然名声不太好，但是没怎么传出欺负女生的事情。

于是有人不信。

谁知传消息的人抿嘴一笑："你要是看见我们那位新同学，你就信了。"

"怎么了？"

"真的长得特别好看，跟小仙女似的。我觉得咱们学校的校花不用再争了。"

"夸张了吧，能比江艺、薛以柔她们好看？"这些都是高二年级里出名好看的女生，说话的人还不服气地说："还有高一有个新生叫唐芷蓝，人家初中时候就一直是校花。今天她一进校，咱们高二不少人都去看呢！"

"哼，我跟你保证，这些人都比不上。"

反正不知最后怎么传的，都说高二（8）班新来的转学生是个大美人，于是还真的有好事之人不断来（8）班门口转悠。

气得夏江鸣在一旁冷笑骂道："咱们班难道是动物园呀，一个个转来转去的。"

徐一航被他气笑了："鸣鸣，你要是不会骂人你就别骂，我可不是牲口。"


好在这一天总算相安无事到放学。

纪染回去的时候，纪庆礼难得这么早回来，作为后妈的江利绮居然迎上来接纪染，丝毫都没管跟纪染一起回来的江艺。

江利绮温柔问道："染染，今天在学校怎么样？"

纪染："新学校很不错。"

在纪庆礼面前她一向是乖巧懂事的乖女儿模样。

江艺咬着唇，要不是顾忌到纪庆礼就在旁边，她差点儿骂出口，第一天去学校就弄出那么大的动静，不仅跟沈执坐同桌，整个高二年级都知道（8）班来了个校花级别的转学生。

纪染丝毫没在意江艺的表情，她拎着书包直接说："我先上楼休息了，爸爸晚安。"

纪庆礼笑着点头："染染早点休息。"

他也没注意纪染只跟他一个人打招呼的事情。


第二天上学，纪染依旧跟江艺坐一辆车。只不过这次江艺故意抢在她前面上车，坐在了后排的位子。

昨天因为纪染坐在后排，后上车的江艺被江利绮按在副驾驶坐着。

其实坐哪儿都无所谓，但是纪染看着江艺居然早上5点多就起床，只为赶在自己前面吃饭抢后排的座位，也是够可笑的。

于是她拉开车门，直接在另一边上车。

江艺转头看着身边的人，有些生气："你……"

可是她到底还是没敢说出让纪染坐副驾驶这句话。

今天没昨天那么堵车，所以车子是到了校门口停下，纪染下车进了学校，丝毫没管身后的江艺轻轻推开车门，又慢又磨蹭的下车动作。

果然课间操的时候，大家聊天话题不知道怎么又扯到江艺身上。自从昨天有人在校门口撞见她从一辆豪车上下来之后，大家都知道江艺富家千金的身份。

虽然以前都传江艺家里有钱，但她的穿着并不是特别名贵，如今算被证实，大家都有点儿讨好她的意思。

只不过同班女生蔡洁洁突然说："江艺，我今天看见有个女生跟你一起坐车来学校，那么漂亮，她不会就是（8）班刚来的那个转校生吧？"

蔡洁洁知道江艺一直得意自己准校花的身份，总是自视甚高，觉得谁都不如她漂亮。

如今又明里暗里炫耀自己家的豪车，一向看不惯她的蔡洁洁终于出手了。

江艺暗自咬牙，她没想到纪染跟自己坐一辆车被人看见了。不过她们总是一起坐车上学，江艺也想到早晚会被人碰见，所以她也不着急，因为她早想好了说辞。

江艺撩了下自己鬓边的碎发，轻笑道："她呀，我们家司机的女儿。"

"司机？"蔡洁洁明显不相信，她说，"可是我看你们家那个司机很年轻，他怎么可能有这么大的女儿。"

江艺朝她看了一眼，冷笑道："谁告诉你，我们家就一个司机的。"

"蔡洁洁，人家江艺都说了那是她家司机的女儿，你又不懂，怀疑什么呀！"

"原来那个转校生就是个司机的女儿呀！"

本来大家对这么个大美人转校生充满了好奇，毕竟她刚来，背景还神秘。可今天突然听说她只是个司机的女儿，大家心底都觉得哪怕她再漂亮，也不会那么高不可攀。

放学的时候，纪染因为打扫卫生，走得有点儿迟。她背着书包下楼的时候，教学楼里已经没什么人。

夕阳西下，暖橘色光线渲染整个天际，有种天空随时都能被点燃的感觉。好在空气里偶尔吹过一阵清风，轻掠而过，撩起少女鬓边的一缕碎发。

纪染走到楼梯口，突然被拐角出现的几个男生挡住去路。

纪染一开始以为是不小心挡住，于是往旁边走了两步，谁知对方也往这边挪，明显是不让她走。

贺瀚眼睛一眨不眨盯着纪染。

自从昨天见过纪染，他就一直心底痒痒的，这个转校生真的太漂亮，明眸善睐，是那种漂亮又纯情的感觉。

本来他还觉得这种女生应该特别难接近，谁知今天听同班的江艺说，她是司机的女儿。

贺瀚家里有钱，平时消费大手大脚，所以他觉得接近这种家境平凡又漂亮的女生，只要花钱肯定能行。

"同学，你是刚转学来的吧？"贺瀚笑眯眯地问。

纪染冷眼看着他，面无表情。

贺瀚也不在意，轻笑着说："你别害怕，我没有恶意的。我就是想跟你交个朋友，要不这样吧，我请你去喝咖啡，然后咱们可以一起学习英语，你英语肯定很好吧？"

纪染被气笑了，对面这个是觉得她很好骗？

她伸手扯了下自己的袖口，当然在准备动手之前，她还是决定礼貌一下，让对方赶紧从她面前消失。

结果她还没来得及开口，旁边有个人影走了过来。

纪染还没反应过来发生了什么，面前的贺瀚就膝盖一弯，没站稳扑通跪在了纪染面前。

少年眼神狠戾地望着对方，冷笑着说："这么喜欢学英语，我今天让你学个够。"

他直接从旁边夏江鸣的书包里，抽出一本崭新的英语课本，扔给贺瀚。

"读，从第一页开始读，今天不把这本书读完，别回家了。"

贺瀚低头看着地上的书，脑子都是蒙的。在四中读书，谁会不认识沈执。

虽然贺瀚也是那种家里有钱还有点儿浑的人，但他也就是在学校里招惹一下女孩子，别说动手了，就是碰到小流氓他都是低头溜。

更何况是把小流氓都不放在眼里的沈执。

他，他就是想撩一下新同学，怎么就得罪沈执了。

沈执冷眼看着他，神色漠然："要我给你翻开来吗？"

其实沈执平时脾气没那么躁。

学校里确实有不少关于他的传言，真的、假的、夸张的、曲解的都有，他懒得管。相反他在学校里头真的很低调。

可今天他脾气是真的上来了。


刚才打完篮球从那边操场回来，准备离开学校，因为正好走的是教学楼旁边这条路，就看见这几个人站在拐角这里偷偷摸摸盯着楼上。

夏江鸣一眼看见贺瀚，不屑地说："这小子肯定是在等女生呢！"

他在学校里面人缘不错，和谁都认识能聊上几句，不过对贺瀚这种人他挺不喜欢的。

结果他刚鄙视完，看见从楼梯缓缓而下的少女，明眸樱唇，肌肤胜雪，柔和的夕阳光线跳跃在她周身，这样过分美好的画面，惊艳得众人差点儿说不出话。

纪染穿着学校里最普通的校服，蓝白相间宽松肥大，明明那么多人穿得丑得要命。

可是她硬生生穿出了电影里才有的青春感。


贺瀚他们拦住了纪染的去路。

"贺瀚居然在拦纪染。"夏江鸣差点儿跳起来。

他看着沈执说："执哥，这个贺瀚可没下限了。这家伙早该被学校开除。我觉得他跟纪染说话，都是对纪染的侮辱。"

沈执刚打完球，出了一身汗，本来以为心底的那点儿郁气在篮球场上发泄完了。

结果在看见这一幕的时候，他的心底腾地升起一股子压都压不下去的戾气。

于是沈执没顾着夏江鸣的絮絮叨叨，直接走了过去，打扰了贺瀚的好事，对方本来回头张嘴想骂人，但是在看见沈执时所有怒气变成了畏惧。

沈执又踢了一脚地上英语书的时候，不管是旁边的夏江鸣、徐一航他们，还是贺瀚带来的几个人，都被震撼了。

沈执这路见不平的方式真的太新颖别致了。

别致到他们仔细想了一下，觉得自己宁愿被揍一顿，也绝对不想承受这种折磨。

毕竟对于他们来说，英语书就是天书。

贺瀚不敢耽误，立即从地上把书拿了起来，但是他一边翻书一边望着面前的纪染，那模样仿佛等着纪染帮他说话。

毕竟按照正常的剧情，这姑娘长相甜美看起来软乎乎的，肯定会息事宁人吧！

闹大了大家脸上都不好看。

于是贺瀚一边开始磕磕巴巴读第一篇文章，一边朝纪染拼命地看着。

谁知面前的姑娘轻抬眼睛看了过来，她睫毛真的又长又浓，抬起时轻颤着，清亮黑眸明明清纯动人，是一种别样的魅力。

贺瀚险些又看呆，真的太漂亮了。

可是下一秒少女嘴角勾起一抹冷笑，她淡淡地朝贺瀚手里的英语书扫了一眼，不紧不慢地说："这么难得的学习机会，好好珍惜，别浪费了。"

少女的声音明明那么轻软绵甜，可是说出来的话却让在场所有人都震惊了。

纪染说完这句话的时候，爽是爽了，但是也有点儿后悔。

有点儿崩"人设"啊，说好的她是人美心甜安静美少女呢！

本来夏江鸣在一旁看见贺瀚这小子的眼神，他生怕纪染心软，放过这家伙，毕竟小姑娘嘛，特别怕惹事儿。结果纪染这话说出口，他惊得张大了嘴巴。

这"小同学"跟他想的有点儿不一样啊！

他下意识朝沈执看过去，结果沈执的眼神落在纪染身上。

此时沈执眼底里露出几分笑意，还有点儿得意。

沈执心底的这点儿得意别人肯定没办法理解，这就像是一个秘密只有他知道，别人都不知道。

因为他一直知道这姑娘不是表面这样乖巧的模样。

她从来都不是的，他也一直知道。

纪染懒得再听这个男生满嘴的"塑料"英语，背着自己的包直接走旁边准备离开，只是在路过沈执身边的时候，她停顿了几秒。

之前要是有人告诉纪染，她有一天会接受沈执的帮忙，并且要对他说谢谢，纪染肯定会让对方滚开。

但是现在沈执真的帮她出了一口恶气，虽然她不明白沈执为什么会帮忙，看起来他也并不是出于什么同学友爱，但她想了想还是软声说："谢谢你！"

说完，纪染快步离开。

结果她一走，夏江鸣叫唤了起来："小同学你就这么走了，咱们执哥可是为了你……"

他的话还没说完，沈执突然大步追了过去。

纪染没想到身后的人会追来，她看着挡在自己面前的少年，夕阳下他整个人隐没在金色光线之中，眼角眉梢都被染上一层浅金色光晕。

少年的轮廓在阴影里那样立体，隐隐透着属于男人的感觉。

沈执垂眸，淡淡开口："你不问我为什么帮你？"

纪染没想到他追上来就是为了这么无聊的问题，她深吸了一口气，但还是好脾气地问："为什么？"

"那支笔。"少年微微弯了下腰，他的脸仿佛从阴影里滑了出来，他的声音是那种压抑到极致的平静，"所以这次保护你是应该的。"

那张清俊到叫人疯狂的脸，与她的脸越靠越近。

近到沈执闻到少女身上那股随着凉风带来的甜绵淡香。

他用一种接近耳鬓厮磨的声音说："纪同学，你要好好保护你自己，千万别再让人欺负了。"

他停顿了那么几秒钟，时间仿佛被无限拉伸。

直到纪染听到他近乎冷漠的声音："因为下次我帮人的'费用'就没那么简单了。"

纪染很奇怪这时候自己还能这么冷静。

她抬头看着沈执："你想要什么？"

沈执这次没说话，可是他的眼睛直勾勾地盯着她，眼神带着一股子纪染看不懂的情绪。

纪染回到家里的时候，连晚饭都没吃，直接回自己房间躺着了。可是她盯着天花板的时候，脑子里还一直在回想着学校里的事情。

特别是沈执的眼神。

这个眼神其实纪染并不陌生，之前她也曾经在沈执眼中见过那样的眼神。

那次是投行的年会，按照惯例大家都会盛装出席。男同事还好，都是西装三件套，顶多也就是款式和材质上面有些区别，完全比不上女同事之间的争奇斗艳。

纪染那天穿了一条金色深V亮片吊带长裙，肤若凝脂，最难得的是明明她那么瘦却丝毫不显干瘪，反而身材姣好。

特别是她那天戴着一条钻石项链，缀着一颗水滴形黄钻，那颗钻石正正好卡在她胸口处，跟胸前雪白的肌肤相互映衬着。

纪染长相本就绝色，那天又是那样隆重明丽的打扮，从她踏进会场开始，全场的焦点就在她身上。

不知道多少男士在偷瞄她。

其实纪染本来不是那种爱出风头的性格，但是她得知沈执打败她成为年度最佳员工，以及总部CEO会在年会现场宣布他的晋升。

所以她故意这么打扮，就是要抢走所有人的目光，抢沈执的风头。

纪染有家产可以继承，对于她来说，投行的工作只是方便给履历添上漂亮的一笔而已，但是她就是不能忍受输。

特别是输给沈执。

结果她跟人碰杯时，莫名转头居然正好撞上沈执的目光。

那天他也像今天这样看着她，黑眸深沉得如同化不开的浓墨，有股子压抑到极致的情绪。

纪染当时以为他是心底对自己不爽，毕竟她是真的抢走了他风头。

她心底还特别得意。

结果今天她在沈执眼里再次看见那样的压抑。

纪染干脆踢掉脚上的拖鞋，躺在绵软的大床上继续发呆。

说起来关于沈执的传言其实也很多。

他背景深厚这件事几乎不用说，这都是公开的秘密了。

还有一个流传特别广的传闻就是，沈执有个死了的"白月光"。

对于这个"白月光"大家都不了解，只是知道他心底有这么一个人。

因为沈执一直醉心于工作，几乎到偏执的地步，身边更别说有女人。

更有人说，沈执一直思念那个死了的"白月光"，太过喜欢以至于对别的女人完全没兴趣，说那个"白月光"是沈执年少时的恋人。

因为"白月光"死得太早……

所以这么多年来，沈执还没有和女生交往过。

纪染当初听到这个传闻的时候，笑得差点儿连隐形眼镜都要从眼睛里掉出来，以至于她都忘了自己其实没比沈执好到哪里去。

这时纪染忍不住在想，沈执那个"白月光"现在死了没？

还有他看自己的眼神……

突然纪染从床上坐了起来，她想到一个极大的可能性。

难道她跟沈执的那个"白月光"长得很像？

早晨6点不到，纪染满头薄汗地醒来。

她睁开眼睛盯着头顶的天花板，这一夜她梦里出现的居然是沈执，之前骄矜冷傲的他，还有如今轻狂傲慢的暴戾少年。

纪染闭了闭眼睛，觉得自己肯定是疯了。

到了学校，她进教室时不少同学都在打打闹闹。在四中每个年级的（1）班和（2）班是重点关注的班，（8）班是理科班的最后一个班级。虽然除了（1）班（2）班，其他班级按理说都是一样，但是（8）班又不太一样。

毕竟年级里有名的刺头儿都在这里。

一直到上早自习的时候，她的同桌都没出现在教室里，倒是其他几个人踩着上课铃的钟声姗姗来迟。

早自习坐班的是语文老师，不知道是不是教语文的老师性子都温吞。

老师拿着备课笔记进了教室之后，坐在讲台后面的那个椅子上，压根没抬过头，以至于她身边空缺的位子一直没人管。

周围都是早自习读书的声音，大部分人都在背英语单词或者课文。

纪染随手翻了翻面前的英文课本，从前英语是她的第二语言，不仅流畅，甚至还能带纯正的英式口音。

只因裴苑觉得美式口音不太上档次。

哪怕纪染曾经学习成绩非常好，可是距离她上一次高二已经过去了这么久，哪怕再聪明的脑子都会把高考需要学的东西忘记。

更何况，纪染已经尝试过一路压着别人的滋味，她当初可是次次年级第一。

好学生她当够了。

所以她压根没打算认真看书，于是掏出手机低头看了一眼。

一直到第二节课下课，纪染旁边的位子都是空着的，但是班上不管是老师还是同学都习以为常似的。

课间操时间大家纷纷起身离开教室，夏江鸣他们几个男生去了小超市买东西。

闻浅夏起身挽着纪染的手臂，憋了一上午的她终于问道："染染，沈执今天没来上课吗？"

纪染摇摇头，她跟他又不熟。

"沈执就是沈执，你看他不来上课，老师们都不敢问。"闻浅夏感叹道。

纪染淡淡说："是懒得问吧！"

毕竟沈执这样的学生，哪怕是老师也很难管教。

纪染突然想起沈执那个"白月光"的事情，她知道闻浅夏是个爱打听的性子，学校里大大小小的事情她都知道点儿。

就在纪染考虑怎么开口的时候，闻浅夏嘻嘻笑道："待会儿课间操的时候，不知道多少女生要心碎呢！"

"为什么？"纪染问道。

闻浅夏笑道："这你就不知道吧，虽然沈执名声不好，可是人家长得帅呀！那张脸多'招蜂引蝶'，我们学校很多女生暗恋他，他高一的时候，不少高二、高三学姐都打听他呢！他平时行踪不定的，也就课间操的时候能让人看上几眼吧！"

纪染望着闻浅夏声情并茂的模样，突然笑了起来："浅夏，你语文一定很好吧！"

闻浅夏睁大眼睛："你怎么知道？"

"我第一次看到有人'花痴'都这么有文采。"纪染说完，软软地笑了起来。


闻浅夏被嘲笑正要生气挠纪染，结果看见她一笑起来眼尾微弯，黑亮的眼睛里像是缀着星星，眉眼那样生动娇俏。

闻浅夏叹气地说："算了，看在你这么好看的分上，我不跟你计较。"

纪染笑得更开心，她没想到闻浅夏居然会这么说。

闻浅夏见她越笑越开心，不仅没跟她计较，反而轻声说："染染，你应该多笑笑，这样才好看呀！"

虽然纪染看起来很乖很乖，但是闻浅夏觉得她太静了。

果然还是笑起来更动人。

纪染听到这句话微怔，认真地看着她。说实话纪染以前一直觉得少女之间的友谊很幼稚，连上个厕所都要约着一起去。

纪染的少女时代几乎都是在竞争中度过。她没有朋友，因为所有人都是她的竞争对手。

第一，第一，必须是第一。

这样才能符合裴苑对她的要求。

可现在她似乎有点意识到，她错过了一些虽然很幼稚却宝贵的东西。

于是她大方地笑着问："那么多人喜欢沈执，你不会也……"

她没说完，闻浅夏都要跪了。

她立即喊道："我是多大个胆子敢喜欢那位啊。"

帅确实是帅，可是脾气也是真的不好，她胆子小，怕呀！

"沈执有喜欢的人吗？"终于纪染还是问出了她想要问的话。

闻浅夏没多想，只当这是女孩之间的聊天，她随口说道："当然没有，要不然全校女生能这么疯狂。没听说过他对谁比较特别，这才给了大家无限的遐想。"

偶像剧都看过，狂妄不羁的富家少爷喜欢上平凡又普通的邻家女孩，每年不知道有多少这样的电视剧毒害着小姑娘呢！

纪染有点意外，不是说沈执有个"白月光"吗，难不成对方还没出现，或者已经……

纪染决定不再多管闲事，反正沈执的白月光跟她又没关系，面对现在这个阴晴不定的冷漠少年，她决定远离。

他们只是同桌而已。


一直到下午沈执才来学校。只是他一来就趴在桌上睡觉，一开始脸冲着窗口，结果睡了一节课之后，换了个姿势，变成脸对着纪染。

少年的眉眼轻轻舒展着，平日里脸上那种淡漠和凌厉消失不见，只剩下一张安静的睡脸。他的眼睫毛很长又浓密，这么趴着时，睫影倒映在他的眼睑上。

有那么一瞬间，他睡觉的模样看起来那么乖。

纪染心跳似是停顿了那么一秒。

直到睡着的少年瞬间睁开眼睛。

他漆黑的眸子撞进她的眼睛里，本来身上那点儿宁和的气质瞬间消失，这双眸子像是小兽般警惕望过来。

但是他看见纪染的脸时，不知是睡蒙了还是因为看见她，竟是笑了下。

"纪染。"

他声音很轻很轻地喊了一声她的名字。

他的语气太轻柔，纪染愣神了许久，直到她回神，旁边的少年腰板挺直坐在椅子上，他略侧着头看着纪染："你刚刚在看我是吧？"

纪染想说不是，可是自己又被抓住。

少年勾着唇露出一抹笑："暗恋我呀？"

纪染的白眼差点儿翻到天上去，她承认他长得是很美，但是她没想到他想得也挺美。

一旁的沈执盯着她的表情，嘴边的笑意渐渐消失。

因为她一副恨不得离他远远的模样。


纪染还没申请上晚自习，放学准备回家。闻浅夏约她一起出校门，纪染不想让她看见自己跟江艺上一辆车。

于是她陪着闻浅夏一起走到公交站台。

等闻浅夏上车离开之后，她慢慢往回走。

没想到她走到一个路口，看见对面停着一辆极豪华的车，就是一眼看过去就很贵的车子。

本来纪染也是随便扫了一眼，谁知居然看见沈执和一个看起来贵气十足的女人站在一起。

这个女人气质成熟，年纪应该四十多岁，但是她保养得太好，有种模糊了年纪的感觉。

这是沈执的妈妈？

纪染忍不住打量着那个女人，说起来还真的有点儿眼熟。

沈执冷漠而厌恶地望着对面的人："我的事情跟你无关。"

"不关我的事情？说起来你可是要叫我一声妈妈的。"女人淡笑地看着他，语气倒是温和。

"你配吗？"沈执冷着脸，漠然开口。

但站他对面的贵夫人轻笑了一声，她漂亮的面容露出说不出是得意还是痛苦的笑容："可是怎么办，在所有人眼里我们就是母子。难不成你还想叫那个疯女人当妈？你觉得可能吗？"

沈执没有开口。

但从纪染的角度看着他的后背，笔直笔直的，像是绷到极点。

可是女人的声音并未停下来："你的事情我得管，毕竟你可是我的宝贝儿子呢！"

终于沈执用像是从嗓子里挤出来的声音说："滚。"

那样阴冷，这个少年身体里所有戾气在这一刻都被激发。

"又想打人了吗？果然你身体里流着的是那个女人的血……"女人终于一点点撕开脸上的伪装，语气怨毒至极。

沈执转身，毫不犹豫地转身离开。

她就是想激怒他，一遍又一遍，一次又一次。他紧紧地握紧自己的拳头，浑身肌肉紧绷到极点，眼底是恨不得毁掉一切的恨意。

可是他不能让她得逞。

于是他毫不犹豫转身走过了马路，这个路口没有红绿灯，他直接穿行而过。

直到他走到对面才看见站在街角的纪染，眼底尽是错愕。

纪染在跟沈执对视的时候，心底就升起一种不好的念头。她不是有意想偷看的，只是她走到这里想等自家司机，无意中看见了这一幕。

她没能及时离开，正好又被沈执抓住。

此时她心底有种说不出的感觉，那个时空里她认识的沈执，是所有投行精英心目中的"男神"，哪怕是世界顶级名校毕业的女同事都会对他着迷。

他骄矜、从容、淡漠，强大得似乎能掌握一切的模样。

她讨厌沈执，是因为他太优秀了，太过强势。

可是这一刻站在她面前的少年，眼底的错愕和受伤，让她想起了受伤的小兽。

纪染心底有种说不出的感觉。

她眼睁睁地看着沈执一步步地走向自己，然后他抓住她的手腕，直接拉着她疾步离开。

直到她被他强行拉着，走到一辆摩托车前。


"上车。"他把头盔拿到她面前，示意她戴上。

纪染没接，她眨了眨眼睛轻声说："我要回家了。"

偷听了别人说话，她现在连说话底气都不足，实在是心虚。

沈执突然冷笑着望向她："你看到了多少？"

纪染摇头："我什么都没看到。"

就是看见他们吵架的画面而已。

她心虚的反驳声，让沈执嗤出声："小骗子。"

他知道她什么都看见了，只是这么远的距离，她肯定听不到他们说的话。沈执脸上浮起一层冷漠，透着疏离的冰冷拒人于千里之外。

她没听到呀，要是她听到应该更想离他远远的吧！

沈执知道自己现在什么样子，她这样乖巧的女生肯定是巴不得离他越远越好吧！

可是她越是这样，他越不想放她走。

沈执的手机响了起来，当他接通之后，对面不知说了什么，他朝纪染看了一眼。

"行，我马上就到，"他微顿了下，低声说，"好呀，今天就玩这个。"

挂了电话，他不再犹豫，直接将头盔按在她的脑袋上套了下去，纪染本来想挡，可是少年的力气太大。

车上的头盔本来都是给他用的，有点儿大，所以他轻而易举按着戴在纪染头上。

纪染认命地望着他说："我们去哪儿？"

"怕了？"沈执随性一笑。

本来浑身尖锐戾气的人，此时笑了起来，似乎有那么点儿年少时的肆意张扬，那股子阴沉气息反而被冲散了。

纪染本来不想跟他多接触，可是刚才他如同受伤小兽般的眼神，叫她忍不住心软。

说起来，她不知十七岁的沈执，到底是经过什么样的路，才能成为二十七岁的沈执。

又或者二十七岁的沈执才是他穿上层层铠甲的模样。

可是那样的转变，得经历多少事情。

在纪染出神时，沈执伸手在她的头盔上敲了一下，别看他的力气不大，可是纪染戴着头盔，这一下她脑袋都嗡嗡地响。

待她抬头时，沈执眼神直勾勾地望着她。

"在我面前，想谁呢？"

纪染望着他突然笑了起来，少女本来微抿着嘴，此时笑意舒展，眼尾微微翘起，透着那么点儿调皮。

明亮的大眼睛里，仿佛有星光在跳跃。

还能想谁，想你呀！

二十七岁的你。

纪染无奈想着，但是又觉得很好笑，只怕连沈执自己都没想到吧！


落英山。

这是 B 市附近的一座山，因为山上种满了桃花树，每到桃花盛开的时候，漫山遍野的桃花花瓣随风飘落，落英缤纷煞是好看。

因此得名落英山。

落英山上没有住户，只有一座古寺庙，节假日的时候游客多一点儿，平时人很少。

特别是每到傍晚的时候，这里连车流都很少。

落英山的道路虽然弯曲复杂，但胜在道路宽敞，后来在政府的支持下，为了带动当地经济发展，由赛车界的知名人士共同投资建设，在这里开发出了一条专业的赛道，用于进行各种训练和比赛。

纪染从前多多少少也听说过落英山。

纪染坐在沈执车后面，他微弓着背骑在车上，风将纪染的黑发吹得凌乱。

她并没有抱着沈执的腰，只是紧紧握着车后座的扶手。

摩托车的速度比平常在马路上见到的摩托要快，第一次坐这种车，一度让她心慌。

他们是从公路过去，路面平坦，因为车速，纪染一直抓住车后座，咬着自己的嘴唇，一言不发。

直到沈执突然停了下来，摩托车因为刹车的惯性，让她的身体不由自主往前撞了过去。

纪染前胸轻轻撞到沈执的后背，手也在慌乱中搭在沈执肩上。

现在依旧是夏末，天气炎热，少女穿着一件蓝白色校服T恤，这么撞上去时，一向没什么表情的沈执突然整个人僵立着，他单脚撑地，眼睛直勾勾望着前方，哪怕身后的纪染已经迅速拉开距离，可那触感依旧让他愣了愣。

纪染也是尴尬咬唇，按理说这种事没什么可大惊小怪的，不就是不小心撞了下……

可她一想到自己撞的是沈执，十年后跟她水火不相容的男人。

这种复杂感就一直萦绕在心头。


沈执回头看见少女头上顶着的大头盔，于是他伸手将她眼前的玻璃往上抬了起来，就看见她一双黑眸眨巴了几下，盛着星光般明亮还透着那么点儿湿润。

"怕的话，不会抱着我的腰？"沈执皱眉。

他开车的时候身后的姑娘太安静，要不是她的腿偶尔碰到他的大腿，他差点儿觉得后面没有坐着一个大活人。

这姑娘怎么这么倔，怕成这样都不抱着自己。

沈执皱眉。

纪染摇头："我没事儿。"

沈执听她还嘴硬，冷笑一声，行吧，就让她继续这么倔下去。他转头准备重新开车，但下一秒他又转头皱眉望着她："你就这么嫌弃我？"

沈执不是没见过别人怎么载女孩，后座的女孩哪个不是抱着前面男生的腰。

纪染不知道他哪来的这么大火气，她安静地望着他，终于缓缓开口喊道："沈执。"

他望着她，就见小姑娘不紧不慢地说："男女授受不亲，老师也说过的。"

本来沈执听到这话气得笑了，这姑娘果然不是表面那么乖巧老实，她这是拿他第一次送她回家时，他说过的话揶揄他呢！

可少女说话时语调软乎乎，沈执一下又被她这细绵的语调安抚住，就像是一缕清风在心头拂过。

气是真的生不起来了。

沈执伸手去抓她的手腕，纪染下意识地往后缩了下，不过沈执出手快一把握住，他冷嗤道："不碰你。"

他一手抓着她的手，一手把自己的衣服下摆塞进她的手掌心。

"不让你抱我，抓衣服总会吧！"沈执看着她这次乖乖听话，抓住他衣服的下摆，露出满意的表情。

可是在转头之前，他朝纪染看了一眼，冷声说："你以为我的车谁都能坐的？"

纪染一脸无辜，所以她应该感恩戴德，感谢他赏赐这个荣耀给她吗？

可她没想坐，是他强行拉着自己来的。

沈执望着她乌黑的大眼珠子轻轻转了一圈，几乎又能猜到她的心底吐槽，又好气又好笑。

他重新启动车子，这次纪染的小手紧紧抓着他衣服下摆。

一次都没松开。

两人到落英山附近的一个空地上，这里没什么停车场，就是一片空地随便停车。夏江鸣他们早就来了，只不过平时嬉皮笑脸的几人脸上都不算好看。

直到沈执过来时，他们赶紧迎了上来。

只是在沈执摩托车停下来之后，几人望着他身后的少女，皆是一愣。

纪染背着书包从车上乖乖下来，她一开始没取下头盔，但是她这个打扮在这里实在太格格不入。

明显还穿着高中校服的少女，轻轻瘦瘦的模样。

果然对面哈哈笑了起来，嘲讽的声音响起："哟，怎么把书呆子也带过来了？！"

"还穿校服出来玩，这是什么潮流呀！"

对面一帮人都不是学生，不认识四中的校服，一见穿着校服的人，刻板印象里就是那种呆呆土土的女生模样。

徐一航："执哥，你这是把谁带来了？"

因为纪染的头盔还没下来，徐一航只看得出这肯定是他们学校的女生。

倒是夏江鸣低声说："执哥，你怎么把染妹带来了？"

此时沈执走到纪染面前，低声说："别动。"

纪染本来正在取头盔，听到他的话乖乖站在原地，隔着头盔玻璃她看着沈执站在她前面，抬起双手轻轻地搭在头盔上面，然后一点点慢慢取下头盔。

当取下的一瞬间，纪染猛地吸了一口气。

虽然戴着头盔并不影响呼吸，但她还是觉得有点儿闷。

只是当她头上的头盔取下时，周围出现那么一瞬间的安静，周围带着嘲讽的笑声也突然消失。

此时是黄昏，整个落英山被暖黄色光线包围着，包括山脚的这块空地。

对面本来大声嘲笑的人，都用一种不可思议的眼神看着这边。

少女戴着的头盔被摘下的一瞬，她的脸暴露在众人面前。

她的脸小巧精致，一双清润明亮的大眼睛眨巴眨巴朝四周看了几眼，卷翘长睫跟着扑扇起来，嘴角侧上方有个浅浅的小涡，不算深，但微抿着嘴时露了出来。

最引人的是她身上那股清纯柔和的气质。

刚才还嘲笑她土包子居然穿着校服出来的人，此时忍不住咽了咽口水，少女此刻的模样，漂亮得叫人挪不开眼。

特别对面那帮人，身边带着的女朋友，哪怕年纪不大，打扮也过分成熟。不是烫着卷发，就是涂着口红。

本来还觉得自己带来的人很漂亮，可是现在突然觉得俗不可耐。

沈执看了一眼对面，发现一个个眼睛都一眨不眨盯着纪染，他眉头蹙起，忍不住伸手拉住纪染的手腕："你往后站站。"

完全不知道他又要干吗的纪染，只能听话地站在身后，被他高大的身躯挡得严严实实。

结果对面露骨的眼神依旧没有停止。

于是他转身直接把手里的头盔又卡在纪染头顶，一个用劲按了下去。

纪染刚从头盔里解脱出来，新鲜空气还没呼吸两口，立即开口说："沈执，你干吗？"

她有些恼火，这头盔是沈执的，尺寸跟她脑袋也不相符，太重了。

谁知面前的少年淡淡地说："丑。"

对面那些人看你的眼光太丑了。

可是他这么一个字说出来，纪染张张嘴，还以为他是在说自己，气得发笑。

你才丑，你全家都丑。

一旁的徐一航他们也面面相觑。

纪染丑？执哥这是疯了吧，只不过没人敢说这话。


好在对面见沈执来了，立即出来一个穿着花衬衫的男人，说是男人其实年纪也就二十岁左右："沈执是吧？"

沈执名气挺大，不仅仅是学校里的传闻，还因为他家里的背景。

"之前一直听过你的名字，这还是第一次见面。"花衬衫挺客气的。

沈执懒懒朝他看了一眼："直接说，没时间听你废话。"

"马浩哥，这小子太嚣张了吧！"

"富二代了不起？我专治富二代。"

倒是马浩挺沉得住气，望着对面的夏江鸣笑了下，说道："其实本来这事儿跟你没什么关系，是我跟这位小鸣兄弟好久没见，本来想叙叙旧，结果你们弄得这么大阵仗的。"

夏江鸣在听到对方喊他的时候，浑身居然抖了下。

初中的时候，他被对方威胁要钱，后来他高中考到四中，认识了沈执他们，再没有人敢欺负他。

结果上周他在路上居然又遇到对方。要不是徐一航他们在，夏江鸣只怕又要吃亏。

沈执知道这件事之后，直接让夏江鸣把对方约出来见面。

马浩有些惋惜地望着夏江鸣，他可舍不得他这个小肥羊兄弟。

"叙旧？"沈执脸上浮起嘲讽，"是又缺钱了吧！"

他语气清冷，但是言语的嘲讽意味太重，对面又是一阵暴躁。

这次马浩都冷下脸，他说："夏江鸣本来是我的人，你要是想要他，最起码得跟我说一声吧！"

"我拿十万出来，你赢了，钱拿走。"沈执打断他的话，淡淡开口。

在场所有人都屏住呼吸，特别是对面的人。这些人就是社会上的，根本没什么赚钱本事，顶多欺负高中生。

十万，这对他们任何一个人来说都是一笔大数目。

反而是纪染安静地朝沈执望了一眼，她本来以为沈执带她过来，是一群富二代玩闹，没想到他居然是为了给夏江鸣出头。

显然他这句话没说完，于是所有人等着他继续说下去。

"输了，你给他道歉。"

沈执朝夏江鸣站着的地方，抬了抬下巴。

少年身材修长，还有一张脸足可让怀春少女看得面红耳赤，偏偏从他嘴里说出来的话却能让人气得火冒三丈。

"你耍我呢！"哪怕是马浩此时也怒了。

如果说赢的条件叫人疯狂心动，那么输的这个条件就太丢脸。

沈执并不在意对面的躁动，淡然问："敢吗？"

说话间，他从口袋里掏出一张银行卡，两根修长手指夹着这张薄薄的卡片，扬在半空中。

"十万就在这里。"

马浩不自觉地咽了下吐沫，这太诱人，对面的这个沈执果然像传言中那样，是个富二代，要不然一个高中生怎么可能出手就这么大方。

"你要玩吗？"他身边的女孩娇滴滴地问道。

别说马浩心动，他女朋友看着沈执手里的银行卡，恨不得让马浩立即答应下来。

女孩贪婪地看着那张卡，随后目光落在沈执脸上，贪恋地看了好几眼。要说这样的少年才最叫人心动。

骄矜清俊，有着这样好的身材，还是个富二代。

女孩有些不舍地收回目光，她也有自知之明，知道这样的人肯定看不上自己。

他这样的人，就算是喜欢也是喜欢……

女孩把目光落在戴着头盔的纪染身上，刚才纪染摘下头盔露出脸的瞬间，哪怕她是女的都惊艳到挪不开眼睛。

终于马浩开口说："好，我跟你比。"

他刚说完，转口又说："但是规矩得我来定。"

沈执似笑非笑地望着他，并未反对。

马浩说："找两个人把两面旗子插到寺庙门口，我们每人带自己队里的女孩子出发，谁先把旗子拿回来，就算赢。"

马浩这么说也是有私心，寺庙门前有几十层台阶。

万一他比不过沈执，到时候让两个女孩爬台阶去拿旗子，说不准还能挽回局面。

马浩朝着纪染看了一眼，哪怕是穿着宽松肥大的校服，她依旧显得那么纤细清瘦，校服裤管空荡荡，有种羸弱的精致感。

这小姑娘瞧着就会拖后腿，马浩觉得他们这边女生随便哪个都能赢。

徐一航他们听到这个，立即皱眉，低声讨论起来。

"寺门口有几十层台阶呢！"徐一航陪他妈妈去过那个寺庙。

陈松："这个人真够贼的，他是怕自己赢不了，让他们那边的女孩子赢纪染。"

于是几人不由看向纪染。

纪染早把头盔上的玻璃抬了起来，本来她想直接把头盔摘了，结果沈执一只手直接压在她头顶，她根本取不下来。

沈执皱眉，转头看着她："想去吗？"

纪染心底叹了一口气，除非他们现在立即变了女生出来，或者他们当场变性，要不然这边只有她一个女孩，肯定是她去了。

在点头之前，纪染看着一直没怎么说话的夏江鸣，低声说："你一直被他欺负呀？"

其实她对夏江鸣印象很不错，在学校里他除了嘴贫了点儿，上课爱说话了点儿，学习不太认真了点儿，他从来没欺负过同学。

就是个有点儿玩世不恭的小孩而已。

纪染没想到他会被这帮人欺负这么久。

夏江鸣脸上乍然泛红，是难堪的。毕竟作为一个男生被人一直欺负，实在太丢脸。

纪染见他脸上的表情，立即低声说："不是你的错。"

"是他们坏。"纪染声音有点儿冷，她抬头朝对方看过去。

没有人可以不为自己做的错事负责任。

她转头看向沈执，认真说："你带我去吧，我不会拖你后腿的。"

沈执没想到她答应得这么干脆，明明平时表现得一副恨不得离他越远越好的模样，但是这一刻她却毫不犹豫点头答应。

只是因为想帮夏江鸣讨回一个公道。

突然，他心软得一塌糊涂。

这姑娘真乖呀！

纪染看着沈执在她面前拎上那只纯黑色头盔，犹如战士的铠甲般。

在上车之前，沈执再次给她检查了一次头盔，格外认真。

待检查完后，他微弯着腰，眼睛看着她，轻声问："你怕不怕？"

"不怕。"纪染摇头。


突然她想起以前有关沈执的事情，他这人太受关注，以至纪染都听说过不少他的事情。比如他喜欢摩托车，曾经参加过业余车手拉力赛，甚至还赢过分站赛的冠军。

当时一帮女同事知道后，个个都说想要坐他的摩托车后座。

纪染此时才想起这件事。

沈执，他很厉害的。

纪染望着他，眼神里如同染上点点璀璨星光般亮得逼人："沈执，你会赢的，我相信你。"

她很想告诉沈执，他以后会比他自己想象中的还厉害。

所以他会赢，不要担心。

晚霞里的落英山下，山上青翠密林随着一阵清风拂过，荡起层层绿浪。这阵清风仿佛跟着吹进了他的心底，在他心尖荡起一圈又一圈的涟漪。

他下意识地抬起头，不敢看她的眼睛。

"嗯，我带你赢。"少年坚定的声音回荡在青山脚下。

在纪染上车之后，沈执刚想说让她坐得靠近自己，可是下一秒小姑娘的手臂悄悄地环了上来。

软软的一圈缠在他的腰间。

沈执忍不住低头看着，她穿着短袖 T 恤，雪白手臂裸露在外面，紧紧抱着他的腰。


哨声响起时，两辆摩托车像是离弦的箭，直奔着前面疾驰而去。这次纪染紧紧抱着少年劲瘦的腰身。

一开始在笔直路道上的时候，纪染还能睁着眼睛，可是当经过第一个弯道的时候，他压低身体，整个车子开始往一边慢慢倾斜。

纪染当然看过摩托车比赛，知道这样的压弯技巧是为了抵御过弯时离心力。

这种压弯操作，一般人根本做不了。

好在沈执考虑到身后还带纪染，压弯时并没有把身体压得太低。

但即便这样，纪染的双手还是更加用力抱紧沈执的腰。

她还紧紧地咬住自己嘴唇，生怕惊呼出声音，扰乱他开车。

当初专业人士选择投资开发这里的一个重要原因就是，落英山的路弯道极多，而且各个弯道不一样，很有特色富有挑战性，也能够更好的针对比赛进行训练。

哪怕纪染闭着眼睛，可耳边还有猎猎呼啸的风声。

纪染把身体趴在他的后背，这一刻世界仿佛被隔绝，只剩下她和他两个人。

不知过了多久，一直沉默的沈执突然开口说："前面就到，你做好准备。"

"好。"纪染怕他听不到自己的声音，大声应道。

沈执听着小姑娘竭力喊出来的声音，跟她平时甜糯绵软的声音判若两人，忍不住轻笑了下。

几分钟后，沈执的摩托车停在最底下一层的台阶。

在他停下的瞬间，纪染便从车上跳了下来，只是踩在地上的时候，她才发觉自己的腿软了，脚踩在地上如同踩在棉花上似的。

纪染强迫着自己拼命地往台阶上跑，寺庙的山门前面有一个百层的台阶，两面红色旗帜就插在上面。

沈执坐在车上看着她纤细的身影在最后的残阳下奋力奔跑。

终于在纪染快到顶点的时候，身后的摩托车也到了。马浩一停下来车，立即催促他带的红发女生："快上去拿旗帜，别磨蹭了。"

女生下车之后，直接往台阶上跑。

红发女生速度不慢，但是沈执前面赢了太多时间，以至于纪染拿着旗帜跑下来的时候，红发女生才往上跑。

两人在台阶中间的那个平台相遇，这个平台极宽阔，是为了摆一个宝鼎才建得那么宽。

当纪染从女生身边路过时，她没想到对方居然会阴险到，直接伸手来抢她已经拿到的旗帜。

幸亏纪染反应快，紧紧地抓住自己拿到的小旗子，怒斥道："松手。"

"又没说不能抢，你当我傻呀！"红发女生抓住她的旗帜不松手，想要硬抢过来。

底下看着的两个男生则是反应各异，沈执蹙着眉头望着想要努力保住自己旗子的纪染，而一旁的马浩则兴奋地喊道："对，抢她的，赶紧抢呀！"

马浩都没想到他带的人居然这么机灵。

纪染冷声："不松是吧！"

对方不仅没听，还更用力地抢。

纪染冷眼望着她，在下一秒猛地往对面撞了过去。

纪染戴着头盔，于是当她撞过去的时候，砰的一声闷响，红发女生被她撞得倒退了好几步。

纪染自己也没好到哪儿去，她只觉得脑袋嗡嗡地响。

"我的东西你也敢抢，"纪染直勾勾地盯着她，"没人教你，别人的东西不能拿吗？"

当她低头望着对方的时候，红发女生明显是被她撞懵了，一边往后退一边说道："我不抢了，算了。"

她生怕纪染再次撞她，真的怕了。

纪染不想跟她继续纠缠浪费时间，抓着自己的旗子，直奔下去。

等纪染到了最后一层台阶时，沈执伸手等在半空，纪染抓住他的手掌借着力，重新坐到后座。

"我拿到了，我们走吧！"纪染催促道。

沈执听着她兴奋的声音，忍不住笑了起来，低声说："抓住我。"

他刚说完，身后的小姑娘软软抱住他的腰身，真的乖乖听话，牢牢抓住他了。

随后摩托车启动的声音再次响彻天际，沈执的车子离去时，一旁的马浩再也忍不住，怒骂起来。

当沈执他们快回到原点的时候，徐一航、陈松他们兴奋地拉着夏江鸣喊道："是执哥，是他们先回来了。"

黑色摩托车在已经渐黑的天际之下，速度快到只留下模糊的影子。

"赢了，我们赢了。"在众人兴奋的喊叫声中，沈执把车子停了下来。

纪染下车的时候，将小旗子塞进夏江鸣的手里，声音有些颤抖地说："我们把它带回来了，我们赢了。"

夏江鸣低头看着面前的小旗，突然有种想哭的冲动。

反而是一旁的沈执，直接把纪染拉了过去。他伸手将纪染戴着的头盔再次取下，盯着她的额头看了许久，才低声问："撞得疼不疼？"

纪染微怔，有点儿没听懂。

直到沈执盯着她的额头看，纪染才明白他说的是自己跟那个女生撞头的事情。

她立即摇头："不疼，我是铁头，她才疼呢！"

纪染想起对方被她撞得拼命往后躲的模样，其实她有些晕的，毕竟顶着这么大个头盔，但对方显然比她更惨。

所以纪染笑得开心，明亮的眼睛闪烁着耀眼的星光般。

直到沈执把手掌贴着她的额头，轻轻地揉了下，声音微不可闻地说："小傻子。"

明明不是自己的事情还这么拼命努力，真的傻乎乎的。

可是他的声音那么轻，似乎只有这山林间的风才听得到。

## 第三章
## 细细密密的甜

　　纪染没想到沈执会突然摸自己的额头，她回过神时，又是下意识想往后退，但沈执先一步放下手。

　　旁边的徐一航他们还处于兴奋之中。

　　"就该让这帮人看看，让他狂。"徐一航兴奋道。

　　徐一航说完，朝夏江鸣看了一眼，见他一直低头，还顺手推了一下，笑嘻嘻说道："夏江鸣这么开心的时候说句话呀！"

　　谁知夏江鸣不仅没说话，反而发出一声极低的抽泣声。

　　几个少年俱是一惊。

　　徐一航一副被吓到的模样，低声说："你小子不会是要哭吧？"

　　陈松瞥了他一眼："这种时候你应该昂首挺胸，等着他们来道歉。"

　　夏江鸣还是低着头，直到沈执伸手按着他的肩膀，淡淡道："越是这种时候越是不能让你的敌人，看见你的眼泪。"

　　"抬头。"他近乎训斥的声音，让夏江鸣瞬间憋住所有的情绪，抬起了头。

　　对，越是这种时候，越是不能落泪。

　　这时候马浩终于带着红发女生返回，因为已经输了，对面情绪都不太高。马浩下车的时候，甚至直接发脾气把摩托车摔了。

　　红发女生拿着小旗子在后面瑟瑟发抖，不敢说话。

　　但是输了真不怪她呀，是一开始沈执就把马浩甩在了后面。

马浩掏出一包烟，打算先抽一根，谁知沈执突然开口："是不是应该先把正事儿办了。"

他语气寻常，仿佛在说一件再轻松不过的事情。

当众给人道歉，这事儿别说马浩这种人受不了，就是寻常人都不行。

马浩恶狠狠望向沈执，一副恨不得生吃了他的模样。

沈执浅浅勾了下唇，压根不在意对面的眼神压迫力。

"就是，还等什么呢！"徐一航说道。

夏江鸣没说话，依旧握着手里的小旗子，仿佛那是他所有勇气的来源。

对面有个人不服气地说："你们别太过分，想让马哥给那小子道歉，他配吗？"

听到这句话，连纪染都不悦地皱眉。

她就知道这帮人没那么容易说话算话。

沈执挺淡然的口吻说："输不起？"

纪染忍不住看向沈执，她终于明白自己以前明明很淡定的一个人，为什么一遇到这个男人就会忍不住发火。

因为他说话的方式实在是太让人生气了。

明明是慢条斯理的语调，却能轻易挑起别人的怒火。


果然对面又骂声四起。

这边徐一航他们也不是好惹的，立即嘲讽说："刚才可没人逼着你们比吧，怎么只想赢了拿钱，输了就耍赖呀！"

马浩显然被架在火上烤了，刚才沈执提出赛车解决问题的时候，他是同意了的。确实没人逼他，是他自己想要这十万。

他只眼热看到了十万，刻意忽略自己也会输的事实。

马浩手里捏着烟，耳边是兄弟叫骂的声音。

"行，我道歉。"突然马浩捏着烟开口说道。

突然身边安静了一瞬，然后对面的人又开始叫嚣。

"马哥，你凭什么给他道歉呀！"

马浩慢慢往前，朝夏江鸣看了一眼，伸手勾了勾手指："你往前走点儿，来来，哥哥给你道歉。"

这嘲弄的口吻，让这帮小混混哄笑起来。

纪染转头看着旁边的夏江鸣，只见他捏着手里的小旗子，一点点握紧。

沈执没有说话，冷眼看着这一幕。

有些事情，别人帮忙再多都没用，得自己站起来才行。

终于在大家都要等得不耐烦时，夏江鸣抬脚走到马浩的面前。

马浩从来没把夏江鸣当回事儿，哪怕夏江鸣现在人模人样，在他看来也不过是仗了沈执的势，翻不了身的。

他咧嘴刚要笑，突然夏江鸣望着他狠狠道："怎么说话呢！"

马浩的笑容凝在脸上，下一秒夏江鸣直接出手，怒吼起来："你还真把我当熊包，拿我的钱用得爽吗？爽吗？"

纪染眨了眨眼睛，白皙的小脸没有太大的疑惑。

一切结束之后，沈执扯着她的手跑向摩托车："走。"

纪染不知道为什么明明是他赢了，却还跑得这么快，但是听话地任由他拉着，直到再次上了摩托车之后，很快车子启动。

夏江鸣他们骑着车很快追了上来。

三个少年骑着摩托车一路，疯狂大喊起来，整个山坳都是他们鬼哭狼嚎的声音。

"鸣鸣，痛快吗？"

"终于报仇雪恨，痛快。"

纪染坐在车后，安静地听着他们号叫，可是心底却第一次产生了一种莫名的情绪。

她记忆中的沈执，是不苟言笑、骄矜冷傲的沈执。

而此时骑着摩托车载着她的少年，哪怕依旧沉默，可是身上透着一股鲜活澎湃、意气风发。

二十七岁的沈执跟现在比起来，犹如一潭死水。


当他们重回市区的时候，已经9点多，眼看着离放学时间过去好几小时。纪染着急回家，便让沈执把她在路口放下。

"纪染，你真不跟我们一块儿去庆祝？"徐一航笑嘻嘻说道。

纪染摇头："太晚了，明天还要上课。"

他们这帮人可以迟一点回家，可纪染不行。

好在他们也没强求，只是夏江鸣问："纪染，你怎么回去？要不我们送你吧！"

纪染摇头，刚要说她直接打车回去好了。

但是沈执抬头对后面的几个男生说："你们先去，我待会儿过来。"

众人立即发出"哦哦哦"的怪叫声，挤眉弄眼之后，开着车先离开。

沈执上次就送纪染回家过一次，这次都没问地址，直接开着车往她家的方向过去。不过这次他也跟上次一样，把她放在离她家小区一个街道的地方。

纪染下车后，乖乖说道："谢谢你！"

谁知沈执没忍住，笑了出来，纪染抬头看他，就见他脚踩着地，盯着她说："你傻不傻呀！"

明明是他强行拉着她去了落英山，现在还跟他说谢谢。

纪染觉得这人实在太阴晴不定，不搭理他，转身就走。

可是她没回头的时候，却不知道沈执始终没离开，直到看着她的背影彻底消失。


此时纪家，纪庆礼也是刚到家，江利绮迎上来对他温柔小声说话。

只是她面露难色，纪庆礼自然看见，问道："怎么了？"

"染染到现在还没回来呢！"江利绮为难道。

纪庆礼皱眉："怎么回事，给她打电话了吗？"

江利绮："打了不接呀！"

江艺在楼上听到纪庆礼的车子进院子的动静，她知道纪染到现在还没回家，于是趁机下楼，打算跟纪庆礼告状。

纪染羞辱她的事情，她可记恨到现在。

"这孩子怎么回事。"纪庆礼皱眉，明显有些不悦。

江艺从下楼的时候正好听到这句话，她抿嘴没笑出声，待她走过来时，小声喊道："爸爸，你别生气，都怪我不好，应该好好照顾染染的。"

"你也是的，怎么能自己一个人回来，把妹妹丢下呢！"江利绮露出责备的表情，轻声训斥江艺。

江艺低头不语，一副我错了的模样。

江利绮又问："那你知道染染去哪儿了吗？"

江艺犹豫了下，还是纪庆礼说："有什么话，你就直接说。"

"我也是听说的，之前有个男生为了染染在学校里欺负人，他们走得很近……"江艺吞吞吐吐说道。

沈执在学校里教训贺瀚的事情都被传开了。

都说贺瀚欺负新来的转校生，沈执才出手的，而且还是让贺瀚读英文书。

江艺听到这件事时，险些气得把嘴都咬破。

她喜欢沈执。

这事儿不奇怪，在四中最起码有一半女生喜欢沈执，有些表现明显，有些只敢藏在心底。所以当听到沈执和纪染的事情之后，她嫉妒得发疯。

她高一时跟沈执是同班，结果高二重新分班之后，在路上遇到沈执，她有心打招呼，他目不斜视地走过去，一副压根不记得她的样子。

因此江艺趁机在纪庆礼面前说这件事，就是想让纪庆礼教训纪染，让她离沈执远点儿。

家长对于孩子早恋这件事可是很敏感的。

江利绮反而笑着说："染染刚来学校，应该不会早恋吧！"

江艺没把"早恋"的字眼说出来，倒是江利绮看似给纪染开脱，实则在暗示这件事。

纪庆礼眉头是越锁越紧，江艺这么说，此时纪染到现在没回家，难不成她跟什么人出去鬼混了？

正说话间，家里的大门被推开，纪染背着书包从门外走了进来。

"爸爸。"纪染看见纪庆礼主动喊道。

她看着这三人都在客厅里，自己一回来都望过来，况且纪庆礼那个神色明显是不太高兴。

纪染朝江艺看了一眼，心底丝毫不怵。

纪庆礼果然问道："染染，你放学之后去哪儿了，怎么这么晚才回来？"

纪染轻声说："爸爸，对不起，我回来晚让您担心了。"

她声音本就甜软，此时主动道歉，乖乖软软的。

纪庆礼虽然对裴苑没什么感情，纪染到底是他唯一的女儿，还是有些喜欢的。见她这么说，不由软了语调，说道："这么晚回家，我们都会担心的。"

"爸爸，老师交代要买参考书，所以我就跟同学一起去买了。我来这里之后，第一次跟朋友一起逛街，之前都没人陪我，所以玩得有点儿开心，这才回来晚了的。"

说着，纪染把自己的书包取下来，从里面掏出几本参考书。

这几本参考书确实是老师要求买的，只不过她的书是今天早上闻浅夏带给她的，因为闻浅夏家附近正好有个书店。

她自己买书，顺便也帮纪染买了。

没想到这会儿正好用上。

纪庆礼看着她手里的书，满意地点头："爸爸就知道你一向懂事，从来不会让爸爸失望。"

本来对江艺说的话，纪庆礼就不太信，毕竟他知道裴苑是怎么培养纪染的，她打小就优秀出众。

纪庆礼点头："以后跟同学玩，也要注意时间。"

"我知道了，爸爸。"纪染乖乖点头，小声说，"我就是第一次跟同学逛街，太兴奋了，所以才会忘记时间的。"

纪庆礼没忍住朝江艺看了一眼，问道："爸爸之前不是跟你说过，有什么事不懂的，可以问问你姐姐。"

"可是我在学校都看不见她呀！"纪染声音越说越低，有那么点儿小委屈。

此时江利绮心底暗叫不好，她如今一心想着让江艺改姓，要是她被纪庆礼留下不好的印象，这事儿就难办了。

她立即说："两个孩子不在一个班级，遇不上也是正常。"

纪染望着纪庆礼，软软道："算了爸爸，现在我也有自己的朋友了，就不麻烦人家了。"

纪庆礼听着她的话，心底越发对江艺不满。

对于江利绮带的这个女孩，他不算太喜欢也不讨厌，反正纪家有钱，多养一个孩子没什么。可是她连这点儿小事都不帮忙。

而且纪庆礼想到江艺刚才跟自己说的话，他也是人精，越发对江艺不满。

只是他不会把不满放在脸上，柔声对纪染说："这么晚了，你先上楼休息吧！"

"爸爸，我想周末去买点儿东西，您能给我点儿零花钱吗？"纪染轻声问道。

这是纪染第一次主动跟纪庆礼要零花钱，纪庆礼闻言立即笑道："这有什么不行的，爸爸给你一张副卡，你想买什么直接刷卡就行了。"

于是他从自己的公文包里，拿了一张卡递给纪染。

纪染："谢谢爸爸！我先上楼休息了。"

纪染知道今天这件事，肯定有江艺在里面推波助澜。

不过没关系，因为最后赢的人是她。

纪染轻轻捏着手里的卡，举到恰到好处的高度正好让江艺看见，果然江艺脸色僵硬。

明明她想告纪染黑状，结果偷鸡不成蚀把米。

纪染微歪着头，冲着江艺笑了下，挥了下这张卡。

她说过，她失去的都会让江艺还回来。


四中附近有个叫天空之境的地方，是属于那种吃喝玩乐一体的商城，这里容纳的玩乐项目很多，因此人气也高，唯一的缺点大概就是消费水准太高。

几人没去远的地方，来了平时熟悉的天空之境，在顶楼夏江鸣姐姐开的小餐吧直接找了个大卡座。他们平时不爱来这儿，大多数就去楼下的台球室，来了也只被允许喝特调的无酒精饮品。

但沈执不愿来的主要原因是每次他一来，就会不停有女生过来搭讪。

他长相贵气，冷着一张脸时，别提多撩人。

哪怕他年纪看起来不大，也会有一堆女孩子过来跟他套近乎。

夏江鸣今天特开心，于是一进来就大呼小叫："别给我省钱，今天夏爷买单。"

徐一航伸脚虚踢了他一下，笑骂道："跟谁称呼爷呢？"

陈松闲闲说："我发现他现在这是彻底抖起来了。"

夏江鸣也不在意他们的调侃，直接让人给他们弄了个大的卡座，舒服又宽阔的长沙发，足够躺下一个人。

徐一航正要往沙发上坐下，结果夏江鸣立即挡住，抬抬下巴指着旁边："你坐那个沙发。"

"干吗，你一个人要霸占这么大地方？"

夏江鸣在沙发上轻轻地抚摸了一通，得意地说："这是留给执哥躺着用的。"

徐一航气到骂了出来。

他指着夏江鸣，问陈松："你看他这个样！"

陈松已经在旁边沙发上窝了下来，嗤笑："这么冷的天，你现在让他去给执哥暖被子，他都不会说个不字。"

谁知陈松说完，夏江鸣又是那副样子："要是执哥要的话，我愿意。"

这次陈松都淡定不起来，抬脚踢过来："滚吧，你把我鸡皮疙瘩恶心得都掉下来了。"

没一会儿，徐一航就去其他桌聊天去了。

沈执过来的时候，夏江鸣赶紧把长沙发让给沈执，还殷勤地问道："执哥，你想喝点别的吗？"

沈执靠着沙发的一端坐着，身姿松懒，他淡淡道："你姐能允许？而且明天还要上学的。"

夏江鸣登时震惊了，您这么爱学习的？


没多会儿，徐一航回来，喊道："要不咱们一起拼个桌吧！"

隔壁的女孩有好几个，有心跟他们一起玩，所以他回来问问。

夏江鸣和陈松他们没什么意见，主要就是沈执。

"你们玩。"沈执淡淡说。

徐一航见他没反对，于是把人叫了过来。没一会儿，几个女孩走过来。

沈执低头玩着手机上的游戏，感觉旁边沙发明显往下一沉，一个穿着白色连衣裙的陌生女孩坐了过来。

女孩性子并不算特别活泼，只是一眼就被沈执吸引。

他的诱惑力太大，诱使着女孩鼓足勇气坐下。

可是哪怕她坐下，身边的少年也始终盯着他的手机，连头都没抬起来。女孩抿嘴小心地朝他手机看了过去。

等她看到手机里的内容时，登时有些吃惊。

沈执在玩的是数字游戏，女孩又小心觑了两眼，这才勉强认出来，他在玩数独。她没想到这个少年会在这里玩这种游戏，有种矛盾感。

白芷轻轻咬了下唇，心底对他更加好奇，终于鼓足勇气问："你是在玩数独吗？"

她是跟着朋友一起来的，刚才她就看见沈执从外面走进来，在这边坐下。

他依旧是少年模样，跟这里喧闹的环境格格不入，但特别吸引人。从他进来开始，他一直窝在这个小沙发里玩手机，但是不知道多少女孩在偷瞄他。

白芷姿容清纯秀丽，在学院里也是被喊一声院花。

她没想到自己主动开口搭话，少年跟没听见一样，连头都没抬。一时她咬紧自己的下嘴唇，有些难堪羞臊。

"你朋友怎么回事呀，这么不给面子，我们小芷可是院花，好多人追的。"短发女孩见沈执压根不搭理白芷，有些不满地低声对徐一航说道。

徐一航一听，本来笑着的脸突然嗤笑一声："我们执哥还是校草呢！"

他虽然没夏江鸣表现那么夸张，但是对沈执也是特服气，要不然不可能一直跟他玩。在他看来，这个白芷长得也就还行，沈执本来就不爱搭理这些女生，不搭理她也属于正常表现。

真想让沈执上心的，怎么着也得是……

突然徐一航脑子里冒出纪染的脸，这姑娘才是他见过最漂亮的女孩，叫人挪不开眼睛的那种。

此时夏江鸣把视线从手机上抬了起来，问道："你们谁看见染妹的校牌了吗？"

"谁？"徐一航一时有些短路。

夏江鸣："纪染，她说她回家发现自己的校牌掉了，问我们捡到没有。"

徐一航和陈松摇头，他们真没捡到。

夏江鸣看向沈执的时候，就见他微眯着眼睛看向自己，眼神里透着一股子危险的劲儿，夏江鸣居然还不知死活地问："执哥，你看见了吗？"

沈执握着手机，望着他："你，怎么有她的电话？"

他这句话说得特别慢，明明语气起伏并不大，可听起来有股特别严重的味道。

夏江鸣支吾了下，怎么有的？就……他直接跟纪染要的呀！

难道执哥到现在还没纪染号码？

一想到自己手机里，不仅有纪染的手机号码还有其他社交软件的联系方式，夏江鸣立即慌了。

好在沈执没说话，又低头继续玩他的手机游戏，众人还以为没事了，继续喝酒玩游戏。结果刚没几分钟，突然沈执站了起来。

"执哥，你干吗？"夏江鸣急急问道。

沈执淡淡道："没意思，回家睡觉。"

说完，他不管别人，自己直接走出卡座向门口走出去。于是几人看着他离开，谁也没敢追上去。

他们对视了几眼，心底都有点儿茫然。

这怎么突然就不高兴了？

难道真因为电话号码？


纪染没想到自己会这么倒霉，周五上学居然还会遇到学校学生会在门口抽查仪容仪表的事情。

四中每周都会抽查学生的校服穿戴和校牌佩戴情况。

不定期而且不定地点抽查。

有时候会在校门口，有时候是课间操期间，只要被查到有问题，一定会扣分，对先进班级评选有影响。

纪染没想到一周都没抽查，居然会在周五早上检查。

他们还挺懂心理学，知道大家到周五这天肯定会松懈，果然没一会儿被查出好几个人。这时候学生进校都是一个一个，她连混都混不进去。

纪染背着书包打算认命的时候，突然身后响起一阵轰鸣声。

是车的声音。

她心底仿佛有些感应般，回头看了一眼，在众人的瞩目下，沈执的车停在了路边。

纪染眨了眨眼睛，在视线撞上他的时候，下意识转过头准备往学校里走。

沈执望着她躲开自己的视线，假装自己不认识他的模样。

心底有种好气又好笑的感觉。

可他还是没忍住，喊了一声："纪染。"

他声音不算大，但是纪染听到了，她脚步微顿，现在在校门口周围还都是同学。

可沈执似笑非笑的声音在后面响起："还不过来？"

他声音不全是生气，但有那么几分无奈的口吻。

纪染扯了下自己的书包，最后还是转身，慢慢朝他这边走了过来。校门口周围的学生不无好奇地望着他们。

学校里赫赫有名的沈执还有那个特别漂亮的女生？

纪染走到跟前的时候，沈执这才打量她，校服干净整洁，只是左胸前没有应该佩戴着的校牌。

"你就打算这么进学校？"

纪染犹疑地望着他。

一双鹿儿眼，在早晨有种水洗过的剔透，看他的时候，犹如羽毛在他心尖上划过。


当沈执把东西拿过来时，纪染一开始没回过神，直到他戏谑地问："不想要了？"

她定睛看了一眼，居然是她的校牌。

四中的校牌不仅仅有四中校名，还有学生照片和姓名班级，因此每个人的校牌都不会认错。

"拿好，别再弄丢了。"

沈执说完之后，居然直接走了，并未进校。

等走出一段距离，沈执这才渐渐缓了过来。清晨的城市有种别样的暖和，早晚凉没山里那么明显和严重。

沈执突然觉得他大概是真的要疯了。


昨晚他本来已经骑车快到了家里，结果车头一掉转，直奔山里。他整整找了一宿，沿着山路来回找。

当晨曦的光线照亮山间道路，他在路边草地里找到校牌的时候，突然笑了。

这玩意儿学校补办就十元钱一个吧！

纪染站在原地，许久都没动。

直到她捏着校牌，感觉到校牌上还带着微微湿的露水。

上午沈执都没来学校，对于这样的情况老师也深感无奈。班主任乔与桥给他打了电话，又问了跟他一向玩得好的夏江鸣他们。

本来沈执在学校属于问题的学生。

我行我素，不好管。

但乔与桥却对他们每个人都很上心。纪染低头看书的时候，就听到他一直问夏江鸣，沈执为什么没来上课。

夏江鸣支支吾吾，他实在受不了新班主任突如其来的关心，最后憋出个理由："沈执……沈执同学应该是身体不舒服。"

谁知乔与桥居然还点点头，一本正经地说："昨天上午他也没来，看来沈执同学身体很虚弱呀！"

纪染不知道他这是反讽还是真的关心，扑哧一声笑了出来。

一旁的徐一航他们看着纪染笑起来的样子，眉眼亮亮的，别提多好看。突然心头有点儿复杂，执哥被老师说虚弱还被纪染听到了……

而且她还笑得这么开心。

他们竟是不知哪件事会让沈执更不爽。


上午的时间一晃而过，纪染和闻浅夏今天没出去吃饭，而是去了学校的食堂。其实四中的食堂并不差，很大一栋楼，上下两层，足可以容纳整个四中的在校生一起吃饭。

"我们还是吃米线吧！"闻浅夏兴致勃勃地说。

她们到了卖米线的窗口才发现居然排成了长队，本来小姑娘就喜欢吃这些乱七八糟的，长队里大半是女生。

等闻浅夏和纪染站定之后，闻浅夏突然低声说："染染，你有没有觉得好多人在看我们？"

"看我们？"纪染往四周看了一眼，果然有些人被抓到正在偷看她。

其实她从刚才教学楼到食堂的路上就感觉不对劲，因为她走过时，一直有人回头盯着她看。本来她还以为是自己多想，没想到连闻浅夏也有这样的感觉。

没一会儿闻浅夏低声说："他们是在看你吧？"

纪染微微皱眉，但是她没打算管，毕竟没有哪条校规说别人不能看她。于是她干脆把手机拿出来，继续玩她的数独游戏。

闻浅夏也拿出自己手机，谁知过了会儿，她把自己手机放到纪染眼前，大喊道："染染，我终于知道为什么了。"

原来今天上午的时候，学校贴吧里居然发了一个帖子。

【这个是四中校花，大家都同意吧？】

点进去首楼就是纪染的照片，而且还不止一张。

最引人的便是第一张，她趴在走廊栏杆往旁边看，阳光照在她身上，她皮肤白得都有了些透明感。

挺翘的鼻尖，淡粉如樱的唇色，手掌正好托着腮帮，巴掌大的脸蛋越发有种清水出芙蓉的美。

帖子虽然刚发没几小时，却一下被顶成了热门帖。

底下回复简直疯了。

虽然上面一堆问这到底是谁，但很快楼主就出来解惑，原来这就是最近挺有名的那个转校生。

之前年级里确实有漂亮转校生的传闻。

但毕竟开学时间还短，见过她的人更少，所以在高二年级只是引起小范围的讨论。

这个帖子一发出来，纪染立即出名了。

闻浅夏把帖子给她看，叹道："难怪今天那么多人看你呢，肯定都是看过帖子的人。"

纪染没想到居然有人这么无聊，而且这几张照片，明显都是偷拍的。

于是她皱眉："这个能申请删除吗？"

"删了干吗呀？你看看你多漂亮，把那些什么薛以柔、江艺都比下去了。"闻浅夏笑嘻嘻地说。

她提到的这些，都是高一时候大家争论的校花人选。

只不过那时候都没定论。

没想到纪染一来，把她们都比下去了。

纪染望着闻浅夏开心的模样，无奈叹了一口气："我不喜欢我的照片被挂在贴吧上。"

闻浅夏听她是介意这个，立即点头："也是哦，而且这个照片好像是偷拍的。也不知道谁这么无聊呢？！"

四中的贴吧平时就很热闹，这会儿又涉及校花人选这种大家都关心的事情。

直到有个回复说："转校生不仅长得漂亮，家里还特有钱吧，我之前看她都是坐豪车上学的呀！"

这条回复被点赞了挺多，谁知没过多久，有人回复："一个司机的女儿也敢冒充大小姐了？谁给她的脸。还想当四中校花，我看是个笑话才差不多。"

"司机女儿？什么情况？"

"问她自己，主人家好心让她蹭个车上学，居然还敢装大小姐。"

因为这个话题，大家顶着个马甲争论不休。

于是这个帖子被越顶越高。

估计大半个学校的学生都参与其中。

纪染没关心这个帖子，她吃饭的时候没玩手机，乖乖吃东西。反而是闻浅夏吃了几口米线之后，发现这么一会儿工夫吵起来了。

再一看，居然有人一直发诋毁纪染的评论。

闻浅夏确实没听纪染提过她的家境，也不知道帖子里的爆料是不是真的，但她觉得就算纪染真的是司机女儿又怎么样，谁规定校花还要看家境的。

她真觉得纪染是那种自带仙气的小仙女。

于是闻浅夏气得饭也不吃，拼命在底下回复。

纪染快吃完了，见她还在发信息，忍不住问道："夏夏，你还不吃吗？"

"等我骂完这群人，我再吃。"闻浅夏气呼呼地说。

纪染好奇："你在骂谁？"

闻浅夏："还不就是贴吧这群……"

她突然想起来这件事跟纪染有关，她知道纪染一向不上贴吧，所以她干脆不告诉她，省得纪染知道生气。

"没事儿，就是特别讨厌的人。"

纪染点头，指了指她的米线："你快吃吧，凉了就不好吃。"

闻浅夏听她关心自己，觉得纪染这么人美心善的小仙女怎么能这么被黑，她必须保护她。


学校外面的一家餐厅里，夏江鸣他们要了个包厢，点完菜之后，沈执才来。

他一脸没睡好的样子，在椅子上坐下，一言不发。

包厢里本来挺安静，直到徐一航盯着手机喊道："哎哎，这个贴吧里面的帖子你们看了吗？"

"什么帖子？"他一说，坐在他身边的陈松凑近。

徐一航："就是四中新校花这个帖子，别说咱们染妹是真好看，哪怕这照片是偷拍的都这么漂亮。"

陈松看了会儿："有排面。"

对面沈执听到纪染的名字，总算抬起头，身上那股慵懒劲儿去了一半，他手指在桌面轻轻敲了两下："什么东西？"

"贴吧。执哥你肯定没贴吧账号，你看我的吧！"夏江鸣立即凑到他跟前。

他把自己手机递过去，已经点进帖子里，沈执一眼就看见趴在走廊栏杆上的少女。

明媚动人，漂亮得仿佛在发光。

沈执还在看照片的时候，对面徐一航已经跟陈松讨论起来："这下面怎么吵起来了，还说染妹是个司机女儿？"

他们也看到贴吧里嘲讽纪染是个司机女儿的事情。

"司机女儿怎么了？"徐一航冷笑。

陈松："嫉妒呗！"

他们正聊着的时候，沈执突然把手机扔在桌子上，神色冷漠："这帖子谁发的？"

其他三人俱是一愣，对视了几眼。

夏江鸣小心问："执哥，你想干吗？"

"把人找出来。"沈执伸手捏了下眉心，他要看看是哪个人敢偷拍她这么多照片，还放在贴吧。

纪染她们回教室，本来挺热闹的教室她们一进来，陷入几秒的安静。

纪染当作没看见，直接回到自己位子上坐下来。

没一会儿，有个女生到教室后面的饮水机倒水，路过她的时候，突然开口说："纪染，我问你件事儿，你可千万别生气哦！"

小女生声音娇滴滴的。

纪染抬头看她，开学半个月了，班里的同学她当然认识，这个女生叫何明姗，长得还算漂亮，性子也是有些高傲的那种。

纪染跟她几乎没说过话。

何明姗轻声说："你爸爸真是给人家当司机的啊？"

她声音不算大，但是全班差不多都听见了。

何明姗之前在班里也算个班花，本来她第一天开学发现没什么竞争对手还挺开心，结果突然来了个转校生。

不仅抢走她班花的位置，如今还在整个学校都出了名。

何明姗心底自然有些不服气，但她说完之后，又假装关心地说："纪染，你别难过，我们都是支持你当校花的，出身又不能决定什么对吧！"

闻浅夏听到她明捧暗贬的说法，白眼差点儿翻到天上。

纪染听得有些发笑，司机？纪庆礼什么时候沦落成司机了？

可她还没开口，后门走进来几个人。沈执走在最前面，因为何明姗站在过道的地方，正好挡住他们的去处。

沈执偏头盯着何明姗打量了许久，他看得很认真。

何明姗被他盯得面色一红，心跳加速犹如小鹿乱撞。

直到沈执轻嗤出声，似笑非笑地望着她："可真够闲的。"

夏江鸣和徐一航对视了一眼，没太大意外的感觉。刚才在后门时，他们都听到何明姗说的话。

这场面把班级挺多人都吓住了。


这半个月以来，大家对沈执也算有点儿了解，知道他名声不好，但是并不随便欺负人。在班级里其实特低调，除了上课睡睡觉之外，跟正常学生没什么两样。

这还是他第一次对班级里同学这么不客气。

何明姗一下脸涨得通红，低着头离开。等回了位子之后，没一会儿还是哭着跑出了教室。

沈执坐下之后，整个教室都静得落针可闻。

纪染垂眸盯着面前的书，一个字都没看进去。她想起早上校牌的事情，于是忍不住偏头，谁知眼睛刚看过去就撞上了沈执漆黑的眸子。

他眉宇微蹙，脸上还带着那么点儿戾气。

纪染安静地望着他，本来张嘴想说话，可是沉默了许久，伸手在兜里摸了摸，压着声音说："沈执。"

他望着她，也没开口。

直到纪染轻软的声音说："你伸手。"

沈执微怔，下一秒真的将手掌摊开在桌子上，纪染伸手将手里轻握着的东西放在他手心，放下时还滚了两下。

待他垂眸，一颗白色糖纸包裹的奶糖在他掌心里。

阳光透过窗子，正好照在糖纸上。

一时，空气里似乎都弥漫着浅浅的奶香味。

沈执垂眸望着掌心的大白兔奶糖，突然记忆仿佛一下被拉扯回许久之前，记忆里奶糖的浓香味似乎从未散去。

"哄我呀？"许久，他低笑着说。

纪染眨了眨眼睛，犹豫了会儿才说："谢谢你帮我找回校牌！"

她知道自己的校牌应该是丢在山上了，没想到沈执居然真的给自己找了回来。

刚才她在学校小超市里买了糖，还记得小时候裴苑唯一会拿来哄她的就是奶糖。后来她慢慢长大，裴苑管她严格，不仅是学习方面，吃穿用度都要经过她严格审查。

就连奶糖都规定她多久吃一颗。

偶尔她表现好了，裴苑会亲自给她。

她小时候最期待的就是自己拿到获奖证书或者奖杯的时候，从裴苑手里得到一颗糖，那样她会打心底里高兴。

后来长大了才发现，裴苑养她的方式跟马戏团里训练动物没区别。

做不好挨骂，做得对了，给颗糖奖励一下。

突然纪染恍惚了下，记忆里她好像也是这么对另外一个人的吧，奖励他吃大白兔奶糖，还告诉他这是世界上最好的东西。

可是那个人，她快忘记了。


下午正好有节体育课，自由活动时间里，纪染问了闻浅夏关于她爸爸是司机这件事。

闻浅夏把贴吧里的帖子给她看了。

"也不知道是谁传出来了，真够无聊的。"闻浅夏气呼呼说道。

纪染沉默地盯着手机，心底大概有了人选，但是又觉得江艺不至于那么蠢，撒这种一下就被戳破的谎言。

但她还是说："浅夏，你能帮我打听一下吗，这件事最开始是谁传出来的？"

"行。"闻浅夏点头，拍了拍胸口。

下课集合的时候，沈执他们都没回来。体育老师也没问，于是很快让他们解散回教室。

活动楼这边平时没什么人，只有晚自习的时候才会热闹点儿。

徐一航把人领来的时候，还拍了拍他的肩膀，笑着说："别怕，别怕，咱们就是聊聊。"

男生看见等着他的沈执时，腿都软了。

这个场景太经典了，而且沈执气场太强，他今天还能从这里出去吗？

男生垂着头，低声说："执哥，我今天身……身上没带钱……"

其他几人愣了下，突然爆起大笑。

就连沉着脸的沈执，盯着他都有点儿发笑。

沈执在学校虽然是不好亲近的模样，但要别人钱的事情是从来不会做的。一是他不屑于这种行为，二是他缺什么都不会缺钱。


"手机拿出来。"沈执冷漠道。

男生不明所以，但乖乖拿出手机双手递过去，沈执接过之后，打开手机里的相册，翻了一下果然找到了纪染的照片，而且还不是一张。

他眉头拧得越来越紧，终于抬头望着对方："你变态吗？"

居然偷拍了这么多张照片。

男生一头雾水，直到他反应过来，立即摆手说："执哥，我真不是故意的，我就是偶然看到纪染同学，觉得她特……特别漂亮。"

他声音越说越小声。

一旁徐一航啧啧地摇头："兄弟，我说你也太不上道了吧，觉得人家漂亮就偷拍呀！"

"我就是觉得她才应该是我们四中的校花，想发到贴吧让大家评评。"男生声音极低地说。

沈执越来越觉得他们学校管理太过松懈，一个个不好好上学，一天到晚都想什么呢！

是校花又能怎么样，能拿奖吗？

沈执嗤笑一声，四中这些评选他还真的不知道。其实四中公认的校草就是他，只不过没人敢把沈执的照片放在贴吧里。

"都给我删了，下次要是再敢偷拍。"沈执把手机在指间转了一圈，透着冷笑。

男生立即摇头："不敢了，不敢了。执哥，我保证没下次。"

沈执："把贴吧里的帖子也给我删了，以后别搞这种无聊的事情。"

男生拼命点头。

沈执正要把手机还给对方，可是下一秒他望着手机里的照片，突然愣住。许久之后，他在男生的社交软件里添加上自己的号码。

等到把他手机里所有纪染的照片传给自己之后，又把自己号码删掉。

最后才是删掉对方手机里的照片。

等做完这些之后，沈执把手机扔进他怀里，临走的时候睨了他一眼，淡声："记住，没有下一次。"

男生没想到沈执居然这么好说话，点头如捣蒜，哪有不同意的道理。


沈执离开之后，走在路上拿出手机，看着手机里的照片，一张又一张，看得特别认真。直到旁边夏江鸣见他一直盯着看，忍不住好奇问道："执哥，你看什么呢？"

他脸凑过来，想要也看，结果沈执把手机握在掌心，阻挡他的视线。

"不给。"他淡淡道。

这是属于他的，谁都不能看。


纪染晚上回家一直都待在自己的房间里，本来快睡了，因为有点儿口渴便出门倒水喝。谁知她刚推开门，就看见江艺偷偷摸摸从她的衣帽间出来。

纪染虽然什么东西都没带来，但裴苑还是把她不少东西都寄了过来。东西到的那天，别说江艺，连江利绮都吃惊，她一个小姑娘居然有这么多衣服。

纪庆礼和裴苑都不算合格的父母，可纪染是正经的大小姐，还记得她周岁宴上就收到长辈送的钻石，甚至很小就拥有高定的小书包。

因此这边家里也有个专门给她的衣帽间。

反正江利绮为了在纪庆礼面前表现出绝不是因为纪庆礼的钱才跟他结

婚的这一点，哪怕婚后打扮得一样典雅朴素，处处表现自己跟别的那些见钱眼开的女人不一样。

至于江艺，她倒是有心想过大小姐的生活，可是她妈都那么朴素，怎么可能同意她挥霍。

纪染偷偷关上房门，直到江艺回到自己房间关门的声音传来。

又过了一会儿，她重新打开门。

纪染悄悄进了自己的衣帽间，其实除了第一天她的衣服寄过来，她帮着家里阿姨一起整理之外，她都没进来过。

因为四中平时都是穿校服，只有周末她才能穿自己的衣服。

于是纪染拿了几件衣服在她房间里的衣柜，衣帽间里很多衣服，她都没动过。

等她进去衣帽间之后，望了一圈衣服，她记忆力很好，哪怕这里衣服很多，但是她都能记住大概放的范围。

况且江艺每天上学也是穿的校服，所以她应该没动过自己的衣服。

纪染去检查中间柜子里摆着的项链吊坠这些，直到她发现还真的有一串珍珠手链不见了。

她立即露出冷笑。

果然。

第二天上学，纪染随意打量江艺，她脖子上、手腕上都是干干净净，没戴任何东西。

纪染不动声色直到进了学校。

课间操的时候，她问闻浅夏："你认识江艺吗？"

闻浅夏瞪大眼睛，一脸惊讶地说："染染，你怎么知道我要对你说江艺呀！我跟你说哦，就是她到处跟别人说，你是她家司机的女儿，所以才会有这种传闻传出来的。"

这件事是江艺当着众人面说的，想要打听出来很容易。

闻浅夏见纪染不说话，低声说："我听说这个江艺是'白富美'，而且她们班的女生说，她每天穿的戴的东西都特别贵。"

"她穿什么了？"纪染好笑地问。

没想到闻浅夏还真的拿出手机，把照片翻给纪染看："这是我在（12）班的同学给我看的，她说江艺昨天还穿了一双好几千的鞋子上学呢！"

等纪染低头看见照片时，真的气笑了。

江艺脚上穿的那双白色珍珠凉鞋，是她的，只是纪染觉得这鞋子品牌标志太明显，不太想穿到学校，显得太招摇。

她明明记得昨天江艺上学可不是穿的这双鞋。

估计江艺是把鞋子藏在包里，到了学校才换上。

纪染被她这种无耻的虚荣心彻底逗笑。


"对了，周末不是徐一航的生日，听说去年他就请了好多人，今年估计还是会搞得很大。江艺跟别人放话说，这次一定把薛以柔比下去，估计当天她会穿超级贵的礼服。"

闻浅夏把自己打听到的情报，偷偷告诉纪染。

纪染看了她一眼，没想到短短一晚上，她居然知道了这么多事情。

于是她拍了拍闻浅夏的肩膀："你想好以后大学学什么专业了吗？"

闻浅夏睁大眼睛："染染你有什么建议吗？"

虽然她不知道纪染为什么突然这么说，但还是很有兴趣。

纪染认真道："我建议你去学情报特工，可以完全发挥你的所长。"

闻浅夏："……"

这几天江艺一直在家里闹着让江利绮给她去买礼服。江利绮觉得礼服昂贵又不适用，她没打算给江艺买。

其实纪庆礼并不关心江利绮用钱的事情，他有钱不至于这么抠门。

只不过江利绮心虚，想要一直维持自己在纪庆礼心目中不爱钱的小白花形象。

谁知晚上江艺气呼呼地下楼，突然发现客厅里，赵阿姨手里举着一条极好看的雪纺礼服长裙。

江艺一下子扑了过来，开心地问："这是妈妈给我买的吗？"

这件长裙特别少女风，是雪纺材质有种飘飘欲仙的感觉。江艺甚至能想到自己穿上它的时候，走动之间，裙摆流动的模样。

她一下子就喜欢上了这条裙子。

赵阿姨一脸惊讶地望着她，随后小声说："艺小姐，夫人也给您买裙子了？"

家里的保姆为了区别两位小姑娘，对纪染是直接叫小姐，但江艺就是叫艺小姐。叫江小姐有些太生疏。

但是哪怕江艺换了个称呼，两个女孩在家里的地位，一目了然。

赵阿姨见她一直盯着看，心底止不住叫苦，说道："这是小姐的衣服，她之前说会有人送来，让我放在衣帽间挂好。"

又是纪染。

江艺快要气疯了，凭什么她求着妈妈买礼服都不行，这个纪染想买什么就买什么？她知道纪染是纪庆礼的亲生女儿，可是她妈妈才是现在的纪夫人。

纪染有的，她也应该都有。

纪染的那个衣帽间是她最大的渴望，那么多漂亮的衣服、好看的鞋子还有首饰。她也想要，可是妈妈一直说让她再忍忍，再等等。

江艺咬着唇，眼看着赵阿姨把礼服拿到楼上的衣帽间。

纪染放学约了闻浅夏一起逛了会儿书店，她回来之后家里很安静。然后她走进她的衣帽间，果然这件白色礼服长裙被赵阿姨挂了起来。

她承认她很坏，故意挖陷阱给江艺。

可是只要江艺不贪图她的东西，那么她不会对江艺造成任何影响。

但是如果……

纪染伸手轻轻摸了摸这条长裙。

她说过的，谁都不能动她的东西，会有代价的。


清晨，别墅区里伴随着清脆鸟鸣声，也迎来了新的一天。

纪染下楼的时候，纪庆礼已经穿戴整齐坐在餐桌旁边，他今天早上有个挺重要的会议，因此起得很早。

平时纪染上学的时候，都没遇见纪庆礼。

"爸爸，早上好。"纪染轻声打招呼，乖巧地在他对面坐下。

赵阿姨见纪染下楼，赶紧把早餐端上来。纪庆礼见状，关心道："染染，早餐一定要吃好，要不然上午没什么精神。"

他难得跟纪染说这种话，毕竟平时父女两人见面都很少。

早上纪染上学，他还没下楼。晚上纪染在房间休息，他才刚刚到家。纪庆礼跟裴苑还不一样，他对纪染是属于放养，管得没那么严。

没一会儿，江艺被江利绮拎了下来。

本来江艺还在嘟嘟囔囔说裙子的事情，自从昨晚看见纪染那条仙气飘逸的礼服长裙，她打心底嫉妒得发狂，一直缠着江利绮让她给自己也买一条那样的裙子。

江利绮被她闹得没法子，但是看见餐厅里的父女两人，低声训斥："不许胡闹了。"

江艺早上也难得见到纪庆礼，赶紧乖乖松开缠着江利绮的手臂，跟着走进餐厅。

纪染餐桌礼仪极好，此时慢条斯理吃饭，没有一点儿声响。

等她端起身边装着牛奶的玻璃杯，轻轻抿了一口，抬起头对纪庆礼说："爸爸，我能跟您商量一件事吗？"

纪庆礼点头："你说。"

"从今天开始，我不想再坐家里的车子上学了，您别让司机送我了吧！"纪染长睫轻颤，轻轻开口说。

纪染居然提出不坐家里的车子上学，这惹得坐在对面的江艺好奇地望着她。

好好的豪车不坐，她难不成还想挤公交不成？

江艺露出看好戏的姿态。

纪染并未看她，只是微垂着眸子，手指搭在桌子上的玻璃杯，轻蹭了下。

纪庆礼："为什么不想坐车了？"

"之前因为不熟悉去学校的路，现在我对学校周围挺熟的，所以想锻炼一下自己。"纪染的声音不紧不慢，轻轻柔柔，听起来格外舒服。

纪庆礼赞同地点点头。

江利绮关心地说："公交车毕竟挺挤的，坐家里的车舒服点儿。"

纪染依旧朝纪庆礼看着说道："爸爸，我是个学生，每天坐家里的车去学校，总是引起别人的关注，我觉得这样不太好。"

纪庆礼一听，很赞同地点头。

他之所以喜欢江利绮就是觉得她不是图自己的钱，为人又低调。男人嘛，不管多大年纪都喜欢清纯不做作的。

他没想到纪染没有一点儿攀比心，心底越发高兴。

于是他说："染染这个想法很好，高中生嘛，就该有高中生的样子。

一味攀比不学习的哪有什么学生的样子。"

听完纪庆礼的话，桌子上的人表情各异。

纪染抬起头，嘴角透出一点笑意。

很快，纪染吃完早餐起身离开，准备去上学。

倒是江艺还在慢吞吞吃东西，反正她又不用挤公交，有的是时间。还是江利绮转头看着她说："江艺，你也快点儿，待会儿跟染染一起出门。"

啪嗒一声脆响。

江艺的餐刀掉在了餐厅的大理石地砖上，发出刺耳声音。

江利绮看到纪庆礼不悦地皱眉，赶紧低斥："江艺，你怎么回事。"

江艺听到江利绮让她跟纪染一起出门，一不留神餐刀才从手里滑落。其实她以前除了偶尔在外面吃西餐会用刀叉，平时没怎么用过。

但是来了纪家之后，早餐多是西式的，虽然可以用筷子，但是她不想让人瞧不起，便一直用刀叉。

本来就用得不算熟练，如今更是直接掉在地上。

但刀叉掉在地上的窘迫都挡不住江艺脸上的震惊，她没想到妈妈居然让她跟纪染一起坐公交。

好在她有点儿理智，还记得纪庆礼坐在这里。

江艺起身之后，江利绮借口送她跟着走了出来。等江艺拿着书包走到门口的时候，才敢委屈地说："妈妈，我不要坐公交车，又臭又挤。"

"你小声点儿。"江利绮朝左右看了一眼，伸手理了理她的校服领子，低声说："纪染都说坐公交，难不成你还继续坐家里的车？"

"她愿意坐就让她去坐好了。"江艺不服气，凭什么让她跟着一起受罪。

江利绮简直是恨铁不成钢，她望着江艺说："难道让你坐车她乘公交？你让你纪叔叔怎么看你？怎么看我？纪染能坐公交车，你怎么就不能？"

江艺心下更委屈了。她知道江利绮的意思，无非就是纪染是纪庆礼的亲生女儿，连她都去坐公交车，自己当然不能用家里的车。

可她就是不服气。

本来因为裙子的事情，江艺心底就恼火得慌。

突然她灵机一动，撒娇说："妈妈，我要是去坐公交车，你就给我买那条裙子吧！"

纪染那条长裙实在是太仙了，要是她能穿去参加徐一航的生日宴，其他那些女生拿什么跟她比。

江利绮皱眉，想也不想地说："你没看到刚才你纪叔叔怎么说，高中生就该有高中生的样子，你一个高中生要什么礼服。"

江艺不服气道："纪染一件又一件地买，我凭什么一件都不能有。"

江利绮望着她嫉妒的表情，忍不住叹了一口气。

说到底，还不是因为纪染是纪庆礼亲生的，有底气。

江利绮眨了眨眼睛，心底也有些发急，不知是她年纪大了还是什么原因，迟迟怀不上孩子。

最后江艺只能背着书包去家附近的公交车站乘车。

纪染站在站牌前面，望着不情不愿走过来的江艺，江艺看见纪染的时候，更是连平时的假笑都维持不住。

纪染心底只觉得想发笑，这才到哪儿，江艺就忍不住了。

她在别人面前踩自己的时候，就该想到这一天。

只要她愿意，她一句话，就能让江艺从坐车变成乘公交。

今天是周五，四中的惯例是周五第四节课不上，除了高三全校大扫除。虽然大家都不喜欢打扫卫生，但是跟上课比起来的话，大家会更愿意打扫卫生。

闻浅夏望着面前（8）班的包干区，怒道："凭什么咱们得扫这么大的地方？"

为了减轻学校清洁工阿姨的负担，学校把教学楼以及操场外面的区域都分配给各个班级。（8）班正好分到篮球场这边，连球场旁边的这条主干道都包含在内。

不巧，何明姗是（8）班的劳动委员。

那天沈执为了纪染当众让何明姗下不来台面，何明姗不敢报复沈执，只能暗戳戳给纪染使绊子。

正好周五打扫卫生，何明姗把大家最不愿意来的包干区分配给了纪染。

纪染没跟她理论，闻浅夏看不下去主动申请跟纪染一起。

哪怕有了心理准备，可是看见这么大一块区域，闻浅夏还是忍不住气恼地抱怨了一声。

"没事儿，我来打扫好了。"纪染知道她是为了自己，才主动要求打扫这边的。

闻浅夏："怎么能让我的小可爱一个人打扫这么大的地方,我会心疼的。"

纪染被她逗笑,虽然她现在的年纪比闻浅夏小几个月,其实说起来闻浅夏才是小女孩,毕竟她心理年龄可比闻浅夏大多了。

纪染见球场人很多,干脆从最远的地方开始打扫。

篮球场一点儿没受全校大扫除这事的影响,反而很多人趁机溜出来打球。球场上热火朝天,青春期的男孩借机宣泄掉体内无限的能量。

沈执本来也在场上,结果一抬头看见不远处弯腰认真扫地的人,怔在原地。

"执哥,传球呀!"旁边的夏江鸣着急喊道。

沈执被打断,干脆直接把球扔给在场下等着的陈松,低声说:"不玩了。"

陈松接替他上场之后,沈执随意靠着篮球架坐下,眼睛直勾勾盯着远处的纪染,小姑娘做事很认真,扫帚一寸寸地扫过地面。

徐一航下场之后也坐到他旁边,顺着他盯着的方向看过去,突然拍了下腿:"我怎么把最重要的人忘记了。"

"什么?"沈执轻抬头,望着他。

徐一航拍着大腿,懊悔地说:"我过生日还没请纪染呢,这么重要的事情我居然给忘记了。"

于是徐一航挥着手对纪染喊道:"染妹。"

结果刚喊一声,他的小腿肚被猛地踢了一下,徐一航转头发现沈执朝他望着,那眼神还挺冷。

徐一航:"纪染同学,能麻烦你过来吗?"

纪染听到有人喊她,抬起头四处看了一圈,发现不远处篮球场徐一航拼命冲她挥手。她想了想,把扫帚放下,走了过去。

到了跟前,徐一航说:"纪染同学,这个周末我过生日,你能不能赏脸来参加我的生日宴?"

徐一航说得特别客气。

纪染抿嘴,她当然知道徐一航的生日宴,但是她知道江艺也会去。如果她去的话,江艺未必敢偷穿她的礼服。

所以她想了下,轻声说:"祝你生日快乐!不过我周末有别的事情没办法去。"

沈执和徐一航都听出她的推脱之词。

徐一航摸了摸后脑勺："没事，没事。"

纪染见他没别的事情，转身离开。


她走了几步之后，徐一航叹了一口气，低头望着沈执说道："阿执，你看不是兄弟不帮你，纪染这种姑娘太乖了，她跟咱们平时认识的那些女生都不一样。"

不是徐一航故意给沈执泼冷水，只是他觉得纪染是那种一看就是被管挺严的乖乖女，而且她从来没把自己的长相当作资本炫耀，跟学校里那些漂亮女生不是一类人。

他看得出来沈执对纪染确实不一样，但他也怕沈执会在纪染身上栽大跟头。

沈执冷着脸，沉默不语。

突然他站了起来，徐一航被他吓得往后退了一步。待沈执追过去时，纪染已经走到旁边花丛那条路。

那边正好有个脚手架，是之前工人修剪树枝留下来的，不知道为什么没被立即拿走。

突然，一颗篮球从球场这边飞了过去，倒没飞向纪染，而是直直地砸中脚手架。

脚手架在晃了一下之后，猛地倒向另外一边。

正好是纪染走过的方向。

纪染还没反应过来，从身后跑过来的沈执扑了上来，抱着她摔进旁边花丛里。

她被扑倒时，下意识闭上眼睛。

直到耳边一声闷响，是架子砸在身体上的那种钝响声，不大。

但是听着就觉得钻心疼。

纪染心跳随着这闷响声加剧，直到她身上的人闷哼出声，她心跳如同漏了一拍般，下意识地睁开眼睛看向他。

沈执后腰被砸得是真疼，撕心裂肺那种疼。

即便他强咬着牙关，清俊的脸还是疼得有些扭曲。

待纪染看向他时，沈执看见小姑娘眼底里的惊惧，以为她被吓到，垂眸看着她轻声说："别怕。"

　　纪染终于回过神，轻吸了下鼻子，声音很小很小地说："沈执，你疼不疼？"

　　沈执看着她眼底的担忧，突然心头闪过一个念头。

　　她心疼他？

　　半晌，他笑了，黑眸直勾勾地盯着她："好疼。"

　　可是心底却泛起细细密密的甜。

## 第四章
## 喂，你怎么奶凶奶凶的

疼，钻心地疼。

沈执被人扶起来的时候，哪怕他这样性子都忍不住皱眉，这脚手架虽然是空心的，但是这么砸在后腰上还是疼得特别厉害。

此刻他额头上硬生生被疼出一层薄汗。

纪染见他眉头紧拧，一直没松开，立即说："要不去医院看看吧！"

"是呀，执哥去医院吧！"夏江鸣在旁边也着急上火，他们在远处看着都胆战心惊的，有几个女生更是吓得直接尖叫了起来。

这玩意儿砸在身上可不好受。

沈执毫不在意，摇头："不用。"

他没那么娇气。

徐一航朝纪染看了一眼，趁机开口说："还是去看看吧，你这可是砸着后腰了，腰多重要，要是真出了问题……"

沈执面无表情地望着他，徐一航闭嘴了。

真是活该，这会儿都英雄救美受伤了，还不趁机表现，拉好感，逞什么英雄呢！

要是徐一航的话，这会儿估计都赖上纪染了。

沈执瞪完人之后，转身准备离开，本来他也只是冲动地追过来，并没什么话要跟纪染说。这么替她挡了一下之后，他反而更没话说，干脆转身离开。

纪染站在身后咬了下唇，最后终于没忍住，她抬起手本来是想戳一下沈执的衣服。

谁知最后反而手指一下抓住他的衣服下摆。

他今天穿的是一件黑色宽松 T 恤。纪染这时才发现其实他特别喜欢穿黑色，他们在机场第一次见面时，他就是穿着一身黑。

当沈执回头的时候，纪染抬头望着他。

直到男生戏谑的声音问："舍不得我走了？"

纪染听到他这句话时，手指仿佛被烫了下，猛地又松开。

"沈执，我陪你去医院吧！"

明明在心底打定主意要离他远一点儿的，可是现在这个情况，纪染实在没办法假装跟自己无关，什么都不管就让他走。

沈执见她又纠结又担心的模样，一张白皙的小脸快皱成抹布，轻笑了声："行了，这玩意儿砸不残我。"

"真残了，你再想想怎么赔偿我吧！"沈执淡淡说道。

纪染猛地抬起头望着他，脸上闪过一丝疑惑。

沈执不会就此赖上她了吧？


学生会检查过各班的打扫卫生情况之后，所有学生才离校。纪染跟闻浅夏一起走到校门口不远处的公交车站牌。

闻浅夏还在说服道："纪染，你真不跟我们一起玩呀？"

"我不去，你去玩吧！"纪染软软地说。

闻浅夏也被徐一航邀请参加生日宴会，他们几人跟班里的人接触不算多，又是刚开学，请的大部分是以前班级的同学。

本来闻浅夏以为纪染也会去，才一口答应，今天问起来她才知道纪染不去。

闻浅夏噘着嘴："可是我一个人太没意思了。"

纪染安慰她："不会的，你不是说那里特别好玩。"

之前闻浅夏就跟纪染说过，学校附近的这个天空之境消费太高，除了那些完全不在乎钱的富家子弟，其他人很少去。

她们站在公交站牌下的时候，江艺正好也跟她的闺密团走了出来。

今天放学，蔡洁洁不知道什么原因非跟着江艺一起出门。要是平时江艺无所谓，可今天她得坐公交车回家，外面根本没司机等着。

她总不能让班里女生看见她坐公交车吧！

蔡洁洁左右张望，捂嘴轻笑："江艺，你家的车呢，怎么今天没来接你？"

江艺："我妈今天用车。"

"你不是说那辆车是专门接送你的。"蔡洁洁天真地问。

江艺吹过的牛，连她自己都记不太清楚，反倒蔡洁洁记得挺清楚。

她皱眉："我妈的车拿去保养了，蔡洁洁，你家都没车吧，不知道车子要保养吧！"

蔡洁洁其实也是个小"白富美"，有点儿小高傲，只不过自从跟江艺一个班级之后，她处处被抢风头，所以她是班里唯一一个不捧着江艺，还有点儿暗戳戳希望江艺倒霉的女生。

她被江艺怼了之后，其他女生笑了起来。

蔡洁洁一张脸涨红："徐一航的生日宴你不是要把薛以柔比下去，你可别让我们失望呀！"

江艺本来就在烦恼这件事，不悦道："我当然会说到做到。"

"我们可以期待一下小艺的高定礼服了。"

"对呀，别说穿了，我都没见过高定礼服呢！"

"我也是。"

一帮女生七嘴八舌地讨论起来，结果有个女生突然指着对面说道："江艺，那不是你们家司机的女儿？"

纪染和闻浅夏站在对面站台，虽然听不清楚这边讨论的内容，但是明显能感觉到江艺她们一帮人肯定是在讨论她。

闻浅夏翻了翻眼睛："这群女的真无聊。"

她知道这些女生肯定又在说纪染是司机女儿的事情。闻浅夏就特别替纪染不值，明明纪染长得漂亮性格又好，却因为出身问题一直被人在背后诋毁。


徐一航的生日是周末，江艺下午就不在家里。

纪染去了一趟自己的衣帽间，果然她的礼服长裙还是不见了。不仅长裙，还有一条项链和手链跟着一起不见了。

纪染手指在空空的衣架上摸了摸，果然人还是逃不过自己的贪心。

她知道纪庆礼今晚回来的时间，现在只等着江艺从生日宴上回来。

谁知到了快 8 点的时候，夏江鸣突然打来电话。

纪染接通之后，听到他有些无奈的声音："纪染，你现在能不能过来一趟？"

"怎么了？"

按理说这时候夏江鸣应该在参加徐一航的生日宴，怎么突然给她打电话。直到夏江鸣无奈地说："是闻浅夏，她现在心情特别不好，你能不能过来安慰她一下？"

闻浅夏是纪染唯一的朋友，事关她的事情，纪染还是特别在意。

她立即抿嘴轻声说："你能告诉我，浅夏怎么了？"

"生日宴上她好像跟别的女生吵起来了，我问她原因她也不说，现在正哭着呢！我怕出事，没让她走，把她带到楼下休息一会儿。不过她还一直哭。"

纪染看了一下时间："我马上过来，你先帮我看着一点儿浅夏。"

夏江鸣打完电话之后，朝不远处已经停止哭泣，正在吃冰激凌的闻浅夏看过去。

最后他转头无奈望着旁边的人："执哥，我这么骗纪染会不会不太好？"

闻浅夏确实在生日宴上跟人起了冲突，只是小姑娘好哄，两个冰激凌很快让她不哭了。夏江鸣没想到，沈执居然让自己打电话给纪染。

沈执一笑，露出慵懒笑意，抬脚踢了他一下："哪那么多废话。"

夏江鸣委屈得不敢说话。

沈执站在窗边望着楼下，只要纪染来了，他就能第一眼看见。

其实他也想给她打电话，可是他打了她不会来的。

沈执自嘲地笑了下。

以前只有别的女生为引起沈执注意费尽心机，如今他为了见她一面，生平第一次这样耍手段。

如果知道是自己让夏江鸣骗她，她一定会生气吧！

想到纪染那张白皙漂亮小脸上可能会出现的表情，他突然又笑了起来。

纪染是打车到的，她刚从车里下来，准备给夏江鸣打电话，谁知夏江鸣居然在楼下等着她。

"纪染，这边。"夏江鸣笑嘻嘻冲她挥手。

纪染跟着夏江鸣上了二楼，二楼是专门吃东西的地方，她一上楼就看见闻浅夏，她坐在那里垂头丧气，一副斗败的小鸡崽模样。

　　她直接朝闻浅夏走过去，到了跟前，闻浅夏才抬头看到，惊喜地问："染染，你怎么来了？"

　　"你怎么样？"纪染看见她眼睛红彤彤的，还有些肿，知道她真的哭了。

　　闻浅夏有点儿不好意思："我没事儿。"

　　她就是吵架没吵过别人，被气哭的。

　　纪染问："有人欺负你？"

　　闻浅夏望着她，摇摇头："不是什么大事儿。"

　　纪染看着她的表情，大概猜到或许她吵架的原因跟自己有关，要不然以闻浅夏的性格，不可能看见自己都不倾诉的。

　　她说："是不是因为我？"

　　原来闻浅夏来参加生日宴，谁知在厕所里遇到江艺那几个朋友，她们不仅嘲笑闻浅夏穿得穷酸，还跟司机的女儿玩得好。

　　她跟纪染在学校里形影不离，所以很多人都知道她们关系好。

　　闻浅夏本来一直就气恼这些女生嘲笑纪染是个司机女儿，如今正好撞到她枪口上，干脆跟对方吵了起来。

　　结果人家人多嘴杂，闻浅夏不仅没替纪染出头，自己还被骂哭了。

　　此时她特别不好意思地望着纪染："对不起，染染，我没吵赢。"

　　她真觉得特别丢脸。

　　纪染看着她委屈巴巴的表情，扑哧一声轻笑了起来，低头问道："你现在觉得舒服点儿了吗？"

　　闻浅夏点头。

　　纪染："那起来吧！"

　　闻浅夏望着她："回家吗？"

　　"你不是被欺负了，"纪染声音软软的，可是语气却格外镇定，"带你去找回场子。"

　　闻浅夏没想到她会这么说，眨了眨眼睛，傻乎乎地跟着站了起来。

　　纪染准备转身的时候，突然听到身后一声极低的笑声。

　　当她转过头，沈执站在不远处，身体轻轻倚靠着旁边的立柱，透着一股慵懒惬意。

他的脸因为隐没在灯光偏暗的角落，只能看见隐隐表情。

是在笑。

纪染露出微微诧异的表情，乌黑的大眼睛睁得有点儿大。

沈执望着她的小脸，明明漂亮得跟个瓷娃娃似的，可放狠话的样子却那么可爱。

他们两个人之间的距离不算远，纪染不知道自己刚才说的话，沈执有没有听到。

现在两人四目相对，她突然有一丝无奈。

她的"人设"在沈执面前，应该崩得差不多了吧！

在纪染愣神的工夫，沈执踏着步子悠悠地走过来，眼睛盯着她，下巴浅抬："走呀，不是要找回场子吗？"

不是要去找回面子吗，你给她撑腰。

我给你撑腰。


他们上了楼之后，刚出了电梯，就听到里面吵嚷的声音，居然还来了不少人。

纪染到了门口的时候，一眼就看见江艺，或者是看见穿着那条裙子的江艺。

说起来，这条裙子其实是裴苑给纪染定制的，只是等纪染拿到的时候，她已经来了这里。

裴苑眼光一向好，她看中的裙子是最适合纪染的。

只可惜，如今这条裙子却被江艺穿在身上。

不过江艺个子比纪染矮，这条裙子在她身上穿着并不合适。特别是裙子的后面是微露背的设计，江艺皮肤不算特别白，有点儿黄。

灯光照在她背上的时候，并没有那种冰肌透骨的感觉。

即便这样，她身上的这条裙子还是美得叫人挪不开眼睛，确实让她也成了全场的焦点。

毕竟人靠衣装这个道理，什么时候都不会过时。

纪染走过去的时候，因为沈执就在她身后，无形中人群给他们让开一条路。

直到她走到江艺的面前时，江艺回过头。

刚才还神采飞扬享尽众人吹捧的江艺，这一刻，脸色煞白。

纪染缓缓地将她从头看到尾，而周围所有人也渐渐安静了下来，盯着他们看。因为大家都或多或少听说，江艺和纪染的关系。

都传纪染是江艺家司机的女儿。

终于，纪染轻轻开口："江艺，穿我的衣服之前，你是不是应该跟我说一下？"

"你知道不问自取就是偷的道理吗？"

纪染态度并不是咄咄逼人，语气轻轻软软，可说出的话却让全场人倒抽了一口气。

这是什么情况？

不是说，纪染是江艺家司机的女儿，怎么变成江艺偷纪染的衣服？

直到最后纪染略歪头，轻笑了下："我姓纪，你又是谁？"


此时整个包厢里彻底安静了下来，就连本来鼓噪的音乐都不知道什么时候被关掉。

纪染本来并不想当着这么多同学面儿揭穿江艺，毕竟她也知道家丑不可外扬，况且她不想让人知道她跟江艺的关系。

挺丢人的。

但纪染完全没想到，江艺居然沉迷在扮演富家小姐而她是个司机女儿这种谎言游戏里无法自拔。

甚至还带头欺负闻浅夏。

哪怕是丢脸，纪染也不打算轻易放过江艺。

因为她以前也是这样，太顾及脸面和高姿态，让江艺在上流圈子里装了那么久的纪家大小姐。

纪染是裴苑严格教养出来的孩子，脾气秉性其实跟裴苑很像。

比如她就完全继承了裴苑的那套高姿态作风。

裴苑从不屑低头看一眼江利绮，哪怕江利绮仗着纪庆礼兴风作浪，裴苑都懒得跟她计较。只不过纪染后来才明白，对付压根不在乎自己脸面的人，你就该把她的脸踩在脚底下。

所以现在，纪染深刻吸取教训。

周围众人都看傻眼了，本来还挺安静望着，此时早已经按捺不住讨论了起来。

"到底怎么回事？不是说纪染是江艺家司机的女儿？"

"对呀，我也是这么听说的。"

"现在看着也太不像了吧，我怎么觉得纪染比较像大小姐？"

"不会江艺在撒谎吧？"

即便是高中生出席同学的生日宴会，也会把自己最贵的衣服和鞋子穿出来撑场面。所以相较于屋子里盛装打扮的众人，纪染穿着一身白T和黑色长裤显得有点儿过于朴素。

只不过哪怕就是这么简单的打扮，她依旧好看得叫人无法挪开眼睛。

少女的身材纤细，特别是T恤里的衣领处露出那么一小截锁骨，精致、立体，因为很白被灯光一照犹如涂着一层白釉似的。

众人越看越疑惑，纪染的气质真的太好了，一看就是那种被精心娇养的小姑娘。

于是众人议论声更大。

终于，本来如同被石化的江艺回过神，此刻她脑子里第一个念头就是：不能承认，她不能承认，要不然都完蛋了。

于是江艺露出费解的表情："纪染，你到底在说什么？"

她拎了下自己的裙摆，无辜地说："这裙子明明是我妈为了让我参加同学聚会买的，你怎么会说是你的呢？"

江艺这么真挚的一番话，又让周围的人陷入迷惑之中。

自然也有人相信了江艺的话。

毕竟从高二开学之后，大家是看见江艺天天坐豪车上学的。反而是纪染，除了刚开始的几天她是在学校门口下车，之后她不愿意让人知道自己跟江艺的关系，都会让司机提前把她放下来。

她宁愿多走几步到学校。

因此不少人都倾向相信江艺说的话，毕竟她这个"白富美"的"人设"立得还算顺利。

于是立即有江艺的小姐妹站出来说："我看你才是满口谎话吧，谁还不知道你的身份呀！"

她言语中透着鄙夷，言下之意无非就是一个司机的女儿，也敢在这里装模作样。

可是江艺的脸色反而因为闺密的话，越发白了几分。

她的谎言在别人面前可以说，但是在纪染面前，无非就是自打嘴巴。但是现在她已经被架在这里，这个谎言她只能一直坚持下去。

哪怕是假的，她也绝对不能承认。

其实说谎的人都会有这样的侥幸，觉得自己并不会那么倒霉，谎话被戳穿。

有时候说谎说得多了，连自己都开始相信这样的谎言。

江艺沉迷在大小姐的角色里太久了，久到她都忘记自己究竟说了多少谎言。


"有本事你拿出证据来呀。"这个闺密也不知道是真的相信江艺，还是想她难堪，居然让纪染拿出证据。

只不过她刚说完，突然看到站在旁边的沈执正冷冷地盯着自己。他从进来开始一直没说话，一副任由纪染处理的姿态。

可当他听到有人出言讽刺，露出一抹冷笑。

小姑娘当即被吓得低头，不敢再看他。

纪染听到对方让自己拿出证据，并不着急，反而笑意盈盈地望着江艺。

江艺心底怕极了，却又不住安慰自己，这就是一件衣服而已，上面又没纪染的名字，她压根没证据。

至于说纪染是司机女儿这件事，她也有办法圆回来。

江艺这么安慰自己一通之后，强自镇定下来。

可她眼底的惊慌还没彻底被压下去时，纪染淡淡开口说："你知道高定礼服为什么会是高定吗？"

因为它是全世界只此一件，再无其他。

连撞衫都撞不上。


纪染缓缓说："你低头看看这条裙子的腰间。"

所有人的目光都随着纪染的眼睛，落在江艺的腰侧。

这条裙子是那种特别仙气的雪纺面料，为了显腰身特地在腰间加了个收腰的设计，按理来说穿起这条裙子应该穿出那种腰肢不盈一握的纤细感。

江艺不算胖，就是比起对面穿着 T 恤腰都那么细的纪染，实在是有点儿粗了。

本来沈执一直听着小姑娘说话，他并没打算插手。

自从那次在落英山，他亲眼看见她是怎么拿头盔撞得对方女生哭天喊地的，他就知道这姑娘也就占了外表的便宜。

实际一点儿都不服输。

可是此刻他望着江艺身上这条裙子，突然想象了下纪染穿上的模样。

她的皮肤很白，因为她露在外面的手臂和脖子都白得有种透明，如果她穿上的话，那么她会露出一大片锁骨还有背后的肌肤。

在灯光下，她雪白的皮肤会有种冰肌玉骨的感觉，腰肢更是纤细。突然沈执别开脸，不再看纪染了。


大家盯着看了半天也没发现端倪，还是纪染说道："裙子上面刻着两个字母。"

这是属于纪染名字的首字母，在她的高定礼服裙里都会有这两个字母。刻字这种事情在高定里并不算什么稀奇事，这算是给客户的一种独一无二的尊贵感吧！

别人她不知道，反正以前沈执每一粒袖扣上都刻着他的首字母。

至于纪染怎么知道的，大概也是投行里那些无处不在的关于沈执的流言吧！

本来大家还不好意思盯着看，直到江艺那个小姐妹没忍住，低头认真在上面看了一圈，果然腰扣间有两个花体字母。

女生盯着半天，终于轻声念了出来："'J.R'，好像是这两个字母。"

纪染。

J. R.

江艺彻底面如死灰，抬头望着纪染，又转头望着自己身边的闺密，身体止不住地在颤抖。

"这裙子居然是纪染的，她居然偷纪染的裙子。"

"这反转太厉害了吧，不是说纪染是司机女儿，不会江艺才是吧？"

"可是纪染为什么一直不反驳？"

"亏得之前还有人说纪染不配当我们四中的校花，我看是四中校花的名号配不上她。"

这一幕实在震惊了所有人，别说众人，就连跟纪染相熟的闻浅夏都吃惊地瞪大眼睛。

终于江艺在所有人毫不掩饰的议论声中，再也受不了，提着裙子跑了出去。

可是她的离开，并没有让大家停止讨论，反而让议论声更大。

这算是四中近来最大的"新闻"了吧！

纪染自然听到这些人的议论，只是之前江艺说那些谎话的时候，他们也是这么议论自己的吧！所以她没打算听下去。

她走到徐一航面前，轻声说："徐一航，祝你生日快乐！很抱歉，搞乱你的生日。"

其实她没打算今天砸场子，但是江艺她们太过分。

她心底对徐一航挺不好意思的。

徐一航自己都听得挺激动，毕竟他也信了贴吧里的爆料，以为纪染只是个司机的女儿，如今没想到彻底反转。

况且他怎么敢怪罪纪染，他立即摇头："没事儿，谣言嘛确实应该早点儿澄清。"

纪染轻笑了下："谢谢！"

说完之后，她转身拉着闻浅夏也离开，只不过刚走到门口的时候，身后也有人跟了上来。

夏江鸣在旁边问道："闻浅夏同学，我请你去楼下再吃点儿冰激凌吧！"

闻浅夏刚想摇头。

可她看到沈执的表情时，表情一下凝固。

她好像忽略了一件很重要的事情。

沈执这人谣言太多，哪怕闻浅夏跟他同班这么久，还是不敢直视着他。

直到沈执看着她说："下去吃冰激凌吧，我请客。"

闻浅夏明显感觉到纪染握着她的手掌有些紧，于是她鼓足勇气："我刚才已经吃过两个球了，不想再吃了。"

沈执淡淡朝她看了一眼："没关系，你还想再吃两个。"

闻浅夏："……"她不想呀！

可是沈执这么凶，她真的不敢说。

眼看着沈执已经露出一副"你再不离开就对你不客气"的表情，闻浅夏觉得她腿都在颤抖。

还是纪染主动放开她的手掌，轻声说："夏夏，去吧，多吃点儿。"

不吃白不吃，最好吃穷他。

只不过这句话，纪染没说出口。

于是闻浅夏跟着夏江鸣一步三回头地进了电梯，纪染跟着也想从电梯下去，可是沈执好不容易把"电灯泡"打发走，怎么可能这么轻易让她离开。

他拉着纪染从旁边的安全通道离开。

纪染挣扎着不想跟他走，毕竟安全通道里很安静，都没什么人。

沈执突然凑到她耳边："你要是再这么挣扎，我不介意抱你。大家都看着呢！"

纪染没敢回头，但是她知道身后就是生日宴会的包厢，只要有人推门出来就能看见她和沈执纠缠。

纪染不想让人看见她和沈执在一起，更不想和他牵扯上关系。要是别人看到他们这样拉拉扯扯，估计很快会传得整个学校都知道。

她没办法只能跟着他从安全通道下楼。

好在到了楼梯口，沈执松开了她的手腕。


纪染见他松手立即走在前面，飞快地下楼。不管她脚步怎么快，身后的少年始终不紧不慢地跟着。

可是走了几层之后，纪染突然觉得自己太软弱了。

明明刚才当众打脸江艺的时候，游刃有余，怎么就被沈执吃得死死的。

她这么一犹豫，脚步顿了下来，在转角的时候自己的后背被后面男生的胸膛撞了上来。

她慌张转身，下意识问："沈执，你到底想干吗？"

可她的话刚脱口而出，突然她整个人被按在墙壁上。

少年带着温热的胸膛就在咫尺间。

纪染被他的动作吓得整个人往后缩，可是她已经被困在沈执和墙壁之间，根本逃也逃不开。

她气恼地伸手去推他："沈执，你别给我耍流氓，你快让开，我要回家了。"

纪染想要推开他，手上用了力气。

结果沈执口中发出一声极压抑的低嘶声，像是没忍住的痛呼。纪染一下想到他身上还有伤，昨天脚手架砸下来，应该很严重吧！

　　于是纪染卸下手上的劲头，只是双手抵在他胸口，防止他往前靠更近。

　　直到沈执俯身，凑到她耳边，先是低笑一声，又带着温软气息："喂，你怎么奶凶奶凶的。"

　　幽闭安静的楼道内，感官仿佛被无限放大，他的唇贴着她耳朵的距离近得他温热鼻息一直洒落在她脸颊侧。

　　突然楼道里的灯光暗了下去。

　　这里是感应灯，每隔一段时间只要没动静，灯光就会自动熄灭。

　　周围彻底陷入一片黑暗之中，纪染本来就紧张，沈执靠得太近。她这人看似好说话，其实领域感一直很强，对人的警惕心也很强烈。

　　当灯光灭掉时，她下意识想要推开沈执。

　　但她的手掌用力的瞬间，突然沈执握住她的手，他的手掌很大，几乎一下包住她的手。

　　纪染瞬间僵住。


　　说起来这并不是纪染第一次被沈执握住手掌，只是上一次是因为公司电梯事故，好巧不巧那次居然只有她和沈执在。

　　纪染哪怕再坚强到底也是女孩，电梯急速下坠时，旁边的男人也是一把伸手握住她的手。

　　在电梯停下时，她脑子里居然闪过一个念头。

　　他的手好暖。

　　此刻她的手掌也是这样被沈执紧紧握住，掌心的温度灼热。纪染没想到这一时空她跟沈执的相遇会提前那么多，更没想过他们之间的纠缠似乎越来越深。

　　明明她想要逃离他。

　　纪染轻轻抽了下自己的手掌，想从沈执的掌心里抽出来，可是沈执却没舍得松开。

　　纪染开口："沈执，你松手。"

　　沈执忽而轻笑了下："你总躲什么？"

　　纪染被他这么理所当然的态度气笑了，忍不住说道："我没躲，但是你能不能松开我的手。"

"松开你也行。"沈执点点头，语气还挺好，一副很好说话的模样。

直到他又说："为什么一直躲着我？"

他的语气很轻，并不算质问。他看得出她的疏离冷淡，哪怕如他也忍不住想要知道一个答案。沈执心底有种莫名的烦躁，他从来没这么忐忑过。

她越是沉默，他越是躁。

可他似乎做不出远离她，哪怕她表现得那么明显，自己还是想要靠近。

沈执都不知道自己骨子里这么欠。

纪染抿嘴，她不知道自己该怎么跟沈执说，告诉他，自己和他终究不会是一路。或许很快，他会遇到一个让他甘之如饴为她放弃全世界的女孩。

那个姑娘会成为他的"白月光"，成为他心尖抹不去的存在。

纪染并不想成为沈执和这位"白月光"中间那个微不足道的路人甲。

倒不如趁早远离。

她不说话，沈执心底泛起涟漪，直到他垂眸望着她，此时周围漆黑，唯有她盛满星光般的眼睛依旧那么明亮。

亮得照进他的心底，泛起浅浅的抽疼。

纪染不说话，沈执突然想起学校里关于自己的那些传言，经常跟她在一起的那个闻浅夏，更是嘴巴成天吧啦吧啦，还不知道多少关于他的谣言被她听到。

她这么乖，肯定会被吓到吧！

哪怕沈执亲眼见过纪染打人的模样，可在他心底依旧觉得这姑娘乖得不像话。

沈执语气低了下来："你别听学校里传的谣言，那些都是假的。"

纪染忍不住抬头："可是你强迫我坐你的摩托车去落英山。"

这语气里透着不满。

沈执哑然失笑，原来是在这里记着他呢！

"以后不会了。"他轻笑着，语气跟哄孩子似的。

纪染还想说什么，可是沈执又靠近她，这次总算听话地松开她的手掌，他的头低凑过来："所以，别怕我好不好？"

天不怕地不怕的轻狂少年，头一次这么跟人说话。

纪染咬了下唇，还没开口时，突然一声清脆的踩脚声，头顶的灯光乍然亮起，暖黄色光线温柔地倾泻而下照亮这静谧的楼梯间。

本来属于黑暗的那几分说不清道不明的情绪，被突如其来的光明驱散。

沈执轻声说："走吧！"

他伸手去拽纪染的手腕，纪染还是往后躲了躲，低声说："我自己走。"

这次沈执也没强迫她，两人顺着楼梯间一路走到楼下。

当走到二楼的时候，沈执竟是忍不住想骂人，天空之境的老板是不是偷工减料了，为什么楼梯这么短。

本来纪染想直接走到一楼，打车回去。

只是沈执却不由分说拉着她去了二楼，二楼有个西餐厅，方才闻浅夏就是在这里吃的冰激凌。

他们过去的时候，闻浅夏本来一边吃一边盯着电梯，想看看纪染什么时候下来。

谁知她一转头，纪染和沈执就从安全通道的方向走了过来。

闻浅夏咬着嘴巴里的小勺子，有点儿奇怪，有电梯不坐走楼梯，锻炼身体吗？

沈执走过来之后，望着坐在桌边的两人，神色淡然。

作为沈执的头号"小跟班"的夏江鸣，也不是浪得虚名，立即站了起来，义正词严地说："闻浅夏，你吃饱了是吧！走吧，我送你回家。"

闻浅夏低头看着面前的冰激凌，这个牌子的冰激凌对于她这个年纪的学生来说，可是奢侈品，所以她吃得不算快，慢悠悠地一口一口吃着。

况且她更多的是担心纪染，故意拖延时间在这里等着她。

她说："我还没吃完呢，染染，你要不要一起吃呀？"

"走，走，走，没吃完就路上吃。"夏江鸣直接拉着她起身。

闻浅夏再后知后觉，都察觉到他这是给沈执扫清自己这个障碍，于是叫唤说："夏江鸣，你怎么这样呀！"

她不敢怒吼沈执，只能拿夏江鸣出气。

夏江鸣直接拎着她的包，把人拖走了。

临到电梯边的时候，闻浅夏终于受不了，低声道："狗腿。"

谁知夏江鸣猛地回头望着她。

闻浅夏被吓得手里的冰激凌盒子都险些掉了，呜呜，她怎么忘记了夏江鸣也是学校里有名的不好惹呀！

跟着沈执的人，怎么可能不凶。

于是闻浅夏立即服软了，被夏江鸣拉走。


纪染不知道沈执把自己拉到这里干吗，只能开口说："沈执，我该回家了。"

此时沈执垂眸望着餐厅门口放着的透明柜子，里面是各种口味的冰激凌，于是他转头，手指在透明玻璃上轻敲了一下："想要什么口味？"

纪染有些愣。

随后她摇摇头："不用了，我不想吃。"

"草莓口味的？"沈执不太清楚她的口味，但是总觉得草莓这种口味总不至于有人讨厌吧！

纪染还是摇头，并不太想吃。

可是沈执已经让服务员把里面的冰激凌拿了出来，他拿在手里，慢慢朝纪染走过来，伸手递给她。

纪染皱了皱眉没接，她不知道沈执干吗突然给自己买这个。

沈执低头看着她："纪染。"

他喊了一声，纪染抬头望着他。

"你知道当生活里出现恶心的人时，不管你打没打赢，她都会让你很糟心。"他的声音本来就偏于清冷，此时说出这样的话有种冷静的理智。

纪染认真地看着他，没想到他会说这样的话。

待她低头看着他拿着的冰激凌，所以他买给自己这个，是因为……

"纪染，别让我第一次哄人就这么失败。"他突然靠近她。

纪染顿了顿，终于轻轻伸出手。

沈执眼底泛着笑意，这姑娘怎么这么软，让干吗就干吗。

纪染坐在回家的出租车上，低头看着手里的冰激凌，最终她还是轻轻打开盖子，用勺子挖了一点点放在嘴巴里。

冰激凌的微凉，还有浓郁的草莓香味，登时弥漫在她的口中。

似乎真的也压平了她心底的那么点儿烦躁。


纪染到家的时候，已经注意到客厅里的灯光大亮。她嘴角轻勾，唇边露出一抹冷笑。如果说刚才在天空之境是开胃菜的话，那么现在就是正菜。

她一进门，果然听到低低的哭泣声。

纪染淡然地在玄关换了一双拖鞋之后，不紧不慢走进去。

果然客厅里大家坐得还挺齐全，纪庆礼看起来是刚到家，西装外套刚脱下放在旁边。他一脸心疼地望着江利绮温言安慰。

其实江利绮的长相并不明艳，反而是那种温婉柔弱的小白花长相。

就连她的性格都是这样，大概男人就是最吃这样"白莲花"的长相和性格吧！

在纪染看来，江利绮方方面面和裴苑比的资格都没有。裴苑是明艳大气的长相和气质，她不依靠男人，刚强独立，让纪庆礼面对她的时候心底就无法产生那种大男人的优越感。

"好了，等染染回来，我会跟她说的。"纪庆礼轻声哄道。

纪染进来时候正好听到这句话，止不住地冷笑。

此时江利绮一转头看见纪染，立即带着哭腔说道："染染，你原谅小艺，她这孩子就是不知天高地厚，不该为了参加同学聚会跟你借礼服。"

借？

纪染对江利绮的措辞挺好笑，她淡笑地朝江艺看了一眼。此时江艺陪坐在她妈的旁边，衣服早已经换成了她自己的，垂着头低眉顺眼的模样。

纪染："她跟你说是借的吗？"

江利绮哽咽道："我已经教训过她了，她也知错了，你就原谅她一次好不好。"

纪庆礼在旁边帮腔道："染染，不过就是件礼服而已，如今你跟江艺是住在一个屋檐下的姐妹，你大方点儿。"

他一回来刚进客厅时，就看见江利绮哭着捶了江艺一下，看起来伤心不已。

所以纪庆礼赶紧问怎么回事。

江利绮哭哭啼啼说道："庆礼，我真的是没脸了。江艺真是太不知好歹，她朋友生日宴会邀请她去，之前她闹着要买礼服，我觉得高中生不该这么奢侈就没给她买。结果她居然跑去跟染染借，也不知道姐妹两人怎么没说清楚，惹得染染生气到现在还没回来呢！"

纪庆礼听完笑了，他以为什么大事儿呢！

他说："小孩子嘛，去参加同学生日确实该穿得好些。这算什么事，别哭了。"

于是纪染回来之后，纪庆礼也没把这当回事。

此时江艺适时开口说："染染，对不起，我不该开口朝你借礼服，虽然我不知道你为什么突然反悔，但我下次一定不会了。"

纪染面无表情地望着这对母女的表演。

难怪江艺出事之后，第一时间往家里跑呢，看来就是找她妈帮忙了。江利绮也是够厉害，这么短的时间，想到倒打一耙，让江艺一口咬定是借的。

反正她是笃定自己没证据是吧！

纪染突然有点儿服气江利绮，难怪她能在纪庆礼身边站稳脚跟，就冲着这不要脸的劲儿，她也赢了呀！

不过纪染可没打算吃这个亏。

她望着江艺冷漠道："我什么时候说借给你的？"

"哦，你肯定是要说，你跟我借的时候没人看见就我们两个人知道对吧！"纪染轻笑了下。

她点点头，看着纪庆礼说道："爸，这件礼服是妈妈早就定给我，最近刚收到。您觉得我会把我妈妈给我买的礼服，借给江艺吗？"

纪庆礼愣了愣，他只知道礼服的事情，可不知道这礼服是裴苑定制的。

他狐疑地朝江利绮还有江艺看了一眼。

江利绮立即说："庆礼，染染生气我是理解的，都是江艺不知道天高地厚。"

纪染真是服了江利绮的舌灿莲花，不过她也不担心，不紧不慢从自己兜里拿出她的手机，直到她低头调出一张照片，举给对面的三人看。

"这双鞋也是我借给你的吗？"纪染望着江艺。

这是一张江艺穿着纪染鞋子拍的照片，江艺目瞪口呆地望着这张照片，怎么都没想到她会有这个。

她求助似的看向江利绮。

连江利绮都愣住，心底又气又着急。

纪染冷笑："你不嫌脏，我还嫌呢！"

对于江艺偷穿她鞋子的事情，纪染现在看见自己那个衣帽间里的鞋子都觉得膈应，实在是不知道哪双被江艺偷穿过。

这次纪庆礼终于弄清楚怎么回事，他朝江艺看了一眼。

江艺突然尖叫了一声，惊恐地摇头："我没有，没有。"

她手指刚抬起来，想要指着纪染说她撒谎。刚才她从天空之境回家，她知道纪染肯定不会放过她，于是就哭着把事情告诉了妈妈。

江利绮虽然恼火她不争气，居然偷穿纪染的礼服，让她抓住这么大的把柄。

可是事到临头，江利绮也知道要护住江艺，要不然让纪庆礼对她厌烦了，江艺以后在这个家里的日子不好过。

于是江利绮教江艺一定要死死咬住，礼服就是纪染借给她又临时反悔。

江艺在纪染拿出照片之后，怕得跟什么似的，却还是没忘记江利绮的话，死活不承认。


纪染轻笑了一下，她心底可一点儿不同情江艺，不管是之前还是如今，江艺对她做的恶心事儿就不少。

江艺望向纪染，眼神里明明藏着怨毒，可是没一会儿她眼角泛出泪痕，摇头说道："染染，你不是说过我们是同一个屋檐下的姐妹，说以后想要跟我好好相处。我知道我跟你借衣服、借鞋子是不对，我就是羡慕你有那么多好看的衣服和鞋子……"

纪庆礼越听越不耐烦，皱着眉头，脸上不悦也是表现得极明显。

江利绮眼见情况越来越差，立即呵斥道："好了，你不要再说了。反正这件事是你的错，妈妈知道你年纪小不懂事，妈妈会跟你一起向染染道歉的。"

谁知说着，江利绮身形晃了晃，竟是要昏倒般。

旁边的纪庆礼一把扶住她，瞧着她苍白的脸颊，无奈道："你身体又不好，别生气。"

"都怪我，庆礼，是我没做好，让染染受委屈了。"江利绮挣扎着站了起来，竟是冲着纪染深深地鞠了一躬："染染，这件事千错万错都是我的错。我一个人千辛万苦把江艺拉扯大，没有给她好的生活条件，让她像你这样衣食无忧。"

纪染看到此处，有种瞠目结舌的感觉。

从前她并未跟江利绮太过深入接触，毕竟她一直跟着裴苑生活，后来又去了国外。两人见面也是在纪染回国工作开始，那时候的江利绮可不像现在这样。

她衣着华贵精美，整个人早已经脱胎换骨，有了贵妇人的气质。

纪染跟她见面时，她拎着一个限量版名牌包，说话虽然轻声细语，却挡不住的一脸高傲模样，仿佛真当纪染是晚辈那样。

因此纪染不知道她居然也有这么能屈能伸的一面。

纪染都忍不住佩服江利绮，可以当着纪庆礼的面儿对自己这么低姿态，毕竟两人的辈分差着呢，这要是换了心理素质稍微薄弱的人，此刻还不得恨得抓花纪染的脸。

果不其然，江利绮的低姿态换来了纪庆礼的心疼。

他见江利绮站起来还鞠躬，不由开口道："好了，好了，错又不在你。你是长辈用不着这样，这件事……"

纪染见纪庆礼这又要心软，禁不住冷笑。

呵，男人哪。

不过江利绮这么厉害的手段，也彻底激发了纪染的好胜心。她就知道这对母女不会轻易完蛋，不过没关系，日久天长，她们走着瞧好了。

于是她抢着开口说："爸爸，道歉总是应该要诚心的吧！做了错事总不能让父母站在前面替我们背锅吧！"

她似笑非笑地望向江艺。

江艺此时紧紧地咬住自己的牙关，这才没把心底怨毒的咒骂声骂出来，她望向纪染，终于还是站了起来："对不起，纪染。"

"对不起什么？你总该说清楚点儿，我才能体会你的诚心道歉吧！"

江艺这次是真的要哭出来了，她眼底如同淬着毒，要是眼神能够杀死人，那么纪染如今已经千疮百孔。

不过纪染丝毫不在意，反而神色轻松地望着她。

江艺咬着牙："我不该借你的衣服……"

"错。"纪染立即打断她，轻声说，"是未经我的允许，偷穿我的衣服和鞋子。如果你还是这样的道歉态度和措辞，我会觉得你并不诚心。"

江艺忍不住望向江利绮，可是江利绮只是朝她点了点头。

事已至此，还不如乖乖道歉，先混过今天这一关，以后再好好拉拢纪庆礼。

于是江艺委委屈屈地望向纪染："我不该偷穿你的衣服还有鞋子，对不起。"

纪染知道江艺心底的委屈和不甘，甚至恨不得立即杀了她的那种气愤，不过她并不在意。

因为，她才是赢的那个。


"好了，这件事到此为止吧！"纪庆礼在听到江艺对纪染的道歉之后，作为大家长拍板，决定把这件事翻过去。

纪染点点头，准备上楼，不过到了楼梯口的时候，她回头看了一眼，见江利绮正拉着江艺正跟纪庆礼说什么。

她们声音很小，纪染并未听到。

不过纪染觉得这对母女未免太心急了，她还没离开呢，就打算翻盘？

所以她要给对方再留下一份厚礼。

纪染突然开口喊道："爸爸。"

纪庆礼抬头看着站在楼梯口的小姑娘。

纪染不紧不慢道："对了，有件事我忘记跟您说，我们学校都在传我是我们家司机的女儿。至于是谁传的，反正我说了人家也不会承认。"

纪染脸上透着那么点儿小无奈，望着纪庆礼："只是爸爸您的名声好像不太好听，好多人都瞧不起我有这样的爸爸呢！我有心帮您澄清，可是谣言传得太厉害了。"

说完，纪染再不理会他们径直上楼。

不过她刚过了楼梯的转弯处，听到楼下客厅一声巨大的响声。

好像是杯子摔在地上的声音。


还没等周一上学，四中贴吧里已经疯了，大概是因为周末的原因，大家也不知道作业写没写，反正更闲了。

【818：真大小姐当众打脸，假小姐现形，我这是看了电视剧吗？】

其中以这个帖子最为精彩，经过一个晚上已经被盖了上千层楼。

1楼：作为在现场的第一手报料人，我必须说，真的太精彩了。本来江艺穿着那件高定礼服艳压众人，就连薛以柔都被她硬生生比了下去，只能把全场的焦点让了出来。谁知突然横空杀出一个纪染。

2楼：你爆料能不能别爆一半，赶紧的呀！

3楼：在线乖巧等待，我要看爆料，我要知道你们这些富家子弟生活。

结果楼主也不知道去干吗了，迟迟不出现。

于是第二号爆料选手接上了这个重任。

45楼：楼主不见了，我继续吧！作为当时也在现场的见证人，纪染来了之后，指责江艺偷穿了她的衣服。结果江艺的小姐妹不服气，问纪染有什么证据（说真的，这位小姐妹真的不是个狼人吗？）。于是纪染直接给了证据，指出礼服上有她名字的首字母，姐妹们呀，是不是有种长见识的感觉。

46楼：所以礼服上真的有纪染名字首字母吗？

……

50楼：当然有了，我在现场看的时候，我都替江艺觉得脸疼。我觉得她偷穿人家衣服的时候，肯定也没想到有这种证据吧！

51楼：好了，学习到了，高定礼服上有主人的名字这个知识点，麻烦大家记一下。不要用脑子记，记在本子上，一遍不记得就看两遍。

52楼：楼上你成功让我在周末的时候想到了我们英语老师。

……

99楼：所以谁能告诉我，纪染和江艺到底是什么关系？谁是真大小姐，谁是假小姐？

101楼：据我的分析呢，肯定是纪染了。你想想人家才高二就有高定礼服。至于两人关系，据说有人看见她们乘一辆车上学。所以我觉得她们肯定是重组家庭，估计是江艺的妈嫁给了纪染的爸爸。江艺麻雀变凤凰就装起来了。

102楼：同意楼上。

103楼：同意楼上 +1

......

夏江鸣和徐一航这两个是平时嘴巴闲不下来的人，此刻都抱着手机刷个不停。反倒是沈执窝在沙发里，脸上盖着一本书看起来正在补觉的样子。

直到徐一航一拍大腿，说道："这个分析，我觉得太对了。"

"哪个，哪个？"夏江鸣凑了过去。

陈松正在一个人打台球，他望着沙发上各种姿势的三人，无奈道："你们确定不来玩一把，那手机有什么好看的？"

"你懂什么呀，这种'新闻'才最精彩好吗！"徐一航一副"你什么都不懂别发表意见"的表情。

陈松耸了耸肩膀，又弯腰将球杆架在桌子上。

夏江鸣看完叹道："我就说我染妹那气质、那模样，怎么看都像个千金小姐，果然我没看走眼。"

徐一航嗤笑了一声，不过他还真的没反驳。

因为他第一次见到纪染的时候，除了被这姑娘的长相惊艳到了，也觉得纪染的气质特别好，安静又不失温雅，是那种一看就觉得教养特别好的姑娘。

就连她昨天在自己生日宴会上怼江艺的时候，徐一航都觉得这姑娘哪怕怼人都那么优雅。

徐一航小心翼翼朝躺着的沈执看了一眼，赶紧长舒了一口气。

他可不敢对纪染有什么想法。

找死呀！

结果他刚想完，突然沈执坐了起来，他脸上还挂着那么点儿懒散，但是伸手说："手机给我。"

徐一航赶紧把手机递了过去，还不忘说道："执哥，要不你也下载个贴吧，这里面可精彩了。"

沈执没搭理他，低头将这个帖子扫了一遍。

可是看完之后，突然心底又有那么点儿不爽，就好像他一直珍藏的宝贝，被更多人发现。

直到夏江鸣突然说："执哥，纪染真的是富家小姐的话，你们两个岂不是更配了。"

沈执刚才的那点儿不爽又顷刻间化为乌有。

好像是这么个道理呀！


周一早自习的纪律是最乱的，虽然只分别了两天，可是班里的同学像是许久未见的亲人般，有说不完的话。况且今天老师也不在，估计是在开会，因此哪怕早自习铃声响了起来，还是没人停下来。

纪染早上进班级的时候，居然还出现了跟沈执差不多的效果，她进来的一瞬，大家居然安静了。

好在片刻后，又恢复了正常。

贴吧里的那个帖子到现在还是热帖，估计没看过的人都很少。

纪染也不管他们，安静坐在位子上。直到她低头通关时，旁边有个人影站在她桌边，再抬头时，是沈执。

她立即站起来让他进去。

两人坐在位子上，都挺安静的。

安静得叫纪染有那么几分尴尬，直到她收起手机，把英语课本摊在自己面前的时候，身边的沈执居然也拿出一本书慢慢地翻着。

过了那么几分钟后，纪染还是没忍住，转头看着他："你干吗一直看着我？"

沈执垂了下眼睑，脸上露出那么点儿笑意，有点儿挡都挡不住。直到他抬手竟是在纪染的脸颊上轻捏了下，眼睛那么细细打量着她，声音极淡地说："原来是纪大小姐呀！"


早自习下课之前，班主任乔与桥终于来了教室里。整个班级在几秒钟内迅速陷入了一片安静，又过了那么几秒钟，读书声郎朗而起。

显然刚才大家都在说废话，压根没人自觉看书。

好在乔与桥笑了笑，手掌在讲台上轻拍了两下，笑着说道："同学们，跟大家说个好消息呀，这周呢学校决定举行月考，这也是本学期的第一次月考。"

班级里一片死寂，有哪个学生会觉得考试是个好消息？

于是没人吱声。

乔与桥也不生气，笑呵呵地说："学校提前考完试，这样'国庆'七天假大家都会轻松些，有足够的时间休息。"

这个倒勉强算个好消息。

毕竟有句话不是说了，早死早超生。

考完试就放假，最起码还有七天的时间来迎接令人发指的考试成绩。

没一会儿早自习下课铃声响起，乔与桥宣布下课。不过他临走的时候，把班长叫了过去似乎有事情吩咐。

一下课，闻浅夏立即转头，低声问道："染染，你跟江艺的关系真不是我说的。"

这两天闻浅夏简直像是泡在贴吧里面，而且她也没忍住发短信问了纪染和江艺的关系。纪染没瞒着她，直接告诉了她。

谁知贴吧里就有人爆料说，纪染和江艺两人是重组家庭。

闻浅夏生怕她会误会，赶紧跟她解释。

纪染轻声说："没事儿，我知道不是你。"

这种事情稍微猜测一下，就能猜到了大概。闻浅夏没说，其他人也会猜测。反正从她当众揭穿江艺开始，她就知道她们之间的关系也掩藏不住。

"江艺回去被骂了吗？"闻浅夏压低声音问道。

她在短信里问，纪染并没有告诉她。闻浅夏特别想知道后续结果，纪染见她眼睛里都快冒光，忍不住低笑："浅夏，马上月考了。"

闻浅夏眨了眨眼睛。

纪染觉得自己还是有这个义务提醒她："你不是说过，你妈妈说要是你再考上个学期期末的分数，她就把你零花钱减少一半。"

闻浅夏张了张嘴，因为她想起来她妈妈今天早上还问到什么时候会月考呢！

于是她赶紧转头去看书，哪怕知道临时抱佛脚没什么用，至少心理是安慰的。

第一节课快要上课的时候，突然年级孟主任跟乔与桥一块儿到了（8）班的门口，把纪染喊了出去。大家都特别好奇地望着，毕竟这两天在纪染身上发生的事情挺多。

而且都好精彩。

要不是纪染平时很安静，在班级里除了闻浅夏跟她很好之外，其他人都是一般同学，而且她身边又坐着沈执，这才让她有了不被打扰的宁静。

此时见老师来找纪染，大家都忍不住在想，会不会跟周末发生的事情有关。

只是上课铃声已经响了起来。

年级主任见上课了也就没把纪染拉到办公室，直接站在班级后门，也就是靠近楼梯口那里，语气格外和蔼地说："纪染同学，到学校里也快一个月了吧！"

纪染不知道为什么主任会突然把自己喊出来，面对他这种有些客套的问候，她点点头。

孟主任笑得更开心："是这样的，你父亲呢今天通过校领导那边，决定对我们四中捐赠一批教学器材和奖学金。为了表示对纪先生支持四中的感谢，我们想安排你在待会儿的课间操时进行国旗下讲话。"

旁边的乔与桥满脸无奈。

很多高中都有这样的传统，周一课间操不做早操，主要是进行国旗下讲话，还有针对上一周各个班级学生违规情况的公布。

本来这次国旗下演讲已经定下是（1）班的一位同学。

谁知早上校长把孟主任叫过去，重点问了纪染的情况。孟主任这才知道，原来纪染父亲要给学校捐款，而且会成立一个奖学金，奖励那些品学兼优又家境贫寒的学生。

于是孟主任一下想到了今天是周一，正好有个国旗下讲话。

在老师看来，让学生在国旗下讲话是一种荣耀，这可不是谁都能得到的。一般学校在选人上面，都会选择一些年级前几名或者是为学校得过奖的学生。

纪染本来还挺认真在听孟主任说话，结果到了这里的时候，她听不下去了。

她说："老师，我觉得这不太适合吧！国旗下讲话是要提前准备发言稿的，我没有准备。"

纪染想用委婉的口吻，让孟主任打消这个无聊到透顶的想法。

谁知孟主任轻笑一声："没事儿，发言稿待会儿课间操的时候我给你。这次的主题呢，就是讲讲你父亲对你人生中的影响，毕竟你父亲这样富有社会责任感的企业家对我们学校的帮助是巨大的。"

纪染听得差点儿笑了。

如果说纪庆礼对她人生最大的影响，那么大概就是让她彻底明白，男人有多不靠谱。

之前纪染跟裴苑一起生活，纪庆礼对她最大的关心就是每年源源不断打来的抚养费，当然他也会在纪染生日的时候送上一份礼物。

不过都是秘书帮他挑选的。

就连祝福贺卡都是秘书代笔。

这一次纪庆礼不是因为什么社会责任心，也不是因为他富有爱心，他只是受不了自己被四中这帮学生谣传成一个司机。

纪染觉得司机挺好的，最起码她家里的几个司机看起来比纪庆礼都要靠谱。

她没想到纪庆礼动作挺快，前脚听说这事儿，后脚就来学校捐款。

他可真是生怕别人觉得他是个穷光蛋。纪染觉得纪庆礼这辈子最应该做的事情，就是感谢爷爷奶奶把他生在了纪家。

纪染很认真地说："老师，这次演讲我真的很难胜任。因为我觉得我爸爸对我的人生没什么积极的影响。"

孟主任目瞪口呆，显然他没想到看起来乖巧又漂亮的小姑娘，居然一张嘴这么令人吃惊。

此时沈执站在楼梯中间的那个平台那里，背靠着墙壁，本来挺安静地听着。可听到她说完这句话时，沈执突然垂眸笑了下，随后翘起的嘴角再也没落下。

到了最后，他的手微握成拳，抵住自己的唇。

这才没让轻笑声传到上面被听到。

"纪染同学，我知道你们现在这个年纪正处于青春期，有些叛逆，觉得老师和家长都无法理解你们。但是你一定要端正自己的态度，要知道感谢父母，毕竟如果没有父母这世上哪有你。"

纪染并没有再说话。

因为她知道对孟主任这样刻板又固执的人而言，哪怕是再不好的父母，都应该值得感谢。

此时沈执的脸上也流露着一丝冰冷。

他倚靠着墙壁，微仰着头看着雪白的楼顶，可是脑海里一直传来一个声音。

"要是没有我，你什么都不是。"

"你别来跟我说这些，你现在姓沈，你要记住是谁让你拥有现在这一切的。"

真可笑，这世上最可怕的事情，大概就是没人可以选择自己的父母。

待沈执回过神，走廊上的人早已经离开。

他慢慢地直起腰背，双手插在兜里，慢悠悠地一步一步踏上台阶，最后走进教室里。这节课是语文，老师性格温吞得很，哪怕沈执已经迟到十来分钟，他也当作没看见。

纪染让开给他进去之后，两人坐下，都是沉默寡言。

平时纪染还会装作是在听课的模样，可是这一节课，她始终沉着脸在发呆。

刚才孟主任不由分说将国旗下讲话这件事交给了纪染，有种哪怕她不愿意也必须配合学校，歌功颂德纪庆礼一番的意思。

纪染之前在学校里是所有老师眼中的骄傲，没有老师会强迫她做什么。当然裴苑也从来没做过给学校捐款，然后让纪染上台对自己吹捧一番这种事情。

对于孟主任的坚持，纪染有理由相信，这个捐款背后或许纪庆礼提出了什么要求。

直到下课铃声响起，纪染决定先去女厕所躲一下，她就不信孟主任一男老师难不成还去女厕所抓她。

要是孟主任真的这么干，那么纪染也不介意在学校里跟老师翻脸。

她看了一眼自己身边的少年，这位的名声可谓全校皆知，可是她看各个老师都对他客客气气的。

就在纪染心底下定决心时，突然她发顶上一只手轻揉了下。

待她顺着看过去时，沈执又按着她的发顶轻揉了两下，在他起身时，顺势弯腰凑近她，低声说："别不开心了，有我呢！"

纪染刚走出教室的门打算去女厕所，结果还没迈出脚，离老远就有个声音喊道："纪染同学，你等一下。"

纪染深吸了一口气，这才没让自己的表情过于难看。

当她转头看着身后赶来的孟主任时，就见他一脸热情且透着洋溢地说："你看演讲稿老师已经帮你写好了，你只要好好读一下就好。国旗下讲话可是难得的机会，你好好珍惜。"

周围路过的同学都转头看着他们。

纪染再次说道："老师，我说了我真的胜任不了这件事，因为……"

她还没说完，突然回荡在整个学校的运动员进行曲停住了，本来伴着音乐的走廊特别吵闹。可是这会儿，乍然只剩下所有学生的声音。

大家左右看了几眼，显然也对这突如其来的安静有些不适应。

按理说运动员进行曲会一直放到整个学校的学生都集中到操场上为止，不应该这时候停下。

有学生嘀咕道："是不是停电了呀？"

很快有个特别愉快的声音大喊："停电了，停电了，不用去操场了。"

走廊里此起彼伏的呐喊声，显然不用去操场上傻站着半小时，让所有学生都兴奋不已。于是很快这种开心，从一楼一直蔓延到四楼。

纪染甚至能听到对面高三学生欢呼的声音。

站在她面前的孟主任，手里还拿着一张打印好的A4纸，此时他茫然地左顾右盼，看着欢呼的学生，赶紧呵斥道："怎么回事，谁说不去操场的？"

可是他拿起手机给广播室那边打电话的时候，一直没人接。

于是孟主任只能亲自过去查看。

因为不用去操场，于是学生们很快散开，去超市的、去洗手间的，甚至还有抓住这仅有的半小时去操场打篮球。

直到课间操的时间快结束，教室里慢慢重新坐满学生。

一个男生从前门冲进来，喊道："你们知道今天为什么停电吗？"

"怎么回事？"

这男生叫朱晓东，是班级里有名的小灵通，在（8）班有男晓东女浅夏的说法，意思就是这学校就没有他们两个不知道的消息。

朱晓东一脸神秘地说："要不大家猜猜，猜中有奖。"

"无聊。"

"你赶紧说呀！"后排男生见他卖关子怒骂了一句。

朱晓东被骂了也没生气，反而笑嘻嘻地说："那是咱们班的沈执把广播室弄'瘫痪'了。"

本来安静坐在位子上并不太关心这些的纪染，猛地抬起头。

因为她突然想起沈执轻笑着说下的那句话。

别不开心了，有我呢！

"他干吗干这种事呀？"

"肯定是因为不想在操场上傻站着开会呗，多无聊。"

"牛，果然是沈执。我不想做操顶多躲厕所，他倒好直接把广播站弄断电了。"

众人都以为沈执是因为不想去操场开会才这么干的，一边议论一边发出佩服的感慨。就连闻浅夏都转头跟纪染说："染染，我现在可真是越来越服你同桌了。"

"看看人家这魄力。"

纪染听着周围的议论声，一时说不出话。

一直到上午放学的时候，沈执都没有再回来。也有班级里的人去打听，说是他被孟主任骂了一顿之后，直接走了。

倒是夏江鸣他们一直在教室里，纪染并没有沈执的手机号码。

本来她一直在犹豫，可是一想到他可能是因为自己，才会把广播站搞"瘫痪"的，纪染还是在放学的时候拦住了夏江鸣。

"纪染，怎么了？"夏江鸣见她拦住自己又不说话。

还是徐一航问："你是不是想问执哥？"

纪染犹豫着，小脸有些担忧，抬眸时水亮的大眼睛里透着几分雾蒙蒙，一时连徐一航都看得有些呆。

待他回过神，轻咳了声："待会儿我让执哥给你打电话，行吗？"

纪染点头。

等纪染跟闻浅夏吃完饭从麻辣烫店里出来时，就看见站在店外面的少年，他的姿态慵懒，有着一股特别诱人的味道。

往来很多都是穿着四中校服的女生，路过他时，纷纷转头打量他。

这样英俊高挑的少年，几乎没人不认识。

闻浅夏本来就是一见到沈执就害怕，此时酒足饭饱一出门就看见这位阎王爷，差点儿被吓得背过气。

还是纪染拍了拍她的肩膀："浅夏你先回教室吧，我待会儿再回去。"

闻浅夏点头，犹豫了一下还是小声说："染染，你快点儿哦！"

她真的觉得沈执会欺负纪染。

沈执在她出来的时候，这才缓缓走到纪染面前。

他问："吃饱了？"

纪染点头，想了一下也客气地问："你呢，中午吃了什么？"

沈执似笑非笑："我还没吃呢！"

纪染没想到他没吃饭，立即问："那你要不要吃点儿东西，下午还要上课呢！"

沈执朝旁边的一排小店看了一眼，四中门口的店铺都是针对高中生的，不是拉面就是麻辣烫这种东西，小女孩挺爱吃。

他不喜欢。

纪染见他不说话，小声说："你是不是不喜欢这些，要不你去吃你喜欢的。"

顿了下，她说："我请客。"

沈执沉默不语。

纪染以为他还不满意，又继续加码："你想吃什么都可以的。"

"谢谢你！"到底她还是说了出来。

即便不问，她也明白今天沈执为什么突然去广播站，他是在帮她，不想让她去讲那个让人厌烦的国旗下讲话。

沈执终于笑了，他说："你就打算请我吃顿饭谢我的？"

纪染抬头看着他，又怕他提出什么无理要求，可又觉得自己欠了个大人情，犹犹豫豫之间问道："你想要什么？"

可是沈执没有说话，反而转身往前走。纪染只能跟上他的脚步，少年穿着一件普通的 T 恤，可是行走间微风轻轻吹起他的衣裳，将 T 恤吹鼓之后又猛地吸紧在身上，露出漂亮又结实的肌肉线条。

等走到一个安静的巷子时，沈执终于停下了脚步。

他转头看着纪染，轻声说："纪染，你能不能答应我一个要求？"

纪染见他这个口吻，有点儿担心，可是又无法一口拒绝。就在她犹豫时，沈执整个人靠近她，两人之间近得只要他再动一下，脸就能贴上她。

于是纪染再也忍不住，低声斥道："沈执，你别过分，你不许靠这么近。"

他弯了弯唇，却没有退后，反而又往前进了一步。

眼看着他的靠近，她抬起手掌打算推开他，可是沈执一把握住她的指尖，轻笑着说："孟主任让我写一千字检查，我不想写，所以你能不能帮我写？"

纪染一双乌溜溜的大眼睛，露出吃惊的眼神瞪大了看着他。

待她犹疑道："就这个要求？"

沈执听着她的口吻，禁不住笑出声："怎么，这个要求让你很失望？"

纪染听他说出这么不要脸的话，恼火地瞪了他一眼。如果是这个要求的话，纪染当然会答应，虽然她也没写过检查，但是沈执被罚毕竟是因为她。

在纪染点头时，沈执望着她的眼睛，突然将握着她的手掌拉向自己。

她的手指尖有些凉。

纪染像是触电般猛地收回自己的手掌，当她看向沈执时，少年乌黑的眼睛直勾勾望着她，浓密的长睫轻颤着，仿佛泄露了他心底最真实的感觉。

他的眼睛那样虔诚而又真挚。

## 第五章
## 听说校花的数学只考了 22 分？

不知道是不是因为班主任宣布了考试时间，上晚自习的时候，大家都在认真看书，平时窃窃私语的声音都不见了。

整个教室里有种针落在地上都能听到的感觉。

不过等坐在最前面的物理老师暂时离开后，班级里瞬间又响起嗡嗡嗡的声音。

纪染手里拿着一支笔，认真地盯着面前的本子，聚精会神的模样如同正在解一道数学卷子的最后大题。

直到她轻轻放下笔，幽幽地叹了一口气。

太难写了。

检讨书实在太难写了。

纪染看着笔记上至今为止她写下的"检讨书"三个字。

纪染从来都是品学兼优的好学生，还是所有老师喜欢和同学仰望的学生。这么说吧，只要她想考第一，绝对不会考第二。

别说自己写检讨书这种东西，她甚至都不认识写过检讨书的人。

此时她才明白，原来当一个让人头疼的学生也是这么难的，光是写检讨这一条就先把她难住了。

此时坐在一旁的沈执，转头饶有兴趣地看着一脸愁苦的纪染。

教室明亮的白炽灯光线下，她扎着乖巧的单马尾，露出线条柔和纤细的侧脸。似乎因为正思考着，她嘴唇被牙齿轻轻咬住。

没一会儿她手掌抬了起来托着腮，手指尖在脸颊上轻轻地来回敲打着。

周围嗡嗡嗡的声音还在响着。

沈执安静地望着她，他的视线像是被蛊惑似的，先是盯着她的手指尖，思绪里突然回味起了中午时的一幕。

当微风从他身边拂过时，眼前少女羞红了脸颊。

沈执又盯着她的脸颊看，有点儿肆无忌惮的感觉，心头翻江倒海一样。沈执下意识地想要靠近她，想闻闻她身上那股清淡甜软的香味。

沈执之前还竭力控制着自己，他不想靠近得太快吓着她，她就跟小狐狸似的，警惕心那么高，他好不容易才靠近她。

他真的怕吓跑她。

可还是没忍住，当她扬着软乎乎的小脸冲着他笑时，心底的滋味是说不出的甜。

当纪染察觉到旁边肆无忌惮的打量时，微微转过头时望着正盯着她看的少年。她忍不住低声道："你干吗？"

"我看看，写到哪儿了？"沈执伸手来拽她的笔记本。

两人是同桌之间统共那么点儿距离，其实哪怕他不拿纪染的笔记本都知道她到现在，就写了三个字。

可他还是把她的笔记本拿到手里，小姑娘的笔记本漂漂亮亮的，马卡龙粉的封面画着一只可爱的独角兽。

隐隐还带着点儿香味。

沈执突然笑了起来觉得有点儿不可思议，怎么这小姑娘的笔记本都这么软乎乎。

纪染见他笑出声，还以为他是在笑话自己到现在检讨书的正文一个字都没写，于是她伸手把笔记本拿了回去，因为抢得太快，她的手指顺着他的手腕擦了过去。

沈执没用力抓着，让她一下抢了回去。

等纪染低头，不打算搭理他的时候，就听他低声说："要不你求求我？"

纪染转头看着他，乌亮的大眼睛里透着疑惑。

直到沈执不紧不慢地说："求求我，我教你怎么写检讨。"

纪染："……"这世上怎么会有这么厚颜无耻的人。

她生气地按住笔记本，或许更想做的是把笔记本扔在旁边这人的脸上，顺便告诉他什么叫作得寸进尺。可是纪染捏着笔记本，手指尖捏了又捏，最后还是乖乖把本子摊在面前。

纪染终于明白，为什么她总是输给沈执。

或许"不要脸"这三个字从一开始就刻在了他的骨子里，哪怕是成年后的沈执，也只是仗着一副好皮囊隐藏了这一属性。如今这个还未进化完全版的沈执，表现得是更加赤裸裸吧！

纪染忧郁地望着面前依旧只有"检讨书"三个字笔记本，她就输在太要脸吧！

因为知道他是为了自己的事情才去广播室，所以这份检讨就当是还人情好了。

于是纪染重新拿起笔，笔尖已经落在笔记本上，终于旁边的人还是叹了一口气，轻声说："不为难你了，现在我说一句，你写一句。"

纪染心底松了一口气。

"本人沈执……"沈执懒洋洋地说完四个字，朝纪染斜睨了一眼。

纪染拿着笔在本子上写下了这四个字，她的字迹特别漂亮，并不是女孩的那种秀气婉约，反而是有点儿力透纸背的大气。

不得不又要说一句，裴苑对纪染的培养真的是全方面。

纪染打小就开始练习硬笔书法和毛笔字，不管是纪家长辈还是裴家这边的长辈，都特别喜欢过年的时候，让纪染去写对联和福字。

她写作文从来只有加卷面分的。

他盯着纪染写下的名字，"沈执"，可这是她第一次写他的名字。

沈执，一念执着。

纪染见他就说了这四个字，忍不住抬头问道："怎么了？"

沈执摇摇头，又继续说："不该在课间操的时候，因为不想开会就去学校广播站……"

纪染听着他低沉又悦耳的声音，一字又一字地写下他所说出来的每一个字。

可是当笔尖在笔记本上滑动时，纪染心底突然有种说不出的感觉。

他把一切都揽在了自己身上。

沈执倒确实是挺有检讨的经验，不知道是之前写过还是什么原因，没一会儿几百个字的检讨就快要写完。

在最后收尾的时候，物理老师正好回来，呵斥班级里的人不许说话。

于是大家立即闭嘴，班级里那种嗡嗡嗡的声音渐渐消失。

别人不说话时，就凸显了沈执说话的声音。于是纪染一边写一边抬头盯着物理老师，以免他过来。

沈执慢慢地说："从今以后，我会永远……"

突然，他微顿了下。

纪染也没在意，低头把这几个字写上之后，又向周围看了一眼，有时候教导主任也会从窗口检查各个班级的状况。

"保护纪染。"他的声音戛然而止。

纪染刚在笔记本上写下保护两个字时，电光石火间终于回过神，明白过来刚才沈执说了什么话。

纪染低头盯着自己的笔记本，她已经把这句话前面十个字都写完，甚至连纪这个字也被她写下了一半。

从今以后，我会永远保护纪染。


纪染回到家之后，洗了澡也不打算看书，掀开被子准备睡觉。可是在床上躺了五分钟之后，她隐约听到楼下好像有吵闹声音。

于是纪染打开床头灯，又重新坐了起来。

她觉得她还是应该喝一杯牛奶安安神再睡觉。

于是纪染穿着拖鞋慢慢悠悠地到了楼下，越发是走进厨房的时候，她才确定刚才在楼上听到的那么一声吵架的声音是真的。

她站在厨房门外，就听到里面江艺声嘶力竭。

"我不是说过我今天晚上要复习功课会熬夜，为什么不早早炖好燕窝，我现在饿了，你让我吃什么？"

纪家专门做饭的阿姨姓钱，此时声音极小地说："对不起，我真不是故意的，只是家里燕窝刚没了，还没来得及买新的。"

江艺冷笑："你这个保姆到底怎么当的？家里东西没了你不会提前买了备着的，还是你觉得我要吃的东西就可以无所谓，有跟没有都没差别？"

纪染没有立即进去，她站在门口安静听着。

她就想看看，从江艺这张嘴里到底还能吐出点儿什么东西。

一旁的赵阿姨忍不住劝道："艺小姐，小钱她不是故意的。你要是饿了，我让她给你煮碗面好不好？"

"煮面，大晚上你让我吃面，是想看我明天变猪头吗？"江艺不依不饶。

自从纪染在纪庆礼面前揭发江艺之后，虽说那天客厅里只有他们四个人，但是难免这两个保姆就没偷听。

况且之后纪染找了工人重新换了她房门和衣帽间的锁。

如今这两个房间，除了赵阿姨打扫可以进去之外，全家连纪庆礼都没钥匙。

纪染这明晃晃的防贼态度，别说江艺受不了，就连江利绮都脸上无光。

但是纪庆礼并未阻止她换锁的事情，江艺的气只能往肚子里咽。这几天她回家看见家里的这些保姆司机，都会觉得他们看自己的眼神已经不对劲了。

是那种看笑话的眼神。

本来她一直憋着，直到今天因为她要吃的燕窝没了，趁机对家里保姆发泄了出来。

纪庆礼和江利绮两人前两天刚飞往欧洲，据说是纪庆礼公干，但是江利绮也跟着一起去，未必不是为了散心旅游。

估计没个十天半个月是回不来的。

所以江艺在家里发再大的火，也不怕被长辈们听见。况且这帮保姆平时都是江利绮在管，她们还能翻天不成。

赵阿姨无奈："艺小姐，那你说，你想吃什么？"

"艺小姐？"江艺对于这个称呼早就不满意了，这个赵阿姨最是一个人精，喊纪染就是小姐，喊她是艺小姐，这不是明白着告诉所有人她就是个拖油瓶。

江艺恶狠狠地盯着赵阿姨："你这个称呼是想提醒我什么？我告诉你，你要搞清楚现在的状况。我妈才是纪夫人，我也是纪家的小姐。"

赵阿姨早知道她难缠，但是没想到先生刚离开，她就本性暴露。

赵阿姨也是在大户人家当惯了保姆的人，什么大风大浪没见过。

穷人乍富没什么，可是仗着别人的钱耀武扬威，算什么玩意儿。

赵阿姨眼底是露出那么几分不屑的，不过她也是人精，轻声说："您说想吃什么，我现在就让小钱给您做。"

不让喊艺小姐，那就什么都不称呼好了。

江艺见她还是这样油盐不进，彻底抬手就想挥一巴掌过去。但是她举起的手掌没能落下，因为纪染从身后抓住了她的手腕。

赵阿姨吓得往后退了一步。

纪染握着她的手腕，看着江艺，声音冷漠道："你疯够了没？"

说完，她直接狠狠甩开江艺的手腕，她的力道有些大惹得江艺也往后退了一步，她朝旁边的两个阿姨看了一眼，低声说："你以为你自己是谁，真当这是封建社会，想打谁就打谁？哪怕她们只是保姆阿姨，可她们也是拿工资做事，不是让你这种人羞辱的。"

江艺怒火中烧："好呀，我知道你一直看我不顺眼。你现在联合家里的保姆来欺负我是吧，她们都是你的人，你当然向着她们说话。"

此时江艺气到恨不得摔烂这里的所有东西，等她妈回来，她一定要让妈妈解雇这两个保姆。

一定。

"她们向着我不是当然的？"纪染轻笑，不紧不慢道，"你搞清楚自己的位置，你不过是沾了你妈的光才能在这个家里住下来，要不然……"

纪染脸上露出轻蔑笑意。

"你算什么东西？"


江艺被气得浑身都在发抖，纪染身后的两个保姆也是一言不发。她们确实是拿工资做事，可是此刻也不无感动。

说实话两个保姆在纪家有一段时间，之前只接触过江利绮母女，虽然江利绮还会做点儿表面功夫，可她那个女儿整天一副眼高于顶的模样，平时对他们这些家里做事的保姆、司机动辄吆来喝去。

本来保姆还以为有钱人家的孩子都是这样。

结果后来纪染来了，小姑娘话不算多，但是性格温温和和，说话做事也特别谦和有礼貌，

跟她说话总有种叫人如沐春风的感觉。

两个保姆在纪家做事当然知道纪家的复杂关系。本来两人都挺明哲保身，不想过多参与这个家里的纠纷。结果今天这件事之后，两人真是彻底明白了真正的有钱有涵养家庭教导出来的小姑娘，跟小门小户半路飞升的

女孩的区别。

果然野鸡比不上真凤凰。

江艺怨恨地看着对面的三个人，终于忍不住伸出手指指着她们，气恼至极："好呀，你们都欺负我，合起伙来欺负我。"

到底是年纪小的女孩，一遇到说不过的情况，竟是把胡搅蛮缠的功力发挥到极致。

纪染安静地望着，突然缓缓上前，吓得江艺忍不住往后退缩了一步。

直到纪染轻轻伸出一根手指，指尖压着她的胸口轻点了下："对付你，不用合伙，我一个人就够了。"

纪染平时温雅安静，在家里没什么存在感，反而是江艺处处摆着小姐架子，脾气大得很。以至于家里其他人都觉得这位大小姐莫不是性子有点儿过分软了？

结果今天两个保姆彻底见识到。

人家哪里是性子软，只不过是教养极好，平日不愿跟江艺这样的人计较。真发起火的时候，这气势真是有够吓人的。

纪染冷漠地说："赵阿姨、钱阿姨，你们就算是住家的保姆也有规定的工作时间，以后谁要是超过时间让你们干一些不讲道理的事情，你们不用搭理，要是谁敢强迫你们，可以来找我。"

其实两个保姆对于晚上做宵夜这件事，并不反感，毕竟她们在纪家工作拿的工资比外面要高多了。

只不过江艺明知道燕窝没有了，还吵闹着现在就要吃燕窝，明摆着是为难人。

两个阿姨对视了一眼，立即齐齐说："知道了，小姐。"

江艺听着两个保姆的话，气到眼珠子发红。但是她最后只是恨恨地盯着纪染，妈妈临走之前说过，这次出去她一定会把握住机会。

妈妈一定会生个姓纪的孩子。

到时候纪染再也不敢当着她的面儿这么嚣张。

于是江艺恼火地转身，还吃什么宵夜，气都气饱了。

很快到了考试前一天，四中为了提高学生对这次考试的重视程度，所有考场都是按照高考规格，一个考场三十个学生。

于是每个班级都会多出不少桌子。

乔与桥站在前门喊道："这次第一组和第二组的桌子都要搬到楼上去。"

底下唉声叹气的声音响起。

不少女生开始抱怨："老师，桌子这么重还要我们搬到楼上，我们哪里搬得动。"

"男生这时候发挥一下你们绅士精神，帮帮忙。"乔与桥又呼吁道。

可是这个年纪的男生别说绅士精神，在食堂打饭不跟女生抢最后一份糖醋小排都是不可能的事情。

抱怨归抱怨，搬桌子的时候，大家还是自力更生。

纪染跟沈执是靠窗坐的位子，正好属于要搬桌子的。而坐在纪染前面的闻浅夏转头说："染染，咱们两人待会儿一起抬吧，这样轻松一点儿。"

纪染点头："好呀！"

她把所有的书籍都从桌子里清空出来，等她收拾好之后，一旁的沈执懒散地站了起来。

夏江鸣他们喊道："执哥，去操场打球吗？"

夏江鸣他们的成绩属于垫底的那种，考试前的临时抱佛脚，也不可能让他们从三四百分突飞猛进。

还不如趁着大家整理考场的时候，好好挥洒汗水。

"不去。"沈执懒洋洋地说。

夏江鸣奇怪道："执哥你干吗去？"

沈执冲他看了一眼："你没听老师说，一、二组桌子要搬到楼上。"

夏江鸣还以为什么事情呢，不在意道："随便找个人搬不就好了。"

这种小事还需要执哥亲自动手吗？

可是沈执冷冷看了他一眼，徐一航在旁边笑了起来，赶紧将他扯着往门外拽："行了，你就闭嘴吧！"

夏江鸣不明所以："我又怎么了？"

但是很快他的声音消失在楼梯口。

纪染站起来正准备喊闻浅夏跟她一起抬桌子的时候，一只手掌按着她的桌面，声音低沉："行了，我来搬。"

她抬头朝沈执看过去，亮晶晶的黑眸里透着迷惑。

纪染

Ji Ran

难道我
还怕他不成？

沈执被她眼神里的怀疑气笑，低声说："我发挥绅士精神可以吧！"

等他站到走道这边，搬起桌子要走的时候，还是没忍住低头看着她粉白的小脸儿低声说："搬个桌子而已，我又不会吃了你。"

周围的同学都在忙忙碌碌，不是忙着搬桌子，就是忙着把自己的课本搬到老师的办公室里。毕竟那么多书，大家实在不想往家里面带。

没人注意到纪染脸上一闪而过的羞恼。

她望着轻松扛着桌子离开的沈执，微微咬牙，这个人真的是讨厌。

等沈执把纪染的桌子搬上去之后，又把自己的桌子搬了过去。只是他转头看了一眼这边堆得到处都是的桌子，因为东西都被搬走，所以大部分桌子都一模一样。

直到沈执看到有人在桌子上写下自己的名字。

于是沈执左右看了一眼，正好有个男生走了进来，手里拿着记号笔。等他弯腰在自己的桌子上写下名字的时候，这才发现教室里的另外一个人正盯着自己看。

男生差点儿被吓尿，因为他认识沈执。

沈执冲着他点了点头，指着他手心里的笔说："这个笔能借给我用一下吗？"

沈执跟自己借笔？

男生低头看着自己手里的记号笔，先是愣了几秒，等回过神之后，赶紧点头："好好，您用，您用。"

等沈执拿到笔之后，男生居然头也不回地离开了。

沈执也没在意，而是转头看着面前并排的两张桌子，当他落笔的时候，笔尖顿了一下，这才在桌面上写完。

等他写好之后，捏着记号笔低头欣赏了许久。

按理说只要在每张桌子上写上各自的名字就好了，可是他把沈执两个字，分别写在了他的桌子和纪染的桌子上。

而纪染的名字则并肩写在了沈执的名字下，也是两张桌子上各写了一个字。

最后沈执的桌子上写着，"沈、纪"两个字。

而在纪染的桌子上写着，"执、染"两个字。

沈执勾起嘴角笑了下，不错。

考试的时候，大家都比较散漫，连平时要求穿校服的教导主任这两天都不会管这个事情，似乎生怕影响学生的状态。

于是很多人特别是女生，简直是挖空心思想要展现自己。

闻浅夏前一天就跟纪染约好一起穿裙子，她说她一个人不太敢穿。毕竟现在高中大家还挺保守，纪染本来不太想穿的，但是架不住闻浅夏的魔音穿脑。

早上纪染挑了一套白色T恤和红色格子百褶裙，她想了下又拿出一双白色过膝长袜出来。

等她下楼之后，赵阿姨正准备给她端早餐，瞧见她这一身打扮，登时笑道："小姐还是穿成这个样子好看。"

特别青春活泼的模样，显得很少女。

赵阿姨平时见她上学都是一套校服，蓝白色的衣服，穿多了确实太腻眼睛。

"以后都这么穿才好看。"自从纪染那天帮赵阿姨她们出头之后，赵阿姨和钱阿姨觉得这姑娘性子特别好，就是有点儿过于安静，不太爱说话。

所以她们现在也会偶尔找纪染说几句话。

纪染笑着说："今天是考试，老师不管才能穿自己的衣服。"

"这样啊！"赵阿姨惋惜道。

纪染吃完早餐之后，从家门口坐了公交车去学校。等下车进了校门，沿途不少到学校的学生都忍不住回头看她。

也有人认识这就是四中刚成功得到所有人认同的那个校花纪染。


纪染来得挺早，于是直接去了最后一个考场。四中的考场分布跟其他学校一样，是按照成绩依次划分。第一考场自然就是年级学习顶尖的那帮学生，从第一到第三十名。

而最后一个考场，则是年级排名倒数的学生。

纪染是刚转校过来的，上个学期没有分数，因此她是最后一号。

而很凑巧的就是，坐在她后面的一位恰好是她的同桌，沈执同学。

学校这里确实搞得挺有模有样，每张桌子上都贴好了考生的基本信息。昨天纪染拿到自己的考场信息时，顺便，真的是顺便看了一眼她的同桌。

这才发现，他跟自己不管是考场还是座位号都十分相似。

等她确定从闻浅夏的口中听到沈执上个学期确实考了四中全年级倒数第一的时候，她忍不住倒抽了一口气。

虽然之前沈执的表现怎么看都不像个爱学习的学生，但是纪染一直觉得他会是那种深藏不露的人。

毕竟能在投行工作的人，怎么可能会有一个烂到家的成绩。

投行可是聚集了一帮顶尖精英的地方，在那里一块板砖砸下来，说不定都会砸中一个清华两个北大还有一个哈佛的。

况且以前她看过沈执的学历，是双名校学历。

纪染按了按自己的额头，难不成她的意外闯入带来了如此大的蝴蝶效应，让沈执从一个精英变成了一个让人头疼的学生。

哦，那还真的挺不好意思的。

闻浅夏一来学校就跑到最后一个考场来找纪染，她今天穿了一件红色T恤和牛仔背带裤，露出漂亮纤细的腿，连走路都带风。

本来闻浅夏还觉得自己今天穿得挺美的，路上回头率都高了。

等她到了倒数第一考场的后门口，看见已经在椅子上坐好的纪染，登时眼前一亮。

她当然知道纪染本来就漂亮，可是平时都看她穿朴素的校服，就连上次在生日宴上她也就是穿了个牛仔裤T恤就来了。

闻浅夏盯着她的百褶裙和过膝长袜，都快疯了："染染，你这套衣服好漂亮，就像那种日系杂志里的美少女。天哪，你的腿怎么这么细这么白。"

纪染听到她的大呼小叫，赶紧拿食指在自己的嘴唇上轻抵了下。

虽然倒数第一考场的人大部分还没到，但是也有几个人来了，闻浅夏声音这么大，让别人听到挺尴尬的。

闻浅夏捂嘴笑了笑。

过了会儿闻浅夏等快到考试时间，先去了自己的考场，她成绩在班里属于中等，所以考场也在中间。

临近考试的时候，教室里越来越热闹。

不过并没什么人抓住这几分钟的时间看书，反而时常听到各种奇怪的对话。

"兄弟，你数学怎么样？我语文还行，上次考了80多分。要不我语文给你抄，你数学给我抄。"

"不行，我数学很差，上次才 50 多分。"

"哎，坐最后那个姑娘就是纪染，我以为上次贴吧照片是 P 过的呢，没想到真人这么漂亮。"

"觉得漂亮呀，要不待会儿考完试去要个电话？"

"你以为我不敢哦！"


纪染看着面前的语文课本，说实话，虽然之前她学习不错，可是自从她进入这个高中开始真的没怎么学习，哪怕她从前回回数学满分，现在连很多基本公式都忘记了。

她在想着自己这次大概能考几分的时候，教室里出现那么一瞬的宁静。

纪染转头看过去，沈执穿着一件黑色卫衣和蓝色牛仔裤，不知是不是黑色更显白的原因，纪染觉得他的脸看起来是那种未见过阳光的白。而牛仔裤包裹着的长腿笔直修长，迈着步子走进来时，有种晃眼的感觉。

整个教室里说话的声音乍然压低了几个分贝，大家不由朝他望过去，显然沈执对这种目光早已经习以为常。他脸上没什么表情，也就是在对上纪染的视线时，露出一个漫不经心的笑意。

只不过下一秒他走到纪染身后的桌子，他没立即坐下，而是低头看了一眼坐在前面的小姑娘。

刚才他一进来就看见她，总觉得有哪儿挺不一样。

直到他走到跟前，看见纪染穿着的百褶裙和白色过膝长袜。

沈执忍了忍，到底还是坐了下来。

虽然纪染是考场的最后一号，不过因为考试号是错开排的，因此纪染反而坐到了沈执的前面。

还有几分钟就要开始，他们从窗子甚至能看到后面那栋教学楼的走廊，有监考老师拿着卷子往教室走去。

纪染低头把书合上，准备放在教室最前面的时候，突然自己的椅子被人从后面踢了一下。

纪染本来不想转头搭理他。

可是随后下一秒，沈执又踢了一脚。

于是纪染转头直勾勾地盯着他，有些生气道："干吗？"

沈执安静地望着她，一张嘴，声音还带着点儿那种还没彻底睡醒的暗哑，他说："哎，你干吗穿成这样？"

纪染不由一怔，她穿成什么样了？

直到沈执直勾勾地盯着她，黑眸里如化不开的浓墨，低声说："你这样，会影响我考试。"

纪染瞪了他一眼转过头，在她把书包放在讲台旁边回来的时候，看见沈执不紧不慢摸出一支笔。显然考试之前带本书看看这种事情，压根不可能发生在他身上。

纪染还是觉得不爽，凭什么说她穿衣服影响他考试。

影响什么？影响他考年级倒数第一吗？

闻浅夏可是跟她说过的，沈执的分数跟年级倒数第二都差着几十分呢！突然纪染愣住了，所以他是怎么考进名校的？

于是带着这个疑惑，纪染开始了第一场考试。

语文。

整个考场的氛围还算安静，大家都自己写自己的。

这次学校安排的考试时间挺宽松，一切都是按着高考标准来的。上午一门，下午一门。中午吃饭的时候，闻浅夏一直在说自己，她觉得自己语文作文写走题了。

纪染随口挑了一根米线，慢悠悠地吃完之后，低声说："没事的，你肯定能考得不错。"

闻浅夏哀号了一声，正要说话，突然她手机振动了两下。

她低头看了一眼，登时眉开眼笑，随后饭也不吃拿起手机回复了起来。

纪染朝她看了看，随口问道："是谁呀？"

其实是她发现闻浅夏最近一段时间，明显信息多了起来，似乎多了一个跟她联系很频繁的人。

闻浅夏抿嘴笑了起来，脸上明明透着甜，却还是摇头："没什么，就是一个朋友。"

纪染敏锐地察觉她用"朋友"这个字眼，而不是同学。

只不过闻浅夏没多说，纪染也不好追问。

两人吃完午饭之后，慢悠悠从小吃店里出来，闻浅夏指着不远处的奶茶店："下午要考数学，染染，咱们喝点甜的安慰一下自己吧！"

数学太苦了，真的。

除了那些成绩前茅的学生之外，没有学生不是数学苦手。

纪染点点头，跟着她慢悠悠走过去。没想到她们在奶茶店居然还遇到了熟人。

有个女生站在奶茶店旁边仰着脸，噙着笑意跟夏江鸣说话。

闻浅夏看见这一幕立即激动了起来，拉着纪染的衣袖低声说："染染，是薛以柔，你说把夏江鸣拦下来干吗？总不可能是要跟夏江鸣表白吧？"

纪染当然知道这个薛以柔是谁，高二（1）班的学生，不仅长相漂亮而且还成绩优异。

之前相比江艺，更多人都觉得她才该是四中的校花。

这也是纪染第一次见到薛以柔本人，确实是个小美女，是那种很瘦又很会穿衣服的类型。她今天穿了一身白色加棕色面料布长裙，有点儿森女风。

薛以柔微仰着脸，轻声说道："我想请你吃饭，你能不能来呀？"

夏江鸣挠了挠头发，有点儿不知道该说什么好的模样。

于是薛以柔温柔看着他，低声说"夏江鸣，你就当给我个面子好不好？"

少女软着性子算是放下身段。

她这样的小姑娘，身后不知道有多少人追求呢！谁不对她捧着追着，此时夏江鸣的态度更加犹豫。

谁知她见夏江鸣还是不开口，轻声说："夏江鸣，你是还没原谅我吗？"

夏江鸣轻轻握住拳头，竭力控制自己的情绪。

说起来夏江鸣和薛以柔初中就是同学，只不过那时候夏江鸣为人挺懦弱的，是那种在人堆里都看不见的存在。直到他进入四中跟沈执玩在一起之后，他没想到自己初中时的校园女神薛以柔会主动靠近自己。

那时候薛以柔不仅主动加了他的联系方式，还会在放学的时候来看他打球。

夏江鸣暗自激动不已，以为女神终于看见了自己的好。于是他准备了很多礼物，准备在女神生日的时候隆重表白，为此夏江鸣借了一屁股债。

谁知还没等到生日那天，薛以柔把夏江鸣约出来，也是这样一脸温柔地看着他，软软地问："夏江鸣，我过生日你能把沈执也一起叫上吗？"

那时候，夏江鸣还在奇怪，她过生日叫执哥干吗？

直到他看清楚少女眼底藏不住的雀跃和欢喜，突然夏江鸣什么都明白了。薛以柔之所以一直跟他接触，还来球场看他们打篮球，并不是因为他。

她喜欢的一直也从来只是沈执。

夏江鸣虽然知道自己比不上沈执，可还是大受打击。

此时夏江鸣再次听到薛以柔的邀请，有气无力地说："执哥不会参加女生的生日宴。"

"谁说我要请他了。"薛以柔急急打断他。

语气里透着恼火。

没一会儿，沈执他们过来了，看样子是刚吃完午饭准备回学校。

徐一航本来正跟陈松说话，就看见夏江鸣跟一姑娘站一块儿，立即笑了起来："夏江鸣，我说你小子怎么比兔子溜得还快，原来在这里呢！"

本来他离得远，夏江鸣又挡住了薛以柔，所以徐一航没看清楚对方的长相。

等走近之后，徐一航立即闭嘴了，连他脸上都露出尴尬的表情。

"你们好呀！"薛以柔特别大方地冲着他们打招呼。

沈执双手插在兜里，没看她反而是看了一眼垂着头夏江鸣。

倒是徐一航和陈松笑了笑。

薛以柔的目光还是朝沈执看了过去，哪怕她尽力收敛自己眼底的情绪，却还是不小心泄露了。

沈执这样的男生，身上有种致命的吸引力。

他坏，他性格乖戾，他学习不好，可他就是吸引着所有女生的目光。

薛以柔喜欢沈执这事儿，其实不算是秘密。

特别是她想让夏江鸣请沈执参加她生日宴的事情之后，他们几个常在一块儿玩的少年大概都知道了。

她渴望地朝沈执看了一眼，还是希望他能看见自己。

但最终，沈执朝夏江鸣轻踢了一脚："走了。"

他率先越过薛以柔走了过去。

眼看着沈执往这边走，纪染和闻浅夏都有点儿慌张，他们对视了一眼，赶紧往奶茶店门口站站。

这间奶茶店的门面特别小，是前面收银台后面奶茶台的配置。

顾客都是站在外面点单。

纪染和闻浅夏两人都认真地看着奶茶店里的菜单，企图假装自己正在努力研究哪一款奶茶更好喝。

直到纪染没听到身后脚步声，正要松了一口气时，突然从她正后方传来一个声音。

"选好了吗？"

她被吓得身体猛地抖了下，谁知少年的手掌跟着压在她的肩膀上。

沈执的声音在她耳边响起："你怎么这么不经吓？"

像个炸了毛的小猫儿似的，连耳朵都快竖起来。

纪染不说话，沈执直接对老板说："一份芒果椰奶。"

随后他转头望着旁边傻站的闻浅夏："你喝什么？"

闻浅夏用了大概几十秒钟的时间，终于分辨出来，沈执这是在询问自己，他这是要请自己喝东西吗？

直到她们两人分别拿着老板做好递来的饮料之后，闻浅夏这才确信。

她这辈子，居然喝到了沈执买的饮料。

她捧着面前的饮料，用一种虔诚的眼神望着，终于低声对纪染说："染染，你说我就这么把这杯奶茶喝了是不是很不恭敬？"

"你想怎么喝？"纪染淡淡道。

闻浅夏："最起码也得沐浴焚香吧！"

纪染本来已经低头在喝东西，结果听到闻浅夏这句话，猛地被呛住，有点儿冰凉的液体在喉咙里翻腾着，她赶紧别过脸咳得震天动地。

等她缓过神，沈执闲闲地朝闻浅夏看了一眼。

闻浅夏被吓得整个人都哆嗦了。

至于身后的三个男生也是一人拿着一杯沈执买的奶茶，刚才在奶茶店门口，沈执拿出一张卡递给老板的时候，颇有种今天沈公子包场了的浪荡风范。

徐一航拍了拍夏江鸣的肩膀："小鸣呀，不是哥哥说你，这种姑娘长再好看也不能当饭吃呀！你说你吃了一次亏，怎么就不长记性呢！"

陈松闲闲道："那是因为亏还没吃够。"

闻浅夏耳朵尖早听到这些男生聊天的话，对于她这种"小灵通"来说，面前有"新闻"而她无法参与的感觉，实在是挠心了。

于是她脚步越来越慢，旁边的纪染并不知道她的想法，也走得很慢。

沈执走在纪染的身边，没说话，只是偶尔垂眸看着她低头咬着吸管。

没一会儿浅黄色的液体顺着透明吸管，被她吸进嘴巴里。

沈执："好喝吗？"

纪染愣了几秒，才发觉他是在跟自己说话，她抬头看着他："好喝，谢谢你！"

沈执笑了下，然后他的脸凑近过来，轻眯着眼睛盯着她的唇，嫩粉色的唇色此刻沾上一点儿冰凉液体，反而越发娇艳。

少年黑眸深不见底，细密的长睫覆在眼睑上，他微抬起眼皮时，睫毛轻翘，勾勒出眼尾好看的弧度。

纪染猛地咬住吸管。

因为这一刻她的心跳漏了一拍似的。

沈执轻声："嗯，以后还给你买。"

声音缱绻，透着无尽温柔。


他们两人走在前面，反而是闻浅夏不知何时已经落后纪染几步，跟后面几个男生聊了起来。

徐一航丝毫没给夏江鸣面子，直接说："那姑娘就是居心不良，你趁早认清楚。"

闻浅夏总算是明白了，原来薛以柔跟沈执之间还有这一件事啊！

她突然想起什么似的说道："我记得之前有传言说，沈执因为不耐烦女生到篮球场送水，还把水从人家头上浇了下去，这是真的吗？那个女生是薛以柔吗？"

其他三个男生对视了一眼，终于陈松嗤笑道："这都什么传言。"

"我必须还我执哥一个清白，"徐一航说道，他轻咳了一声开始还原当时的场景，"当时呢，薛以柔又来送水。以前我们都以为她是为夏江鸣来的，所以很给面子都收了。结果这姑娘牛，目的暴露了还继续来。所以我们都挺恼火的，但是谁都不太好意思撕破脸。"

于是沈执出马了。

他当着所有人的面，清冷地看着薛以柔说，你可以滚了。

闻浅夏听完这句话，沉思了半晌，低声问："你们觉得一个女生当众被骂滚比较惨，还是被水浇头比较惨？"

几个男生还真没考虑过这个问题。

现在听起来，好像都挺惨的。

徐一航想到这里，抬脚踢了夏江鸣的屁股："执哥为了你，把坏人做到底，你看看都被学校里的人传成什么样子了，你还迷恋美色呢！"

夏江鸣被他骂了一路，终于有点儿恼羞成怒："谁心底还不能有个'白月光'啊！"

他从初中就开始喜欢薛以柔，一直到高中。少年时的心动，开始时容易，可想要结束却不是由自己说了算。

夏江鸣当然知道薛以柔是什么人，可那到底是自己真心喜欢过的姑娘。

他这么说完，徐一航无奈道："有这么个'白月光'，你可真够惨的。"


纪染这会儿也听到他们在后面聊天说的话，忍不住朝沈执看了一眼。从前的他也是因为一直还喜欢着他心底的那姑娘，他年少时最虔诚真挚的感情，才会一直孑然一身的吧！

"干吗这么看我？"沈执见她直直地盯着自己看。

纪染摇摇头，她并不知道自己该说什么，是让他别用情太深去喜欢那个"白月光"吗？或许有点儿太多管闲事了。

她轻声说："我只是觉得太喜欢一个人，并不是什么好事情。"

付出得太多，便总想得到回报。

感情也是一样，没有人会无缘无故去爱一个人，总是期望得到回报。就像是赌场上下注一样，总觉得自己并不会赔光所有。

纪染知道沈执就是这样的人，他太过执着，打一开始就赌下了所有。

反而是她，过于冷静理智。

哪怕现在也依旧这样，她的冷静让她踏不出任何一步。

她注定没办法回应沈执。

可是她身边的沈执转头看着她，低声说："不会，我要是喜欢一个人，就会往死里喜欢。"


接下来三门考试，整个考场里可谓八仙过海，各显神通。

等考完试之后就是国庆节放假，虽然各科老师还是布置了一堆作业，但是学生们还是挺配合。毕竟学校是国庆之后才出月考成绩，这显然已经是放了他们一马。

"国庆"的时候，纪染在家挺轻松的，每天没什么事情，也不想出门，就是做做卷子，玩玩手机游戏。

其间裴苑倒是打了一个电话，主要是问她最近怎么样。

纪染如实表示，过得挺好。

裴苑冷笑："我知道你爸打小就不管你，但是你也不要松懈。你们月考什么时候开始？"

纪染这时候才后知后觉地发现，哪怕她变了，可是她妈妈并不会改变。

裴苑依旧是那个裴苑，视她的分数为唯一评价她这个人的标准。

纪染就没打算好好学习。

当乖学生压着别人的感觉她已经体会得够多，试试当个普通学生也不错。只是她愿意尝试，裴苑的话……应该会想把她大卸八块吧！

于是纪染低声说："还没开始考试呢！"

"考完了记得把成绩单发给我看看，虽然那边教学质量不错，但是我知道你的实力。"

听到这里，纪染真的想长叹一声。

因为这次她只怕真的要让裴苑失望了。


10月7日晚上，大家提前到学校里上晚自习，虽然学生对于学校的决定十分反对。但是眼看着自家孩子在家里傻玩了七天的家长，早就恨不得他们早点儿上学。

不过到了学校之后，除了忙着抄作业之外，大家就是凑在一起讨论这次的成绩。

闻浅夏已经开始双手合十，祈求让她的数学超过120分。虽然（8）班在四中是个普通班，可四中毕竟是全市重点高中，整体实力不容小觑。

除了班里个别不求上进的，大家大体都还是认真学习的学生。

不仅班长跑了好几趟老师办公室打听成绩，就连各个学科的课代表都跑去想问问。不过没想到老师们居然也跑去放假了，到现在卷子改完是改完了，但是整体成绩还没出来，最起码全校排名还没出。

"我觉得最先出成绩的肯定是数学。"

"别吧，我心脏受不了呀！"

"我也是，这次最后两道大题，我都只做了第一个小题，其他肯定都丢分了。"

闻浅夏也在前面哀号："早知道我就不对答案了，我好几道选择题跟你不一样。这题不是选 C 吗？"

安静了几秒钟之后，闻浅夏又喊道："我不活了，居然真的选 D。"

相较于教室里其他各个地方热闹又积极的氛围，纪染和沈执两人的周围像是被孤立的海岛，安静而又隔绝在这个世界。

纪染没什么兴趣对答案。

而她身边的沈执已经趴在桌子上补觉，看起来连成绩都不关心。

直到第一节晚自习上了过半，突然数学老师过来把课代表喊了过去，没一会儿课代表抱着一叠卷子回来。

伴随着教室此起彼伏的哀号声音，大家开始拿到卷子。

因为卷子是一个考场一个考场分的，直到最后终于纪染才拿到试卷。当她看到卷面上用红笔醒目地标出来 22 分时，她第一反应就是去看身边的沈执。

此时少年也爬了起来，双手捏着他的卷子。

同样醒目的 16 分，被写在卷子的最顶头。

有那么一瞬间，纪染的心脏都险些停拍，她没想到哪怕她已经考得这么低，沈执居然还可以比她更低。

有那么几秒，小姑娘美得不像话的眼睛瞬间红了

为什么当个普通学生，她都比不过沈执。


显然沈执也看见了她试卷上的分数，说实话他确实是挺吃惊的，因为纪染长了一张看起来学习成绩很好的脸。

他没想到她可以考出这么一个分数。

可再抬头一看，小姑娘眼圈都红了。

沈执心一揪，微蹙着眉，每次考试之后班级里为了分数哭的人，可不在少数。他有点儿无奈，还是轻声说："你，千万别哭呀！"

纪染觉得自己挺丢人的，当个普通学生都比不上沈执。

可是沈执见她收回目光还以为她难受，于是片刻之后，他从桌洞里摸出另外一支笔，伸手将纪染手里的卷子拿了过来。

纪染没来得及阻止，眼睁睁地看着他在22那个分数前面，用红笔画了一道竖线。

纪染还没搞懂他画的是什么东西，就听少年低声说："嗳，现在是122分了，不难过了吧！"

纪染睁大了眼睛。

她："……"她是个傻瓜吗？还是他把自己当傻瓜了？

纪染觉得自己活了这么久以来，受到了比任何一次都要大的侮辱。

她把自己的试卷拿了回来，她盯着那个碍眼的1看了一遍又一遍。因为沈执用的红笔跟批卷子老师用的红钢笔颜色并不一样，因此一眼就让人看出来1是后画上去的。

第一节下课的时候，大家都在相互打听对方的分数。

闻浅夏转头看着纪染，问道："染染，你数学多少分呀？我这次118分，还是考砸了，真是的，你说老师要是给分松点，多给我两分多好啊！"

等她站起来看见纪染的卷子，一开始她还没注意，挺开心地说："你考了122分，不错呀！"

没一会儿她就察觉不对了。

纪染淡淡道："是22分。"

她觉得自己现在真的很冷静，还能如此精准地说出自己的分数。

闻浅夏不说话了，哪怕纪染考个七八十分，她都能安慰安慰。这个22分，已经超过了她的认知范围。

于是在课间十分钟，一个帖子悄然在贴吧里发了出来，并且被迅速点击。


【你们知道（8）班那个校花纪染这次数学考了22分吗？】

"不是吧？消息属实吗？"

"绝对是真的，她真的22分，现在好了，以后别的学校人一问咱们校花怎么样，你就告诉他们，校花数学22分。"

"我去，楼上太酸了吧，校花选的是脸蛋又不是学习。"

"我现在更加相信这个纪染是个富二代了，要不然她这个分数怎么上咱们学校呀！"

"这个妹妹呀，美则美矣，没有灵魂。"

　　这个帖子没一会儿又成了热门帖，毕竟校花数学考22分这种事情，还是挺吸引人眼球的。

　　就连（8）班也是，大家都在窃窃私语。

　　连闻浅夏那么活泼开朗的人，都安静了下来。

　　晚自习第二节课的时候，英语老师亲自抱着一堆卷子来到教室里。他站在讲台上，望着众人说道："这是第一次月考，所以我亲自给大家发卷子，点到名字的同学上来拿。"

　　大家知道这位英语老师的习惯，平时课堂小测验，他都要把每个同学的分数全班通报。

　　简称，公开处刑。

　　不过英语老师在念名字之前，笑着说道："咱们班这次考得不错，出了全校唯一一个英语满分的同学，大家以后一定要多多跟这位同学学习呀！看看这差距，同一个教室里上课的学生。"

　　老师还想说几句，可是底下已经有不满的声音，于是英语老师说："好了，我念了啊！"

　　底下人恨不得号道，老师，你快念吧！

　　"纪染，150分。"

　　整个教室，陷入死一般的寂静。

　　英语老师拿着卷子站在讲台上，一脸慈爱，还顺手把纪染的卷子举起来展示给全班同学："你们看看人家纪染同学这卷面。"

　　"对，还有这作文写的。"英语老师把卷子翻到背面，展示英语作文那一面，"人家高级词汇的应用，你们当中有些人估计是见也没见过。"

　　英语老师声音高亢，一方面是为有这样的学生而自豪，另一方面是为底下有些学生的不思进取而叹息。

　　等他说完之后，神色温和地看着纪染，笑道："好了，纪染同学，上来把你的试卷拿去吧！"

　　纪染在全班同学的注目礼之下，慢慢地从座位上站起来。

在她的身体挪到走道的时候，明确听到旁边座位上传来的一声轻笑声。

纪染慢慢地走到讲台边，从英语老师手里接下自己的卷子，然后班级里响起如雷般的掌声，全班同学都有种刚醒过神的感觉。

刚才纪染数学考 22 分的事情，可是全班人都知道。

这会儿贴吧里面最热的帖子还是这个事情呢！

都说她学习不好。

谁知现在英语老师过来发卷子，她英语居然考了 150 分，见过"打脸"的，但是没见过"打脸"成这样的。

此时高二（12）班的教室里也不安静，教室里没有老师，大家吵吵嚷嚷。

江艺正在低头看手机，这还是同班一个女生给她看的。自从江艺偷穿纪染衣服被识破之后，她在学校里的名声一落千丈，班级里原先围着她转悠的小姐妹团也是散得七七八八。

好在还剩两三个被她笼络住，她不至于被全班女生孤立。

第一节课他们班的数学卷子也发了下来，江艺成绩一向不太好，这次数学更是只考了 80 多分。

她是纪庆礼为了弥补江利绮，强行走关系把她塞进四中的。

本来江利绮也没指望她走正常高考上大学，江利绮给她安排的是走艺考的路子，毕竟江利绮自己就是大学的舞蹈老师。

江艺未来的目标就是考上全国顶级的电影学院。

电影学院对于学生的文化课成绩要求没那么高，她只要过了文化课的分数线，面试那边怎么都不可能有问题。

只是前几天江利绮出国之前就跟她说过，让她这次月考努力，别考得太差。

因为纪染的成绩特别好，是那种在学校里不仅回回考第一，还能考满分的那种好。

可是江艺天生底子在这里，哪怕临时抱佛脚也不可能让她从数学八九十分的水平，一下子提到满分吧！

江艺拿到卷子挺心烦，结果快下课的时候，她同桌低声说："江艺，你知道纪染这次数学考了 22 分吗？"

江艺以为自己听错了，直到她看到四中贴吧里的帖子，爆料人信誓旦旦保证肯定是真的。

下面还不断有人出来证明，自己同学就在（8）班，纪染数学真的考了22分。

她同桌也是她仅有的好闺密，笑着安慰她："江艺，你现在不用担心了，这个纪染成绩也太差了吧！"

同桌说完，笑着捂嘴。

江艺把帖子的每一条回复都看了一遍，表情开心不已。

她还以为纪染成绩真像她妈说的那样好呢，原来也是吹牛的呀！

一时间，江艺觉得自己的80多分很高了。


纪染把英语试卷拿回去的时候，教室里的声音一直没安静下来，以至于英语老师用讲台上的三角尺敲了好几下桌面，才勉强震住他们。

纪染也知道自己这反差太大了，只是现实情况让她有点儿进退两难。

毕竟她重回高中可不是简单说说。况且这几个月以来，她压根没想着立即把数学捡起来。

至于英语，这几乎是她的第二语言。

当初为了申请国外的名校，她把自己的英语刷到110分以上，之后几年在国外读书和工作。

高二的月考英语试卷，对她而言，就像是小学生试卷。

太简单了。

本来纪染打算全科都考差，可是一想到她好歹要跟裴苑和纪庆礼交代，总不能上个学期期末还考了700多分的人，一个暑假过去之后，陡然分数砍半，变成什么都不会。

纪染觉得要是这样，裴苑说不定真的会冲到B市，带她去医院把脑子切开来检查。

基于她对裴苑的了解，纪染觉得这会是她能做出来的事情。因此纪染决定把她有把握的学科分数刷上去，让裴苑和纪庆礼有个循序渐进的接受过程。

最起码证明，她还是有救的。

于是她有心刷分数，直接把自己刷成了全校唯一的英语满分。

她也没想到这个学校的学生英语都挺普通，居然除了她之外没有满分，让她显得有点儿突兀了。

纪染觉得是她想复杂了。

不过现在成绩都已经摆在这里，她改也改不了。可是这个念头刚在脑海里闪过，她的眼睛瞥见自己数学卷子上那个突兀的1。

她叹了一口气。

谁知她刚叹完气，自己的试卷又被旁边的人扯了过去，这次沈执没再拿笔在卷子分数上加一笔，毕竟1150这个分数太逆天了。

全部科目加起来满分都没这么高。

不合适。


沈执说不出自己这个念头是有点儿遗憾还是别的，只是他在英语老师发试卷之前，又把红笔拿出来。他以为这姑娘又会考出一个让人感觉石破天惊的分数。

不过确实是石破天惊的分数，只不过不是太低，而是太高。

沈执单手撑着脑袋，手指捏着试卷边缘，眼睛落在刚才英语老师重点提出的英文作文，说实话，纪染的英文书写是沈执见过最漂亮的。

有种流畅而又特别的美感。

待盯着看了几秒钟后，他缓缓说："这不是考得挺好，叹什么气。"

纪染瞪他，他还有脸说。

可是沈执丝毫不在意她的眼神，反而继续说："是觉得数学考得不够理想吗？没事儿，下次多看看书。"

这口吻……

纪染登时觉得自己真的长了见识，一个稳坐年级倒数第一的人，居然用一副他已经考了700分的学神语气跟自己说话。

只可惜沈执的分数一如既往稳定，稳定到别人想跟他争年级倒数第一都难。

于是还没到晚自习下课，四中贴吧再次出现一个帖子。


【你们知道纪染英语考了150分吗？】

"？？？楼主你确定没看错，不是15分？"

"绝对没错，我们英语老师也说（8）班有个女生考了年级唯一满分的英语，就连作文改卷的老师都没舍得多扣一分。"

"好了，以后别校学生问我们学校校花怎么样，你们可以告诉他们，我们校花英语不考则已，一考就是满分。"

"看来好看的女孩，还是有灵魂的。"

"你们无不无聊，纪染每出一门成绩就挂来贴吧，谁爱看呀！"

"楼上盲猜是女生吧，这酸味大的。不好意思，我还就是想看纪染的分数，有本事你也考个数学 22、英语 150 给我看看，请看清楚重点是英语 150 哦！"

"比起我自己的分数，我现在更想知道纪染的分数。"


于是到了第二天，整个年级里最关注的并不是这次年级第一考了多少分，而是纪染考了多少分。

就连纪染本人估计都没他们这么关心自己的分数。

好在没让大家等太久，几乎纪染卷子拿到手的第一时间，分数立即被上传贴吧。

语文 135 分，也是属于顶级高分。

至于理综科目全军覆没，无一例外全部不及格。

这种偏科到直接断断腿的学生，别说其他学生没见过，就连四中的老师都没见过。要不是纪染的同桌是沈执，只怕天天下课来围观的人会比现在还多三倍。


纪染被围观了一整天，都忘记了纪庆礼今晚回国的事情。

等她到家的时候，江艺已经陪着江利绮坐在沙发上。纪庆礼表情阴沉，脸色不算好看，纪染打了声招呼，本来打算上楼的。

结果纪庆礼叫住她："纪染，你先等一下。"

她站在原地，转头看向他："怎么了，爸爸？"

纪庆礼霍地一下站了起来，走到纪染面前时，纪染才有点儿后知后觉反应过来，原来纪庆礼脸色不好可能是跟自己有关。

纪庆礼看着她："你们月考了？成绩出来了？"

纪染轻抬起眼皮，朝江艺看了一眼，哦，原来是有人来告状了。

于是她点头："成绩出来了。"

纪庆礼明显是压着脾气在问："你这次考了多少？"

纪染大概想到他会不开心，但是她没想到纪庆礼也会如此在意她的分数，毕竟之前完全是裴苑在管她的学习。

纪庆礼顶多会在她又拿了一次年级第一时，笑着说一声，不错呀，染染。

她以为他没那么在意分数这玩意儿的。

纪染知道江艺肯定已经说过，瞒是瞒不住，于是她如实把自己分数报了一遍。

她每报一门分数的时候，都能感觉到纪庆礼太阳穴在突突地跳跃。她又觉得好笑又怕把她爸真气出什么问题。

在她说完之后，纪庆礼终于忍不住说："你这是在报复我吗？"

纪染有那么几秒钟愣神，实在是搞不懂他为什么这么说。

直到他声音攒着火道："你上个学期考了多少分来着？700分以上是吧，怎么一跟着我在一起生活，你的学习就下降成这样。你是不是就想让你妈觉得，我什么都比不上她，我连带个孩子都不如她？"

纪染这才意识到他在生气什么。

本来她以为纪庆礼是在乎她的成绩，原来并不是，他只是不想让裴苑瞧不起，不想让裴苑觉得自己带孩子不如她。

毕竟纪染跟着裴苑的时候，回回能考700分以上。

怎么一跟着他，数学和理综全部不及格。

纪染突然变得特别冷静，她看着纪庆礼说："爸，您想多了，我犯不着拿自己的成绩报复您。"

纪庆礼安静了片刻，瞬间说道："那你说，你到底怎么回事？"

纪染想了几秒钟，突然神情有些沮丧，她低声说："我就是有点儿不适应。"

纪庆礼没想到是这个理由。

纪染继续说："以前你们没离婚，没那么多事情我只要学习就好。现在你们离婚了，我总有个适应过程，而且到这里，生活里事情太多了。"

她语气特别软，她知道这会儿跟纪庆礼对着干没好处。

况且江利绮和江艺母女两人还坐在这里，等着看她笑话呢！

她说着，眼底微微湿润，本来她的眼睛就特别漂亮，此刻湿漉漉的显得更加软。

纪庆礼听着她的话，又突然想到之前江艺偷穿纪染礼服的事情，确实，以前哪里有这样的事情。

纪染觉得自己把一个"父母离婚孩子一时无法接受，心绪大乱之后学习成绩剧烈下降"的人物形象表现得淋漓尽致。

纪庆礼声音也缓和了下来，他说："上了一天的课，你也累了，上去休息吧！家里的事情，爸爸会处理好的。你专心学习，别让乱七八糟的人影响你。"

纪染点头，背着书包准备上楼。

只不过在走到楼梯口时，朝江艺看了一眼，纪庆礼口中那个乱七八糟的人，可不就是江艺嘛！

纪染心底冷笑，不就是演戏嘛，谁还没有个演技。

## 第六章
## 你疏远我，是因为我考了年级倒数第一？

纪染不知道的是，就在这个城市的另外一个地方，居然也上演着同样的剧情。

沈执推开门到家里的时候，突然从客厅里斜着飞过来一个花瓶，要不是他往旁边闪了下，这花瓶得砸破他的头。

"你还知道回来？"

沈纪明站在沙发旁边，满脸恼火。

沈执望着对方，眼睛落在他的脸上，眼眸动了动，却是止不住地恶心。

这张跟他眉宇间有些相似的脸，任谁一看到都会猜测他们是父子关系的脸，让他极度厌恶。

他不紧不慢地换了鞋子之后，慢慢走到沈纪明面前。

沈纪明见他依旧是这副懒懒散散的样子，更是气不打一处来，指着他的鼻尖："你把我的脸一次又一次地丢尽了。我给你们学校捐空调，就是为了看你次次考倒数第一回来的吗？"

"看来不用我告诉你，你也知道了。"沈执伸手把肩上背着的书包放在了单人沙发里，他轻勾起嘴角，"不好意思，我就是这水平，你又不是不知道。"

沈纪明气到极点反而平静了下来，他说："你就这么一直吊儿郎当到高中毕业？你知不知道，你要是想申请国外名校，你现在的成绩根本就是做梦。"

"你到底对我还抱有什么可笑的期望？"沈执冷眼望着他。

沈纪明脖子一粗，吼道："你是我的儿子，难道我对你有期望还有错？"

沈执像是听到什么巨大的笑话，儿子？

可是他在自己十岁之前都不知道自己的爸爸究竟是谁。

现在又要跟他上演父子情深，这还不够可笑吗？

沈纪明看着沈执冷漠又讥讽的眼神，明明心底也有心虚，却还是摆着一副父亲的威严模样："我告诉你沈执，你要是再这样下去，你想过你在沈家的未来吗？"

"是我在沈家的未来？还是你在沈家的未来？"沈执眉梢轻挑，露出讥讽。

沈纪明一张脸先是气得涨红，此刻又一点点褪去血色的模样，他瞪着沈执冷笑："你以为你我的未来不是绑在一起的？沈执，你搞清楚你是我儿子这一点永远不会变。"

两人无声地望着对方，仿佛要彻底在气势上压倒。可是沈执再也不是那个当年孱弱又无助的少年，他已经高过沈纪明，不用再仰望着这个男人。

最终沈纪明还是甩手，没再说什么，转身离开。

门口传来巨大的摔门声，砰的声响，仿佛击破了沈执脑内的某根弦。

时间一下拉回到很多年前。

那是他刚到沈家没多久，他参加的数学竞赛得到了金奖，于是沈纪明为他办了一个极大的庆功宴。

在宴会上，沈执作为沈纪明儿子的身份正式被承认。

那时候他还记着外婆的话，到了沈家别给人家添麻烦。

"沈纪明对这个儿子还挺上心，拿个数学竞赛的金奖都搞这么大宴会。"

"还不是这孩子得了沈家老爷子的欢心，要不然一个从外面带回来的孩子怎么配得上。"

"怎么就被沈老爷子看上了？"旁人好奇道。

"你不看看这是什么宴会，这可是庆祝人家儿子数学金奖的，你以为金奖谁都能拿的。据说沈董这个儿子智商极高，前阵子沈董不是还带着他去参加那个什么门萨俱乐部测试。"

有人不信："就因为聪明？"

爆料人嗤笑："那不然呢，沈家这辈三个儿子如今个个都是董事，儿子们之间没斗出个结果，就继续斗孙子。谁生的那个有出息，就会在老爷子跟前得脸。要不然你以为里头这位沈夫人怎么咽得下这口气，把这个孩子领回家，还这么隆重介绍。"

很快另外一个人好奇说："这个孩子的亲妈呢？是不是也鸡犬升天了？"

"什么鸡犬升天，早疯了。要不然你以为沈夫人怎么敢松口让这个孩子进门，就是亲妈没威胁了。"

显然这人对沈家的事情了如指掌，众人你一言我一语，说得极是热闹。

谁都没发现身后的灌木丛里，有个少年正端着一盘蛋糕，安静地在吃东西。他身上穿着的深蓝色条纹小礼服是私人定制，虽然价格昂贵，可他丝毫不在意会弄脏，直接坐在地上。

此时的沈执，眉宇间还有那样的戾气，他只是紧紧地握住手里的叉子。

直到身后人叹道："所以我说女人呀，要认清楚自己。这个孩子的亲妈当初据说也是名牌大学的漂亮女学生，结果信了那套富豪和灰姑娘的戏码，最后落得这个下场。你说她生这个孩子有什么用，最后还不是给男人当成争家产的筹码。"

终于，沈执手里的银叉猛地插进身旁的泥地里。

他这样的人，从一出生就注定是个错误。

纪染从洗手间里出来，头发已经被吹风机吹得半干，乌黑又浓密，柔顺地搭在肩膀处。等她到卧室时，听到窗边渐渐沥沥的雨声。

并不算很大，应该是刚下没多久。

纪染正准备关灯时，突然放在书桌上的手机振动了起来，她低头看了一眼，手机上的来电显示是一个陌生的号码。

她安静地盯着手机，却没有伸手去接。

直到手机振动停止，但是刚停下没几秒，又接着开始振动。

虽然她并没有保存这个号码，可纪染心底仿佛有预感似的，她知道是谁。

终于在电话再一次响起时，她犹豫地拿起手机，接通。

一开始，那边并没有人说话，直到纪染轻声说："喂。"

沈执站在自家客厅的落地窗前，望着外面乌黑的天色，还有飘零的雨水，不时打在玻璃上，很多汇聚成一道长长的水流蜿蜒而下。

他也不知道为什么，突然发疯似的给她打电话，在这种时候他就想听听她的声音。

更想见她。

明明知道她对自己的疏离，却还是克制不住心底的渴望。

一想起时，心底便产生一阵阵的刺痛，细密又绵延，久久无法退散。

沈执压着声音说："我就是，突然很想听听你的声音。"

哪怕晚上刚才学校里见过面，可还是想见到她。

纪染脸颊泛红，窗外绵绵细雨打在窗上，耳边是少年压抑到极致的声音，烫得她耳朵根都在泛红。

纪染知道她不能再这样下去，她觉得自己必须跟他说清楚。

她低声说："沈执，我们现在都还小，未来会有……"

"你是觉得我现在是一时冲动？"沈执突然打断她。

纪染不知道该怎么说，她只能说："是我的问题，我暂时并不想考虑这个问题。所以，对不起。"

沈执低声说："你是不喜欢我，还是不喜欢我这样的人？"

他声音有些沉，他这样的人从出生开始就是错误，这是他的命运。明知道她那样耀眼又纯净，却还是不顾自己周身泥泞，还是想要靠近她。

或许，越是深陷黑暗，便越向往明媚。

他，就是想要她。

终于沈执低声说："我可以来见你，亲口告诉你。"

最重要的是，他想见她。

纪染不知道他发生了什么，听起来今晚的沈执格外不一样，她低声问："你是不是喝酒了？"

她知道沈执他们家里管得很松，但是她不知道的是沈执从来都是一个人住。

并没有什么家里人。

纪染轻声说："外面下雨了，你早点儿睡吧，明天还要上学。"

于是她准备挂断电话。

"纪染，你等我好不好？"沈执的声音格外坚持。

纪染叹了一口气，挂断了电话。

很快，她关灯上床躺下，窗外初秋的细雨似乎从未停止过。

夜半时，当噼里啪啦的大雨砸在窗户上的时候，纪染翻了个身迷迷糊糊地睁开眼睛。她伸手往书桌上摸，想看看现在几点。

她怕今天下雨，天色一直阴沉，哪怕就算是早上也漆黑的。

可等她摸到手机的时候，突然手机振动了一下。

纪染的手掌顿住，本来睡眼惺忪，却突然仿佛有一盆水浇在了脑子里，有那么片刻的清明。

直到纪染将手机拿到眼前，上面显示着凌晨 2 点 35 分的时间。

还有一条短信。

"有点冷呀，纪染同学。"

纪染看着这条刚发来的短信，她有点儿蒙。

他不会真的在她家门外吧？

纪染从床上起来，她站在自己卧室的窗口看向别墅的大门口，可是那里一片漆黑，并不能看见谁。

他不会真的在外面吧？

纪染觉得不太可能，但是她还是有些犹豫。

最后她还是伸手回复了这条短信："你在自己家吧？"

可是她刚回完没几秒，她的手机振动了起来，这次是电话。

她看着这个依旧没有保存的电话号码，心如擂鼓。

直到她接通电话，她没说话，反而是对面轻笑了一声："你是不是很没良心，我都说来找你，居然还问我是不是在家？"

他说话的声音很缓，但是声音里有那么点儿颤音。

是那种特别冷时，说话才有的颤。

沈执："我本来想去你家门口，可是这个别墅区很大，我不知道你家是哪栋。"

她听着他那边下雨的声音，特别清楚，好像他就站在外面。

纪染咬着唇："你在哪儿，为什么不回家？"

"我想见你。"沈执带着轻笑说道，可是哪怕是笑，她却听出他语气里的执着。

她没想到他真的会等自己，等到半夜。

纪染狠狠心说："沈执，我真的要睡了，咱们明天在学校里见吧！"

"我在你家小区的凉亭里，我找不到你。"他声音很淡。

纪染心底突然升起几分慌乱，于是她将电话挂断。

当她从窗口缓缓走到床边时，她掀开被子，被子里还残存着温暖的热度，这个时候她应该上床，再安静地睡上一觉。

等到明天，像什么事情都没发生那样，去学校上学。


窗台上依旧有雨滴砸在玻璃上的声音，比起她睡前淅淅沥沥的小雨，现在雨势似乎大了不少。刚才她站在窗口往外看的时候，整个天际都有种被雨幕遮盖住的感觉。

外面下了好大的雨。

而她不知道，沈执到底等了多久，或许还会再等多久。

最终她还是缓缓站了起来，走到门口。她轻轻地推开房门，沿着楼梯一路往下，在玄关的地方拿了一把雨伞。

等她撑着伞，打开大门走出去的瞬间，凉风吹拂在她身上。

有种逼人的寒气，仿佛要钻进骨子里。

哪怕此时只是刚过 10 月，但是早晚凉的天气还有今夜这样的大雨，叫穿着单薄睡衣的纪染有种寸步难行的感觉。

她一步步地往前走，别墅区很大，至于沈执说的那个凉亭，她也只是大概有个印象。

直到她在深夜里，找了许久之后，终于找到凉亭时，深夜里，花园里的灯依旧兢兢业业地亮着。

昏暗的灯光下，那个八角凉亭犹如雨夜漏雨的房子，四面都在打着雨。

沈执坐在凉亭里的一角，特别安静。

当纪染一步步走过去时，微垂着头的少年这才缓缓抬头。他身上穿着一件黑色防水运动服，此时外套上全都是水珠子，至于黑发早已被打湿。

整个人看起来狼狈不堪。

可是当他抬头望向纪染的那一瞬间，浓墨般的黑眸里如同绽放出别样的光彩。

纪染这次真的有点气恼，她说："有什么事情，不能等到明天到学校里再说？"

沈执缓缓站了起来，他一动，身上的雨水顺着衣服一路滚落下来，他站在纪染面前时，垂眸打量着她，她出门穿的是睡衣，浅粉色长袖和长裤，拿着雨伞的手露出短短一小截白皙的手腕。

沈执低声说："你被骂了吗？"

纪染愣住，她抬起头不明所以地望着他。

沈执这才缓缓说："你考成这样，回家被骂了吗？"

纪染张了张嘴，所以他大半夜穿过半个城市，等了几小时就为了问她这句话？

可是纪染望着他真挚的模样，却突然说不出斥责的话。

所以他只是想知道，她有没有因为考了这样的分数而被骂是吧？

终于她无奈地望着他："考年级倒数第一的人，还有空关心别人会因为分数被骂吗？"

她心底酸酸涩涩，实在不知道说什么别的。

沈执轻笑："你一直这么疏远我，是因为我考了年级倒数第一？"

纪染低叹了一口气，淡淡说："沈执，你真的应该回家了。"

她能感觉到他的身体在微颤，是因为在外面冻得太久，身体不自觉的反应。

可是还没等她说完，沈执上前双手轻轻握住她的肩头，他的手指很凉很凉，哪怕隔着她的睡衣都能感觉到的凉。

可是他说出的话，却是那样炙热又浓烈。

他附在她的耳边，轻语："染染，我变成你喜欢的样子好不好？"

纪染还未来得及反应，可是沈执低垂着的头离自己越来越凑近，凉亭外的大雨那样滂沱，已经遮盖住整个天地的声音。

一个安慰的拥抱，温热又柔软，沈执冷到僵硬的身体，似乎一下被这温热暖透了心底。

这一瞬，沈执觉得自己心尖都快被甜化了。


纪染早上到学校的时候，教室里已经坐了不少同学，她最近都是乘公交车上学，会比之前稍微迟几分钟。

纪染走到位子把她的书包轻轻放下，教室里说话的声音络绎不绝。

不时有人大喊一声："昨晚发的数学卷子谁借我抄一下？"

纪染从包里随便拿出一本书，放在面前，今天外面依旧雾蒙蒙，早上起床的时候大雨停歇，天空只是偶尔飘落几滴水珠。

昨天的那一场大雨，仿佛把整个天地都冲洗了一遍。

夜里发生的事情，犹如隔世。

直到一只修长手掌搭在她的桌面上轻轻敲击了几下，低声说："麻烦，让让。"

纪染抬头望着站在过道上的人，他单肩背着一只黑色背包，乌黑短发似乎早上刚洗过，有点儿蓬松，松软地搭在他的额前。

而那双一向浓如墨色的黑眸，竟是布满了红血丝，看起来一夜未睡好。

纪染站起来让他坐进去。

没想打沈执在位子上坐下之后，居然从包里掏出一本英语书，摆在面前。纪染忍不住朝他看了一眼，见他低头看书，又忍不住多瞥了几眼。

"干吗？"沈执开口。

只是他一张嘴，声音犹如破锣似的，粗得像是夹着砂粒。

纪染吃惊地望着他，这么一看就觉得不对劲了，他肤色很白，是那种特别显眼的冷白调，但是今天他脸颊泛着明显的潮红，是不太正常的那种。

沈执笑了："看着我又不说话，就喜欢看我？"

纪染本来是担心他的身体，可是见他还有心调笑自己，看来一时半会儿是死不了。于是她不搭理沈执，低头继续看自己的书。

很快早自习上课，这节是英语老师过来坐班。他刚进教室，就用课本在讲台上拍了几下："记得把昨天的单词复习一下，下午上英语课要默写。"

底下一阵唉声叹气。

英语老师气不打一处来："看看你们这态度，知不知道你们英语平均分是全年级除了艺术班之外最低的。比人家（1）班足足低了5分。这还是有一个满分在里面呢，要不然还得更低，我这张老脸在英语课题组里都抬不起来。"

全班同学被这么一骂，再也不敢抱怨。

很快底下开始响起琅琅的读书声。

突然旁边的沈执，轻声开口："满分小同学。"

纪染面无表情："正常说话。"

什么满分小同学，她怎么感觉他一张嘴就是在调侃自己。

谁知沈执侧了侧头，很认真地说："要是我英语上有不懂的，可以问你吗？"

这个问题果然一下把纪染震住。

她转头看着他，有种恍惚感，一个雷打不动的年级倒数第一居然有不懂的问题要问她。

沈执见她脸上的惊诧，只觉得可爱。

"你教教我好不好？"他微凑近，脸上忍着笑，一本正经地说。

纪染有点儿不太明白，随口说："你为什么突然想学英语？"

沈执的手指尖搭在英语课本上，顿了那么几秒钟，他低声说："我说过，想变成你喜欢的样子。"

他那么喜欢她，以前以为她是遥不可及的梦。可是现在却有了靠近的机会，每跟她待在一起多一天，他就多喜欢她一点。

她现在不喜欢他也没关系，因为他可以努力一点点地靠近她。

他会试着学乖，试着跟这个世界和解，试着更阳光一些。

纪染微噘着嘴："你又不知道我喜欢什么样的。"

这句话倒是引起了沈执的轻笑，他低声说："那行，你告诉我，你喜欢什么样子的？"


突然，纪染有点儿那么一丝迷惑，她有过喜欢的人吗？或许她知道自己喜欢什么样子的人吗？

上一时空一直到出事，纪染身边都没有一个正式的男友。

说出去或许很多人不信，但是她一直到出车祸前，都没交过男朋友。她之前还一直笑话沈执，关于他一直单身的传言很好笑。

可是最起码沈执心底有个刻骨铭心的"白月光"。

他懂得喜欢是什么滋味，是甜还是涩，是酸还是苦。

她见沈执这样说，干脆乱说一通让他彻底死心："我喜欢那种品学兼优的，每次考试都不能低于 700 分，要处处赢得了我。"

光是第一条品学兼优这点，沈执就不符合。

从高一入校开始，他多次因为在校外打架被学校通报批评，要不是有沈家这个强硬背景，学校早把他开除十八回。

"考试一定要 700 分以上？"沈执淡淡道。

纪染点了点头，说实话连她自己都不能保证回回考 700 分以上，毕竟每次出卷子的难易程度不同，有些卷子题目稍微偏一点儿，可能就会达不到 700 分。

前一世如纪染这样的，都有一两次考了 690 多分。

她这个喜欢，完全就是无理要求。

谁知沈执也没说话，只是低头盯着他面前的课本。

一直到课间操的时候，沈执都在自己位子上没挪动，上课还算认真听课，一下课就趴在桌子上休息。

最后还是夏江鸣站在走廊，拉开窗户，伸手拍了拍他的肩膀："执哥，走呀，去操场。"

可夏江鸣刚拍完，居然又伸手在沈执裸露的皮肤上摸了摸。

徐一航看见："夏江鸣，你变态吧！"

"别喊。"夏江鸣不耐烦地说了一句，又低头看着沈执说，"执哥，你是不是发烧了，你身上太烫了吧！"

他这么一说，徐一航也从窗口伸手摸了一下沈执的后颈。

别说，还真的烫，一碰上去就烫手的那种。

沈执接二连三被两男的摸，他有点儿不耐烦："都滚。"

纪染在旁边听到他们的对话，就知道早上那会儿自己的想法是对的，没想到他发烧这么厉害还这么硬扛着。

夏江鸣："执哥，要不我帮你去跟班主任请个假，你去医院看看吧！"

沈执微蹙着眉，沉声说："我没那么柔弱。"

"你还是去看看吧！"纪染还是没忍住，轻声开口。

夏江鸣见她都说话，立即说道："对呀，执哥，你去看看呗，染妹都这么说了。"

可是他还是没去。等第三节课下课的时候，纪染瞄着他脸色苍白得跟一张纸似的，唇色更是没了往日的润泽，有点儿起皮的那种干。

纪染看了一眼之后，决定不管他。

她自我安慰道，别心软，他这样真死不了，沈执这样的人不知经历了多少次历练，一个小小的发烧算什么。

可最后，她眼巴巴地望着沈执："你真不难受吗？"

"难受。"沈执低声说。

他又不是真的铁人，头疼发烧这种事情，他也浑身难受得恨不得躺在家里睡个一天一夜。只不过他不喜欢去医院，回家也不过就是一个人躺在床上睡觉。

还不如在学校，最起码旁边坐着的就是她，心底还会好受点儿。

纪染声音轻软得像是风一吹就会散，她说："沈执，你去校医室吧！"

"现在去校医室打点滴得好几个小时，午饭没人给我买。"沈执不知怎么想的，突然说道。

纪染心想原来就是这件事，她说："我买好不好，我给你买。"

结果她刚说完，她突然觉得自己好像是被骗了。

她立即说："我叫夏江鸣给你买。"

"他敢。"沈执低声笑了下。

纪染被他气着了，他怎么这么无赖呀！可是眼见着他这副模样，纪染也不好再说什么，她心底发誓，就心软一次。

只有这一次。


于是沈执起身跟老师请假去了校医室。

中午的时候，纪染在外面吃了饭，特地找了个干净又精致的餐厅，给沈执打包了一份炒粉和汤。

校医室在学校操场旁边，一排平房，好几个房间。

不过输液室只有一个，里面不仅摆着几张医院那种椅子，还有两张床。

沈执并没有躺在床上，而是坐在椅子上，纪染进来的时候他正闭着眼睛养精蓄锐，只是她推门的动静惊动了他。

他看见她的瞬间，眼底露出笑意。

小姑娘，总是这样说到做到。

纪染把她带来的东西放下来之后，沈执指了指他手背上的吊针，低声说："还打着点滴。"

他的意思是不方便吃饭。

纪染点头："那等你打完再吃吧！"

这个点校医都去吃饭了，只有沈执一个人在这里。

沈执被这姑娘的迟钝逗笑了，本来他想着只要她送饭给他吃就心满意足，可是人心是永远不可能满足的，贪得无厌。

他现在就是。

沈执轻笑了声："可是我现在饿了，早上起床就没吃东西。"

他说得可怜巴巴。

纪染睁大眼睛，看着他："那怎么办？"

"要不，你喂我？"沈执略侧着望向她。

可是纪染像是受惊的小兔子，居然往后退了一步，警惕地望着他："沈执，你不要闹了。你再这样我就走了，让你自生自灭。"

她就知道，她不能心软。

好在沈执轻摇头，似是安慰她："行了，不吓唬你。"

于是他直接双手端起餐盒，用一次性勺子吃起了炒饭。纪染见他动作这么大，生怕他手背上的针头会回血。

还是沈执看见她的眼神，似笑非笑地说："放心吧，我没那么脆弱。"

他饭吃得特别快，不知是真的饿了还是怕她走，居然很快吃完。纪染把汤端给他，声音很低："你把汤也喝了吧！"

"你坐呀！"

沈执指了指旁边的空位子，纪染也觉得她这么站着不好，于是顺势坐了下来。

等沈执吃完饭之后，纪染从包里抽出一张湿纸巾给他："擦擦吧！"

沈执低头望着面前的湿纸巾，这时候大家多是用抽纸，很少有人身上会随身携带湿巾，哪怕她平日没有表现出来，可是细节处，总是能让人感受到她的养尊处优。

一时，输液室里，有点儿过分安静。

最后纪染突然想到，她转头问道："你觉得好点儿了吗？"

沈执闻着她身上明显跟这个房间充满的消毒药水味道不一样的气味，香香甜甜，特别好闻。她问话的时候，转着脸看他，白嫩脸颊跟嫩豆腐似的，甚至能看清楚上面细细小小的绒毛。

因为今天特别暗，此时校医室里也开着灯。

白炽灯的光线打在她的脸颊上，密密的睫毛如同鸦羽般，乖巧垂着，直到跟着她眼睑的轻抬，微微颤抖。

突然，沈执伸手了，将纪染拉到一个离他极近极近的距离。

然后他的额头轻轻抵着她的额头。

他带着浅浅的鼻音："我烫不烫？"

……

纪染回家的时候，没想到整个家里居然乱糟糟的，楼上传来哭天喊地的声音，赵阿姨和钱阿姨站在楼下，小心翼翼地朝楼上张望。

"怎么了？"纪染当然听到楼上是江艺在哭哭啼啼的声音。

赵阿姨见她回来，赶紧小声说："先生要把那位艺小姐，送去住校呢！"

"什么？"纪染瞪大了眼睛，显然也有点儿意外。

她本来以为纪庆礼说会解决家里的事情，就是随口哄哄她而已，没想到他动作这么迅速，居然要直接把江艺打发去住校。

此时江利绮正在房间里哄着江艺，可是不管她说什么，江艺就是不听。

她双手捂着耳朵，大喊道："你现在让我去住校，就是让我去死。现在学校里谁不笑话我，她们背地里都说我是拖油瓶，说我是个假小姐。"

自从偷礼服的事情曝光之后，江艺不仅在班级里的地位一落千丈，就连学校里的其他学生都在笑话她。

本来她是学校里舞蹈社团的成员。

舞蹈队里那些小姑娘哪个不是家境优渥，江艺高一的时候在舞蹈队里还不算显眼，结果后来江利绮成功上位成为纪夫人，她也有种一朝翻身的感觉。

结果现在舞蹈队里压根没人愿意跟她说话。

江艺每天上学的心情比上坟还要难受。

江利绮叹道："我说了，让你去住校只是暂时的而已。等我怀孕了，就立即把你接回来。妈妈说到做到，好不好？"

江艺猛地抬头盯着她："怀孕，怀孕，你现实一点好不好，你都多大年纪了。万一你要是怀不上孩子呢，我是不是就得一直住在外面？"

江利绮被她说得哑口无言。

她摇头说："不会的，妈妈年纪又不大，不会的。"

江利绮如今才四十出头，她也去医院检查过身体，医生都说她身体完全没有问题，只要努力备孕，肯定能生出孩子。

江艺还在哭，可是江利绮真的一点儿办法都没有。

今天纪庆礼离开家之前，跟她聊了一会儿，本来江利绮见他神色不太好，还以为他是因为公司的事情，正要开口安慰他。

结果纪庆礼抬头望着她说："你去学校问问看，安排江艺住校吧！"

江利绮浑身僵硬，手指甲更是一下抠进了沙发里，她努力不让自己的声音变调，依旧是纪庆礼最喜欢的慢声细语。

他说过最喜欢她的声音，永远那么轻轻慢慢，像是一缕春风。

不像他前妻，永远都那么强势厉害。

她说："为什么突然让小艺住校，我知道她之前做错了事情，但是她最近真的特别乖，而且她从小到大都没离开过我。"

纪庆礼朝她看了一眼，轻声道："染染的成绩下降太厉害了。"

江利绮怎么都没想到会是这个理由，之前哪怕是江艺偷穿礼服的事情发生，纪庆礼也没多说什么。她本以为是纪庆礼看在她的分上，包容了江艺。

如今看来，居然是因为江艺没有触碰到纪庆礼的底线。

江利绮努力让自己声音更楚楚可怜："染染成绩下降跟小艺没什么关系吧，江艺从来没有打扰过染染学习。或许是染染自己……"

"你根本就不懂。"纪庆礼有些不耐烦地打断了她。

他伸手扯了下自己的衣领，哪怕脸上已经不耐烦，却还是强忍着说道："纪染母亲也就是我前妻，她对纪染的教育有多重视。染染以前被她管着的时候，从来，是从来没考过年级前三之外。结果刚到我这里才多久，考试成绩是她以前的一半都不到，要是让裴苑知道了，她会直接冲到我们家里来的。"

纪庆礼一想到裴苑可能对他的冷嘲热讽，就觉得格外不爽。

江利绮轻轻摸了下脸颊，有些湿。于是她赶紧擦了擦脸，轻声说："庆礼，你有没有想过，或许染染她是故意……"

故意考差的。

纪染的分数他们都知道，数学考了22分的情况下，英语居然能考150分。这实在太不正常了，所以江利绮怀疑纪染这是故意考成这样，来报复纪庆礼？

纪庆礼看着她："重点不是她故不故意。"

而是她不喜欢江艺。

况且江艺确实惹到她了，这件事上纪庆礼还是站在纪染这边，没道理他要为了一个继女委屈自己的亲生女儿。

况且江艺那个成绩，纪庆礼也不是不清楚，纪染跟她住在一个屋檐下，没好处。

江利绮浑身都在发抖，可是她不能跟纪庆礼闹，不能跟他吵，甚至连抬高嗓子都不行，她是依附着纪庆礼的那株菟丝花。

纪庆礼不喜欢裴苑那样的强势，是因为裴苑有底气压根不在乎他的喜欢或者不喜欢。

但江利绮离开他，就是个普通的舞蹈老师，根本维持不了现在这样锦衣玉食的生活。

甚至连江艺住在家里这件事，她都没办法做主。

江利绮忍不住垂泪："庆礼，我结婚之前跟江艺保证过，不管什么时候我都不能丢下她。现在你突然让她去住校，孩子心底得多难过。"

"只是去住校而已，我又没说不让她回来，周末还可以在家里住。现在那么多孩子住校呢，难不成一个个都要死要活的。"纪庆礼有些不耐烦。

江利绮还想说话。

但是纪庆礼已经抬手，压着声音说："这件事就这样，你跟江艺好好说说。"

不过临走之前，他低声说："要是她乖乖听话去住校，每个月生活费我来出，她不是还想去电影学院的，到时候我也可以替她打点关系。"

这时江利绮不说话了。

她要是再说下去，就是不懂眼色。


江艺见江利绮一直不说话，气更不打一处来，吼道："妈，你能不能别这么懦弱，你连家里两个保姆都不敢开除，你这个纪夫人当得还有什么意思？"

上次江艺在厨房发火的事情，江利绮回来之后，她就告状了。

可是江利绮却只是让她最近不要惹事。

见她到了这个时候还是不依不饶地大喊大叫，江利绮终于忍不住，低斥道："江艺，看来我是对你太纵容，让你不知天高地厚。对，开除两个保姆是容易，可是你想没想过，你纪叔叔到时候怎么看我？他是不是觉得我丝毫没有容人之心。"

"还有你，我早就说过让你不要惹纪染，你非要这样。这次她只是一次考试没考好，你纪叔叔就直接把你打发去住校。幸亏他还对你有那么点儿内疚之心，跟我保证一定会安排好你上大学的事情。"

"你要是还想继续在纪家过好日子，从现在开始，你就得分清楚情况，别到时候连累了我，咱们一起完蛋。"

江利绮劈头盖脸的责骂，一下把江艺骂得坐在原地不动弹。

许久，她捂着脸哭喊："让我去住校，我真的会死的。"

"好了，我保证，下个学期一定让你回来。"江利绮知道确实难为了她，于是低声说道。

果然周末的时候，江利绮给江艺办理好住校手续。

纪庆礼对她这么快的速度还挺满意，本来住在家里的时候，江利绮怕她大手大脚不太敢给钱。但这次江艺去住校，纪庆礼过意不去还给了零花钱。

据说江艺一个月光是生活费就是别人的好几倍。

纪染反正还是照常上学，只不过她现在每天放学之后，就会把自己锁在房间里看书。

毕竟之前还有理由说是江艺影响了她的学习状态。

如今纪庆礼直接帮她把人都赶走了，她是真的没办法再找什么理由。

纪染第一件事就是把数学捡起来，她先是把高一到高三的课本都拿出来翻了一遍。好在有些东西，虽然是经历太久而遗忘，但是再捡起来也没那么难。

况且她对于数字本来就特别敏感，她最擅长最喜欢的科目也是数学。

因为她挺享受那种把别人比下去的感觉。


时间过得很快，进入 11 月的时候，天气渐渐变得寒冷。早上起床的时候，外面还在下雨，而且并不小。

她临走时，赵阿姨小声说要不今天让司机送她去学校。

纪染摆摆手，还是撑着伞走向了公交站。

等到了学校的时候，因为车上大部分是四中的学生，大家一窝蜂下车。纪染站在站牌前，刚撑起伞，准备走到对面的学校。

谁知她余光瞥见旁边慢车道，一个人正吃力地推着她的三轮车。

因为有积水的原因，三轮车陷入水坑里，这个阿姨哪怕下车拼命往前拽，也丝毫没有拖动车子。

周围的人都是行色匆匆。

纪染叹了一口气，撑着伞走过去，她脖子微斜轻轻夹住伞柄，随后双手搭在三轮车后面，用力地帮她推。

阿姨瞧见，立即喊道："小同学，这里水深别弄湿了你的鞋子。"

"没事儿，阿姨，我们一起用力。"纪染喊道。

阿姨见状也不敢耽误，赶紧拉着车子，可是她车上装的东西实在是太重，哪怕纪染用力，还是没推动。

就在纪染打算把伞扔掉，直接用尽全力推车的时候，旁边突然伸出一双手。

"我来，你回去。"沈执压根没打伞，他就穿着一件黑色防水外套，戴着帽子。

纪染站在原地，沈执忍不住皱眉："你站到站牌那里，别再弄湿了。"

他微垂着头，纪染的鞋子踩在水里，这里地势低洼一下雨特别容易蓄水。她的鞋子看起来都快湿透了。

"去呀！"沈执见她一动不动，又喊了一声。

纪染这才撑着伞乖乖地走到站牌下面，看着沈执用力将车子一点点推出积水的地方，然后又帮阿姨推出去好远好远才松手。

临走时，那个阿姨似乎还跟他说了话。

没一会儿，沈执走到纪染旁边，他看着她有些狼狈的模样，突然说："纪染，你是对谁都这样吗？"

纪染怔住，有种莫名其妙的感觉。

沈执站在雨地里，雨水从他身上落了下来，他直勾勾地望着纪染："如果现在路上有个淋湿的小猫小狗，你是不是也会毫不犹豫地把它抱在怀里？"

纪染眨了眨眼睛。

她不懂沈执这是突然发什么神经。

最后她眼睁睁地看着沈执，头也不回地离开，他的背影像是一道笔直的利剑，有种跟周围隔绝的锋利。

透着一股化不开的孤绝寂寞。

沈执头也不回地离开，是因为他怕自己再待下去，会说得更多。

其实纪染没错，她只是心地善良，帮助了一个路边需要帮助的人。就像他说的，如果路边有只淋湿的小猫小狗，她也会毫不犹豫地帮助。

可是这一幕却刺激到了他。

因为他曾经就是路边那只被纪染随手捡到的小猫小狗。

明明狼狈不堪，她却丝毫不嫌弃。

他见过她毫不犹豫帮夏江鸣的模样，也见过她随手帮路边阿姨的样子，从一开始他就知道她有一颗明媚的心，她笑起来的时候有多耀眼夺目。

她从来都是小太阳般的人，唯有站在她身边时，才知道她有多暖。

暖到这么多年来，他心心念念无法忘怀。

可偏偏对于她而言，自己跟路上她随手喂养过的小猫小狗，还有刚才帮过的那个阿姨压根没什么两样。

他并不是特别的那一个。

以至于她甚至早已经忘记了自己，只有他还记得，那年夏天的冰激凌有多甜，第一次吃的巧克力有多甜。


纪染看着身边的空座位，这是这么久以来，沈执第一次迟到和缺课。

以至于连老师都忍不住问她，她同桌今天怎么没来上课。

以前沈执不来上课的时候，任课老师都不会过问。

就在早自习下课时，沈执进了教室。纪染心底有种松了一口气的感觉，但是因为早上他莫名其妙发的那通火，她并没有跟他说话。

沈执坐下之后，他将书包放在自己的双腿中间，然后拉开书包拉链，从里面掏出一双白色球鞋。

他直接塞进纪染桌肚里，低声说："你鞋子湿了，去换掉吧！"

纪染彻底怔住。

她没想到他缺课，只是为了给自己买一双鞋。

此时沈执也有些尴尬，他嗓子痒得厉害："我在街边小店随便买的，你先穿半天，不喜欢可以扔了。"


半小时前。

商场里。

沈执走进一家鞋店认真看着柜子上陈列的鞋子，鞋底软不软，鞋子防水性能好不好，还有就是款式是不是她喜欢的那种。

店员看他一个人来，却在看女鞋，忍不住问他："是给女朋友买的吗？"

沈执望着墙壁上放着的琳琅满目的鞋子，轻轻摇头。

暂时还不是。

女店员正要开口问是不是给家人买。

他低声说："是给我一个很重要的人。"

喜欢到，哪怕只是想到她，心底都那样甜。

晚饭这段时间是学校最热闹的时候，不少人都没去食堂吃饭。男生忙着在篮球场打球，而女生则在学校里瞎转悠。

纪染不太想去食堂吃饭，她每次去食堂总是有一大堆人偷看她，哪怕知道对方并没有恶意，她还是不喜欢。闻浅夏正好也是，于是她带着纪染找了个安静的地方待着。

这地方就在活动楼后面，有长椅和树林，挺幽静的。

四中的这个活动楼，里面是各个社团组织的活动教室。

别看四中只是个高中，但是社团不少，有专门的校乐队，也有舞蹈队的训练教室，反正挺多社团。

闻浅夏吃着面包问道："染染，你跟沈执现在……"

"我们什么关系都不是。"纪染立即打断她。

闻浅夏点点头："说得也是，你们看起来也是两个世界的人。你这么乖，沈执太吓人了。我怕你被他欺负。"

结果闻浅夏说完，又小声说："不过我觉得你们两个长相真的好搭，他是校草，你是校花。我跟你说，贴吧里面还有人写你们两个的同人文呢！"

高中生不就是这样，被评为校草和校花的两个人，哪怕没什么关系，都会被编派出绯闻。

更何况，沈执和纪染还是坐同桌。

一时之间，不少人把他们两人传得有鼻子有眼。

纪染瞪她："不许胡说八道。"

闻浅夏："可不是我胡说，我是觉得沈执对你真的不一样。"

纪染伸手挠她，闻浅夏大喊了一声，嬉笑了起来。

突然身后窗口里传来一声呵斥："你们两个怎么回事，要玩要闹去别的地方，没看见我们数独队正训练呢！"

纪染回头看见身后训练室的窗口处站着一个女孩，披着长发长相一般，脸上是盛气凌人的表情，仿佛她们是什么脏东西。

"看什么呀，就说你们两个，赶紧走，别待在我们数独队的训练室后面，我们被你们吵得已经没办法好好训练了。"

闻浅夏可不是什么受气包，立即跳起来怒道："你们数独队就了不起，管得也太宽了吧！"

女生双手抱在胸口，打量着闻浅夏，突然嗤笑了一声："就是了不起呀，让你做你会吗？"

闻浅夏头一次这么吃瘪。

可是她张了张嘴，说不出话，因为她真不会数独……

好在旁边又来了几个人，看起来是数独队的其他队员，有个男生朝外面看了一眼，在看见纪染的时候，忍不住红了脸，这个女生太好看了，看起来还那么乖，软乎乎的。

于是他低声说："算了，人家也不是故意的。"

披发女生朝他看了一眼，冷笑道："看见漂亮女生就心软了，那你可小心点，有些漂亮女孩心术不正呢！"

她越说越不像话，听到这句话，闻浅夏立即怒道："长得漂亮怎么了，你要是嫉妒你就直说。"

"我说你了吗？真敢给自己脸上贴金。"长发女生鄙视地看了一眼闻浅夏。

闻浅夏气到想要冲过去，纪染一把抓住她的手臂。

纪染闭了闭眼睛。

本来一直没打算开口的少女，缓缓抬起头，望着对面窗口里的，除了开口出声的那个男生之外，其他人一副看好戏的模样。

她深吸了一口气，看着对面的女生说："会数独就了不起吗？"

那女生依旧是那副高傲的模样。

"这么了不起的话，我要是赢了你，"纪染微眯着眼睛望着对方，"你是不是得给我们鞠躬道歉？"

篮球场正沐浴在夕阳最后一点余晖之中，整个球场从东到西，全部都被人占了。而在最西边的一块场地里，沈执并没有下场打球，只是安静坐在篮球架下边。

一双大长腿随意地支着，整个人散发着漫不经心的味道。

"执哥，你怎么了呀？"夏江鸣作为沈执资深狗腿，怎么可能看不出他心情不好。他干脆坐在沈执旁边，准备细心开导他的执哥。

沈执听着他聒噪的声音，眉头蹙得更紧，用脚尖在夏江鸣屁股上踢了一脚："滚，别烦我。"

他是真的烦。

那天他给纪染送了鞋子之后，他们两人连着几天没有说话。沈执就算逗纪染，她也不再搭理自己。

看起来像是要彻底跟他划清界限。

沈执甚至不知道他是哪里做错了。

夏江鸣被他踢了也不在意，还要再问，沈执转头看着他说："如果一个男的给女生送鞋子，会让她不高兴吗？"

"送鞋子？"夏江鸣一皱眉，拍了下大腿说道，"这男的是不是傻？"

沈执一愣。

夏江鸣说："送鞋是什么意思，不就是送你走，这是要完蛋呀！"

沈执这次彻底愣住，他真没这个意思。他就是，就是不想让她穿着湿鞋子。

他只是心疼她。

夏江鸣好奇地问："执哥，哪个傻子给他女朋友送鞋子呢？"

沈执心底怒骂了一句，然后他从地上站了起来，有些气急败坏地离开。

"执哥，你去哪儿？"


结果他还没走远，之前两个去洗手间的人回来了，徐一航还没到跟前，就大呼小叫说："有热闹，有大热闹。"

沈执没搭理他还在往另一边走。

结果下一秒徐一航说："咱们小仙女跟数独队的人杠起来了。"

沈执停住脚步。

自从纪染转到（8）班之后，徐一航他们私底下提到她，都是小仙女、小仙女地喊，这姑娘长得是真漂亮，透着仙气的那种。

于是沈执回头看着他。

徐一航知道沈执对纪染的心思，赶紧说："刚才我们从洗手间回来，就听到那边吵架的声音。"

篮球场旁边就是活动楼，他们之所以每次都在最西边的这块场地打球，就是因为离活动楼最近，方便上厕所。

徐一航和陈松两人一起上了洗手间，结果一出来就听到一楼那边吵架的声音。然后他才注意到是数独队的人正在对两个女生找碴儿。

再一看居然是纪染和闻浅夏。

本来班上两个女生被欺负，他们准备上去出头，结果还没等徐一航开口，就听到纪染冷静的声音："会数独这么了不起吗？"

她的声线一直是那种偏软甜的，一开口就让人觉得特别好听。

可这一次，这么好听的声音说出了让所有人都蒙了的话。

"这么了不起的话，我要是赢了你，你是不是得给我们鞠躬道歉？"

……

篮球场上出现那么一丝寂静之后，夏江鸣号叫道："这是染妹说的？她说的原话？"

徐一航举起一只手掌，竖起三根手指头指天发誓说："我要是胡说一个字，让我一辈子单身。"

对于徐一航这么毒的誓言，夏江鸣信了。

况且旁边跟着一起去厕所的陈松也点头证明这件事。

夏江鸣呜呜呜呜了半天，仰头长号："真不愧是染妹，这也太帅了吧！"

说着，他看向旁边的沈执，满脸佩服。

不愧是能让执哥特殊对待的姑娘。

至于沈执压根没搭理他这么丰富的内心戏，他轻磨了下牙齿，忍不住又把徐一航刚才说的话回想了一遍，突然低头轻笑了声。

确实像她会说的话。

虽然其他人总说她看起来那么恬静乖巧，一颦一笑都透着甜，长了一张电影里才有的脸。

只有他才知道，她并不是真的那么乖，生气的时候也会伸出锋利的爪子挠一下。

她并不是那种被养得温顺的小猫。

相反像只小狐狸那样聪慧狡黠。

沈执转身往另一边的活动楼走过去，身后的徐一航喊道："执哥，你干吗去？"

"撑腰。"少年淡漠的声音回荡在无限美好的夕阳中。

给他的小仙女撑腰去。


"你们怎么还骂人呀，有没有素质。"长发女生周静气急败坏地说道。

等她仔细看了一眼纪染和闻浅夏胸前挂着的校牌，忍不住讥讽地说："原来是（8）班的差生。"

四中高二年级重新分班之后，（1）班、（2）班里面都是成绩较好的学生。按理说其他班级都是普通班，分不出什么好坏。

偏偏沈执分到了（8）班之后，他身边那群人也分了过来，最后学校干脆把不少问题学生都弄到（8）班。

以至于（8）班成了全年级公认的问题班级。

况且上回月考，（8）班也确实是理科班里平均分最差的。

纪染轻皱着眉头望着对方。

一旁的闻浅夏听到这句话更激动，看着周静气道："你这么嘲讽的语气讽刺谁呢？"

"还想赢我？"周静发出一声不屑的轻嗤。

"染染，跟她比，让这种不知天高地厚的井底之蛙，看看什么叫作天外有天。"闻浅夏气急说道。

要不是隔着窗户，她真想上去挠对方。

纪染听到闻浅夏在这时候骂人还这么有文采，被她逗得忍不住低笑了起来。

她本来一张白皙小脸绷着，此时露出浅浅笑意，漂亮的眼睛微弯起时，仿佛有星光从眼底溢出。

漂亮得叫人挪不开眼睛。


对面的周静看见这张过分漂亮的脸，青春期的少女，就算是一心埋头学习的好学生就不会在乎长相吗？

周静今天之所以发这么大火，就是因为今天老师刚宣布了这次参加市里比赛的名单，没有她，却有高二（1）班的薛以柔。

一直以来周静觉得薛以柔实力根本不如自己，她就是长得漂亮而已，不仅老师偏爱她，连数独队里的男生也捧着她。

刚才数独队确实是在训练，谁知窗外不时传来少女说笑的声音，于是有个男生走到窗口想请她们离开。

可男生没开口赶人又回来了。

其他男生跟着朝外面看了一眼之后，居然小声讨论起来。

"窗外那个女生就是（8）班的那个校花纪染吗？"

"怎么，看人家漂亮就心动了呀？"

"别胡说。"

"哇，是真好看啊，不过听说她上次月考数学才考了22分，好可爱呀！"

"你小子不是说讨厌学习不好的吗？"

"人家英语可是全校唯一的满分，她顶多就是偏科得有点儿厉害而已。"

这帮男生都是（1）班、（2）班的好学生，却对纪染了解得这么深，可见她如今在学校里名气有多大。

男生们低声说话，本来心情就不好的周静听着听着，心底的嫉妒和怨恨犹如充满气的气球，然后彻底爆发了。


此时纪染已经从外面走了进来。

数独队的训练室跟教室差不多，前面不仅有黑板还有两块立着的白板，上面贴着两张卷子。今天老师临时有事先走了，于是留下这两道难题给大家做。

只是到现在还没人做出来。

周静从桌子上拿起来一张试卷，数独队平时的训练都是老师专门打印卷子发给大家。

"这样吧，我毕竟是数独队的，我让你一分钟，免得说我欺负人。"周静故作大方地说道。

沈执他们就是在周静说这句话的时候进来的，他直接走进训练室，也没往里面走，靠在门边的墙壁旁。

少年个子高，哪怕只是安静倚着墙，身上那股冷漠又尖锐的气场，让所有人都无法无视他的存在。

"这人谁呀，怎么随便进来。"突然有个数独队的男生嘀咕。

他刚说完嘴巴就被身边的同学捂住，对方低声怒道："你找死呀，那可是沈执。"

一听到沈执的名字，男生眼底露出慌张。

这个学校里，不怕沈执的人几乎没有。

压根不怕惹事儿。

周静偷偷朝那边瞥了一眼，哪怕她是重点班的学生也知道沈执，或者说她不仅仅是知道沈执，青春期的少女谁心底没有一个绮丽的梦。

特别是对方还是那样英俊冷漠的少年。

纪染站在对面淡声说："不需要。"

周静没想到她会直接拒绝，她故意又大声说："你真的不要？我可以让你的，免得人家说我胜之不武。"

周静打定主意要在沈执面前赢下这个比试，她不仅要让沈执注意到自己，更要让所有人知道，跟聪明的大脑比起来，肤浅漂亮的容貌根本不算什么。

谁知沈执见她废话那么多，直接踢了一下旁边的桌子，不耐烦地说了一句："不是要比试？"

果然他一开口，本来还有点儿吵的训练室，一下安静了下来。

而且也不知谁传了出去，活动楼里其他社团里的学生居然也跑下来看热闹，此时后门那边聚集了好多人。

很快两人在桌子上坐下。


夏江鸣看着纪染，忍不住问道："执哥，你说纪染会赢吗？"

他心底肯定是希望纪染赢的，只是他也知道数独这玩意儿，普通人跟专门训练的选手根本没法儿比。

之前夏江鸣就见沈执玩过。

如果说沈执身上唯一跟他气质不太相符的一点就是，他的手机里打发时间的小游戏居然是解数独。

当初夏江鸣见他玩还以为很有趣，结果他试了一下之后，立即放弃。

这真不是一般人玩的。

沈执的目光在纪染的身上流连片刻，她微垂着头，小碎发散落在白皙的脸颊侧。

从他的角度看，少女那样纤细，有种让人生出保护欲的羸弱。

"她呀……"沈执的声音很轻，很快随着清风消散在空气里。

站在前面的一个男生按下计时器，他们会模拟比赛训练，所以训练室里有这个。输赢的规则很简单，做对题目的人赢，如果两人都做对，用时短的赢。

纪染低头看着面前的试卷，白皙漂亮的手掌握着笔，将空格用数字一个个填上，她的笔尖没有停顿过，仿佛所有的答案早已经印在她的心底。

直到她放下笔，看着前面计时的男生，轻声说："我答完了。"

整个教室内外在她说话的那一刻，彻底炸开。

这，这就答完了？

那个计时男生也发愣，等他回过神，终于慌里慌张按下计时器，然后一脸震惊地看着上面的时间。

直到他开口说话。

"四……四十七秒。"

周静本来还在低头答题，可是周围的声音太大，所有人都在窃窃私语，明明是很小的声音最后汇在一起，吵得周静压根看不进一个字。

慌乱间，她手腕抖了起来，笔尖在卷子上画了一道极长的污痕。

"这个女生是谁呀，不是咱们学校校队的人吧，怎么这么厉害？"学校数独队的成员大家都认识。

"她都不认识，你都不上贴吧的？这就是（8）班那个校花纪染呀，长这么好看的姑娘。"

"哦哦，原来她就是纪染，不过不是说她数学成绩特别差，上次月考才考22分？"

"牛呀，连校队的人都这么轻松赢了，她怎么这么厉害？"

"对呀，我都没反应过来，她就写完了，感觉她比校队的人还厉害。"

周围议论的声音都传到了江艺的耳中。

江艺是学校舞蹈社的成员，她们舞蹈社的训练室就在楼上，刚才有人上楼说楼下数独队有比赛，于是一帮人拉拉扯扯下来看热闹。

江艺没想到跟数独队比赛的人，居然是纪染。

就连舞蹈社这些女孩都左看右看没人说话，能参加舞蹈社自然长相都不错，可这是头一次众人没法对一个女生的长相挑三拣四。

坐在椅子上的纪染，整个人沉浸在橘黄色夕阳余晖之下，哪怕只是安静坐着，依旧那样清灵好看。

所有人的目光都忍不住落在这个像精灵般的少女身上。

此时训练室里，一直垂着头的周静突然站了起来，她指着纪染，一脸愤怒地说："作弊，你肯定是在作弊。你一定提前知道答案，要不然你不可能答得比我快。"

周静这突如其来的指责，夏江鸣第一个不服气地喊出来："你是不是输不起呀？"

"就是，别人赢了就是作弊，你们数独队这么不要脸的。"

"数独队这么输不起的，好丢人。"

一时间教室里和站在走廊看热闹的人都闹了起来。

周静浑身都在颤抖，她不相信是这个结果。

本来她是打算在所有人面前打败这个美丽的少女，让所有人认识到她，让大家都知道长得漂亮有什么用，脑子好才是真正的厉害。

可她没想到，自己输得这么干脆，这么毫无还手之力。

四十七秒。

周静心底明白她不可能有这样的速度，这太快了，甚至她觉得学校数独队里也没人能有这样的速度。

所以她不甘心地喊出来，她觉得纪染肯定是事先做过这题，才会赢自己。

纪染望着她，表情平静："题目是你选的。"

是啊，卷子是周静拿的，连题目都是她选的。

周静还是不愿意承认自己的失败，她强撑着一口气说："那你肯定是做过这道题，你知道答案。"

纪染安静地望着她，眼神淡然："你输了。"

周静张了张嘴却不知道说什么，周围嘲讽的声音很大。

闻浅夏喊道："道歉，刚才还骂我们（8）班的学生，现在你输了，赶紧给我道歉。"

周静骂这句话的时候，沈执他们没听到。

此时闻浅夏说出来，（8）班在场的几个男生也炸了起来。

"要不是我不打女生，今天真的要破戒了。"

"什么玩意儿。"

此时的沈执终于站直往前走了几步，他走到周静面前，居高临下地望着她："你说的？"

周静浑身都在颤抖，她真的怕了。

沈执凶名在外，谁都知道他冷漠又桀骜，对女生都不客气。

"道歉。"他的声音冷漠得跟什么似的。

周静忙不迭地说道："对……对不起。"

"是纪染同学。"沈执望着她眼底全是冰冷。

周静莫名胆寒，声音听起来快哭了，颤颤巍巍说："纪染同学，对不起，我不该骂（8）班差，是我错了，请你原谅我。"

纪染本来很烦她这种口无遮拦的样子，但此刻见她被沈执快要吓破胆子的模样，也不想再为难她。

她安静站起来，拉着闻浅夏准备离开。


谁知她刚站起来，突然门口走进来一个漂亮女孩，她先是看了一眼沈执，这才又看着纪染。

"这位同学，我能跟你比一场吗？"

众人一看来的人是薛以柔，议论声再次响起。

"薛以柔也来了，现在有好戏看了。"

"刚才你们不是还争论这个新同学跟薛以柔谁漂亮，现在一看，薛以柔完全比不上吧！"

纪染转学到四中之后，还从来没在公开场合跟薛以柔在一起。虽然大家公认纪染是校花，可是也有小部分薛以柔的支持者一直在贴吧叫唤，说薛以柔成绩好又漂亮，才最能代表四中的形象。

至于纪染，她上次月考数学 22 分的事情，一直被薛以柔的支持者嘲笑。

没想到今天她们在这里遇上。

大家都沉浸在有好戏看的兴奋当中。

纪染并没有打算再跟这个女生比什么，刚才她跟周静比，是因为周静出口侮辱闻浅夏还有（8）班。

如今对方道歉，她不打算再留在这里。

但是薛以柔却不想让她这么轻松离开，她说："这位同学，如果你不敢跟我比的话，是不是代表这道题真的是你蒙的，毕竟咱们数独队的同学都很有实力。"

本来数独队的人在周静骂人时一副事不关己的模样。

但刚才纪染轻松赢了周静，周围议论纷纷都在说数独队不过是花架子而已。这些队员都是好学生"天之骄子"，平时高傲得很，突然被这么看低，怎么可能不生气。

薛以柔说出这句话时，立即有数独队队员小声附和："就是呀，答得那么快，说不定真的是事先做过这道题，蒙对的呢！"

"我也觉得，其实周静实力不差的。"

薛以柔继续说："同学，你不会是怕了吧？"

她手段不算高明，用激将法想让纪染跟她比一场。

本来周静被羞辱，她完全不在意，但刚才她在门口看见沈执居然为纪染出头，她就忍不住了。

其实那天在奶茶店门口，她一直就站在不远处，看着沈执给他们所有人都买了奶茶。可是唯独纪染那杯奶茶，是沈执亲手递过去的。

她那么喜欢沈执，甚至利用夏江鸣故意去接近她。

纪染才认识他多久，凭什么得到他的青睐。薛以柔望着对面少女柔美清丽的脸庞，说不出的嫉妒。

所以她一定要在沈执面前打败对方，让他知道，谁才是真正的数独女神。

"我为什么要跟你比？"纪染不轻不淡地说道。

薛以柔挺直了胸膛："你可以尽管提要求，只要我能满足。"

纪染犹豫时，突然沈执走到她身边，低头看着她说："要不再跟他们玩玩？"

他的声音充满了玩世不恭，甚至还把这场比试说成是玩玩。

完全没把数独队的人放在眼里。

纪染抬头望着他，没想到他会这么说，他很淡然，淡然到仿佛认定纪染会赢。

纪染已经忘记上一次她参加数独比赛是什么时候，或许过去太久了，数独在裴苑看来不过是锦上添花的小玩意儿，不该浪费太多时间。

以至于纪染远离数独很久，快要忘记那种拼尽全力想要解答的感觉。

曾经，她也是让人惊才绝艳的数独天才少女。

"那就比这两题。"纪染伸出手指，指向教室里立着的那两块白板。

能被单独列在白板上的题目，肯定不简单。

况且她随意扫了一眼，这两道题绝对是世界大赛里才会出现的题型。

特别复杂。

薛以柔没想到她会挑战这两题，但现在的情形容不得她后退，于是她点头同意："好，那就比这两题。"

于是所有人看着她们两人拿着笔，各自站在白板前面。

刚才拿着计时器的男生再次充当裁判的角色。

"开始。"随着一声令下，比试正式开始。

纪染盯着面前的题目，显然，被挂在这里的题确实很难。但是她打小就对数字特别敏感，从六岁开始她就上专门的数独班，做专门训练。

甚至，她还是全国最年少的数独冠军。

那些荣誉哪怕随着时间被尘封，可是解题的本能却从不会消失。

当她秀气手指在白板上不停地游走时，所有人都屏住呼吸，等着这场比赛的结果。

直到纪染将最后一个数字写下。

她转头看着计时的男生，轻声说："我答完了。"

计时男生这次很迅速，立即按下计时表，当众大声说道："纪染，一分三十七秒。"

此时所有人都看到薛以柔才写下一半的数字。

纪染又赢了，这次赢得毫无悬念。

夏江鸣他们都疯了，先是蒙随后抱着徐一航大喊道："赢了，染妹又赢了。"

徐一航和陈松也愣住。

谁都没想到纪染真的这么厉害，她太让人惊讶了。薛以柔实力真的很厉害，她几次代表学校的数独队参加比赛，都拿到过奖项。

学校甚至还开了专门的表彰大会表扬过她。

在大家的眼里，薛以柔是四中数独队的王牌选手，也是数独队的门面。

所以纪染赢得如此轻松，不管是训练室内的人，还是站在走廊朝里面张望的围观学生，都惊呆了。

纪染安静地望着题板，有种酣畅淋漓的感觉。

薛以柔死死地握住手里的笔，她甚至才写好一半数字而已。如果说两人之间只是差着分秒，她还能安慰自己，是她大意了。

可是她和周静一样，彻底被纪染比下去，连还手之力都没有。

数独队的人此时脸色都铁青。

周静输掉的时候，他们个个心里都觉得纪染应该是提前做过这道题。

但是这次薛以柔再次输掉。

一次是侥幸，那么第二次同样的事情又发生了，硬实力碾压。

"这次是她选的题目，你说会不会她连这道题也做过？"终于数独队有个女生忍不住小声嘀咕，语气里透着不服气。

闻浅夏听到彻底翻起白眼："是，是，是，别人赢了都是做过这题。怎么染染不是数独队的，每道题都做过，你们这些天天霸占着这么好的地方专门训练的人，反而什么都没做过呢？"

数独队的人在学习上一向嚣张，要不然也不会出现刚才纪染她们在窗外说话，周静就直接赶人的事情。

显然这事儿他们没少做。

终于薛以柔狠狠地扔下手里的笔，转身准备离开。

但是纪染在她走之前，喊道："对了，你不是说要答应我一个条件？"

薛以柔回头怨恨地望向她，纪染神色温和，依旧是那么乖乖软软的模样，但是开口时，却让所有人大吃一惊。

纪染看着闻浅夏说："浅夏，你刚才说在外面坐着挺冷的，这个房间你喜欢吗？"

闻浅夏愣住。

纪染慢悠悠道："我也不为难你，提什么过分的要求。你们这个训练室挺好的，借我们用到晚自习上课的时候吧！"

"凭什么？"

"这是我们数独队的训练室，她们算什么呀？"

"太嚣张了吧，敢要我们的训练室。"

刚才周静骂人的时候，数独队的这些人都在看热闹。或许他们觉得数独队就能高高在上吧！就连这个薛以柔出现也是，张嘴就要跟她比试，好像她不答应就是作弊。

都说雪崩的时候，没有一片雪花是无辜的。

所以纪染不觉得自己暂时借用一下这个训练室有什么错。

数独队的人还是不服气地你一言我一语，却不想沈执朝他们扫了一眼，淡漠道："刚才薛以柔说代表你们数独队比的时候，你们都没有异议。输了，不想认账？"

沈执双手插在兜里，狭长的黑眸微眯着，露出寒光。

"滚。"

沈执发火，谁敢说不。况且纪染本来就赢了，她提什么要求都是理所当然的。于是没一会儿，数独队的人都收拾书包，被赶了出去。

至于走廊上看热闹的众人也不敢再逗留。

但是这么热闹的事情，有人已经迫不及待地跑回班级里，跟其他人分享。

于是没一会儿，教室内外居然只剩下纪染和沈执他们。徐一航见状，赶紧拉着夏江鸣撤退。

夏江鸣一把扯住闻浅夏，拉着她一起走。

闻浅夏望着这个宽阔又温暖的训练室，呜咽道："这是染染为我打下的江山……"

可是她的声音已消失在走廊里。

纪染见他们都走了，只剩下自己和沈执，立即说："你要是喜欢这里，就让给你吧！"

她也想走，可是却被沈执一下扯住她的手腕。

"待会儿帮我按一下。"沈执将计时器重新按在纪染的手心里，转身走到刚才薛以柔站的那块白板前。

他把薛以柔写上的数字都擦掉，然后轻声说："开始。"

纪染像是受了鼓惑般，乖乖按下计时器。

随后沈执的手指尖在白色题板上来回游动，他另外一只手还插在兜里，有种游刃有余的轻松。

直到他写下最后一个数字时，纪染再次按下暂停。

沈执没有转身，依旧面对着白板沉声："多久？"

"一分二十六秒。"

"赢你了吗？"这次沈执悠悠地转身，含笑望着她。

纪染："……"

赢……赢了。

直到沈执慢慢地走到她面前，微弯腰靠近她，伸手将她鬓边的碎发轻轻地挑起夹在耳后，声音低沉地说："你说喜欢处处赢你的人，所以我会尽快达成你的要求。"

"纪染，你考虑一下等毕业后我当你的男朋友吧！"

## 第七章
## 可是我只想看有你的比赛

纪染觉得她从来没见过这么厚颜无耻的人。

在赢了她之后，居然还敢开口让她考虑，让他当自己的男朋友。可是一想到她居然曾经跟沈执说过，她喜欢处处赢自己的男生……

她说这句话的时候，脑子是进水了吗？

沈执似乎还嫌不够，竟是伸手轻捏了下她的脸颊。

纪染回过神，身子不由往后躲，沈执的手指顺势松开。

倒是没真的拉疼她脸颊上的肉，就是她觉得这人实在有点儿太过分。

纪染抿嘴："沈执，你以后不许随便捏我的脸。"

"好，我知道了。"沈执一副虚心受教的模样，轻轻点头的同时居然还伸手摸了摸她的长发。

因为四中不允许学生上课期间披着头发，纪染每天都是扎着一个马尾。

纪染忍不住说道："头也不许碰。"

沈执被她逗笑了，上下打量着她轻声问道："你是什么做的？"

纪染不明所以。

"这也不让碰，那也不让碰，你是宝贝吗？"沈执微垂着眼望向她。

纪染张了张嘴巴，明知道沈执说的宝贝并不是寻常的亲昵称呼，却还是不由脸颊微红，这个人肯定没安好心。

纪染不想搭理他了。

于是她往旁边站了站，倒是沈执没继续逗她，反而是走到旁边的桌子上，随手拿了数独队的练习册，是没带走的。

他随意翻了两页，突然轻声道："咱们学校数独队的水平这么差？"

纪染有点儿好奇，因为说实话她跟周静比试的那道题，确实是有点儿太简单。因此她四十多秒就写完了。

于是她走过去，站在旁边看了几眼。

沈执轻笑："难怪连个国奖都拿不到，比来比去，顶多是个省奖。"

之前数独队拿奖的时候，学校几次在展览窗口贴出红色喜报，而且还搞得挺隆重。结果连学校都这么重视的奖项，到了他这里，不过是个区区省奖而已。

纪染忍不住朝他看了一眼，只觉得这位少年口气倒是挺大。

可是她突然想到刚才沈执打败自己的事情，她忍不住咬牙，于是她忍不住问："你练数独多久了？"

纪染是从六岁开始接触数独，之后上过专门的数独训练班。

沈执轻轻转头，狭长黑眸里露出一丝浅笑："这玩意儿需要练吗？"

纪染："……"

于是她决定不耻下问，继续说："那请问你平时是怎么玩数独的？"

"手机游戏。"沈执下巴轻抬。

纪染再一次咬着牙齿，她好想把面前这个人打死。所以他就是靠着每天玩玩手机，就打败了她这个经过专门训练的前全国冠军数独选手？

这还有天理吗？


沈执眼看着小姑娘的眼眶里氤氲着水汽，就像那天她看见自己的数学成绩之后那个模样，不由轻轻摇头，别看这姑娘长相乖软这么甜，其实骨子里头别提多要强。

偏偏他还见不得她委屈。

沈执轻声说："逗你的，我很早就开始练习数独。"

"多早？"纪染终于松了一口气，心底总算没那么憋屈。

毕竟一个天才最受不了的事情就是，发现有人比自己还要天才。周瑜为什么会被诸葛亮气死，还不就是因为这么出色的周瑜不得不面对比他更出色的诸葛亮。

上辈子纪染看沈执不爽的最大原因就是，他处处赢了自己。

沈执见她刨根问底，忍不住靠近她低声说："要不你答应我一个要求，我就告诉你。"

纪染瞪大眼睛，没想到他突然这么耍无赖，正要伸手打他的时候，突然门口传来一个严厉的呵斥声："你们在干吗？"

两人转头之后发现，是一个戴着眼镜的中年男人站在门口，看起来像是学校里的老师。

眼镜老师走进来，看见整个数独队的学生都不在，居然只有两个不是数独队的学生在训练室。

于是他口吻不善道："你们怎么会在数独队的训练室？"

纪染有点儿不知道怎么说，难道要她跟这位老师实话实说，她打败了他们数独队的学生，然后占山为王把其他人都赶走了？

当然了，这种想法只是转瞬即逝。

理智告诉她挑衅一个老师，并不是一件特别划算的事情。

于是纪染微垂着的眼睛，压着声线说："老师，我对数独特别好奇和喜欢。知道我们学校数独队特别厉害，所以就想进来看看。"

眼镜老师朝沈执手里的数独资料看了一眼，况且刚才他在门口看见两人虽然站得近，却没有做出任何不轨的行为，反而是在看同一本书。

这位老师姓许，是数独队的带队老师之一。

本来今天应该他值班，不过他临时有事让队员们自己训练，没想到等他回来，这些孩子都不见了，反而有两个他从来没见过的学生站在这里。

许老师没想到这个学校里，还有这样对数独充满了热爱和喜欢的人，他深感欣慰。

"同学，你很喜欢数独吗？"许老师微笑地望向纪染。

纪染长相是那种有极致欺骗性的清纯乖巧，小姑娘一张小脸巴掌那么大，露出一对乌黑的猫儿眼，有点儿圆但是眼尾是上翘的，卷翘的长睫毛说话时，扑扇扑扇，像是要扇化人的心窝。

此刻她轻眨了眨眼睛，声音软甜地说："老师，我特别喜欢数独，也一直觉得能够坚持数独练习是一件特别伟大的事情，而且一直以来我的心愿就是加入数独队。"

小骗子。

一旁的沈执听着她一本正经的话，心底暗暗嗤笑。

可是这位许老师却对她的话毫不怀疑，还点头笑道："有这份心就很好，虽然你们普通学生接触不到数独，但是呢，了解数独、学习数独对于你们学习数字以及对数学的理解都是有帮助的。要知道咱们数独队的队员里，就没有数学成绩差的。"

确实，能坚持训练数独的人，对数字都是极敏感的。

这位许老师似乎真心热爱数独，居然拉着纪染和沈执他们又讲了许久。一直到晚自习上课铃声响起来的时候，他才放他们离开。

只是许老师也完全忘记问，为什么他们会单独留在这里。

这要是换别的老师，早怀疑到早恋这个问题上了。

本来纪染以为这事儿依靠着她精湛的演技，就这么混了过去。

直到第二天晚上，她正在教室里上晚自习的时候，突然窗口响起一阵清脆的敲窗声音，等她抬起头，看见班主任乔与桥和昨天数独队的那位许老师站在窗外。

当时纪染的第一反应就是，完蛋了。

沈执倒是挺淡然地望了一眼，轻声说："班主任叫你。"

纪染起身的时候，沈执忍不住跟着站了起来。

她立即低声说："你干吗？"

"你这么害怕，我当然是陪你一起去。"沈执低声说道。

纪染："你去的话，不就是更显得此地无银三百两，让所有人都觉得我们有关系。"

沈执轻笑："你在想什么？"

纪染一怔，难道这位老师不是来跟班主任告状，她昨天单独跟沈执待在数独训练室里的事情？

这可是有重大早恋嫌疑的。


等他们到了走廊的时候，乔与桥笑着说："沈执，这位许老师是来找纪染的，所以你先回去上晚自习吧！"

"老师，是因为纪染跟数独队的事情吗？"少年身材颀长，哪怕站在两个成年的男老师面前，依旧高出大半个头，而且还有种莫名的压迫感。

许老师居然点头回答了他的问题："对对，是数独队的事情。"

于是乔与桥跟沈老师把人往旁边领了领，站在楼梯口，免得教室里的学生不安心上晚自习，一直往窗外张望。

沈执漫不经心道："这件事是数独队的人挑衅在先，纪染她只是被迫而已，况且最后人都是被我赶走的。"

"对吧，纪染。"沈执朝她看了一眼。

纪染知道他这是为了护着自己，把什么都扛了下去。可是她并不想让沈执这么做，于是她咬着唇摇头。

她直接说道："老师，这件事完全是我自己干的，要求也是我提的，我知道错了。"

她认错态度倒是直接又干脆。

"老师知道你们同学之间年轻气盛都不服气，但是昨天确实做得有点儿过火了，"许老师见她乖巧的模样，点了点头，问道，"那你现在知道错在哪儿了吗？"

纪染认真点头："我不该说让那位同学给我鞠躬道歉这样的话。"

许老师："……"


乔与桥站在一旁，忍不住低头，可是肩膀却笑得微颤。

他班里的这位纪染同学有点儿好玩呀！

沈执本来是准备护着她，把什么都自己扛了，可是见她丝毫不领情，本来心底正生着闷气，结果听到这句话，又瞧见她一脸认真乖巧的模样。

他心底忍不住骂了一句。

结果最后还是嘴角轻勾了起来，露出笑意，这也太可爱了吧！

最后许老师认命地继续说："纪染同学，我今天来并不是因为这个事情而让你认错。"

纪染一愣，那是因为什么？

她忍不住朝沈执偷偷看了一眼，一想到许老师可能跟班主任告状，自己跟沈执有早恋倾向，她耳朵尖就有点儿发红。

要是许老师真的说了，她就……她就死不承认。

倒是许老师直接说道："当然我们也是听说了你们昨天比试的事情，纪染同学你能够在一分三十七秒内做出那道题目，实在是太厉害了。"

今天许老师知道这件事的时候，又让整个数独队的人做了一遍。

结果最快的学生是正好三分钟。

这时间比纪染多花了近一倍。

这样的差距，在正式比赛之中也是极罕见的。许老师知道自己队里的学生，冲个省奖还行，但是冲击全国金奖的话，却还是不够。

况且还有更高的世界数独锦标赛。

许老师诚恳地说："纪染同学，我现在正式代表数独队邀请你加入我们数独队。数独队正是需要你这样喜欢数独、热爱数独的同学。"

纪染张了张嘴，刚要说，等等，不是呀！

可是许老师却声音高昂地说道："那天你是不是跟我说，你特别喜欢数独？"

纪染："……"

是她。

"你是不是还说觉得能够坚持数独练习是一件伟大的事情？"

是的，她说了。

直到最后许老师欣慰地说："你还说加入数独队是你一直以来的心愿，现在就有这样的机会摆在你的面前，你是不是应该珍惜？"

纪染望着许老师，突然觉得，演技太好也不是一件好事儿。

她这是彻底搬着石头砸了自己的脚吗？

于是最后她垂死挣扎道："许老师，你说过数独队的人数学成绩都好，我数学才 22 分。"

对，她数学才考了 22 分。

谁知许老师摆摆手，一脸安慰地笑道："别担心，纪染同学。数学跟数独只是有些联系，但也不是必要联系。如果你是在担心你的数学成绩，老师可以帮你补课。"

此时乔与桥适时说道："纪染，这位许老师呢，是全省的高级数学老师。"

纪染终于体会到，什么叫作自作孽不可活。


一直等到乔与桥与沈老师从楼梯下去，纪染还是站在转角处没动弹。

沈执往前走了一步，靠近她，乌黑的眸子低垂着望向她："怎么了？不喜欢啊？"

"你数独不是也厉害，要不你去跟许老师说，你加入数独队。"纪染眼睫毛轻颤了下，声音软软的，企图把沈执骗得心软。

"不行。"沈执却想也不想地拒绝她。

纪染心下觉得既然没什么可谈，她还是回教室。就在她转身准备回教室的时候，突然她的手被沈执拉住，随后整个人被压在转角的墙壁处。

此时整个走廊里静幽幽。

因为正在上着晚自习，就连说话的声音都没有，幽静到纪染被压住的时候，心跳声一下陡然放大数倍。

沈执的脸颊凑近她的耳朵，直到嘴唇几乎是贴着她的耳朵根才说："你不问问我，为什么不行？"

"你松开我。"纪染有种心虚的感觉，要是他们班或者其他班有人从教室里出来，他们两个肯定会被看到。

纪染伸脚想要踢他，可是少年敏锐地躲开，他小声提醒说："你再这样，真的会引来人的。"

纪染没想到他这么浑蛋，又气又恼。

可是最后她还是气嘟嘟地问："为什么？"

她口吻生硬，一副完全被强迫的样子。

沈执也不在意，低笑了一下，压着声音说："因为我有更重要的事情要做。"

他温热的鼻息随着他每说出的一个字，轻软地吹在她的耳根处，慢慢地，那处雪白的皮肤渐渐染上好看的绯红。

沈执也知道自己这么做，挺无赖。

可这是他第一次喜欢的人，也是一直喜欢的姑娘。他就是想要逗逗她，想看她脸红的模样。

终于他再次开口说："我得好好复习，早点儿考到 700 分呀！"

"这样你才能早点儿考虑考虑我。"

【重大八卦，纪染加入学校数独队，要代表学校参加这次比赛！】

一大清早这个帖子，让早上还有点安静的贴吧彻底炸锅。之前纪染跟学校数独队的人比赛，在围观学生的渲染之下，传得整个学校都知道。

如果说之前还有人不知道纪染这个名字，如今她在全校的知名度，直逼沈执。

"哇，数独队的老师神操作呀，打不过直接招揽，牛。"

"我听说是数独队的老师直接去找纪染，邀请她加入的。薛以柔这次真是丢脸丢大发了。"

"薛以柔主动跟纪染比试，就是不爽纪染抢走她校花头衔吧？"

"我宣布从此以后，我是纪染的忠实支持者，这姑娘简直是爽文剧本。不过她数独这么厉害，数学怎么考出 22 分的？"

这个帖子一出，就连闻浅夏都忍不住问纪染这件事。

总算等到早自习下课，闻浅夏立即转头说："染染，你真的要进数独队？"

纪染点头。

显然闻浅夏并未看清楚她脸上沉重的表情，反而拍了下她的桌子，兴奋地说："染染，你也太厉害了吧！全能型人才，连数独你都玩得转。"

那天闻浅夏可是亲眼看着纪染怎么连赢两个人的。

对于她这样的数学差的人来说，她连基本的数独题都没见识过。那天白色题板上的题目她也看了一遍，只是最后她连题目都没看懂。

"你是代表学校比赛吗？"

纪染点头，许老师直接跟她说了，这次比赛先是市比赛，之后是省赛，如果走到最后是国赛。数独不比其他竞赛类保送很容易，数独队获奖顶多就是跟国内一流大学签订一份优惠条约。

比如达到一本线，可以无条件入读顶级名校。

哪怕就算是这样，也是给学生提供了一份保障，足够去拼一次。

数独队每周有两次训练，都是晚自习的时候。所以也不算特别耽误时间，纪染本来就喜欢数独。上个时空裴苑怕耽误她学习，高中之后就没让她再碰数独。

纪染没再继续参加比赛，不过她私底下还是买了不少习题册，解闷时候会练练。

晚自习要上课的时候，纪染收拾东西，准备去活动楼。

就在她把书包合上准备起身时，突然旁边的少年伸手在她桌子上轻轻敲了一下，低声说：“纪染。”

纪染偏头看着他。

沈执心底有点儿不是滋味，一直以来晚自习的时候，她都会乖乖坐在自己的旁边，低头看书。她很少会说话，偶尔闻浅夏会转身问她一个问题。

可是哪怕她总是安静，但她一直都在。

沈执被自己突如其来的矫情劲儿笑到，不过是一个晚上不在，还没走呢，他就开始舍不得她了。

他说：“你伸手。”

小姑娘愣了几秒，卷翘的长睫无辜地眨了两下之后，慢悠悠地伸出手，雪白纤细的手掌平摊在半空中。

沈执见她乖乖听话，嘴角轻轻勾起，露出一点儿笑意。

随后他手掌放在她的手心上方，一根手指一根手指地张开，直到最后一颗奶糖从他的掌心轻轻滑落，掉在纪染的手里。

她低头看了一眼，奶白色的糖纸上有一只可爱的小白兔。

纪染没想到沈执会给自己一颗奶糖。

沈执伸手揉了下她的头发，低声说：“小同学，加油。”

他压着声音，声线又沉又酥像是羽毛笔轻轻地抚过心尖，叫人莫名心底一麻。


纪染背着书包到了训练室门口时，里面吵吵嚷嚷还没彻底安静下来。纪染在门口站定后，轻轻伸手推开门。

本来还吵嚷的训练室一下变得安静。

里面的学生以为是指导老师来了，一个个正襟危坐。等他们看见站在门口的少女时，反而一个个越发面面相觑，有种说不出话的尴尬。

毕竟前几天整个数独队的人，被纪染狠狠地教训了一通。

特别是薛以柔和周静两个人，脸上出现那么一丝尴尬。

队员们都知道纪染要加入数独队的消息，其中薛以柔的反应最为激烈，毕竟她本来想教训纪染，结果却反被教训。

如今人人都说，纪染这个校花当得名正言顺。

她不仅长得漂亮，还这么全能。

薛以柔甚至以退出数独队来跟老师反抗，可是许老师一力要求，况且纪染表现出来的实力在他们现有数独队的所有人之上。

因此纪染加入顺理成章。

薛以柔最后也没退出数独队，毕竟她马上就要代表学校参赛。此刻她打量着纪染，眼神里带着嫉妒。

纪染环视了一下训练室，数独队的训练室比他们教室还大一点儿。

但是整个数独队一共才十几个队员，因为每个人一张桌子，并不是按照教室里那种整齐摆放，而是有些随意，每张桌子之间隔着极远的距离。

纪染看见一张空桌子，准备走过去，谁知身后传来一个声音。

"纪染同学来了。"

今天来上课的正好是许老师，他瞧见纪染站在门口，立即热情地让她先到前面自我介绍一下。

纪染安静地站住之后，轻声说道："大家好，我是纪染，高二（8）班的。"

她没说太多，只是简单介绍。许老师也没在意，反而笑着对底下学生说道："以后呢，纪染同学就跟大家一起训练了，你们也算是不打不相识。"

众人："……"

老师，你确定我们不是被狂虐一通？

两个多小时的训练时间，说快倒是也快。纪染一抬头，就听到许老师说下课的事情。因为这会儿已经放学了，大家赶紧收拾东西准备回家。

纪染刚收拾好，突然薛以柔站起来，冲着她说道："纪染，今天轮到你值日。"

她朝薛以柔看了一眼，眼神冷静又淡然。

她，看起来很好欺负的样子？

薛以柔明显被她的眼神盯得有点儿愣住神，随后她小声说："这个训练室也是要人打扫的，你来之前，我们大家都轮过一遍了。"

还是旁边有个男生小声道："纪染，你只要把黑板擦一下，还有老师用的笔和白板整理一下就行了。"

纪染终于缓缓点头："我知道了。"

毕竟是刚来第一天，纪染没打算一下子翻脸。反正她有的是时间让薛以柔好好了解她的性格。

等纪染把训练室稍微收拾了一下之后，她立即背上书包离开。

这会儿虽然离晚自习下课没几分钟，可是整个学校都有一种空荡荡的感觉，只有远处的宿舍区依稀还亮着灯。

纪染一直走到学校门口的时候，才重新见到人影。

学校对面的公交车最后一班车是在10点半，此时9点多，所以她不紧不慢地走到站牌旁边。

车子还没来，所以她坐在凳子上，伸手从包里将耳机拿了出来，准备一边听歌一边等车。

谁知她刚戴上耳机，身边有个人轻轻拍了下她的肩膀。

纪染抬起头，看见一个陌生的少年，他穿着四中的校服，长相清秀有点瘦，个子也不算高，看起来是那种好学生的样子。

纪染伸手将一边的耳机拿下，正要开口问对方有什么事情。

可是她面前的少年突然像是被人从背后拽住似的，一下整个人失去了平衡，下一刻，纪染看见站在少年身后的沈执。

他直接双手将少年的后衣领子拉住，半拖半拽地将人扯到旁边，直接撞在了立在公交站牌旁边的广告牌上。

砰的一声，人砸在广告牌的闷响声，让纪染吓了一跳。

可是沈执并没有打算轻易放过对方，他把坐在地上的少年重新拉了起来。广告牌里的光线打在沈执的脸上，他漆黑的眸子透着一股森冷又危险的味道，一张脸是面无表情的可怕，连下颌线都绷得紧紧的。

沈执死死地盯着对方的脸，他的手指还扯住少年的衣领，看起来用尽了全力，手背的青筋微微暴起，直到他压着声音说："你想干吗？啊？"

他的声音充斥着危险和隐隐压不住的暴戾。

对方并没有说话，而是小小地挣扎，可是他的挣扎就像是落入强大敌人手中的猎物临死时的无助又慌乱的挣扎，不仅没有让他挣脱沈执的钳制，反而让他自己更显得狼狈。

直到他小声说："我没有……"

沈执却不信他的话，声音更加冷漠："我有没有说过，你老实点儿，别再落我手里。"

纪染站在原地，有种说不出的感觉。

她不是没见过沈执这模样，还有那时他在落英山，虽然也凶却透着一股子懒懒的调子，是那种压根没把对方看在眼里的轻松。

但是面对这个少年时，沈执浑身上下透着一股冷，那种极致的冷漠。

仿佛他真的会在下一秒打上去。

终于她小声开口说："沈执，他真的什么都没做。"

刚才这个少年就是拍了一下她的肩膀，纪染没感觉到对方的恶意，所以她不知道沈执为什么会突然这么对他。

但是沈执并未说话，只是冷漠地朝少年看着。

正好此时，一辆公交车从不远处缓缓驶来，在站牌前慢慢地停下来。正是纪染每天上学放学会坐的那辆公交车。

纪染转头看了一眼，在犹豫着到底要不要上车。

就在此时，沈执冷笑一声，随后他双手用力将少年又狠狠地推开。下一秒，他走过来直接拉着纪染的手上了公交车。

纪染站在公交车里，忍不住朝站牌那里看了一眼，那个少年依旧坐在地上，整个人缩成一团，身后还背着一个巨大的书包。

不知是他太瘦小，还是书包很大，有种说不出的凄楚感。

纪染握住公交车上的扶手，手指尖轻轻用力掐着，心底翻江倒海般的疑问冒了出来。

虽然学校里面对于沈执的传闻有各种各样，可是纪染跟他相处这两个月，知道他虽然名声不太好，却从来没见过他在学校里欺负同学。

哪怕有一次班里的学生在打闹，结果把一本书直接砸在趴着睡觉的他身上。

所有人在那一秒都吓得心脏停顿。

但是他悠悠地直起腰，看了一眼落在他桌子上的那本书，拿起来之后随手扔了回去，声音有些无奈地说："你们声音小点儿。"

也是那次之后，全班的同学跟他相处自在了许多。

所以，沈执绝对不是那种随便欺负同学的人。

纪染舔了下嘴唇，想要张嘴，却反而不知道要说什么。

倒是沈执垂着眼望着她，轻声说："你想问什么？"

纪染立即说："他是谁？"

沈执倒是挺意外，他以为她第一句会问自己为什么打对方，他淡淡吐出几个字："一个不重要的人。"

"你跟他有仇？"纪染小声问道。

谁知沈执立即说："不是。"

纪染瞪大眼睛，没仇你那么对人家，这也太奇怪了吧！

大概是纪染脸上吃惊的表情太过明显，沈执叹了一口气："以后碰见他，离他远点儿。"

"为什么？"纪染忍不住问道，因为那个少年看起来一脸无害的样子。

沈执淡声说："让你离远点儿就远点儿。"

纪染不想搭理他了，可是沈执又问："为什么你走得这么迟？"

晚自习放学的时候，沈执在教学楼下面等她。结果许久没见她出来，还以为她已经走了。于是他又去活动楼找了一趟，不知怎么回事，两人估计是走岔了。

反正等他到活动楼的时候，整栋楼都黑着灯。

等他再走到学校门口，就一眼看见少女坐在公交站牌旁，而不远处就是那个让他一眼看见就发火的人。

特别是看到对方走到纪染身边，还用手拍她的肩膀。

两人之后都没说话，一直到纪染下车。

纪染朝他看了看，轻声说："我到家了，你也早点儿回去吧！"

沈执点头，谁知纪染刚转身，他突然想起来什么，又伸手拉住她。

"怎么了？"纪染回头望他。

沈执的手指在她的肩膀上轻轻摩挲了下，低声说："明天别穿这套校服了？"

纪染眨了眨眼睛，不明白他为什么这么说。

谁知沈执下一秒语气严肃地说："刚才他用手碰你的肩膀了。"

一想到那个人居然敢碰她的肩膀，沈执突然后悔刚才没有折断对方的手指头，真晦气。

纪染目瞪口呆："沈执，你别闹了。"

对方只是碰了下她的衣服而已，难道别人碰一下她的衣服，她就得换一套吗？况且四中的校服一共就两套，她身上这套校服是今天早上刚穿的。

沈执却没松手，反而执拗地朝她看过去，跟哄孩子似的问道："你换不换？"

纪染觉得他有点儿不可理喻，她当然会换衣服，但最起码不应该是因为这种无聊的理由呀！

可是下一瞬，沈执突然往前走了一步，纪染还没反应过来，他低头在她的肩膀上轻轻吹了下。

她的身上总是萦绕着这样淡淡的香味，特别好闻。

他弯腰的时候忍不住轻闭上眼睛，神色那样虔诚而又认真，直到他抬起头时，眼睛再次睁开，直勾勾地盯着纪染。

沈执嘴角轻撇，低声说：“好了，现在这里是我的味道。”

纪染整个羞恼到爆炸，他，他这个人怎么这样！


转眼间到了 11 月底，眼看着数独比赛要开始，纪染这几天一直在准备比赛的事情，因此除了晚自习之外，偶尔中午她也会到训练室里自己做些练习题。

其实她并不是想要靠着数独考上大学，或许应该说是弥补一下自己上一次的遗憾吧！

那年她拿到国内冠军之后，本来有机会参加世界数独锦标赛，但是裴苑却认为数独只是在浪费她的时间，最后世锦赛纪染也没有去成。

这一次，算是她为自己任性一次。

中午的时候，纪染拿出书包里的三明治，她安静地坐在椅子上，一边吃三明治一边看书，直到她放在书包里的手机响了起来。

“你又没吃午饭？”

电话一接通，对面的沈执声音有些无奈。

纪染有点儿后知后觉，她嘴里还有三明治，等她不紧不慢吃下去之后，才低声说：“你怎么知道？”

沈执本来微皱着的眉头，因为她这句话反而松弛了下来。

他紧张了半天，结果人家压根不在意。

他干脆站起来走到阳台上，低声说：“我刚才看见闻浅夏了，她说你这两天中午都在数独训练室那边。”

纪染一直跟闻浅夏两人一起吃午饭，但是这几天她为了准备周末的比赛，中午都没浪费时间去吃饭。

纪染轻轻“嗯”了一下。

沈执低声问：“就这么想赢？”

纪染微怔，没人问她这个问题，想赢吗？

想，很想。

沈执沉默了下，低声说："就算再想赢也得吃饭吧，你只吃三明治就可以了？"

纪染低头看着手里的三明治，还有旁边的保温杯，里面的热水还在冒着浅白色热气，她眨了眨眼睛，声音小小："三明治也很好吃的。"

"小傻子。"听着她这么软乎乎的声音，沈执突然笑了下。

他停顿了片刻之后，语气透着笑意："别吃三明治了，待会儿哥哥给你带好吃的。"

纪染本来手指搭在面前的习题册上，正准备翻页，结果听到这一声哥哥，登时整个人炸毛起来，她有些不开心地说："你说什么呢？你是什么哥哥呀！"

"沈哥哥呀！"沈执压着笑意轻声说。

纪染本来不是这个意思，却没想到反而又被他戏弄了一番，于是赌着气说："我挂了。"

随后她挂断电话。

没一会儿她三明治吃完，又喝了一杯水，于是纪染起身准备去洗手间。

此时正是中午吃饭的时候，整个活动楼安静得仿佛只剩下她一个人。数独训练室在一层，而洗手间在走廊的尽头，那边有个小门通往篮球场。

等纪染进了洗手间的隔间之后，她刚关上门，谁知外面传来一阵脚步声，本来纪染并没有在意，只是当她从隔间门板跟地面的缝隙间，看见外面那个人穿着的鞋子时，突然她睁大眼睛，露出惊惧的表情。

这是一双男人的鞋子。

她站在隔间里面，一动不动，而外面的那个人也正好停在她这个隔间门口。

就在纪染深吸一口气，打算开口时，突然她这个隔间的门被轻轻敲响，声音不算大，但是纪染全身汗毛都竖了起来。

外面的人突然发出一声笑，是那种很怪异的腔调，而且是故意做出的怪笑声。

怪诞吓人。

纪染紧绷着的心情，终于受不了猛地尖叫了一声。

外面的人听到她的尖叫声，像是得到一个满意的回应，转身就跑。纪染在对方跑出洗手间之后，才伸手去打开隔间的门。

等她推开门，走出去的时候，才发现自己的腿是软的。

哪怕她刚才已经保持得足够镇定，但此刻还是扶着墙走到门口。

她刚到洗手间时，从走廊另外一边拎着午饭进来的沈执，赶到她身边，他见她这样，立即问："纪染，怎么了？"

纪染在看见他的瞬间，整个人一下松懈了下来，可是身上那股子战栗反而越发严重。

沈执直接把东西放在地上，伸手扶住她，纪染看见他刚才的强作镇定和坚强都消失殆尽，她眼眶忍不住红了起来，小声说："刚才有个男生闯进了洗手间。"

沈执抬头朝通往篮球场的这个小门看过去，他从另一边过来的时候，没碰见别人。

所以对方一定是从这个门离开。

他低声说："你自己还行吗？"

纪染眼眶里泛着泪光，却点头说："我没关系，你去抓住他，抓住那个变态。"

她好怕，可是她不想让对方跑掉，因为这次是她，所以对方下次就会吓唬学校里别的女生。

于是沈执低声说："你在这里等我。"

在他离开之前，纪染说："他穿着一双黑色运动鞋，我看见了。"

沈执从小门冲出去时，纪染深吸了一口气，还是一步一步跟在他后面也走了出去。沈执冲着四周巡视，这么短的时间对方一定跑不远。

直到他看见一个穿着四中校服和黑色运动鞋背影的男生，他立即冲了过去。

当沈执抓住对方，一把将他的身体拽着面向自己的时候，对方的脸上居然并未露出意外的表情。

反而他冲着沈执轻轻一笑："你想干吗，沈执？"

终于沈执彻底被激怒，这一刻他像个狂躁的小兽，眼神里暴戾冷漠得可怕。

两人之间的身高差距太过明显，闹出的动静也不小。

旁边球场上打球的人被这边吸引了过来。一开始有几个人试图拉开两个人。

纪染赶到的时候，看见现场的情况，她本来就没喘匀的呼吸此时更加急促。直到她看见对方的脸，突然愣住。

是那天，她在车站遇到的少年，沈执一见面就教训的人。

纪染醒过神赶紧上前，她拼命拉住沈执的手臂，喊道："沈执，沈执，够了……"

她的声音带着止不住的颤意，从刚才到现在一切都发生得那么快，哪怕是她也是第一次遇到这样的情况。

此时她脑海里还回荡着恐怖怪异的笑声。

哪怕现在是初冬，那么冷的天气，可是她额头全都是细密的汗珠。

沈执本来已经陷入发狂之中，可是在听到她颤抖的声音时，一下停住手里的动作，他回头看着纪染。

她眼眶依旧泛着红，嘴唇微微颤抖，就连握着他的手指都泛着白。

这样的纪染，让沈执心疼到爆炸。

纪染微低着头，眼睛落在他的手掌上，她摇头，低声说："不值得。"

为了这种人，搭上自己不值得。

地上的人还躺在，一动不动，看起来真的被打得不轻。周围的学生不停地张望，但是又碍于沈执不敢上前。

直到沈执低声说："走，我陪你去训练室，先拿你的东西。"

纪染朝地上的人看过去，可是沈执毫不犹豫地扯着她的手臂，直接离开，冷声说："放心，他死不了。"

等回到活动室的时候，纪染收拾好东西，背上书包走到他旁边。

沈执语气轻松道："可惜了给你带的东西，这家的炒饭比你上次给我带的，不知好吃多少倍。"

纪染还是惊魂未定，她轻轻点头："下次再吃吧！"

沈执突然轻笑了一声，纪染没想到他这时候还能笑出声，忍不住说："你现在还笑什么？"

"因为你现在好乖，好听话。"

要是平时的话，她有一百种理由拒绝自己，可是现在她声音软软地说下次再吃吧，他突然想让这个下次来得快一点儿。

纪染脸颊一红，可是她望着他，眼圈更红，突然低声问："沈执，你会不会有事儿？"

那么多人看见他打人了。

"怕什么，咱们有理呀！"沈执低声说，可是眼看着纪染的眼泪要落下时，他心底猛地一抽，疼得那么明显。

哪怕刚才打人时，他都没这么慌张。

沈执说："哎，小姑娘，怎么这么爱哭呢！"

"沈执，我会给你做证的，要是学校找你的麻烦，我一定会告诉大家，是那个人先闯进女洗手间的。"纪染声音微微抽泣道。

她这么说完，沈执鼻尖居然酸了一下。

不管是从前还是现在，他的小姑娘永远都是这么勇敢。

永远都会想着要保护他，哪怕她已经不记得过去的那个小男孩。


纪染回到教室的时候，沈执并没有跟她一起。反而她一进教室，大家都朝她看过来，还是闻浅夏赶紧把她拉到位子上，低声问道："染染，沈执真的打了那个高三学长？"

纪染微怔。

闻浅夏着急地说："刚才大家都传遍了，说沈执在操场那边突然把高三的一个学长拦下了。"

纪染并不知道那个人是高几的，算上这次，这也是她第二次见对方。

"到底为什么呀？"闻浅夏低声问道。

纪染却什么都没说。

沈执跟她说过，让她什么都别说，要是学校老师找他，他会自己说清楚理由。

闻浅夏见她不说话，又低声说："刚才贴吧里面都传遍了，还有沈执打人的照片也被人拍了下来。染染，我觉得你还是离沈执远点儿，你说都是同一个学校的，怎么能下这么狠的手呀，难怪之前大家都怕他。"

闻浅夏当然知道沈执对纪染的心思，长眼睛的都能看出来。

但是纪染并未跟他在一起。

只是学校里现在传言这么凶，纪染是真的要被沈执连累了。作为朋友，闻浅夏忍不住替她着急。

闻浅夏说完之后，特别担心地说："而且现在贴吧里传什么的都有，对你的影响特别不好。大家不会管真相是什么的，反正就是瞎传。"

纪染猛地抬头看向闻浅夏，她的眼神有点儿严肃，闻浅夏从来没有见过这样的纪染，突然有点儿愣住了。

这时纪染才缓缓说："沈执他没你说的那么坏。"

"他很好的。"

下午要上课的时候，沈执才回到教室。但是没一会儿教导主任和乔与桥一起过来，两人站在门口，乔与桥直接喊道："沈执，你出来一下。"

（8）班的学生都紧张地望着教导主任，又转头看着沈执。

沈执缓缓站了起来，谁知他刚出来站在走道上，门口的教导主任开口说："纪染也出来。"

教导主任明显口吻不善。

（8）班的其他学生又朝纪染看了过去。

眼神里有好奇、有疑惑、有担心，也有幸灾乐祸。

沈执的声音突然响起，透着冷漠说："老师，人是我打的，你叫不相干同学干吗？"

教导主任有些不耐烦："我叫纪染是为了了解情况。"

"了解什么情况，情况就是，人是我打的。至于打他的原因，我就是看他不爽，这不是第一次打，只要他下次还让我不爽，就会有第三次。"

"沈执，你当自己是什么？"果然教导主任不盯着纪染，直接看着他怒斥道。

沈执没搭理他，反而转身就走，只是在临走之前他看着想要站起来的纪染，低声说："纪染，别多管闲事，对你没好处。"

纪染就这么看着他转身离开。

"染染，那个女生就是被谣言毁了的，所以你要小心。"

"大家不会管真相是什么的，反正就是瞎传。"

对呀，他亲眼见过谣言毁掉一个人的模样，他亲眼见过他母亲发疯时的样子。所以，他怕谣言会毁掉纪染。

即便只有这万分之一的可能，他也不敢赌。

他赌不起，他的小姑娘他连靠近都那么小心翼翼。

他承受不住。

所以他现在能做的就是，让她彻底跟这件事划清界限。


"到底怎么回事？"

"沈执为什么打人呀？我看他不像这么冲动的人。"

"谁知道呢，或许就是看人家不爽吧，这种人不都是这样？"

教室里窃窃私语，叫夏江鸣听到格外不爽，他立即拍了下桌子站了起来："你们说什么？不知道原因就在这儿瞎说。"

"夏江鸣，你干吗呢，我发现你们（8）班的学生实在是太嚣张了，还把老师放在眼里吗？"

教导主任一见夏江鸣当着他的面儿冲着其他人大呼小叫，立即呵斥道。

刚才沈执直接离开，已经将他这个教导主任的脸面彻底丢尽了。

他没想到夏江鸣也敢当着他的面儿骂人。

乔与桥立即开口说："夏江鸣，你先坐下。"

可是夏江鸣还是站着，他望着乔与桥大声说道："老师，我相信执哥……沈执不会平白无故地打人。"

"他要是有理由，为什么不说清楚。"教导主任见他这时候还帮沈执说话，简直是死不悔改。

对于这帮刺头儿，教导主任也是一万个看不顺眼。

况且这次被打的还是高三的尖子生，马上就要高考却弄出这种事情，教导主任是既愧疚又恨铁不成钢。

他说："你们这帮人要是不想学习，没人愿意说你们。但是你们能不能别打扰别人学习，你知不知道沈执今天打的是谁，那可是高三（1）班的同学。要是真打出什么问题，我看你们……"


每个年级的（1）班和（2）班都是最好的班级。

教导主任言下之意十分明显，无非就是他们是一帮垃圾学生，不想学习也不要打扰别人。

就在夏江鸣握紧拳头，打算开口时，突然另一边一直安静坐在自己位子上的少女站了起来。

纪染不知道沈执为什么要这么做，但是她看得出来他是在帮自己撇清关系。

他是在护着她。

可是如果她今天坐在这里无动于衷地听着老师说出这种话，纪染觉得她就不配得到他这样毫无保留地保护。

他想护着她，可是她也不愿意他承受这样的委屈。

纪染站了起来："老师，并不是成绩好就能决定一切的。就算他是高三（1）班的学生又怎么样，他人品有问题的话，考再高的分数也只是个高分的败类而已。"

整个教室一片哗然。

就连闻浅夏都目瞪口呆地望着纪染，她安静地站在自己的座位上，声音并不算大，是她一贯的声线，轻轻柔柔。

可是说出来的每一个字都那么掷地有声。

纪染说完之后，直接走到教导主任的面前，直接说道："老师，您想了解什么情况，我都可以说明。"

她目光坦荡，丝毫没有任何胆怯。

乔与桥见状，立即说道："纪染，如果真的有隐情，你只管跟老师说，老师一定相信你们。"

等老师带着纪染离开之后，夏江鸣他们几个也是课都不上，赶紧溜出教室。

夏江鸣着急说："咱们现在怎么办？"

徐一航已经拿出手机，准备给沈执打电话，一边拨电话一边说："当然是把执哥叫回来，你没听见他临走时跟纪染说的话吗，他那是给纪染开脱呢！"

夏江鸣气急："唐振鹏那个人还敢搞事儿，他是不是觉得咱们真不敢把他那点破事儿抖搂出来。"

"你还记得当初执哥为什么不说吗？"陈松无奈说。

夏江鸣叹了一口气："所以说这种祸害反而能活到最后。"

徐一航这边还没打通电话，于是他干脆给沈执发了一条信息，告诉他，纪染跟教导主任走了，看起来是替他解释去了。

信息发出去没多久，沈执的电话立即打了回来。

"执哥，你离开学校了吗？"徐一航着急道。

"你走了之后，大家都在议论这个事情。夏江鸣就站出来说了几句，结果教导主任发火，骂我们这种人是害群之马。结果染妹直接站出来怼了教导主任，她说唐振鹏就算是高三（1）班的学生又怎么样，人品有问题考了高分也还是斯文败类。"

徐一航越说越激动，也不怪他。

当时那种情况下，大家都在议论纷纷，毕竟一边是名声不好的沈执，而另一边是高三（1）班的尖子生，谁都会觉得是沈执的错。

可是纪染毫不犹豫地站出来维护沈执。

突然徐一航有点儿理解，沈执为什么会对纪染有那样的执念。

这样的姑娘，值得。

沈执狠狠地踢了一下垃圾桶，低声说："我马上回来。"

其实他还没走远，只是刚离开学校而已。他应该知道的，她不可能在那种情况下，什么都不说，什么都不做。


校长办公室。

四中是市里有名的重点中学，大庭广众之下两个学生发生这种冲突，性质挺恶劣的。

况且出事之后，对方的家长很快赶到学校。

这会儿校长在尽力安抚，反而对方家长在咄咄逼人："赵校长，咱们四中可是重点中学，我儿子唐振鹏还是重点班的学生，怎么就能在学校里被人打呢，四中怎么会有这样的不良学生，我希望学校严肃处理。"

教导主任敲门进来的时候，纪染跟在后面，正好听到最后一句。

不良学生？

希望学校能够严肃处理。

纪染抬头朝沙发那边看过去，说话的是个中年妇女，戴着黑色边框眼镜，穿着一身灰色大衣，整个人看起来特别古板严肃，说话的刻薄程度跟她的打扮很合适。

而她身边正坐在唐振鹏，此时他脸上的伤势已经被处理过，可是反而显得越发可怖。

沈执这次是真的没有客气。

唐振鹏母亲一见纪染来了，立即朝她看了一眼，露出一股子打量的模样："赵校长，不会就是这个女学生把我儿子打了吧，我可听说是另外一个男生。"

"你们学校不会包庇那个男学生吧，赵校长，我可跟你说了，哪怕对方家里就是再有权有势，我们也是不怕的，我们必须追求一个正义。"

纪染听到这里，实在是听不下去了，她冷笑："追求正义是吧，我也确实有一件事想跟老师们说。"

她不想再听对方胡言乱语，直接说道："我今天中午在活动楼的数独训练室，中途上厕所的时候，突然有个男生闯进了厕所，所以我追了出去。"

此话一出，不仅学校里的老师们震惊，就连唐振鹏的母亲脸上都出现错愕的表情。

但是下一秒唐母竟是跳起来，直接指着纪染的脸："好呀，小小年纪居然学会了血口喷人，你的意思是我儿子闯进了女厕所，才被你们打了。"

"对。"纪染望着她，毫不退缩地说道。


唐振鹏母亲没想到这小姑娘看着柔柔弱弱，可是气势这么强，面对自己也丝毫不害怕的模样。

于是唐振鹏母亲立即转头问身边的儿子："小勉，你来说说，到底是怎么回事？"

唐振鹏慢慢抬起头，朝纪染看了一眼，虽然他的脸上五颜六色，可是居然还是从他的眼睛里看出了一丝恶毒和说不出的畅快，仿佛他的恶毒计策马上就要成功的那种痛快。

他说："我看见他们两个人偷偷在约会，所以沈执才恼羞成怒冲出来打我。"

就在他说话时，突然校长办公室的门被推开。

沈执站在门口，面无表情地望着他："你是不是觉得我不在，你就能胡说八道？"

居然造谣自己跟纪染在约会，他要是真的跟纪染约会被撞见，他这么厌恶唐振鹏都会心情很好地饶了他。

"你这个学生怎么回事，张嘴就冤枉人呢！"唐母一听沈执这么嚣张，不乐意了。

沈执没搭理唐母，而是望着唐振鹏。

此时唐振鹏往唐母身后躲了下，像是被吓唬住了。

唐母越发心疼自己的儿子，气道："当着我的面，你还恐吓我家小勉不成，我告诉你，学校可不是你这种人只手遮天的地方。"

"我这种人？"沈执被气笑了，他淡淡问，"我哪种人？"

唐母伸着手往前一步，像是要指着沈执说什么，可是下一刻纪染挡在沈执的面前，望向她说："你儿子偷进女厕所，所以他被打是他活该。"

她身体站得笔直，神色从容坦荡。


唐振鹏终于嚷嚷了起来，他说："我没有，是我撞见你们在活动楼约会，对，沈执还亲了你，所以你们才会这么恼羞成怒诬陷我。"

沈执一下被气笑。

这个唐振鹏说瞎话的本事跟真的似的，他倒是想呀，可是人家小姑娘不愿意着呢！

要是纪染愿意让他亲，自己哪还有工夫打你。

一旁的乔与桥终于忍不住问道："纪染，你说的是真的吗？"

"乔老师，你说过你会信我的对吧，我说的每一个字都是真的。"

乔与桥点头，纪染和沈执都是他班里的孩子，这种时候他当然愿意相信他们。

乔与桥看着校长请求道："校长，我希望您不能只听信一面之词。"

现在双方公说公有理婆说婆有理，但是乔与桥知道，学校领导肯定是更加愿意相信唐振鹏这样的学生。

毕竟他是高三（1）班的尖子生，成绩好就是他的护身符。

"我说你这个老师怎么回事，还护短呢！"唐母愤怒道。

纪染突然有点儿无奈，这时候摄像头还不像十年后那么普及，此时学校的活动楼压根没装摄像头。

因此唐振鹏才敢睁着眼睛说瞎话。

突然，她眼睛一亮，开口说："要是老师没办法断定的吧，那就报警。当时闯进厕所的那个人在厕所地面上留下的脚印说不定还在。"

最关键的是……

她嘴角轻挑，望着唐振鹏轻声说："那个人还在隔间门上拍了好几下，他的掌纹肯定留在上面呢！"

此时整个校长办公室鸦雀无声。

沈执侧头朝纪染看了一眼，突然笑了起来。

他怎么越来越稀罕这姑娘了呢！

瞧瞧，多冰雪聪明。

两人离开校长办公室的时候，唐振鹏和他母亲还在里面，此时唐母正在跟校长吵着她儿子绝对不可能是闯入厕所的变态。

乔与桥不想让他们耽误上课，便让他们先回来了。

走到楼下的时候，突然沈执偏头望向纪染，低声说："虽然我很讨厌那个人，可是突然真希望他说的话是真的。"

纪染不明所以。

"他说我们在约会。"沈执嘴角浅浅勾起，露出一抹笑意。

直到他轻轻靠近纪染，在她耳边说："还说我亲了你呢！"

他们两人回教室的时候，班里的同学明显一愣，谁都没想到沈执又回来了，看起来还是跟纪染一起从校长办公室里回来的。

不过他们谁都没说什么，只是回到座位上坐着。

关于沈执在学校里公然教训了唐振鹏这件事，在学生之间也是褒贬不一说什么的都有。

有人觉得沈执一向名声不好，这件事肯定是他不好。当然也有人觉得沈执每次打架都是跟校外的人，从来没在学校里听说过他恃强凌弱的事情，肯定是唐振鹏干了什么事情。

一直持续到晚上的时候，贴吧里突然有个人出来爆料。

"谁还记得之前沈执在高一的时候，不是跟一个高二的学长起过冲突，其实那个人就是唐振鹏。"

这个人一爆料，学生之间关于这件事的讨论越发激烈。

"不是吧？沈执之前就跟唐振鹏有冲突？那么我很好奇，这个唐振鹏到底干了什么？"

"唐振鹏可是高三（1）班的学生，成绩特别好。"

"成绩好又怎么了，我觉得这里面肯定有隐情。"

纪染和闻浅夏从超市出来的时候，闻浅夏一边咬着嘴里的面包一边说道："原来之前传的那个被打的高二学长就是这个唐振鹏。"

闻浅夏朝纪染看过去，低声问："染染，你知道沈执为什么打他吗？你当时可是在现场的。"

"你不是让我离沈执远点儿的。"纪染淡淡道。

闻浅夏小脸一红，声音有那么点儿心虚，过了会儿才说道："对不起，染染，我觉得我可能真的错怪沈执了。"

"你跟我说对不起有什么用哦！"纪染无奈道。

闻浅夏脸上表情一下变得特别难看，她哭丧着脸说："可是我不敢跟沈执说。"

两人回去的时候，路过篮球场，就看见一颗篮球从场地里弹了出来，滚到这边的主干道。纪染伸脚一下停住篮球。

这会儿不远处的男生喊道："同学，麻烦把球扔回来啊！"

"是夏江鸣他们。"闻浅夏一听到对方的声音，立即说道。

因为现在是冬天，天色黑得很早，这会儿篮球场上又没有照明设备，因此双方都不太看得清楚对面人的长相。

纪染弯腰把球捡起来，刚要扔过去的时候，夏江鸣跑了过来。

他笑道："还是徐一航那小子眼睛尖，一眼就看见染妹你了。"

纪染朝篮球场看了一眼，夏江鸣立即说："执哥没来，他在教室里看书呢！"

就连夏江鸣都觉得特别神奇，沈执最近好像爱上了学习似的，就连晚饭时间他们固定的打球快乐时光，他都不愿意下来。

居然在教室里面写什么数学试卷，你说神奇不神奇。

纪染把球还给他，正要走，突然又停住脚步，她看着夏江鸣问道："夏江鸣，你知道沈执以前和唐振鹏的事情吗？"

那天在车站，唐振鹏只不过站在她旁边，沈执居然那么情绪激动。

沈执很少情绪那么外露。纪染跟他认识那么久，他每次出手绝对是事出有因。

况且又有人爆料，之前沈执就打过唐振鹏一次。

所以他们之前肯定发生了一件事情，或许是让沈执真正厌恶唐振鹏的事情。

夏江鸣摸了摸后脑勺，低声说："我不知道呀！"

纪染朝他看着，夏江鸣本来就说得心虚，这会儿更是连声说："我真的不知道。"

可是他的语气实在是太过此地无银三百两。

于是纪染继续说："夏江鸣，我绝对不会乱说的。"

一旁的闻浅夏本来在嚼着面包，此时一听，赶紧点头："我也是。"

原来这里面真有内幕呀！

夏江鸣本来就因为别人对沈执的议论特别生气，要只是别人也还好，他最怕的就是纪染也会误会沈执。

他叹了一口气，说道："那我说了，你们可千万要保密，要不然执哥真会打死我的。"


夏江鸣把篮球扔了回去，又左右看了一眼，干脆领着她们到了旁边一个偏僻的地方。三人站在一起，跟地下党接头似的。

其实这件事不单单跟沈执有关，夏江鸣也是参与者之一。

他说："这还是高一时候的事情呢！"

准确点儿说是高一下学期，那时候是快到 6 月，反正天气很热。夏江鸣之所以记得这么清楚，是因为那天他打游戏连"跪"了五把，心情不太好。

于是他嚷嚷着要去对面的全家便利店买点儿冷饮。

沈执没什么意见，两人一块儿走过去，谁承想两人走到那边，就看见全家旁边有个小暗巷，里面有一对儿小情侣黏黏糊糊。

当时夏江鸣心底就骂了一句，还想着，就算再着急也不能在路边这么乱来吧！

一开始他们没多想，可是等两人买了东西从便利店里出来的时候，巷子里突然传来一阵压抑的哭声。

两人同时一愣，夏江鸣还低声说："要不咱们还是走吧，说不定人家是打闹呢！"

可是没一会儿女孩的啜泣声渐渐大了起来，而且她一边哭一边说："求求你……"

断断续续的几个字，反正也听不清楚。

夏江鸣还左右为难的时候，沈执直接走到巷子口，声音很淡地问了一句："干吗呢？"

里面的两人估计也被吓了一跳。

女孩子的哭声越发明显，倒是男生有些无奈地说："我女朋友跟我闹着玩呢，没事儿，哥们。"

沈执站在原地一动不动，隐隐的高大轮廓似乎给巷子里面的女生一些安全感。

她哭哭啼啼地说："我……"

"到底怎么了？"这话，沈执是问女孩子的，声音没那么冷，反而有种没事儿，你尽管跟我说的那种味道。

终于一直处于紧张和绝望的女生，哭喊了出来："求求你们，救我，救救我。"

说到这里的时候，闻浅夏忍不住气恼道："是不是唐振鹏那个人强迫这个女生的？"

哪怕夏江鸣这会儿还没说到巷子里面的男女是谁，闻浅夏还是猜到了。

纪染也有种恍然的感觉，果然是这样的。

她就知道沈执不可能无缘无故地这么厌恶一个人。

此时连纪染自己都没察觉到，她对沈执已经到了无条件相信的程度，只要是他，她就愿意相信。


夏江鸣叹了一口气："说出来真的能气死你们，因为比这个还可恶。"

当时这个女生刚说完，沈执就走了进去，夏江鸣也跟在后面。直到他们看清楚这两人身上穿着的衣服，都吃了一惊，因为两人居然穿着四中的校服。

夏江鸣都愣住，本来他以为是什么社会小混混在强迫女生呢！

居然还是他们学校的学生。

女生哭哭啼啼地说："我不愿意的，我真的不愿意。"

"得了吧，夏青，你怎么不愿意，你之前不是给我发了那么多信息，还说喜欢我。"一旁的唐振鹏双手抱在胸口，似笑非笑地望着女生。

不仅没有慌张，反而一副游刃有余的模样。

女生的哭声停住，她慌张地看着唐振鹏又转头看向沈执他们，最后她捂着脸，崩溃大哭说："对，我当初是喜欢你，可是我不想跟你做那些事情。"

唐振鹏嫌恶："你装什么纯，你……"

他话还没说完，突然沈执出手，抬手毫不犹豫一拳打在唐振鹏的脸上。

沈执没放过他，最后是夏江鸣上去拦的。


之后他们才知道，原来这个叫夏青的女生确实是喜欢唐振鹏，他们还知道这个唐振鹏是学校（1）班的好学生。这种长相还算清秀又成绩好的男生，让女生表白不是稀罕事。

但是稀罕就稀罕在，唐振鹏还回应了夏青。

小姑娘当时欢欣鼓舞的，便答应了唐振鹏出去约会。结果第一次约会，她就被拍下了照片。

之后，只要唐振鹏一个电话，她就必须出来。

就连在学校里面，只要唐振鹏想，就会拉着她去偏僻的地方对她动手动脚。

小姑娘胆子又小，压根不敢告诉老师和家长。

况且唐振鹏还威胁她说，他手机里有她发给自己的表白短信，而且还有她写的情书。

只要夏青敢跟老师说，他就会反咬一口，说都是夏青勾引自己，照片也是她自愿拍的。

"败类……"

闻浅夏听得肺都要气炸了，这种人也配当四中的学生。她想想都替那个叫夏青的女孩子觉得委屈，眼瞎喜欢上这种人，最后还要被他威胁，任由他对自己胡作非为。

夏江鸣目瞪口呆地望着闻浅夏。

不过他还是说道："没办法，夏青都被吓破胆子了。当时执哥本来想报警的，可是她又哭又闹的，最后执哥让唐振鹏把所有的照片都删掉了。"

果然高二的时候，他们就再没在学校里见过夏青。

夏江鸣还专门去打听过，夏青转校了。哪怕唐振鹏手里没有了威胁她的东西，她还是被吓破了胆子。

闻浅夏突然想到说："染染，他不会对你……"

夏江鸣一脸震惊地望着纪染。

纪染看着他们两个脸上的表情，无奈道："不是，他今天进女厕所想吓唬我，正好沈执过来找我，撞上了。"

"这种人，打他一顿都是轻的。"

纪染点头，她说："这次不能再轻易放过他。"

要不然还不知道有多少女生会受害呢！


不过这件事确实不好说。

单单只是一个闯进女厕所，别说定他的罪，估计连学校都不会惩罚他。如果他一口咬定，自己只是想恶作剧。

纪染叹了一口气。

可惜夏青走了，现在连个指控他的人都没有了。

等她回了教室之后，哪怕是晚自习上课，她还是在发呆。直到旁边的沈执，又朝她看了一眼，终于忍不住开口说："说吧，什么事情。"

纪染朝他看了一眼："什么？"

"说说你在烦恼什么事情？"沈执手里的中性笔在他的手指尖转了一圈，动作流畅又好看。

纪染不想让他知道自己已经知道唐振鹏这件事。

于是她指了指手里的习题册："这个周末就是初赛了，我在想比赛的事情。"

"你肯定能赢，不用想。"沈执淡淡道。

纪染眨了眨眼睛，一张小脸终于露出笑意："你怎么比我还肯定？"

"因为我相信你。"沈执轻勾了嘴角。

纪染不懂他对自己的自信从哪儿来的，反正就是这种莫名的自信，弄得她总有种很奇怪的感觉。

就好像沈执见过她的数独实力似的。

"周末比赛，我能来看吗？"沈执轻声问道。

纪染偏头，重新看着自己手里的习题册，她本来应该拒绝的。可是不知从什么时候开始，她对沈执好像再也没有了之前那样的抗拒。

她似乎已经渐渐习惯了他就在她的周围，参与着所有跟她有关的事情。

终于她低声说："比赛，谁都能看啊！"

沈执本来已经做好准备，听到她说一句他爱看不看关她什么事情，以至于他听到这句话时，整个人一下愣住。

半晌，他低笑了一声，轻声说："可是我只想看有你的比赛。"

## 第八章
## 我只让我女朋友管的

晚上的时候，纪染乘车回家。这辆公交车上并非只有她一个四中的学生，旁边还有两个女生。

她刚坐下之后，就听到一个女生惊讶地拍了下车窗，指着外面说："快看，快看，那是不是沈执？"

女生的短发朋友也转头看过去："好像是哎，他这个摩托车也太帅了吧！我听我们班的男生说，得好几十万呢！"

"也不看看人家姓什么，恒驰集团哎！"

"不是说他爸爸也不是沈家唯一的继承人吗，他也还有什么大伯、叔叔的？"

"有钱人家兄弟再多，也还是有钱啊！"

女生叽叽喳喳讨论了一路，直到到了下一个红绿灯的时候，短发女生突然说："沈执是在跟我们的车吗？"

"不会吧，估计就顺路呗！"

"也是，谁大晚上的还跟公交车乱跑，又不是傻子。"

纪染立即将衣服上的帽子轻轻戴了起来，安静地坐在自己的位子上，一言不发。

二十分钟之后，公交车到了纪染家的附近。

纪染下车之后，她这次没有立即走回自己的小区，反而回头朝路边的全家便利店走过去。灯光通明的便利店里，女店员正在给店里唯一的客人挑选关东煮。

她进去了一会儿，身后始终没人进来。

于是纪染站在放着便当的冷藏柜前，拿出手机，打了一个电话，几乎是一秒钟对面就接通了，她轻声问："你饿不饿？"

此时正骑在摩托车上停在街角的沈执，被外面的冷风吹着，即便初冬还没那么冷，可是骑车是真的冷。

他浑身寒冷彻骨。

可是这个电话却发烫一样地温暖着他的掌心，还有耳边小姑娘的声音，那么软。

沈执低声："嗯，饿。"

纪染还站在便当货架前，她始终在犹豫着。其实沈执这几天骑着摩托车跟她回家这件事，她早就发现了。

她就是在假装不知道，她以为自己假装不知道就可以彻底无视。

可是刚才她下车的时候，看见他的车子远远地停着，怎么就有点儿难受。

本来放学已经够晚了，纪染回家稍微晚点儿，哪怕纪庆礼不会过问，可是家里的保姆赵阿姨都要多问一句。

他呢！

每天跟着她回家，他的家人都不会问的吗？


没一会儿，全家便利店的玻璃门再次自动弹开，沈执慢慢走了进来，直到在纪染的身边站住。

他从来没在便利店吃过这种便当。

纪染转头看着他："你要不要试试？"

沈执有些愣住，没想到她会问自己，半晌他轻声说："你这是要给我买？"

纪染点头。

沈执直勾勾地看着她，像是有点儿确信，但是眼底又升起了笑意。纪染见他的表情，突然也笑了下。

不就是一个盒饭而已，就这么高兴吗？

沈执说："你帮我选一份。"

纪染听到，还真的认命地帮他选了一份，随后她又拿了一瓶黄桃酸奶。

等走到收银台那边，她递给收银员时，旁边的沈执已经拿出钱包。

纪染立即从书包里拿出自己的钱包，低声说："我来付钱。"

沈执捏着钱包的手指顿了下，似乎又想到什么，这才又放下。

等纪染把钱付完之后，她转身看着沈执说："我得回家了，你吃完也早点儿回家吧！"

沈执眉头微蹙，似乎想要说话，却又一时想不到。

直到他转头看着收银台旁边摆着的关东煮，立即指着说："麻烦把这些都给我。"

此时关东煮里面还剩不少，收银员一愣："全都要吗？"

沈执点头。

于是收银员又给他拿关东煮，等把杯子递过来的时候，沈执接过立即递到面前，声音很低："你请我吃饭，我请你吃关东煮。"

纪染望着面前满满一大杯的关东煮，显然这还是店员用力塞才塞在一个杯子里的。

她张了张嘴，刚想拒绝。

沈执垂着眼睛，又沉着声音低缓道："纪染，我不想一个人吃饭。"

就这么一句话，猛地在纪染心底撞了一下。

因为他这副样子，像极了无家可归的流浪猫，看起来那么可怜巴巴。

最后纪染端着关东煮的杯子，乖乖地跟着他走到便利店对着街边的椅子上，沿着玻璃立着的窄桌很长，随后两人各自坐下。


沈执把便当打开时，猛地冒起一阵热气。

他低笑："你给我选的，肯定很好吃。"

纪染正好拿了一串花枝丸咬在嘴里，沈执侧头看着她："我给你买的，是不是也好吃？"

她眨巴了一下乌黑的大眼睛，明亮的眸子里像是盛满星光，此时眨眼星光蔓延，那样温柔的光亮洒落在他心头。

突然，沈执居然羡慕起电影里的超能力。

如果他有，那么他会选择时间静止这个能力，让这一刻永远定格。

哪怕坐在这里看着她一辈子，也不会觉得腻。

可惜，时间总是过得那么快，当沈执把便当吃完时，纪染看着杯子里还剩下一大半的关东煮，低声说："沈执，这个我吃不完了。"

"给我吧！"沈执伸手。

纪染吓得赶紧说："要不丢掉吧！"

虽然关东煮都是一个签一个签，可要是他吃自己剩下的，实在不太好。她还是宁愿丢掉。

谁知沈执却不在意，直接从她手里接过去，还教训她说："纪染同学，你知道现在山区里还有多少小朋友吃不上饭吗？你这样太浪费了。"

纪染反正是不想跟他多说，赶紧拎着自己的书包，扔下一句："我先回家了。"

等她走出门店，走过马路，忍不住往后看了一眼。

然后她就看见沈执已经站在店外的门口，在她回头的一瞬，他脸上突然扬起笑意。

这是第一次，她回头看他。


纪染回家的时候，一直等着的赵阿姨总算舒了一口气，低声说："小姐今天怎么那么晚？"

"我去便利店买了点儿东西。"纪染说道。

赵阿姨赶紧说："要是晚上饿了，回家来，赵阿姨给你做。在外面吃多不卫生呀！"

纪染赶紧点头，说了几句上楼回了自己的房间。

半夜的时候，不知外面又是什么时候下起了雨，噼里啪啦打在窗台上。纪染半梦半醒的，似乎渐渐到了天亮。

直到她放在书桌上的手机，猛地振动了起来。

纪染坐了起来，是闹钟吗？

今天是她参加数独比赛的时间，她特地把闹钟调到了早上7点，比赛是上午9点半开始，是在市里的体育馆。

因为参赛人数众多，还允许观众入场观看。

直到她伸手把手机拿起来，才发现居然是夏江鸣打来的电话。

而此时，是早上不到6点。

她立即接通电话，那边夏江鸣的声音都着急坏了："纪染，是我，是我，夏江鸣。"

"怎么了？"纪染察觉不对劲。

夏江鸣："昨晚 10 点多的时候，你是不是跟执哥在一起？"

纪染想了下，10 点多？那不就是他们一起在便利店吃便当的时间。因为学校下课是 9 点多，等她坐车到家差不多是 10 点。

她立即说："对，我们是在一起，怎么了？"

"我的天哪，太好了，太好了。"

夏江鸣终于松了一口气，他说："刚才警察来执哥家里把他带走了，唐振鹏昨晚放晚自习回家的路上被人袭击了。所以警察就来家里问执哥昨晚的行踪，结果他也不说跟谁在一起，警察就觉得他有嫌疑，直接把他带回警察局了。"

纪染立即从床上坐了起来，她说："我马上就来。"

很快她换好衣服下楼。

此时因为时间太早，纪家的人都没起床。所以纪染偷偷溜出门，竟没人发现。

夏江鸣告诉了她是哪个派出所的人把沈执带走，于是她直接打车赶过去。等她到的时候，夏江鸣还没到。

于是纪染直接走进去，询问当值警察说："叔叔，我能问问你们是不是带回来一个叫沈执的学生？"

"你是？"警察好奇地看向她。

纪染立即说："我是他的不在场证明人，我可以证明他昨晚 10 点多跟我在一起，他并没有时间和动机去伤害别人的。"

警察一听，立即站了起来，他说："你稍等一下。"

没一会儿从里面又走出两个警察，随后他们把纪染带进去做了一个简单的问询，又问清楚那个便利店的地址，表示会过去调取监控录像。

等她出来的时候，没一会儿夏江鸣也来了。

他赶紧说："纪染，执哥没事吧？"

"没关系的，我已经说清楚了，他肯定没事的。"纪染点头。

很快，沈执跟在警察后面走了出来，警察还挺无奈地说："既然你有不在场的证明人，刚才干吗不说清楚，还非要我们带你来警局一趟。你们这些小孩子，真当有这么多警力给你们浪费？"

沈执抿嘴，闭口不言。

警察正要说教，但是很快外面进来一个西装革履的男人。

男人一进门，看见沈执，微微点头："执先生，您没事吧？。"

这一声"执先生"，叫得周围的人都有几分尴尬。

好在手续很简单，很快他们就走了出来。沈家的律师走在后面，沈执先拎着夏江鸣走了出去，直接一脚踢在他的屁股上。

他说："我不是说过让你谁都别说的，你现在是不是就差告诉全世界我在这里了？"

"执哥，我也是担心你。"夏江鸣呜咽道。

纪染赶紧上前拦住，夏江鸣趁机一溜烟地跑走了，沈执望着他的背影微微磨牙。

一旁的纪染其实也有些生气，低声问道："沈执，你明明可以告诉警察，昨晚我跟你在一起的，你干吗不说。"

"我没做过的事情，我不担心。"沈执拧着眉望向她。

他看着她，突然叹了一口气，问道："你睡饱了吗？"

纪染一愣，这时候他还关心她睡没睡饱干吗？

"你今天不是要参加比赛的。"沈执低声无奈道。

他之所以没跟警察说他有时间证人，就是怕一大清早警察给她打电话，打扰她的休息。反正他没做过，警察直接去便利店调监控也能证明他的清白。

只是费点儿工夫而已。

所以他才会宁愿跟警察来派出所，也不想给她打电话。

他就想让她，心无旁骛地去参加比赛。

然后赢下来。

他的小姑娘注定是要发光的。


纪染气急，没想到他居然把自己的比赛看得比他自己还重要，怒道："你傻不傻，知不知道这多让人担心。"

初冬的清晨，天际还飘着毛毛细雨。

沈执安静地望着近在咫尺的纪染，嘴唇轻轻抿着，过了许久他突然说："纪染。"

纪染抬头，对面的人已经近到眼前，少年的双手迅速地握住她的肩膀，手指用力捏住，哪怕隔着厚实的衣服依旧能感觉到。

突然，他微垂着头，弯腰抱住了她。

纪染还没反应过来，像是触电般。

一瞬间，她的脸颊如同被染红，一直红到耳朵根儿。

可是对面的少年却还不打算放过她，他贴着她的耳边说："纪染，你现在是不是不怕我了？"

身上温热湿润的触感，似乎还残留着，可是耳边又是他带着热气的声音。清晨的街道四下寂静无人，唯有初冬的冷风轻轻拂过，却也浇不灭脸上滚烫的温度。

纪染想要往后退，但是她的肩膀被沈执轻轻按住。

于是她僵立在原地。

沈执垂眸望着她，似乎想要知道这个答案。刚才她说她担心，这句话一下叫他心底燃起了说不出的甜。

"染染。"他突然低声叫了一声，声音有点儿喑哑。

这是他第一次这么叫她，之前总是听闻浅夏这样叫她，很好听。

纪染被他这么一喊，像是彻底醒过来般。

她终于伸手推开面前的少年，有些着急又生气地说："你在干什么？"

算起来，沈执是第一个抱她的男生。

所以这种气恼尤为明显。

沈执沉默不语，盯着她看了许久，突然他轻声说："第一次啊！"

纪染快被他气死了，居然还敢开口问。

于是她愤怒之下，抬脚直接踢在沈执的小腿骨上，小姑娘穿着的马丁靴子，坚硬的质地着实厉害，一脚踢下去，沈执的腿骨钻心地疼。

他忍不住爆了句粗口，骂他自己的。

纪染转头就往后走，她就不该担心也不该这么好心，应该让他在派出所里多待几小时。反正警察找到那个全家便利店调出监控，他也会出来的。

她着急什么呀！

小姑娘穿着一件白色羽绒服，衣服后面的帽子上缀着一颗绒绒球，特别可爱，她走得快，此时小球球在半空中一弹一弹。

沈执追上去的时候，伸手一下抓住她帽子上的这个小毛球。

纪染被他一拽，身体顿住微微后倾，结果一下后背撞到身后人的胸口。

撞得不是特别厉害，就是一声闷响。

沈执低声说："打了人，你跑什么呀！"

纪染一双清透眸子里透着浓浓怒气，有点儿恼火说："我不是跑，我是不想搭理你。"

沈执被她这模样逗笑了。

直到他暗哑着声音说："我也是第一次。"

纪染一愣。

等意识到他说什么第一次的时候，脸颊上烧烫的热度再次升腾，红晕渐渐烧到耳朵根。

他有没有抱过别人，关她什么事啊！

纪染是真的恼极了，转身又想走，不过沈执早已有了准备，低声说："你现在回去肯定也睡不着了，我带你去吃早餐好不好？"

纪染不搭理他。

于是沈执抓住她的手腕，低声说："乖，听话。"

纪染被他这种无耻的行为彻底逗乐，可是好巧不巧，路边正好开过来一辆显示空车的出租车，他挥手招了招，出租车在路边停下来。

沈执直接拉着她上了车。

纪染无奈又不想跟他在大街上拉拉扯扯，于是只能乖乖上车。

沈执说了一个地址，司机点头直接开了过去。


一路上两人都没有说话。

到了地方，纪染发现也是一条挺普通的街道，两边都是各种各样的小吃店，五颜六色的店铺牌子，衬得这条街特别有烟火气息。

下车之后，沈执直接领着纪染到了一家叫"陈记小吃"的店里。

门口就是小店的厨房间，用玻璃隔出来的一个小小地方，里面摆着的圆形大锅上，整整齐齐摆着一整锅的锅贴，金黄色的外表看起来就香香脆脆。

隔着玻璃房就能闻到里面的香味。

别说，纪染真的饿了。

她一大清早起床就跑了一趟派出所，虽然知道没什么大事儿，可还是担惊受怕。这会儿放松下来，她有点儿饥肠辘辘的感觉。

谁知她刚舔了下嘴唇，突然肚子咕噜咕噜地响了起来。

还是那种站在她身边的沈执一下就能听到的巨大咕噜声。

她立即撇头看过去，沈执神色淡然，她咬牙说："你不许偷笑。"

本来沈执确实没想到笑，毕竟自己的小姑娘还是要给点儿面子，谁知她这么一说，沈执反而憋不住了。

他突然忍不住笑了起来，还对店主说："麻烦，五两锅贴，还有两份小馄饨。"

这里的锅贴分量很足，所以当老板把他点的锅贴端上来的时候，纪染看得有些怔住。直到她小声说："这个会不会太多了？"

"没事儿，你随便吃，剩下的我来解决。"

沈执将面前的一次性筷子掰开，递给她。

纪染犹豫了几秒钟，她每次都觉得事情发展得不太对劲，明明之前她还在生气，可是现在呢，她居然坐在他对面准备吃早餐。

纪染抬头朝他看了一眼，讨厌吗？

好像并不是那么讨厌。

正好老板把两份小馄饨也端了上来，沈执把勺子放在她的碗里时，抬头朝她看着，轻声问："试试看。"

他的声音低沉好听，像是被蛊惑了般，纪染乖乖地拿起勺子，舀了一勺馄饨放进嘴里。

入口便是极鲜香的味道。

等她又喝了一口汤之后，低声说："很好吃。"

沈执笑了起来，他低头也吃了起来，只是好久之后，他突然说："这是我第一次带人来。"

纪染心头微震，再也说不出话。


等两人吃完，准备离开的时候，纪染突然想起来问道："唐振鹏的事情到底是怎么回事？"

沈执摇了摇头。

其实他也并不知道，只知道警察一大清早来到他家里，要求沈执配合调查。因为唐振鹏昨晚回家的时候，被人袭击，据说伤势还特别严重，现在还在医院昏迷着。

纪染惊讶道："除了你之外，是不是还有人知道他做的事情？"

这个唐振鹏是老师和家长眼里的好学生，除了他做下的那些事情被人发现了伺机报复之外，纪染想不到还有什么理由会让他遇袭。

沈执声音很沉，低缓地说："常在河边走，怎么可能一直不出事。说不定除了夏青之外，他还对别人下手了。"

纪染点头，对，这个唐振鹏心理绝对不正常。

说实话以他的长相和成绩，真想诱惑喜欢他的小女生做些什么，也是可能的。但是他偏偏要用强的，说不定他心底就是喜欢这种强制的感觉。

只不过这种事情，可是犯法的。

说不定真的是他又对别人下手，但是对方没有选择报警，而是直接报复他。

沈执伸手在她头顶轻轻摸了下，低声说："别想了，他的事情有警察来考虑，你专心今天的比赛好了。"

说到比赛，纪染总算是想起来了。

此时8点多了，离比赛还有一个多小时，于是沈执又打车领着她一起去了比赛的场地，市中心的体育场。

他们到的时候，门口已经有很多家长陪着孩子一起来比赛。

今天是高中生级别的比赛，也有老师直接带队过来的。这次四中的带队老师是许老师，纪染到了体育馆的时候就要去找许老师他们。

她离开的时候，朝沈执看了一眼，低声说："你要是觉得比赛很无聊，可以先走的。"

"不会，我还要等着你拿冠军呢！"沈执浅笑地望着她。

纪染笑了下，明眸善睐那样清纯动人，她挥挥手跟沈执再见，直接转身离开。


到了比赛开始的时间，主办方在开始之前，就提前跟观赛的观众说清楚，因为场地里的选手们需要安静的比赛时间，因此他们观看的时候，必须安静、安静再安静。

比赛是在羽毛球场举行的，中间摆着一个又一个桌椅，整整齐齐。

此时选手已经各自坐好，而观众是在四周的看台上坐着，这里面不只是学生的家长，还有不少是市里的数独爱好者。

比赛开始之后，看台上很安静。

沈执的眼睛始终看着场地里的少女，她穿着白色羽绒服在参赛选手里格外显眼。今天因为不是上学时间，她长发垂下柔顺地搭在肩头。

当她浅浅低头时，头发顺着肩膀滑落了下来，随后她伸手轻轻地将黑发挑起夹在耳后。

少女的动作自然而随意，偏偏落在沈执的心底却那样可爱。

比赛场地的正前方竖着一个巨大的计时器，红色的时间数字有种触目惊心的感觉。直到场地里突然一个女孩高高举起手掌，裁判走到她身边。

随后在裁判的示意下，女孩缓缓站了起来。

本来安静的周围一下哗然起来。

"这个小女孩是放弃了吗？"有个人奇怪地说道。

"不可能吧，应该是答完了吧！"

"怎么会，这才多长时间，半小时就能写完？"

"真的，你看裁判收了她的卷子。这个答题速度，得是数独天才吧！"

"别看小姑娘年纪小，这种天才少女其实才最厉害。"

周围议论纷纷，所有人都在讨论提早交卷的白衣少女，只有沈执微微轻笑，她一直都是天才，可是她也从来都很努力。

在他们都看不见的地方，她一直那么努力。

因为他亲眼见过，小小的姑娘是如何坚持下来的。


过了千禧年之后，各种奇怪的辅导班层出不穷。只有九岁的纪染已经学习数独三年，她很喜欢这种数字游戏。

对于她来说，这并不是枯燥的训练，而是游戏。

只不过今年她从本来的辅导班，换到这个少年宫，这里有市里最好的数独小选手，大家在一起训练有助于提高。

"你们看什么呢，马上老师要来了。"纪染身边的小女孩问道。

此时班里有两个小男孩正趴在窗子上看热闹，直到有个男生说："外面有个小孩在捡垃圾。刚才徐乐跟我打赌，说他把喝剩的半罐可乐扔了，那个捡垃圾的会不会喝。"

"你们好无聊呀！"小女孩笑嘻嘻地说。

纪染朝他们看了一眼，眼睛随意地落在街道上。果然路边有个小男孩，年纪看起来跟他们一样大，此时他正弯腰把那个可乐罐子捡起来。

随后他轻轻晃了一下，里面剩下的可乐还不少呢！

纪染本来应该继续把习题册上的数独题完成，可是她也像被吸引了一样，盯着那个小男孩看着。

随后小男孩安静地把罐子里的可乐倒掉，把罐子踩得扁扁的，放在他随身提着的大袋子里。

"切，人家才不稀罕你们的臭可乐呢！"纪染同桌开心地说。

周家奇气恼道："他不稀罕可乐，干吗还捡我们的可乐罐子。"

徐乐也点头："就是个捡垃圾的，他肯定很臭，天天跟垃圾待在一起。"

纪染有点儿烦，因为她觉得他们废话太多，于是小姑娘板着脸说："你们再说话，等到待会儿刘老师来的时候，我一定会如实告诉他的。"

刘老师特别凶，数独班的小孩子们都怕他。

他只喜欢纪染，因为纪染是全班最厉害的学生。

数独课到了下午4点就下课，每天家里的司机都会过来接她。于是纪染提前走到门口，准备等司机。

没想到她刚到门口，就听到一个大人在骂道："你怎么回事，把垃圾车放在这里，把我的车都撞坏。我告诉你，最少要赔五百。"

"真是晦气。"

纪染顺势看过去，是一个男人正在为难打扫卫生的环卫工奶奶，那个奶奶看起来年纪特别大，因为头发都白透了。

只见她坐在路边，看起来特别虚弱的模样。

男人又继续指着她骂道："我告诉你，别以为你装就能逃过去，老太婆，你给我站起来。"

突然，从旁边冲出来一个小男孩，话也不说，抢起手里的袋子就冲着男人砸了过去。

男人刚开始被砸了一下，没避开，等回头看见只是一个小孩子，登时恼羞成怒，抓着袋子就把男孩拎了过来。

"你居然敢打我，我今天要教训你这个有妈生没妈养的东西。"

男人没想到自己顺嘴骂的一句话，居然让小男孩愤怒地反抗了起来。不过才八九岁的小男孩，像是狂怒的小狮子疯狂地打着男人。

他嘴里低吼道："不许欺负我外婆，不许。"

他拼命保护他外婆的模样，叫纪染看得有点儿愣住，他怎么那么厉害，居然敢跟一个大人打架呀！

眼看着男人也要发怒，纪染不知为何冲了上去，她大声喊道："你松开他。"

"滚开，我今天要教训这个小东西。"

"你要是不松开他，我就叫警察叔叔来抓你。"纪染大声喊道。

结果男人丝毫不把她的话当回事，正好纪染瞥见自家的车子到了，于是小姑娘扯着嗓子大喊："韩叔叔，快来，有人要打我，你快来救我呀！"

小姑娘嫩生生的嗓子嚷嚷起来，也是不小。

没一会儿从不远处的轿车里下来的男人冲了过来，跑到这边，紧张道："小姐，怎么了？"

纪染指着男人就说："他骂我，还要打我。"

"你这小孩别诬陷人啊！"男人一见来了个成年男人，而且对方还开着那么豪华的汽车，看起来这是个有钱人家的小孩。

纪染眨巴着大眼睛，噘着嘴说："他说有妈生，没妈养。"

韩司机一听这话，登时来了火气，自家小姐平时家教严，谁敢当着她的面儿胡说八道。要不是这个男人真的骂了她，她一个小孩子怎么可能知道这种话。

于是司机立即上前，他见男人还抓着那个小男孩没松手，立即说道："我说你这个大男人怎么回事，欺负小孩子是吧！"

纪染见状，又说："他还骑车把这个奶奶撞倒了呢！"

"你这人要不要脸了，欺负小孩子，还撞伤人，行，你别走了，等我报警，让警察好好跟你说说。"

男人登时急了，他推开韩司机，骑着自己的小摩托，居然一溜烟就跑了。

纪染冲着他的背影做了个鬼脸。

哼，胆小鬼。

等她回头就看见小男孩已经跑过去，低头跟那个环卫奶奶说话。纪染慢慢走过去，她见奶奶的脸色苍白，低声问："奶奶怎么了呀？"

小男孩朝她看了一眼，没有说话，只是把一旁的布包打开，把里面的水瓶拿出来。

瓶子是那种街头一元钱的矿泉水的瓶子，而且瓶子的形状变得有点儿奇怪。

看起来应该是倒了开水在里面被烫缩起来的。

小男孩小心翼翼地喂他奶奶喝水，老奶奶喝了几口之后，看起来脸色好了不少。只是这瓶水本来只有一点点，老奶奶又喝了一口，可是水没了。

此时小男孩终于开口说话了，他说："外婆，你等等，我去借水。"

"我，我有。"纪染见他起身，似乎要去邻街的店里借水，立即说道。

她把自己的书包取了下来，旁边的袋子里装着一只精致的水杯，是她妈妈在香港的迪士尼乐园给她买的维尼小熊水杯。

纪染特别喜欢，平时都不许人碰。

她将水杯轻轻拧开，递过去，黑白分明的大眼睛巴巴地看着小男孩，声音甜软地说："我有水，你喂奶奶喝吧！"

一旁的韩司机有些犹豫，小姐的东西在家里就没人能碰的。

可是到底还是没出声阻止，毕竟老太太看起来情况确实不太好。

老太太又喝了几口水之后，纪染又拉开书包的拉链，从里面拿出一块进口巧克力。她递给小男孩，小声说："奶奶吃点儿这个，应该会舒服点的。"

因为她刚才好像听见老奶奶肚子咕噜咕噜的声音。

果然，等半块巧克力吃完之后，老奶奶脸色好了很多。

"谢谢你，小姑娘！"老奶奶歉意地望着她，刚才幸亏她冲出来护着小景，要不然这孩子非得受委屈不可。

纪染立即摇头："不用谢，奶奶。"

此时韩司机低声说："小姐，既然老奶奶没事了，咱们也回家吧！"

纪染还想说什么，可是韩司机已经过来牵住她的小手。于是她只能跟着慢慢离开，可走了几步，她又回头看了那个小男孩一眼。

他眼睛好漂亮呀！

可是他为什么都不跟自己说话啊！


第二天到了少年宫，纪染先朝马路上看了几眼，结果并没有看到那个老奶奶，也没看见小男孩。

她有些失望，其实她也不知道自己为什么想见他。

就是觉得他很厉害吧，而且话很少，不像这个年纪的其他男孩那样，话多得烦人。

而且，他还……还长得那么好看。

老师很快来了，小姑娘坐得笔直笔直，开始认真听课。

可是不经意间，她的眼睛瞥向外面。

一直到下课的时候，纪染正低头在收拾东西，旁边话多的周家奇和徐乐又在嬉笑，突然周家奇指着外面说："那个小垃圾又来了哎！"

纪染眼睛一亮，立即朝外面看过去。

真的是他啊！

于是她赶紧收拾好东西，背上书包往外走，等到了外面的时候，她就看见小男孩正在打扫卫生。

她轻手轻脚地走过去，小声喊道："喂。"

小男孩安静地回头，那双漂亮得跟黑曜石似的眼睛沉静地望着她，纪染突然被看得有些害羞。

她说："你外婆呢？"

小男孩抿嘴，看起来并不想回答这个问题。

纪染有点儿委屈，不知道他为什么不跟自己说话啊！

直到身后突然响起一个讨厌的声音说："染染，你怎么能跟这个捡垃圾的说话，他好脏的。"

周家奇站在身后，特别不开心地说道。数独班的小男孩们都喜欢纪染，因为她不仅是长得最好看的那个女孩子，天天坐小轿车来上课，而且她还特别聪明，没人比她解题更快。

她就是整个班级里小男孩们暗暗关注的女孩子。

此刻周家奇见她居然愿意跟一个捡垃圾的男孩说话，登时就觉得特别生气。

周家奇见纪染转头，立即说："他天天捡垃圾，肯定很脏的，你怎么不嫌弃他啊！"

小孩子的恶意从来就是这么直接而又明了，哪怕是当着对方的面儿也能说出这样的话。对面的小男孩果然嘴唇抿得更紧，一张白皙的小脸绷得紧紧的。

纪染朝周家奇看了一眼，觉得很生气："你长得这么丑话又这么多，我不是也没嫌弃你呢！"

小姑娘有些小骄蛮的模样，一下让身后的小男孩愣住，随后他的小脸上露出笑容。

其实他也想跟她说话，但是他怕她像那些嫌弃他的人一样。

可是她没有。

她还替他说话呢！

周家奇没想到自己会听到这样的话，这还叫不嫌弃吗？

于是小孩子脆弱的心灵受到了打击，他居然捂着眼睛转身跑了。

等他离开之后，纪染转身看着身后的人，轻声说："你别搭理他，他就是话多又讨厌。"

"我叫原景。"小男孩轻声说。


原景。

沈执突然轻嘲地笑了一声，他有多少年没想起这个名字了，以至于差点儿都快忘了他还叫过这个名字。

他曾经还是一个在街头捡垃圾补贴家用的小男孩。

当他抬头望着对面的白衣少女慢慢走过来时，沈执突然眼眶微涩。

染染，你忘记原景也很好。

最起码就让现在的沈执在你心目中，始终是一个骄傲又轻狂的少年。

纪染望着还在发呆的沈执，忍不住伸手在他眼前轻轻晃了下，终于男神的眼睑微动，轻轻掀起，黑眸重新聚敛神采朝她看了过来。

"我比完了。"纪染歪头，语气虽然是淡然，却也透着一股子说不出高兴的口吻。

因为她是全场第一个交卷子的，不出意外她也会是第一。

虽然这次初赛只是小试牛刀，可是到底很久没有参加数独比赛，纪染还挺兴奋的，就连比赛的时候，那股子打心底的兴奋就没消停。

沈执望着她微抬起头，有点儿嚣张的小模样，被逗乐了。

他伸手在纪染的头顶轻摸了几下，笑道："真厉害。"

纪染突然朝他轻瞪了一眼，低声嘀咕说："我发现你怎么这么喜欢摸我的头，以后不许这样。"

她的声线偏甜软，又是少女的腔调，哪怕就是抱怨听起来也跟撒娇似的。

沈执又是一笑。

纪染低声说："许老师说比完赛不许提前离开，还要在这里等别人。"

本来她的意思是让沈执先走，谁知他点头："我陪你一起。"

"要不你先回去吧……"纪染欲言又止。

沈执一下看懂她的心思，他低声问："你是怕被人看见你跟我在一起？"

纪染抬头朝他看着，少年清俊的眉眼渐渐敛起刚才的笑意，眼底是越发冰冷，渐渐竟是呈寒之势，冷得人心底发颤。

沈执低声说："哪怕是到了现在，你还是怕被人看见跟我在一起？还是觉得我压根不配跟你站在一起？"

还是嫌弃我这样的人对吗？

纪染张了张嘴，可是最终她还是选择了沉默。冷风从身边刮过，比这寒冬更冰冷的是两人之间的气氛。

嫌弃吗？

最终沈执低声缓缓说："我先走了。"

他往场馆外走了过去，纪染站在原地望着他的背影越来越远，眼底各种情绪像是化不开般，就连她的心底也是，蒙着一层又浓又厚实的白烟。

她看不清楚自己心底最真实的想法。

沈执走到场馆外面的时候，正好碰到刚从赛场里出来的薛以柔。

薛以柔没想到会在这里碰见沈执，脸上登时闪过惊喜，她挡住他的去路，低声说："沈执，你怎么会在这里？"

沈执没搭理她，而是直接绕过她离开。

薛以柔咬了咬唇，哪怕沈执已经表现了对她这么明显的不喜欢，她还是不甘心。

年少时遇到的喜欢的人，喜欢或许只是一瞬间的事情。

可是放弃却需要很久很久。

最起码现在，薛以柔还是不想放弃。

她跟在沈执的身后，低声说："你跟唐振鹏的事情，我相信你绝对不是那种随便打人的人，肯定是因为他做了什么吧？"

沈执听到这句话的时候，突然顿住脚步。

薛以柔还以为他是被自己的话安慰到，立即面带喜色，正欲再开口。

可是她听到沈执冰冷的声音说："你知道我打他的理由？"

薛以柔微怔，轻轻摇头。

她不知道。

沈执冷笑："我只是看他不爽而已。"

这话显然是在打脸薛以柔为他找的理由，于是她脸颊爆红，羞得面红耳赤。很快，沈执阔步离开，只留下薛以柔在原地，脸色红红白白。


薛以柔在冷风里站了一会儿之后，准备回体育馆，刚走了几步，正好跟纪染撞上。

电光石火间，薛以柔突然知道沈执为什么会出现在这里。

不是意外，他是来看纪染的。

于是她眼睛直勾勾地盯着纪染，有憎恶还有说不出的嫉妒。

两人在数独队的时候就不对付，纪染算是凭借超过薛以柔的实力进入的数独队。不过这件事也怪不得纪染，因为事情是薛以柔挑起来的。

此时周围无人，薛以柔便把她那股子蛮横的劲儿，全都使了出来。

反正别人看不见，她也不用维护自己的形象。

她朝纪染睨了一眼，阴阳怪气地说："原来沈执是你勾搭过来的，你可真够厉害的。"

纪染刚跟沈执有个不大不小的争吵，心底本来气也不算顺，结果走到门口，上来就被薛以柔一顿怼。

怎么，她看起来就这么好欺负？

纪染淡淡朝她扫了一眼："我的厉害你不是早应该知道了，是觉得当我的手下败将还不够过瘾？"

"你！"

纪染丝毫没把薛以柔放在眼中，低声冷笑，压着声音说："你最好趁我现在还能好好跟你说话的时候闭嘴，要不然，我会让你输得比上一次还要悲惨。"

薛以柔一贯以"白莲"本质获胜，况且之前她真的没遇到对手。

长得好看的没她成绩好，成绩比她好的没她长得漂亮，自然而然，她就成了所谓的全能美少女，从初中到高中她从来都是无往不利的。

可是她不知道的是，纪染是天之骄女，是王座上的那颗最珍贵的明珠，她从小到大一路都是最闪耀的存在。

对于薛以柔这种"小白莲"，她以前都不会低头看一眼。

薛以柔还处于震惊的过程中时，纪染伸手直接将她推开，冷声说："你挡住我的路了。"

她一路走出体育馆，其实她也不知道自己出来干吗，外面挺冷的。刚才她比赛的时候，其实手就特别冷，哪怕心底是处于兴奋的状态。

但是手掌还是微微有些冻僵。

不过她也不想再回体育馆看见薛以柔那张脸，她就站在外面的花坛边上，垂着头开始用自己的脚量着地上的地砖长度。

前脚跟紧紧地贴着后脚尖，一步一步地量着。

就在她拼命搓着手掌，想把快要冻僵的手指尖搓暖和的时候，突然旁边伸出一只手，直接将她的手掌拽了过来，然后一个热乎乎的东西被放在她的手心。

滚烫的热度传递到她手掌心时，她心底几乎跟着喟叹一声。

她抬头看过去，沈执就站在她身边，而她手心里是他刚塞过来的暖宝宝。

沈执脸上透着无奈："既然这么冷，干吗还在这里傻站着。"

纪染没想到他没有离开，下一秒沈执从口袋里拿出两只手套，竟是直接贴在她的脸颊上，暖得她心尖都颤了下。

"你怎么还……"可是说到一半的时候，纪染又闭嘴了。

沈执反而笑着问："怎么不继续说了。"

纪染朝他瞪了一眼，低声说："还不就是怕有些人脾气太大，连一句话都没听完，就又走了。"

沈执安静地望着她。

纪染别别扭扭地把这句话说完，终于她心底轻松了起来。

刚才沈执说她让他先走，是怕别人看见他跟她在一起，她不否认她是有这个想法。可是并不是他说的自己嫌弃他那个理由，她只是怕别人误会他们在谈恋爱。

甚至，连她自己都不知道该怎么解释的那种误会。

"你嫌弃我吗？"沈执低声问她。

小姑娘抬头望着他，眼神澄清而又坚定："我从来没有。"

哪怕一开始决定远离他，也并不是因为他所谓的恶名。只是因为之前两人的纠葛而已，她不想让两人之间牵扯更深。

可是越想要远离，反而让彼此走得越来越近。

近到她现在哪怕用尽全部力气，也快要推不开他了，推不开他的靠近。

沈执点头，低声轻笑："我信。"

其实从一开始，他就知道她不会的，哪怕他曾经经历过那样的生活，她也从不曾嫌弃过。那个在街边跟垃圾为伍的男孩，她都用力站在他面前保护过他。

沈执到家的时候，刚在沙发上躺下，突然手机响了起来。

等他看见手机上面的电话号码的时候，微眯着眼睛，不过他没有接通电话，而是任由手机一直振动。

哪怕这个电话号码他从来没有保存过，可是他也从来没有忘记过。

这是程荟的电话。

沈纪明的老婆。

对于程荟这个人，在沈执眼底她从来只有这个身份，他跟她不过是因为沈纪明才会凑在一个屋檐下。

不过自从他上了高中之后，再也不愿意在家里住着。

沈家老爷子是真的喜欢他，居然也没反对，大手一挥给了他一套这边的房子，面积不算大，但是一个人住却也足够。

况且这个小区地段好，当初老爷子给房子时，沈家其他两房颇有怨言，话里话外都说老爷子偏心。

沈老爷子何等人物，小惩大诫之后，再也没人敢有怨言。

只不过沈家现在谁都知道，沈执这个半路回来的孙子反而是最得老爷子青眼，把沈家其他两房的孙辈儿都比了下去。

就因为这个，沈纪明对他也格外纵容。

连程荟这边，沈纪明也有意识地管束着，她轻易是不会来烦沈执的。

可是今天程荟的电话一个接一个，有点儿烦人。

最后沈执直接把手机关机。

周一上学的时候，唐振鹏的事情还是被传开了。他住院的那间医院正好有四中学生的父母，知道唐振鹏是学生，于是家长就叮嘱了自家孩子几句，让晚自习下课的时候小心点儿。

要不然这么被人蒙头一棍子，打得脑震荡不说，肋骨都打断了几根。

这是下了死手的。

因此这件事在全校又引起了一阵议论，之前沈执在学校里打唐振鹏的事情，大家都知道，但是谁都没想到唐振鹏会在晚自习后回家时横遭毒手。

一时又是议论纷纷。

连（8）班的其他学生看沈执的眼神都变了。

夏江鸣无语地望着战战兢兢的小组长，周末老师布置的作业，周一早上要全部收好拿到办公室那边去，只是这位英语小组长半天不敢过来，一副生怕惨遭沈执毒手的模样。

夏江鸣彻底乐了："你有脑子没？这事儿要是执哥做的，他现在能坐在这里？还不早被警察关进去了，还让你们一个个在这儿看戏。"

这话……好像说得也很对。

一旁的纪染轻笑了一声，把自己面前的试卷整理了下，又直接把沈执面前的卷子拿了起来。

终于英语小组长过来收卷子了，她小声解释说："我不是这个意思。"

沈执都没抬头看她一眼。

倒是教室里怪异的气氛退散了不少，纪染撇头朝沈执看了一眼，居然语气轻松地说："看来在同学们的渲染下，你的恶名又更加厉害了呀！"

她难得跟沈执这么开玩笑。要是别的事情，估计她也不会管，可她就是不想让他一个人承受着。

明明真正的恶人并不是他，而是别人。

被误会的那个人却一直是他，背后的诋毁还有议论纷纷。

想想都叫人觉得不爽。

突然沈执抬头朝她看了过来，低声问："那你怕不怕我？"

纪染轻笑着望向他，突然黑亮的大眼睛轻眨，眼睫毛颤了起来："不怕。"

"那一直跟我坐同桌好不好，别人都怕我。"

纪染一愣，她怎么觉得自己好像被人下套了……

"纪染，行不行？"少年又执拗地问了一句，仿佛想要得到她的答案。

早自习的上课铃声已经响起，教室里琅琅读书声渐渐起来，在这样纷杂又吵嚷的读书声里，沈执突然听到少女轻软好听的声音。

"好呀！"

中午放学的时候，闻浅夏立即拉着纪染往校外走，她笑着说："今天我请你去天空之境吃意面吧！"

纪染望着她笑道："你捡钱了？"

闻浅夏家境小康，父母每个月给的零花钱跟普通高中生差不多，吃吃路边小店倒是足够，但是要想去天空之境消费，却是有点儿不够的。

闻浅夏低声说："不是，只是今天是我生日。"

纪染眨了眨眼睛，立即说："你为什么不早点儿跟我说，我都没给你准备礼物。"

"小生日啦，我们一起吃饭就好了。"闻浅夏笑着说道。

于是两人一起往天空之境走了过去，这里离四中不算很远，几分钟就能走到。因为是中午，来玩的人并不算很多。

两人到了二楼的餐厅，闻浅夏望着门口放着的冰柜，低声问："你要吃冰激凌吗？"

上次徐一航的生日，她在这里一口气吃了四个冰激凌，不过都是夏江鸣请客。要不是她今天过生日，还真的舍不得来这里。

"我请你吃好不好？"纪染轻声说。

闻浅夏立即扬起眉毛："那怎么能行啊，我过生日怎么能让你请客。"

纪染笑了："就当是我给你的生日礼物。"

其实她心底打定主意周末的时候，出去逛街给闻浅夏挑一份正经的生日礼物。现在就是哄哄闻浅夏，让她同意自己买冰激凌。

闻浅夏还是犹豫。

"吃嘛！"纪染忍不住推了她一下，声音软乎乎地说。

闻浅夏猛地捂住自己的胸口，说道："真的，染染，你以后别随便撒娇，要不然我一个女生都受不了。"

纪染的声线特别甜软，开口就叫人心底融开的那种。

纪染被她夸张的反应逗笑，但是两个小姑娘还是没客气地点了四个冰激凌球。

两人都点了意面，没想到过了会儿，就看见沈执他们过来。

"你们两个今天怎么过来吃饭了？"夏江鸣看见她们特别惊喜，走在前头直接过来了。

纪染余光瞄到后头过来的少年，登时抿嘴，垂眸望着面前桌子上摆着的餐牌。

早上他说其他人都怕，让她一直跟他坐同桌。纪染觉得自己一定是被下了降头，才会说出那句"好呀"！

她怎么就会觉得，沈执很可怜，很需要被保护？

对于这个疯狂的念头，纪染到现在都没有想通。

闻浅夏小声说："我今天过生日，请染染过来吃饭。"

夏江鸣顺势在闻浅夏旁边坐，立即说道："小闻同学你也太不拿咱们当朋友了吧，你过生日居然只请染妹一个人吃饭啊！"

旁边的徐一航笑道："对呀，咱们也要吃。"

陈松一向话少，不过此时笑着冲纪染旁边的空位抬了抬下巴，说道："执哥，这位子咱们就不跟你抢了。"

这句话让周围几个男生都笑了。

就连闻浅夏都忍不住朝纪染和沈执看了看，显然两人之间的暗潮汹涌，真是瞒都瞒不住。

偏偏站在最后的少年，抬脚几步走上前，竟是大大方方地在纪染身边坐下。坐下后他才偏头朝身边的小姑娘看过去："你不介意吧？"

周围又是一阵笑声。

纪染没忍住，转头看着他，轻轻咬着牙："我说介意你就不坐了吗？"

"早上刚答应的事情，现在就不想认账了？"突然沈执好整以暇地望着她，说了这么一句。

这话跟挠心似的，其他人恨不得打听究竟是什么事儿。

纪染脸颊一阵红一阵白，她……她只答应跟他坐同桌，可是没答应什么地方都得跟他一起坐。


但是最后大家还是换了一张桌子坐下。

夏江鸣又跟服务员说："你们这边有蛋糕对吧？"

服务员惊讶，小声说："你要是需要的话，隔壁有家蛋糕店。"

"那行，帮我们买一个上来吧！"夏江鸣直接说道。

服务员问清楚了闻浅夏的名字之后，这才离开。

闻浅夏没想到夏江鸣这么热情，有些不好意思地说："让你破费。"

"没事儿，回头你再帮我写几次作业吧！"夏江鸣笑嘻嘻说道。

之前夏江鸣作业没写完，他来得又晚，连抄都来不及，于是闻浅夏帮他抄了几份英语试卷，反正都是 ABCD 的字母，英语老师也不可能看出来是谁的笔迹。

本来闻浅夏一颗少女心扑通扑通地跳跃着。

结果……

大家吃饭的时候，服务员买的蛋糕也来了，是在蛋糕店里买的那种六寸蛋糕，只有这种是现做现卖的。

但是哪怕是这样的蛋糕，也足以让闻浅夏面红耳赤，肉眼可见的感动模样。


沈执偏头又看了一眼身边的少女。

他对于生日的记忆并不算多，也没什么愉快的。

如果有的话，印象最深的便是跟她一起。

他出生时就是父不详的小孩，这种孩子打小就会受别人的白眼。况且他的母亲原笙从一个众人艳羡的名牌大学的大学生变成一个疯女人，也不过是一夕之间。

原笙小时候就很漂亮又聪明，打小她就是那个平民大院里的凤凰。所有人都知道原家这个女儿，是不会一辈子留在这么个破旧的地方。

而原笙上大学的那天，那条街上不少小伙子都失恋了。

却不想原笙大四的时候，突然回来了，还是大着个肚子。那之后，原家的凤凰比落地鸡还不如，所有街坊邻居都在背后指指点点，骂她不检点、不要脸，奚落她被人弄大肚子还被抛弃。

原景就是在这样的环境下成长，他出生时外公外婆年事已大了。

操劳了一辈子的夫妻俩，在女儿未婚生子的打击之下，如同一夜老了十岁一样。特别是后来原笙精神状态越来越不好，甚至出现疯疯癫癫的模样。

哪怕原景比一般的小孩要更加漂亮聪明，但是那条街的所有小孩都不愿意跟他玩。

提到他时，哪怕只是同龄的孩子也是一脸鄙夷。

为此原景不知道跟人打了多少次架。

他横，不怕疼，别人几个打他一个，他也跟个小狼崽子似的，把所有嘲笑他、侮辱他的人都打倒。

这样的小孩，也不会有人刻意给他过生日。

因为从他出生那一刻起，他就是他母亲刻在身上的耻辱，虽然原笙从来没这样认为过，但是所有人都把他看作原笙的罪孽。

所以哪怕到了九岁，他都没真正过过一次生日。


那时是冬天了，外婆的老寒腿越发严重，他到了周末的时候都会帮外婆一起去扫地。本来他对于做这些事情就已经很习惯。

可是自从认识她之后，他更期待周末的到来。

因为每个周末，他都能在少年宫看见她。

从夏天一直到冬天，他们一直都在少年宫见面。每次纪染下课的时候，都会出来找他玩，还给他带她自己的零食。

有时候是冷饮，有时候是国外带回来的糖果。

这天，原景像平常那样扫完地，安静地站在少年宫门口等着。谁知其他人出来了，她还是没出来。

有个男生见他一直站在那里，忍不住嘲讽说："你是不是还想等染染？我告诉你，今天是染染的生日，我们都会去参加她的生日宴会。你这个捡垃圾的，可不配。"

原来今天是她过生日，所以她才没上课。

小少年轻垂着头。

当时不过是九岁的小孩而已，怎么可能瞒得住自己的心思，可是这样的低落反而让那些数独班的男生越发得意。

"也不知道染染为什么一直跟他玩？"

"看他可怜呗！"

"不过染染还不是没请他来参加生日宴会，她压根才不在意他这个朋友呢！"

叽叽喳喳的嘲笑声，砸在原景的心底。


第二天再跟着外婆去打扫卫生时，他怎么都不愿意再去少年宫那边。

就连外婆都看出他的抗拒，低声问道："跟小染染吵架了？"

小少年抿着嘴巴，一言不发。

等打扫完卫生之后，他坐在路边开始看书，他成绩一直是全年级第一。因为他成绩好，学校一直减免他的学费。

只是外公和外婆还是需要赚钱养他，带原笙去看病。

原笙这些年来，时好时坏。

好的时候她会抱着原景，给他唱歌哄他睡觉。可是坏起来的时候，她会打人，六亲不认的那种打。

在他看书的时候，突然一双小手蒙住他的眼睛，随后一个刻意变粗的声音问："猜猜我是谁？"

小少年的心一下活了过来似的，就连本来牢牢抓在手里的书，都掉在地上。

可是他不说话，依旧紧紧抿着嘴巴。

他一向性子倔强，哪怕就是心底再高兴也不会轻易泄露情绪。因为他知道自己越是想要的东西，别人就越是想要破坏。

小时候他有个很喜欢的皮球玩具，那是原笙好的时候，带他去街上买的。

但那条街的小孩见他总是抱着那个皮球玩，竟用东西把皮球扎坏了。

至此，他明白了自己越是喜欢的，越要藏在心底，因为这样才会没人发现，没人偷偷去破坏。

他也才能一直一直喜欢着。

见他不说话，身后的小姑娘也生气了，她噘着小嘴儿，又问了一句："你要是猜不出来的话，我就走了。"

小姑娘也是小公主脾气。

她声音娇娇软软的，却还是带着那么点儿小性子。

终于原景开口了，他说："是染染。"

"对呀，是我啊！"小姑娘松开手掌，蹲在他旁边，一双大眼睛笑盈盈地望着他。

原景突然又想起昨天那些小孩子说的话，她过生日却没有邀请他。

是不是她也跟别人一样嫌弃他……

"你等一下哦！"小姑娘轻声说，然后把手里的袋子小心翼翼地拿下来，又把里面的小盒子拿来。直到她打开盒子，露出里面好看的蛋糕。

小姑娘低声说："小景，我昨天过生日了，你看我给你带蛋糕了。"

随后她有点儿不满说："之前我跟妈妈说过，想邀请你一起参加我的生日宴会。可是妈妈说今年已经提前邀请过了，不能再加人了。小景，你别生我的气，明年我一定请你参加我的生日宴会好不好？"

原来她想请他参加生日宴会的。

小少年心底突然乐开了花，连他自己都不知道，这朵花竟是一直盛开，再也未衰败过。

小姑娘双手捧到他面前，小声说："小景，你快尝尝蛋糕好不好吃。"

这块蛋糕是她让家里的保姆特地留下来的，她想让小景也尝尝她的生日蛋糕。

于是小少年轻轻拿过蛋糕，用小勺子挖了一口放在嘴巴里。那是他人生第一次吃蛋糕，他从来都不知道，这世上还有这么软这么甜的东西。

"好吃吗？"纪染眼巴巴地望着他。

似乎生怕从他嘴里说出一个不字。

直到原景点头，她终于笑了起来，下一秒原景手里的小勺子挖了一勺蛋糕，轻轻地递到她的嘴边。

"染染，你也吃。"

此时的小少年和小女孩还没有那样明确的分别，于是纪染轻轻吃了一口蛋糕。

等两人你一口我一口，把蛋糕吃完之后，纪染突然道："小景，你的生日是什么时候呀？"

这仿佛问到了原景痛楚的地方。

他有生日，但是没人给他过生日，所有人都好像忘记了他的生日。

其实他的生日跟纪染的很近，就差了一个月。

纪染见他不说话，于是歪着头凑近看着他："小景，你干吗不说话呀？"

于是原景小声说了他的生日，这也是第一次他告诉别人他的生日，因为这也是第一次别人主动问起。

纪染想了下，轻声说："那不是快到了？"

"我会给你准备生日礼物的。"


生日礼物……

突然原景想起来他也忘记了一件很重要的事情，他没有给纪染准备生日礼物。

于是那天回家之后，原景把他的储钱罐拿了出来。那是他存了很久很久的罐子，本来他是想等妈妈病好了，他跟妈妈一起去游乐园。

可现在，他想给染染买礼物。

到了第二个周末的时候，原景早早到了少年宫门口，他不时朝里面张望，手里拎着一个精致的小袋子。

终于等到了里面下课，穿着一身红色牛角扣大衣的小姑娘，一蹦一跳地从里面跑了出来。

但是她到了外面的时候，突然脚步顿了下来，而手掌背在身后，似乎藏起来什么东西。

"小景，"她走到原景面前，笑着说，"你先闭上眼睛。"

小少年听话地闭上眼睛，直到他听到对面的小姑娘说："好啦，你现在睁开吧！"

当他睁开的时候，就看见纪染怀里抱一个透明罐子，特别大特别大的那种，里面盛满了大白兔奶糖。

纪染看着他有些怔住的表情，特别得意自己的杰作，她轻声说："我小时候只有表现好的时候，妈妈才会奖励我一颗这个奶糖。"

"小景你那么好，我要给你一大罐奶糖。"

小女孩脸上的表情单纯而又真挚，她知道小景很好，虽然他们都说小景捡垃圾，可是她知道小景是为了他外婆才做这些事情的。

她知道，她认识的小景，是全天下最好的小男孩。

终于原景鼓足勇气，将手里的袋子递了过来："这是我给染染的生日礼物。"

纪染没想到自己居然也有礼物，当她从袋子里拿出盒子，打开看见里面的水晶球时，开心地叫了起来。

玻璃水晶球里面是一只粉白独角兽，头顶的独角是淡银色。

她仔细端详了许久，终于开心地说："这是我今年最喜欢的生日礼物。"

因为这是小景送的呀！


连沈执自己都觉得奇怪，为什么现在总是时时想起从前的事情。或许是因为她再次出现在他的生命中了吧，让他本以为暗淡的生活却一下又有了色彩。

哪怕纪染不再记得那个小男孩原景。

可是又有什么关系，只要他记得就行，他还喜欢着她就好。

纪染察觉到沈执一直盯着自己看，便偏头又朝他看了一眼。谁知他却冲她盘子里的蛋糕抬了抬下巴，低声问："怎么不吃？"

纪染被他这么一说，还真的乖乖拿起勺子，吃了一口蛋糕。

他们还在聊天的时候，突然餐厅进来几个人，特别是为首的男生看起来年纪也不是很大，但是一副气势汹汹戾气很足的模样。

终于对方环视了一圈餐厅，看到了这边的沈执。

他直接走了过来，因为身后跟着好几个人，所以一过来，这边就注意了。

"沈执，你到底想干吗？"男生站定后，就差指着沈执的鼻子。

不过沈执自己还没怎么样，夏江鸣不爽了起来，直接骂道："你谁呀？在这里狂叫？"

"沈执，你别报复我姑姑不成，就拿我们家的人下手，阿鹏有什么事情，我不会放过你的。"男生看起来挺生气的，说起话来的时候，都是嘎嘣脆。

阿鹏？

突然沈执明白了程荟一直给他打电话的意思，原来唐振鹏居然跟程家有亲戚关系，只是不知道有多亲近的亲戚关系了。

不过能让程深找过来，估计关系还挺近。

沈执觉得挺有意思的，这么一个变态，倒是挺多人替他打抱不平。

沈执终于朝他睨了一眼，淡声说："程深，你知道唐振鹏是个什么玩意儿吗？"

他还坐在椅子上，手臂轻轻搭在椅背上，依旧是那副慵懒疏离的模样，是完全没把人放在眼中的那股子疏淡。

自然，他也没把程深放在眼里。


当初他刚回沈家的时候，程深没少仗着自己是程荟亲侄子的身份欺负他。只不过沈执从来就是个偏脾气，程深欺负他，他就把程深揍一顿。

直到把他揍到再也不敢出现在自己面前。

不过距离他上一次打程深，还是挺久远的事情了吧！

程深没想到他这时候还在骂唐振鹏，这个唐振鹏还真的跟他亲戚关系很近，因为这是程深亲舅舅家的孩子。

本来按理说来，沈执跟程深也是表兄弟，只不过是完全没有血缘关系的。

况且别说是程荟，就连程家都把沈执看作眼中钉，毕竟这可是外面女人生的孩子。

程深恼火说："你别以为自己能逃得了，你在学校里就欺负阿鹏，现在还把他打住院……"

他话还没说完，沈执突然站了起来。他个子本就高，站起来之后更是比程深高了足足半个头。

沈执压着声音冷漠道："程深，你是不是平时没挨打？"

提到这件事，程深心底更加气恼。

于是程深口不择言说："你狂什么，你不就是个私……"

他嘴里的最后两个字还没说出口时，突然旁边一直坐着的小姑娘站了起来。

纪染几乎是在瞬间端起了她面前的盘子，直接对着程深那张脸，盖了过去。

盘子里的蛋糕不偏不倚，正好盖得他满脸都是，程深一张嘴，奶油就进了他的嘴里。

甜丝丝的味道瞬间在口腔里蔓延。

可是恼火和丢脸也在这一刻爆发。

但是他没想到，对方却没打算这么算了。


纪染站在沈执的旁边，她还嫌弃不够，居然还微微踏上前一步，护在他身前。她知道对方想要说什么，可是突然她就是不想听到。

就算是私生子又怎么样，出生并非他能选择，这不是他的错。

所以她毫不犹豫地开口："不管他是谁，都挡不住你嘴巴很臭。"

程深这时才注意到一旁的纪染，明明心底特别恼火，但是他看见小姑娘时，眼底还是闪过一丝不自然的惊艳。

小姑娘穿着一件红色牛角扣大衣，整个人看起来跟个洋娃娃一样精致，特别是那双水润的大眼睛，轻眨时如同盛满了星光。

"你谁呀？"饶是惊艳小姑娘的长相，可是当着这么多人被砸了蛋糕，程深还是恼火。

他忍不住往前走了一步，但是沈执一把将小姑娘的手腕轻轻拉住，挡在她身前。

沈执轻瞥了他一眼，还别说，程深这模样倒是比他平时那副高傲自大的样子有趣多了。连沈执都忍不住轻笑了起来，只不过他不笑还好，一笑轮到程深爆炸。

"沈执，你居然还有脸笑，阿鹏到现在还住在医院里呢！"

说着他再也忍不住，冲上来似乎想对沈执挥拳头。

程深是真的怵沈执，要不然也不至于被这么刺激之后才敢动手。等他抡起胳膊想要打人的时候，沈执一个箭步冲到他面前，程深居然怕到停手了。

然后沈执趁势直接拎着他衣服的前襟，压着声音说："你对唐振鹏的事情了解多少？你知道他干了什么吗？"

程深还想挣扎，可是沈执的手掌死死地抓住他的衣领，让他有种挣脱不了的感觉。

直到沈执狠狠松开他，程深往后退了好几步。

"我不是怕你也不是解释，唐振鹏的事情跟我无关，警察迟早会给你们答案。"

程深冷哼："你要不是心虚，为什么姑姑给你打电话，你不敢接？"

他嘴里的姑姑，自然是程荟。

沈执冷笑："我跟她有什么可说的吗？"

程深没想到他当着自己的面儿，提到程荟的时候，还敢这么嚣张，心底那股子气闷越发不能忍受。

他忍不住低声道："要不是我姑姑大度容纳了你，你以为你能安安稳稳地在沈家待着？你也不看看你妈……"


沈执如今能登堂入室，还不是都拜他姑姑的大度所赐。

这也是程深从前刚见到沈执时候，特别高傲的原因。

可是他也不想想，沈执之所以能回来，不是因为什么程荟大方，而是因为他是沈纪明的亲生儿子。

纪染站在身后闭了下眼睛，果然人要找死，别人拦都拦不住。

沈执出手的时候，劲道特别足。

程深连着往后退了好几步，勉强稳住身形没倒下去。

沈执上前拽着程深的衣服把人拉过来，脸上的表情冷厉而又漠然，直到他缓缓开口，声音特别低哑："我是不是说过，别惹我？"

说过，怎么会没说过，从沈执回沈家开始，程深就看他不爽。

因为大人们都说，沈家把他认回来是彻底打了姑姑的脸。可是程深没想到平常看起来安安静静的小男孩，狠起来的时候跟一头狼崽子似的。

程深打小就被他打怕了。

可是这会儿他心底那股子不服输的劲儿也上来了，哪怕脸色苍白，却还是看着一旁的纪染："你这么护着他，那你知不知道他妈是个神……"

这一次，纪染下意识伸手去拽沈执的手臂，因为她知道程深的这句话会再次惹恼沈执。

果不其然，沈执猛地拽住程深的衣服，又要抬手。

这会儿程深带来的那帮人跟刚反应过来似的，一个个上前想要把程深救回去。只不过他们一动，夏江鸣他们也不让了。

徐一航挺淡定地说："哥们，这是人家家务事，你们插手不太好吧！"

夏江鸣在一旁点头："对呀，咱们也不动手，让他们自己解决。"

自己解决？只怕是让沈执轻松解决掉程深吧！

程深之所以带着这么一帮人过来，不就是打骨子里怕了沈执。

沈执知道程深想跟纪染说什么话，所以他把程深拖过来的时候，整个人身上带着一股尖锐的戾气。

纪染这次是真的急了，直接抱住他的手臂喊道："沈执。"

沈执动作微顿，纪染立即说："这种人不值得你动手，因为不管他说什么，我都不会在乎。"

其实纪染已经猜到了沈执的身世，可她并不在意。

不管这个程深说什么，沈执依旧是沈执，并不会因为他的出身就改变什么。

沈执静默地望着她，突然眼睛又酸涩了起来。

他的身份是他从出生开始就背负着的原罪，小时候那些人嘲笑他奚落他，他便一个个地打回去。后来他回到沈家，所有人表面不说，可心底什么想法他都清楚。

他从来没有怪过他妈妈，可是这却是他的原罪，一辈子无法摆脱的原罪。

可是这一刻，他看见纪染清澈的眼睛，突然他有种释怀的感觉。那种被压在心底很多年很多年的事情，终于彻底被证实。

当他还是原景的时候，他从未跟纪染说过自己的身世。

因为他不敢赌，他不敢赌纪染会永远都用那种清澈柔软的眼睛看着他，会永远护着他。

可是很多年之后，在另外一座城市重逢的他们，终于让他知道了这个答案。

他的染染，永远都不会在意他的出生。

她亲口告诉他，她不会在乎的。

沈执终于松开程深，而此时程深的一张脸却是肉眼可见的苍白，他看得出来这姑娘跟沈执的关系不一般。

所以他才会故意这么说，他就是想破坏这两人之间的关系。

沈执凭什么被人这么护着，他这种身份，应该比阴沟里的老鼠还让人讨厌。

可他说得这么清楚明白，没想到这个姑娘居然一点儿都没动摇。

于是他面色僵硬地望着纪染："你真的一点儿都不在乎？"

纪染抓着沈执的手臂，她明显感觉到他浑身的肌肉因为对方的一句话而僵硬着，他还是在担心自己受程深的鼓惑。

原来看似冷漠的他，也有这么没有安全感的时候。

纪染突然勾了勾嘴角，轻声说："沈执就是沈执，不会因为他的父母是谁而改变。"

说完，她不想再跟程深多说什么，直接拉着沈执往外走。

一直到楼下，走出去很远之后，纪染突然停住脚步，一旁的沈执也跟着她停下。

纪染回头望着他："沈执，你以后别这么轻易跟别人动手了。"

不值得。

唐振鹏不值得，这个程深也不值得。特别是这个程深，他看似替唐振鹏出气，实际上就是冲着沈执来的。

"好。"沈执望着她，声音有那么点儿哑，从刚才开始他情绪就不对了。

就是那种眼睛时刻在泛酸的不对劲。

明明从很小的时候开始，已经知道她就是小太阳般耀眼又温暖的人。可是他行走在黑暗里太久，当太阳再次照在他身上温暖着他的时候，哪怕淡漠如他也有种克制不住的战栗。

染染，我等你太久了。

两人都没再说话，沉默地看着对方。

直到沈执轻轻上前一步，低声说："你……现在是不是在管我？"

纪染轻咬了下唇，正想要说话时。

"我只让我女朋友管的。"

他哑着声音，在她耳边开口说。

晚自习结束的时候，走读生从学校大门口鱼贯而出。不少家长都不太放心自己家孩子，都会开车在门口等着。

当然也有不少人自己坐公交车回家。

沈执跟在纪染身后慢悠悠走出来的时候，眼睛就瞥见学校门口停着的那辆豪车。

特别显眼，想装作看不见都不行的那种。

他倒是真的假装没看见，只不过很快驾驶座上的人下来了，司机推门下来，直接走到他跟前："执先生，夫人让您今晚回家一趟。"

不用想，肯定程深又回去告状了。

本来走在前面的纪染回头看了一眼，沈执笑了下，冲着她张嘴无声道：没事。

纪染抿嘴没多说什么，毕竟门口这么多人看着。司机过来拦住沈执的时候，已经让周围的学生不停地回头往这边看。

于是纪染顿了几秒之后，重新往对面的公交车站走了过去。

沈家住的别墅区离四中挺远的，这也是当初沈执非要选四中的原因，可以借着离家很远趁机搬出来。

程荟大概也是厌烦了跟他每天面对面，还要假装一副和蔼大度的模样，毫不犹豫地同意了。

到了家里的时候，还没进门就看见客厅里灯火辉煌，那个巨大又华丽的水晶吊灯散发着耀眼的光芒，照亮整个家。

沈家的装饰出自程荟这个女主人之手，极尽所能地奢华。

此刻她端着一个骨瓷茶杯，优雅端庄地坐在沙发上。

只不过一抬头看见不远处背着黑色书包的少年，哪怕心底做好了各种准备，还是忍不住抽痛了一下。

对，程荟结婚后一直未能怀孕。

哪怕是去做试管也不行，她倒是努力想要生自己的孩子，可是沈纪明本来跟她夫妻关系就不算太好，到了最后干脆不耐烦配合。

不想这时，沈纪明突然发现原笙生子的事情。

当初他跟原笙两人也算是郎才女貌，沈纪明追她的时候是真情实意又惊天动地，追得整个学校都知道，甚至不少女生都被他们的爱情故事感动。

只可惜富家子弟的浪漫爱情故事，最后总是逃不过家族的反对。

这个故事虽然俗透了，却从来经久不息，不管是电视剧里还是现实生活中总是比比皆是。

程荟就是那个跳出来的拦路虎，她找到了原笙告诉对方，自己即将和沈纪明结婚的消息。她知道沈纪明迟迟不跟原笙分手打的是什么主意，无非就是想要生米煮成熟饭之后，让原笙当自己的情人。

家里红旗不倒，外面彩旗飘飘。

可是程荟怎么能忍受自己的丈夫，还没结婚就这么打自己的脸。哪怕她才是那个仗着自己的家世，强行插足的第三者，她也没有丝毫愧疚之心。

她太清楚原笙这种姑娘的性子，清冷、孤傲又有着强烈的自尊心。果然原笙很快便消失不见了，沈纪明刚开始也确实特别难过。

可是时间一久，那个漂亮而又清冷的姑娘就被他抛之脑后。

程荟既得意又觉得讽刺，当初爱得死去活来的男人，如今又这般现实。

真真是讽刺。

她本来以为自己才是那个最大的赢家，笑到最后的人。可是命运确实太捉弄，她婚后迟迟未能有孩子，去检查之后才发现身体有巨大缺陷。

于是她不甘，她折腾，努力地想要生一个孩子。

结果最后，她不得不同意原笙生的孩子进入自己的家。这可真是荒唐又可笑。

程荟回过神时，已是习惯地皱起眉头，低声怒道："你到底想干吗？打了唐振鹏不够，还要对阿深动手。你是不是觉得自己仗着沈家就可以肆无忌惮？"

"程深没跟你说过，唐振鹏的事情跟我无关？"

沈执反倒很冷静。

程荟压根不想听他的解释，她把人叫回来，无非就是想要折辱他。于是她毫无忌惮地说："阿深是我侄子，你要是再敢对他动手，哪怕是你爸爸求情，我也不会放过你。"

说到这里，她突然轻笑了下，语气透着一股怨毒又痛快地说："我听说你妈犯病的时候，就会一直打你，你说你这个易暴易怒的性子，是不是像极了她？"

如果说唯一能让程荟痛快的事情，那就是原笙生病这件事。

不过她没想到沈执居然没像从前那样暴怒起来。

她忍不住微咬着牙，马上沈纪明就要回来了。她本来以为自己说的这番话会刺激他，让他像从前那样恼怒起来……

沈执冷漠地望着她，脑海里却不停回响着纪染说的那句话。

不值得，这些人都不值得。

他们都有病，所以他们想拉着他一起发疯，可是他有染染，他才不跟他们一起发疯呢！

终于沈执轻轻松开从刚才开始就一直死死握着的手。

手掌心里的指甲印，清晰可见。

他安静地望向程荟，突然笑了起来："你不配。"

你不配对我发火，你也不配让我发火。

## 第九章
## 当一个没有感情的学习机器

　　程荟没想到他会这么跟自己说话，当即气到连表面功夫都做不下去，站了起来望着沈执，怒斥道："你现在是在跟谁说话呢？你是不是觉得自己现在在沈家地位很稳固，可以不把我放在眼里？"

　　沈执淡淡朝她看了一眼，突然笑了起来："你在紧张什么？"

　　十七岁的少年声音清冷，漆黑的眸子里带着看透一切的淡然，突然程荟身体轻轻颤抖了下，仿佛沈执这句话把她最害怕的事情问了出来。

　　她在紧张什么？

　　沈执微垂着眸望着面前的女人，突然她没了从前那种让他心怯的情绪了。其实沈执也并不是从小开始就这么强大，他回沈家的时候已经十岁。

　　那时候原笙的情况特别不好，沈纪明又来势汹汹要孩子，最后还是沈执自己站了出来。

　　他告诉沈纪明，只要他带妈妈去看医生，安排好外公外婆的生活，他就愿意跟沈纪明走。

　　十岁的小少年已经很有主见，一切都是他衡量选择，反而长辈们都得听他的。

　　对于原家来说最困难的就是没有钱，但这对于沈纪明却没有丝毫难度。他给原笙请了最好的精神科医生，安排她入住最好的医院。

　　就连沈执的外公外婆都住进了他们一辈子都想象不到的大房子里。

　　可是谁都忘记他才十岁，第一次离开熟悉的环境，进入一个充满敌意的家庭。

程荟怎么可能善待他，虽然没有虐待他，可是一个冰冷的眼神、带刺的话语，足够让他一个十岁的小少年陷入那种不安当中。

以至于他渐渐浑身竖起刺，逐渐成了如今的性格。

但是突然沈执发现，程荟不再可怕，相反她挺可怜的。

因为她比自己还要害怕失去现在的一切，如果她不是沈夫人的话，那么她就什么都不是。程家这几年的企业每况愈下，要不是沈家强行续命，只怕早就申请破产。

如今也不过是在苟延残喘罢了。

程荟恨道：“你当真以为自己坐稳了在沈家的位置？我告诉你沈执，你妈二十多岁就发疯，你小心步她的后尘。”

“你闭嘴。”沈执终于还是起了怒意。

他笔直地望向程荟，冷漠道：“你究竟怎么跟沈纪明结婚的，你自己心里清楚。”

“我妈妈没有对不起你们任何一个，所以你下次再敢提她，我不会手软的。”

少年的声音那样阴冷，像是针扎在了程荟的心底。

“你，你简直是……”程荟没想到当年那个初入沈家处处看她眼色的小小少年，如今已变得这么强大，让她也不得不胆怯。

沈执本来就不愿回家，要不是因为程深的事情，他今天也不会来。

所以说完这些话之后，他转身往门口走。

只不过他还没走到门口的时候，大门被推开，准备进来的沈纪明看见他，脸上闪过一丝惊讶：“阿执，你怎么回来了？”

“麻烦让你老婆以后不要随便派司机去学校找我。”沈执冷漠道。

沈纪明皱眉，朝身后客厅里的程荟看了一眼，无奈说：“你阿姨也是关心你。”

“到底是什么居心，你还是问问她比较好。”沈执觉得这话听起来太可笑，程荟如果关心他，那么只是关心他什么时候死。

沈纪明朝程荟看了一眼，问道：“你又怎么了？”

程荟没想到沈纪明问也不问，居然直接帮沈执说话，拔高声音说：“我怎么了？你问问你儿子他把阿深打成什么样子，我告诉你，阿深父母要是去报警的话，他等着吃牢饭吧！"

沈纪明一听笑了，他有点儿不悦地说："程深那小子什么德行，你以为我不知道？他要是不上门挑衅，阿执会去打他？"

虽然沈纪明对沈执这几年的表现也不满意，可到底是自己的儿子。

况且他也了解程深的性格，打小就爱找沈执的麻烦。之前有一次还被沈纪明撞见过，虽然后来沈执把他教训得挺惨，但是沈纪明明面上批评沈执，心底挺痛快。

所以这会儿他屁股直接就是歪的。

程荟被他这话说得也气笑了，直接说道："本来我还想劝我哥和我嫂子算了，毕竟是自己家孩子打架。你要是这样的话，我就让他们去报警，让警察来管管。"

对于程荟这种威胁的话，沈纪明压根没放在心底。

他朝程荟瞥了一眼，轻声说："程荟，我劝你把你那点儿小心思收起来。你要是非这么无理取闹，那么海岸城项目的事情，我也会重新考虑一下。"

程家的公司现在苦苦支撑，急需要一个项目来缓和公司的状况。本来沈纪明也觉得，反正都是合作伙伴，自己的大舅哥还比较靠谱，能拉一把是一把。

结果程荟今天居然拿报警吓唬他。

果然此话一出，程荟脸色瞬间僵硬，死死盯着沈纪明。

沈纪明倒也不想把两人之间弄得这么僵，淡声说："你让程深老实点儿，别总是惹阿执。"

沈执早就不耐烦听他们两人继续闲扯，直接开门离开。

程荟望着大门，冷笑道："你这么维护他，不过你儿子看起来可不领你的情。"

"那又怎么样，反正他可是我亲生的。"沈纪明不在意地说道。

果然这句话又让程荟心底一痛，没有孩子这件事是程荟这辈子都无法释怀的事情，哪怕如今她已经四十多岁，都还是放不下。

沈纪明说这话倒不是为了刺激她，可是程荟还是猛地抬头，怨恨地朝他看了一眼。

这时沈纪明才察觉他说的话不对劲。

他有些尴尬道"阿执这孩子，你别看他面冷，其实你要是真心待他……"

"那是原笙的儿子,我就算这辈子没孩子,我也不可能把他当成是自己的孩子。"程荟恨道。

见她还是这样,沈纪明看了她一眼:"随便你吧!"

说完,他上楼回了自己的房间,他跟程荟很早之前就分房睡了。

不过他走到楼梯跟前的时候,程荟转身望着他:"怎么你居然还舍得回来。"

沈纪明慢悠悠地回过头,朝程荟看过去,表情透着一股子似笑非笑的劲儿:"程荟,你这样就没意思了。"

"沈纪明,我是能容忍你的儿子,但是你要是一直这么打我的脸,我可就没那么好说话。"

如今没有旁人在,两人干脆也不再假扮什么恩爱夫妻,干脆把该说的不该说的都撕开。

哪怕程荟一百遍地告诉自己,当初她强行介入原笙和沈纪明之间的事情并没有错。可是如今这一地鸡毛的婚姻,还是狠狠地打了她自己的脸。

哪怕她在人前永远是光鲜又富贵的沈太太,可这背后的心酸却藏也藏不住。


沈执并不知道他们之后吵架的内容,他从家里离开之后,在路边打了一辆车,直接回自己住的地方。

等到了家里,他进了书房把书包放下。

这间书房平时都是关着,等他打开灯的时候,光线如水银泻地般洒落在书房里的每个角落,靠窗墙壁上摆着的一整个书柜,上面全都是各种参考资料。

如果有人翻开这些参考资料的话,会发现上面的很多书并不是一尘不染地干净,反而是被翻过很多次。

沈执打小就比一般小孩聪明。

而且别的孩子好动又坐不住的时候,他可以一个人安静坐在那里半天。上学之后,这种不一样就显得更加突出。

哪怕小学时女生的成绩多半会好过男孩。

可是他依旧是整个年级里的第一,哪怕是那些奥数题目,他也可以轻松地解答出来。

直到遇到纪染，她是他见过最聪明的小女孩。

本来他以为没有数学可以拦到他，直到他见到纪染做的数独题。她每个星期在少年宫做数独训练，那是他从没接触过的数学游戏。

沈执坐在书桌后面的椅子里，把手机放在手心里看了好几分钟，直到他翻出纪染的电话号码。还没拨出去，但是嘴角却一点点地上扬，哪怕是想到她都会觉得开心。

这个冷漠的世界里，她就是他的小太阳。


等他电话打了过去的时候，纪染正低头在做数学作业，虽然她不在意自己成绩下滑这件事，但是她不能忍受被江艺瞧不起。

上次数学 22 分被江艺嘲笑的事情，纪染到现在还记着呢！

所谓知耻而后勇，从上次月考之后，她确实在认真准备期中考试。

11 月底就是期中考试，其实也没几天了，今天上课的时候数学老师还恨铁不成钢地表示，（8）班的学生要还是这样，这次数学平均分倒数第一的宝座还是属于（8）班。

就在她把数学卷子上的最后一道大题写完时，放在书桌上的手机振动了起来。

她转头看了一眼，电话上面跳跃的名字让她有那么几秒愣神。

直到她伸手把手机轻轻拿了起来，待她接通时，那边的声音随之响起："在干吗呢？"

纪染老实说道："做数学卷子。"

小姑娘说完之后，又觉得自己沉默的话好像有点儿没礼貌，于是她问："你在干吗？"

"我也准备做一套数学试卷。"沈执挺认真地说道。

纪染愣了几秒，突然说："你作业不都是抄的？"

言下之意，你还会做数学试卷呢？

当然听者也是有心了，沈执被她嘲笑得有点儿无奈，他低声说："不信啊？"

纪染随口说："没有。"

这话回得敷衍又不走心，沈执一下就听出来了，这还是不信。

于是他低笑道："什么时候考试？"

纪染低叹了一口气，说了个时间，关于考试这件事各科老师都说了不少遍，这位大哥还问她，可见平时上课压根没听过。

沈执没想到她内心已经把自己吐槽了一遍。

他低声说："你上次是不是说，只要我考700分，你就当我的女朋友？"

纪染怔住，她说过这种话？

等她仔细回想之后，立即否认说："我没有。"

"你有。"沈执肯定地说。

纪染小脑袋摇得跟拨浪鼓似的，很认真地说道："我没有。"

她的意思是，她要是有喜欢的人，那么那个人肯定处处比她厉害，而不是什么他考700分，自己当他女朋友这种话。


期中考试在11月底，这时候天气已经彻底冷了下来。整个（8）班学习的动力也不是很足的样子，哪怕乔与桥几次动员，个个看起来也是一副准备躺平拿倒数第一的样子。

纪染挺同情乔与桥的，第一次带班当班主任，遇到这种问题班级也算是可怜。

况且这次期中考试还是区里的联考，不仅四中校内有排名，整个区里都有排名的。这是这个学期以来，区里组织的第一次联考。

整个区里除了四中之外，还有一个附中实力特别强劲，算是四中的死对头那种。

去年外国语中学高考的时候出了一个市状元，一时风头无两，惹得四中领导格外眼红，不仅高三的学生压力大，高二的也不遑多让。

所以这次联考，校领导也下了命令，必须赢附中。

闻浅夏看起来格外紧张，她上次月考的时候，考了年级三百多名被狂骂了一通。其实四中的升学率不错，只是闻浅夏分班考试的时候还是年级前两百名。

"染染，这个数学题怎么做啊？"闻浅夏拿着试卷转头低声问道。

纪染看了一眼，小声地开始跟她说："其实这题是函数的单调性，你可以这样……"

因为是自习课的时间，所以纪染声音小小的，闻浅夏只能凑近，两人脑袋碰着脑袋别提多亲密。

一旁的沈执抬头看了一眼，突然嘴角勾起，露出浅笑。

没一会儿纪染把这题讲完，闻浅夏特别了然地点头，还有些不好意思地抓了抓头发，低声说："你这么一说，我感觉自己全明白了。"

"染染，我觉得你每次给我讲题目的时候，比老师讲得还要细，你太厉害了。"

闻浅夏特别认真地说道。

纪染有些无奈地朝她看了一眼，低声说："你要是少点儿时间看贴吧，多点儿时间做做数学题，我相信这次肯定能考到 120 分以上的。"

结果，她刚说完，一旁的沈执再也忍不住，终于笑出声。

纪染和闻浅夏同时朝他看了过去，只听沈执不紧不慢地说："你一个22 分的小同学，怎么好意思这么鼓励别人？"

纪染："……"她不是。

闻浅夏扑哧也笑了起来，低声说："对哦，我都忘记染染你上次数学考了 22 分。"

纪染不甘示弱："你才 16 分呢，你怎么好意思说我。"

沈执还在笑，纪染忍不住伸手去捏他的手臂，低声道："不许再笑了。"

22 分绝对是她考试生涯里的耻辱，奇耻大辱！！！

这段时间她把高中课本复习了一遍，到底是有底子的人，并不是第一次学，因此多做了两套卷子，很多早已经忘记的知识点现在都掌握得不错。

况且本来纪染就是那种随随便便就能考 700 分的选手，如今从头再来一次，确实能做到事半功倍。

沈执也瞧出小姑娘眼底的倔强，忍不住低声诱惑道："要不要跟我打个赌？"

"赌什么？"纪染的心怦怦直跳。

"赌这次期中考试的成绩，"沈执望着她，但是没忍住笑了起来，"有赌注的，敢不敢？"

纪染没有说话，只是安静地望着他。

沈执低声说："不敢呀？"

纪染嘴角轻抽，干脆道："有什么不敢的。"

纪染这人最受不了别人激她，天生有股子不服输的劲儿。特别对面还是沈执，一想到他一个数学考 16 分的全校倒数第一都敢来挑衅自己，她绷着小脸朝他看。

纪染微眯着眼睛，朝沈执看过去，这次期中考试，她一定要数学考满分打他脸。

闻浅夏眨眼望着他们两个，要是她没记错的话，沈执上次月考是全校倒数第一吧！还有纪染，虽然她英语考了满分，但是数学 22 分实在太夸张，也是班级倒数几名。

这两人居然要打赌期中考试？

所以是看谁率先冲出班级倒数前十名吗？

闻浅夏好奇地继续听着，不过沈执可不愿意让人打扰，他冲闻浅夏微抬了下巴，示意道："同学，问题问完了，麻烦转过去。"

"我要跟我同桌，单独聊聊。"

闻浅夏脸颊一红，虽然心底还是好奇，但是沈执都亲自发话了，她哪里还敢继续听。只能默默地转头，不过心底却打定主意，等下课之后一定要问问染染。

等闻浅夏转过头，沈执往这边轻挪了下，压着声音说："有赌注的。"

纪染嘴巴轻撇，他还真有自信，真以为自己能赢呀！

于是她点头，同意道："打赌当然有赌注。"

"随便提什么要求都行吗？"沈执抬头朝她嘴唇上看了一眼，突然声音有点儿喑哑地问。

纪染一愣，随后轻咳了一声："不许太过分。"

沈执没忍住又笑了声："什么算是过分？"

她抿了抿嘴，低声说："就是不能提奇怪的要求。"

谈恋爱或者其他过分的……

沈执知道她指的是什么，却还是故意说："我真的不知道，要不你说清楚点儿。"

"沈执。"纪染压着声音喊了一句。

沈执一见小奶猫都炸毛了，也不逗她，低笑了下："行，你跟我出去玩儿吧！"

这句话从他口中说出来的时候，像是一颗小石子在她心底溅起了涟漪，一圈又一圈的波浪，直到最后竟是隐隐压不住的惊涛骇浪。

纪染朝他看了过去，可是看见他眼底隐隐的希冀，纪染最后竟是忍不住心软。

她忍着眼底的笑意，轻轻点头。

沈执没想到她这次居然这么轻易地同意，忍不住舔了舔嘴角。

有点儿压抑着说："这是你自己答应的，不许反悔。"

纪染忍不住瞪了他一眼："你先赢了我再说吧！"


到了期中考试的时候，前一天学校特地早两节课下课，留给学生们准备考场的时间。而且走读生也不需要上晚自习。

大家把考场贴好之后，纪染跟闻浅夏一起离开学校。

谁知她们走到楼下，看见不远处的孔子雕像周围居然摆了好多东西。闻浅夏赶紧拉着纪染跑了过去，她从包里拿出一包没打开的奥利奥饼干，虔诚地放在孔子雕像前面。

闻浅夏放完之后，往后退了几步，振振有词地说："孔圣人在上，小女子闻浅夏，不求大富大贵，只希望这次期中考试能考进全校前一百……"

说到这里的时候，闻浅夏犹豫了几秒钟，小声说："实在不行，前一百五十名也行的。"

扑哧。

纪染再也忍不住，笑了起来。

谁知闻浅夏朝她瞪了一眼，低声说："染染，你别笑。来来来，我特地给你也留了一包饼干，你也给咱们孔夫子拜拜，让他老人家保佑你这次期中考试吧！"

这也算是四中的奇葩传统。

也不知谁第一个在考试前，在孔子雕像前面摆了零食。后来有人谣传说特别灵验，于是一帮平时不努力临时抱佛脚的人偷偷来拜。

再后来，就连那些成绩好的学生都来了。

本来学校也管过一阵子，可是校领导和老师也不可能天天站在这个雕像旁边吧！

所以后来就干脆任由学生们搞这些东西了，也算是考前减压的一种方式吧！

"真的，特别灵验。"闻浅夏见她只笑也不行动，赶紧把饼干塞进纪染的手心里。

于是纪染笑着把饼干放在雕像前面，闻浅夏还在后面小声提醒："染染，说目标，目标。"

纪染想了下："就年级第一吧！"

叽叽喳喳的闻浅夏闭嘴了，本来她觉得自己想要考进年级前一百已经是在做梦，但是她没想到纪染做的梦都比她厉害。

小姐姐，你上回可是年级倒数的呀，你可真敢想的。

她们两个还没离开雕像，结果后面有个嬉笑的声音说："闻浅夏，你居然带着我们染妹搞这些东西，知不知道老师说过什么？封建迷信是没有前途的。"

"要你管呀！"闻浅夏回头，冲着夏江鸣翻了个白眼。

自从跟夏江鸣他们熟了之后，闻浅夏再也没有了开学之初对他们害怕的感觉，反而说起话的时候特别随意自在。

夏江鸣也没生气，笑着伸手："还有没有小饼干，我也要给咱们孔夫子拜一拜。"

闻浅夏犹豫了下，随后低头在包里找了又找，最后只找出一个橘子，于是递给了夏江鸣。

夏江鸣朝旁边看了一眼，无奈道："咱们这有好几个人呢！"

此时沈执他们都站在他身边，徐一航立即摆手："我不需要，你自己给老夫子拜吧！"

"我也不用。"陈松淡淡说，几个人当中，陈松的成绩是最好的，班级里都能排十几名那种。

徐一航和夏江鸣也是倒数，不过两人都不在意。

至于牢牢占据年级倒数第一的沈执，更没人担心他以后吃不上饭这件事了。

夏江鸣朝沈执看了一眼，就见他神色淡淡地说："我也不用。"

他这么说，夏江鸣特别无奈地朝他看了一眼，低声说："执哥，要不咱们还是求求吧！"

沈执随口道："我这次复习得还行。"

夏江鸣一听这话，更无语了。因为他记得上次沈执好像也说过这种话。

最后英语因为填错答题卡，考了 19 分。

夏江鸣再次劝道："执哥，真的，咱们求求，不是坏事。"

沈执再次说："我这次感觉真的挺好。"

夏江鸣斜了他一眼，还感觉，您一个年级倒数第一能有什么感觉呀！

只不过他没想到的是，这将是他人生之中最打脸的时刻。


纪染回到家的时候，赵阿姨还没休息，似乎专门在门口等着她。见她回来时，立即小声问："小姐，你们明天是不是要期中考试？"

纪染从来没跟赵阿姨说过他们期中考试的事情，但是没想到赵阿姨居然知道了。

于是她点头："对呀，您怎么知道的？"

"刚才那个艺小姐回来了，还让我做宵夜端上去，说她晚上要复习准备明天考试呢！"赵阿姨明显是不满的。

倒不是因为江艺让她做宵夜这件事，而是江艺回来住的事情。

自从江艺被赶去住校之后，刚开始两个周末不知道是赌气还是怎么回事，愣是没回来住。后来也不知道是不是被江利绮哄好了，反而回回周末来家里住。

不过比起以前每天都要跟她在家里碰面，如今一周看见一回，纪染算是挺满意。

赵阿姨小声说："你需不需要吃宵夜，不过明天考试不要熬夜看书太晚，要不然明天没精神的。"

纪染："你做完宵夜也早点儿睡吧！"

"哎哎，"赵阿姨连声应和，本来她还挺犹豫，可是想了想最后还是在纪染耳边压着声音说，"我瞧着这位艺小姐这次回来不大对劲呢！她回来的时候，是司机去接的，还拿着个箱子。"

箱子？

"她这不是要搬回来吧？"赵阿姨心底挺担心的。

说实在的，自从纪染把江艺赶出去之后，别说家里的保姆阿姨，就连司机都觉得天空都是蓝的了，那姑娘真的太小家子气，大家都挺不喜欢她。

况且赵阿姨是百分之百站在纪染这边，她肯定是不希望江艺再搬回来住的。

纪染笑了："放心吧，不会的。"

她能让江艺搬走，她就会叫江艺搬不回来。

等这次期中考试考完，纪庆礼就会发现她的生活确实被江艺影响很大，这不，人搬出来了她连考试分数都正常。

纪染都没发现，她居然突然期待起这次的期中考试。


第二天大概是因为考试的原因，大家不用早上到学校上早自习，所以纪染到校门口的时候，门口学生稀稀拉拉。

不过不少人都是一边走路一边低头看手里的资料。

第一门是语文，诗词默写这些是稳定拿分的题目，谁要是敢在这上面失分，估计语文老师能追杀到他老家不可。

昨天临考前的最后动员，语文老师还特地强调过这件事。

而且她还威胁全班学生，她会一个学生一个学生检查，谁要是敢错，等着抄写一千遍。

纪染这次的考场，还是在倒数第一考场，只不过她考场的倒数第一个位置，成了正数第一的位置。

虽然她上次英语考的满分，可是数学还有理综科目拉分实在太大，都是以十几、二十几分计算的。

四中虽然也有差的学生，不过学生总体水平还真的不差。

要不然也不至于升学率这么高。

只不过这次跟上次依旧很相似，一直快到要考试的时候，沈执穿着一件黑色羽绒服走进了教室，他羽绒服帽子上有一圈毛边，让他整个人那种锋利又冷漠的气质反而冲淡了不少。

有点儿毛茸茸的感觉，特别可爱。


他进教室的一瞬间，依旧是过分安静。唐振鹏被打得在医院里还没出来，据说这次期中考试都不能参加。虽然对于一些成绩差的学生来说，不能参加期中考试岂不痛快？

不过这事儿确实挺吓人的。

虽然大家表面不说，可是私底下不少人都在猜测，这事儿跟沈执有关。

毕竟唐振鹏出事之前就被沈执揍了一顿，大家私底下都在猜测，是不是因为唐振鹏叫来了家长，沈执恼羞成怒之后就偷摸找了个暗巷子又把唐振鹏收拾了一顿。

趁着老师还没来，倒数第一考场的学生正抓紧时间在做最后准备。

不过也有人趁机聊天的。

就像纪染就清楚地听到坐在她后面的一男一女正在讨论沈执的事情。

女生压着声说："你说高三那个学长真的是沈执打住院的？"

"那还有假，那个学长是（1）班的好好学生，出事之前就得罪了他一个人，不是他还能是谁呀！"

这是男生说的话，语气特别肯定，仿佛他当时就在现场，亲眼看见沈执打唐振鹏了。

女生有些疑惑问："那沈执怎么没被抓进去，我听贴吧里面的人说，沈执的哥们替他辟谣过，人真的不是他打的。"

"他哥们当然向着他说话了，你也不想想沈执是什么背景，警察哪儿敢抓他呀！说真的，虽然我也是差生，但是我不打架不混呀，他这种的还不就是仗着家里有钱。"

女生扑哧笑了起来。

"我看你就是嫉妒人家吧，就算人家沈执没钱，他还长得那么帅呢！"

多好看啊，女生转头朝隔着一个教室坐着的沈执看过去。他们是在第一组，沈执是在最后一组，这也是他们两人敢这么肆无忌惮讨论他的原因。

隔这么远，除非长顺风耳，要不然怎么可能听到。

男生不屑地切了一声："你们这些小女孩就爱看脸，长得帅有什么，他还不是……"

纪染本来不想管的，可是她发现男人长舌起来，居然也这么讨人厌。于是她一把掀开头上戴着的帽子，转身朝后面看过去，淡淡问："同学，讨论得开心吧？"

她来得挺早，只是她这张脸如今在年级里也算出名，进来一个学生都要朝她看半天。

最后纪染实在不耐烦了，就把羽绒服上面连着的帽子直接盖在脑袋上，整个人缩在椅子上看书。

身后这两人比她后来，并不知道前面坐着的是她。

她在（8）班跟沈执是同桌这件事，并不算个秘密，几乎爱上四中贴吧的人，都知道这事儿。以至于纪染都生出一种，她在这个学校里的一举一动是不是都有人监视着的感觉。

后面两人一看见她，特别是那个男生望着她，下意识地说："纪染。"

纪染之前那几张偷拍照片在贴吧里实在太出名，虽然原本的帖子确实被删除了，可是不少人私底下都保存了。

况且男生之间爱讨论的话题也有女生。

纪染是公认的四中校花，现在也没几个人是不认识她的。

听到男生叫出她的名字，纪染点点头，行，既然认识她的话一切都还好说。

她朝那边看了一眼，轻声道："你们要是对我同桌这么感兴趣呢，要不我帮你们把他叫过来，一起聊聊？"

这话太狠了。

后面那女生吓得脸色都白了，立即低声哀求："纪染同学，我们错了，我们不说了。"

不敢说了。

纪染就是不想再听他们废话，倒也不是真的要让他们干吗。于是听完之后，她淡淡点头："不想聊的话，就安静点儿准备考试。"

言下之意：闭嘴吧！


很快，监考老师带着试卷走进教室，并且广播里面适时地响起考试即将开始的提醒，很多还在考场外面的学生迅速进入考场。

其实除了第一场语文的这个小插曲之外，这两天考试进行得还算顺利。

唯一不顺利的就是考试的内容吧，对于很多学生来说，这次卷子的难度不低。特别是数学考完之后，几乎是"哀鸿遍野"。

反正每次最让人绝望的都是数学。

因为数学是下午考的，考完之后大家明显垂头丧气的。特别是闻浅夏过来找纪染的时候，眼圈都是红的。

她一看见纪染，立即哭丧着脸说："染染，我这次肯定完蛋了。"

"数学太难了。"

她说这句话的时候，旁边有个不认识的女生立即转头说："呜呜呜，我也觉得数学太难了。"

于是闻浅夏居然跟不认识的女生聊起了这次的"变态"的数学卷子。

夏江鸣他们因为也到倒数第一考场来找沈执，所以在门口撞见她们。夏江鸣瞧见闻浅夏，立即戏谑道："小夏呀，看来你这个给孔老夫子的东西不够好呀！"

"我那个橘子应该不错，我感觉这次数学卷子挺好做的。"

夏江鸣大言不惭地说着，结果刚说完，被徐一航从后面狠狠地拍了一下后脑勺："你这次要是能考到 50 分，我下个星期剃光头来学校。"

"你说的啊，你可别后悔。"夏江鸣立即开心道。

沈执终于慢悠悠地从考场里面晃了出来，他看着纪染低声说："考得怎么样？"

纪染点头："还行吧！"

估计差不多也就是满分吧，这卷子对于一般学生可能确实有难度，但是没办法她实在不是一般学生。

毕竟她也算开了外挂的，她可是连大学的高等数学都学过的人了。

沈执挑眉看了她一会儿，突然唇角略弯，懒散道："我也感觉还行。"

其他几人望着他们两个，都是一脸无语的表情。

所以他们两位一个数学 22 分，一个数学 16 分，到底是哪儿来的这么大自信？


考完试之后，正好又是周末，这次因为刚考完试，各科老师也就没留什么作业。毕竟马上成绩一出来有他们受的，这就当是最后的狂欢吧！

只不过这时候发生了不大不小的事情。

唐振鹏的事情居然有了结果，本来纪染也不知道这件事，不过是闻浅夏告诉她的，因为闻浅夏妈妈就是警察局的后勤部门警察。

结果她星期天打电话给纪染，惊讶道"染染，你知道吗，唐振鹏被抓了。"

"抓了？"纪染对于这个结果说起来并不算十分意外，只是她也忍不住问道，"为什么？"

闻浅夏也是一种不敢相信的表情："你知道吗，原来唐振鹏可变态了，他居然偷偷给女生拍那种照片……"

小女生不太好意思把这种事情直接说出来。

但是纪染还是明白了。

闻浅夏低声说:"据说这次事情闹得特别大,因为咱们学校就有受害人呢!这次就是因为他搞了一个外校的女生,人家受不了找人把他打了一顿,又把他手机抢走了。"

唐振鹏被打这件事,警察是真的在认真负责地追查。结果查到之后发现这件事,当即就控制了唐振鹏。

据说在他家里的电脑里还发现了好几个不同受害者的照片。

就连办案的警察都不敢相信,一个高三的学生会有这么缜密的犯罪手段,并且用照片威胁控制了这么多人。

闻浅夏吁了一口气,她说:"我妈悄悄问我认不认识这个唐振鹏,所以我就一直追问,最后她没办法就告诉我了。"


其实闻浅夏妈妈也是担心自己女儿跟这些受害者一样,因为太害怕事情曝光,反而被这种人捏住把柄控制,所以说出来也是为了让闻浅夏生出警惕心。

"我听说学校领导都知道了,你等着吧,周一肯定就要出对唐振鹏的处理。"

这件事对于一个高中来说确实是影响太过恶劣,特别是四中可不是什么普通中学,这种重点中学里面,很多家长有权有势,学校要是出了这种丑闻肯定会要求严肃处理。

果然这世上没有不透风的墙。

还没到周一的时候,四中出了一个变态的事情就在贴吧里传了起来。

还记得上周唐振鹏刚被打的时候,一个个倒是义愤填膺地替他谴责沈执,可是现在倒是立即掉转了风向。


"唐振鹏真给人家女生拍照了?太变态了吧,你们消息准确吗?"

"据说这几天教育局的领导都因为这件事连着开了两天的会,应该是千真万确了。"

"所以周一的时候,是不是期中考试成绩不会出来了?"

不过楼下立即有人给他泼冷水。

"173 楼的兄弟，你想什么呢！领导开会，老师们批改卷子，放心吧，一个小小的唐振鹏不会耽误考试成绩出来的事情。"

"你们说沈执是不是知道唐振鹏的事情，所以才会打他的？"

"你这么一说好像还真的是。沈执从来没在学校里面打人，结果他居然打了唐振鹏两次。我一开始就说沈执这人虽然看起来很不好惹，但是他真不随便欺负人。"

"我'男神'果然是我'男神'，那么帅还这么有正义感。"

这个贴吧的楼直接被盖了好几千层，毕竟这种事情对于高中生来说实在太过新奇。

纪染因为事先知道唐振鹏的事情，并没有太过奇怪。

周一上学的时候，纪染一进教室整个班级都跟炸锅了一样，哪怕只是两天没见面，可是大家仿佛有说不完的话。

"你们知道吗？咱们学校据说这次考得特别好，我妈跟我说这次居然有人数学考了满分。"

说话的女生叫金晓星，她妈妈是四中高二年级的历史老师。

这次期中考试因为是区里联考，因此最后试卷批改也是几个学校各自出了老师一起到区里批改。这也是为了保证批改分数的公平，毕竟改卷子这件事上也有讲究。

有些老师要求严厉，卷面分都要扣除。

但是有些老师又挺送的，哪怕就是写了一个"解"字，最后也还是会给两分。

一般来说，改完卷子之后，各个学校老师就会知道学校里大概的成绩。

毕竟这次排名是全区一起排名，并不单是四中一个学校。

金晓星苦着脸说："我跟我妈说这次数学试卷特别难，结果被她骂了一顿，说这次咱们学校数学还有考满分的，而且还不止一个。"

"这什么人呀，数学满分，我梦里都不敢这么想。"

"我也是，我觉得我要是有个九十分就好了。"

有人好奇道："晓星，你知道是谁考了满分吗？"

"估计就是（1）班、（2）班那几个学生吧，我觉得是韩嘉亮，他不是稳定年级前三吗！"

"只要不是薛以柔就好了，这个女人真是太喜欢炫耀了。"

最后也不知道谁说了一句："算了，反正肯定不会是我们班的。"

（8）班上次月考的平均分就挺惨的，这次试卷确实有点儿难度，估计真的又要拖整个年级的平均分了。


结果早自习上课之前，乔与桥来教室了。

他站在前门的时候，大家立即装作一副认真在看书的没有，直到他眼神有些复杂地朝第一组的后排看过去。

纪染这时候还老老实实地坐在自己位子上，可是沈执的位子是空着的。

他一向是踩点进教室。

就在上课铃声响起的时候，沈执拎着一袋酸奶慢悠悠晃进教室。他刚在位子上坐下，正转头要跟纪染说话的时候，乔与桥也踱步走了过来。

他手指在纪染的桌面上，轻轻敲击了一下："你们两个跟我过来一下。"

于是众目睽睽之下，纪染和沈执一起被乔与桥叫走。

他们一走，教室里立即爆发各种议论。

"班主任叫他们干吗呀？"

"不知道呀，是不是因为唐振鹏的事情？"

"有可能吧！"

"……"


不过沈执和纪染两人被叫进乔与桥的办公室里，心情都还挺淡定的。

仿佛两人有种，哦，我知道老师你会叫我的那种觉悟。

乔与桥就是教（8）班数学的老师，所以他所在的办公室也是数学年级组的办公室，他们一进去，还在办公室的数学老师们纷纷朝他们望过来。

那眼神，比看珍稀大熊猫还稀奇。

乔与桥心头也是有种说不出的复杂，直到他低声开口说："这次叫你们来呢，是因为期中考试的事情。你们……"

说到这里的时候，乔与桥实在是有点儿不知道该怎么说下去的感觉。

随后他把抽屉打开，把里面的两份试卷拿了出来，（8）班其他学生的卷子都在桌子上摆着呢，唯有这两份试卷是被他放在抽屉里的！

要知道之前他拿到的时候，手掌都是在抖的。

他把试卷平摊在桌面上，于是沈执和纪染不约而同低头看过去。只见摆在左边的是沈执的试卷，而右边的是纪染的。

此时两份卷子分数栏里，红色钢笔清楚而又明了地写着一个数字。

150！

纪染忍不住朝沈执望了一眼，而两人都在彼此的眼中看出了一分没那么意外的了然，仿佛都在说，哦，你也是那个满分啊！

打平手了。


乔与桥此时心情是真的非常复杂，你说哪个老师不愿意自己的学生考出好成绩呢，可是当一个倒数第一突然荣登年级第一，谁都会有种特别蒙的感觉吧！

特别是沈执，这跨度实在是太大了。

就在乔与桥想着要怎么开口的时候，突然沈执开口问："老师，总成绩排名出了吗？"

总成绩？乔与桥愣了下，但是居然还认真地点头，出来是出来了。

沈执问："我能看看吗？"

乔与桥想了下，低声说："我可以先给你们看看，不过现在还有点儿事情要处理……"

不过想着他还是从抽屉里拿出另外一张表格。

于是纪染立即看了过去，她第一眼看的是表格的第一行，因为那是年级第一的位置。

结果她一下清楚地看见了最前面的两行，而且是她并不想看见的顺序。

第一行的名字是沈执，第二行的名字是纪染。

她深吸了一口气，顺着看了后面的分数。

沈执：710 分。

纪染：709 分。

旁边的少年突然轻笑了声："我考得还行呀，700 分以上了。"

纪染："……"

早自习的铃声响起，回荡在整栋楼层，外面走廊上传来一位老师呵斥自己班里学生都上课了居然还在外面吃包子的声音。

乔与桥本来一直处于持续的蒙的状态，说实话他当老师的，不至于被自己学生吓着。

可是这次他还真的有点儿被吓到。

昨天下午的时候，学校里的几个老师去区里把试卷和成绩单领了回来。乔与桥没被派去就在家里休息，结果到了晚上的时候，他突然接到孟主任的电话。

而且是让他立即赶到学校一趟。

乔与桥吓了一跳，以为出了什么事情，二话不说开车来了学校。

直到他进了孟主任的办公室，发现居然好几个老师都在，众人见他来了，眼睛都亮了。

乔与桥有些不确定地问："主任，这是怎么了？"

"来来，你先看看这个。"孟主任直接把他叫了过去，把手里的一张表格递给他。

乔与桥不疑有他，伸手把表格接了过来，他低头看了一眼，有种虎躯一震的感觉。

真的，哪怕乔与桥临时被学校领导通知，他很容易地成为高二年级刺头班级的班主任时，他都没震惊过。

因为他第一眼看见的是表格第一行沈执的名字。

等他再往下看了一眼，他觉得他呼吸都不顺了起来，整个人有种被雷从天而降劈个正着的感觉。

年级第二这位同学的名字他也很眼熟。

纪染。

乔与桥愣了半天，突然小声说："（1）班、（2）班也有两位同学叫沈执和纪染？"

他问的声音挺小有种小心翼翼的感觉，毕竟在他脑子的思考范围之内，只有这种巧合才能符合现在的情况。

一旁的几个老师本来等着他的回答呢，结果听他这么一说，登时全笑了起来。

　　孟主任倒是没有笑的心情，他直接说道："我告诉你们，别觉得这事儿很好笑，隔壁附中的副校长刚才给我打电话问了这件事。"

　　"问什么了？"

　　"沈执的大名连隔壁学校都知道，他什么成绩谁不知道，现在突然从年级倒数第一考到了年级第一，你信？"孟主任忍不住喷了那个问话的老师。

　　说起来这件事孟主任就生气。

　　沈执家之前确实给四中捐赠了不少东西，虽然四中本身就很有资源，但是你说哪个学校领导会嫌钱烫手的？四中学生家境也不是全好，也有一些家境贫寒的学生。

　　校领导一向对这块挺重视。

　　之前附中主任跟他们一块儿开会的时候，还拿这个明里打趣暗地嘲讽他们学校，为这些权贵折腰。因此沈执的大名，人家还真知道。

　　这就是个刺头儿，回回考试稳定倒数第一的那种。

　　所以附中副校长打电话就直接说了，怀疑这次考试有人违规，这件事他一定会跟区里教育局反映，不能就这么算了。

　　这次全区考试，前十名都是有奖学金的。

　　这位附中副校长原话是，他不能让一些人用不正当的手段窃取了那些勤奋努力学习同学的胜利果实。

　　听听这话，这不就是怀疑沈执和纪染作弊，甚至还怀疑是他们学校故意泄露了答案。

　　乔与桥皱眉："可是作弊的话，分数也不可能提高这么多吧！"

　　考试作弊这件事，自古连科举考试的时候都断绝不了，搜一搜历史上还真有不少舞弊案。可是单纯作弊的，那就是抄抄隔壁桌或者前后桌。

　　可是沈执是在倒数第一考场考试，这个考场里都是年级倒数的学生，哪怕就是让他们放开来相互抄，都抄不出这么高的分数。

　　700 分以上哪，要是高考时候能考到这个分数，清华北大是没问题的。

　　况且这次期中考试因为出的题目比较新颖，换句话说就是刁钻，所以区里整体分数都不算高。

　　附中也有个考 700 分以上的，跟纪染并列区里第二。

"怕就是怕答案提前泄露了。"孟主任恼火说，他环视了众人一圈，无奈问道："你们说有可能吗？"

几个老师你看看我，我看看你，谁都没说话。

直到乔与桥低声说："孟主任，可万一就是他们自己考的呢？"

纪染咬了咬唇朝对面的班主任看过去，这时她才注意到乔与桥表情不算太好，她想了下问道："老师，你找我们来是有事儿吗？"

还没上早自习就把他们两个叫过来，恐怕不是单纯地让他们来看自己的分数吧！

乔与桥叹了一口气，语气是斟酌又斟酌："不是老师不信你们，只是你们这次考的分数跟上次月考差距有点儿大……"

乔与桥还是谦虚了，准确点儿说，应该是喜马拉雅山的高度和马里亚纳海沟的深度之间的差距那种大。

沈执点头，淡淡说："孟主任找您麻烦了？"

年级主任这四个字估计在每一个高中学生的心目中，都有着不可磨灭的印象。

乔与桥立即摆手："也不是，只是你们也要理解老师。这次是全区的联考，你们两个突然成绩大幅度地提升，引起了一些校外老师的误会。所以呢，我希望你们能跟我说说，为什么这次考得这么好？"

为什么？

这还真是一个好问题。

纪染朝沈执看了一眼，有种别样的客气，要不你先说？

沈执也望向纪染，只是看见小姑娘小脸被高领毛衣圈着，乌黑大眼睛特别亮堂，像是春日里澄清的湖水般，透着一股幽幽的静。

沈执嘴角轻扯，淡淡开口道："老师，一个学生考了高分的理由？如果您非要让我给你一个的话……"

他顿了几秒，但是乔与桥很认真地朝他看过去，等着听他的理由。

"说明他想考好了。"

纪染忍不住转头朝他看过去，有种彻底服气的感觉，论装他确实是无人能敌。纪染这么一个死不服输的人，都甘愿承认他这次真赢了。

只是看着乔与桥从认真到迷茫随后又是愣怔的眼神，纪染脚尖忍不住往旁边挪了挪。

要是班主任忍不住要对沈执动手，其实她是能理解的。

可她还是低估了乔与桥的涵养，一个能在临开学被推来当（8）班班主任的男人，他真的是因为一副天生好好先生的脾气才会被选中的，成为这个天选之子的！

乔与桥居然转头望着纪染问："你呢，纪染？"

纪染愣了下，她为什么想要考好？当然是不想再被江艺嘲笑，被一个成绩差的人嘲笑本来就让她不太能忍受，况且那个人还是江艺。

可是这么说的话，会不会显得她有点儿小肚鸡肠。

于是纪染想了想还是说道："老师，我本来成绩就好。"

就在乔与桥还准备再跟他们聊聊的时候，孟主任终于忍不住杀到了，刚才他正好在走廊碰到其他的数学老师，正好听他们说起乔与桥正在跟班里的两位满分学生谈话。

孟主任一进来，看着他们两个问道："乔老师，他们怎么说？"

乔与桥立即说："孟主任，我还是相信他们两个。"

"你相信没用，现在学校领导决定让他们两个重新考试一次，卷子我已经准备好了。你们要是真的做了什么事情，最好现在就说，要不然待会儿考试出了洋相，可别怪我没提醒你们。"孟主任挥挥手直接说道。

这种方法虽然耽误了点儿时间，但是直接又明了。

要是他们真有考 700 分的实力，那么哪怕换一套卷子，也能考个极高的分数。

要是没考到，那么就真的要查查了。

就在孟主任说话的时候，突然他手机响了起来。孟主任低头看了一眼，拿着手机走到门口接听，因为隔着挺远，谁也没听到他打电话的内容。

只是他挂了电话走回来之后，朝纪染看了一眼，态度明显缓和："纪染，先回去上早自习吧！"

纪染本来觉得她跟沈执一起重考也没什么关系，毕竟上次月考他们的分数确实是没眼看，现在突然考出这么个高分，老师怀疑也正常。

她心脏挺强大，也没觉得学校让他们重考就是侮辱他们。

既然都怀疑他们两个的实力，那么就重新考一次，再打脸那些怀疑的人的脸。

而且是狠狠打脸。

纪染此时有点儿犹疑，她问："老师，为什么我不用重考？"

"重考是什么好事儿，你先回去上早自习吧！"孟主任瞪眼。

之前纪庆礼给学校设立奖学金的时候，是他的助理跟学校这边联系的，孟主任跟对方联系了一下，说了一下现在这个情况。

结果这个助理挺淡定，直接说可以把纪染高一时候的成绩单都拿到学校这边。

她高一的时候都是本来学校的年级第一，雷打不动那种。

所以孟主任把怀疑对象集中在了沈执身上，毕竟纪染的情况确实是特殊，上次月考她英语也是考了满分的，只是数学还有化学、物理这些理综科目考得实在是太差。

纪染忍不住朝沈执看了一眼。

他神色依旧淡然，整个人看起来身姿松散又慵懒，丝毫不在意老师的话一样。可是纪染突然心底有点儿难受。

多少次了。

之前唐振鹏的事情也是这样，这次考试也是一样，他一次又一次地被人怀疑。

没人信他，所有人都觉得他坏，他无可救药。

而他自己也从来不愿意多说一个字，哪怕为自己解释一下也好。

纪染完全没意识到，就在几分钟前她被要求重考的时候，她自己不仅没觉得是怀疑反而觉得挺正常。

可现在重考的对象变成只有沈执一个人。

她一下就觉得不能接受，觉得老师是在针对他。

小姑娘压根都没注意到，她的心也早已经偏得没有原则。

无原则地相信沈执。

纪染直勾勾地望着孟主任，毫不畏惧地说："老师，既然我们两个都是考试成绩突然提高，只让沈执一个重考是不是有点儿不太公平？"

"我愿意跟他一起参加重考。"

沈执依旧沉默。

可是他耳边是她轻软又充满坚定的声音，她愿意跟他一起……

为什么这句话那么戳人呢！

他的心脏那样用力地跳着，眼底、心头全都是她说的话，她维护他的样子。

他的小太阳，永远都这么温暖呢！


重考倒也不难，高中最不缺的就是试卷。这次重考也没让他们全部重考，就是考数学。

一份卷子，还是跟平常一样，两小时的考试时间。

这份卷子是孟主任亲自找来的，相信他们绝对不可能见过。

于是两人一人一张桌子，就坐在教室里安静考试。这次监考的是乔与桥跟孟主任。据说孟主任早上还有一节物理课，都跟别的老师调课了。

一个教室里面就他们四个。

数学本来就是高中的一大难题，多少人就是被数学拦下去的。反正几门科目里，数学一门独美，牢牢占据主位。

因此这次重考，只考数学也能理解。

两人安静地答题，都算老老实实，好在考试时间还真的挺快，两小时其实就是两节课加一个课间操的时间。

沈执写完的时候转头看了一眼旁边的纪染，只见她微垂着脸，正盯着最后一道大题在看。她的笔尖在草稿纸上不停地滑动，眉心轻蹙，粉嫩的唇瓣跟着动了下，好像念念有词的模样。

突然沈执笑了一声。

这一笑把前面的孟主任惊动，他见沈执盯着纪染，忍不住哼了下说道："写自己的。"

可是他话音刚落，沈执直接把手里的笔扔在桌子上，声音挺淡地说："老师，我考完了。"

乔与桥低头看了一眼自己的手表，提醒道："沈执，离考试结束还有半小时呢，别着急，再好好检查检查。"


乔与桥就是教他们数学的，平常说得最多的一句话就是，别着急交卷，写完多检查检查。

好在数学考试能早交卷的人确实很少，反正他觉得至少不在（8）班。

结果今天他的"以为"都被一一推翻。

乔与桥这么说，沈执又沉默了，倒不是他怕孟主任。只是纪染还没写完，他挺不想打扰她的。

纪染可不知道沈执此时的想法，不过要是知道的话，她也不会想对沈执说谢谢。

她确实是被最后一个大题的最后一小题难住了，不过好在这会儿解题思路重新理了一遍，她低头写下几行。

等她抬头翻了一下卷子，也举手说："老师，我也写完了。"

"还有二十分钟呢！"乔与桥特别惋惜地说道。

不过他见两人都不再继续写，走过去把两人的卷子都收了起来。他跟孟主任一人一份，对比正确答案开始批改卷子。

教室里有点儿安静，只有笔尖偶尔划过纸张沙沙的声音。

直到乔与桥在他这份试卷上写下分数，转头看了一眼身边的孟主任低声说："主任，我这边批改好了。"

此时孟主任也批改好了。

他抬头看了一眼，乔与桥也看着他用红笔在卷子最上面写下的数字。

150！

又是满分。


乔与桥改的是沈执这份卷子，他做题思路是简洁又清晰，没有丝毫扣分点。就连卷面都特别好看，沈执写了一手好字。

在征询孟主任的同意之后，乔与桥又把纪染的卷子拿过来看了一眼，不过当他看到最后一题的解答过程时，突然轻"咦"了一声。

孟主任立即问："怎么了？"

乔与桥摇头，就是纪染最后一题答题的内容，好像有点儿超纲，她的解题思路好像运用到了高三的知识点……

不过这都不是重点，乔与桥抬头看着他们，笑道："你们两人又是满分。"

这个"又"字还真的说出他心底的自豪。

昨天孟主任临时把他叫到学校的时候，乔与桥就觉得他们并不是作弊。果然这次重考，他们并没有让自己失望。

旁边孟主任的脸色有点儿不太好看，毕竟他确实把学生往坏处想了。

可是他又觉得自己挺无辜，你说说谁经历过这种年级倒数第一突然逆袭成年级第一的事情，过山车都没有这么大的起伏呀！

孟主任望着他们，也是教过多少届的老师了，这会儿总有些拉不开面子。

不过他最后还是望着沈执说道："老师不该第一时间怀疑你们，这次确实是我这个当老师的错。"

这个世界上，最应该相信自己学生的人，就是老师呀！


孟主任突然这么道歉，别说纪染，就连沈执都有点儿愣。

不过相较于纪染脸上表情明显的尴尬，沈执居然还挺淡定，最后居然是他开口说："没事儿，反正您现在也看见了。"

况且，他们也被"打脸"过，算是出气了。

乔与桥见这两孩子没一个是省油的灯，他瞧见孟主任的表情不太好，赶紧开口说："孟主任，既然现在证实他们的成绩都是真实的，我能带他们回教室了吧？"

"去吧，去吧！"孟主任也不想留他们在这里了，气都气死了。

乔与桥招手示意他们两个赶紧跟自己走。

因为这个空教室是在另一栋楼，于是三人穿过教学楼之间的连接走廊，往（8）班教室走回去。

路上的时候，乔与桥转头朝他们两人看了看。

要说不好奇确实是不可能，但是这会儿他也不知道该从哪儿问起，不过乔与桥还是诚心道："你们要是有什么困难，尽管来找老师。虽然老师能量很小，但还是希望能帮助到你们。"

纪染朝乔与桥看了一眼，说真的，挺感动的。

她经历的班主任都是那种古板严肃，一切以分数为最终目的的老师。她并不是说这样的老师不好，只是少了乔与桥身上的这种人情味。

让人觉得舒服的人情味。

不过乔与桥走到转弯口的时候，突然想起来什么说道："你们先回教室，我要去办公室拿一下成绩单，估计大家都等急了。"

乔与桥离开之后，突然沈执伸手拉了纪染一把。

纪染有点儿心虚地朝周围看了一眼，好在这时候是上课时间，四周都没人。她低声说："干吗呀？"

"刚才你为什么那样看着老乔？"沈执明显有些不悦。

纪染一愣，有点儿疑惑，她那样看着老乔，她哪样了？

"你看他的眼神很感动。"沈执提醒道。

纪染这才明白他这样兴师问罪是什么意思，所以他是在吃醋吗？

"你神经呀！"纪染朝他看过去，笑斥了他一句。

可是当她望向他的眼睛时，两人突然都安静了下来。纪染看着他清俊的面容，他的五官是那种高中生里少有的深邃立体，漆黑双眸有种莫名的疏离冷冽，整个人身上是那种冷漠的少年气息。

虽然处处透着冷冽，却依旧那么吸引人。

她知道他的好看，但是这一刻却有点儿看得愣神。

特别是她居然听到自己的心跳，从本来缓和平稳的跳跃幅度，竟是一点点地加快，犹如鼓点般，一下下敲打在心底。

走廊上冷风倒灌，那样冰冷地打在她的脸颊上。

可是反而让她心底的思绪越发地清明起来，她并非真的不谙世事的少女，有些事情经历了太多，她该看得懂的。

为什么老师误会他的时候，她会那么生气。别人想要羞辱他的时候，她会那么生气。她见过他暴戾的模样，也见过他为了保护自己跟人拼命的模样。

这一刻，那些理不清剪不断的线头，好像突然被解开了。

她喜欢他。

当这四个字在心头掠过时，那种甜蜜又透着一点酸涩的感觉，竟是她从未尝过的滋味。

少年不知道情滋味。

可是现在，她知道了。


纪染和沈执回到教室的时候，正好是第二节课下课时间。大家虽然都好奇他们去干吗，怎么会去了这么久，不过谁也不敢问。

好在大家今天有更在意的事情。

早上两节课是英语课，英语试卷是第一门发下来的，反正有人欢喜有人愁。

闻浅夏倒是挺开心的，她这次英语考了 128 分，这可算是超常发挥了。

她回头望着纪染，小声说："染染，你的英语试卷好像没发下来，要不你问问英语老师。"

"没事儿。"纪染知道她的英语分数，148分。

旁边这位的英语分数是147分，就比她少1分。她语文比他高5分，不过沈执理综实在太变态了。这也是他们两人最拉分的地方。

一个课间十分钟，其实还是挺快的。

乔与桥拿着教材进教室的时候，本来特别吵嚷的教室，居然一下安静了下来。

他见状笑着说道："看来大家都很期待这次的考试成绩呀！"

"不期待。"

"老师，咱们能不能最后发数学试卷啊？"

"完蛋了，我这次数学肯定考得特别差。"

乔与桥听着底下的抱怨，手里捏着成绩单，还挺犹豫地想着怎么宣布这次的成绩。

最后呢，他决定先从不那么惊吓的开始宣布。

"大家也别太灰心，虽然这次数学确实是挺难的，但也有同学考了满分嘛，你们可以跟这样的同学多请教请教。"乔与桥说道。

他不说这个还好，一说其他学生更加无语了。

这不就是赤裸裸的差距嘛，老师这扎心扎得透心凉。

乔与桥轻咳了一声："其实呢，这次两位满分的同学都在咱们班里。"

（8）班学生听到这句话的时候，登时你望着我我看着你，然后不少人又把目光扫向班级成绩好的那几个种子选手。

可是看来看去，谁都不像考满分的呀！

就连上次月考的时候，考了班级第一的同学都一脸不确信，因为他很肯定自己有个填空题一定写错了。


"是这样，咱们班的沈执同学和纪染同学，这次数学都考了150分，是全校数学并列第一，也是仅有的两个满分。"

话音落下，教室里安静到落针可闻的地步。

乔与桥觉得都说到这里了，不如就全说了吧："还有就是，沈执同学这次总分710分，是年级第一，纪染同学呢709分，以一分之差排在第二。"

"这次年级第一和第二都在咱们（8）班，说明咱们（8）班同学还是有巨大潜力…"

砰。

一个巨大声响打断了乔与桥的话，闻浅夏的水杯结结实实地摔在地上，然后她睁大眼睛，望着讲台上的班主任，喃喃说道："孔老夫子显灵了啊！"

（8）班的人依旧处于一种巨大的震惊中，以至于整个班级里还是没人说话。终于有不怕死的转头朝纪染和沈执这边看过来。

要说纪染考 700 分，说实话很多人还没那么惊讶。

虽然她上次月考数学考了 22 分，确实是很低，可是人家英语是满分呀！

所以最让人惊讶的就是沈执。

这可是沈执呀！

要是提起沈执的话，大家能想到的都是他家世好，长相更是稳稳占据四中校草的位置，虽然这事儿没什么人敢公开讨论，但是大家都默认。

唯独成绩没人提起，偶尔说到也就是，哦，稳定年级倒数第一。

甚至还有人嬉笑说，只要有沈执在，他们就永远放心自己不会是年级倒数第一。

结果现在班主任说什么？

年级第一。

（8）班学生甚至都怀疑是自己幻听了。

连夏江鸣都忍不住低声问旁边的陈松："松呀，班主任说的年级第一是沈执？咱们执哥？"

陈松没说话，而是直接用桌子上的中性笔在夏江鸣手背上扎了一下，问道："疼吗？"

他没客气，是真用了力气，一下扎下去疼得夏江鸣龇牙咧嘴。

"疼，真疼。"夏江鸣点头，赶紧说道。

陈松点头："那应该是真的，你没在做梦。"

夏江鸣有点儿愣神，下意识地问："你干吗扎我，不扎你自己呀？"

"我怕疼。"

夏江鸣怒了，要不是现在正在上课，他肯定是要回击的。不过他转头朝沈执看了一眼，突然低声说："老陈，你说执哥以前考倒数第一都是故意的呀？"

这时夏江鸣心头有股子淡淡的忧伤。

以为大家一起都是成绩不好的难兄难弟，你差我也差，结果如今我依旧成绩倒数，但是你却背叛了我，突然变成了年级第一。

夏江鸣瞬间有种被抛弃的感觉。

陈松也朝旁边看了一眼，相较于其他人那么多好奇、疑惑、惊讶、猜测的情绪，沈执安静地坐在自己椅子上，背微靠椅子，坐姿有些懒散。

就连他脸上的表情都一如既往地淡然。

他突然笑了一声，说道："你知道我跟执哥认识多久了吗？"

夏江鸣没好气地哼哼，说起来他跟沈执其实认识的时间最短。陈松和徐一航两人是从初中开始就跟沈执认识的，陈松说起来更早。

他家跟沈执家里好像认识，换句话说，他爹的公司是恒驰集团下面的供销商。

陈松压着声音说："执哥以前得过数学竞赛的金奖。"

"啊？"夏江鸣彻底震惊了。

他跟沈执是高中时候认识的，那会儿沈执已经稳居年级倒数第一，所以夏江鸣一直以为沈执是个不爱学习的。

毕竟他名声那么大，一个不良学生你对他的成绩还有要求吗？

结果今天夏江鸣才发现，可以的。

乔与桥站在讲台上，见底下没人说话，笑着说道："各位同学，虽然咱们班级是普通班，但是我相信大家的潜力都是巨大的。这一次我们（8）班包揽了年级第一、第二的名次，虽然是沈执和纪染创造的奇迹，但是我相信你们同样也可以。"

众人你看看我，我看看你。

对于老乔这个毒鸡汤，众人有种很无奈的感觉，700分呀，这样的奇迹杀了他们也做不到。

可是乔与桥却充满激情，带头鼓掌说："来来来，我们给他们鼓掌。"

这次教室里立即响起如雷的掌声。

随后乔与桥开始让人发卷子，结果发完之后，整个教室陷入一种丧气到无与伦比的氛围里。这次数学试卷有好几道新题型，整体难度是比第一次月考要难。

因此这次数学平均分比上次要低了好几分。

可要是平时也还好，但是现在教室里面坐着两位数学满分的"大神"。因此当其他人拿到自己的试卷时，有种我怎么考了这么点儿分数的丧气。

满分哪，很多人自从小学三年级之后就再也没考过数学满分。

纪染拿到自己的试卷之后，刚看了一眼，前面的闻浅夏转头说："染染，我能看看你的试卷吗？"

纪染点头，递给了她。

闻浅夏拿过去之后，她同桌孙瑶立即凑过来，两人盯着这张试卷，前面的选择题和填空题还好。等翻过来看到后面的大题，两人眼睛都直了。

孙瑶低声说："我第一次看到有人连十六题都能拿满分。"

数学试卷的十六题大题，就连老师都不对学生们做硬性要求，基本就是只要把第一小题答出来就行。

闻浅夏眼巴巴地说："我十六题就写了个解，时间压根不够。"

孙瑶也点头。


讲台上的乔与桥开始讲试卷，纪染垂头安静听着，结果旁边的人却没打算放过，他的手指伸到纪染的桌子上，用食指关节在桌面上轻轻叩了几下。

纪染转头望过去，明明只是寻常看了一眼而已。

可是她脸颊竟是渐渐染上绯红，心底的鼓点又慢慢敲了起来。

沈执望着小姑娘，眼看着她的脸颊上泛起红晕，觉得有点儿可爱又有点儿想笑，低声说："周末，想去哪儿玩？"

纪染睁大眼睛，有点儿发愣。

沈执低笑："我赢了，现在要来拿我的奖励。"

纪染没想到他居然会这么快提这件事，自然纪染也想到自己一分之差输给他的事情。本来她心情还没那么坏，可是在这人火上浇油之下，纪染瞬间有点儿蔫。

本来她还觉得自己这么努力复习，而且还有"金手指"，毕竟这些知识点她都学过，虽然过了这么多年确实也忘得差不多，可一旦记起来，考个年级第一还不是轻松的事情。

结果，她居然又输了。

而且是输给一个经常上课迟到睡觉的人，最重要的是她上一次也是唯独输给了他。

突然，纪染成功想起了上一时空被沈执碾轧的事情。

于是小姑娘心底的那些旖旎情绪，登时烟消云散，只剩下咬牙切齿。

她不该轻敌的，虽然她想过之前的沈执学历那么厉害，没道理如今成绩这么差。结果现实还真是狠狠地打了她的脸。

她，纪染，再一次输给了她的一生之敌沈执！

纪染轻咬着牙，一字一顿地说："考得这么差，我还有脸玩吗？"

纪染不高兴了，这事儿不仅沈执看出来了，就连一向挺后知后觉的夏江鸣都看出来了。下课之后，夏江鸣本来笑嘻嘻地恭喜纪染年级第二，其实他说得还挺正常的，就是笑着说："染妹，你好厉害呀，居然考了年级第二。"

真的，就是这句话。

结果纪染脸色一下子沉了下去，夏江鸣都愣住了。

他小心翼翼地朝沈执看了一眼，心想自己是说错什么话了吗？

纪染面无表情地盯着自己卷子，一张小脸绷得有点儿紧，都让开，别打扰她学习，从现在开始她要当一个没有感情的学习机器。

夏江鸣全然不知道他这句话，把沈执坑害得有多惨。

此时更热闹的是四中的贴吧，其实上课的时候，就有学生没忍住。虽然现在整个年级名次榜还没贴出来，但是有些消息灵通的人早已经打听出来了。

反正每次考试之后，贴吧说的都是成绩的事情。

有人哭诉自己这次数学又不及格，有人炫耀自己考了 600 多分，底下不少人沾喜气。

很快，大家也不抱怨也不炫耀了，因为一个帖子吸引了所有人的关注。

【冒死在老师办公室拍到的年级名次排行榜，重点请看年级第一和第二这两位。】

楼主在首楼发了一张图片。

虽然照片略有些模糊，但是点进这个帖子的人都看清楚了。

这是一张成绩单表格的照片，第一列是排名，后面跟着是学生名字，紧接着是各科成绩，最后是总分。

于是大家清楚地看到了前两行。

1. 沈执：语文 123、数学 150、英语 147、理综 290，总分 710。

2. 纪染：语文 128、数学 150、英语 148、理综 283，总分 709。

吃瓜群众登时爆炸。


2 楼：等一下，我对（1）班、（2）班的同学们不是很熟，请问你们（1）班或是（2）班也有两位同学叫沈执或者纪染的吗？

……

5 楼：楼上的同学成功问出了我心底的疑惑，同问。

……

9 楼：我只想知道这两位是什么品种？我数学正好是他们一半的分数。这么难的卷子，他们都能考满分，突然觉得我不配和人家待在一个学校。我是四中之耻。

10 楼：别皮了，可以肯定这位沈执就是你们知道的那位沈执。这是什么小说情节呀，一个回回年级倒数第一这么稳定的人，居然考了年级第一，这也太刺激了。


整个帖子简直全都是各种问号。


18 楼：举手表示，我跟沈执是初中同学，其实他初中成绩特牛的。那时候他次次都是年级第一，只是后来他因为不明原因转校。之后再在四中相遇的时候，这位不仅成了问题学生还成了倒数第一，本来还挺可惜的。没想到，人和人就是不一样，别人考差是因为只能考差，他考差大概是因为他想考差吧！

19 楼：抓住楼上的同学，我盲狙一个，你初中应该是外国语中学的吧！沈执一开始在我们学校的时候多牛，还得过数学金奖。他转校之后，我还以为……他是彻底堕落了。没想到，今天能再次看见"大神"归位。

......

27 楼：楼上两位看来都是知情人士，所以沈执为什么会这样啊，看来也是个有故事的男孩子呀！

显然沈执这突如其来的爆发，让大家的好奇之心彻底点燃。

不过以前跟沈执同校的人，顶多就是知道他以前成绩很好，就是后来转校了成绩变差了，再多的他们也不知道。

倒是很快有人提到了纪染。

45 楼：你们怎么只关心沈执，年级第二那位纪染，也是个有故事的女同学呀！

46 楼：啊啊啊啊，纪染妹子是我的女神，长相我可太喜欢了。本来心底还是有点儿小喜欢，可是现在是抑制不住地喜欢，长得这么漂亮就算了，居然还能成绩这么好。700 多分呀，我照着答案抄估计都抄不出来这么高的分数。

47 楼：说真的，咱们学校也太有排面了，试问哪个学校的校花能考700 分以上。

......

50 楼：小小地说一声，咱们学校的校草也很有排面的。

......

60 楼：我们学校校草是谁呀？我怎么不知道。

61 楼：楼上你是高一的吧？我们学校校草虽然大家没公开选过，可不是公认的是沈执吗？

......

63 楼：高一小学妹表示，到现在都还没见过传说中的沈执，有没有人能发张照片呀，突然好好奇。

对于这个天真小学妹的要求，底下一帮人彻底疯了。

70 楼：别发，真的我没随便唬你们。

......

76楼：过来人劝你们一句，沈执的照片别发，哪怕你手机里真的有也别发，因为他真的会找到你。

……

89楼：可以发纪染的照片吗？这女孩子真的好漂亮！

……

94楼：你放弃吧！沈执和纪染两人是同桌。

……

100楼：（8）班的人小声说一句吧，我觉得沈执看纪染的眼神都跟看别人的不一样。


闻浅夏小心翼翼地回复了帖子之后，左右看了一眼。

作为最最最知情人士，她真的好痛苦呀！贴吧里的人爆料的那都算什么呀？

你们有见过纪染这么软乎乎的妹子，为了维护沈执跟别人呛声的模样吗？闻浅夏忍不住骄傲地坐直，她可是见过的。

她过生日那次，那个外校的男生来找沈执的麻烦。虽然沈执完全没把对方看在眼中，但是纪染维护他的样子，闻浅夏都觉得帅爆了。

只是闻浅夏回头看了一眼，有点儿奇怪，怎么一个上午纪染看起来有点儿沮丧。

纪染别说整个上午丧丧的，其实她一整天都很丧。特别是下午其他几门卷子陆续发了下来，她的物理和化学以及生物被沈执全方面打击了。

以至于晚上下课之后，纪染和沈执他们在小卖部相遇。

夏江鸣隔着老远手里拿着一根香肠，笑嘻嘻地问："染妹，想吃什么，今天执哥请客。"

闻浅夏多嘴问了一句："为什么呀？"

夏江鸣贱兮兮地说："当然是因为年级第一呀，我们执哥可是考了年级第一。"

对于沈执这种偷偷学习，还瞒着他们的行为，夏江鸣觉得很可耻。但是他不敢反抗，于是只能使劲地坑他一顿。

夏江鸣甚至还争取了这个周末去沈执家玩游戏机的权利。

因为沈执是一个人单独住，所以夏江鸣他们羡慕不已。只是沈执不耐烦家里有别人，不是经常让他们去自己家，宁愿花钱请他们在天空之境玩，都不把人往家里领。

这次夏江鸣简直是仗着这件事肆无忌惮起来。

闻浅夏立即笑道："我也要吃，我也要。"

沈执往旁边走了两步，站在纪染旁边，小姑娘这张小脸不知道为什么又绷住了，要不是周围都是其他学生，他还真想伸手捏捏她的脸颊。

于是他耐着性子问："想吃什么？"

纪染面无表情道："我不吃，饱了。"

气的。


这次她的反应终于让沈执意识到一件事，小姑娘这气好像是冲着他来的呀？

沈执稍微想了下，明明早上的时候她还当着老师的面儿那么维护自己，怎么现在又这么生气？

他又想了想刚才夏江鸣说的话，考了年级第一请客……

难不成她是因为自己考的分数比她高，所以不开心了？

沈执并不是那种特别在乎分数的人，他之所以这次放开来考，就是因为他想要考到 700 分以上，所以没想着控分什么的。况且纪染也说，她就是喜欢处处比她强的人，那么现在自己不就是比她厉害了。

她还在不高兴什么？

难不成是因为他一下变得太厉害，让她没有心理准备？

沈执到底是第一次喜欢一个姑娘，他也不是很懂小女孩的心思，此时也有种很无辜的感觉。

于是他尽量语气温和地说："真不吃？晚上还有晚自习呢！"

纪染本来想硬气地说不吃，可是突然她身体微僵。

因为沈执的手指轻轻钩住她落在身侧的手指，他的手指很温热，贴着她有些冰凉的手掌，有种奇异的温暖感，暖得让她压根不想抽出自己的指尖。

此时正是晚自习上课之前最热闹的时候，小卖部里面人来人往，连收银台旁边都排起了长长的队伍，连这边卖烤肠的地方，都挤满了人。

他们就站在靠近角落的地方，沈执的身体微倾挡住她。两人都穿着厚实的羽绒服，长长的袖口挡住手掌。

以至于周围压根没人发现，此刻沈执的手指正轻轻地触碰她的指尖。

纪染的心跳再一次不争气地剧烈跃动起来。

那种从心底冒起来的甜蜜又酸涩的感觉，像是一个又一个小气泡，慢悠悠地升至半空，轻轻炸开时，四周都是泛着甜到极致的味道。

原来跟喜欢的人牵手，是这样的感觉。

沈执见她并没有收回自己的手指，竟是大着胆子，轻轻抓住她的手。

于是就在人来人往的小卖部里，他们站在角落轻轻牵住彼此的手掌，他温热的掌心暖着她的微凉的手背。

这一刻，恨不得连时间都静止下来。

## 第十章
## 她吃醋了，她就是吃醋了！

　　学校年级大榜是在第二天贴出来的，因为这次是区里的联考，而且区第一就在四中。所以学校不仅用红榜贴了出来，甚至还把年级前五十的照片都挂在了橱窗里面。

　　照片是学生入校时拍的证件照，都是穿着四中的校服。

　　只不过相较于以往年级前十都被（1）班、（2）班牢牢占据着的情况，这次年级第一、第二都是来自普通班。

　　还是被所有人都觉得是最差班级的（8）班。

　　以至于红榜一挂出来，前面围满了学生，以往对年级大榜丝毫不感兴趣的（8）班学生，更是一个接一个去看。

　　闻浅夏叫纪染过去一起看，不过纪染没去。

　　她要是去了，别人估计就不是看年级排名而是看她了。

　　本来纪染低头正在做物理试卷，这次她物理比沈执少了3分，虽然看起来3分很少，可是他们这个分数，1分都会决定名次的不同。

　　谁知她刚写完一道大题，闻浅夏冲了进来，趴在她桌子上抑制不住激动地说："染染，学校对唐振鹏的处罚下来，他被直接开除了。"

　　"开除？"纪染有些惊讶。

　　闻浅夏低声说："学校好贼呀，居然趁着放年级排名榜的时候，顺便把这个开除处分贴了出来，不过呢，还是有好多人围着看。毕竟大家都去围观年级榜，顺便也看看这个嘛！"

估计一开始学校是想着降低影响，趁着大家注意力都在成绩榜上的时候，把这个贴出来。

没想到反而引起更多讨论。

此时（8）班去看年级成绩榜的学生，都在讨论这件事。之前事情传出来的时候，都带节奏说是沈执欺负人，打了唐振鹏。

结果现在沈执没事儿，反而唐振鹏被开除了。

联系到之前贴吧里面的爆料，说唐振鹏根本就是个变态，偷拍女生被警察抓了的事情，现在大部分学生都开始相信了。

一向嘻嘻哈哈的闻浅夏都有种内疚的感觉。

她可是记得自己说过的话，之前唐振鹏的事情刚出来，她居然让纪染离沈执这样的人远点儿。

闻浅夏想了想，还是决定跟沈执道歉，虽然沈执这人看起来并不太在意这些。

于是她转头小声说："沈执，对不起呀，之前一直误会你。"

沈执看着小姑娘脸颊都涨红，眼眸轻抬，依旧是漫不经心的模样，淡淡道："没事，这种事情你又不知道。"

确实是，一边是重点班级的尖子生，另一边是名声不太好的不良学生，是个人都会相信唐振鹏。

结果闻浅夏特别愧疚地说："我居然还让染染离你远点儿，是我做错了也说错话了。"

这话刚说完，沈执一下子坐直了。他直勾勾地盯着闻浅夏，微眯着眼睛，声音都冷了下来："你说什么？"

闻浅夏缩了缩脖子，她……她真不是故意的。

可沈执眼神实在太可怕，是那种有点儿尖锐的冷漠，眼睛里跟淬了冰似的。

闻浅夏都要哭了。

直到出去的纪染回来，看见闻浅夏一副快要被吓死的模样，还有她旁边这位同桌难得在教室里的冷漠样子。

"怎么了？"纪染转头问道。

沈执脸色微缓和，但还是有些不愉，于是纪染朝他看了一眼又朝闻浅夏看了看，好在这时上课铃声响了起来。

闻浅夏立即松了一口气，有种逃出生天的感觉。


中午午休的时候，夏江鸣和徐一航两人搬了整整两箱饮料到班级里面，他直接放在讲台上表示："对于你们怀疑执哥的事情呢，我就既往不咎了。不过了庆祝唐振鹏被开除，今天我请大家喝饮料。"

底下坐着的（8）班同学，你看看我我看看你。

夏江鸣登时不耐烦，问道："我说你们到底喝不喝，还要我一个个送到你们手上呀？"

这时才有男生走上去，拿了饮料之后，笑嘻嘻地说道："谢了呀，哥们！"

纪染和闻浅夏刚走到教学楼下，准备从楼梯回教室，谁知两人一转身，就看见等在楼梯口的沈执。

纪染脸颊微红，抬头朝他看着时，就听他淡声说："闻浅夏，我能跟你说几句话吗？"

突然被点名的闻浅夏站在纪染旁边，瑟瑟发抖得如一个小鹌鹑。

沈执懒洋洋地靠着墙边站着，手插在口袋里，微垂着眼朝纪染看了一眼，低声说："你先回教室。"

"乖。"

当他说完时，纪染脸颊绯红，黑亮的大眼睛里闪烁着羞意，简直是不知如何是好，低着头也不管闻浅夏上楼回了教室。

于是下一刻沈执把闻浅夏领到旁边，结果刚穿过学校的主干道，走到另一边靠近喷泉的地方时，闻浅夏腿软了。

她带着微抽噎的声音说："我真不是故意说那些话的。我真的知道错了，你原谅我一次，我以后一定好好改正，重新做人。"

沈执无奈地朝她看过去，他这还什么都没说呢，这姑娘自己反倒是说了一通。

于是他不紧不慢地顺着闻浅夏的话，往下问道："那你说说你打算怎么重新做人？"

闻浅夏愣住了，她轻轻吸了吸鼻子有点儿蒙。

沈执双手插在兜里，还是决定好心地给她指一条明路，他说："你知道我跟纪染现在什么关系了吧？"

闻浅夏眨了眨眼睛，心下立即惊了，难不成他们已经在谈恋爱了？

沈执淡淡说："我喜欢她。"

冷风吹拂过时，少年说出的话却带着冬日里难有的暖意，在这个年纪里难以启齿的两个字，却被他说得这么理直气壮。

突然闻浅夏脸颊泛红，明明沈执并不是对她表白，可是她还是觉得挺害羞，就是那种撞破别人秘密的害羞和尴尬。

当然对面的人却是理直气壮。


于是闻浅夏小声问："我能帮你做什么？"

沈执嘴角轻扯，满意地点头，不错，这姑娘还是有点儿眼力见。

他低声问："你知道染染喜欢吃什么？玩什么吗？"

纪染在学校里面只跟闻浅夏最熟，其他女生顶多就是说说话，所以沈执想来想去只能问问闻浅夏。

闻浅夏立即说："你是不是想约染染出去玩？"

结果沈执朝她看了一眼，闻浅夏立即不说话了。

随后她小声说："染染，你看她长得那么软，其实她很喜欢吃辣的，我们每次去吃麻辣烫，她都放超多辣椒油。"

闻浅夏叽叽喳喳说了一大通，沈执安静听着，脑海里想着她的模样。

直到闻浅夏说完之后，沈执点点头，闻浅夏低声说："沈同学，我的情报都说完了。"

"谢了！"沈执淡淡道。

闻浅夏笑了起来，讨好地说道："其实我现在觉得你跟染染真的很配，你们两个成绩都好，长得也好看，简直是天生一对。"

这会儿闻浅夏毫无廉耻的彩虹屁已经吹了起来。

沈执满意地点头，准备让她回教室的时候，突然说道："以后少带她去吃麻辣烫。"

闻浅夏瞪大眼睛，麻辣烫怎么了？

"不干净。"

闻浅夏想反驳，但是她不敢……

等人走了之后，沈执一个人站在原地，想了下，他把手机拿了出来，打开手机的备忘录，手指尖在按键上轻轻按了起来。

她喜欢吃辣。

相较于草莓奶昔，其实更喜欢芒果口味。

讨厌豆芽，只要有一根都要挑走的那种讨厌。

于是很多路过的学生就看见闻名全校的沈执，不，现在应该是沈"大神"，一个人站在主干道旁边的小花坛边上，对着手机傻乎乎地笑了起来。

晚自习放学的时候，纪染跟闻浅夏一起离开教室。

沈执还有夏江鸣他们就在后面，慢悠悠地走着，整个学校像是退潮般，所有人都往校门口或者是宿舍楼那边走。

直到她们到了门口的时候，刚走出校门没几步，谁知身后响起一阵吵嚷声。

闻浅夏回头，立马拉着纪染的手臂，低声说："染染，染染，快看，有女生拦住沈执了。"

纪染立即转头看过去。

果然一个穿着白色羽绒服的女孩站在门口揽住沈执，女孩脸上戴着一个口罩，天色又暗，大家看不清楚她的脸。

只是这个模样，看起来是要表白。

所以一帮学生激动不已，校门口表白哎，这么刺激，谁不想看热闹。

至于被拦住的少年，表情有些漠然，微蹙着眉头低声说："麻烦让一让。"

"沈执，我是夏青。"女孩突然鼓起勇气说道。

夏青？

直到沈执突然想到什么，了然道："是你呀，有什么事吗？"

一旁的夏江鸣和徐一航对视了一眼，这姑娘谁呀？按理说执哥的狂热爱慕者他们也都知道。

还是陈松压着声音说了个名字，这才叫另外两人想了起来。

夏青，就是他们救下的那个被唐振鹏威胁的女孩呀！

只是这个学期开学之后，她就转学离开四中了。本来以为不会再见到她，没想到她居然又来了。

夏青压着声音说："唐振鹏的事情，我爸妈都知道了。他们不想让我再留在这里上高中。"

父母想送她出国留学。

沈执点头，声音不冷不淡："那很好。"

"临走之前，我特地跟你说一声谢谢！"此时她看向夏江鸣他们几个，哪怕戴着口罩，可是女孩眼底还是露出笑意，低声说，"谢谢你们大家！"

"要不是因为你们帮我，说不定到现在我还在被那个人威胁。我知道我自己一直不够勇敢，哪怕被威胁也不敢站出来报警抓他。"

要不是这次唐振鹏被抓，他交代了自己的事情，警察找过来之后，她甚至还不敢跟父母说这件事。

但是现在一切真相大白，坏人也得到了惩罚，她终于有种解脱的感觉。

夏江鸣突然听到这么真挚的感谢，他还有点儿不好意思，挠了挠头之后，提醒道："没事儿，没事儿，就是以后你看人的时候一定要擦亮眼睛。"

徐一航和陈松两人同时抬脚踢他。

见过不长脑子说话的，没见过这么往人家心窝子上戳的。

倒是夏青摇了摇头："没事儿，确实是我眼瞎，喜欢那种人。"

不过她偷偷地转头看了一眼身边的少年，突然低声说："但是我现在不瞎了。"

夏江鸣笑嘻嘻地说："那就好，那就好。"

可是他刚说完，夏青望着沈执说："这句话我知道自己说了也不一定有用，但是我要走了，我一直那么懦弱，所以这次想要勇敢一下。"

"我喜欢你，沈执。"

她说完，沈执还没反应过来，女孩突然冲上来轻轻抱住他。

此时旁边围观的人群里猛地爆发一阵喝彩声，在校门口表白，然后女生还主动扑上来抱住男生。


这可刺激了。

平时着急回家的学生们也不着急走了，都站在不远处看热闹呢！

沈执正要推开她，人家小姑娘已经松开手转头跑了。

夏江鸣看得目瞪口呆，喃喃道："她现在确实是不瞎了，但是胆子也变太大了吧，连执哥都敢喜欢！"

"哎，不对呀，人是我们一起救下来的，怎么她只喜欢执哥，不喜欢咱们呀？"

徐一航踢了他一脚，怒道："你闭嘴吧！"

站在不远处的纪染和闻浅夏看着这一幕，闻浅夏张了张嘴巴，小声嘀咕："怎么回事啊，就突然抱你家沈执了，经过你同意了吗？"

纪染抿着嘴唇，突然轻轻开口说："你情我愿，需要我同意什么！"

说完，她转身就走了。

这会儿徐一航赶紧提醒说："执哥，刚刚纪染全看见了。"

等沈执转头看过去，纪染已经走到对面的公交站台，而且正好有一辆公交车停在那里，纪染直接上车。

很快，公交车开走了。

沈执低声说："你们先走吧！"

等他骑着摩托车追过去的时候，公交车已经开了很远很远。寒冬里的深夜越发冰凉入骨，特别是骑着车时，冷风从对面刮过来，哪怕穿着厚实的羽绒服依旧挡不住这股子寒气。

纪染快走到小区门口的时候，沈执骑车赶了上来。

他把车子停下之后，几步追上去将人挡住了去路，纪染看见是他，脸色特别冰冷，连语气都不善，一张嘴就是："你让开，我要回家了。"

沈执瞧见她这股子恼火又生气的模样，突然笑了起来，本来一路上他心底特别忐忑，怕她生气，怕她误会。

可现在看见她真的这么生气，反而他笑了起来。


少年清俊的眉眼因为这笑意越发展颜，他低哑着声音问："染染，你是不是在吃醋？"

纪染这一路在车上都快气坏了，他居然让别的女生抱他？

对，哪怕确实是意外，是那个女生突然抱住他，可她还是心底好不爽。

偏偏这个人追上来，居然还笑得这么开心。

纪染再也忍不住，她直接伸手拽起他的手臂，扯掉他戴着的黑色皮手套，直接在他手腕上咬了一口。

用了劲儿的那种，等她松开的时候，留下一圈牙印。

纪染咬完，背着书包就跑，头也没回。

沈执站在原地，望着她的背影，突然他的手指轻轻摸了摸手腕上的牙印，心想：嗯，她吃醋了。

她一定是是吃醋了！！！

纪染回到家里的时候，赵阿姨刚给她开门，她换了鞋就往楼上走，赵阿姨叫都没叫住她。等到纪染推开房门，直接往床上一躺。

她仰头望着天花板上的纹路，突然在床上滚来滚去，滚了好几圈。

这个沈执，真是气死她了。

他怎么能让别人抱呢，而且还有那么多同学在看呢，一个个还起哄，有什么好起哄的！

纪染觉得有点儿心烦，突然又觉得刚刚在门口咬他一口实在是太便宜他了。

她应该再踢一脚的。

就在纪染在床上左翻右滚的时候，突然兜里传来嗡嗡的振动声，纪染整个人一下子安静了下来。她微咬着嘴唇，可是脸上还是有止不住的笑意。

应该是沈执打来的电话吧……

自从明白了自己的心意之后，纪染发现只要她想到沈执这个名字，都会觉得那么甜，脑海里仿佛自动有粉红色的气泡慢慢升起。

她怎么会那么喜欢他呀！

纪染立即盘腿坐在床上，等她慢悠悠地从兜里拿出手机，准备接电话的时候，突然她愣住。

因为她看见电话上面的手机号码。

是她妈妈。

自从她跟着纪庆礼来了 B 市之后，裴苑除了偶尔给她打电话之外，居然真的没有过多干涉她的生活。

以至于纪染一直有种，她被放飞的感觉。

但当她看见手机里闪烁着的电话号码时，她脖子上的那条锁链突然又重新浮现了起来。

第一个电话挂断时，对面并没有放弃，而是迅速打了第二个电话。

纪染这次没有再犹豫，按了绿色接听键。

裴苑的声音响了起来："怎么这么久才接电话？"

她的声音也并不是不悦，就是习惯性地质问。纪染手指轻捏着手机，低声说："我在洗澡。"

裴苑"嗯"了一声，并未纠缠这个问题。

她说："我记得你上次说过，马上要期中考试了对吧，考完了吗？"

纪染点头："考完了，我考了年级第二，709分。"

想了下她还是小声说："只比年级第一少1分。"

"染染。"突然裴苑微微拔高声音喊着她的名字，似是有些不满，但是又让纪染搞不清楚她到底是对自己哪里不满。

纪染没说话，只是安静等着。

好在此时电话那边有个声音，轻声说："裴总，季总他们来了。"

"你是不是跟你爸在一起住了几个月，把他的臭毛病都学会了？"裴苑的声音里透着不满，她说，"你爸搞砸事情的时候，从来不会反省自己，只会找理由。"

纪染有几秒钟的迷茫。

真是难为她妈妈了，已经离婚还能把前夫的臭毛病记得一清二楚。

裴苑继续说："纪染，你以前哪怕考试考砸了也从来不会这样。"

纪染深吸了一口气，她知道跟裴苑争执完全没有用，她需要的只是自己服从她。于是纪染低声说："下次我会拿第一的。"

听到这句话，裴苑总算满意点儿。

没一会儿，那边又有人说了一句话，裴苑"嗯"了一声之后，有点儿沉默。

还是纪染打破沉默，主动乖巧说："如果您要是忙的话，就先挂了吧！"

"染染。"裴苑喊了她一声，纪染沉默地听着，她说，"不管你去哪儿，你都要明白最重要的事情是什么。我不希望你被一些不重要的人影响。"

纪染轻轻皱眉，不知道她说的不重要的人，到底是指谁。

不过很快裴苑那边似乎再也等不了了，她主动挂断电话。

纪染把电话放在手边，整个人又在床上躺了下来。每次跟裴苑打电话，她都有一种很累的感觉。

她知道相较于纪庆礼，其实裴苑更在意她。

可以前她被束缚得太多，哪怕之后她已经工作是个成年人，但是她工作上的问题依旧会被过问。

有时候过度期望，也是一种负担。

纪染想了想还是起身去洗澡。

第二天早上，她起床去吃饭，这才发现江艺居然又在家里。她拎着自己的书包，皱着眉头望着她。

倒是江艺居然冲着她笑了笑，主动打招呼说："早呀，纪染。"

江利绮已经站在楼下等着，两人下来的时候，江利绮主动说："染染，我听小艺说你这次考了全年级第二。"

"对呀，妈妈，纪染现在可厉害了。"

自从这次期中考试的成绩出来之后，纪染又出了一次名，要是以前还有人不认识她的话，现在整个年级，特别是（1）班、（2）班的学生也全部都认识她。

毕竟在普通班里，却能考得超过（1）班、（2）班学生。

江利绮露出欣慰的表情，柔声说："你爸爸一直说你成绩特别好，之前你成绩波动的时候，你爸爸可担心了。如今看你成绩也恢复到以前的水平，我也彻底放心了。"

纪染朝她看了一眼，没说话直接进了餐厅。

江艺在后面冲她翻了一个白眼，江利绮赶紧扯了她一下。

"妈妈，你干吗这么怕她呀！"江艺哼了一声。

江利绮立即瞪了她一眼，压着声音说着："我昨晚刚跟你说过，你就忘了？你要是再这样不长记性，我可真让你彻底住校了。"

"别……别，妈，我求你了你快救救我吧，我们宿舍的人磨牙，我晚上根本睡不着觉。"

江艺赶紧挽着江利绮的手臂，哀求道。

江利绮这才满意。


不过她望着已经在餐桌旁边落座的纪染，忍不住叹了一口气，说道："你说说你，真是没一处比得上人家的。"

哪怕江艺是自个亲生的，江利绮都不得不承认，纪染真是处处比她强。

光是学习这一条，就能比下去十个江艺。

之前要不是纪庆礼安排，江艺压根进不了四中这样的学校读书。如今就算进了，最后也是打算走艺考的路子。

要真想走普通高考，江艺连个二本估计都考不上。

就连长相，纪染都比江艺要好看。况且这孩子性子也沉，就连江利绮作为长辈都不敢小觑了她。

"什么嘛，我哪儿就比不上她了。"江艺不服气地说，随后她嘟囔，"她不就是有一对好爹妈。"

江利绮见她还不服气，干脆直接说："就算好爹妈，她考试是靠爹妈才考了700分的吗？"

不说不生气，江艺这次考了400多分，连500分都没到。

上次月考的时候，纪染确实是分数比江艺还低，可人家那是考着玩的。

江利绮叹了一口气，却也无奈，还是搂着江艺进了餐厅，谁让这个才是她亲生的呢！哪怕处处比不上人家，江利绮也要为她谋划。

快到上课的时候，沈执才晃晃悠悠地从后门进了教室。只是本来已经响起读书声的教室在他进来的一瞬，突然有些安静。

不过沈执自带静音效果，时常会有这种事情发生。

因此他也没在意，手里拿着一袋牛奶，在纪染让开之后，走到他自己位子坐着。

只是他干净的桌子上放着一张挺大的纸，他本来以为是发下来的试卷，伸手拿起来，结果发现居然是一封道歉信。

因为"道歉信"三个大字，特别显眼地写在第一行。

"沈执同学，作为高二（8）班的同学，我们没有在你维护正义和公平的时候，站出来为你加油助威，甚至还助纣为虐，在背后猜忌你，诋毁你，怀疑你的人品……"

沈执眉梢一挑，这都是什么？

可他还是安静地继续往下看。

"唐振鹏事件让我们很羞愧，因为在这件事发生的第一时间，同学们都没相信你。但是学校的处分让我们明白，我们是大错特错。老师教育过我们，知错要能改，因此今天我们在这里向你郑重地道歉。"

"沈执同学，你乐于助人的精神值得我们每一个人学习。"

底下全都是签名，是（8）班大部分学生的签名。

沈执看了半天，有种好笑但是又说不出的滋味。从他入校开始，关于他身上的传言数不胜数，真的、假的、夸张的、虚构的，或多或少把"沈执"

这个名字妖魔化了。

以至于所有人提到他，都是那个能打架爱逃课不学习的学生。

他也从来没在意过，因为别人的看法对他真不重要。就算是唐振鹏的事情发生，他也没为自己辩解一句。

可是现在看着面前的这张纸，这是第一次有人这么认真又诚挚地跟他道歉。

对不起，沈执，我们错怪你了。

明明那么简单的一句话，可是真戳心窝子。

真的。

哪怕是沈执这种"钢铁直男"，在这么一瞬，都觉得教室里怎么突然起风了呢！

眼睛有点儿涩。

纪染见他半天不说话，小声地说："这是班长写的，然后让愿意签名的同学签名的。"

（8）班班长叫张凯阳，是个特别耿直认真的少年。在沈执之前，他是（8）班的第一，上次月考的时候，他是整个（8）班唯一考进年级前五十的同学。

早上纪染到教室的时候，就发现张凯阳正四处找人签名。当然他也说了，不强制签名，但要是在背后怀疑、诋毁过沈执的，想签名就签名。

"嗯。"沈执应了一声。

这张纸是那种试卷大小的纸张，左边是班长写的道歉信，右边是（8）班大部分学生的签名。

他望着这些名字，突然发现有些名字跟人脸，他都对不上号。

纪染抿嘴，突然又开口："我没签。"

因为她从来没怀疑过他。

沈执转头看了她一眼，她漆黑澄澈的大眼睛里泛着骄傲，仿佛在说，你看，我始终都信你。

第一次，沈执突然觉得，学校是一个特别有意思的地方。

因为在这里，你会看见很多闪闪发光的心。

那么干净，那么纯粹。

纪染中午从外面吃完饭回来的时候，被闻浅夏拉着去了孔夫子的雕像旁边。此时哪怕刚考完试，孔夫子雕像旁边全都是奥利奥小饼干。

闻浅夏一边把自己的小饼干摆上去，一边摇头说："这帮人可真的是太太太封建了。"

纪染笑了，正在搞封建迷信的人，好意思说别人？

闻浅夏拉着她过来还愿了，美其名曰，她这次考得这么好，可见孔夫子他老人家是真的在帮她们。

"染染，轮到你了。"闻浅夏虔诚地还完愿之后，推了纪染一下。

纪染实在不想跟着她胡闹，只得说："我许愿是考第一，现在我只是第二。"

只是第二……

闻浅夏听到"只是"这个词，整个人有被伤害到。

"700多分哪，我的染，你考了700分以上呀，不是我吓唬你哦，你要是不诚心还愿，说不定下次还是被沈执压哦！"

纪染对于她的乌鸦嘴简直无奈，虽然她跟闻浅夏认识不算太久，但是她说过的很多事情，真的就是好的不灵，坏的灵验。

"压什么？"突然身后传来一个极大的声音。

夏江鸣走过来的时候，手里还端着奶茶，吸了一口之后，满脸嫌弃地说："闻浅夏，你又带着我们染妹搞封建迷信呢！"

闻浅夏立即不愿意了，她说："什么封建迷信，染染这次考了年级第二，我呀，进了年级前两百，很灵验的好吧！"

夏江鸣一边嚼着嘴巴里的珍珠，一边想了想，立即说："还真的有点儿灵呀！"

徐一航受不了他了："你是傻子吗？人家说什么你就信什么。"


沈执本来站在后面，也不知道什么时候踱步到纪染旁边，她一转身就看见身边的人。

他压着声音说："你还真信这个？"

纪染朝他看了一眼，满脸都是你觉得我看起来像是个傻子吗？

谁知沈执反而点点头，语气轻松地说："周六我给你打电话。"

这个话题跳转得有点儿快，以至于纪染愣了那么几秒，她在思考，他给自己打电话干吗？

"去玩。"沈执言简意赅地说了两个字。

"去玩？？"纪染登时被提醒到她和沈执考前的约定。

"嗯，你要是愿意也可以当作是同桌之间纯洁又友好的周末交流？"沈执伸手在她的耳垂上轻捏了下，声音沉而喑哑："不许跟我耍赖了，记得来。"

于是在沈执的强行约定下，他们周六的活动算是定下。

以至于在剩余的几天里，纪染都有点魂不守舍的。一直到周五放学回家的时候，她晚自习的时候特把周末的作业写了一大半。

剩余的这些，她今天晚上回去应该都能写完。

只是到家的时候，她发现客厅里面亮着灯，等她进去的时候，不仅江利绮和江艺母子两个在，就连出差一周的纪庆礼也回来了。

纪庆礼脸上明显带着笑意，回头望着纪染时，立即说道："染染回来了，过来看看爸爸给你带了什么礼物？"

纪染慢悠悠地走过去，看见客厅茶几上摆着的东西。

纪庆礼这次给她带了一条价值不菲的项链，而且还是限量版的。

纪染看了一眼，低声说："谢谢爸爸！"

"你这次期中考试考得不错，这些都是应该的。"纪庆礼微笑道。


纪染瞥见一旁的行李箱，是粉色的箱子，肯定不是纪庆礼带回来的行李箱，所以又是江艺的箱子。

此时江艺也在低头看自己手腕上的链子，这是一条名牌的手链，这是她自己的第一条大牌手链。

现在不管她怎么拍照炫耀，都不怕别人发现了。

就在纪染还在猜测时，江利绮缓缓开口说："染染，阿姨有件事想跟你商量，你也知道现在天气冷了，学校宿舍里的环境实在是不行。小艺也是真的没办法住下去，所以我想让她回来住。"

她不等纪染开口说什么，立即抢着说道："你放心，小艺呢以后不会打扰你的学习。你这次考这么好，想来是已经完全适应这边的生活了对吧，也不会再出现成绩起伏这么大的问题了是吧？"

纪染安静地望着她。

江利绮的话实在是高明，她这么说，无非就是想告诉纪庆礼，要是她的成绩再出现上次月考那么大的起伏，那就是她在故意用自己的学习成绩威胁他们。

纪染不想跟她和稀泥，搞你好我好大家好那一套。

她直接说："学校里那么多住校生，怎么就环境实在不行？别人住得了，为什么江艺就住不了？如果你真的是因为冬天心疼她，那我觉得还是住校的好，因为还不用每天跑来跑去。"

江利绮没想到纪染丝毫不给自己面子，直接就反驳了回来。

一旁的江艺更是着急，她行李都拿回来了，要是没办法让她在家里重新住下来，她真是丢脸也丢死了。

于是她紧张地望着江利绮。

好在江利绮早已经有了底牌在手，丝毫不慌，她柔柔地朝纪庆礼看了一眼，轻声说："染染，我们都是一家人，以后都应该好好相处对吧！你跟小艺马上也要当姐姐了，你们应该给小宝宝做好姐姐的榜样。"

纪染登时怔了，整个人犹如被雷劈中般，站在原地半天没有动。

江艺看见这一幕实在是太过痛快，果然像妈妈说的那样，等妈妈怀孕了，纪染就什么都不是了。

纪染转头看向纪庆礼，一张嘴声音都在抖："她怀孕了？"

纪庆礼也有些尴尬，毕竟他本来也没想过江利绮能这么快怀孕，可谁知他出差的时候，江利绮给他打电话，说自己怀孕了。

"染染，你江阿姨也说了，以后江艺肯定会跟你好好相处，你们……"

"所以就是因为她怀孕了，随便在您耳边说了几句话，您就心软了？"纪染拔高声音说道。

刚才她听到江利绮说的那句话，给小宝宝做好榜样。

所以江利绮怀孕已经超过三个月了，可笑居然还一直瞒着她。


对于纪染这句话，纪庆礼显然不高兴了，他沉着脸说道："染染，你怎么说话呢，我是不是对你太纵容了，你居然这么对长辈说话？"

"我怎么说话？"如果说纪染之前还能开开心心地跟他演戏，可是这一刻她只觉得恶心。

就因为江利绮怀孕了，他就轻而易举地推翻之前答应自己的事情，还打算让江艺回来住，营造一个什么和谐家庭。

所以她存在的十七年时间，居然还比不上一个三个月的胚胎？

突然纪染觉得很可笑，可笑到她不想再跟他们装模作样下去。

"难道我说错了，当初是您答应过我江艺不会住在这里，现在呢，江利绮一怀孕在您耳边吹了几句枕边风，您就立即改变想法，您不觉得自己很滑稽吗？"

"您从来没有站在我的立场上考虑过问题，永远言而无信，您怎么配当爸爸……"

当纪染最后一个字说完时，啪的一声脆响，纪庆礼一巴掌直接打在她脸上。

打完之后，纪庆礼自己都蒙了。

他愣了愣朝自己手掌上看过去，他以为纪染会躲的，结果她动也没动，站在原地硬是挨了一巴掌。

至于纪染，她没觉得疼，就是脸上有种被火灼烧过的感觉，滚烫滚烫的。

她直勾勾地望着纪庆礼，声音格外冷漠："您总是说我妈压着您，想要控制您，可是您以为您现在就解脱了？"

"别人哄您两句，您就当真，您可真够可怜的。"

说完，纪染转身离开。

留下原地气得发抖的纪庆礼。


纪染走到别墅区门口的时候，整个人还在不停地发抖。寒冬里的冷风刮在脸颊上，犹如刀子般刮擦着，又疼又冷。

她出门的时候，门口保安室的人赶紧走了过来，看着她小声问道："纪小姐，您这么晚还要出去呀？"

保安见她一个小姑娘大半夜的出门，忍不住多问了一句。

纪染点点头，还是背着书包走了出去。

哪怕她今晚在街头乱逛，她都懒得再回去看那几张脸，今天纪染一点儿都不想装，烦是真的很烦。

小区门口亮着柔和的灯光，幽幽地照着小区华丽又繁复大门，透着一股精致的闲人勿进感。而对面一条街灯火通明，有种温暖的烟火气息。

纪染慢悠悠地走到对面明亮的便利店。

叮的一声，便利店的玻璃门打开，她走了进去。

寒夜里的便利店都有点儿萧条，除了她之外没有一个顾客，整个店里只有一个安静站在收银台后面的店员。

纪染走了过去，她隔着玻璃看着里面正在煮着的关东煮，冒着浅白色热气。

她的手指贴着玻璃指着里面的东西，店员拿出纸杯勤快地把她指着的东西装进去，等她买完的时候，又盛了不少热汤在里面。

纪染低头把身上的书包拿了下来，说起来刚才她进门的时候，书包都还没放下，就听到这么大的消息。

不是总说蝴蝶效应吗，亚马孙雨林里的一只蝴蝶随意地闪动翅膀，就有可能在美国引起一场龙卷风。

那么她呢，上一次江利绮并没有给纪庆礼生下孩子，可是现在她却怀孕了，这会不会是因为她的回来带来的改变。


想到这里的时候，纪染忍不住叹了一口气。

可她刚叹完，余光瞥到自己身边不知什么时候站了一个人。

等她转头，沈执站在她旁边，微眯着眼睛望着她。

纪染被吓得忍不住往后退了一步，她实在没想到这个人怎么会在这里，只是干巴巴地仰着头望着他。

"你怎么在这儿？"纪染问道。

沈执微皱眉，垂眸望着她："这话应该是我问你的吧，你怎么在这儿？"

他是看着她进了小区的，结果她大晚上居然又出现在这个便利店里。

纪染抿嘴没说话，正好店员把她的关东煮递了过来。

沈执从兜里拿出钱包，直接把关东煮的钱递了过去。

纪染站在原地等着店员找零给他，之后她才转身准备走过去坐下来，只是她刚转身，突然手腕被沈执拉住。

沈执微眯着眼睛望着她的脸颊，直到他慢慢靠近，认真地望着她的脸颊一侧。

纪染忍不住低头，微用了点儿力气想把自己的手臂抽回来，但是沈执却没放过她。

少年的黑眸微眯着，眼底从诧异渐渐凝固成冷漠，他的唇角紧抿，头顶冷白色光线笼在他的身上，让他身上那股子冷漠尖锐的气质越发明显。

"你的脸……"沈执声音特别冷，他声音顿了下还是问道，"到底怎么回事？"

纪染这会儿也冷静了下来，这么丢脸的事情她也不想说，干脆说道："没什么，撞的。"

沈执冷着脸望着她，压着声音里的怒气说："你还没看过自己的脸吧？"

少女的皮肤特别显白又娇嫩，因此脸上的红印特别明显，甚至脸颊上还有清晰可见的手指印，一看就是被打的那种痕迹。

她居然还跟自己说是撞的，骗鬼呢！

纪染也没特别尴尬，只是抬头朝他看了一眼，声音有点儿软："我饿了。"

晚自习之前她没吃什么，现在经历这么久的时间，刚才情绪又波动得特别大，这会儿是真的饿了。

"行，你先吃东西。"沈执也没一直追问，点点头。

于是走到窗边的位子上坐着，沈执跟着在她身边坐下，转头盯着她的脸一眨不眨地。

虽然纪染不说，但是沈执还是了解她的性格，并不是那种能被人随便欺负的人。况且之前江艺的事情，他也知道，所以纪染家里是什么情况他大概也能猜到。

纪染不知道他心底想什么，只是安静吃着手里的丸子。

沈执转头看着她，一口一口慢慢地吃东西，看起来也不是特别丧气，就是他心底挺不爽的。

凭什么他的小姑娘得受委屈，大半夜的不仅挨了打，还得一个人在这里吃东西。

纪染转头见他盯着自己看，她清了清嗓子："你要不要也吃点儿？"

毕竟是他付钱买的，一个都不给人家吃也太说不过去了。

沈执点了点头，纪染把面前的纸杯推过去，示意他自己随便拿。

可下一秒，沈执捏着她的手腕，将她的手掌拉到自己的面前，低头咬着她手里竹签上的花枝丸。

虽然这些丸子是一颗一颗的，但是他跟自己吃一根竹签上的丸子，还是让纪染忍不住红了脸颊。

这个人真是什么时候都不忘戏弄她。

就在这时，纪染兜里的手机欢快地振动了起来，两人都同时看了过去。纪染抿嘴把手机拿了出来，看了一眼。

呵呵，居然是江利绮打来的。

之前江利绮给她打过一次电话，虽然纪染没保存她的电话，但是她记忆力一向太好。

几乎过目不忘。

于是她毫不犹豫地把手机关掉。

沈执没说话，直到纪染打破僵局低声问："你这么晚不回家，就没关系吗？"

"我一个人住。"沈执低声说。

纪染点了点头，这时候她还挺羡慕沈执一个人住，最起码清静。

不过她还是低声说："你先回去吧，别太晚了。"

沈执直接问："你呢？"

她呀？

纪染想了下，她还真的没地方去，估计就是待会儿吃完东西之后，随便找个酒店住下吧！她今晚是实在不想回家，太压抑。

"要不你跟我走？"沈执轻声问。

纪染也不知道她是怎么想的，可能这种时候，她一个人待着实在是太郁闷了。沈执的提议让她很心动，以至于她坐在他的摩托车后面的时候，似乎特别快就到了地方。

纪染望着面前的这个高档小区，张了张嘴："这里？"

"我家。"沈执直接说。

纪染眨了眨眼睛，还是跟着沈执走了进去。沈执家住十六楼，等两人进了电梯的时候，看着电梯里的红色数字一点点往上跳。

有种说不出的沉闷。

等他们到门口时，沈执开门领着她进去。

纪染站在玄关没有动，等着沈执给她找一双干净的拖鞋，谁知沈执找了半天，这才发现家里除了他的拖鞋之外，压根没别的拖鞋。

阿姨每次来打扫卫生，都是自备的鞋套。

至于夏江鸣他们，沈执压根不管他们，赤脚就行，还要什么拖鞋。

此时他叹了一口气，把自己的拖鞋放在她面前，仰着头望着她："不嫌弃吧？"

纪染低头望着面前的黑色拖鞋，摇摇头，于是把自己的鞋子脱掉，露出白色袜子，脚背是一只红色小猫咪。

沈执轻笑了一声，纪染赶紧把脚塞进拖鞋里面。

"很可爱，藏什么？"沈执斜眼看了她一眼。

纪染恼羞成怒，忍不住说道："少女的脚是你能随便看的吗？"

沈执没说话。

纪染还以为他被自己说得愣住了，于是乘胜追击道："你知不知道，在古代你要是看了我的脚，是要对我……"

负责任的。

她说完之后，突然抿嘴。

沈执偏头望着她，微沉的声线在她耳边再次响起，带着暧昧的温度："说呀，怎么不继续了？"

纪染抿嘴，伸手将他推开，准备走进去。

可是沈执却顺势拉住她的手臂，直接将人拉进怀里。

刚才在便利店的时候，沈执就想这么做来着。但是他还是克制住了，只是现在他特别想抱抱她。

想让她别那么难过。

"染染，你要开心呀！"他的声音在她的耳边轻轻响起。

这次纪染没有推开他，哪怕是她这时候都贪恋着他的怀抱。她的心跳再次没出息地剧烈跳了起来。

从心尖上升起的酥麻带起一点点的颤抖。

直到沈执放开她，沈执还是垂着头，沈执直接拉着她的手进了客厅。


他住的地方本来是三室一厅，不过他把一个房间改成了书房，另外一个房间是专门的游戏房间，能住的只有他自己的卧室。

好在他家的沙发足够舒服也足够软。

沈执给纪染倒了一杯水之后，进了房间看了一眼，万幸今天是阿姨来打扫卫生的日子。

阿姨还顺手把他的床单被套都换掉了。

"你要是困的话，可以先进去睡觉。今天阿姨换了新的床单，很干净。"沈执指了指虚掩着的门说道。

纪染摇摇头："我还不困。"

她确实是不太困，平时她也是 11 点之后才睡觉，回家洗完澡之后，看看书偶尔做一张卷子再睡。

沈执走了过来，脚上只穿了一双棉袜，他指了指墙壁上的钟表："小姑娘，已经 11 点了。你们平时不是都说要睡美容觉的。"

"高中生有美容觉吗？"纪染哼了下。

沈执一顿，干脆在她身边的沙发上坐了下来，他坐下时沙发往下面明显一陷，纪染的身体都跟着轻晃了晃。

他转头朝她看着，无奈地说："那你想干吗？"

小姑娘眼睛微转了转，卷翘的长睫毛密密地压在眼睑上，扑簌扑簌地，小扇子一样地来回扇动，终于她小声说："要不咱们做作业吧，我周末的卷子还没做完。"

沈执："……"


最后两人盘腿坐在客厅的地毯上，几张卷子一字摆开。

纪染转头看了看他的试卷，发现他还没自己做得多，松了一口气："我肯定能比你先做完。"

"要不咱们来比一比？"小姑娘下巴微抬着，露出一小截纤细雪白的脖颈。

沈执垂眼看着她，深吸了一口气。

很好，周五的晚上，身边坐着自己喜欢的姑娘，然后他们一起写老师留的周末作业。这事儿传出去，只怕能把四中的老师都感动哭了吧！

前提是，老师们都能相信他们真的是在写作业。

可是不管别人信不信，反正沈执是信了。因为他身边的少女说完之后，已经拿着笔在卷子上刷刷地写了起来。

沈执还能干吗，一起写呗！

还好他们都是那种能专注做自己事情的人，说好一起写作业，就真的是一起写作业。

纪染此刻心情还真的没之前那么乱。

反而是越写越放松，放松到她忍不住在纸上开始胡乱地画了起来。

不得不说裴苑对她的培养真的是全面，她连绘画都学过，后来大学的时候为了放松接触过一阵子漫画。

她在美国认识的一个日本同学，最大的梦想就是成为一个漫画家。

不过纪染挺奇怪，她觉得全世界最好的漫画在日本，真不知道这位同学干吗远渡重洋来美国。

她脑海里胡思乱想的时候，中性笔的笔尖已经在纸上描绘了起来。

很快，一个Q版小人儿跃然纸上。

纪染望着Q版小人，忍不住笑了起来。

沈执是听到她的笑声才转头看过去，他一眼就看见她纸上画的小人儿，挺可爱的。

直到纪染跟他的视线对上，她眨了眨眼睛低声说："像不像你？"

沈执仔细看过去，良久头疼道："你确定是我？"

"不像吗？"纪染觉得自己可是抓住了他的神韵，于是她把纸拿到两人中间，用笔帽那头点了点纸上画着的小人儿："你看这个眼睛像不像你生气时眯着看人的样子，还有嘴巴……"

小姑娘说得特别认真，沈执低头看着她微动着的粉唇。

纪染的唇形特别好看，是那种上唇峰微微翘起，又有点儿软乎乎。此时因为刚喝完水没多久，唇瓣泛着水汽，透着软粉色。

特别漂亮。

突然窗户上猛地响起了一阵风声，是那种擦窗而过，带着尖锐的啸声。

沈执突然制止住了心底的念头。

他就是想听着她开开心心地笑，轻松又惬意的模样。

哪怕什么都不做，可对于他来说已经是最大的幸福。

纪染也不知道自己是什么时候睡着的，反正她醒来的时候外面天亮了。

等她转头看了一眼这间特别陌生的卧室。

显然这是个男人的房间，整个房间是那种黑白灰冷淡色调。

没有多少属于少年房间的那种轻快，就是特别清冷。

纪染终于有那么一瞬间，把此时的沈执跟十年后那个骄矜冷淡的男人联系在一起，最起码这个房间的装修风格，很像是十年后的沈执会喜欢的风格。

她躺在床上没有立即起来，只是望着窗外，虽然窗帘很厚实但还是透着几丝晨光进来。

昨晚他们把作业全部都写完之后才睡觉。

沈执任由她胡闹，看她画着乱七八糟的Q版小人，都愿意耐着性子听她胡说八道。其实她不是没看见他眼底闪过的情绪。

但最终他选择安静地听自己说。

在那一刻，纪染明白，如果这世上有一个人是值得她永远信任的。

那么，一定是他。


等她在卧室洗手间洗漱好出来的时候，正好撞见从外面回来的沈执，她望着他，有些奇怪："你这么早出门？"

"因为我觉得有人起床，肯定会想吃早餐。"沈执把手里拎着的袋子提了提。

这时的外卖业还不发达，所以沈执自己出门去买了早餐回来。

他家里的厨房除了偶尔烧点儿热水之外，几乎没有任何作用。好在他去拿回来的外卖，餐具都齐全。

于是两人在桌子旁坐好。

纪染伸手帮忙把东西拿出来，还边拿边说："现在还是不方便，连外卖都需要自己去买。"

"那要怎么方便，打电话订餐吗？"沈执问道。

现在有些店是提供电话订餐的。

纪染想了想，说道："说不定以后就会出现一个软件，你只需要在这个软件上面选择商家，然后订购他家的东西，之后有专门的人送货上门。"

"这样的软件？"沈执微愣。

突然他笑了下："听起来确实很方便。"


纪染点头，突然她愣了下，因为她想起来投行里的一个传说。据说沈执进入投行的第一个大案子，就是帮一家外卖 App 融资了一个亿。

那时候他才多大来着，二十三还是二十四？

"你怎么了？"沈执将一个汤包夹在她面前的小碟子里面，见她发愣问道。

纪染摇了摇头，笑着说："没事儿。"

不知是纪染真的有点儿饿，还是这家的灌汤包特别好吃，没一会儿一半灌汤包进了她的肚子。

她望着沈执，低声说："沈执，你有想过你自己以后会成为什么样的人吗？"

沈执抬眸："没想过。"

纪染正要说话，谁知人家不紧不慢地又开口说："反正是个很厉害的人吧！"

纪染："……"

你还真的很有自信。

可是她想起十年后的沈执，突然心底叹了一口气，这个人的自信确实是有理由的。

"好了，快点儿吃，吃完带你去玩。"沈执见她又停了下来，忍不住说道。

纪染露出惊讶的表情。

终于轮到沈执板着一张脸，他有些不满道："纪染，我发现你的态度很不认真。"

纪染一愣，她又怎么了？

沈执淡淡道："咱们的赌约，要我再提醒你吗？"


纪染本来准备背着自己的书包出门，结果临走的时候，沈执看了一眼，无奈地说："你真要让人发现我是在'拐卖'未成年人吗？"

纪染低头看了一眼她的书包，这很幼稚吗？

可她本来就是未成年人呀！

突然纪染理直气壮起来，对呀，他本来就在"拐卖"高中生。

于是最后两人谁也没背着包，沈执身上带了个钱包。出了小区之后，他拦了一辆出租车，说了个地方之后，司机直接开了过去。

因为地方在郊区，距离挺远，足足开了四十分钟才到。

司机停下来的时候，纪染眯着眼睛，被沈执轻轻叫醒。

等她下车看到面前巨大的大门，还有门口正排队入园的人。原来沈执是带她来游乐园玩了呀！

今天是星期天，人还挺多的。

沈执让她站在原地等了一会儿，自己过去买票。

等过了十几分钟他回来，领着纪染进去，别说，整个游乐园的设备渐渐开始启动。就连门口巨大的喷泉，都开始响起欢快的音乐。

纪染从门口拿了一份游乐园的地图，上面显示着各个项目的所在地。

"想玩什么？"沈执问她。

纪染低头，指了指地图上离他们还挺近的过山车："据说这个过山车是亚洲最长的，上下落差最高有十几米。"

这全都是地图上介绍的。

沈执点了点头，两人走了过去。

谁知刚到的时候，纪染望着排队区已经全部排满的队伍，突然感觉到了巨大的压力，她低声说："要不，咱们先去玩人少的项目吧！"

沈执淡淡地扫了一眼，语气平淡："你想玩就玩吧！"

他伸手直接把纪染拉着走到站在门口的工作人员面前，然后他把自己的票出示给对方时，工作人员拿起自己手中的设备对着里面的人喊道："这里有两个VIP客户，麻烦请预留两个位子。"

这一秒，纪染感觉到排队区数百双眼睛，那么直勾勾地望过来。


其实纪染小时候在这种游乐园里玩也没排过队。就是这是她第一次跟同龄男生出来玩，在她的印象当中，他们这个年级的高中生出来玩的时候，不就是这样跟着大家一起排排队，看着园里的玩具纪念品什么的，偶尔也会考虑一下价格问题。

只是她忘记了，她身边的这个人叫沈执。

纪染还在发愣，反倒是沈执特别淡定，连声音都没起伏，挺平静地拉着她说："走吧！"

于是他们两个人在工作人员的带领下，从VIP通道迅速地进入里面的区域。

他们等待的时候，四周还有人不停地朝他们看。

纪染突然升起一个念头。

原来电影里当大哥的女人，是这种感觉。

只是这个念头刚起来，纪染立即猛地摇头，她在胡思乱想什么呢！

怎么一点儿都不矜持！！！

沈执见她又是摇头又是抿嘴，觉得特别好笑，忍不住低声问道："想什么呢？"

他的声音特别轻软，透着一点点诱哄的味道，惹得纪染又是一愣。

只是下一秒，她故意说道："我只是在想，我们这样是不是显得太高调了？"

沈执望着她，漆黑的眼底渐渐染上一层笑意，直到他同样凑近她，几乎是贴着她的耳边，低声说："这就高调吗？"

然后她就听到沈执说："要是有人在这大庭广众下表白，才叫高调。"

游乐园里响着巨大的音乐声，周围吵吵嚷嚷，有笑声、高声说话的声音，还有小孩子叽叽喳喳的吵闹声，那么纷杂的环境里，他的话却那样清晰地飘进纪染的耳朵中。

纪染的眼睛安静地盯着他看，黑色眸底带着一丝叫人不易察觉的羞涩。

随后她感觉到自己的脸颊正一点点升温，直到最后热得发烫。

哪怕冬日里的冷风刮在脸上，她依旧觉得特别热。

好在这时上一批的过山车游客陆续下来，工作人员立即打开栏门让他们进去入座。沈执神情自然地牵起她的手，往前走。

纪染突然指着最前面说："我们坐第一排吧！"

过山车的第一排一向都是被挑剩下来的，工作人员听见她主动要求坐第一排，立即开心地说："两位到这边来吧！"

沈执没有动。

反而是纪染拉着他的手走了过去，不过上车之前，她瞧着他的表情，忍不住问："你不会害怕吧？"

"我？"沈执抬眸。

纪染见他神色如常这才放心，开心地坐进第一排里面的位子。

很快所有人都系好安全带，工作人员从头到尾再次检查过之后，操控室里的人立即启动过山车。

然后长长的车子沿着轨道一点点地往前，轮子和轨道之间那种吱呀声，听得有点儿毛骨悚然的感觉。

果然刚驶出去，后排就有个女声尖声说："我好怕呀！"

她身边的男朋友赶紧安慰："没事，我抓着你的手。"

车子沿着轨道一点点地攀着往上，逐渐到了最高点，在这里停顿了几秒时，纪染忍不住往下看了一眼。

好高呀！

"哇。"她发出一声轻轻的低呼，似是惊讶又透着那么点儿兴奋。

直到"嗖"的一下，车子如同离弦的箭般，飞冲直下，整个过山车上坐着的游客，你叫我嚷，甚至有人吓得声音里都带着哭腔。

纪染兴奋又开心地望着前面，不时发出清脆的笑声。

她一向喜欢这些刺激的项目，在美国的时候别说过山车了，她还专门学过跳伞，从万丈高空飞跃而下，那种刺激真的是灵魂深处的战栗。

直到她兴奋地转头，想要跟旁边的沈执说话。

随着她转头，身边的少年紧闭着眼睛，他嘴角也跟着抿着，下颌线绷得格外紧，本来时常透着漫不经心的清俊脸颊居然有那么几分紧张。

纪染头一次这么肆无忌惮地打量着他。

过山车速度太快，周围风声呼啸，连带着他额前的黑发被轻轻吹起，露出饱满的额头，浓眉挺鼻，充满少年气息的脸颊。

他怎么那么好看。

纪染忍不住笑了下，正好过山车又是一个猛转弯，整车人都被往左边甩了过去。

沈执从头到尾没有发出一点儿声音，不过他再一次肯定他是真的不喜欢这玩意儿。周围全都是哭天抢地的哀号声，倒是他旁边的小姑娘玩得挺开心。

只是突然他发现身边这姑娘好像也不笑了。

沈执想了想最后还是睁开眼睛，转头望着旁边的纪染。

可没想到小姑娘此时正直勾勾地盯着他看。

沈执微怔，却不想下一秒，纪染的手掌轻轻伸了过来，覆在他抓着安全扶手的手掌背上，她的手心有点儿暖。

沈执僵了一秒。

下一刻他反手握住她的手掌。

一直等最后过山车慢慢地驶进终点停下来的时候，纪染都没松开手掌。当车子停下来的时候，纪染转头看着沈执，小声问："你现在还怕吗？"

沈执无奈地看着她。

可是下一秒，纪染轻声说："你别怕呀，我陪着你呢！"

沈执垂下头，突然低低地笑了一声，过山车好像也没那么讨厌。


两人离开过山车这个游乐项目之后，继续往里面。纪染没有急着玩下一个项目，所以她左看右看。等走到一个特别大的广场，一排全都是摊位，旁边还有一个很大很大的商店。

从外面就能看见商店里面摆着的各种玩具，粉粉嫩嫩。

应该是没有女生能抵挡得住玩偶的诱惑。

纪染随意地看了两眼，旁边的沈执突然开口说："进去看看吧！"

"不用。"纪染立即说道。

可是不等她拒绝第二次，沈执直接拉着她走了进去。商店里女生居多，男生也多是陪着自己的女朋友进来的。

商店里各种可爱的玩具，可以戴在头上的发箍，各种可爱的造型都有。

纪染看着墙壁上挂着的一个草莓包，包包是一颗草莓的造型，材质是那种毛绒玩具的质感。

有点儿幼稚呀！

可是她的眼睛却看了好几眼。

纪染的少女时代，她几乎没有时间来游乐园，至于这些幼稚又便宜的包包在裴苑眼中就是不值一提的垃圾而已。

但重来一次的时候，她突然有点儿想要尝试一下这种幼稚。

就像是一个想要吃糖果的小孩，哪怕家长说这个糖果一点儿都不好，可是最起码让她自己尝过之后，她才能判断到底是好还是不好。

于是她心底有两个小人儿在拼命拉扯。

一个小人儿在说：纪染，你清醒一点，这个好幼稚，一点儿都不适合你。

另一个就在说：我就试一下，试一下好吧！

结果她出神的时候，沈执直接抬手把墙壁上挂着的草莓包拿了下来，他伸手把包包挂在她身上之后，低头看了一眼，眼神里带着一点点探究。

纪染跟着低头，红红的小草莓垂在她的身侧，软软的。


她有点儿不太好意思地说："太幼稚了吧！"

她说话时，旁边一个女生跟她同伴说："那个草莓包好可爱，我也想要。"

"你问问店员还有没有别的了。"

结果女生问了旁边的店员，知道草莓包只剩下纪染身上这一个，女生捶胸顿足说："好可爱，我觉得背上这个我就是这条街最粉嫩的'崽'了。"

"说真的，你是看人家背着好看吧，你确定背在你身上有那位小仙女妹妹的效果？"

女生被同伴彻底打击到，最后被拖着走了。

纪染忍不住又看了一眼，好幼稚，这个草莓怎么这么幼稚。

可是也好喜欢。

她居然不知道自己原来是这么有少女心的一个人。

于是她眼巴巴地看向沈执，眼神里全都是你要是再夸我一句，哪怕再幼稚这个草莓包我都要买下来了。

"你吃什么长大的？"沈执伸手捏了下她的脸颊，手感一如既往地细腻滑嫩。

沈执在对上她的视线之后，突然眼睑微垂，声音特别沉特别缓地说："怎么能这么可爱。"

纪染紧紧抿着嘴角，却依旧挡不住上扬的趋势。

行吧，看在你眼光这么好的分上，就算幼稚我也要了。

等纪染心满意足地背着她的小草莓出门之后，走了没多远，看见不远处一个黑乎乎的地方，那里跟整个游乐园充满卡通又甜美的画风截然不同。

鬼屋！

这次轮到沈执说话了，他淡声说："那个好像挺有意思的。"

纪染猛地转头看向他，一眼就觉得这个人心底肯定是没安好心。以为女生都怕鬼吗？纪染心底微微冷笑，觉得沈执未免太小看自己。

于是她点头，毫不犹豫说道："好呀，那就玩那个。"


鬼屋也是五个人一组进入的，纪染和沈执过去时，前面正好有人等着。

工作人员很快放他们进去。

整个鬼屋是那种特别阴暗潮湿的环境，还没进去就有那种阴森的感觉。

特别是周围还回荡着恐怖的音乐声。

跟他们一起的是三个女生，刚到门口，突然有个特别尖锐的声音，是走在最后的女生叫了起来。

"我，我不敢走在后面。"那个女生说。

旁边的短发女生瑟瑟发抖地抱着她："我也不敢。"

纪染眼巴巴地望着她们，毫不犹豫地贴着沈执站定，她……她其实也不敢。

虽然她表面上装作满不在乎的样子，其实她也挺怕这些的。纪染很怕黑，而且还有轻微的幽闭恐惧症。

不过她还是大着胆子走在前面，鬼屋墙壁上挂着各种骸骨、头骨还有各种鬼面具。

四处泛着幽幽的绿色荧光，不管如何，恐怖氛围是渲染得特别到位。

纪染也有点儿烦，这里怎么这么暗呀，连路都不太好找。

沈执走在她旁边也没说话，两人走在最前面，后面三个姑娘瑟瑟发抖地抱成一团跟在后面。

结果走到一半的时候，突然有个什么东西从头顶唰的一下飞了下来，在她们旁边荡了好几圈。

纪染心脏都猛地一顿，有种停跳的感觉。

身后三个女生更别说了，乱成一团，尖叫声简直快要盖过鬼屋里的恐怖音乐。

直到有个女生突然说："啊啊啊啊，鬼，谁在摸我的脚。"

有个黑乎乎的鬼影突然站了起来，三个女生声音猛地一顿，随后就是无比尖锐的凄惨叫声。

沈执明显也感觉到身边少女猛地一僵的反应。

他正要伸手把她抱住，结果他手掌刚伸出去，旁边的人反应更快，居然直接冲了出去。

沈执眼睁睁地看着纪染直接走到那个黑色鬼影的面前，然后毫不犹豫地伸手扯住对方的衣领，随后一声咚的闷响。

纪染的膝盖直接顶到人家的腹部，疼得对方噢的一声喊了出来。

"让你吓人。"纪染绷着小脸，特别严肃又冷漠地说道。

下一秒，她松手时，对方直接躺在地上捂着肚子疼得叫唤了起来。旁边三个女生相互依偎着，却也被眼前的一幕惊呆了。

还是躺在地上的人小声又委屈地说："我是这里的'鬼'啊！"

他的工作就是负责吓人。

纪染张了张嘴，一时尴尬、愧疚全都袭上心头。

这个鬼屋实在是太黑了，她连路都找不到，结果突然出现一个鬼影，她以为是哪个无聊的游客突然钻出来吓人呢，就特别生气……

下意识就动手了。

而且纪染这姑娘，她性子还跟一般人不一样。

其他小女生被吓着了吧，是站在原地凄厉尖叫，她是那种迎头而上，有种就你吓唬我是吧，那我把你打到让你吓不了我的横劲儿。

沈执走上前，伸手把人客气地扶了起来。

对方站稳之后，他语气诚恳道："抱歉。"


纪染跟在沈执后面，一脸歉意地望着对面站着的工作人员，此时他们已经从鬼屋出来。这个工作人员身上还穿着雪白的衣服，脸上化着惨淡的妆容，配合鬼屋里面阴森惨绿的光线，简直恐怖效果翻倍。

只是此刻他捂着肚子，一脸无奈。

沈执捏了捏纪染的手掌，转头看着对方，耐心地说："我家小姑娘下手有点儿快，实在抱歉。"

纪染再次鞠躬道歉："对不起，是我的错。"

她小心翼翼地朝人家看了一眼，特别内疚地说："你要不要去医院看一下？医疗费我都可以出的。"

她刚才是真的太紧张了，本来在鬼屋里神经就绷到最紧，结果突然蹿出来一个黑影，她当时第一反应就是冲上去揍他。

等她发现是工作人员的时候，打都已经打完了。

好在工作人员摆摆手，苦笑道："没事，没事儿，好在你是个女孩子。"

不过这个工作人员确实没想到，看起来这么甜软的一个小姑娘，出手这么快，冲到他面前直接给他来了一下，他到现在小腹都还感觉到疼。

其实在鬼屋里扮鬼，被误打的次数还真不算少。

甚至还有男生被吓得还手，只不过工作人员时间长了，也锻炼出来一些躲闪技能。一般真不会被打到，但是今天这小姑娘冲过来的速度太快，他确实没想到一个小女孩能出手这么快。

算是大意之下翻船了。

工作人员再次说了没事儿，纪染这才敢离开。


只是经过这事儿，她也没什么心情再玩了。于是两人随便在园区里面闲逛了起来，直到两人在广场上的座位上坐下。

这会儿大家都忙着玩游乐园的项目，广场上基本没什么人。

沈执过去买奶茶还有吃的，纪染一个人坐在座位上，把包里的手机拿了出来，想了想还是开机。

果然一开机，数不清的短信还有电话都发了出来。

最新一条短信是裴苑的，她让纪染马上回电话给她，要不然立即就要报警。

看见报警两个字，她微抿了抿嘴，还是打了电话过去。

果然她拨出去几秒钟之后，那边立即接通，裴苑语气不善："纪染，你现在是怎么回事？离家出走都学会了？我们离婚的时候我让你选，不是为了让你这么放纵你自己。结果你呢，月考考了那个分数，这次期中考试又是第二，你别跟我说什么是受到我们离婚的影响，这种理由我不想听。"

"对不起，妈妈。"纪染压着声音说道。


此时站在卖章鱼小丸子摊位旁边的沈执回头看过来，哪怕纪染知道隔着这么远，他肯定听不见。她还是慢慢站起来，走到不远处。

裴苑似乎还在气头上，她说："你要是跟你爸那一家相处不下去，这个周末我去接你回来。她们算什么东西，比得上你自己的前程？"

裴苑压根没把江利绮母女放在心上，她家底跟纪庆礼相当，甚至她的工作能力还在纪庆礼之上。不是江利绮那种需要靠着男人的人，所以她绝对不能忍受纪染被这对母女影响。

纪染沉默不语。

许久，她才低声说："我不想转学，我以后也不会被她们影响的。"

裴苑捏了下自己的眉心，低声说："是不是那个女人怀孕了？"

"爸爸跟您说的吗？"纪染问道。

"他有脸跟我说吗？"这确实是裴苑自己猜测的，纪染性子她也算了解，寻常小事儿不会让她反应这么大。

虽然纪庆礼没跟她直接说，但裴苑还是从他遮遮掩掩的语气里面也猜到了。

这是两人离婚之后第一次打电话，知道纪染离家出走之后，裴苑气到在电话里指责纪庆礼，他居然难得的没有反驳。

裴苑讽刺道："你爸真够可以的，也不嫌丢人。"

其实纪染出走不是因为江利绮怀孕，而是江利绮一怀孕就提出让江艺回来住，纪庆礼居然还同意了。

对于纪庆礼的软耳根子，纪染也算有所领教。

纪染说："这件事我会自己解决的，您不用担心。"

"你打算怎么解决？"裴苑冷漠道，在她看来与其跟那种人一般见识，还不如趁早回来，她说："你难不成还真要跟她们一直纠缠不成？"

纪染低声说："我不会让她们影响到我，我只是讨厌输而已。"

她不是要跟她们纠缠，她只是讨厌输而已。


哪怕亲情这种事情并不能用输赢来划分，可是上辈子她就是在纪庆礼那里输给了江艺，这才让她有了嚣张的资本。

这辈子，她要彻底让江艺明白，这个世界上有些东西抢是抢不走的。

裴苑在电话那头沉默了许久，她才低声说："染染，你要明白你的时间很宝贵，这个世界有人值得你花时间，有人不值得。"

听到这句话时，纪染抬起头望着不远处慢慢走过来的沈执。

她知道，因为值得她花时间去好好对待的人就在眼前。


纪染挂断电话之后走过去，她低头望着沈执："要不要去坐那个？"

她的手指指着不远处的摩天轮，巨大的摩天轮正在缓慢地转动着，不少情侣都在等着坐摩天轮。

沈执回头看了一眼，毫不犹豫地起身。

两人走到那边的时候，纪染也快把一盒章鱼小丸子吃完，她扔掉盒子的时候，正好轮到他们上去。他们坐进去时，他们所在的座舱一点点地往上攀爬，四周都是玻璃窗，一眼就能看见外面的景致。

本来近在眼前的景色慢慢地远离，直到渐渐升高时，游乐园的全貌逐渐被收入眼底。

座舱里面十分安静，谁都没说话。

突然本来扭头望向窗外的纪染，轻声说："沈执，你能不能等等我。"

沈执侧着脸，狭长的黑眸安静地望着她，似乎在等着她说完。

纪染这才发现主动说出自己心意这件事情，原来挺难的。就是那种满肚子的话想跟他说，有用的、没用的都让他知道。

结果到了嘴边，反而跟被堵住了似的。

纪染有点儿紧张地抠了抠自己放在腿上的小草莓包，有点儿不着痕迹地深吸了一口气。

话说都说了一半。

干脆点儿吧！

她黑亮的眸子直勾勾地盯着他，大眼睛克制住过于频繁的眨眼次数，很认真地看着他说："等我长大一点儿好不好。"

"嗯？"沈执漫不经心地应了一声。

他看起来还是没太听懂的样子，于是纪染再不拐弯，直接问："等我长大一点儿，你再跟我谈恋爱好不好？"

终于沈执的表情仿佛定格住，黑眸那么直愣地望着她，安静了好几秒之后，低声说："你说什么？"

纪染抿嘴，她要再说一遍吗？

就在她犹豫时，本来靠在座位背上的少年迅速直起身子，望着她问："你现在多大？"

纪染下意识地说："下个月是我十七岁的生日。"

沈执有点儿想骂人，那就是说离她十八岁还有一年多。

他心底有点儿躁。

但是渐渐又有那么点儿欢喜，其实最近他已经明显感觉到这姑娘的心思，就是两人隔着一层很薄很薄的窗纸，只要伸出手指尖轻轻一点就能戳破的那种。

终于，这层纸被戳破了。

但他没想到自己必须再等一年多，就像是你终于得到你心心念念做梦都想要得到的礼物，但是圣诞老人却告诉你，必须在下一年的圣诞节才能打开。

这……

谁受得了呀！

终于沈执还是强忍着冲动，用压抑至极的声音说："没关系，不就是十八岁。"

他从不到十岁就认识纪染，哪怕中间他们曾经走散了，可是命运到底待他不薄，把她又送到了自己的身边。

这么久的等待都等下来了，一年多而已。

听到他这么说，纪染突然往前靠了靠，微歪着脑袋眨了眨眼睛望着他，勾着唇角轻声说："我说的长大一点儿，应该是二十五岁之后。"

啊？！

沈执望着小姑娘脸上狡黠的笑意，忍不住磨了磨牙，却又一直忍着。直到纪染彻底绷不住，笑出声音。

他压着声音问："逗我呢？"

纪染依旧在笑，只是笑声渐渐没了，眼底的笑意依旧没有散去。

沈执微恼地望着她，偏偏还真拿她一点儿办法都没有。

直到纪染慢慢地靠近，越来越近，近到沈执的眼神都开始慢慢起了变化，彼此的心跳一点点加速，直到融合成同一个频率。

这是纪染第一次主动靠近男生，特别不知所措。

就在她慌乱间犹豫是不是要撤回时，她紧张地舔了下自己的唇，在最后一刻轻轻抱住了沈执。

少年的心跳频率一下炸开，剧烈而又强劲，隔着胸腔就能感受到的那种幅度。

这时摩天轮已经升到了顶点，整个世界安静得仿佛只剩下她和他两个人，再也没有别人能打扰他们。

都说在摩天轮的顶点许愿，上苍会听到你的心声。

他真的不想等了，一秒钟都不愿意等下去的那种。

没人知道他究竟等了多久，比全世界都要珍贵的姑娘就在他的眼前。

他好想一下长大，长到能跟她光明正大地站在一起的那一刻。

终于，他伸手轻轻拉住她的手掌，在她的手指尖轻轻吻了下，声音低哑道："染染，就让我一直待在你的身边，我们一起努力去同一所大学吧。"

我愿意等你，等待我们都长大的那一刻。

Time and you are secrets

# 时光与你皆是秘密

蒋牧童
*jiang mu tong*
*works*

著

2

广东旅游出版社
GUANGDONG TRAVEL & TOURISM PRESS
悦读书·悦旅行·悦享人生

中国·广州

**图书在版编目（CIP）数据**

时光与你，皆是秘密 .2/ 蒋牧童著 . —广州 ： 广东
旅游出版社， 2022.5
ISBN 978-7-5570-2771-1

Ⅰ．①时… Ⅱ．①蒋… Ⅲ．①长篇小说－中国－当代
Ⅳ．① I247.5

中国版本图书馆 CIP 数据核字 (2022) 第 084517 号

时光与你，皆是秘密 .2
SHI GUANG YU NI ，JIE SHI MI MI.2

出 版 人：刘志松
出版统筹：曾英姿
责任编辑：何 方 李 丽
责任校对：李瑞苑
责任技编：冼志良
特约编辑：龚 雯
封面设计：小茜设计
封面画手：Left. z

广东旅游出版社出版发行
地址：广州市荔湾区沙面北街 71 号首、二层
邮编：510130
电话：020-87347732
印刷：湖南凌宇纸品有限公司（联系电话：0731-86300881）
（地址：湖南省长沙县黄花镇工业区凌宇纸品 ）
开本：880 毫米 ×1230 毫米 1/32
字数：320 千字
印张：10
版次：2022 年 5 月第 1 版
印次：2022 年 5 月第 1 次印刷
定价：72.80 元（全二册）

# 目录

*Time*

CONTENTS

时 光 与 你 ， 皆 是 秘 密

## 第一章
### 初雪，是要表白的

　　纪染站在别墅区门口的时候，深吸了一口气。沈执本来非要送她回来，但是怕大白天的撞上江艺或者其他人。

　　于是她一个人回来了。

　　她深吸了一口气，手机又振动了几下，这次是纪庆礼打来的电话。

　　昨天纪染刚离开家里的时候，前几个电话是江利绮打的，本来纪庆礼被她的话气到，实在想给她点儿教训。

　　结果半小时之后，纪染还没回去，纪庆礼这才有些慌张。

　　纪染从小到大乖巧懂事，是那种让人羡慕的别人家孩子。平时她的教养问题又是裴苑在管，哪怕这几个月跟他住在一起，也没太让他操心。

　　结果这一下闹出个离家出走。

　　一想到纪染一个小姑娘半夜在外面，纪庆礼也有些担心。

　　好在刚才裴苑给他打了电话，说是已经联系上纪染，待会儿她会回去。这时纪染还没到家，纪庆礼忍不住又打了个电话。

　　纪染这才抬脚进了小区。

　　门口的警卫跟着她点头打了打招呼。

　　纪染到门口的时候，正在外面的赵阿姨瞧见赶紧走了出来，神色担忧不已："小姐，你这可算回来了，你这么晚跑出去，把我们都担心坏了。"

"对不起呀，赵阿姨。"纪染乖乖说道。

赵阿姨听着她乖软乖软的声音，简直是又心疼又喜欢极了，你说这么漂亮可爱的小姑娘，又懂礼貌又听话，学习成绩也是好得不得了。

这样的孩子要是在赵阿姨家里头，她恨不得捧在手心里疼才好。

这个纪先生也真是，为了那么一对母女，居然委屈纪染。

赵阿姨真想叫纪庆礼睁开眼睛瞧瞧，这简直比睁眼瞎还叫人生气。

她压着声音说："那个姓江的小姑娘算什么呀，你是什么身份，她又算个什么身份，何必跟她一般见识。"

以前赵阿姨说话还挺含蓄委婉的，现在为了安慰纪染，是毫不犹豫地站在她这头说话。

纪染抿嘴浅笑，点了点头，赵阿姨高兴地把她拉着进了家里。


今天纪庆礼没有出外打高尔夫，他平时周末多半会去打高尔夫，昨晚纪染离家之后再也没有回来，要不是联系上了裴苑，他只怕就要报警。

他坐在客厅里正犹豫着要不要再给裴苑打个电话，让她问问染染的情况，突然大门被推开。

家里的保姆赵阿姨拉着纪染的手走了进来。

等纪染站定时，纪庆礼一下从沙发上站了起来，快步走过去，脸上带着薄怒："纪染，你怎么回事，说你两句居然还敢离家出走，谁给你的胆子？"

纪染是特地等到纪庆礼训斥完了，这才垂着头低声说："对不起，爸爸，我错了。"

家长最吃什么样的孩子？

知错认错的。

这会儿纪染低头一句"对不起"，倒是真的把纪庆礼满肚子的怒火给压了下去，就像是一盆水彻底把他的火气浇灭。

反而这会儿火灭了，他倒是开始忍不住想自己的问题。

纪庆礼这人也是极其自大且唯我独尊，他能反省的时候不算多，这会儿算难得一次。

他微叹了一口气，无奈道："爸爸也是希望你们能好好相处，你要是实在不愿意……"

"染染。"突然一个声音从楼梯口传了下来，江利绮一手搭在楼梯上一手扶着自己的肚子，柔柔地喊了一声。

江艺站在旁边，扶着江利绮的手臂，一副生怕她摔倒的模样。

真够小心翼翼。

纪染偏头看过去，瞧着这对母女惺惺作态的样子突然笑了，人家要临盆的孕妇都没她们这么做作吧，这才几个月生怕别人不知道似的。

江利绮脸上露出关切的表情："染染你总算回来了，你爸爸和我担心坏了，差点儿要报警。"

江艺依旧没有开口，乖乖站着。

刚才江利绮一听到纪染回来的动静赶紧下楼，她算是看明白了，这小姑娘表面上乖巧，实际上鬼点子多得很。

而且特别会给纪庆礼下蛊，弄得她这个枕边风都不好使。

所以她怕纪染一回来，纪庆礼便会后悔让江艺回来住这件事。

果不其然，刚才她走到楼梯口的时候，听到纪庆礼说话的模样眼看着是真的要后悔，所以她及时开口打断他的话。

江利绮叹了一口气："你说说咱们一家人有什么不能商量的呢？"

她知道纪染最讨厌的就是这个，故意刺激纪染想让她再像昨天那样失控。她作为母亲可是知道父母的心理，孩子要是听话还好，如果她一味地发脾气威胁，反而会让父母越发不想娇惯着她的性子。

纪染朝江利绮看了一眼，人家既然出招了，她可不能不接招呀！

于是纪染微垂着眼睛，小声地说："爸爸，我觉得妈妈说得很对，我觉我还是回去跟她一起住吧！"

纪庆礼一愣，随后心底有些恼火，因为他想起之前跟裴苑打电话的时候讥讽他的话，连一个这么听话懂事的孩子都照顾不好。

如果这会儿让纪染回裴苑那边，岂不是正中裴苑的下怀，让她说中自己照顾不好一个孩子。

要说纪庆礼这辈子最不能认输的人，那一定是裴苑。

哪怕两人如今已经离婚，可是他也不想叫裴苑看了笑话。凭什么孩子就必须跟着她，凭什么他照顾不好纪染。

于是纪庆礼毫不犹豫地开口："这件事确实是爸爸欠考虑，江艺她不会搬回来住了。"

一锤定音。

一旁的江利绮只觉得眼前一花，当真有种要昏过去的感觉。

江艺更是惊愕地瞪大眼睛，继而不敢相信地朝纪庆礼看过去，再也忍不住地喊了出来："凭什么？"

江利绮听到她的声音，猛地掐住她的手掌。

这一下直接把江艺的声音掐没了。

可江艺还是委屈得要掉下眼泪，她不想再去住那个四人一间的宿舍，连个衣柜都是那么小，她就是要住在这个大别墅里。

宽阔的房间还有专门照顾她的阿姨，她就是想过大小姐的生活怎么了，如果可以谁愿意当穷人。

明明她妈妈已经是纪夫人，她凭什么还要被赶走。

这时江利绮再次掐了江艺一下，用尽了力气，疼得江艺眼泪当场落了下来，直到江利绮的手指在她的手掌上捏了捏。

江艺带着哭腔说："我不想跟我妈妈分开，我想跟妈妈住在一起。"

"庆礼，小艺现在真的变乖了，也懂事了。她真的不敢再惹染染，你就让她先在家里住着。"

纪染听着她们连哭带嚷的模样，知道这是江利绮对付纪庆礼的手段。

只是没想到，现在连江艺都哭上了。

她不再看她们，直接转头对纪庆礼说："爸爸，我先上楼收拾东西，过会儿我会自己给妈妈打电话的，您别担心。"

说完，她转身往楼梯口走了过去。

随后她一步步地往前走，一、二，当她第三步落下时，突然身后的纪庆礼说道："我已经打定主意了，要是江艺不想住校，利绮你就帮她在学校附近租套房子，这样也能就近上学，总比来回折腾的强。"

纪庆礼这么说完之后，江利绮彻底白了脸色。

她以为自己怀孕就能彻底拿捏住纪染这个小丫头片子。可她没想到这个纪染竟是这样强势而又不退让，居然连自己都降不住她。

纪染慢慢回头，她故意侧着脸只看向江利绮和江艺这边。

她什么手下败将没见过，但是一次性看见两张丧气的脸，她还是挺高兴。

纪染冲着她们微微一笑，轻轻张开嘴，无声地吐出两个字。

走好。

算是坏得明明白白。


纪染回到自己的房间，心情还特别好。她可真是个能干的小机灵鬼，上能捉得住"男神"下能打得了讨厌的继母。

捉得住"男神"……

突然她笑了起来，原来沈执在她心底是个"男神"呀，不过想想也是，沈执可是投行第一"男神"，他不仅家世卓越就连能力也是顶尖的。

投行里流传得最广的一句话就是，好好珍惜能跟沈执一起工作的时间吧！

因为说不定"男神"哪天就回去继承他家的"矿"了。

他可不就是所有人心目中的"男神"，所以其实她还赚了对吧！纪染在沈执面前的时候，还表现得特别淡然冷静，可是关上门自己一个人的时候，她真的偷笑出声了。

沈执，应该是她的预备男朋友了。

纪染忍不住在床上滚了一圈，以至于外面发生的一切她都充耳不闻。


此时江艺已经哭着回了房间，这次不用江利绮掐她的手臂她也能哭出来了。毕竟美梦刚做了一天，彻底破碎，真有种绝望的感觉。

江利绮看着趴在床上哭泣不已的江艺，终于还是叹了一口气。

她说："好了，别再哭了。明天我就让人给你找一个房子，再给你找一个专门照顾你的保姆阿姨。"

"你到底还是不是我妈，你就眼看着那个纪染欺负我吗？"江艺再也忍不了，同样怨恨地看向江利绮。

江利绮没想到江艺此时逮着谁都要咬一口，哪怕是亲生的，也不由气恼。

她怒道："要不是你自己不争气，偷拿纪染的东西，让她抓住那么大一个把柄，你说她能轻易把你赶走吗？你还有脸冲我发火。"

"对对对，都是我不争气我没用，你全对好吧，"江艺哭着抹了一下脸上的眼泪，"你说过只要你怀孕了就能接我回来。结果现在呢，还不是一样让我出去住。对，你马上有了别的孩子，再也不会在意我了。"

江艺越想越觉得气恼。

她气得在床上又捶又打，惹得江利绮越发生气，最后竟是肚子都隐隐作痛。

终于江利绮也不想再说她，打算先叫她一个人冷静冷静，转身离开了她的房间。不过她没想到自己前脚刚走，江艺居然直接冲出了房间，闯到纪染房间门前。

她直接伸手砸在门上，轰轰作响。

直到纪染打开门，看见门口面目狰狞的江艺。

她淡淡地望着陷入疯狂一样的江艺，倒也没奇怪。毕竟纪庆礼先答应她回来的，现在又反悔，给了希望又让人破灭，倒不如从一开始就不要给人希望。

反而会更疯狂。

江艺赤红着眼睛望着纪染："纪染，你凭什么这么对我，你以为你是谁？"

"我不是谁，但是我有权决定你是留在这个家里，还是滚出去。"

纪染淡然的语气反而让人越发恼火，于是江艺心底翻江倒海，再也忍不住，竟是抬起手想要一巴掌打在纪染脸上。

纪染长这么大，除了昨晚被纪庆礼打了一巴掌之外，还真没再被碰过一个手指头。

现在倒好，什么阿猫阿狗都敢打她。

纪染可没客气。

她挺不喜欢跟女生动手，因为打架场面挺难看，扯头发挠脸。

但是这一次，她直接拽着江艺的衣领，把人抵在墙壁上，江艺被她按在墙壁上动弹不动。于是她厉声尖叫："你想干吗，纪染，你放开我。"

"来挑衅我之前，想过下场吗？"纪染伸手捏住她的下巴，冷漠说道。

江艺被她按住，但还是在疯狂地挣扎，直到纪染低声说："江艺，我本来想让你体体面面地离开这个家，但是现在看来，咱们俩真是不能善了。"

纪染直接把江艺扯到她房间的镜子前面，指着里面的人说道："江艺，你想知道我跟你的区别吗？"

"这就是。"

镜子里的两个少女，一个冷静大气一个却眼红脖子粗浑身在发抖。

两人之间，高下立判。

这世上再也没有比镜子更直白的东西，把一个人照得那样无所遁形。


随后纪染松开江艺，直接转身踢翻她梳妆台上的东西，接着又把书架上的书都扯了下来。直到最后她拿起书桌上的小台灯，猛地朝镜子砸了过去。

砰的一声巨响。

镜子顷刻间粉碎。

江艺忍不住尖叫了一声，纪染站在原地默然地望着她。

这时正在二楼的赵阿姨听到动静立即跑了过来，当她站在门口的时候，看见纪染房间里的一片狼藉，猛地尖叫，大声喊道："艺小姐，你这是在干什么，你怎么能这样。"

赵阿姨立即进来，赶紧挡在纪染面前。

江艺张了张嘴，可是没一会儿，房门口又多了两个人。

纪庆礼看着纪染房间里被扔得满地的书，还有砸碎的玻璃碎片，额头突突，沉着声怒气问："这到底是怎么回事？"

江利绮更是满脸震惊，有些不敢相信地望着房间里的场景。

赵阿姨忙不迭地说："先生，这个艺小姐居然闯到小姐房间里，你看看这砸的。"

"哎哟，这是要翻天呀！"

江艺木讷地望着纪庆礼，她似乎已经失去了解释的本能，最后她的目光落在纪染脸上。

纪染唇角几不可见地勾了勾。

她说过，这次不能善了了。


纪染房间里太过一片狼藉，书桌上的东西几乎都在地上，地上的镜子碎片四处散落着，台灯早已经分成好几截，看起来触目惊心。

纪染站在原地，微垂着眼睛，有种楚楚可怜的脆弱感。

至于身旁的江艺，脸红脖子粗，看起来有点儿吓人的模样。

赵阿姨还在念叨："这怎么能到房间里来撒野呢，你瞧瞧这一地的碎片，还有这个镜子被砸的。幸亏没溅着人，要不然就出大事了。"

终于江艺像是从梦里清醒过来一样，她实在是被纪染的行为震惊了，以至于站在原地跟傻了似的。

这时她回过神立即指着纪染，大喊道："是她，是她自己摔的，根本不关我的事。"

此时纪庆礼已经一脸不耐烦，要不是之前他还有几分对江利绮的歉疚，连带着对江艺的看重，那么现在他是彻底对江艺厌烦了。

他转过头对身边的江利绮说道："我看你是真的要好好管教管教江艺了。"

在他看来，肯定是江艺不满染染不让她在家里住着，从而泄愤把纪染房间里的东西都砸了。到底是少年人，生起气来真的是不管不顾。

纪庆礼这会儿反而觉得纪染不让江艺在家里住，确实是有她的理由。

这样的孩子，一生气就发疯，谁受得了。

江利绮立即走到房间里，拉着江艺的手臂想把她带出来，可是江艺望着她摇头说："妈妈，你信我，真的不是我，我没有这么做。全都是她自己，是她陷害我。"

说到"陷害"两个字时，江艺整个人面色涨红，仿佛抓到什么救命稻草似的。

对，是纪染陷害她，是她自己摔了东西还砸了镜子。

她就是想要将自己赶走。


"够了，江艺。"江利绮知道现在说什么都没用，这满屋子的狼藉满地的碎片，仿佛都是指控江艺的证据。

江艺不听还想继续给自己辩解，可是江利绮抓着她的手臂将人往外面扯。

于是江艺用力挣脱她，江利绮一个身形不稳，往旁边倒过去。

幸亏赵阿姨站得离她近，一伸手将江利绮扶住，这才没让她摔倒。等扶着江利绮时，赵阿姨后怕地说道："我说艺小姐，你这太没轻没重了，太太这还怀着孕呢！你这一下要是真推摔了，这还怎么了得。"

别说赵阿姨，连江利绮自己都后怕不已。

她忍不住朝后退了一步，明显离江艺远了点儿。

纪庆礼这下可再也忍不住，指着走廊怒斥道："江艺，你现在回你自己的房间。"

之前纪庆礼对江艺还算客气，哪怕江艺真的犯了错，他作为一个后爹也没开口训斥她，而是交给江利绮处理。

如今看来她真是越来越不知道好歹，丝毫没有一点儿感恩之心。

这次江艺果然老实了下来，她望着四周，觉得没一个人能理解她，也没一个人相信她，满心绝望。

再也克制不住心底的情绪，冲了出去。

等她离开之后，纪庆礼开口说："赵阿姨，你扶利绮回房间休息。"

"好的，先生。"赵阿姨伸手小心翼翼地扶着江利绮，不过临走时候还是转头望着纪染，小声说："小姐，地上的这些玻璃碎片你都小心点儿，待会儿我上来给你收拾。"

她们离开之后，纪庆礼望着一直沉默不语的纪染，无奈叹了一口气。

他低声道："这个江艺确实是不像话，实在是太没家教……"

他到底还是收了话锋，纪庆礼这人虽然一身毛病，不过到底是豪门出身，一般不会轻易这般评论一个人，特别还是个孩子。

只可惜，这个江艺太让他失望。

"是吗？"突然纪染抬起头，轻声反问了一句。

纪庆礼见她这么冷静，倒是有些意外，不过随后心底也有那么点儿骄傲。毕竟纪染真的是方方面面都把江艺压了过去。

特别是性子，那个江艺一瞧就是急躁短见的模样。

反而纪染沉稳大气，哪怕遇到这样的事情也不急不躁。

纪染看着纪庆礼淡淡地说："我听说江艺的父母很早就离婚，她一直是她妈妈带着的。"

纪庆礼这么指责江艺的家教不行，这不就是在指责江利绮本人，毕竟她才是江艺的家长。

被纪染这么说，纪庆礼脸色也不太好看。

纪染可没管这些，今天都闹开了，她也用不着装下去了，她说："爸爸，都说子女是父母的缩影，这句话您应该听过吧！"

"染染。"纪庆礼忍不住打断她。

纪染这话可比他刚才说的那几句狠多了，这已经是直接对江利绮本人的指责。

可是纪染就是想敲醒纪庆礼，说到底他无非就是被江利绮柔弱的模样欺骗，遇见一个跟装苑完全不同性格的女人，打心底让他生出一股子作为男人的自尊，觉得他能护着宠着这个一心只有他的可怜女人。

可是江利绮作为一个年过四十岁的人，能在一帮小姑娘环绕之下，抢到纪庆礼，她会柔弱又无助？

骗人呢！

纪染直接说道："她刚一怀孕，就利用自己肚子里的孩子想让江艺搬回来，光是这份心机这份手段，我真的得佩服得喊一声江阿姨。"

少女声音清冷，脸上尽是嘲讽之意。

纪庆礼这人就是要别人顺着他，不能逆了他的意思。纪染以前还愿意跟他演一下父慈女孝的戏码，可是这次她真的有点儿烦。

都已经对江艺下手了，干脆直接也撕了江利绮的伪装。

纪庆礼像是不认识她一样地望了过来，吃惊道："染染，你怎么会这么想，还有你这些话都是跟谁学的？"

"您以为这是我妈教我的？"纪染被他的话逗笑了。

裴苑跟纪庆礼离婚之后，压根提都不提他，根本懒得管他的事情。

她这个爸爸倒是挺自作多情的。

纪染淡淡道："难道不是吗？江艺刚才什么表现您没看见？一见你们过来，第一反应就是倒打一耙。"

纪庆礼被她说得哑口无言。

他也绝对想不到，真正倒打一耙的人，正是面前的小姑娘。

纪庆礼压低声音说道："染染，江艺以后不会住在家里。等她高考之后，我会安排她出国留学。"

打发得远远的，倒也是眼不见心不烦。

"这是爸爸您的事情，毕竟您都愿意替别人养孩子。"

纪庆礼被噎得一句话都说不出来。

晚上快 11 点的时候，江利绮端着东西进了江艺的房间。本来江艺正躺在床上，等她看过来立即坐了起来。

她眼巴巴地看着江利绮，有点儿想哭但是又不敢哭出来的样子。

"妈妈，我真不是故意推你的。"江艺之前一肚子委屈，可是她一个人躺在床上越想越害怕，她怕江利绮同样也讨厌她，不想要她了。

那么她真的彻底孤立无援。

江利绮见她担惊受怕的模样，本来心底是想着给她一点儿教训，可是现在她这么害怕，又有点儿心疼。

她低声说："你现在知道怕了？"

江艺声音沙哑："我当时真的太生气了，我没伤害你。"

江利绮把手里的东西放在桌子上，轻声说："你晚上也没吃东西，先吃点儿。"

"我不饿。"江艺这话倒是实话，她这一晚上都在担惊受怕，压根就没觉得饿过。

江利绮盯着她看着，这才无奈道："这次也是让你长点儿教训。"

她自觉自己活得还算清醒通透，要不然她也不能这么大年纪还能嫁进豪门，毕竟外头那么多年轻又漂亮的小姑娘正等着呢！

谁知她这个女儿，却是横冲直撞，一丁点轻重都分不清。

江艺轻轻抽泣，小声委屈道："妈妈，我真的没有砸她房间里的东西，真的是她自己砸的，她陷害我。"

她这么说，江利绮反而叹气得越发厉害。

江利绮问道："那你去她的房间干吗？"

江艺身体一僵。

江利绮说："你是觉得纪染把你赶出去，不让你回来住，所以你想找她算账，哪怕出一口恶气也好。"

她说的话完全戳中了江艺的心思。

她就是觉得纪染实在太过分，根本容不得她，她不想就这么算了，想要找纪染晦气。

江利绮继续说："这次是你主动去挑衅她，也是你自己把陷害你的机会递到纪染手里的。虽然我不想说这句话，但是纪染比你有脑子多了。"

两个孩子在一块，最容易形成对比。

要是纪染不是那个裴苑的女儿，只怕江利绮都忍不住喜欢上这样的小姑娘，长相清纯甜美，学习成绩自是不用说，脑子看着都好使。

江利绮是信江艺说的话，那个房间里的东西都是纪染自己摔的。可是纪庆礼看见的是江艺出现在纪染房间里面，下意识就会认定是江艺过去找麻烦，从而泄愤摔了东西。

要是平时江利绮夸纪染贬低她，江艺肯定得发疯。

但是这一次她没说话，而是默默听着。

"是我太着急了。"江利绮叹了一口气，她确实不该一怀孕就着急把江艺接回来，确实有点儿司马昭之心路人皆知。

她说："明天我会让人给你在学校附近找一套房子，你放心，这次肯定不会委屈你，我会再安排一个保姆照顾你的生活。"

"小艺，妈妈不是不想跟你一起生活，而是现在情况不容咱们做决定。你放心，只要有机会，我一定接你回来。你不要觉得委屈，想想住校的那些同学，有些人是不是一个月都见不着父母一次。"

事到如今，江利绮只能迅速地做出决定。

好在这一次江艺也知道形势逼人，没有再无理取闹。


周一上学的时候，天气陡然冷了好几度。纪染早上出门的时候，赵阿姨给她找了围巾和手套戴上。

她脸蛋特别小，围巾绕在脖颈间，显得脸颊越发小巧精致。

坐上公交车的时候，旁边有几个看起来也是高中生的男生一直冲着她望。

到了学校门口还没什么学生，天气变冷之后，学校里迟到的人越来越多，气得教导主任亲自在门口抓了好几天。

纪染扯了一下围巾，呼吸间冒着一点点浅白色雾气。

（8）班的教室里，住校的学生来得特别早。还有人偷偷摸摸坐在自己位子上吃面包，纪染坐下后，把书包放进桌洞里，转头看了一眼旁边的位子。

明明人还没来，可是心底有种莫名的欢喜。

似乎只要一想到身边坐着的那个人是他，就会特别开心。

纪染转头发呆时，突然一阵清脆叩击桌面的响声惊动了她，她回头时，沈执单肩背着黑包懒散地站在过道。

她怔住，实在没想到这个人居然这么早到学校。

要知道沈执平时是踩点进教室，属于那种绝对不早到一秒但也绝对不迟到一秒，这会儿教室里一半学生都没有。

"你怎么来得这么早？"纪染让开地方给他通过。

沈执把包放在书桌，转头悠悠地打量着她，眼神有那么点肆意，最后他扬了扬眉，低声问："你刚才在看什么？"

纪染笑了："随便看看也要跟你汇报？"

"随便看看……"沈执把这四个字轻轻念了一遍。

直到他压着声音说："真不是在想我？"

纪染哪怕强忍着，可是耳朵还是有点儿隐隐的烧烫，她抿了抿嘴，没搭理他转头把英语书拿了出来放在桌面上。

虽然纪染没说话，但是沈执却靠在椅背上，无声地笑了起来。

说起来他昨天回家之后，一直处于一种什么都不太想干的状态，因为一个人坐在沙发上满脑子都是她。

她坐在摩天轮上轻声对他说，沈执你能不能等等我。

这句话就像是自动按了重播键，一直一直在他脑海里回响着。

他可以。

她不会知道他对她的耐心，可以长久到一辈子。


渐渐教室里响起同学们读书的声音，有人在背英语单词，有人在背老师之前布置的那篇文言文。

纪染本来在看面前的英语课本上的文章，直到她听到身边少年低沉的声音。

"那天回家之后没有不高兴了吧。"


他的一句话，像是一颗慢慢在心头融化的糖，甜得叫人嘴角总是忍不住上扬。

哪怕是到了早自习下课的时候，闻浅夏转头望着她，有些好奇地问："染染，你今天怎么这么高兴，是有什么好事儿？"

"你看得出来我很高兴？"纪染反问。

闻浅夏点头，她伸手在纪染的嘴角轻轻扯了下，小声说："你的嘴角都笑咧开了。"

"哦！"纪染点头。

闻浅夏突然来了兴致，她问："到底什么事情啊？"

"想知道？"纪染小声说。

闻浅夏立即点头，一副你快说快说的表情。就在她眼睛直勾勾望着纪染的时候，只见对面的小姑娘不紧不慢地说："我不告诉你。"

闻浅夏立即伸手挠她，可是不管她怎么捉弄纪染，纪染就是不说。

直到沈执眼神凉凉地看过来。

当着他的面儿，欺负他的人。

好在闻浅夏还算是个眼神格外机灵的，赶紧住手，不过她小声问："染染，你是不是快要过生日了？"

自从上次闻浅夏过生日的时候，纪染给她补了一份特别贵的生日礼物，她就一直惦记着纪染生日的事情。

纪染想了下，摇摇头："还早着呢！"

这个月的月底才是，况且小时候还会对过生日有期盼，因为爸爸妈妈会给她开一个很大的生日派对，邀请很多很多人来参加。

后来长大了才发现，她的生日派对不过是裴苑和纪庆礼联络人际关系的一个场所。

很多叔叔阿姨给她送很贵的生日礼物，并不是单纯因为喜欢她。

不过是想讨好她爸妈而已。

懂事之后，纪染对过生日这件事就再也没什么期待。

毕竟没有期待才没有失望。

况且今年又是裴苑和纪庆礼离婚的第一年，以前他们还没离婚时，她的生日总是要维持表面夫妻的和谐。

闻浅夏小声说："没事儿，我都替你记着呢！"

她有点儿神秘地说："到时候，我一定给你一份特别的礼物。"

沈执听到两人的对话，安静地将笔在手指尖转了又转。


第一节课下课的时候，乔与桥到班级门口，把纪染叫了出去。

他低声说："纪染，这次的演讲稿你准备了吧？"

纪染点了点头。

每周一学校会在课间操时间开一周例会，会选一个学生代表到国旗下讲话，这次是因为乔与桥选的她。

本来应该是班级第一，但是沈执想也不想地就拒绝了。

纪染也想拒绝，谁知乔与桥冲她叹了一口气，表示自己这个班主任压力很大，毕竟这是教导主任交代下来的任务。

但是如果她也拒绝的话，没关系，他这个班主任可以替他们承担教导主任的责骂。

纪染望着一脸忧愁的乔与桥，突然觉得他跟开学时候，那位温和又好说话的班主任完全不一样。

他都学会卖惨来让学生听话了。

可是想到沈执被冤枉作弊的时候，乔与桥毫不犹豫地选择相信他，纪染觉得她还是应该乖乖听话，不让老师为难对吧！

于是接下国旗下讲话这个任务之后，纪染又觉得自己有点儿像帮丈夫搞定人际关系的贤惠妻子。

只是这个念头刚在她脑海里出现的时候，迅速被她摇头驱散。


冬日里的课间操时间都没那么吸引人，等所有学生拖拖拉拉排好队，按照各个班级顺序依次进入操场的时候，整个操场人声鼎沸。

纪染因为待会儿要演讲，因此没有跟着同学们一起进入操场，而是站在国旗护卫队旁边一起候场。

四中对于升旗这件事一直挺重视，还成立了专门的国旗护卫队。

偶尔晚上放学吃饭的时候，看见护卫队的同学在操场上训练正步走。此时国旗护卫队学生身上都还穿着羽绒服，但是里面是穿着整整齐齐的军装。

他们虽然站得笔直，但是眼睛不停地朝纪染这边看过来。

"这就是咱们学校的那个校花？"终于有个人没憋住，在队伍里小声问道。

他旁边的队友眨了眨眼睛。

好在站在前排的队长立即训斥说："不许说话，不许交头接耳，跟你们说过多少遍了。"

"最后一次检查自己的仪容仪表。"当队长说出这句话的时候，大家迅速把外套脱掉，露出里面单薄又笔挺的军装。

这些队员都是学校精心挑选的，个子全部超过一米八。

就连样子都是个个有点儿小帅气。

随着场面上渐渐安静，伴随着激昂有力的音乐，国旗护卫队慢慢地入场。当升旗结束之后，主持人就介绍了今天演讲的人。

纪染深吸了一口气，在主持人说完之后，慢慢走了过去。

她身上也穿着四中的校服，因为底下穿了毛衣，但是校服本来就宽松，反而并没有显得很臃肿。

底下的掌声已经响了起来，大概是听到她的名字缘故，掌声居然有点儿经久不息的意思。

甚至不知从队伍里怎么突然传出一声巨大的喊声。

"纪染。"

本来站在操场旁边，关注着场内情况的教导主任，气到直接走了过去。只是那声音只能确定在某一块区域，并不能具体到哪个学生。

（8）班的队伍里也出现了骚动。

徐一航压着声音说："染妹这人气可以啊！"

还别说，他们站在这里都能听到左右两个班级的讨论声。他们是在后排，周围全都是男生，处于青春期的男生最喜欢讨论的可不就是漂亮女孩。

特别还是能被称为校花的姑娘。

"哇，纪染这么看真的漂亮。"

"对呀，穿校服都能这么好看，绝了呀！"

"你们居然能看见她的脸，这个也隔太远了。"

"谁像你这种五百度大近视。"

隔壁班级男生堆里的议论声不断传来，听得沈执眉头越皱越紧，眼看着就要发火时，突然站在国旗下面的小姑娘开始读她的演讲稿。

其实稿子特别官方正能量，但是从她口中读出来，有种别样的软萌。

周围男生还在讨论，就连夏江鸣都表示："咱们染妹实在太有面儿了，往上一站，活脱脱就是个'小女神'。"

突然沈执皱着眉头开口说："都闭嘴。"

他的声音不大不小，但是周围的男生差不多都听到。一时本来嘈杂的队伍里，竟是真的变得鸦雀无声。

虽然沈执如今一下从年级倒数第一变成了年级第一。

但没人敢把他当成一般的好学生看待。

况且隔壁两个班级还是有点儿知道内幕的，沈执和纪染两个人是坐同桌的，自古以来，同桌特别是男女同桌，可是最容易擦出小火苗的。

况且这两人长相还都这么好，光是看着对方的脸，都会觉得心满意足吧！

众人虽然不敢再说话，但是你看看我我看看你，居然都从彼此的眼神里看到了好奇的眼神。


此时升旗台上的纪染正把自己的演讲稿读到最后一段，当她说出"谢谢大家"，并对着台下鞠躬时，整个操场再次响起巨大的掌声。

各个班级的班主任望着自己班级里平时站没站姿，东倒西歪的男生，这会儿拼了命地鼓掌，甚至还有人在吹口哨。

班主任们上前制止这种不良行为之后，又忍不住摇头。

果然还是年轻人啊，漂亮小姑娘就是动力。

纪染下台之后，早会并没有结束，下面还有教导主任通报这一周各个班级的奖励和处罚。

所以她将演讲稿折好，放在上衣兜里，准备自己先回教室。

谁知刚走到转弯处的时候，正好看见护卫队的几个男生正站在那里，围成一圈，嘻嘻哈哈不知道在笑什么。

她出现的时候，立即有个人推了一个男生一把，小声说："快，快，来了来了。"

"去呀，怕什么呢！"另外一个男生也推了这个短发小帅哥一把。

等男生转身，脸上憋着笑意走到纪染面前的时候，他有些腼腆地喊了一声："纪学姐，你好。"

　　后面那帮小男生一听他叫学姐，登时"嗷"地喊了出来。

　　有人是无语的，有人是激动的。

　　毕竟在高中时期，年级跟年级之间的界限还挺明显的，不同年级在不同的教学楼，平时轻易见不到面儿。

　　纪染之所以出名，是因为她在贴吧里面很有名，而且是公认的校花。

　　男生说："我叫肖薄，是高一（1）班的学生。我听说学姐你是高二的年级第二……"

　　他说到这里的时候，似乎也特别不好意思，看起来这是他第一次跟女孩搭讪。

　　纪染没有打断他，安安静静听着。

　　直到肖薄低声说："学姐，我能跟你一起学习吗？"

　　小男生的声音有点儿害羞的味道，说完，居然连他自己都不好意思地低头了。

　　就连纪染都有点儿不知所措，要是今天是个痞里痞气的人站在她面前拦着她，纪染大概会让他滚远点儿。

　　可是这么一个有点儿羞涩又温和的男生，她也挺无奈的。

　　况且身后还有一帮他的朋友正看着呢！

　　于是纪染轻咳了一声，压着声音说："不好意思，学弟。"

　　本来她想告诉他，自己已经有了一起学习的人，可是想到她刚跟沈执说过，高中的时候不早恋，要好好学习。

　　要是说出来，万一后面那帮小孩哪个嘴巴不牢靠，岂不是传得整个学校都知道。

　　所以她只是委婉地拒绝了肖薄。

　　虽然肖薄大概猜测到自己会被拒绝，但还有点儿手足无措，他小声说："没事儿，没事儿，外面很冷，学姐你穿得这么少，早点儿回教室吧！"

　　他让开地方，给纪染离开。

　　纪染刚走出去几步，就听到身后传来的声音。

"我说肖薄，你怎么这么害羞啊！你想要追学姐这种长得漂亮又学习好的女生，就是要死缠烂打。"

"就是呀，你怎么不跟学姐说，你也是年级第二。你们两个年级第二正好互相帮助，干掉压在你们头上的人。"

"对，我觉得这个理由好。"

"想想咱们肖薄在高一多受欢迎，不知道多少女生芳心暗许，结果偏偏就要挑战最高难度。"

"我听说这位纪学姐，可难追了，压根不知道从哪儿下手。"

有个男生好奇地问："为什么呀？"

说话的男生立即得意地说出自己的理论，他说："你想想呀，追女生无非就是送礼物什么的，可是我听说这位纪学姐家里超级有钱，你说男生送的一般礼物她能看得上眼吗？"

肖薄被他们说得心烦意乱，推开众人，直接走了。

大家望着他，纷纷摇头。

这孩子平时多少小姑娘堵在他们护卫队的训练室门口，他都不正眼看人家一眼，结果刚才站在队伍里对纪染一见钟情。

这大概就是要偿还之前欠下的"桃花债"吧！


本来纪染只当这是一个小插曲，谁知到了第二天中午吃完饭的时候，她跟闻浅夏慢悠悠地从校外逛到教室里。

就看见自己书桌上放着一封信。

闻浅夏看见立即大呼小叫道："这是什么？"

结果她的同桌说："刚才有个男生过来，问我纪染坐在哪里，我告诉他之后，他就把这个放下了。"

"方莎，你胆子也太大了吧，帮别人给染染传情书，你就不怕沈执对你……"闻浅夏对着自己的脖子做了个抹脖子的动作。

方莎哭丧着脸说："你是没见过那个男生，长得特别高，而且又帅。他敲我这边的窗户，我一时没忍住……"

"啧啧，见色忘义呀！"闻浅夏摇头。

不过她立即压着声音问："有多帅？"

方莎小声说："也就比沈沈执差那么点儿，但是也绝对是个大帅哥，特别是个子可高了。"

"你好大的胆子，居然敢拿那种人跟咱们年级第一相比较，不说他长相肯定比不上沈沈执，就光是沈执考年级第一，他也一辈子赶不上。"

突然闻浅夏义正词严地怒斥道。

纪染和方莎望着她陡然变脸的模样，目瞪口呆。

这人没去演川剧变脸太亏了吧！

直到旁边伸出一只手，轻轻地将纪染桌子上的信封拿了起来，然后纪染转头望着旁边的少年。

只见他居高临下地望着纪染，突然轻笑了一声。

"情书啊！"

口吻虽然淡然，但是周围有种一下子降低了十度的感觉。


纪染望着身边默不作声的少年，下午上了两节课，他始终都是一言不发。纪染没想到一封情书给他带来的刺激这么大。

之前也有人给纪染递情书，直接放在她桌洞的，甚至还有拦住她亲自给的。

纪染全都没拆开来看。

虽然辜负了别人的心意，但是她觉得对于不喜欢的人，毫不留情地拒绝才是对人家最好的回应。

物理课上，大家都是一副昏昏欲睡的模样。

纪染一边听着讲台上物理老师慷慨激昂的声音，一边想着应该怎么跟旁边的人解释呢？

只是她真的没想到，堂堂沈执也有这么小气的时候。

终于在物理老师转身在黑板上抄写题目的时候，纪染偏头看着身边的人，只见他微低着头，正在看面前的书，只是眼神有些出神，看起来更像是发呆。

纪染在本子上写了一句话，轻轻地推到他的桌子上。

虽然沈执眼睛没看黑板，但是他刚才还真的在认真听课，只是这会儿物理老师在黑板上抄题目，他才发呆。

这不刚出神一秒，余光瞥见被推过来的本子。

上面写着极飘逸俊秀的字。

你生气了？

纪染的字很好看，而且不同于一般女生的秀丽小巧，她的字偏硬朗，倒是跟她的长相大相径庭。

但是沈执很喜欢。

沈执垂眼望着面前的本子，最后伸出一根手指，压着本子直接拖了过来。

旁边的纪染松了一口气，不错，还愿意看她写的东西。

虽然她觉得这件事自己挺无辜的，是别人给她写情书，又不是她给别人写情书。

直到沈执再次把本子推了过来，纪染低头望着上面他写下的字。

没有。

要是只有这一句话，纪染倒是觉得他或许真没生气，但是在看到下面的话时，她忍不住笑了下。

你以前也收到过这玩意儿？

明显沈执连情书两个字都懒得写。

纪染低头在本子上写下两个字。

是啊！

她一向坦荡大方，觉得这种事情没什么可隐瞒的，她握着笔还准备继续写，但是那些信她一封都没有拆开过，更没有看过。

讲台上的物理老师环顾了整个教室，见一个班级没一个人愿意主动举手上来解题。

于是他温和地朝纪染和沈执的座位这边看了一眼。

自从期中考试之后，满分的沈执和高分的纪染都成了他的新晋心头好学生。特别是在他看来纪染虽然没考到满分，但是她绝对有拿到满分的潜力。

到时候他一个班级里出两个物理满分，岂不是脸上有光。

于是物理老师温和道："那就纪染和沈执上来解题吧！"

纪染的笔尖在纸上顿住，下面的那句解释还一个字没写呢！她转头看了一眼沈执，而此时沈执眼睑微垂，盯着本子上的那两个字。

是啊。

沈执气笑了，让他说什么好呢？现在的高中生不好好学习，成天净想着什么呢？

他眼角微微抽了下，不紧不慢地从椅子上站了起来。

两人一前一后走到黑板前面，物理老师往后退了退站在了靠门边的地方。

当他们的粉笔声响起的时候，教室里响起交头接耳的声音。

纪染心头一甜，觉得原来跟喜欢的人一起到黑板前解题的感觉还挺不错，她一边看着面前的题目一边这么想着。


一分钟之后，沈执低声说："染染，加油啊！"

纪染嘴角的笑意刚扬起，突然余光瞥见给她加油的少年，转身把粉笔扔进讲台上的盒子里，然后慢悠悠地走回自己的座位上。

所以他给自己加油是什么意思？

是嫌她答题太慢了吗？

纪染心中有种被羞辱的恼火，于是她的粉笔在黑板上迅速书写起来，啪嗒啪嗒的清脆响声，听得（8）班其他同学有种莫名的感觉。

看起来纪染不像是在答题，倒像是在发泄……

等她回到座位上的时候，刻意没去看沈执。

她还是觉得他刚才临走时说的那句加油，不是真的替她加油，而是在羞辱她。

对，她上次物理确实比他少了 4 分。

是理综三门里面，他们两个拉分最大的一门。

一直到下课的时候，纪染还郁郁寡欢，自尊心太强的小姑娘，实在是受不了这种学习上的羞辱。

不行，绝对不可以。

但是沈执仿佛能瞧出她的情绪，手指轻轻在她桌面上叩击了两下："纪染。"

她抬眸看过去，就听沈执说："期中考试的时候，你的理综是不是跟我的分差最大，这也是你排在年级第二的原因吧？"

沈执表情平静口吻更是淡然，仿佛在说一件稀松平常的事情。

但是纪染脑壳子有种一下子炸开的感觉，他想干吗？期中考试都过去多久了，他还想要炫耀他的胜利果实？

"所以你想不想跟我一样，理综这么好？"

纪染："……"

不想要这个同桌了，可以打死吗？

她微微噘着嘴，脸上透着不开心，一副"你戳中了我的心酸事"的小表情。

沈执笑了。

他微微凑近，舔了下嘴唇后，跟着低低笑了一声，声音极轻地说："染染，你想不想？"

这次他的声音被染上了一层温柔，那样低沉，好听得叫人骨头发酥，像是专门要来诱哄她似的。

纪染终于缓缓点头。

她肯定是被他下蛊了吧！

沈执这次是彻底心满意足地笑了，他倒是想要看看，谁还敢当着他的面儿来给她递情书。

至于纪染，她绝对想不到，沈执突如其来的建议背后，居然藏着这么深的心思。

她真的以为，这只是个单纯的学习邀请。

果不其然，之后，沈执居然要给纪染专门制订一套学习计划，美其名曰，补强计划。

他淡淡表示："你的成绩已经足够好，只是理综稍微拖了点儿腿。但是高考是一分千名的考试。"

沈执平时并不爱讲大道理，以至于当他说出班主任才应该说的洗脑言论时，纪染居然被他打动，还深深觉得他好像说得很对。

毕竟她以前也是个没经历过高考的人。

就好像是大家都是金子，但是唯独她这颗金子没有经过火淬炼，有点儿不够纯粹的感觉。

直到沈执说："周末一起去书店吧，我可以把我平时用的参考书推荐给你。"

纪染转头望着他，一副我就知道你果然有私藏的眼神。

闻浅夏放学的时候还在问纪染，关于那封情书的事情，纪染没有说。其实她大概想到是谁送来的，只是没想到对方还会坚持。

这封信纪染也没放在心上，反正高一和高二不在一个教学楼，平时很难碰面。

谁知她心底这么想着，第二天她和闻浅夏在篮球场附近（8）班的那个卫生包干区打扫卫生时，突然就撞见肖薄他们的国旗护卫队在训练。

学校的国旗护卫队还挺正规的，每周都会训练三次。

因为冬天天黑得早，因此老师都把训练放在了早上，没想到正好撞上了纪染。

"肖薄，你快看，是纪染哎！"

"你小子到底追没追上校花呢？"

队伍里一阵骚动，好在很快指导老师过来，几个男生不敢说话。但是今天天色阴沉，居然没一会儿天空淅淅沥沥地飘起了雨滴。

老师一瞧这天气，赶紧说道："好了，今天天气不好就训练到这里，你们赶紧回去吧！"

这会儿天色阴沉狂风大作，纪染微皱眉，准备把最后一个小块地方扫完之后再回去。

一旁的闻浅夏朝天上看了一眼，喊道："染染，要不咱们先回去吧，马上就要下雨了。"

"要不你先走吧，我这边还有一点点。"纪染无奈道。

闻浅夏当然不会扔下她自己先溜，于是她朝纪染这边走过来。

但没想到本来准备回教室的肖薄看到她还没离开，转变了方向朝纪染这边走了过来。于是闻浅夏眼睁睁看着高挑清秀的小学弟，忍不住盯着看了几眼。

直到肖薄主动问道："纪染，需要帮忙吗？"

之前他听同学说过女生大部分都不接受姐弟恋，所以他不能一开始就让她产生自己是个小弟弟的想法。

所以这次见面，肖薄直接叫了她的名字。

纪染抬头朝他看了一眼，认出了他，摇摇头："不用。"

她见肖薄没有要走的意思，再次说道："快下雨了，你先回教室吧！"

"你们也是，快点回教室，别感冒了。"肖薄关心地说道。

纪染摇头。

肖薄见状还是想要帮忙，终于纪染没忍住，朝他看过去准备彻底说清楚。她的拒绝并不是说说而已，是真心实意地拒绝。

但是话还没说出口，她看到对面走过来的人。

肖薄没注意到她的眼神，还是继续说道："要不我帮你一起打扫吧，这样快点儿，你也能早点回教室。"

他刚说完，身后传来一声极为冷漠的哼声。

待肖薄回头时，看见神色冷漠的人站在身后，两人站的距离挺近，但是肖薄第一次发现自己居然在身高上输了。

毕竟他能进学校国旗护卫队，身高极为傲人。

整个高一年级里面，比他高的人几乎没有，但是面对眼前的人时，他感受到一股压力。

扑面而来的那种。

片刻后，肖薄认出了眼前的人，毕竟这个学校里不认识沈执的才是少数。

沈执打量着他，突然嘴角勾起冷漠道："这么喜欢打扫卫生，要不我跟校长建议建议，学校都让你打扫？"

纪染看见他的时候，就瞧着他满脸写着"正不爽着呢别来惹我"的表情，眼见他真的唬住面前这位高一的小学弟。

她缓缓走到他身边，伸手轻轻扯了下他的衣角。

突然，肖薄想起来之前对纪染说过"一起学习的事"，可是现在他突然有一点儿明白，她应该有"一起学习的人"。


沈执从年级倒数第一考成年级第一的事情实在太过匪夷所思，以至于期中考试成绩出来那阵子，高一年级最关心的不是自己年级的成绩排行榜。

而是沈执如何从一个倒数第一变成年级第一的故事。

700 分可不是谁都能考出来的。

现在看着眼前的一幕，肖薄有点儿羡慕还有说不出的难受。

沈执见他还没离开，微皱眉正要开口，被纪染拉了下。肖薄没做什么事情，不至于对人家穷追猛打。

他低头看着纪染，她微仰着头，脖子上系着浅粉色围巾，眸光润亮染着笑意。

讨人喜欢得不得了。

肖薄离开之后，闻浅夏也没敢逗留，冲着纪染做了个离开的手势，猫着腰一溜烟跑没了影子。

沈执看了眼周围："还有哪儿没打扫？"

纪染被他的话问得微睁大眼睛，他这是要帮她打扫？

沈执被她的表情气笑，反问道："我看起来不像会打扫卫生的人？"

纪染心底微微地惆怅着，在想她到底应不应该说实话呢？就在她犹豫间，沈执弯腰凑近她，伸出两根手指轻轻扯着她脸颊上的嫩肉。

"帮你打扫卫生，这种事情应该由我来做。"

他黑眸里泛着微恼，似乎很不爽刚才肖薄的献殷勤，沈执一向性格随性，但是偏偏过于在意纪染的想法。

要不是他没办法诏告天下，他要让这个学校没有男生敢靠近她。

纪染小声提醒他："沈执，这是操场。"

虽然现在四周没什么人，可是保不准教导主任那么神出鬼没的一个人，不会从哪个犄角旮旯钻出来。

连纪染都听说过教导主任大夏天忍受着炎热的天气和无数蚊子，硬是躲在学校后边那个小树林里抓到了好几对情侣的光辉事迹。

于是沈执慢悠悠松开手指。

等两人把整个包干区的卫生打扫完，急匆匆地跑回教学楼的时候，外面突然电闪雷鸣，竟是开始下起了大雨。

他们站在走廊望着外面的大雨，正好有几个人从外面也冲进走廊。

她们一边擦着身上的雨水一边抱怨："大冬天的下什么雨呀？"

"就是，应该下雪的。"

"马上就要到圣诞节了，下雪、下雪、下雪！"

几个女生絮絮叨叨念个不停，直到有个人看见站在一旁的沈执和纪染，猛地闭嘴。随后其他人也注意到，本来还吵嚷热闹的走廊，变得格外安静。

纪染见状，忍不住笑了起来。

哪怕沈执成了年级第一，可是这也并不意味着他不好的名声就此销声匿迹。

她转身往楼上走去，沈执跟在她身边，在走到楼梯拐角处的时候才开口问："你们女生……"

"都喜欢圣诞节？"

不光是刚才这几个女生，这几天班里的其他女生也在讨论圣诞节。

似乎女生对于这样的节日有着天生的热情。

纪染想了下，其实国外的圣诞节才是真的热闹，她之前在国外读书的时候，每年圣诞都会参加学校举行的晚会。刚开始还算新鲜，但是时间久了，也就那样。

就像过年那样，小时候最期待的就是过年收压岁钱，但是随着渐渐长大，那份期待变得没那么明显。

圣诞节这样的节日对于纪染而言，是这样的存在。

不过她知道闻浅夏她们特别期待圣诞节，况且沈执又这么问，她点点头："还好吧！"

沈执默默点头。


圣诞节这天是周五，当纪染起床之后她换了一身羊毛呢连衣裙，看起来软软暖暖的，底下配了一条白色打底裤。

这种白色打底裤对于一般人来说是灾难，但是纪染小腿纤细又笔直。

显得特别清纯又甜美，有种可爱少女的感觉。

等她拎着大衣到楼下的时候，赵阿姨看见立即惊呼道："哎哟，这一身可真够好看的，不过是不是有点儿不太保暖，外面还下着雪呢！"

"外面下雪了？"纪染朝窗外看了一眼，果然院子里白茫茫一片。

她刚才着急下楼，连自己房间的窗帘都没拉开。这会儿赵阿姨提醒，她才看清楚外面的光景。

"下雪啦！"纪染开心地喊了一声。

赵阿姨说道："你这个裙子和外套都太薄了，要不我给你去拿件羽绒服。"

不等纪染说话，赵阿姨上楼去帮她拿羽绒服。等纪染坐下吃早餐之后，赵阿姨才从楼上选了衣服下来。

纪染看着她手里的大红色羽绒服，有点儿无奈。

谁知赵阿姨说："今天不是圣诞节嘛，小区里面还弄了一个好大的圣诞树，你穿这个红色喜庆。"

于是在赵阿姨的强烈推荐下，纪染把自己裹成了一个圣诞少女。

因为外面还在下雪，赵阿姨怕她走路滑倒，让家里司机送她去学校。纪染没有拒绝，上了车之后，把羽绒服的拉链往下面拉了拉。

外面依旧大雪纷飞，整座城市都被裹成一片银白色。天色还有些暗沉，雪花在半空中轻轻柔柔地飘舞着，随风打着旋儿落在地上。

这是今年的第一场雪呀！

这次司机直接把纪染送到了学校门口，天气不好，学校门口来送学生的家长明显变多，司机过了许久才把车子开进来停下。

纪染推门下车的时候，一阵冷风从她脖颈钻进来，刚才在车里还觉得有点儿热。

现在居然一秒钟感觉到了外面的寒冷。

当真是冰火两重天。


纪染今天穿了一双黑色短靴，深一脚浅一脚地踩进雪里，每一下都踩出嘎吱嘎吱的声音，学校前面的大广场已经被踩出了很多脚印。

她左右看了一眼，这会儿来的学生不算很多，于是她瞧瞧往旁边走过去，朝着那一片还没被人踩过的雪走过去。

然后她一步一步地往前。

纪染都不知道为什么今天这么高兴，这又不是她第一次看见大雪，说起来她还见过更美的雪景，当真是白雪皑皑绵延千里。

她怕摔倒，低头走得认真，直到身后的人撞上来。

她还没回过神，身后一个熟悉的轻侃声："小姑娘，地上有金子呢？"

沈执一进校门就看见她了，裹得跟个要过圣诞节的熊宝宝似的，偏偏还走在没别人的地方，全程垂着头盯着地上，不知是怕摔倒还是地上真的有东西等着她捡。

纪染回头，她头上戴了个毛线帽子，一个可爱的大毛绒球球顶在帽子顶端，脖子上又围着毛茸茸的围巾遮住了小半张脸。

如今只露出一双水漉漉的黑眸，滴溜滴溜地朝他看。

她的眼神软得要命。

沈执静静地站在原地，天际的雪花温柔地落在他和她发顶。

纪染在这一瞬，突然明白今天她为什么会这么高兴。

是初雪呀！

这是她和沈执经历的第一个初雪。

可现在，她喜欢的人就在眼前。

"沈执，今天是初雪。"纪染望着他认真说道。

沈执看着眼前的小姑娘，浅笑着刚要点头，他知道她是南方人，南方冬日里下雪不如北方这样频繁。

但是纪染下一秒说："听说初雪向喜欢的人表白，会永远在一起。"

沈执还未反应过来，少女已轻轻开口。

"沈执，我想把自己的未来，和你的连在一起。"

初雪的心愿，这次让我来。

## 第二章
## 我想要打败沈执拿到年级第一

大概是因为下雪的关系，一整个上午学生们都显得兴奋，甚至还有学生趁着课间十分钟去操场上打雪仗。

只是沈执整个上午都没跟纪染说话。

哪怕纪染有时间转头看他，他眼光跟自己对视之后，都会迅速地撇开头。

有种难得一见的腼腆，像是在躲着自己似的。

纪染哭笑不得，没想到自己初雪里的话居然把他刺激成这个样子，于是整个早上两人之间都没说几句话。

中午的时候，闻浅夏拉着纪染到校外吃午饭。

校园的小超市门口摆着各种各样漂亮的盒子，里面装着的都是红彤彤的蛇果。不少学生都围在摊子前，看起来都想买。

闻浅夏凑上去看了一眼，回来倒吸了一口气，压着声音说："居然要十五元钱一个，真的是，抢钱呢！"

这时候高中生的零花钱普遍不是很多，十五元钱买一个苹果确实有点儿奢侈。

纪染小声说："其实这只是一种噱头而已。"

在中国苹果有谐音之意，因此大家都会把苹果当成是平安果，希望收到的人能够平安喜乐。

因此哪怕知道这个苹果过了今天之后，并不会那么贵，大家还是想要买一份。

"你以为大家是买苹果呢！"闻浅夏小声说，"很多人都会选在今天表白的。"

圣诞节，特别是下雪的圣诞节，虽然寒冷却那么浪漫。或许浪漫的气氛会诱人心动，表白的成功率也会大很多。

四中虽然是好学校，可是学生也是正值年少青春的时候。

纪染好奇道："你也要表白？"

闻浅夏被她的话吓了一跳似的，脑袋摇得跟拨浪鼓似的否认："不是，我没有。"

纪染轻笑："真的不需要？圣诞节和初雪都是一年才一次哦！"

她难得这么调戏闻浅夏，羞恼的闻浅夏瞪大眼睛望着她，伸手掐纪染的腰："染染，我发现你真的变坏了，说，你是不是被什么人带坏了？"

其实闻浅夏是想直接问，她是不是被沈执带坏了，但到底还是有点儿惧怕沈执。

哪怕对方并不在这里。

可纪染往后看了一眼，略有些惊讶地说："你怎么在这儿？"

闻浅夏一下腿肚子都软了，心慌慌地想着，不会这么凑巧吧，她就调戏纪染一次，就被沈执撞见。

她战战兢兢往后看了一眼，结果没有一个人。

等她再回头看着纪染的时候，只见面前的少女已经笑得前俯后仰，微弯起的眼角溢着说不出的开心。

"染染，你怎么能这么坏。"闻浅夏呜咽了一声，真的差点儿被吓哭。

纪染望着她，没想到闻浅夏反应这么大，赶紧小声安慰道："你别呀，我就是逗你玩呢！"

她真不是故意要吓唬闻浅夏，只是没想到她对沈执这么惧怕。

两人谁都没买苹果，慢慢走向她们经常吃铁板饭的那家小吃店。

纪染转头看着闻浅夏刚恢复过来的脸色，忍不住小声问道："你这么怕沈执啊？"

闻浅夏神色复杂地望着纪染。

何止是复杂，简直是百感交集。

沈执早在进入四中之前，就名声挺大的，刚进四中故意去他班级门口的女孩简直能排成一个加强排。结果学校几次全校通报，况且还有传闻他很讨厌女生打扰他，因此喜欢他的小姑娘为了自身着想，对他是只敢远观不敢过分靠近。

闻浅夏是属于单纯欣赏沈执美颜盛世的那一拨人，虽没有觊觎之心，但也绝对不会找死主动靠近。平时在路上遇见，偷看两眼之后也是能有多远就离多远。

反正在纪染出现之前，他身边压根没有女性生物出现。

"染染，我这么跟你说吧，"闻浅夏手臂搭在纪染的肩膀上，小声说，"在你出现之前，没有女生敢出现在沈执一米之内。"

之前高一的时候，他们班级的班主任据说为了防止班级里的小姑娘沉迷沈执美色无法自拔，他周围一圈全都是男生。

没有一个女生。

倒是高二再次分班，遇上了乔与桥这个不太懂行的班主任，至今连男女不能同桌这件事都没弄清楚。

纪染无奈地笑了起来："他没那么可怕的。"

她想起沈执跟她一起坐过山车时候的模样，明明有点儿害怕却只是安静地微闭着眼睛，双手紧紧地握住安全扶手。

阳光洒在他眼睫上时，他有种说不出的脆弱。

这样的人怎么会可怕。

纪染轻抿嘴再次忍不住笑了起来，多可爱呀！

晚自习的时候，停了一天的大雪又开始渐渐飘零。沈执临近上晚自习的时候才回教室，头发和身上都湿漉漉，看起来落了不少雪花。

纪染从他坐在位子上开始，一直偷瞄他的情况。

可是沈执只是低头看着面前刚发下来的试卷，丝毫没有拿桌洞里东西的打算。

纪染有些着急的时候，沈执侧着脸看着她，压低了声音："这么看着我干吗？"

说着他还特意把脸颊左右侧了侧，看起来是故意让她看清楚似的，他有点儿湿的短发跟着轻甩了下，发质看起来毛茸茸的。

有点儿软乎乎的。

"看出我脸上有什么了？"沈执低声道，"要不我再凑近点儿让你看看？"

说完他手掌撑着桌面慢慢靠近，此时周围的学生大部分都在专注自己的事情，没人注意这边的情况，以至于沈执越靠越近她。

纪染瞪大眼睛，她本来只是想看看他什么时候才会注意到桌洞里的东西。

她准备的。

在她下意识转头的时候，沈执跟着笑了一声。

纪染突然有点儿后悔，她怕什么！


晚自习的时候值班老师来了一趟又离开，据说今晚有年级会议，老师几乎全部去礼堂开会了。

刚开始整个教室里还挺安静，但是渐渐声音大了起来，嗡嗡的。

显然没有值班老师管束，学生们可没那么老实。

直到隔着走道有个女生拿着手机说："（10）班有个女生亲自写了情书给（1）班的一个男生。"

"跨越文理的爱情？"

学校（1）班是理科实验班，（10）班是文科班，一般来说文理科班级是不太会有交集的。

"（1）班男生同意了吗？"另外一个女生好奇地问道。

"都写情书了哎，还是女生主动的，哪个男生会受得了这种攻势？"

"毕竟是（1）班的好学生哪，万一人家一心只读圣贤书呢！"

教室里彻底吵嚷了起来，显然都在讨论这件事。这年头男生追女生不稀罕，但是女生这么主动追求男生就有点儿受瞩目。

特别是那些本身心底也藏着小心思的女孩，努力藏住自己的心思，却又忍不住羡慕别人敢这样轰轰烈烈地追求。

沈执并不在意这些"新闻"，他只是低头准备在桌子里拿一本书，但他先摸到一个盒子。

等他把盒子拿出来的时候，发现是一个粉色小盒子，透着缝隙能看见里面红彤彤的蛇果。他眉头微挑，应该没人敢在他桌子里乱塞东西。

除非……

他微偏头看着正在低头写卷子的纪染，她这会儿还没发现沈执从桌子里拿出了盒子。

沈执也没叫她，而是轻轻地打开盒子。

等打开之后，他注意到苹果旁边还放着一个粉色的爱心，是精心折叠过的信纸。沈执捏着粉色爱心时，手指尖微微发紧。

他没有立即拆开，而是捏着手指间的信纸，偏头看着面前的小姑娘。

纪染正在写物理试卷，她最近真的在认真补习物理，毕竟她可不希望下一次考试在第二的名次上再次看见自己的名字。

只是她写完一道大题时，感觉到旁边的眼神，于是转头看过来。

纪染的视线正好跟沈执撞上，刚开始她还神色淡然，直到她的眼神落在他的手上，粉色信纸折叠成的爱心。

她下意识眨了眨眼睛。

沈执低声问："你放的？"

可他刚说完，突然轻笑了一声，好笑地问："你紧张什么？"

"我哪有，谁说我紧张了。"纪染脱口否认，心底下意识反应就是，她才不要在这个时候垮掉，不就是写个情书那又怎样。

她毫无畏惧地朝沈执看过去的时候，沈执看了她几秒，突然轻轻靠过来，伸出手慢慢靠近她的眼睛，食指轻轻地碰了下她的眼睫毛。

她的睫毛特别密长，有明显上翘的弧度，摸起来的时候毛茸茸。

纪染整个人都僵住了。

直到沈执低笑着说："你紧张的时候，会下意识眨眼睛。"

纪染没想到他会看出来，但是伴随而来的并不是疑惑释然的轻松，而是心跳骤然加速，呼吸急促甚至还有点儿不知如何说清楚的小情绪。

有点儿酥麻，还有点儿痒痒的。

当沈执收回手指时，纪染回过神。

她看着他一直盯着那个粉色爱心，手指忍不住抠了下手心，自嘲地说："这个爱心有点儿土吧！"

后来回学校的时候，纪染又经过那家卖苹果的店，还是决定买一个。

买苹果的时候，闻浅夏就在旁边。

于是她鼓励纪染顺便写祝福语放在里面，她还手把手地教纪染怎么折叠一个爱心。

以前纪染从来没做过这件事，她打小周围也有不少这样的女孩，她们擅长用纸条甚至吸管折叠小星星，攒成满满一瓶子送给喜欢的男生。

纪染一次都没干过。

她没有喜欢的人，也没遇到值得她亲手折叠一个爱心信纸的人。

但是这次，她遇到了。

"我喜欢的。"沈执低声说道。

当他的话说完时，整个教室里陡然黑了下来，然后整栋教学楼爆发尖叫声还有各种欢呼声。

停电了。

如果说学生时代最喜欢的事情，那么晚自习突如其来地停电，肯定能排到前三吧！

因为老师不在，周围连维持秩序的人都没有。

沈执伸手将兜里的手机拿了出来，看了一眼时间，直接说："走吧！"

"去哪儿？"纪染下意识地问道，他说的这句话挺没头没尾。

因为停电，周围一片黑暗，纪染还没反应过来，耳边带着温热气息的声音说："把你带去卖掉。"

他的声音隐着戏谑，纪染最不怕的就是这种，干脆地站起身。

可是两人走到走廊上，沈执直接趴在栏杆上看着外面漆黑的天空，纪染安静地站在一旁，但是心底有些无语，这就是所谓要把她卖了？

走廊上学生越来越多，包括（8）班很多学生都从教室里走了出来，对面是高一教学楼。三楼有个窗口的学生拿着手电筒冲着高二教学楼这边照。

登时高二的学生有点儿怒了。

"挑衅我们啊！"

"对面高一的，有种报上你的名字。"

这边的叫声似乎刺激到了高一的学生，平时还能维持着学长学弟的表面和谐关系，这会儿一停电，黑暗里似乎一个个都壮了胆子。

对面也反过来叫嚣。

"你们先报上名吧！"

"高二的就了不起呀，不就比我们老一岁。"

两边吵吵嚷嚷，突然嗖的一声响，然后天空里炸开一朵金色烟花，如黑丝绒般的天空被烟花映照得半边天空变成赤金色。

居然放烟花了。

随后叫嚣声渐渐消失，所有人的注意力都被这突如其来的烟花吸引。很快各种烟花在天空中一一绽放，整个天空被渲染成不同的颜色，照亮了走廊里学生的脸。

纪染仰头望着远处的烟花，十年后大城市烟花几乎绝迹，如今居然还能看见。走廊上的学生开始欢呼起来，不知是谁突然拿起手机放了圣诞歌曲。

经典的圣诞音乐跟眼前绚烂漂亮的烟花一起，成了许多人心目中无法忘怀的记忆。

青春里总有一个值得永远记住的时刻。

或许这一刻，就是那样的时刻吧！

沈执偏头看着身边的小姑娘，她眼神专注而又认真，轻笑了下："好看吗？"

纪染点头。

其实好看的并不是烟花，她曾在全世界旅游，也看过更为壮阔绚烂的烟花秀，可在这个下着初雪的圣诞夜里，周围一片漆黑，身边站着的人是他。

哪怕只是安静地站在彼此身边，纪染心底都有种忍不住的轻颤。

是这一刻，太过美好。

烟花还在继续，整个走廊上挤满了学生，唯有沈执和纪染旁边空出了明显的地方。这时候都没人敢挨着这位大魔王。

没多久烟花似乎到了尾声，纪染有些不舍地望着远处，突然周围人声有些嘈杂。

"那个飞的东西是什么呀？"

"哪儿呢？"

"你看那边，朝咱们这边飞过来了呢！"

一开始天色很暗，因此很多人没看见，但是随着那东西越来越近，很多人都指着半空中的飞行器一样的东西惊诧不已。

反而是纪染一眼认出来了，这是无人机。

只是国内的无人机发展起步比较晚，真正流行起来还是几年之后，因此现在很多学生不认识并不奇怪。

但也并非全都不认识。

走廊里有个男生倒抽一口气吼道："是无人机，居然是无人机。这玩意儿怎么会飞到我们学校里来。"

"无人机是什么？"

男生是个科技迷，平时很喜欢看科技杂志，之前参观科技展览的时候见过一次无人机，这还是第一次在现实生活中见到呢！

他立即说道："这种无人机是美国才有的，得进口，我上次去看展览，人家说得好几万一台呢！"

他正在科普时，突然无人机上掉下来了一个条幅。

条幅的字体是荧光色的，有点儿像晚上开车时路标上的那种荧光，特别亮，以至于条幅一掉下来，上面的字所有人都看见了。

纪染，生日快乐。

这下整栋楼疯了，尖叫声、口哨声、跺脚声同时响起，以至于一楼的学生忍不住朝楼上看去，生怕上面几层的人活生生把楼板踩塌了。

虽然这句话是祝福生日，但是谁都不觉得这只是单纯祝生日快乐。这明显是有男生高调追求校花，只是追得有点儿太过大胆直接，居然敢在学校里这么搞。

这行事，这作风……

突然很多人心底涌起一个很有可能但是谁都不敢直接说的名字。

毕竟之前他们的绯闻还挺沸沸扬扬的。


纪染直勾勾地盯着半空中的条幅，天空中飘着雪花，寒风拂过将条幅吹得来回飘动，直到她侧头看着身边的少年。

深冬夜晚格外寒凉，冷风如刀子般刮在脸颊上。

周围很黑，借着微弱的光亮，她望着沈执。

少年黑眸微敛，剑眉挺鼻，侧脸线条格外瘦削立体，黑夜加持下，少年的五官充满了神秘感，有点儿像是极浓郁的黑暗笼罩着。

直到他嘴角轻轻撩起。

一个细小的表情变化，他整个人像是冲淡了那种阴郁，突然变成了格外疏朗。

纪染的眼睛一眨不眨地看着，半空中的条幅还在飞舞。

生日快乐。

其实连她自己都忘记了，再过几小时，当零点钟声响起时，她会迎来自己的生日。

她渐渐不再那么期待的生日。

在两人的对视下，纪染的心跳渐渐加速，耳边像是有鼓点般敲击，一下一下，让她越来越紧张又迫切。

连耳朵都有点儿发烫。

终于像是过了一个世纪那么久，沈执低声开口。

"染染，谢谢你能出现！"

出现在我的生命里，成为那道永恒照着我的光。

寒冷的冬夜里，明明冷风在吹，可是纪染浑身却一点点滚烫起来。她听懂他的意思，他在说谢谢她能出现在他的生命里。

可是对于她来说何尝不是这样呢！

或许是因为父母并不如意的婚姻，打小就在她心底留下烙印。

爱情、婚姻都把最不如意的一面在她家上演过，以至于让她从很小就不太相信这些东西。

多少年的夫妻还不是抵不过一朝劈腿，明明说是利益捆绑的婚姻，但是说散就散。感情这种东西太过飘忽不定，就像是天上的云朵，那样美丽圣洁。

可是谁又能真正地把云朵抓在手心里。

纪染打小就在裴苑的耳濡目染之下，养成了务实的性格。她一贯被教育要抓住对她有利的东西，小时候努力地考到年级第一，长大工作之后抓住一切机会。

别说她自己没考虑过感情问题，连裴苑都极少催促她，或许以她自身的经历看来，男人还不如工作靠谱。

有钱可以享受一切，也能得到一切。

纪染一直是裴苑这套理论的忠实支持者，哪怕出身豪门，依旧比普通人更努力百倍地工作。

可是现在她开始动摇了。

曾经不知情滋味，也曾经坚定地拒绝过，可还是会被他吸引，被影响，心底滋生出从未有过的念头。

想要知道喜欢一个人到底是什么样的滋味。

哪怕是伊甸园的苹果，也要亲自尝过之后才能明确知道它的滋味。所以这一世她尝到了伊甸园苹果的滋味了。

并不苦，是甜的呀！

纪染双手搭在走廊栏杆扶手上，手掌放在嘴边做出喇叭状，声音却很小："我也是。"

虽然现在他们没办法在一起，但是没关系。

总有一天，他们会长大，可以正大光明接受所有人的祝福。

"你们都在干吗呢？"

突然楼下平地响起一声怒吼，教导主任站在楼下，虽然这会儿停电，但是一栋楼走廊上都站着密密麻麻的学生。

况且半空中的无人机实在是嚣张，特别是数米长的条幅，在周围几栋楼都停电的情况，在夜空中闪闪夺目。

"'金毛狮王'这么快回来了。"

"赶紧回教室吧，别一会儿'金毛狮王'又要发'狮吼功'这种大规模杀伤性武器了。"

周围学生全都是唉声叹气。

高二年级部的教导主任之所以有这么个外号，是因为他总是站在楼下冲着楼上调皮的学生喊话，声音大到整栋教学楼都能清楚听到。

教导主任仰着脖子吼道："还不给我赶紧回教室，还有这天上飞的是什么东西，还不赶紧给我收起来。"

他不认识天上飞的东西，因为站在一楼又来得太急，没把眼镜戴上，所以没看清楚条幅上面写的字。

纪染听到这句话，有些紧张地小声问道："现在怎么办呀？"

"没事儿。"沈执淡声说。果然没一会儿无人机慢悠悠地顺着原来飞来的方向又飞了回去。

很多还没回教室的学生站在走廊，望着无人机带着那条极惹眼的条幅，慢慢飞往远处。

荧光色的条幅在深色的夜空中过分闪耀。

这画面实在是太过引人，就连教导主任都仰着脖子一路目送着无人机的离开。

"还不回教室，那行你们就站在那里，等我上去……"教导主任在无人机彻底消失在视线里的时候，又抬头冲着整栋楼吼了一声。

只是他刚喊完，二楼以上也不知是谁喊了一句。

"停电了，还不放学吗？"

"放学。"

"放学。"

本来勉强被控制下来的场面居然再一次失控，就连平日里胆小老实的学生，这会儿也拼命跺脚拍桌子。

闻浅夏趁着大家闹的时候，转头小声问道："染染，那个条幅是谁弄的呀？"

其实闻浅夏猜到是谁，但她还是忍不住想问。

纪染抿嘴笑了起来，就是不说话。

这是她和沈执的小秘密，她谁都不想告诉。

谁都不想。

纪染知道自己这个想法有点儿小自私，可是小姑娘不就是这样，总该有点儿属于自己的小秘密吧！

终于各个班级的班主任回到教室，勉强控制住教室里的情况。

乔与桥示意大家安静之后，小声说："好了，大家别吵了，学校配电房那边正在抢修电路。"

因为今天大雪，出现线路短路并不是四中一个地方。

大家发出一声惋惜的叹气声，还抢修什么呀，直接放学多好啊！

乔与桥站在讲台下，底下不少学生拿出手机照明，其实四中是不太允许学生带手机到学校。不过平时一个个都纯洁无辜表示自己一心学习，绝对没有带手机过来。

这会儿倒是全暴露了。

他望着底下的学生，无奈笑道："你们这声叹息，可是暴露了你们的本质啊！"

底下一哄而笑。

有调皮的男生说："抱歉乔老师，让你当了我们班的班主任。"

"对不起，老师。"

不知是因为停电了，大家过于放松，还是黑暗给了他们很好的掩饰，让很多人都把平时不敢说的话说了出来。

就连平时不敢开的玩笑，这会儿也能哄然大笑。

乔与桥也是语气轻松自然，他说："当你们班的班主任也挺好，我从来不觉得学习好就是评判一个人的标准。况且学习再好又怎么样，我这个年级第一到最后还不是得来这给你们服务？"

这一次整个教室仿佛炸开了般，起哄声里还夹杂着吹口哨的声音。

乔与桥是年轻老师，平时也挺爱开玩笑，但是今天他的幽默成功逗乐了全班所有学生。

以至于外面走廊里再次热闹起来的时候，他们才注意到。

乔与桥走到门口，正好碰到隔壁班的班主任出来，这才知道原来配电房那边一时没办法修好，学校领导让学生们先放学回家。

毕竟没电看书也不方便。

乔与桥回来一宣布这个消息，大家又是一阵欢呼。

他无奈抬手压了压他们的声音，小声道："还不赶紧收拾书包回家，别没等你们出校门口，学校供电就恢复了。"

于是底下学生一边用最快的速度收拾书包，一边还说道："老师，你别乌鸦嘴呀！"


纪染也随便收拾了几本书带回家。

她跟沈执两人一前一后走出了教室，夏江鸣他们走在后面。

大家一起走到学校综合楼前面的那个大广场时，突然旁边综合楼楼顶的灯光闪烁了几下，然后整栋楼里大部分办公室的灯光亮了起来。

就连四中那个巨大的红色 LED 灯也跟着亮了起来。

快走到校门口的学生，还留在广场上的学生，还有磨磨蹭蹭刚从教学楼上下来的学生，都是愣得原地站了几秒。

"跑呀！"

一个巨大又绝望的声音响起，然后不知是谁率先往校门口冲了过去。

纪染还没反应过来，刚要转头看着身边的沈执时，站在她旁边的少年拉起她的手，跑往校门口。

这一刻，喧闹又好笑，人群如潮水般疯狂往校门口涌去。

这一刻，也是青春里最明亮的时刻。

或许正是有这样的时候，青春才被称为青春吧！

纪染一直到家的时候，心头的那种战栗才总算缓和了些。今天晚上发生了太多事情，多到让她哪怕是躺在床上都久久无法平静。

以至于闻浅夏发来信息的时候，她第一时间看见了。

她问：染染，你睡了吗？

纪染：没有。

对面闻浅夏没想到纪染会立即回复自己，当即来了精神。

随后纪染的手机一直在嘀嘀、嘀嘀地振动，可见对面闻浅夏单身十几年的手速还有无与伦比的好奇之心。

纪染把她的话看了一眼，挺不以为意地，反正在闻浅夏的嘴巴里四中贴吧是三天两头都在炸，好像四中的学生都不用学习，学校百分之九十八的升学率都是靠绯闻来的。

在她看来，这次闻浅夏也是夸张了。

她回复了一句，是来纠正闻浅夏的。

她说：这是生日祝福。

他说，谢谢她出现在他的生命里。

沈执看着纪染回家之后，并没有像往常那样回家，而是到了南屏街的一个小店里找人，这会儿人不多，但是舞台上一个穿着白色毛衣和羊毛长裙的短发姑娘，正用低哑动人的烟嗓演绎着一首英文歌。

沈执走过去的时候，任哲在低头擦拭手里的飞行器，动作轻柔，比抚摸姑娘时还要温柔细致。

"不喝点别的？"沈执见任哲桌上只有苏打水，低声问道。

任哲低头看着自己手里的飞行器，压着声音说道："带着我的宝贝出门，不喝。"

这玩意儿对他来说，就是命根子。

要不是他跟沈执有过硬的交情，绝对不可能拿出来给他用的。这会儿他转头看着沈执，笑道："怎么样，小姑娘开心了？"

沈执想了下今晚的那一幕，其实学校停电这事儿是在他的预料之外，但是没想到似乎连老天爷都在帮他。

学校停电，整栋教学楼周围都是黑漆漆的。

唯有飞行器下面挂着的这个条幅上面的荧光字体耀眼夺目，所有人都可以看见。

哪怕夜色浓郁，沈执还是能看到她眼中的光亮。

任哲拿起桌子上小吃盘子里放着的开心果，直接朝沈执身上扔了过来，还别说哪怕是夏江鸣他们跟沈执这么熟稔，都不会做这种事情。

倒是任哲跟他是真的交情太深，说起来当初沈执刚到 B 市的时候，遇到的第一个对手就是任哲。

作为数学天才，一路上必然会遇到其他天才。

任哲就是那个被沈执遇到并且毫不留情打败的数学天才。在一次数学竞赛里面，任哲被沈执直接打败。

只不过任哲这人吧，倒没什么作为天才不可一世的骄傲。

反而把沈执当作一个值得看重的对手，久而久之，对手变朋友。

任哲比沈执早上大学，准确点儿说他十六岁时进入了大学里的少年班，反而是他当初的对手沈执，一路沉沦反而成了让人惧怕的风云人物。

任哲望着他说："你要不要笑成这样，沈执的脸上应该出现这种表情吗？"

沈执半窝在沙发里面，哪怕是被他砸了一下，都懒得动弹一分。他手掌轻抵着脑袋神态怡然，轻声说："你懂什么！"

任哲脸上立即露出嫌恶的表情："都说女人变脸快，我发现男人也是的。"

说起来这个无人机还不是他的呢，是他导师的。只不过被他偷偷借出来用的，幸亏今天什么意外都没发生，要不然他大概会被自家导师活生生打死吧！

"你这样不如好好学习，早日报效祖国。"这话任哲说起来，有股子一本正经的好笑。

听着特别逗的那种。

任哲见他不说话，还以为他是被自己说服了，作为少年天才之一，任哲觉得沈执好好的天才不当，非要堕落到当不良少年，这个确实有点儿说不过去。

于是他语重心长地说："阿执，想想当初你可是数学金奖，少年班本来也有你一份儿的。可是现在呢，你就甘心永远当学校的倒数第一？"

不是任哲看不起四中的其他学生，只是他觉得沈执闭上眼睛考试，都不应该考倒数第一吧！

沈家的那点儿事情，其实不太算是秘密。

他正高谈阔论准备把泥足深陷的失足少年拉回时，沈执转头看着他问："你喜欢过别人吗？"

任哲还真的被他问住了。

"你知道被人喜欢是什么滋味吗？"

任哲："……"他不知道。

只是当他看见沈执眼神里的那种"我就知道你肯定不知道"的眼神，实在是太过刺人，气得任哲不由说道："我好好学习，一心报效祖国。"

任哲未来的方向就是无人机方向，这种高精尖技术目前最为强大的就是美国，国内还处于起步萌芽阶段。因此很多高科技从业人员以及储备人员，都有一股子赶超美国的心愿。

也不怪任哲天天把报效祖国四个字挂在嘴边，实在是他导师就是这样的性子。

只能说什么样的导师教出什么样的学生。

沈执见他死鸭子嘴硬，不由轻笑，语气倒也不是很重就是挺云淡风轻地自在："还有你知道跟喜欢的人一起学习是什么感觉吗？"

任哲："……"他不知道，他这次真的不知道了。

就在任哲暴起的时候，沈执淡淡扫了他一眼："你在你们少年班不是第一吧？"

任哲是天才不错，还是货真价实的那种天才，一点儿都不打折扣。可是少年班是什么地方，少年班之所以被称为少年班，那都是全国各地各种天才少年聚集的地方。

你是天才，人家也是天才，都是当惯了第一的人。

沈执："我现在是全校第一。"

这句话不亚于在火上浇了一盆滚烫的油，烫得任哲再也坐不下去，跳起来说道："我那是少年班，有本事你自己来试试。"

沈执依旧是那副懒懒散散窝在卡座里的样子，他微抬起头，笑着说："你觉得我怕过谁？"

任哲突然愣住。

天才有天才的傲气，其实任哲也是。但是他能低下头跟自己最大的对手做朋友，或许当初就是沈执这种谁都不怕的劲儿，彻底打服了他。

是啊，沈执怕过谁呢？


虽然无人机和烟花庆生的事情，大部分老师因为在礼堂里面开会没看见，可是老师们并非不看贴吧！

特别是有些老师为了贴近学生，了解现在学生都在想什么。

只是这两天整个贴吧都在讨论一件事，那就是圣诞节那天那么浪漫的烟花和无人机，到底是谁搞出来的。

无人机这玩意儿一开始大家没认出来，后来有认识的人认出来，久而久之，大家都知道，原来那天飞在天上的玩意儿那么金贵呢！

乔与桥是年轻老师，很巧，他也是那种喜欢看贴吧想要贴近学生的班主任。

只是这次，倒是让他看得有点儿不是滋味了。

因为整个贴吧里，都是关于他班级里学生的绯闻……


要说沈执吧，一开始他教的时候，也有关系不错的同事给他提醒过，有钱人家的"小少爷"，成绩差脾气躁，都是让他睁一只眼闭一只眼。

但是乔与桥带了（8）班一段时间，发现其实沈执并不是那种外界传言的学生。

学习嘛，是差了点儿，但是人家上课只睡觉不捣乱呀！而且他也不带着班里的学生捣乱，相反因为有他在，有种"大佛"镇压的感觉。

至于纪染，乔与桥就更觉得是个好学生了。在他看来吧，就是小姑娘长得太漂亮容易招蜂引蝶了一些。

当初之所以让他们坐同桌呢，是因为当时都是大家选的位子。后来乔与桥也提过给全班换换位子，只是那时候大家都强烈反对。

乔与桥为了表现自己民主又善于听取学生意见这个优点，把换位子这事儿搁置下来了。

至于后来期中考试成绩出来，沈执和纪染跟考疯了一样，两人纷纷突破700分。

乔与桥就没想过把两人的座位调开。

他正在出神的时候，只见办公室里有个老师端着茶杯走到饮水机旁边倒了一杯水，捶了捶腰，有些难受地说道："你说咱们在这儿累死累活上一个月班赚的钱，还没有人家学生一个晚上追小姑娘花的钱多呢！"

"吴老师，你说谁呀？"有个老师听到这话，头抬了起来好奇问道。

吴老师笑道："还不就是（8）班那个沈执。"

此时乔与桥听到"（8）班"还有"沈执"这两个词的时候，跟着抬起了头，望向吴老师，他说："吴老师，沈执有什么问题吗？"

这个吴老师其实是（6）班的班主任，要说她对沈执有意见倒是不至于，只不过（8）班陡然出了两个700分以上的学生，而且最近乔与桥被年级主任和校领导夸赞的次数太多。

别说其他普通班的班主任比不上，就连（1）班、（2）班两个班主任的风头也不如他。

（8）班啊，这是太露脸，有点儿招风了。

吴老师一听乔与桥这么问，登时笑了起来，语气特别夸张地说："我说乔老师啊，你不会还不知道吧！你们班那个沈执为了追求你班级里的纪染，又是烟花又是无人机，搞得特别隆重特别热闹。你说这些学生可真是铺张浪费，家长交钱给他们到学校里来，是为了让他们胡闹的吗?"

言语之间,透着一股子教训的味道。

乔与桥没说话,倒是旁边有个老师说:"要说是沈执,倒也未必吧!况且我看沈执这次期中考试考了700多分,跟以前比起来,这明显是走在正途上了。"

沈执这个700分的事情,别说学生私底下爱讨论,就是老师们讨论的也不少呢!

一个学生不可能在短时间内提升那么高的,但是成绩又是他自己考出来的,说明他以前就没想认真考试。

所以不少人对乔与桥还挺羡慕嫉妒的,当初(8)班是人人都不想要的差班。

结果来了一个700分以上的转校生不说,连以前回回垫底的学生都能考700分以上。

今年的优秀教师,必然有乔与桥一个。

估计什么优秀班主任这些评优,都不在话下了。

吴老师此时正好逮着机会,故意说道:"分数能决定一切吗?难不成因为分数就得让他们两个败坏学校风气。乔老师,可不是我吓唬你,这件事你得好好管管。"

乔与桥倒没被她吓住,只是他心底也有些担心。

毕竟这两个学生确实都是"高危"学生,十六七岁的青春年少,乔与桥也不是没经历过。况且他高中时代离现在也才过去十来年罢了。

他很懂那种年少时懵懂又青涩的感觉。

于是思来想去,乔与桥还是决定跟他们两人好好谈一谈。

本来呢,他是想逐个谈话,各个击破。可是后来想了想,这件事还是应该开诚布公。万一他们谁真的有想法或者两人真有什么想法,作为老师他应该也有责任帮忙梳理这样的情绪。

乔与桥这件事想得还挺周全的,为了两人的面子,他特地找了个其他老师都不在办公室的时间,把两人叫了过来。

正好是晚自习时间,没有晚自习值班的老师都下班回家了。

有晚自习值班的这会儿都在教室里值班。

这个时间段，清静又不受人打扰，正是好时候呢！

本来纪染在教室里写作业正写得好好的，谁知乔与桥到了他们座位旁边的那个窗户外，轻轻敲了两下，一开始纪染以为是喊她的。

后来发现不仅喊她，还把沈执也一块儿叫上了。

两人一前一后从教室里走出去的时候，教室里嗡嗡的声音响起，显然大家都大概猜测到什么情况。

闻浅夏小声说："染染和沈执不会有事儿吧？"

她同桌方莎压着声音："我估计肯定是因为圣诞节的事情，咱们乔老师挺憋得住气的呀，居然到现在才找他们谈话。"

闻浅夏立即担心道："你说他们两个座位会不会被调开啊？"

"肯定会呀，你看这种大帅哥和大美女组合，老师也怕万一有点什么吧……"

闻浅夏愣了半天，点了点头。

纪染站在办公桌旁边的时候，她自己反而挺淡定，其实旁边的沈执也挺淡定，两人脸上都是一副特别从容的表情。

反而乔与桥好像是还没想好说辞，或者是没想好应该怎么跟他们说，一副愁眉苦脸的模样。

幸亏这个办公室里没别的老师在场，要不然肯定会觉得这一幕特别好笑。

找人谈话的老师愁眉不展，一副不知从哪儿开口的样子。

被谈话的学生，个个神色淡然冷静。

于是好半晌，乔与桥终于张开嘴，说道："就是我想跟你们聊聊，咱们班级座位这个事情。一般来说，半个学期应该换一次座位的，你们觉得合适吗？"

纪染没说话，倒是一旁的沈执微垂眸，开口说："合适。"

乔与桥没想到沈执居然会附和自己的话，当即惊喜道："对吧，既然你们都觉得合适，那我今晚……"

"老师。"突然沈执又开口喊了一句。

本来乔与桥是想说，既然他们都觉得合适，他今晚花点儿时间排一下座位表。

他抬头朝沈执看过去，还是挺高兴地问："怎么了？"

沈执说："别的班级第一名可以优先选择同桌，我是不是也可以？"

乔与桥还是知道这个的，确实有班级会让班级第一优先选择自己位子什么的。

没等乔与桥说话呢，沈执已经把他的话说完了："我选纪染同学，因为我觉得在班级里，只有我们两个有差不多的学习心得。"

乔与桥听完这句话，张了张嘴，第一时间竟然不是反驳他这句话，而是想到（8）班的第三名，说起来第三名那位同学上次考试考了650多分，考得还是不错的，但足足跟第一和第二差了50分以上。

此时完全不知情的第三名同学，在教室里猛地打了一个喷嚏。

纪染有点儿被沈执震惊了，她大概想到乔与桥会跟他们聊什么，但是她实在没想到沈执会用这种理由拒绝换同桌。

这无疑就是在跟老师说，别的同学成绩不行，我看不上。

这……

沈同学，你这拒绝的理由实在是"秀"得没边了呀！


大概是沈执的操作实在是太"秀"，"秀"到乔与桥后知后觉地察觉到不对劲，但是又说不出话那种。

乔与桥眼神复杂地望着站着的沈执。

有种张嘴不知道说什么好的感觉。

他总不能直接跟沈执说，我之所以心血来潮换座位，其实就是为了分开你们两个，因为怀疑你们两人之间出问题。

乔与桥虽然是这个学期刚当上班主任，但他并不是第一天教书。他知道学生最是反感老师这种行为，要是强行把两人座位分开，乔与桥还真怕沈执生出什么逆反心理。

这位"小少爷"刚当好学生还没几天。

乔与桥确实有那么点儿犹豫不决，所以他还是决定稍微提醒一下。

他语重心长地说道："老师呢，也是从你们这个年纪走过来的，知道青春期懵懂是在所难免的事情。但是我们应该分清楚对于现在的你们来说，什么是最重要的。"

乔与桥是真的一心为他们着想，特别是沈执，好不容易愿意努力学习，提高分数，他还是希望这两个好苗子能够一心扑在学习上。

他微顿了下，端起桌子上面的茶杯凑在嘴边轻轻抿了一口，他这是在掌握谈话节奏。

毕竟对待学生不能一味疾风骤雨，要循序渐进。

于是他又轻呷了一口茶，打算再次开口，谁知反而沈执低着头望向他，说道："我觉得对于我们来说，学习最重要。"

乔与桥朝他看了一眼，竟是喜得在桌子上拍了一下，只差给沈执鼓掌喝彩。

他满意地点头道："沈执，你能这么想，老师实在是太高兴了，对，高中生嘛，就是应该以学习为主，咱们现在的首要任务就是学习。"

沈执配合地点头。

乔与桥看着他一副孺子可教的模样，当真是打心底里觉得开心，这世上还有什么比教书育人更开心的事情呢！

看着一个以前走在歪路上的学生，如今慢慢走在正途，一点点学好，这种成就感实在是难以言表呀！

此刻沈执淡淡问："老师，您觉得我的学习进步大吗？"

乔与桥有点儿怔神，不过呢，还是要点头，进步何止是大，简直是跨越山河那般惊人。毕竟从年级倒数第一跃升年级第一，这真不是一般人能做到。

沈执神色认真地看着乔与桥："乔老师，其实这一切都是纪染同学的功劳。"

乔与桥朝纪染看过去，此时一直没说话的纪染有种无奈的感觉。因为她觉得自己还是不要说话的好，沈执只怕又要把她往沟里带了。

她抿着嘴唇，微垂着眼睑。

这叫乔与桥看不见她的眼神。

好在沈执又开口把乔与桥的注意力吸引了过去，他说："就是因为纪染坐我旁边，我看着她数学虽然只考了 22 分，但是她每次模拟考试都能取得很大进步，所以我深受她的鼓舞，这才考出期中考试的好成绩。"

沈执平时是不太喜欢说话，但是不代表他不会说话。

纪染在一旁听着，整个人都蒙了。

原来沈执一本正经开始胡说八道的时候，居然什么瞎话儿他都敢说出口。

还有，什么叫虽然她数学只考了 22 分？

纪染低声说："老师，我觉得沈执能从数学 16 分考到满分，有我一份功劳。"

小姑娘刻意把 16 分咬得格外紧，有种来呀，不是要相互伤害的，看谁更惨哦！

要不是乔与桥坐在他们面前，沈执真想伸手揉揉小姑娘软乎乎的脑袋，她小脑瓜子里到底想什么呢！他在这里认真保住他们纯洁的同桌关系，她倒是只记得 22 分的事情。

要不是强忍着，沈执还真的能笑出声。

乔与桥这下是彻底明白了，这两人是都不想换位子，可越是这样越能说明情况啊！

这明摆着的呢！

他无奈问道："你们两人是不想换位子？"

这一次两人居然异口同声地回答了："不想。"

沈执朝乔与桥看了一眼，认真说："我还想跟纪染同学继续相互帮助一起进步。"

纪染倒是干脆利索，她说："老师，我想跟沈执一起坐，是因为我想要打败他拿到年级第一。"

对，年级第一，她必须拿下，哪怕是喜欢的人都没得商量。

必须是她的。

乔与桥这下真的彻底傻眼了。

好在沈执也不打算绕圈子，淡声道："要是我们成绩下降，您可以直接把我们调开，不用询问我们意见。"

这话撂得太狠了，相当于直接说，只要我下次没考到年级第一，您就尽管调位子。

等两人从乔与桥的办公室里走出来的时候，顺着走廊慢慢往前走，直到纪染转头望着他说："你就这么有自信？"

纪染指的是他在办公室里说出的那句话。

沈执终于没忍住，抬手在她发顶轻轻摸了下，她发质柔软，他声音特别轻："不信我？"

"我可没有说到做不到的时候。"


对于给乔与桥的承诺，沈执倒是理直气壮地约了纪染周六下午去逛书店，美其名曰要提高短腿科目。

谁知周六中午的时候，沈纪明亲自上门。

沈执从卧室里出来看见沈纪明站在客厅里，当即脸色沉了下来，一丝戾气袭上眉宇间，他低声怒道："谁允许你这样不经我同意进来的？"

沈纪明转头看了他一眼，居然没发生气，反而脸上盛着淡笑。

要是搁在平时，他早指着沈执的鼻尖开始骂了起来。

他朝沈执看了一眼，直接说："换一身衣服，晚上带你去大宅吃饭。"

所谓的大宅，在沈家指的就是沈老爷子所住的地方。沈老爷子一共三个儿子，表面上虽然是一派和谐，可是这种豪门大户，谁不想在分家产上拔得头筹。

个个都费尽心机想要讨老爷子欢心。

当初程荟生不出孩子的时候，沈纪明是动过离婚的念头，毕竟他又不是生不出孩子，要是没孩子，老爷子别说高看他一眼，就是不骂死他已算是留了情面。

这也是程荟愿意把沈执接回来的原因，她和沈纪明是夫妻一体，一荣俱荣。

"不去。"沈执毫不犹豫地回他。

沈纪明终于有些不悦，他看着沈执冷哼了一声，说道："阿执，你觉得你跟我斗气有用？咱们才是父子，应该一致对外才是。"

"你爷爷知道你这次考试考了年级第一，特地让我把你带过去。"

沈纪明有种心底阴霾一扫而空的感觉，他就说他的儿子，怎么可能压不住老大家和老二家的那两个败家子。

当初沈执可是天才少年，随便参加一个数学竞赛就能拿金奖。

他大哥和二哥酸话说了一堆，可是没办法沈执就是能死死压着他们两家的孩子。

谁知好景不长，沈执竟是一堕落不回头，在学校外面闹事不说，成绩一落千丈，用断崖来形容都不为过。

因为这事儿，他没少被老大和老二嘲笑，说什么沈执"伤仲永"，小孩子小时候了得，长大了多是尔尔。

沈纪明心底有气，却也找不出反驳的理由。没想到这次沈执期中考试居然考了个年级第一，这可让沈纪明这几年郁结在胸中的闷气都一吐而空。

前几天他特地在老爷子跟前提了两句，果不其然老爷子又让沈执回大宅吃饭了。

自打沈执只闹事不读书开始，老爷子对他的宠爱肉眼可见地减少。

此次能主动提出让他回大宅吃饭，这可是一个契机。正好沈纪明这段时间，想要老爷子手底下的那个物流子公司，目前物流行业发展得格外迅速，未来极有可能会呈现爆炸式增长。

这家子公司目前已小有规模，假以时日成大气候也未尝不会。

于是这块不小的肥肉，不止他盯着，据他所知，他那两位哥哥也都在看着呢！他想着正好借沈执考试的事情，讨得老爷子欢心让他把公司交给自己管理。

沈执望着沈纪明一副已经在打如意算盘的模样，当即冷笑："你死了这条心吧！"

他恨沈纪明吗？

其实一开始时并不恨的。虽然沈纪明将他从母亲还有外公外婆身边带走，可是他打小就没有父亲，父亲这个印象对于他来说是充满想象的。

他也曾经幻想着他的父亲从天而降。

而有一天，沈纪明真的从天而降了，不仅安排了他妈妈和外公外婆的生活，并且给了他新的生活。哪怕面上不表达，可是沈执怎么会不喜欢他呢！

他怎么能不喜欢他呢！

但他永远都没有办法忘记，自己偷听到沈纪明和程荟之间的争吵。

那时候数学金奖庆祝晚宴刚过去没多久，他心底还处于一种迷茫当中。那天他提前放学回家，上楼的时候正好沈纪明的书房门没有关。

里面激烈的争吵声，就那么漏了出来。

程荟歇斯底里地喊道："我已经答应你把他接回来了，你不是说过会配合我去做手术的，你为什么又反悔了？"

"我不是说了，下周爸爸要带我和阿执去钓鱼。你也知道爸爸钓鱼一向不爱带我们，这次勉强破例有多难得。"

程荟听到真的要发疯了，她为了沈纪明一再退让，没想到却得到他的肆意践踏。

沈纪明有些不耐烦地说："我们已经有阿执了，与其把时间都浪费在虚无缥缈的事情上面，倒不如认真培养阿执一个人。"

"凭什么，凭什么？"程荟真的快要发疯了。

这次沈纪明终于再也不想克制，他说："生不了孩子，那是你的事情，是你的问题。对于我来说，我不管阿执是谁生的，反正他是我的儿子。"

"只要他能讨老爷子喜欢就行。"

外人说了那么多话，沈执都不想去相信，他也不要去信。

因为他觉得沈纪明把他接回来养，是因为他是自己的父亲，他对他有责任有爱。结果呢，这一天他亲口听到沈纪明说出这句话。

只要他能讨老爷子喜欢就行，原来就是因为这个啊！

他之所以能出现在这个家里，不是因为什么所谓的父子之情。

只是因为他是个工具，一个需要时就会被沈纪明拿去讨得老爷子欢心的工具。

现在他又有了利用价值，沈纪明就立即上门，还真是不耽误一点儿时间。

沈执冷漠地望着他，几乎是咬着牙压着声音说："我说过除非我死，否则你别想。"

当沈纪明盛怒离开时，房间里已是一片狼藉，沈执安静地坐在沙发上，面无表情地望着对面的墙壁。

直到许久，他兜里的手机响了起来。

是《致爱丽丝》这首曲子。

这是他特地为纪染设置的铃声，独一无二，只属于她的铃声。

终于沈执的手指动了动，伸进兜里把手机勾了出来，当接通时，对面的纪染仿佛感觉到他的不对劲似的。

她小声问："沈执，你怎么了？"

少年的眼睛很酸涩，是那种眼睛微转时，就干得发涩的那种难受。

良久，他低声说："染染，我有点儿难受。"

纪染不知道她心底是什么感觉，就是特别特别难受，心脏仿佛被一只看不见的大手一下狠狠地攥住，连呼吸都急促得不顺畅起来。

纪染曾经觉得自己为什么有这样的父母呢，纪庆礼爱她吗？纪染没感觉到，可是纪庆礼除了自私了些之外，对她并不算亏欠。

顶多他就像一些父亲那样，对子女并不太上心。

至于裴苑，纪染觉得她应该是爱自己的吧，只是裴苑对她太过严厉，她的人生仿佛被裴苑制定成了一个表格似的，不得行差踏错半步。

这样的爱不得一分自由，太过窒息。

可是最起码她应该还是被在乎的吧！

沈执呢，他一个人住在那个大房子里，因为那个家里没有在意他的人。纪染虽然没有认真问过，可是看起来他应该是长大之后才被认回沈家的。

沈执的继母碍于他父亲表面容忍他，其实私底下恨不得将他刺激到发疯。

至于他的父亲，那个男人如果真的在意他，又怎么会过了那么多年才把他认回来。

相较于她来说，沈执比她更早没有家了。

沈执挂了电话之后，在沙发上安静待着，虽然他不是心思敏感的女孩子，也没那么多情绪上的问题，但是每次沈纪明的到来还是会对他有影响。

沈纪明每出现一次，就在提醒着他，身上有怎样自私的血脉。

今天天色阴沉沉，连风都很大，十几层的高楼的窗外，寒风呼啸而来，像是要挤进来似的。整个房间里都有暖气，沈执穿了一件薄毛衣。

他忍不住开始想，现在的江都应该很冷了吧！

江都市靠海，每到冬天的时候，寒风带着彻骨的寒气往人的骨头缝里钻，特别冷。其实沈执很怕冷，他打小就是冷体质，每个冬天小脚丫就会被冻得皲裂。

原笙不发病的时候，总会带着他一起睡觉，她会摸着他的小脚丫，将他的双脚揣在怀里。

南方不像北方这样有暖气，没什么取暖设备，顶多是空调和暖气机。但是外公和外婆年纪也大了，家里唯一一台老旧的暖气机，原笙放在外公外婆房间里。

她只是精神上有些问题，没办法像正常人那样工作，但也不是痴傻。

他离开江都的时候，一开始还经常闹着回家。

直到程荟在他又一次从江都回来之后，跟沈纪明发生激烈争吵，她毫不顾忌地当着沈执的面儿跟沈纪明吵了起来。

她指着沈执说："他本来就是个养不熟的，还天天让他回原家，你想没想过我的感受。"

程荟以为自己赢了原笙，抢走了沈纪明这个男人不说，还牢牢坐稳了沈太太的位置。

偏偏命运弄人，最后她要养着沈纪明和原笙的儿子。

虽然原笙没有出现在她的面前，但是她要日日看着原笙的儿子。

沈纪明自然觉得她莫名，无奈道："我总不能不让人家见儿子吧！"

可是这句话却彻底惹恼程荟，她望着沈纪明还有沈执，冷笑道："你们可别后悔。"

谁都没想到啊，程荟会疯到直接到江都去找原笙。

原笙这几年生活顺遂，又按时看医生吃药，本来精神状况已经好了不少，偏偏程荟上门再次刺激她，原笙又发病了。

沈执知道的时候，疯了一样冲回家。

那天他是真的想杀了程荟，偏偏程荟还扬着一副胜利的姿态望向他，轻笑着说："我说过你们会后悔的。"

程荟刚说完，沈执突然上前双手狠狠地掐住她的脖子。

一开始程荟还想呼救，可是一秒钟后她就发现自己连嘴巴都张不开，当她挣扎中看着对面沈执的眼睛时，那双黑眸里透着不顾一切的狠意。

那天幸亏保姆及时发现，大呼小叫喊了司机进来帮忙，这才把沈执拉开。

当两人被拉开时，程荟整张脸涨得通红通红，不停地在咳嗽，当空气再次进入时，她的肺部都被拉扯得生疼。

站在她对面的沈执格外冷静。

他面无表情地看着程荟，就那样冷漠而又执拗地望着。

哪怕沈纪明赶到，怒斥他的时候，沈执都没在意。

因为他要保护原笙。

他的妈妈。

直到最后沈执压着声音说："如果你还敢再打扰她的生活，我不会放过你。"

一定会。

可是从那次之后，沈执很少再回江都。原笙因为他已经耽误了很多年，当初她如果没有选择生下自己，会不会有一个完全不同的人生呢？

沈执偶尔太想他们的时候，会偷偷地回去。

有一次他看见原笙拿着画板在小区的花园里画画，外公和外婆安静地坐在她身边望着，那幅画面太过美好。

美好到让他忍不住眼睛酸涩。

他想走过去，想告诉他们自己想他们了，想要他们一家人一直生活在一起。

有时候总是恨时间过得太慢，因为太想快点长大。

就可以保护自己想要保护的人。


门铃响了。

沈执朝门口看了一眼，没立即起身，门铃又接着响了一声。

他冷笑一声，以为是沈纪明没有死心，又让他的助理来请自己。他之前没少干这件事。

沈执起来走到门口，刚拧开门。

他还没反应过来，门口的人突然扑到他怀里，紧紧地抱着他。

她身上还带着一点儿寒气，还有隐隐的淡香，在她抱住他的时候，这股子淡香也钻进他的鼻尖。

沈执有点儿僵住，刚才那一通电话，两人本来约好下午去书店。只是沈执实在没什么心情，他挺不想让纪染看见他这样的一面。

但他没想到，纪染还是来了。

他嗓子有点儿发紧，张嘴想说话，却又忍不住伸手轻轻抱住她。怀里的小姑娘温热温热的，终于他低声问："你怎么来了？"

今天外面天气阴沉，特别冷。

纪染从小区门口走到他家楼下的时候，脸颊被风吹得有点儿疼，但沈执身上穿着的毛衣特别软也特别暖。

纪染终于轻轻动了下，她微仰起头望着他的下巴，声音特别软："我想来哄哄你。"

哄哄你，这样你就不难受了。

沈执听着她的话，突然心尖好像被轻轻烫了一下。一直以来，他从来没跟纪染说过自己的身世。

小时候是不敢告诉她，怕她像其他小朋友一样，听到他是个没有爸爸的孩子，会嫌弃他。

沈执把人领进客厅里之后，纪染望着室内的景象，不由抿紧嘴巴。

看起来他应该是遇到了让他很难过的事情。

沈执见她愣着，又转头看见茶几上堆着的东西，他伸手扯了下纪染："你先坐，我收拾一下。"

等沈执回来的时候，小姑娘微仰着头看向他，乌黑的眸子水润透亮恍惚有水光流转，看得沈执心底又软又疼。

他刚走过去，纪染轻轻伸手拉住他的手掌。

她没说话，就这么轻轻扯着。

沈执有点儿好笑地望着她："怎么了？"

纪染有那么一点儿不好意思的模样，微抿着嘴，却还是小声说："你要吃蛋糕吗？"

她伸手打开自己带来的包，将里面的小盒子拿了出来。

这是她特地买过来的。

沈执看了一眼她手里的蛋糕盒子，而且包装得特别可爱，是那种小女孩会喜欢的小蛋糕，甜甜的。

还真把他当小孩子哄了。

可是他眼看着纪染小心翼翼地打开蛋糕，小鹿眼朝他看过来："我怕你没来得及吃午饭。"

"喂我啊？"其实这句话是疑问句。

沈执从看见她的那一秒，心底的大石头仿佛瞬间被搬开，没那么沉闷不说，还有点儿轻松起来。

这句话他是故意逗弄纪染。

纪染看着他，轻轻抿嘴，竟是伸手拿起旁边的黑色小叉子，轻轻挖了一块蛋糕，递到他嘴边："张嘴。"

沈执愣神那么几秒钟，最后居然真的乖乖张嘴。

纪染低头又要喂他第二口，还是沈执自己受不了，他怕再被这么哄下去，他真的要被惯坏到得寸进尺的地步。

"我自己来吧！"沈执把她手里的蛋糕接过去。

纪染安静地坐在一旁看着他吃完。

沈执突然转头看着她说："中午的时候，沈纪明过来找我。"

沈纪明？

纪染听到这个名字，大概猜到了这个人和沈执之间的关系。这应该是他爸爸吧！

沈执不知道怎么跟她说自己的这种憋屈，说太多似乎有点儿卖惨的意思。他真不想让纪染同情自己。

但就是想告诉她，发生了什么事情。

"以前有个小男孩他从小就没爸爸，打小他就看尽了别人的冷眼。所以他特别渴望能有爸爸，觉得他爸爸总有一天会从天而降来拯救他。"

纪染安静听着时，沈执斜睨了她一眼，轻嘲："很可笑的想法对吧！"

因为这个世界上并不是所有的父亲都是能从天而降的大英雄。

"直到有一天他爸爸居然真的出现了，他以为再也不会有人嘲笑他是个没爸爸的孩子。所以他努力想要表现好，想得到爸爸一家人的认同。"

说到这里的时候，沈执脸上的嘲弄之意越发明显，手掌忍不住握紧。

手指甲掐进手心里时，竟是连疼的感觉都没有。

纪染望着神色落寞的少年，突然想起刚才那句难受，他是真的很难受吧！于是她伸出手轻轻覆在他的手上。

少年手掌上的力道渐渐松开。

他微垂着眼，低声说："后来他才发现，他父亲之所以愿意接他回来，并不是责任也不是出于亲情，只是因为他是他爸爸唯一的孩子。他父亲需要一个孩子在家族里争取更大的利益，而这个小男孩正好可以充当这个工具。"

他很聪明，聪明到哪怕没上过一天的补习班，都可以把那些打小接受精英教育的孩子比下去。

沈家大房和二房的孩子都被他比了下去。

就算他是私生子又怎么样，他也是沈家最天才的孩子。

这些龌龊的往事，本来藏在他的心底，他以为一辈子都不会被外人知道。

可是现在，当他告诉纪染的时候，才发现其实并没有那么难。

当听到沈纪明亲口说出那句话的时候，沈执心底真的犹如信念坍塌了一般，曾经他有多努力想要得到沈纪明的认同，后来他就有多努力让他丢人现眼。

他惹是生非，回回考试都是年级倒数第一。

什么给沈家丢人，什么伤仲永的话，他都听过，甚至沈纪明气急时，还动手打过他。

沈执都不在乎。

他从来都是这个性格，打小就不服输。

沈纪明越是想要利用他得到什么，他就越要让沈纪明鸡飞蛋打。他从不在乎什么沈家，什么金钱地位，他只在意自己的家人。

从程荟再次去刺激原笙开始，沈执就打定主意，让这对夫妻得不到他们想要的任何东西。

他心底的偏执犹如藤蔓般，破土发芽越长越盛，直到纪染出现。

哪怕她一开始抗拒着他，可她也是自己的小太阳，他拼命朝着她的方向不断生长，想要靠得更近，想要为了她变得更好。

纪染吹散了他心底的阴霾，让沈执看清楚了自己的内心。

此时纪染小声说："所以你一直考倒数第一？"

纪染鼻尖特别酸，问出这句话的时候，喉咙有那么几秒的哽咽。

沈执朝她看了一眼，有点儿自嘲道："挺蠢对吧！"

别的地方报复不了他们，只能用这种杀敌一千自损八百的蠢法子。

突然纪染抬起头，咬着唇，几乎是从牙关里溢出的话："我突然好想打人。"

沈执听着她莫名的话，就见小姑娘眼圈通红的模样，软声哄道："想打谁，我帮你去揍。"

"谁欺负你，我就想打谁。"

## 第三章
### 执哥，好深的心机哪

　　纪染第一次知道，原来自己这么护短。以前她没有想要护着的人，所以不懂护短的感觉，可现在她想要护着的人就在她的面前。

　　她心底怒气越来越膨胀，像是正在充气的气球，马上就要爆炸。

　　沈执望着小姑娘满脸气鼓鼓的模样，突然笑了起来，他的五官是那种有点儿偏冷的立体感，平时不笑会显得有些沉郁。

　　此刻五官舒展时，有种莫名的乖顺感。

　　惹得纪染伸手摸了摸他的短发，沈执的头发发质有点儿好，摸起来是那种很顺滑的感觉。

　　她忍不住低声说："染染疼你。"

　　沈执真的被她逗笑了，抬眼朝她斜睨过去。

　　纪染见他这么笑，立即抿嘴："你笑什么？"

　　她见他还在笑，忍不住伸手想要挡住他的脸，谁知她的手刚抬起来，沈执直接拉着她的手臂，将人拖进了自己的怀里。

　　纪染的鼻尖轻轻撞在沈执的肩膀上。

　　"别动，让我抱一下。"

　　沈执的声音有点儿沉闷，纪染心底忍不住抽了下，轻轻嗯了声。

　　沈执这次是真的心都快化了。

这姑娘现在怎么这么听话呀！

沈执松开她的时候，纪染看着他表情是有点儿惋惜的，惹得沈执忍不住问道："你这是什么表情？"

"我只是觉得很可惜？"纪染慢悠悠地说。

沈执有些奇怪地偏头："哪里可惜了？"

"本来我们今天应该去书店学习的。"纪染声音软乎乎的，也不是故意诱惑他，就是她天生嗓音软甜。

沈执想到他们本来约好去书店的事情，他微垂着眼眸，还真的有点儿认真思考起来。

就因为沈纪明上门让他不爽，就放弃跟自己的未来女朋友一起学习这件事，是不是太过不划算。

沈执的数学满分不是白考的，他识数。

这么一想，怎么都是自己太亏了。

于是他又轻轻靠了过去，两人离得特别近，近到纪染感觉他的额头蹭到自己的额头，然后他压低声音呢喃道："染染，我又后悔了。"


沈执确实后悔了。

但是他这个人行动力太强，懂得及时修正已知的错误，从不让自己吃大亏。既然他都觉得今天这事儿实在太亏本了，自然不会让自己继续扩大损失。

于是几分钟之后，他穿好大衣，直接领着纪染出门了。

两人打车到了市中心的一家书店，是 B 市有名的书店，不仅大还装修得特别有格调。

一走进书店，哪怕书店里有很多人，但还是比较安静。

即便有人说话也是压着声音，小声在说。

他们俩目标都挺一致，是来买参考书的。高中辅导资料简直是多如牛毛，两人轻松找到，整整好几排书架全部是各式各样的参考书。

而且各个科目各种类别，只有你想不到，没有书店里找不到的。

纪染一直觉得自己理综还行，但是自从她见识到身边这个人的理综成绩之后，她决定还是要发愤图强。

输，是不可能认输的。

她一定要考到让他心服口服的成绩，恭恭敬敬说一声，纪染同学真厉害。

一想到这里，纪染嘴角扬起一抹笑意。

触及心底。

果然还是这样的场面比较让人开心。

此刻已经化身毫无感情的学习机器的纪染，全然没注意到，本来正拿着一本辅导书随便翻了两页的沈执，正好转头看着她，也偏偏凑巧看见她嘴角那抹若有似无的笑意。

挺开心呀！

于是沈执一点、一点地往左边靠了过来，两人肩膀轻轻挨着。

一开始纪染还在低头翻看手里的资料，没太注意，直到她肩膀上的压力渐渐重了起来，她这才偏头看向沈执。

结果她转头的瞬间，正好瞥见沈执旁边的一个女孩正小心打量他的动作。

就是那种看一眼赶紧垂头，嘴角轻抿着还带着有点儿娇羞的笑意。

十足春心荡漾。

呵！纪染忍不住瞪了沈执一眼，还挺勾人的呀！


沈执被她看得莫名其妙，也转头朝旁边看了一眼，还真的跟那个偷看他的小姑娘对上了眼神，对方慌乱之下举起手里的辅导资料挡着脸。

纪染和沈执同时望着那本倒着举的书，默默没有说话。

好在对方并没有打扰他们，很快离开这里。

人离开之后，纪染还是没准备搭理沈执，虽然知道他没勾引别人，但是这人真的长了一张招蜂引蝶的脸。

属于那种到了哪儿都有小姑娘偷看的。

沈执见她一直不说话，也没着急，他手掌往旁边微挪，勾着她的手指。

一开始只是捏着一根食指细细把玩，可是之后似乎有点儿不满足于此，从她的手指根处一点点地捏了上去。

虽然这里不是学校教室，只是书店，但是周围不仅有不少同样是高中生模样的少年人，也有陪着孩子一起来逛书店的家长。

沈执这么偷偷捏着她的手指的动作，有种说不出的羞耻感。

纪染生怕被人看见。

况且今天是周末，万一也有四中的学生心血来潮逛书店呢！以他们两人目前在四中的知名度，被认出来还真是轻而易举的事情。

纪染声音特别小地说："你松手。"

沈执见她终于搭理自己，不仅没松手反而捏着她的手指又轻轻捏了两下，像是安抚，他温声问："我问你个问题。"

纪染全部注意力都被他捏着自己手指的动作吸引。

她几乎是下意识地说："什么？"

"你高三数学提前学过吗？"

沈执这口吻挺轻松的，就是真的随便问问而已。

但是纪染像是被踩着猫爪子似的，从顺温乖巧的小奶猫忽地一下全身炸毛就差暴走。


什么意思？

沈执他到底是什么意思？

纪染直勾勾地望着他，满脑子都是这个疑问句，所以他是提前学了高三的内容，那他又来问自己到底是什么意思？

如果她回答没有，岂不是在骗人。

说起来纪染靠着时空优势，考试都没考过沈执，她真的挺丢人的。虽然她之前的高中生涯离现在确实挺遥远，但毕竟她不仅学过高中知识，还念过大学。

只要她把知识点梳理出来，提高成绩是轻而易举的事情。

但就算是拿着这样作弊器的自己，都没赢过沈执。

突然，纪染觉得自己真的太丢脸了。

于是她压着声音说："沈执，你不要太过分。"

沈执有那么点儿莫名，他只是问问纪染，有没有提前预习的习惯怎么就是过分了？

本来他是想约着纪染一块儿学习的。

他跟乔与桥说的那句话是真没夸张，（8）班的学生里面，唯一能跟得上他学习进度的只有纪染一个人。

"你不是说咱们现在学习为主的，你不想跟我一块儿学习？"

沈执说这句话的时候，微偏着头，嘴唇凑在纪染的耳边，一副在跟她说悄悄话咬耳朵的模样，连带着周围都布满了他清朗的气息，

跟他一起学习，纪染听着他的话，居然还挺心动的。

纪染张嘴正要回答，但是转念一想，他这么一提议自己就满口答应，会不会显得太不矜持了。

纪染还在心底给自己做了不少暗示。

女孩子，要矜持一点儿。

最起码，她心底默默数了一下，得等他问第二遍时候再答应嘛！

谁知她等来等去，旁边的人反而沉默下来了，似乎这个问题他就是随口那么一提而已，她答应或者不答应都不是那么重要的事情。

纪染有点儿恼了，他怎么能只问一遍呢？那岂不是显得自己很没有面子。

于是纪染扭头恼火地看过去，谁知一转头，就撞见少年含着浅笑的黑眸，他的眼睛是真的漂亮，此刻更是会说话似的。

当他望着纪染时，那双眼睛仿佛就在说，看吧，我就知道你憋不住。

最后纪染被他看得真恼了，竟是直接反手拽住他的手掌，拉到自己的唇边，话也不说直接在他靠着手腕的地方咬了一口。

不轻，也不重。

正好留下一圈明显牙印的那种程度。


纪染咬完就扔开他的手腕。

直到旁边的少年带着极压抑的笑声，低声说："纪染，你要不要跟我学习？"

纪染心底咯噔一下。

明明他说的是"学习"两个字，可是口吻那样婉转而又缠绵，仿佛有千万根丝线般缠在她心头，他每说出一个字，她心底就被拨弄得一塌糊涂。

学习就学习，怎么说的话跟求婚似的。

口吻听起来就像是，纪染，你要不要跟我结婚。


转眼间，元旦过去之后，冬天是越来越冷，而上学的日子也是越来越困难，以至于闻浅夏几乎是在数着手指头过日子，每天想着的问题都是，到底什么时候能放假啊！

寒假虽然不如暑假的时间长，但到底是一年两次长假之一。

谁会不期待呢！

况且寒假意味着春节快到了，都是高中生还处于收红包的阶段，所以没人会拒绝寒假的。

这阵子纪染生活挺安静的。

江利绮不知是不是因为年纪大了需要养胎的原因，反而三天两头往医院跑，她甚至还准备找个专门照顾她的保姆在家。

赵阿姨虽然明面上不敢说什么，但是江利绮这种念头，无疑就是在质疑赵阿姨照顾人的水平。

纪染懒得看她折腾。

对于这个突如其来的孩子，她不期待也不会动什么坏念头，只当对方默默不存在好了。


直到她无意中在校门口遇到很久没见的江艺。

那还是中午的时候，纪染和闻浅夏走到校门口，准备到对面的小吃街。谁知刚走到路边时，突然两辆跑车竟是从远处带着轰隆的咆哮声呼啸而至。

跑车巨大的引擎声，引起了校门口很多学生的注意。

连闻浅夏都忍不住拉着纪染看热闹，她小声说："这两辆跑车好漂亮啊！"

纪染点头，当然了，两辆都是顶级的超跑，外观能不好看吗！

当跑车在校门口旁边停下时，很多学生都忍不住朝这边看过来。

纪染对这个不太感兴趣，伸手拉了拉闻浅夏，小声说："你不是今天想吃那家铁板饭的，要是去晚了应该会没有位子的。"

学校门口刚开了一家铁板饭，因为好吃，天天都爆满。

闻浅夏虽然觉得这两辆跑车很好看，但是美食还是更吸引她一点儿，挽着纪染的手臂，忍不住往前走。

偏偏坐在车里的人，本来就是在等人，此时无意中瞥见从旁边路过的几人。

坐在副驾驶的一个人说："越哥，看那小姑娘是不是特漂亮？"

开车的男人本来双手搭在方向盘上低头发短信，听到副驾驶座上的人这么说，忍不住抬头看了一眼。

小姑娘刚走过去，他只瞥见一闪而过的侧脸。

还有此时落在他眼睛里的背影。

好像是不错来着。

"你下去拦着，让我看看。"沈越伸手打了下副驾驶座位上的人。

副驾驶上的黄发男人嘿嘿笑道："越哥，心动了？"

"心动啥，我都没看见正脸呢！"沈越不爽地朝他看了一眼。

不过说话间，沈越旁边的车窗被人轻轻敲响，待他转头看过去便笑了起来，他直接把门推开，下车之后手臂搭在来人的腰间，低声说："你来啦！"

江艺没想到他在校门口就这么搂着自己，此时门口还有不少学生，很多人都往这边看。

她忍不住扭了下腰身，低声说："别这样，这可是我们学校门口呢！"

"怕什么，你们学校又怎么了？"沈越朝校门口看了眼，不屑地嗤笑了一声，淡淡说道，"我们家不知道捐了多少钱给这所学校呢，哪个不长眼的老师要是敢训你，你告诉我，我帮你教训他。"

沈越这话纯属吹牛。

不过他说他们家捐了不少钱给学校，倒不算是吹牛，因为他家确实有亲戚给学校捐了东西。

江艺好奇道："你们家还捐钱给我们学校了？"

"来来，上车再说。"沈越直接将人带到了副驾驶座旁边。

至于原本坐在副驾驶上的黄发男人，直接被他赶到了另外一辆车里。他打开车门给江艺上车的时候，此时站在斑马线旁边正在等绿灯的纪染回头了。

纪染之所以回头，是因为闻浅夏看见江艺被一个男人搂着上了车。

她小声对着纪染咬耳朵说："这个江艺胆子也太大了吧，居然在校门口就跟男生这样搂搂抱抱。"

闻浅夏说的是江艺，纪染自然好奇了。

她一回头，正好被沈越看见。

当时沈越就愣住了，直勾勾地盯着看的那种，不远处的姑娘实在让人惊艳。

十七岁的少女，明明穿着一身臃肿的冬衣，可是那张脸过分精致小巧，明眸朱唇，皮肤白得阳光仿佛在上面跳舞般，清纯动人得仿佛是一株在枝头轻轻绽放的海棠花，叫人看一眼便再也无法挪开。

沈越愣在原地的模样，被江艺看了个正着。

等她抬头看过去时，本来站在斑马线等待的少女因为绿灯亮起，缓缓地往前走去，只留下一个安静笔直的背影。

可哪怕是一个背影也还是让沈越舍不得挪开视线。

江艺心底又气又恼，这男人明明前一秒还在跟自己说笑，结果这一刻就看着别人发呆。

而且那个人还是纪染。

虽然她没看见纪染的正脸，但是一个背影足以让她认了出来。

就像是最了解你的，永远是你的敌人。

本来江艺还在气恼沈越盯着纪染一直看的事情，可是没一会儿，突然她眼珠子转了转，竟是有个念头从心底拂过。

那天圣诞节，她就在楼下看着。

那样灿烂绚丽的烟花，还有那个飞在高空的无人机，哪怕过去许久，依旧有人提起。

即便没人承认，但是大家都默认是沈执。

只有他才敢这样肆意妄为。

江艺承认她嫉妒纪染，因为纪染拥有所有她想要而又永远无法得到的东西，纪家大小姐的身份，还有沈执的喜欢。

这些都是她无比渴望又得不到的东西。

那么得不到的话，她就要毁灭。

"你追不到她的。"江艺突然开口说道。

沈越回头望着她的时候，江艺嘴唇轻轻掀起，有些嘲弄道："人家那种好好学生，肯定不会早恋的。"

"肯定不会？"沈越轻笑了起来。

说真的，他还真没见过他追不上的女生。

只要他想，就一定能，顶多就看他舍不舍得砸钱呗！

不过这个女生，沈越脑海中回想起刚才那个惊鸿一瞥的脸蛋，她值得自己花心思。


纪染在小吃店里坐下的时候，闻浅夏还在感慨，毕竟跑车的诱惑挺大的。她好奇地看向纪染问道："江艺她妈妈都不管她的吗？"

纪染拿了桌子上放着的餐巾纸，认真在桌子上擦了擦之后，这才慢慢抬起头。

江利绮当然不可能不管江艺，只不过她对江艺的教育路线或许有点儿与众不同吧！毕竟从前江艺在电影学院毕业之后，倒也拍过一两部电影，不过都没什么水花。

后来反而参加活动当当网红有了点儿名气。

裴苑从来没把这对母女放在眼底的原因也在这里，在她看来江艺不过就是个花瓶，况且她连当个花瓶都比不上纪染的长相。

反而是纪染一路名校毕业，在投行工作，一路精英人生。

哪怕是未来继承公司，纪染也有能力。

估计江利绮对于江艺的最大的要求就是像她自己一样嫁入豪门。


"不管她怎么样，你还是得好好学习。"纪染见闻浅夏一副好奇的模样，拿起还没拆开的一次性筷子在她头上轻轻打了一下。

闻浅夏伸手捂了下自己的额头。

两人吃完饭之后，往学校走了过去。

在学校的生活说漫长似乎总有种遥遥无期的感觉，而说快的话居然一转眼就要到了期末考试。

因为还有两周就期末考试，课程是早就上完了。

这两周主要就是老师帮着学生们查漏补缺。

自从纪染期中考试考出 700 以上的高分之后，大家都爱问她问题，况且她性格也好，是那种有求必应的。

今天外面又下了点儿小雨，学校没有组织课间操。

大家利用这宝贵的二十分钟时间，该去厕所的去厕所，该往超市跑的一下课就拉着自己的好朋友一路跑了过去。

纪染本来不想去超市，但是闻浅夏吵着想要吃超市的烤肠。

于是她只能陪着她一块儿过去。

闻浅夏跑到超市的时候，双脚猛地跺了跺，嘴里一直念叨："好冷，好冷。"

纪染头上戴着羽绒服的帽子，整张脸从额头一直被挡到眼睛，只剩下鼻子以下的部分还露在外面，她笑着说："还不是你自己一直要吃烤肠的呀！"

闻浅夏叹气说："不知道是不是冬天到了，胃口好像都变好了，我一到课间操这个点就饿。"

她是真的饿了。

她双手捧着自己的脸，哀怨地问道："我是不是长胖了？"

纪染还真的把盖着自己眼睛的帽子往上面拉了拉，认真打量着她："还真的是哎，脸好像是……"

闻浅夏吓得双手捂住自己的脸，立即大声说："不会吧？"

纪染抿嘴笑了起来，摇摇头："真没有，你想太多了，还是很瘦的。"

不过闻浅夏失落的情绪并没有持续太久，因为很快排队轮到她，她迅速要了两根烤肠还有两杯奶茶。

温热的红豆奶茶拿在手心里的时候，暖意从手心蔓延到四肢。


因为外面还在下雨，而且她们还带着伞，于是两人干脆站在超市门口，一边吃东西一边聊天。

纪染觉得有点儿不太好意思，特别往角落里站了站。

谁知没一会儿，突然有个熟悉的声音笑着说道："染妹在这里偷吃什么呢？"

她转头望过去，开口说话的夏江鸣站在她身后，紧接着从门口进来的沈执，双手插在大衣兜里，身姿松松散散的，走进来才慢悠悠地朝这边看过来。

"好吃吗？"沈执信步到了她旁边，低头看着她一手奶茶一手烤肠。

纪染看了他一眼，见他眼睛一直盯着自己的烤肠，虽然他表情淡然但是眼神看起来还挺想吃的模样，于是她小声问："你要吃吗？"

纪染下一句"我去给你买呀"还没说出口，面前的人低头弯腰，就着她的手直接咬了一口香肠。

他的举动自然而又随意。

一旁的几个人纷纷抬头望着他，眼睛有点儿直，都看愣了。

直到沈执把这口烤肠吃完，淡淡道："还不错。"

纪染有那么点儿蒙，过了好几秒钟她才明白自己为什么这么蒙。这个人怎么能在公共场合这么若无其事地吃她吃过的东西。

不是说好了他们要保持低调的。

纪染忍不住抬头望着旁边的几个人，本来几双充满了好奇、激动还有了然的眼睛，在她看过去的时候，居然纷纷若有所思地转头。

夏江鸣心底突然泛起一阵心酸，他也想跟一个女生一起分烤肠吃。

等几人一起回教室的时候，路过一楼的通知栏，突然发现不少人围在那里，闻浅夏踮着脚尖看了一眼，小声问："怎么了？"

"（12）班有两个女生周末的时候在酒吧玩，被学校通报批评了。"

旁边有个"热心"分子随口答道。

小姑娘心直口快，有点儿不屑地说道："这种学生也太有损咱们学校的声誉了吧，要我说应该直接开除。"

小女生刚说完，她身边的朋友看着站在一旁的人，吓得忍不住伸手扯了扯她的衣服。

"我说错了吗？"女生微抬起下巴。

结果她余光朝这边扫了一眼，看见沈执安静站着，过于高挑的身高让他在普通高中生之中有种鹤立鸡群的挺拔。

况且还有那张无论如何都不会认错的清俊脸颊，还有浑身上下无处不在的气场。

沈执。

曾经四中的不良学生，上学校通告栏犹如家常便饭的一个人。

女生"呀"地尖叫了一声，随后周围本来都在看热闹的人，居然纷纷看过去，大家瞧见沈执的时候，居然不约而同转身离开。


别说闻浅夏他们了，连纪染这种自觉对沈执的大魔王印象有过深刻了解的人，都有点儿震撼。

这个学校的学生除了有"金毛狮王"之称的教导主任之外，估计最怵的就是这位沈执。

只是这种可怕的"人设"，自然是学生们主动给沈执加的，他自己都不知道自己有制住这帮学生的功能。

其实他一直觉得他自己还是属于挺低调的人，哪怕他为了报复沈纪明故意折腾点事情。

可顶多也就是考考倒数第一而已。

至于打架那些事情，多数是谣传。

纪染好笑地朝他看过去，声音带着点儿轻松的笑意："你看大家都好怕你。"

沈执站在原地，黑眸从她的脸上缓缓扫过，声音有点儿沙哑："你不怕就行了。"

纪染望着他，突然有点儿说不出的感觉。

他们当然也包括她，或许都觉得这件事很好笑，其他同学看见沈执的时候，就像老鼠撞见猫那样害怕，全然忘记了他是不是需要这样的害怕和恐惧。

难道让所有人都怕他，是他愿意看见的事情吗？

会有人愿意让自己成了一个在别人看见是个恐惧的存在吗？

纪染自己想了想，觉得这种滋味应该挺不好受的。刚才这个通告栏面前还站着很多人，结果他一出现，很多人转身就离开。

这一幕想想真挺叫人不爽的。

纪染脑海中突然生出一个念头，她真的想把那帮人叫回来，告诉他们沈执并不是那种随便打架欺负人的人。

相反他之前的那些事是为了护着自己的朋友，是为了让朋友摆脱被欺负、恐吓还有威胁的命运。

多好的沈执呀！


纪染眼神望着他，特别软乎乎地说："对不起。"

她微仰着头，乌黑的大眼睛像是浇灌了她所有的依赖和喜欢，那样直勾勾地望向他："你一点儿不可怕。"

"我不怕你。"

沈执懂了她的意思，他也没想到纪染心思这么细腻，居然会怕他觉得委屈。本来他对于学校里的那些流言蜚语还挺不在意的。

毕竟谁会真的在意那些传了多少手的夸张假消息。

可是突然他伸手轻轻摸了下鼻尖，低声说："其实也没什么，他们误会就误会吧！"

不是卖惨，却胜过卖惨。

纪染一下子心尖儿都抽疼了，立即摇头认真说："他们都不懂你有多好。"

夏江鸣本来转头想叫沈执一起看布告栏上的记过处分，一转头就听到他们的对话。

执哥，好深的心机哪！

闻浅夏没注意到这边的情况，只是她在认真看完学校的处分通知的时候，惊讶地看向纪染说道："染染，江艺居然带着自己班级的人去酒吧，还差点儿出事，据说都闹到警察局了。"

原来上周末的时候，江艺带着同学在酒吧玩的时候出了事情，警局那边备案之后，学校也知道了。

哪怕沈执之前打架的时候，学校都给了记过的处分。

因此这次江艺的事情，学校没有丝毫徇私，依旧是记过处分。不过江艺之前因为跑车的事情，在贴吧里被议论了很多。

毕竟有男生开着跑车到学校来找江艺，很多人都看见了。

贴吧里一直在讨论，那个跑车男到底是不是江艺的男朋友，没想到今天学校的处分就下来了。

闻浅夏有些难以置信地说："我记得江艺之前没这么夸张的。"

江艺高一的时候在学校里小有名气，毕竟是准校花之一，喜欢她的人挺多的。那时候都说她家境好，妈妈是大学老师管得特别严格，所以她也特别难追。

没想到高二之后，"人设"是一崩千里。

特别是她跟纪染的事情曝光之后，大家才知道她吹嘘的家境根本就是假的。况且她还为了出风头，偷穿纪染的礼服。

这事儿被议论挺多。

但是谁都没想到她如今还跟社会上的人一起玩。

不过这算是个小花絮，毕竟大部分学生现在最关心的事情还是不久之后的期末考试。

因为最近天气变冷，纪染上学放学都是家里司机接送。晚自习放学的时候，沈执陪着她走到校门口，一向停在很显眼地方的车，今天并没有停在那里。

沈执扫了一眼："有司机电话吗？"

纪染犹豫了下，轻声说："应该只是稍微迟到了一下吧！"

谁知没一会儿反而是司机的电话打了过来，他压着声音说："纪小姐，今天夫人要用车，我现在没办法来接您了。"

司机声音都是虚的，毕竟一边是江利绮，一边却又是纪染。

谁也不敢得罪啊！

好在纪染也不在意，直接说道："我自己打车回去吧！"

"对不起，真的实在对不起，"对面司机一连串抱歉的话说了出来，随口他压低声音说，"您打车小心点儿，要不先把出租车的车牌发给我。"

纪染倒没在意，她又不是几岁的小孩子，况且之前还坐过公交车上学呢！

挂了电话，她告诉沈执司机没办法来接她的事情。谁知这人还挺高兴，当即脸上扬起淡笑，挺理所当然地说："我陪你回家。"

纪染也没跟他客气，于是两人在路边一起拦了一辆出租车。

自从纪家的司机来接纪染开始，沈执就再也没跟着她一起回家。虽然如今两人回家也会发短信打电话，但是送她回家这感觉还真是挺好的。

只可惜路程太近，又或许是沈执觉得太近。

感觉是刚上车没多久，司机已经转头客气地告诉他们，已经到目的地了。

纪染让他别下车，毕竟现在冬天打车也挺麻烦，直接坐这辆车回家就好。她下车之后，转头冲着车里挥了挥手。

沈执将车窗降了下来，纪染回头看着他。

暖黄色的路灯光线倾泻而下，当他的脸颊出现在车窗边时，灯光将他的脸从黑暗阴影中拉了出来，笔挺的鼻梁在脸上打出浅浅的阴影。

这一刻，不知是灯光是太暖，还是他的眼神太烫。

纪染突然回头，轻轻弯腰伸手隔着车窗抱住他的脖子，她的声音有点儿委屈："你说得对，我也好想立即长大。"

二十七岁的纪染就可以光明正大地跟他在一起。

每天都不分开。

是每天啊！

　　纪染到家的时候，居然正好碰到司机刚接江利绮回来。他们的车应该是在纪染的出租车到之前开进了别墅区，这会儿江利绮刚在车里打完电话。

　　等她推门下车的时候，看见纪染从门口进来。在下车的一瞬，江利绮微扶着腰身。

　　生怕别人不知道她怀孕的模样。

　　纪染朝着她平坦的小腹看了一眼，直接准备进门。

　　江利绮见她什么表示都没有，突然开口喊道："染染。"

　　纪染回头看她，没开口，只是安静站住表示她在听着呢！

　　江利绮笑容越发温柔，她的长相没什么攻击性，真的是那种贤妻良母的温婉长相，只是她每次冲着纪染笑时，都让纪染有种笑面虎的感觉。

　　纪染依旧安静地站在原地，她不打算开口，准备先听听江利绮打算说什么。

　　于是江利绮笑着说："染染，我知道小艺一直不懂事，很多事情上惹到你，让你生气了。可是她已经一个人被赶出去住了，她才是个十七岁的孩子，所以你能不能看在她已经不妨碍你的分上，不要再跟她一般见识了。"

　　纪染略偏头。

　　这话听起来有点儿可笑，她跟江艺的关系，从江艺彻底搬出这个家开始，就再也不存在。对她来说，她不准备也没必要跟江艺死缠烂打。

　　她人生有太多的事情需要去做，真没那个工夫。

　　不过江利绮显然没这么想，她直接说道："小艺在学校的事情你应该也知道了吧？"

　　这话是试探性的。

　　毕竟她和江艺在一个学校，江艺被记过处分这么大的事情，纪染不可能没听说。而江利绮今晚之所以回来这么晚，就是托人跟四中的领导见面。

本来如果直接让纪庆礼出面，撤销记过的处分应该没那么难。

但是江利绮不想让纪庆礼对江艺的印象更差，江利绮自然也生气，气她一个高中生不想着学习，居然还敢去酒吧那种鱼龙混杂的地方。

可是江艺哭着说，她被赶出来没有朋友也没有家人，好不容易有人愿意跟她一起，她什么地方都愿意去。

江利绮见她说得可怜，心也是软了。

虽然之前江利绮趁着纪庆礼不在家的时间，去江艺那边住过几天照顾她，可到底还是不如自己家方便。

况且她最近一直忙着保胎，来来回回自然有点儿忽略江艺。

没想到一不留神，她就闹出这么大的事情。

江利绮忙着给她善后，这会儿瞧见纪染的时候才想起来她们在一个学校里。要是纪染故意在纪庆礼面前说些什么话，只怕江艺当真是再也没办法回来了。

纪染看着她试探的表情，脸上渐渐浮起冷笑。

她不是真的十七岁的小姑娘，不是什么都看不懂。当江利绮问出这句话的时候，纪染大概猜测到她在想什么。

不就是怕她跟纪庆礼告状。

江利绮注意到她脸上的表情，强自稳住心底的尴尬。连她自己都不知道为什么，每次她单独跟纪染在一起的时候，总是有种压迫感。

面前这个女孩给她的压力实在太大。

她自己都觉得可笑，毕竟自己是长辈，而对方不过是个十七岁的小女孩罢了。

于是江利绮拿出自己一贯的手段，先哄再骗，反正是稳住眼前的小姑娘，她轻声道："染染，小艺她也只是被人蒙骗了。我还时常跟你爸爸说，羡慕他有你这么乖巧又懂事的女儿，比江艺真是高到天边儿去了。"

江利绮给纪染灌着迷魂汤，一个劲地夸赞她。

纪染实在懒得再站在风口听她说这么多废话，真的，外面挺冷的。

头顶清冷的明月在整个大地上洒落银白色月光，周身的寒风吹过，有种广寒天地的感觉。

她直接望向江利绮，轻扯嘴角终于开口说："你是怕我跟爸爸告状？"

江利绮脸上闪过一丝尴尬，正准备解释。

纪染说："放心吧，我没那么无聊。"

这话确实是真的，最近她学习还挺努力的，毕竟期末考试临近，她可是准备不顾情谊，把沈执从年级第一的位置上拉下来的。

真没精力去管江艺为什么去酒吧玩，是不是已经彻底堕落这种无聊问题。

她背着书包往台阶上走了几步，突然转头看向江利绮，表情有点儿好笑。

"我觉得你想太多了。"她语气挺好笑的，她说，"我爸那个人真没那么闲，他不会在意江艺到底有没有被学校处分的。"

"她不是我爸的女儿。"

纪染站在台阶上，居高临下地望着江利绮。

她的目光充满了嘲弄，突然她发现他们这对半路夫妻对彼此还真不是太了解。

江艺的事情之前纪染没想过落井下石，哪怕江利绮给她提供了思路，纪染也没这个打算。她是看这对母女挺不爽的，不过只要江艺不主动惹她，自己还真的懒得多看她一眼。

纪染回了自己的房间之后，将台灯打开之后，拿出卷子。

等她做了一面卷子时，沈执的电话突然打了过来。她拿起手机接通，对面少年的声音抢先开口，他问："染染，休息了吗？"

纪染低头看了一眼自己面前的试卷，自从她发现自己的理综分数比沈执低一点儿的时候，她就开始重点对理综查漏补缺。

"没有。"纪染小声说道。

沈执像是猜到般，笑着问道："是不是又在做卷子呢？"

纪染有点儿小不服气，她问："难道你回家都不复习吗？"

其实这个问题纪染还挺好奇的，毕竟在学校里的时候，沈执是那种上课看起来游离在课堂之外的人，但偶尔吧，也能看见他往笔记本上写两笔。

就是有一种傲然的姿态，板书只有重点内容，我才会记下。

沈执忍不住笑了起来，说道："咱们两个之间是不是只有学习可以聊了？"

不得不说纪染确实有一种毅力，就是她想要做到的事情，一定会竭尽全力去做。比如她要打败沈执，就真的用心在读书。

以至于偶尔沈执看见纪染主动转头看向自己，他刚勾唇露出浅笑，小姑娘就拿着试卷一脸正经地开始跟他讨论，这张数学卷子的最后一道大题到底有几种解法。

纪染被问得有点儿蒙，不聊学习聊什么？

于是她问道："你想跟我聊什么？"

沈执被她这么不解风情的一句话问得有点儿想笑。

其实，他还挺想跟纪染谈谈风月。

对面纪染主动开口了，她说："沈执，其实我前两天做了一个梦。"

"你梦到什么了？"沈执主动开口，把这个话题接了下去，好歹现在有别的话题了。

纪染手指在书桌上轻轻抠了下，小声说道："我梦见一个平行世界，你懂吧，就是在那个世界里面，你不仅不喜欢我，还处处跟我作对，总是压着我一头。"

其实这并不是平行世界，而是他们的从前。纪染从未跟沈执聊过这些，可是今晚不知是夜晚太过安静，还是他突如其来的小小抱怨，让纪染一下把这个话题拉了出来。

哪怕她知道之前那不仅仅是沈执的问题，她自己也有点儿错，她处处为难沈执，一心跟他别苗头。

可是一想到公司那些传闻里，他那个至死不悔的"白月光"，纪染还是有那么点儿委屈。

那个时空你不仅不喜欢我，心底还藏着个"白月光"。

想想都有点儿生气。

坏人。


"我不喜欢你？"沈执被这个没来由的指控逗笑了，他安静地靠在椅背上，要不是纪染现在不在他的身边，他真想伸手去摸摸她的小脑袋瓜子。

他怎么会不喜欢她呢！

纪染永远都不知道，他从多小开始就喜欢她了。

喜欢。

是一辈子的事情。

不喜欢，是永远不可能。

纪染像是终于逮到了把柄似的，语气奶凶奶凶地说："对呀，你不仅不喜欢我，还抢我的项目，还挡住我升职。而且别人还会说你心底一直有个'白月光'，说你那么大年纪也不谈恋爱，就是一直惦记着那个'白月光'呢！"

纪染这下是仗着他什么都不知道，开始胡搅蛮缠。

沈执被她理直气壮的模样弄得有些好笑，他问："你做梦都在想什么呢？"

对于他的态度纪染并不奇怪，因为沈执永远都不会知道，她和他曾经错过了彼此有多久远吧！

十七岁的纪染并不认识十七岁的沈执，而二十七的纪染只把他当作最大的竞争对手。

当初她做的那个决定，似乎改变了她的一生。

喜欢一个人的感觉能持续多久呢，纪染并不知道，但是她希望她的这段喜欢可以一直持续下去，一直到很久很久。

纪染还在沉思时，突然沈执开口说："如果我心底一定要有个牵挂着的人……"

手机里仿佛有电流轻轻流窜，他低沉的声音带着磁场般，从她的耳边一点点流过，抵达她的心尖儿。

"染染，只有你。"

纪染被他这猝不及防的话弄得心底仿佛有个小鹿，一直在上上下下地蹦跶。她轻轻捏着掌心里的手机，脸颊上的烧烫一点点蔓延，哪怕她没照镜子都知道自己的耳朵根红透了。

她有点儿忍不住地小声喊他的名字："沈执。"

"嗯？"他声音像是从鼻腔里发出来的，但是特别轻，跟一根羽毛似的直挠得纪染心头痒痒。

纪染叹了一口气："你这样会把我惯坏的。"

他总是这么隔三岔五的甜言蜜语伺候，纪染觉得她会提高对他的要求。就像小孩子一样，哪能一下子把整包糖果都递给他，最起码也应该一点点地给吧！

可是沈执有种上来就把她喂饱了的感觉。

"不好吗？"沈执轻笑道，他还真的有点儿搞不懂纪染这小脑袋瓜里一天到晚都在想什么。

纪染这会儿也有点儿倦了，慢悠悠从椅子上站了起来，倒在床铺上。

"糖果是要一颗一颗吃的。"纪染轻声说。

突然她想起了裴苑，小时候裴苑就是这么对她的吧，把期待降到最低，这样最后得到的惊喜就会变成最大。

沈执淡然道："没关系，我有个蜜罐。"

我可以把你装进我的蜜罐里。

纪染拿着手机一直跟沈执说着话，最后连她自己都不知道把话题扯到哪里去了，反正天南海北都在聊。

以至于第二天早上，她睁开眼睛在床上翻滚了一圈时，就听见"扑通"一声轻响。

等她低头看了一眼地上的手机，才发现手机还连着充电线。只是等她弯腰把手机拿起来的时候，发现整个手机滚烫得像是一个随时都要爆炸的炸弹。

"睡醒了？"

手机里突然传出一个带着浓浓睡意的声音，吓得纪染差点儿又丢掉。这时她才发现手机居然一整个晚上都没有挂断。

她居然一夜都没挂断电话。

纪染憋了又憋还是没忍住问道："你干吗不挂断电话？"

谁知对面的人还挺有理由的，他的声音还是那种刚起床的沙哑，随意道："我想听听你睡觉会不会打呼。"

纪染立即瞪大眼睛。

她冷静道："怎么可能，我睡觉从来不打呼，少女睡觉怎么可能会打呼呢！"

可是沈执轻轻打了个哈欠，语气挺淡但是听得出来他在笑，他问："你要听听吗？"

听……听什么？

好几个念头一下全挤进她的脑海中。

她怎么可能会打呼。

不会的。

肯定不是。

在她脑袋疯狂否认，急速运转的时候，突然沈执轻声说："早安，染染。"

纪染猛地倒在温暖的被子里，轻轻咬着被角防止自己尖叫出声，可是这个男人怎么这么会"撩"呀！

哪怕大家再担惊受怕，期末考试还是如约而至。

如果说唯一能安慰学生的，大概就是考完试之后的寒假。对于寒假的期待，多少能抵消期末考试这个"鬼故事"的到来。

前一天大家把教室打扫完之后，又把各个考场准备好了。

四中对于期中和期末考试的规格一向是跟高考一样，反正别问，问就是全程比照高考考场和时间安排。

闻浅夏这次更加认真地准备了东西，不仅有奥利奥，甚至还有苹果。

对于纪染来说，有点儿不一样的大概就是她从最后一个考场飞升到第一考场。四中期末考试的考场安排是根据期中考试的成绩来的。

纪染是全校第二号学生。

于是第一考场的第一排第二个位子，稳稳地属于她。

至于她前面还空着的座位，自然是属于那位一向能踩点来绝对不会提前一秒的沈执。

其实纪染到考场的时候也挺晚的，她站在门口时，整个教室里差不多都坐满了人。毕竟是第一考场的学生，对于时间的概念跟倒数第一考场的不能比。

上次考试的时候，比沈执还离谱的一个学生足足迟到了二十分钟。

而且正好被金毛狮王逮到了，站在门口哪怕压着声音骂了，整个考场的人还是听得清清楚楚。

当然这次绝对不可能再出现这种情况。


纪染进来时，第一考场的同学们纷纷抬头，大家眼神里多是好奇，毕竟她没有什么恶名，况且还顶着校花的头衔。

好在第一考场的学生真没那么闲，大家顶多是眼神在纪染身上扫了一下。

等她坐下之后，众人又纷纷低头继续看自己手里的书。

他们倒也不是临时抱佛脚，就是习惯性地学习。

直到有个人再次推开教室的门，毕竟是冬天，教室的门都是关起来的。当沈执推门进来时，纪染清楚又肯定地听到有个人倒吸了一口气的声音。

至于吗？

这一次打量的眼神可就复杂了，有好奇、有害怕甚至还有些不屑的。

这种高分区域的学生，一般都比较固定，大多数都是被（1）班和（2）班两个重点班的学生包揽。所以相互之间不是同班同学就是隔壁班的同学，不仅看着都脸熟还能叫得出名字。

反而显得沈执和纪染，有点儿像是误闯羊群的感觉。

因为监考老师这时候还没来，沈执趁机转头望着身后的小姑娘，低声问："感觉怎么样？"

纪染跟他是同桌，因此他可是知道这姑娘最近复习有多认真。

一副迫不及待谋权篡位，要把他拉下马的姿态。

纪染捏着一支笔淡声说："我今天出门之前看了日历。"

其实不是她看的，是赵阿姨帮她看的。对，当纪染看见一本撕得只剩下没几张的日历出现时，她是有点儿震惊的。

赵阿姨知道她今天期末考试，怕她紧张，特地在早餐的时候把她的日历拿了出来。

还生怕纪染不相信一样，亲眼给纪染看了日历上写的。

今天宜开考。

沈执轻挑眉，低声说："日历还说这个？"

纪染见他这模样看起来是不信的，立即表示："我亲眼看见的，上面写了今日宜开考。"

"宜开考呀，那我岂不是也适合考试。"

沈执这么一句话，还真的提醒到她了，纪染瞬间愣住。

对呀，日历又不是对她一个人有效果。

本来是考试前的心理博弈，结果现在纪染发现自己居然完败了。于是她再也不想在考试之前跟沈执说话了，因为这个人真的很讨厌啊！


两天的考试时间，所有人都觉得时间过得飞快。

以至于最后一门理综考完的时候，所有人不是舒了一口气，而是有种欲哭无泪的感觉，毕竟这次期末考试是全市统一考试。

不仅题型多变，而且难度也比期中考试提高了不少。

因为试卷批改需要点儿时间，因此学校先给学生放了两天假期，下周一的时候再到校拿成绩单。

纪染回家的时候，看见门口的箱子。

江艺一考完试就被江利绮接了回来。

毕竟马上要放寒假了，江利绮在纪庆礼跟前估计也卖了挺久的惨，这才把江艺接了回来。这次江利绮可不敢挑衅纪染，见她回来，立即让江艺先上楼。

"染染，考试考得怎么样？"江利绮故作关心地问道。

纪染朝她轻瞥了一眼，淡声道："您还是对江艺的成绩多上心吧！"

她语气里倒没什么嘲讽，但江艺的成绩实在是每况愈下。之前还能勉强看，可上次月考的时候，一下子滑落到年级倒数行列。

要不是这次期末考试的考场排位是按照期中考试的成绩来排，她必然是倒数第一考场的。


第二天，闻浅夏给纪染打电话，居然是约她去天空之境玩的。

这次算是班级里的集体活动，不少人都会到场。纪染本来就想见沈执，听说大家都去，立即点头表示可以。

下午的时候，她换了一身衣服下楼。

江艺正好在楼下煲电话粥，纪染下来她只是扫了一眼，没太在意。直到纪染让司机送她去天空之境，躺在沙发上的江艺嘴角勾了勾。

等纪染离开之后，江艺拨通另外一个电话。

"怎么了？"对面那头的人语气不算太热情。

沈越这人身边的桃花太多，一开始他对江艺还有点儿热情，无非就是因为她是个学生，看起来挺纯情的模样。

但是自从那天在四中门口见过纪染一面之后，他才知道什么叫作人外有人。

只不过他不知道纪染的名字，几次想从江艺那边打听，她也藏着掖着不说。况且江艺平时多数还是在学校，沈越身边跟着别的妹子，久而久之对她态度也就冷淡了下来。

江艺对沈越这种人也是了解的，知道他没什么定性，就是出手特别大方。

他们认识一个月的时候，沈越带她去逛街还买了好几个包。江艺倒是一时不太想放手这么大一条鱼。

只不过对方最近对她明显冷淡了下来，哪怕她主动发信息过去，也是敷衍了事。

刚才看见纪染出门的时候，江艺突然想起来沈越之前对纪染感兴趣的事情。既然这个花花公子对自己已经冷落下来，倒不如利用这点儿消息，最后弄点儿好处。

江艺经历了这些事情之后才发现，整个人都变了。

在她看来，江利绮就算真的嫁入豪门又怎么样，像她这样战战兢兢地活着真是生不如死。哪怕江艺想要买个稍微贵点儿的东西，江利绮都要对她耳提面命。

什么高中生不该如此奢侈，要是让纪叔叔看见了心底会怎么想。


此时她怨毒地朝门口看了一眼，沈越这种人，别的不在行，追女人倒是有一手。

要是他真能从沈执手里抢走纪染，那可真是太好了。

电话一接通，江艺开口说："你不是一直想问我，上次在我们学校门口遇见的那个女生是谁吗？"

沈越没想到她打电话过来，是主动跟自己说这件事。

本来他确实对江艺已经没兴趣了，反正他身边的漂亮女孩多着呢！但此刻听到江艺提起那个女生，沈越心底又痒了起来。

别人提不起他的兴趣，但是那个女生一定可以。

"她叫纪染，是我们学校的校花呢！"


天空之境平时就热闹，放假的时候更是热闹非凡，哪怕是贵了点儿，但是来玩的人总是不缺。

包厢是夏江鸣订的，闻浅夏把包厢号发给纪染的时候，她刚下车。

没一会儿，她坐了电梯上去。

闻浅夏站在门口等着她，进去的时候，是班长正在唱歌，大屏幕上放着的《向天再借五百年》，豪迈壮阔。

"我感觉期末考试成绩出来，别说五百年了，我估计五百秒都活不了了。"

旁边有个女生立即从小吃盘里拿了一颗开心果扔了过去，恼火道："不是都说好不要讨论考试的事情。"

"就是，就是。哪怕明天就是行刑期，咱们今天先放开玩。"

这个提议果然被接纳了。

立即有个短发男生喊道："来一首《双节棍》。"

纪染左右看了看，沈执并不在。就在她拿出手机准备给沈执发信息的时候，夏江鸣像是幽灵一样飘到她旁边坐下。

他说："染妹，你是不是在找执哥呀？我刚才给他打电话问过了，他今天去他爷爷家里一趟，估计得晚点儿才能过来。"

纪染面无表情地"哦"了一声。

等过了几秒钟后，她转头看向夏江鸣问："为什么你这么清楚他的行程？"

居然比她还清楚。

夏江鸣也被她问蒙了。


纪染一向不太会唱歌，所以有人提议让她唱一首的时候，她赶紧找了个上厕所的理由先溜了出来。

只不过纪染趁机溜到了楼下。

她记得楼下还有卖奶茶的，而且还挺好喝。

只不过她一到楼下，她自己都没想到，居然被人盯上了。

沈越在接到江艺电话之后，还真的找了朋友来天空之境玩。这种地方对于高中生来说是比较高档的场所，但是沈越不太看得上。

只是他来了之后，也不知道纪染在哪儿，本来他准备打电话再问问江艺的。

结果他在大厅里坐着的时候，电梯一开，穿着白色大衣的小姑娘居然乖乖从电梯里走了出来。

今天纪染穿了一身白色大衣，大衣上连着的帽子有一圈毛边，映得整个人特别软乎乎的。

她把头发都束了起来，露出光洁饱满的额头，连发际线都好看得跟画过似的。鬓边的碎发轻落在脸颊侧，细细软软。

依旧是那副叫沈越心动不已的清纯乖巧模样。

等纪染走过去买了两杯奶茶，一边吸一边往回走的时候，沈越立即上前拦住她。

跟他一起过来的年轻人都站在远处看着，没有跟上来，只不过这会儿几个人都挺吃惊。

"沈少特地跑到这里来，不会就是为了这小姑娘吧？"

"这年纪也太小了点儿吧，瞧着就像未成年。"

"但是多清纯啊，一看就是那种还在学校里的小姑娘，什么都不懂。"

"你们也太坏了吧！"

纪染没听到这几个人的议论，她只知道自己被人拦住了。面前这个男人皮相看着真的还算可以，身材挺拔长相俊朗，只不过他身上总给人一种轻浮的感觉。

对，就是这种感觉。

纪染挺不喜欢的。


沈越微笑着望着她说："小姑娘，我手机没电了，你能不能把你手机借我打个电话？"

这个理由挺烂的，但是沈越屡试不爽，毕竟他一身名牌，腕上戴着的手表是那种哪怕不懂表的人，看了一眼都会觉得特别贵的那种。

这么一个富贵年轻还有点儿英俊的男人跟自己搭讪，你说一个姑娘能忍得住吗？

能。

因为纪染并不是一般姑娘。

她淡淡朝沈越扫了一眼，最后落在他腕上的手表上，百达翡丽，价值百万以上那种，确实是个有钱人。

只不过纪染这辈子见过最多的就是有钱人。

不管是她本身出生的圈子，还是她之前工作之后身处的投行圈子。

沈越这种一眼就看出来是二世祖的男人，恰恰是她最讨厌的那一种类型。

她嘴角微扬，看起来是要笑，沈越的心情随着她扯起的嘴角也跟着上扬，他就说嘛，这个年纪的小姑娘还不是手到擒来的事情。

在她抬手的时候，沈越已经伸手准备接过她的手机。

谁知小姑娘却是指着身后的西餐厅，淡淡说道："这家餐厅可以提供充电，你直接去找服务员就好。"

说完，她转身准备离开。

本来她已经打电话叫闻浅夏下来一起喝奶茶，没想到遇到个自觉自己很帅，强行跑过来搭讪的人。

沈越立即拦住她，无奈道："我真不是坏人。"

纪染皱眉，语气挺冷静地说："你不是要充电，后面就是。"

"好吧，我承认了。"沈越轻叹了一口气，露出自以为帅气又无奈的一面说道："其实我只是想跟你要个电话号码而已。"

纪染这次真的面无表情了。

她淡淡道："我有男朋友了。"

沈越这会儿是真愣住了，纪染的长相是那种特别有欺骗性的，特别乖巧那种，看起来别说谈恋爱，就是连朝男生多看一眼都会害羞的性格。

结果她居然说自己有男朋友了。

沈越自然怀疑她是在蒙自己，刻意压低声音说："骗人的可不是好姑娘哦！"

纪染听着他哄三岁小孩的口吻，还有他身上那股甜腻的香水味道，恶心得往后倒退了几步。

她觉得这奶茶真不用喝了，干脆转身重新按了电梯。

谁知沈越跟个狗皮膏药似的，纪染转身要走的行为在他看来，无非就是小姑娘害羞了，他更加确定这姑娘肯定没有男朋友。

于是他干脆站在她旁边，轻笑道："其实我知道你叫什么名字。"

纪染有些吃惊地望向他。

沈越笑道："染染对吧，你是不是叫染染？"

这一瞬纪染心底的厌恶彻底达到了顶峰，说起来真正叫她染染的，只有一个人。裴苑和纪庆礼并不是那种喜欢叫孩子小名的父母，特别是裴苑，不管是高兴也好生气也罢。

她总是连名带姓地叫自己纪染。

只有沈执，他总会叫她染染。

早安，染染。

我要睡觉了，染染。

这两个字从他口中叫出来时，像是缠着蜜线般，透着说不出的甜。

就在纪染厌恶地看着沈越时，电梯叮地响了一下，当电梯门打开的时候，站在里面的沈执抬起头。

只是在看见纪染身边站着的沈越时，一下子表情变得沉了下来。

沈越此时也看见他了，登时玩味地笑道："哟，这是谁，这不是咱们沈家的'小少爷'嘛！"

这口吻透着满满的讥讽，恶意几乎扑面而来。

纪染转头看着沈执，实在是没想到面前这个讨厌的男人居然跟沈执认识，看起来两人还有点儿渊源不浅的样子。

沈执走下电梯，直接将纪染的手腕拉住，低声说："闻浅夏在楼上找你。"

纪染看了他一眼，就听沈执说："你先上楼。"

沈越望着他们两人这模样，又想起刚才纪染那句话，一时恼羞成怒，张嘴便道："我说小姑娘，你不会是真被这位沈家'小少爷'给骗了吧？"

他说到"沈家'小少爷'"这几个字的时候，咬得特别重。

"染染，听话。"沈执没有搭理他，按了电梯，等门重新打开时，将纪染推了进去。

在纪染进了电梯的时候，沈越瞧见沈执一副完全把自己当空气的模样，气不打一处来，怒骂道："你跟我狂什么呢？"

"还真当自己是沈家'小少爷'呢，你不过就是个野……"

突然沈越感觉到自己的侧脸被喷上液体，甜腻中还带着滚烫的温度。

待他转头时，发现原本在电梯里的小姑娘，在电梯门关上的最后一秒，伸脚挡住门之后，竟是走了出来。

此刻她手里拿着的奶茶杯子，竟是对准自己毫不犹豫地喷了过来。

纪染抿着嘴唇没有说话，但是手里的动作一点儿都没客气。奶茶杯子被她挤得变形，深褐色的液体从吸管里喷溅了出来。

"你干吗？"饶是沈越对纪染满脑子的旖念，这会儿也被她的行为气到跳脚，忍不住叫骂出声。

纪染紧抿着的唇，终于轻轻张开："你凭什么这么说他？"

这句话她说的声音有点儿小，沈越又低头在查看自己外套的情况。

以至于当他抬头时，怒火中烧地望着纪染，皱着眉道："你说什么？"

纪染轻轻捏着手里的奶茶杯子，毫无畏惧地看着沈越，一字一顿道："我说，欺负他的人……"

"都、给、我、滚。"

刚说完，沈越就看见她手里的奶茶全部砸向自己，他伸手挡住杯子，可是奶茶盖子滚落下来，大半杯的奶茶在半空中倾倒而下。

全都洒在了他的身上。

沈越整个比落汤鸡还要狼狈。


"你找死啊！"沈越大庭广众之下被如此对待，自然恼羞成怒，哪怕他心底对纪染再有非分的想法，此刻也彻底恼火了起来。

就在他扬起手的时候，沈执动了。

他挡在沈越的面前，黑眸冰冷入骨，冷漠道："沈越，在我还没动手之前，赶紧滚。"

沈越咬牙望着他，要说沈越最恨的人，不是别人，正是面前的沈执。

在沈家，沈越是长房嫡孙，他爸爸是老爷子的长子，他也是长孙。打小他就受尽宠爱，自然也养成了唯我独尊的性子。

只不过小孩子小时候横行霸道，长辈还觉得可爱些。

但是沈越不算争气，从上学开始也是惹是生非，仗着自家有钱在学校里面没少欺负人，况且学习成绩也是一泻千里。

本来这也还好，他们这种家庭的孩子，哪怕成绩差点儿，但也有办法上大学。

甚至国外那些世界顶级名校也能通过各种操作进去。

可坏就坏在，有个参考对照物。

本来他二叔家的两个孩子表现也就是一般，沈越自然不怕什么。结果一直没孩子的三叔家里，居然把外头的儿子领了回来。

沈越偷听他妈跟他爸吐槽，说三叔这么干就是为了分老爷子的财产。

沈越一向觉得自己是大房长孙，以后沈家的产业都得由他继承，他爸爸继承他爷爷集团主席的位置，他继承他爸的位置。

这才是理所应当的事情。

三叔凭什么跟他爸抢，还搞个儿子回来抢。

打一开始，沈越就对这个刚出现的儿子不爽，甚至还联合二叔家的孩子一起孤立沈执。但凡在沈家大宅里吃饭，都没人愿意跟沈执玩。

谁知他们都瞧不起的沈执，竟是个天才少年。

在学校里面回回考试都是年级第一，而且远远甩开年级第二的那种，数学竞赛拿奖跟家常便饭一样。

哪怕沈越比他大几岁，还是不得不被拉过来一起比较。

不是总说人比人气死人，沈越还有他爸妈就是被气死的那个，以前大家不说差不多，但也是半斤八两。

如今一个沈执直接把他压得是头也抬不起来。

他别说在沈执面前摆什么大哥架子，脸都快没了。

况且从沈执回到沈家开始，老爷子对他就格外关注，竟是私底下还跟几个儿子说，孙子里头最像沈家老太太的就是沈执。

老爷子跟老太太是少年夫妻，感情一向好，只不过老太太突发心脏病走在他前面。

如今来了个孙子，倒是有那么几分相似，引得他对沈执喜欢不已。

就连沈纪明都没想到，自己这招居然这么有效果。一时间，他倒是越过了他的两个哥哥。

沈越不是没见过沈执发怒时候的模样，这小子是横，是真的横。他们之前在大宅吃饭，也不知道谁悄悄提起沈执的妈妈。

他们平时在家里没少听自家父母骂三叔，说他心眼忒坏，找个儿子回来争家产。

提到沈执亲生母亲时候，自然没什么好话。

结果几人说得太兴奋，毕竟那段时间被自家父母念叨得太多再加上瞧见爷爷肉眼可见的偏心，一个个恨不得指着鼻子骂沈执才好。

没想到一转头，沈执就出现外面。

当时场面挺尴尬，但是沈越见沈执一脸深沉的模样，觉得不过是个小屁孩装什么，居然还当面挑衅了起来。

下场可想而知，他的鼻子活生生给沈执打出了血。

当时惊动了长辈，沈执自然被教训了，不过沈越也没落什么好下场，毕竟他骂沈执母亲的同时也捎带上了自己的三叔。

两人之间也算是结了仇。

之后沈执突然从天才少年变得在学校里违反校规的事情无所不干，沈越一开始还挺得意，觉得沈执也不过如此。

但是爷爷不仅没责骂过沈执，还时常让他回大宅。

如今沈越看他是越发犹如眼中钉。

"你在我面前狂什么，你……"沈越习惯性地脏字出口之后，对面的人往前踏了一步。

沈越一下被吓得闭嘴了。


还别说之前他被沈执揍的那顿是真的长了记性，他虽然爱玩但是绝对不是打架的好手，要不然当初也不会被沈执按在地上揍。

可是这会儿他带来的几个人也走了过来，刚才纪染把奶茶往他身上倒的时候，大家就瞧见了。

这会儿眼看着要起冲突，他们赶紧过来帮忙。

"沈少，你没事吧？"有个朋友立即问道。

本来这人是想拍沈越的马屁，可是沈越这会儿这么狼狈，恨不得全世界都没人瞧见他这副模样才好呢！

于是大吼道："你们一个个眼睛都瞎了，他们两个……"

纪染一听笑了，立即说道："怎么，你还想在大庭广众之下打人，你真当自己能只手遮天呢？"

什么玩意儿。

纪染在心底默默骂了一句。

沈越冲着她看了一眼，纪染丝毫不慌，她拿出手里的手机晃了晃，冷静说道："你要是还不快滚，我就打电话报警，刚才你骚扰我，这么多人都看见呢！"

沈越被这么一呛，里子面子都丢干净了。

这会儿真要动手还真的不太可能，毕竟这个天空之境也有保安，估计他们刚出手，保安就上来了。

于是沈越恶狠狠地冲着纪染看了一眼，怒斥道："你给我等着。"

纪染冲着他不客气地翻了个白眼，淡淡应了声："哦。"


这姑娘天生就不知道"怕"字怎么写，特别是这种家里有点儿钱的二世祖，说真的，他们顶多就是会拿钱砸，真让他们干什么坏事儿，这帮人都没那个胆子。

沈越是气得脸色发青，可是他身后的其他几个人对视了一眼，都有点儿憋不住想笑。

这个妹子不仅长得好看，性格还这么有趣。

天生有种气死人不偿命的能力。

沈越觉得实在太晦气了，正好这会儿电梯又下来了，他直接走进去，头也不回地离开了。

纪染冲着电梯看了一眼之后，这才转头看向沈执。

沈执脸色不算好看，或者准确点儿说，有那么点儿生气，他低声问道："刚才让你走，你怎么不走？"

"他骂你了。"

纪染小声嘟囔，不是那种特别大声的反驳。

沈执心底跟有了一片沼泽地似的，不断地从底下冒出气泡，然后炸裂，有股酸涩又说不出的情绪悠然升起。

他知道，纪染是想要护着他。

沈执打小就看尽别人的冷眼，不管是长辈也好，还是同龄的孩子们也好。他觉得自己不在乎，况且他还会打得对方不敢再对他做什么。

没人保护他也没关系，他从来都是自己的保护神。

头一回，他这么被人护着，她不许别人欺负他，骂一句都不行。

这种被放在心尖上护着的感觉，特别陌生。

可也特别好。

滋味真好。

沈执伸出手掌在她的发顶上轻轻揉了下，他的小姑娘呀！

到了发成绩这天，大家都前往学校里拿成绩单。这两天玩得挺开心，只不过要面对成绩单的时候，大家就有点儿不太开心了。

纪染是难得有点儿紧张。

她知道自己肯定考得不错，但是具体能不能赢了沈执，她还真的没那么有底气。

一时纪染心底也有些不痛快，以前她可从来没有这么畏首畏尾过。

因为今天不上课，所以班主任通知九点之前来学校就好。纪染到教室的时候，整个教室里跟加了水的油锅似的，沸腾得险些要炸开。

沈执这次比她早到。

他转头看着把书包放下的小姑娘，突然问道："你过年在哪儿过？"

纪染朝他看着，轻眨了下眼睛，浓密的眼睫跟着一块儿上下翻飞。不怪她奇怪，昨天裴苑刚给她打过电话，问她什么时候放假。

裴苑的意思是，放寒假尽快回江都。

因为她外公外婆特别想她。

纪染捏着手机没说话，裴苑和纪庆礼两人离婚之后，纪染跟着纪庆礼来了 B 市就再也没有回过江都。

之前跟外公外婆也打过电话，两位老人家都嗔怪她是个小没良心的，也不知道回家看看他们。

纪染知道过年肯定是要回去的。

这样就得跟沈执分开了。

突然，她心底有点儿不舍。


纪染倒是脸色没特别表现出来，她不想让沈执太过得意，以为她离不开他似的，只不过她小声说："我过年回我老家。"

"你还不知道我老家在哪儿吧！"纪染突然想起来这件事。

沈执安静地望着她。

纪染轻声说："在江都，是个特别美的地方，如果有空的话，你可以去看看。"

"你现在是在邀请我？"沈执突然凑近黑眸直勾勾地盯着她压低声音问道。倒也不怪他，实在是周围嘈杂的声音太大。

纪染因为两人靠得太近，生怕被别人看出来点儿什么，忍不住往后拉开一段距离。

纪染假装不懂地说："邀请什么？"

沈执直接说："跟你一起回家。"

他一向直接，又知道纪染这姑娘是那种善于装傻，所以他不打算跟她玩虚的，直接开口。

纪染猛地转头望着她，压着声音说道："沈执同学，麻烦你要搞清楚哦，我们现在还是纯洁的同学关系哦！"

哪怕是未来的男女朋友，那也是未来。

她刚说完，突然她放在身侧的一只手被人轻轻捏住。

"哦？"沈执一边说一边望着她的眼睛。

纪染立即警惕地左右看了一眼。

随后她小声说："你松手呀！"

"还是吗？"沈执像是故意的一样，盯着她的眼睛望着，小声问道。

"沈执。"纪染有点儿急切地喊了一声。

可是她刚一喊完，沈执轻声说："染染，别动好不好？"

他话音这么一软下来，纪染有点儿不忍心了。她安静下来不再挣扎，教室里依旧是那么吵吵嚷嚷，大家不是在跟同桌聊天，就是前后桌一块聊，反正教室里跟炸了锅似的。

纪染突然伸手将脖子上的围巾扯了下来，随后搭在自己的腿上，而多余的一截正好盖住她和沈执握在一块儿的手掌。

沈执的手掌特别大而且干燥又暖和，轻轻地包裹着她的手掌。

纪染低头假装望着桌面，可是所有的注意力都被手掌上的触觉吸引。

他的手真暖和。


乔与桥是在差不多十点的时候到的，而且他还抱着很多试卷。

"来来，你们帮忙把试卷发一下。"乔与桥指了指坐在第一排的学生，他们立即上前帮忙把试卷发了下来。

此时乔与桥望着下面的学生，特别开心地说："同学们，咱们这次算是彻底摘下了倒数第一的帽子，而且我们还有两位同学考得特别好。"

"全市的第一名，这次就在咱们班里。"

全班同学立即扭头看向坐在第一组的两人，本来纪染就在做坏事儿，这会儿全班同学的眼睛望向她的时候，她心底一紧张，就想把手抽回来。

偏偏她身边的少年不仅没松手，还把她的手掌越发紧地扣住。

况且纪染紧张的另一方面是第一名这个问题，所以到底是谁？

好在乔与桥也不打算卖关子，笑着说道："咱们恭喜沈执同学，这次考了716分，是全市的第一名。"

这次纪染再也忍不住了，用力抽开自己的手掌。

哪怕乔与桥接着说道："还有纪染同学这次以715分考了全市的第二，不过呢附中也有个同学考了715分，这次跟纪染同学一起并列第二。"

沈执偷瞄了一下身边的小姑娘，突然觉得今年这个寒假只怕他要跟纪染失联了。

他叹了一口气。

让你欠，考这么高干吗？

所以沈执叹了一口气，伸手将自己的手机拿了出来，低头发了一条短信。

没一会儿，纪染的手机振动了起来。

她低头看了一眼。

我错了。

她转头望着他，问道："你哪里错了？"

沈执之前就听夏江鸣他们聊过，有时候女生就是不讲道理的生物，所以不管有没有错，必须先认错，而且态度要诚恳。

所以他微垂着眸，低声说："对不起，我不该抢走你的第一。"

如果说纪染刚才还没这么炸，此刻她整个人有种血液从脚板底一下子冲到脑门的那种刺激。

她、绝、对、被、羞、辱、了！！！

## 第四章
## 他抢了我的全市第一

　　纪染觉得她要三天不跟沈执说话，不是，应该是一周。此刻教室里还是吵吵嚷嚷的，虽然大家现在都已经接受了沈执学习好的新"人设"。

　　可是他也太厉害了，期中考试第一不说，期末不仅是全校第一，还是全市第一。

　　难道沈执自带干什么都牛的Buff（增益）？

　　沈执见纪染抿着嘴一副再也不想跟他说话的模样，忍不住低笑了起来。他怎么可能不知道纪染会生气，只是突发奇想就是想要逗逗她。

　　没一会儿试卷已经发了下来，大家拿到自己的试卷，有唉声叹气也有偷偷捂嘴笑的。

　　对于高中生来说，分数就意味着放假时在家能不能过个好年。

　　试卷肯定是不会现在讲解的，今天就是来拿期末考试成绩单还有寒假作业。等一叠一叠试卷从外面被搬进来的时候，大家习惯性地叹了一口气。

　　乔与桥望着他们这个模样，又是忍不住笑道："行了，你们能不能有出息一回，哪天看见作业的时候能不这么唉声叹气的。"

　　"不能。"

　　"不能。"

谁知教室里的学生像是约定好了一样，异口同声地喊道，气得乔与桥一个劲儿地摇头，你说说这帮孩子啊！

　　不过马上放寒假了，乔与桥也不想多说什么，只叮嘱道："只说一句寒假作业一定要完成，回来是必须检查的。"

　　底下嗡嗡的跟无数小蜜蜂搅和在一起似的。

　　乔与桥又赶紧想了一句说道："还有一句……"

　　他这话说了半截，底下的学生"咦"的一声，显然是对于乔与桥的嘲笑，刚才还说只说一句话呢！

　　"这次真的最后一句，注意安全。"乔与桥笑了笑。

　　随后他扬扬手表示："拿好家庭作业还有成绩单就回去吧！"

　　今天只是让学生过来拿成绩单，并没有课要上。大家听到这句话的时候，纷纷欢呼起来，表示对乔与桥明智决定的赞同。


　　大家在收拾东西时，纪染正弯腰收拾东西，突然旁边有个声音低声道："染染。"

　　沈执在叫她。

　　纪染不搭理他，甚至连头都没转过去。

　　"染染。"沈执也不生气，挺淡定地又喊了一声。

　　纪染还是没搭理他，不过沈执还是没放弃了，压着笑意轻声说道："你什么时候回江都市？"

　　纪染正在把试卷放进自己的书包里。

　　此时她手上动作一顿，显然是没想到沈执问的是这个问题。

　　"真不打算理我了？"沈执微微靠近，声音特别低，他小声说，"马上放假了。"

　　一放假，两人就不可能像现在这样天天见面。

　　这下纪染抬头了，她一生气的时候两腮微微鼓起来，特别可爱。

　　"你很厉害。"他抬眸望着她，眼神是那种难以言喻的真挚，"是我见过最厉害的小姑娘。"

　　纪染本来是绷着脸，不想笑的那种。

可听到他的话，还是忍不住轻笑了起来。纪染朝他看了一眼，小声说："你别松懈，要不然我随时会'篡位'的。"

哪知她刚说完这句话，沈执轻睨了她一眼。

"我的就是你的，随便'篡'。"

因为是最后一天，纪染也没拒绝沈执送自己回家的提议，两人一起往校门走。闻浅夏他们也一起，几个人一起走，最起码没那么招人眼。

夏江鸣看着一旁的闻浅夏，无奈道："你说你至于这么兴奋吗，不就是考进了年级前一百。"

"不就是？"闻浅夏听着夏江鸣这三个字，气不打一处来，她冷笑一声说道，"你知不知在咱们学校的年级前一百，都是未来的985和211啊。"

"哟哟哟，原来是985和211的高才生啊，对不起，小的眼拙，没瞧见。"

夏江鸣这么阴阳怪气的模样，气得闻浅夏伸手就捶他。

闻浅夏说道："你肯定就是见不得我好，我告诉你，我妈说了今年我要是考进前一百，不仅过年红包翻倍，而且还允许我自己掌管我所有红包。"

闻浅夏每年过年都有不少的红包，可是她妈总是以帮她保管怕她乱花为借口，把她红包收了回去。

现在呢，她可以名正言顺地保管自己的红包了。

"你看看把你得意得，我们执哥一个清华北大的学生说什么了吗？"夏江鸣自己分数考得稀烂，可是他一点儿没在意。

没关系，他有执哥，他还有他的执哥呢！

沈执不仅是全校第一，还是全市第一，牛得不要不要的。

在夏江鸣的眼中，沈执考这么多分数，他也跟着一起牛了起来，毕竟这是他兄弟呀！

闻浅夏鄙视他，毫不犹豫地戳破说："你可别吹牛了吧，那是人家沈执考的分数，跟你有什么关系。"

不过闻浅夏的话倒是给夏江鸣一个提示。

他望着沈执，特别好奇地问："执哥，你这次这么牛，考了全市第一。你要是得了什么奖励，必须让我们沾沾光。"

"想沾光？"沈执淡淡朝他扫了一眼，夏江鸣这会儿还没注意到他眼睛微眯着，居然不怕死地点了点头。

他嘴唇微勾，伸手扯了下夏江鸣的衣服，这会儿夏江鸣终于有了危机意识，竟是跟个兔子似的，猛地往外蹿了出去。

"执……执哥，我错了。"夏江鸣不敢再逗留，生怕沈执过来弄他，赶紧溜了。


他们走了之后，沈执在学校门口拦了一辆车，带着纪染上车准备送她回家。两人上了车之后，纪染转头看了他一眼。

"怎么了？"沈执见她跟个小兔子似的，大眼睛滴溜溜地朝他的方向转悠。

纪染知道他之前因为他父亲的关系，故意把分数考得特别差，所以他肯定也不会主动把自己考了全市第一的事情告诉他家里人。

虽然纪庆礼挺不靠谱的，可是纪染每次考得好，他也会买礼物奖励她。

最起码在物质上，纪庆礼从来没亏欠她。

刚才闻浅夏他们聊天的时候，纪染没在意，但是现在她心底有那么点儿不爽。就是沈执考这么好，他明明是那种优秀得叫人羡慕嫉妒恨的别人家孩子，凭什么他考这么高分数，不仅没什么奖励，还得藏着掖着。

纪染低头在书包里翻了又翻，可是她今天只是来拿成绩单的，什么东西都没有。

纪染拧着眉，一张小脸当真要皱成包子了。

怎么办呀？

直到她下定决心，将她笔记本撕了一张纸下来，然后对折之后，她勉强把纸张撕成爱心型的。结果车子一直在轻轻晃悠，而且本来难度也不小，所以她最后看着一个歪歪扭扭的爱心形状，无奈叹了一口气。

这玩意儿太丑了吧！

作为一个有审美的人，纪染也觉得自己这个实在有点儿送不出去。可是想了下，她还是把纸放在自己的书包上面。

在上面认真写上了三个字"心愿卡"。

她还特地在反面写上一行小字，为了奖励沈执同学荣获全市第一，特奖励一张心愿卡，可找纪染同学完成任何一个心愿。

她本来又想写能力范围之内的心愿，可是本来送这么一张丑纸，她都已经够丢脸的了。

要是还挑三拣四地完成心愿，岂不是更丢人。

所以送了就送了吧，哪怕沈执让她上刀山下油锅，她都为他闯一回了。

等她把心愿卡双手递给沈执的时候，小声说道："你别看它有点儿丑丑的，而且还很不起眼，但是你将得到许愿机会一次。只要你开口，不管你要我做什么，我都愿意为你做的。"

她刚才现场制作这张心愿卡的时候，沈执在旁边全程看到，此时见她说得一本正经，低头盯着这个爱心纸张。

纪染见他没立即伸手拿过去，还以为他也嫌弃太丑了。

于是她叹了一口气，准备收回来，还给自己找了理由说："算了吧，我还是给你准备别的礼物吧，这个确实很丑。"

就在她准备揣进自己兜里的时候，沈执一下子捏住她的手腕，另一只手轻轻地掰开她的手掌，直到心愿卡在她的手心摊开。

沈执将心愿卡小心翼翼地拿在手里，看着她反面写上的那段小字。

为了奖励沈执同学荣获全市第一……

当他看见这句话的时候，嘴唇轻扬，低声说："谁说我不喜欢。"

他喜欢。

这是她亲手为他做的，而且谁说它丑了。

沈执觉得不仅不丑，还特别可爱。

好在这时候车子停了下来，纪染觉得她送这么个丑玩意儿实在是有点儿丢人，打开车门就下车。可是她一下车，沈执也跟着下车。

他上前几步，拉住纪染的手腕。

纪染回头望向他，直到沈执轻轻将纸条塞进她的手心里，纪染一怔，他现在就有心愿吗？

"你……"她有点儿发愣。

可是沈执微垂着眼睛，从纪染的角度看过去，他仿佛在轻轻闭着眼睛一般。

他小声祈愿。

"请让我跟染染永远在一起。"

纪染没有收回那个爱心心愿卡。

因为这个心愿也是她的心愿。以前觉得成天把喜欢和爱挂在嘴边很可笑。

可现在才真正明白，这些并不可笑。

喜欢一个人的心情有多虔诚，外人从来都不知道。


纪染此刻躺在床上，满脑子都是刚才沈执在她面前微垂着眼睛，轻声开口祈愿的模样。那一刻，她真想抱住他。

想告诉他，只要是他，她愿意为这个一辈子去努力。

就在纪染趴在床上忍不住发出闷笑的时候，突然放在上衣兜里的手机响了起来。等她接通之后，发现是裴苑打来的电话。

裴苑一开口就问："你们今天放假是吧？我给你订明天的机票，回来过年吧！"

前几天裴苑跟纪染打电话的时候，已经得知她放假的具体时间，今天这么说也没什么意外。

纪染轻声应了一下，表示知道了。

裴苑在对待她的态度上，一向都是通知而不是询问。她只需要告诉纪染结果，并不需要询问她的意见。

她这么安静地应了一句之后，对面也陷入沉默。

片刻后，裴苑有些平静地问："考试成绩下来了吗？"

纪染忍不住抠了下手心，其实她挺怕跟裴苑说成绩的事情，可是事到临头也由不得她不说，她轻声道："今天拿了成绩单回来，我这次是年级第二也是全市第二。"

纪染特地在最后加了一句全市第二。

可是电话那头并没有立马出声，又过了几秒，裴苑的声音才不紧不慢传了过来："又是第二？"

显然她这句话透露了她的态度。

不满意。

她对纪染又一次考了第二的不满。

纪染也不说话。

倒是裴苑先开口说："染染，不是我对你要求高，或者是吹毛求疵。只是你想过没有，你这一学期下来，其他方面不论，最起码考试成绩跟之前比起来下降了。"

倒不是裴苑对纪染要求太高，只是纪染一开始就是那种别人家的孩子，回回第一那种。

在她看来，纪染不考第一，那就是失败。

第二也没有用，因为第二还是意味着被人压了一头。

"染染，或许你会觉得我对你要求过于严格，可是我给了你一个学期的自由，事实证明，你在你爸爸身边只会懈怠。"

"纪庆礼压根带不好你。"

纪染这次终于没忍住，低声说："妈妈，当初你同意让我选爸爸，就是因为这个吗？"

为了证明在纪庆礼身边，她只会退步，所以裴苑才会轻易同意。

裴苑态度平静，就连语气都听不出太大的起伏，她只说："现在事实摆在面前了。"

她似乎也感觉到纪染情绪的起伏，这才说："有什么事情等你回来再说吧！"


纪染倒在床上盯着头顶的天花板，她知道裴苑是什么意思，无非就是觉得自己成绩下降，是因为跟着纪庆礼的原因。

如果说之前她对 B 市没什么太大感觉，可现在她在这里遇见了太多人。

不仅有她喜欢的人，还有朋友。

在这里她明白了喜欢是什么感觉，也懂得跟朋友在一起哪怕只是随便聊天也那么快乐。

哪怕以前她在 B 市工作，都未有过现在的感觉。

这座城市给她的感觉并不再是陌生和无措，而是温暖。


晚上的时候，纪染下楼吃饭撞上了几天没回家的纪庆礼。这阵子是年末，正是公司最忙碌的时候，纪庆礼光是年会就参加了好几个。

江利绮忙前忙后显得格外殷勤。

倒是坐下来吃饭的时候，纪染想起来似的，说道："爸，我明天回江都了。"

纪庆礼还没什么反应，倒是江利绮柳眉轻弯。虽然纪庆礼如今长期在 B 市，可到底江都市才是纪家的老家。

况且纪染的爷爷奶奶如今也还住在江都。

江利绮之前就是刚结婚的时候，拜访过二老一次，那时候两位老人家态度是和善又不失客气。

就连江利绮怀孕这个消息传出去，老爷子和老太太也是毫无反应。

可是江利绮始终不死心，她就不信了，难不成这两位连亲孙子都不喜欢。所以一听到纪染要回江都过年，她也心动。

自从她嫁入豪门之后，其实也结交了不少豪门贵夫人，还约过一起喝下午茶什么的。

大家闲聊时，自然会提起各家趣事。

江利绮觉得纪家老爷子和老太太之所以一直没动静，那是自己离得太远了，这次正好借着过年去江都，提前露露脸。

于是她看向纪庆礼问道："庆礼，咱们今年是不是也要回江都过年啊？"

纪庆礼点头："过两天吧，后天有个世交长辈家里举办的宴会，咱们必须参加。等参加完这个，再回去也不迟。"

纪染对这个没什么兴趣，反正裴苑已经给她订好了明天的机票。

谁知纪庆礼话锋一转，说道："染染也一起去吧！"

"我？"纪染立即抬起头，朝他看了一眼。

此时坐在江利绮身边的江艺，忍不住用筷子戳了一下碗里的米饭，刚才纪庆礼一说宴会的时候她就心动了。

说起来她还没参加过这种正式的晚宴，穿着高贵华丽的礼服，端着高脚玻璃杯，走在金碧辉煌的宴会大厅里。

那种场面江艺只在电视剧上见过。

她心底念头不断，可是对面的纪染轻轻蹙眉，无奈道："我一直都不太喜欢这些宴会。再说我妈已经给我订了机票，让我回江都。"

"这位是爷爷的老朋友，爷爷不能来，你必须跟我去。"本来纪庆礼口吻还没这么坚决，结果一听裴苑让纪染回江都，立马下定决心说道。

反正他跟裴苑是死对头，只要让他这个前妻不舒服的事情，他就想要做。

纪染见他这么坚决，眉头微松，低头小声说："我这个学期都没回家，我想爷爷奶奶还有我外公外婆了。"

纪染太聪明了，已经从纪庆礼的口吻中察觉出问题。

所以这次她没提到裴苑，直接拿长辈来压纪庆礼。

纪庆礼听完，这才开口说道："你奶奶前几天也念叨你来着，我跟她说过了，这次回去会带着你一起。参加一个宴会耽误不了多久。"

纪染见他坚持，也不想过多纠缠，勉强点头。

对面的江艺看着她不情不愿的模样，轻咬住嘴唇，嫉妒从眼底翻涌而起。明明她也想去，哪怕什么都不做，只是见识见识也好。

偏偏纪庆礼没有问她，只当她是空气。

这一顿大家都吃得不怎么开心。

晚上的时候，赵阿姨把她的晚礼服拿了出来，赵阿姨不是没眼力见的人，知道她这些礼服昂贵精致，早早收拾妥当。

"赵阿姨，你去休息吧！"纪染见她还招呼自己穿上，登时笑了起来。

赵阿姨摇摇头说道："我听先生说明天的是大宴会呢！咱们小姐本来长得就漂亮，还不得打扮得漂漂亮亮，把她们都比下去呀！"

"我又不是去相亲，要那么漂亮干吗哦！"纪染不以为然。

毕竟她现在年纪还小，只是个高中生，所以不怕纪庆礼把她带出去介绍什么乱七八糟的人。

他要是敢，纪染立马就跟裴苑告状，只怕裴苑能立即从江都杀过来。

她是不在意，可是赵阿姨却是压低声音说道："我刚才不小心听到那边闹腾，好像也想去这个宴会呢！"

赵阿姨还真是不小心听来的，她去纪染的衣帽间给她拿衣服，谁知回来的时候正好听到了。

江艺在跟江利绮闹，说是也想要去宴会。

江利绮还有点儿为难，毕竟这个宴会也不是纪家举办的，纪庆礼想带谁不想带谁他心底都有数的。

江艺听到这种话更是恼火，吼道："就是因为您从来不为我争取，才让我一步步落到现在这个地步。一个家里两个女儿，能带她去，为什么就不能带我？"

江利绮见她这么委屈，心底也难受。

江艺住在外面之后，江利绮一直觉得特别对不起她，就连零花钱上都给她涨了好几倍，生怕她不够花。况且江利绮怀孕之后，也不像之前那么小心翼翼，该花钱的地方花钱。

倒是真的过上了贵夫人的生活。

赵阿姨叹了一口气，小声说："要我说还是上学的时候清静。一回来就闹腾，您说她怎么就看不清楚呢？这都闹了这么多次。"

江艺为什么非想去这个宴会，还不是因为纪染也要去。

她这是想跟纪染别苗头呢！

赵阿姨之前就觉得这个江艺真是有点儿不自量力，后妈带来的女儿也敢跟人家正经大小姐争，也不知道争个什么劲儿。

纪染没想到江艺也想去这个宴会，此时听到赵阿姨这个嗤之以鼻的模样，轻笑道："您管她呢，让她折腾吧！我倒是要看看她那个300多分能折腾到哪儿去。"

江艺这次考试"不负众望"，彻底跌进谷底。

纪染知道江利绮一直是想让她走电影学院的路子，可是电影学院也不是什么学生都收。最起码这种离本科线差远了的分数，人家也不会瞎了眼。

赵阿姨一听赶紧点头。

要说人哪，就是自不量力。她瞧着眼前的小姑娘是真的觉得喜欢，家里有钱吧，住着这么几千万的豪宅，父母都是有钱人。可是人家丝毫没有降低对自己的要求，这不期末考试又考了个年级第二。

赵阿姨有个小儿子，如今也在读高中，不过是刚上高一的年纪，平时住校，成绩平平，这次期末考试成绩单拿回来，没把她气死。

这么一对比，她恨不得纪染当自己的亲生女儿才好呢！

这边江艺终于用一哭二闹三上吊的功夫，让江利绮答应了带自己一起去的事情。

不过江利绮临了的时候，再三叮嘱她，到了宴会上千万不能掉链子。此时江艺得到自己想要的，还不是百般乖巧地答应。

到了第二天，家里来了专门打理妆容的人。

是江利绮特别请来的。

江艺兴奋不已，又让人给她做面膜又要深层清洁，江利绮知道两个女孩之间不能太过偏颇，亲自来问纪染要不要用到这些工作室的人。

纪染从前参加无数宴会，因为她天生优势，个子高挑又长相过分精致，因此宴会上总是焦点。

江利绮笑着说道："染染，今晚宴会需要准备一下。阿姨知道你是高中生还不习惯化妆，但为了表示尊重，我们最好打扮一下。"

纪染抬眸望着面前的江利绮，突然勾唇笑了下。

她的笑容很轻，是那种一闪而过的轻松。

可是江利绮心底微愣，突然她想到纪染打小生活在这样的家庭，怎么可能没出席过这样的宴会。昨天纪庆礼让她去的时候，她并不太情愿。

哪里像此时在楼下显而易见开心的江艺，毕竟这是她第一次出席这么正式的场合。

纪染微抬下巴，淡然道："那就让她们到我房间里来帮我化妆吧，我不习惯在楼下。"

江利绮点了点头，随后她眼前的门被砰的一下关上。

江艺一直把整个化妆团队霸占到下午，还是江利绮看时间快不够了，这才催促着要他们上楼。随后几个人拎着化妆箱子到了楼上，赵阿姨领着人上去。

这个化妆团队是 B 市很出名的团队，平时经常替明星做造型。

江利绮如今也是信奉着最贵的就是最好的原则，请的造型团队也是最贵的。

这种造型团队也服务过不少有钱人，刚才一听说还有个在楼上不愿意下来，所以众人都以为会是个性格孤僻的小姑娘。

谁知一开门，穿着暖白色家居毛衣的小姑娘，神色恬静，长相更是难以形容的好看。

特别是这一双黑亮水润的眸子，比小鹿眼睛还要灵动。

"麻烦了。"纪染轻轻转身，让开地方。

造型团队赶紧笑了笑，又相互对视了一眼。随后众人赶紧进来给纪染做造型，纪染的头发是早上洗过的，所以化妆师直接给她化妆。

化妆师近距离看的时候，才发现面前的小姑娘脸颊不仅没有斑斑点点，就连青春期最常见的青春痘都没有。

纪染的皮肤特别光滑细嫩，还有少女特有的胶原蛋白，脸颊饱满有光泽。

连化妆师都忍不住感慨道："还是年轻好啊，年轻就是最好的化妆品。"

纪染朝她看了一眼，轻笑了下，眼尾轻轻翘起，像是个不知事的小狐狸，有点儿狡黠但是也有种刚从窝里钻出来的可爱。

因为赵阿姨早把她的晚礼服选好了，是一条淡粉色长裙，礼服上绣着的花瓣全都是手工刺绣，立体感十足，有种栩栩如生的娇艳，礼服上还缀着闪闪的细珠，哪怕此时挂在那里灯光并不十分明亮，依旧闪闪发光。

纪染年纪小，她的礼服都是清纯优雅路线，少女感十足，绝对不会过分性感，哪怕这件礼服是细吊带款式，也是仙气多于性感。

化妆师为她化妆自然是要搭配她的礼服，这么不紧不慢地准备着，足足过去两小时。

江艺因为早早准备妥当，早在楼下等得不耐烦了。刚才纪庆礼从公司回来，江利绮也给准备了一套礼服西装。

纪庆礼换了衣服下来，看了一眼手表，问道："染染还没收拾好吗？"

江利绮委婉笑道："别催，小姑娘家嘛，哪个不要认真打扮的。"

纪庆礼抿了抿嘴还真的没说话。


江艺穿着自己的嫩黄色礼服长裙，这是江利绮特别为她挑选的，斜肩设计，颜色是那种很显眼的嫩黄，好在江艺也能衬得上这样的礼服。

就在她又不耐烦地抬头朝楼梯看去时，突然那边有了动静。

嗒嗒嗒的高跟鞋踩在楼梯上的声音，让坐在客厅里的三个人视线都吸引了过去。随后一个高挑纤细的身影出现在楼梯拐角。

纪染的长发被盘成一个精致曼妙的发型，鬓边轻落下一缕碎发，有种清新活泼的味道。

而她耳朵上并没有戴普通的耳垂，而是戴上了繁复精致的耳挂，做成树叶形状的耳挂乖巧挂在她耳朵上。

这个耳饰的形状倒是跟她长裙上的花朵相得益彰。

如同堕落在鲜花森林里的精灵公主般。

就连纪庆礼眼中都不由流露出惊艳，他站了起来，笑了起来，居然自卖自夸起来道："真不愧是我纪庆礼的女儿。"

她走到楼梯最后一层时，纪庆礼伸出手臂交给纪染。

纪染眼眸轻抬，朝一旁的江利绮看了一眼，轻笑着挽上了纪庆礼的手臂。

晚宴是在 B 市市中心的五星级酒店举行，他们下车时，门口陆陆续续停着不少豪车，显然都是来参加这次宴会的。

他们上楼的时候，纪庆礼叮嘱道："待会儿看见人，要多叫，可别让人说咱们纪家的女儿不懂礼貌。"

纪染懒懒地应了一声。

等走到了宴会厅门口，就看见纪庆礼隔着老远跟一个人打招呼道："沈总。"

"纪总，您来了。"一个穿着黑色正装的中年男人迎了上来，客气地招呼纪庆礼。

纪染微笑着抬头，正要笑，看见跟在中年男人身边的年轻人，突然表情僵住。

沈越。

站在这个中年男人身边的人，居然是沈越，还真是冤家路窄啊！

纪染脸上的表情微变，她嘴角轻扬，冲着沈越冷笑了一声。至于对面的沈越自然也瞧见她了，刚才离得远，他没看清楚长相只瞧见身材和打扮，有种一下撞到心底的感觉。

就跟他之前在四中门口瞧见那个小姑娘一样。

沈越心底还挺开心，觉得没了一个又来了一个，怎么最近总是能撞见这么对他胃口的小姑娘。

谁知到了近处，一瞧见长相，他都惊呆了。

真的太巧合了吧！

此时两个长辈寒暄过了，沈纪东看着身边的儿子说道："沈越，这是你纪叔叔的女儿，是叫染染对吧！你好好照顾一下你染染妹妹。"

沈越一听得意了起来，立即笑着说："爸，你放心吧，我一定好好照顾她。"

此时站在后面一直没出声的江艺，恨不得把头埋在地上，她也真的没想到会在这里遇到沈越。

不过沈越完全没看见她，他竟是伸手想要扶着纪染的腰身。

纪染轻轻握着手里的晚宴包，很凑巧，她今天选的晚宴包重得跟一块石头似的，这要是一下子砸在沈越的脑袋上，他这个年得在医院里度过吧！

大不了她被纪庆礼狠骂一顿呗！

可是就在她颠了下手里的晚宴包，看看该什么时候抢上去，突然她手掌顿住了。

等等，纪庆礼之前说什么来着。

这位长辈跟她爷爷是朋友，那也就是说应该是沈越的爷爷辈儿。而沈越跟沈执是堂兄弟，这事儿是沈执之前跟她说过的。

所以这也是沈执爷爷的寿宴对吧？

纪染猛地握住她手里的晚宴包，眼神往四处瞄。

或许沈执也在？

不对，不仅仅是沈执，还有他的爸爸和爷爷应该都在吧！

纪染立即收起脸上的冷笑，露出一个温和甜美的笑容，对，她今天不打人！

她可是优雅淑女呀！

宴会大厅此刻热闹非凡，宾客纷至，不时看见几个人站在一处，显然是旧相识凑在一起说话。大厅中央巨型水晶吊灯散发着柔和明亮的光线，将整个宴会厅映照得金碧辉煌。

纪染走进宴会厅里，安静地跟在纪庆礼的身边。

本来沈越竭力想要招呼她，不过被纪染一个眼神瞪了过去，况且她掂量手里晚宴包的动作也被沈越瞥见。

说真的，他还挺怵这姑娘。

别看她长相精致甜美丝毫没有攻击性的模样，可沈越之前不也是被这副长相给欺骗了。

纪庆礼一路进来遇到不少熟人。

直到他跟一对中年夫妻打了招呼，看起来颇为熟稔的模样。此时江利绮挽着纪庆礼的手臂，一副女主人的模样。

纪庆礼这人好面子，跟人打招呼之后，立即提醒身边的纪染说道："染染，这位是爸爸商场上的好朋友。"

"张叔叔您好，阿姨您好。"纪染乖巧地叫人。

纪庆礼笑道："这是我女儿纪染。"

不过他瞥了一眼另一边的江艺，倒也没有太过偏颇，顺便介绍道："还有这是江艺。"

张总和他夫人都知道纪庆礼再婚的事情，特别是张夫人还跟江利绮见过面，一听江艺这个名字心下了解，这就是江利绮带来的女儿。

对方夫妻自然是一阵夸赞，不过呢，主要话题还是在纪染身上。毕竟这个才是正经的纪家小姐。此刻站在这对夫妻身边的少年忍不住抬起头，他朝纪染看了一眼，低声问道："你就是纪染？"

"小凯，你认识染染啊？"张夫人笑着问道。

张凯望着纪染，颇有兴趣地问："你是四中的对吧？"

纪染看着对方一直盯着自己，她知道不回答挺没礼貌，但是也不想表现得过分热情，干脆点点头。

张凯还是饶有兴趣地继续盯着纪染看。

还是张夫人见状，笑着问道："凯凯，你们认识啊？"

"认识，四中校花嘛！"张凯嬉皮笑脸地说道。

他这个口吻过分嬉笑，弄得纪庆礼都有点儿不悦，况且在长辈们看来，校花可不是什么值得炫耀的事情。

江艺站在一旁，脸色不太好看。

这个男生跟她是同龄人，可是从一开始到现在他看都没看自己一眼，一心盯着纪染看。江艺一直觉得自己长相不错，小女孩的心思不就是这样。

她未必觉得面前这个男生怎么样，只是对方一直看着别人不看她，她就会有一种被怠慢的感觉。

张夫人瞧出纪庆礼眼底的不悦，立即道："凯凯，别乱说话。"

张凯一点儿也不怕他妈，依旧是嬉皮笑脸的模样，说道："我乱说什么呀，她本来就是四中的校花，而且成绩也好。"

"染染成绩也好呀？"张夫人一听这个来了兴趣。

毕竟对于长辈们来说，这个年纪的孩子最重要的还是学习成绩。

纪庆礼此时脸上露出淡淡笑容，有那么点儿得意，轻轻摆手状似不太在意说道："还行，也就是还行。"

"哇，叔叔你的要求太严格了吧，这次期末考试纪染你是全市第二吧！"

纪染无言地看向张凯，她都不知道一个男的怎么能这么多话，看起来好像是她花钱请来的托儿，专门吹捧她似的。

张夫人一听自家儿子这个话，当下惊讶了起来，本来她看见纪染就觉得这小姑娘长得太过好看，或许是有种偏见吧！

总觉得长相过分出众的女孩子，学习成绩不会太好。

毕竟这么漂亮的小姑娘在学校里面总是容易分心，哪怕她自己没想法，那些男生嗡嗡嗡像蜜蜂似的，围在她身边转悠。

可没想到纪染成绩会如此之好。

张夫人诧异道："染染学习成绩这么好呀，全市第二的话，岂不是清华、北大的苗子。"

她脸上惊讶夹杂着艳羡，哪怕他们这种家境优越的家庭，也希望孩子能够有出息。毕竟父母再有钱，要是孩子是纨绔子弟的话，再多的钱也不够挥霍。

"纪总，您可要好好跟我说说，您是怎么教育孩子的。"张夫人看着纪庆礼，口吻激动道。

这次她真不是客气，是真心实意想要知道。

纪庆礼一向好面子，况且纪染打小也是真的争气，此刻他勉强维持那副淡定的模样，可是眼神里的得意却露了出来。

他笑道："染染这孩子，一向懂事听话，从小就没让我多操心。"

纪染嘴角轻扬，这次是真的挺无语的。纪庆礼倒也没谦虚，他确实没怎么管过纪染，不管是学习上的事情还是生活上的事情。

大部分都是裴苑在管。

结果他现在倒是大言不惭地享受着裴苑的劳动果实。

纪染这才知道，要想生活过得去，还真得多学学这种不要脸的精神。


张夫人这会儿一个劲地夸纪染，确实，这小姑娘身上太多优点了，以至于站在旁边的江利绮都有点儿脸上无光的感觉。

她都不敢跟张夫人搭话，生怕人家主动问一句江艺成绩怎么样。

到时候她要怎么说，以前还行，现在稳定年级倒数。

想到这里，江利绮转头看了一眼江艺，也是满脸的失望。

好在此刻周围来了不少人，没一会儿又有人过来打招呼，纪染这才从张夫人停不下来的夸赞中脱身。

她借口去洗手间，往一旁走过去。

洗手间在宴会厅的外面，纪染走出宴会厅的时候，还特地扫了一圈，都没看见沈执的身影。她知道他跟沈家关系一向不好，会不会这次他也没来啊？

一想到可能会是这样，纪染挺失望的。

她走到洗手间的时候，刚关上门，外面传来脚步声。

"我说沈敏你这次别再推辞了，我是真想认识你那个堂弟。"一个娇滴滴的女声娇嗔地说道。

高跟鞋踩在洗手间光滑地砖上的嗒嗒声，杂乱而又清脆。

看起来有两三个人一起进来。

下一秒，另外一个女声响了起来，声线挺好听但是语气却是有点儿刻薄："我说你能不能别这么花痴，不就是好看了点儿，性格差劲不说，还是个外头生的。你难不成真想跟他谈恋爱？"

纪染并不想偷听，她们的声音丝毫没有顾忌洗手间还有别人这种情况。

"对呀，我就是冲着他那张脸去的，又不指望跟他结婚，谈谈恋爱还不行啊！"

沈敏干脆收起自己的散粉盒子，从镜子里看着身边的好友，瞥了一眼，发出一声短促地嗤笑："谈恋爱？跟沈执那种人？你脑子没坏透吧！"

纪染猛地握住手掌。

外面的谈话显然没有结束。

沈敏对于三叔家的这个堂弟一直又畏惧又厌恶，一张嘴就是尖酸又刻薄的声音："他算什么东西，你以为他姓沈就跟我们一样了？再怎么样，我们都是名正言顺，他不过是三叔为了争家产从外面带回来的人罢了。"

"哎哎，我不就是想要他一个电话号码，你这么生气干吗呀！"

朋友显然也没想到沈敏刻薄至此，哪怕是当着她这个外人的面儿，都毫不犹豫地抖出了沈执的身世。

"好了，好了，我不要他电话行了吧！"

外面又是哄又是劝的，这个叫沈敏的女生这才勉强消气。

等她们离开洗手间之后，纪染这才轻轻推开隔间的门走了出来。她缓缓地走到洗手间的镜子前，镜子里的精致小脸微抿着嘴，显得特别不高兴的模样。

刚才她要不是死死地压抑着自己，只怕真的要冲出来揍这个叫沈敏的女人。

她不能忍受任何一个人对沈执的诋毁。

对，哪怕他身份不好又怎么样，出身不是他能够决定的。

洗手间里听到的话，让纪染实在没心情再回宴会厅。她拎着裙摆沿着走廊往前走，纪染知道这里附近肯定有休息室。

一般这样的宴会厅都会配备休息室。

可是她找了一圈，也没找到休息室，反而看见一道玻璃门，是连接着外面的露天阳台。现在是冬天，寒冬腊月这种露天阳台空无一人。

纪染此时穿着一身单薄的礼服长裙，美则美矣，却不保暖，当然也不会推门到外面阳台。

只是她路过时，看见玻璃门外的阳台尽头有手机屏幕的光。

定睛一看，是有人站在栏杆处。

那个人似乎还在打电话,陡然拔高声音:"我说了,谁爱跳舞谁就去,反正我不去。"

纪染立即顿住脚步。

这个声音……

待她轻轻推开门，靠在阳台边的少年已经挂断电话。

突然他手腕上一双手臂轻轻搭了上来，沈执几乎是在一瞬转头，一双狭长的眸子，带着锐利冷漠，直直地望向身后。

而他的手掌也反手捏住那只手，准备将人甩开。

可他目光落在身后来人的身上时，本来寡淡还带着些许暴戾的眸光，竟是陡然放柔，连手上挟制的动作都软和了下来。

"染染。"

他低沉的声音透着惊喜。

纪染穿着一身浅粉色薄纱长裙，此时微仰着头时，像是黑夜里陡然落下的精灵公主，照得黑暗都变得柔和了起来。

她微仰着头看着他，长睫轻颤了起来,抿嘴浅笑"是不是没想到？"

何止是没想到，简直是太意外。


沈执本来心情并不算好，毕竟这种场合他一向不愿意出现，但是沈纪明非要他一起出席，甚至还要他上台给老爷子祝寿。

还说什么其他两房都准备了节目。

沈执打心底敬重老爷子，因为从他到沈家开始，老爷子一直是对他最温和和看重的人。但是他不想搞这种乱七八糟的东西。

这些人搞这么多名头，无非为了在争产中占得先机。

然后一个忍不住的颤抖动作，将他拉回了现实。

这外面实在是太冷了，纪染忍不住颤了下，此刻她咬紧牙关，生怕自己一张嘴说话声音都是抖的。

沈执薄唇轻抿，有那么点儿僵硬，却还是第一次时间将身上的外套脱了下来。

他今天穿得格外正式，一身黑色西装，肩线挺括，没有一丝皱褶，显然是特别定制的西装。待他脱下后，迅速披在纪染身上。

西装外套带着温热的体温，将纪染裹住，一时，她犹如置身于温水之中。

舒服得忍不住喟叹了声。

"先进去吧！"沈执伸手拉住她的手腕，手臂搭在她肩上，半搂着将人带着重新进入了走廊里。

整个酒店里都开着空调，周身的寒冷迅速退散。

沈执微微侧了侧头，看着她，声音低哑："你怎么会在这里？"

其实刚才他脑海中闪过一个念头，只不过现在是真的问出口。

纪染也微侧着头，小声说："你猜。"

可是刚说完，她轻声笑了起来，哪怕遇见再不开心的事情，可是在看见他的一瞬间，心底的那些纠结、难受还有气恼都烟消云散。

纪染微抿着嘴，竭力让自己不要笑得太过明显。

因为她不想让沈执一下子发现自己居然这么高兴。

想到这里，纪染耳朵红了。

沈执这人实在太过敏锐，哪怕这么细小的变化，他都一下看在眼底。偏偏这人还坏，他不仅注意到，居然还轻轻抬手在她耳朵上轻捏了下。

纪染忍不住轻啜了口气，脑袋低垂着，显然是有点儿不好意思。

沈执终于忍不住轻笑了一声，缓缓喊道："染染。"

他的声音一贯低沉，透着磁性那种，特别是叫她的名字时，声音里仿佛加了什么化学药剂，钻进人的耳朵里。

在这个谁都不欢迎他的地方能看见她。

真好。

突兀的铃声响起时，惊醒了纪染和沈执，她低头看着沈执身上的手机不停地在振动，想来也知道是谁打过来的。

"你爸爸？"纪染小声问道。

沈执唇线紧抿，狭长的黑眸微眯着，哪怕表情并未剧烈变化，但是轻微的变化还能看得出来他身上表现出来的抗拒。

对于沈纪明的任何安排，沈执都不想搭理。

纪染仰头看着面前俊秀的少年，他此时穿着一件白衬衫和黑色西装马甲，衬得整个人挺拔玉立，只是神色淡漠，眼底涌起浓浓暴戾情绪。

她伸手轻轻钩住他的手指，声音软甜："要不咱们离开这里？"

沈执垂眸望着她，眼底温柔缱绻，连声音都柔了好几度："去哪儿？逃离这里吗？"

"虽然还没到午夜 12 点，但是我愿意带着你走。"纪染略歪头，一副狡黠的模样。

她长长的睫毛轻轻覆在眼眸上，有种娇俏可爱，惹得沈执忍不住轻笑出声。他垂眸望着纪染，声线里仿佛浸染了经年的老酒，自带醉人的效果。

他垂眸低声道："还真当我是灰姑娘！"

午夜 12 点的钟声响起，带着水晶鞋要逃跑的灰姑娘。

就在这时刚才停止的振动声再次响起，显然沈纪明还是不死心。纪染轻轻握住他的手掌，小声说："我会在你身边的。"

不过这时候连纪染放在晚宴包里的手机也响了起来。

看来是纪庆礼久见她不回去，也打电话过来催促。

于是两人对视了一眼，沈执勾唇轻笑："走吧，我们一个都跑不掉。"

他们慢悠悠地往后走，快到宴会厅的时候，纪染伸手将自己身上的西装拿下来递给沈执，示意他重新穿上。

沈执侧了侧头看着她身上穿着的吊带礼服长裙，轻纱曼妙，仿佛跟花中精灵般。

她本就好看，这么精心打扮更是叫人惊艳得挪不开眼睛。

"你不冷？"沈执问道。

纪染轻轻踮起脚尖将手里的衣服披在他的肩头，结果他压根不配合，动也不动，直愣愣地站在那里，还是纪染低声说道："沈执，你把衣服穿好呀！"

沈执还是不动，纪染不得不提醒他说："沈执同学，你要记住，咱们现在还是纯洁的同学关系。"

要是她光明正大地披着沈执的衣服走进宴会厅，岂不是直接告诉所有人，他们之间的关系很特殊。

沈执低头，这次倒是听话了，乖乖伸手将外套穿好。

不过他边穿边垂眼望着她，鸦羽般的长睫轻轻覆盖下来，又长又密，有点儿挡住他的眼睛，他忍不住勾唇低声问："那咱们什么时候可以不是同学关系？"

这个问题……

纪染不想让他太失望，于是抬头说道："大概十年之后吧！"

她这话一下子叫沈执有点儿愣住，他忍不住低头看着面前的小姑娘，无奈道："你的意思是，我得从十七岁等到二十七岁才能把自己的初恋送出去？"

"我也是啊！"纪染笑着望着他。

其实纪染有种说不出的感觉，就像在平行时空里她真的是在二十七岁跟沈执相遇。

结果还什么都没做，就重新回到了自己的十七岁。

也不是什么都没做，突然纪染心虚地想了一下，毕竟在平行时空二十七岁的她可是给沈执使了不少绊子，应该也会让他记忆犹新无法忘怀吧！

沈执重新穿好西装外套之后，两人没一会儿走到宴会厅了。

这时候沈执才想起来问她："你是跟家人一起来的？"

他话音刚落，一个声音插了过来："染染，你去哪儿了，怎么这么久？"

这是纪庆礼的声音。

纪染抬头看过去，发现纪庆礼站在宴会厅门口，她实在是没想到自己离开一会儿，他会到宴会厅门口找自己。

纪庆礼看见她跟一个陌生少年站在一起，而且刚才他是亲眼看着他们一起走过来的。

于是他开口说：“快过来。”

纪庆礼哪怕对纪染再不关心，可也不喜欢有陌生少年出现在他女儿身边，那种亲爹心态还是有的。

“阿执。”谁知纪庆礼喊完，从宴会厅里正好也走出来一个人。

对方看见纪庆礼时，一下笑了起来，伸手打招呼：“庆礼，您也来了。”

“纪明对吧！”纪庆礼认出对方，赶紧握住对方的手掌，两人居然挺熟悉的。

还别说，沈家和纪家确实是世交，只不过这几年来往没那么密切，主要是纪老爷子长年在江都，沈家基本在 B 市。

纪庆礼和沈纪明两人年龄相仿，比起沈家的大儿子沈纪东，纪庆礼确实是对沈纪明更加熟悉。

两人说了两句，这才转头看向对面的两个孩子。

沈纪明刚才是看见纪庆礼冲着对面小姑娘说话，先开口问道：“这位小姑娘是你女儿？”

“对，染染，你之前去江都的时候不是还见过。”纪庆礼立即笑着说道。

沈纪明当然记得，他前几年因为去江都认回沈执的时候，确实去纪家做过客，也见过纪染，他立即笑道：“时间过得可真够快的，我上次见染染的时候，她才十来岁吧，那么点儿小姑娘……”

沈纪明伸手在半空中比画了一下，是在形容当时纪染的身高。

纪庆礼笑着点头：“对，对，那时候染染才十岁，说起来咱们也好几年没见面了。”

不过他看着对面的沈执，有些犹豫，因为刚才沈纪明确实是在喊这个少年。

反而是沈纪明主动开口说道："这是沈执，我儿子。"

纪庆礼脑子一下子醒转了过来，说起来沈纪明的事情他也听说过，毕竟都是一个圈子里的，他夫人程荟因为不能生育，他把外面的一个孩子领回来，这事儿大家都知道。

只不过没想到，今天在这儿撞上了。


不过纪庆礼对沈纪明的做法挺能理解的。

"他们俩应该差不多大吧？"纪庆礼笑着问道。

纪染和沈执两人听着他们聊得热闹，都挺蒙的。

所以现在算什么？

合着他们在外面磨磨蹭蹭，还准备假装不熟，反而两人亲爹倒是挺熟的。

也不知是谁先说的，居然让他们两人彼此打个招呼。沈纪明见沈执不动弹，还以为他是不愿意，他了解沈执的性子，他不愿意做再逼迫也没用。

纪庆礼是他的旧友，沈纪明不免有点儿要面子，说道："沈执，跟你染染妹妹打个招呼。"

沈执一向不耐烦他爸，对沈纪明的话是能不听就不听，只当是空气。

结果他第一次发现，沈纪明说得还挺好听。

他脸上露出一丝笑意，甚至还没忍住，笑声有点儿沉沉，侧头看着站在自己身边的纪染，声音低沉："染染妹妹。"

这一声染染妹妹叫得纪染骨头都酥了，每个字上面都如同带了钩子似的，一直挠到她心底。

纪庆礼见人家小哥哥主动打招呼，立即说道："染染，不能没有礼貌。"

他这话像命令似的。

这是强制纪染要跟沈执打招呼。

纪染忍不住气恼地转头看着沈执，乌黑的大眼睛瞪着他，连带着腮帮子都轻轻鼓了起来，粉粉嫩嫩的脸颊有点儿像是充了满满空气的气球，有点儿叫人想要伸手戳一下。

她要叫什么？

执执哥哥……

这个称呼在她脑海里刚过了一圈，立马红晕从耳朵尖开始弥漫，直至整个耳朵。

纪庆礼见她不说话，还又催促了一句："怎么不跟哥哥打招呼？"

沈执朝纪庆礼看了一眼，勉强憋住笑，别说，今天他看谁都挺顺眼的。

终于他听到旁边一声甜甜软软的声音。

"沈执哥哥。"


好在沈纪明还要帮忙招呼客人，今天是老爷子八十岁的寿宴。沈家这才会大摆宴席邀请老爷子商场上的朋友还有各路亲戚。

不过沈纪明看着纪庆礼说道："你是不是还没跟我们家老爷子打招呼呢？"

"是啊，刚才沈董说老爷子在休息，所以想过一会儿去打招呼的。"纪庆礼有些无奈道。

沈纪明当即冷笑，他大哥还真是拿着鸡毛当令箭呢！于是他立即说道："没事儿，这会儿老爷子要出来了，咱们过去说两句。要不然待会儿全都是人，更没时间打招呼。"

纪庆礼当即点头。

两人边说边往里面走，纪染跟沈执对视了一眼，还能怎么样，跟上呗！

于是两人并肩走在他们身后，一直走到靠近舞台处的主桌。此时沈家老爷子已经在众人的陪同下，走到主桌坐了下来。

纪庆礼上前打招呼，老爷子笑道："你爸爸近来身体可好？"

老爷子跟纪庆礼父亲当初也是商场老朋友，只是这几年来往少了点儿，但是沈老爷子的寿辰自己赶不过来，还是派纪庆礼来贺寿。

纪庆礼笑着点头："承您老记挂，我父亲身体还好。"

老爷子满意地点了点头，又看向他身后，纪庆礼赶紧指了指纪染说道："这是我女儿，染染。"

纪染主动打招呼，还顺便说了几句恭祝老人家寿辰的吉祥话。

结果她说完，旁边有个人上前给了她一个大红包。纪染没见过这种场面，有点儿无助回头看，可是她看向的却是沈执。

沈执轻声道："爷爷给你的，你就拿着。"

这一句话说得，众人都朝他们看去，听起来两人好像认识一样。

别人没敢问，不过老爷子开口笑道："阿执，你跟你纪叔叔家的小姑娘认识啊？"

纪庆礼此刻也有些疑惑地看向纪染，刚才在门口时候，他还让纪染跟沈执打招呼。哦，对，他们是一块回来的。

面对纪庆礼狐疑的目光，还有周围好奇的眼神，纪染忍不住抿了抿嘴。就在她余光瞥见沈执，他似乎想要开口解释，纪染生怕两人口供没有对上，干脆心一横，抢先开口说："对，我们认识，不过我们是死对头。"

死对头？

沈老爷子都来了兴致，他笑问道："跟爷爷说说，阿执怎么得罪你的？"

纪染犹如举着炸药包的女战士般，毅然决然地说道："这次期末考试，他抢了我的全市第一。"

众人："……"

纪染目光坚定，对，没错，她就是这么一个爱好学习没有感情的人。

空气中瞬间有片刻凝滞，然后迅速被尴尬填满了，好在在场都是见过大场面的人，几秒钟后有人笑了起来。

纪庆礼朝纪染看了眼，小声道："染染，不许调皮。"

他表情有些无奈，不过却不是生气，在他看来纪染这顶多是调皮而已。不过纪染说到期末考试全市第一，纪庆礼还真的多看了沈执一眼。

没想到沈纪明这个儿子倒是挺厉害的。

此时沈老爷子听罢，摆手哈哈大笑："庆礼，你别责怪孩子，说明染染很有上进心呀！"

他转头看向沈执，神色颇为欣慰，点头称赞道："之前都说你小时了了，大未必佳。不过爷爷一直都相信你呢！"

沈老爷子这话实在太有深意，况且还是当众这么说，已经不单单是夸奖的意思。

之前沈执在学校里表现得桀骜不驯，沈家其他两房的人不是没在老爷子面前告状过。

什么"伤仲永"的话都说出来了。

哪怕是沈纪明都没办法替沈执开口解释，毕竟成绩是实打实摆在那里，他总不能跟别人说沈执智商高，只是不想学习而已。

结果这个学期，刚开始的月考他还是年级倒数第一呢，没想到之后期中和期末两次考试，他都稳定年级第一。

哪怕是沈纪明都止不住地得意，沈执的表现足可以称得上是天才少年。

沈纪明赶紧开口说："爸爸，阿执这个学期懂事了不少，几次考试都是年级第一。"

沈执轻轻蹙眉，他之所以愿意考好，是因为纪染，并不是想让沈纪明在老爷子面前表功。在他看来，沈纪明这种行为叫人作呕。

不过他看沈纪明不爽，此时也有人跟他一个想法。

沈敏本来站在父母身边陪着老爷子，结果三叔带了一对父女过来给爷爷祝寿，引出这么一段。她一直在国外读书，对国内的事情不太懂，并不知道沈执的改变，还以为他还是之前那样到处惹是生非。

"不就是考试成绩，有什么了不起的，值得拿出来到处说嘛！"沈敏撇了撇嘴，还是没忍住。

毕竟沈执从回沈家开始，就是天才少年的姿态，学习对于他来说比喝水还简单。

参加什么数学竞赛，拿不到金奖都算是他发挥失误。

之前三叔甚至还打算接受少年班的特招，让他去读大学少年班。倒是老爷子没同意，觉得小孩子不应该这样太快成长，按部就班也挺不错。

沈执太过耀眼，如同挂在沈家上空的一轮骄阳，照得其他兄弟姐妹完全无地自容。

本来沈敏他们还因为沈执的变化高兴，毕竟他成了一个惹是生非的人，再也不是那个让他们只能仰望的少年，多好。

没想到，现在这种情况居然又重新回来。

由不得沈敏说几句酸话。

她母亲冲着她看了一眼，伸手轻轻拉了下她的手臂，示意她不要在这时候开口。

可她说的话，还是被纪染听见了，她斜眼朝沈敏看了一眼。沈敏一开口，纪染就听出来这个就是在洗手间诋毁沈执的人。

正好省得她再到处去找了。

纪染的长相自带欺骗感，乖乖甜甜，特别是今天又是甜美系打扮，如同小仙女般灵动俏丽，她微扬了下头，望着对面的沈敏，嘴唇微扬，轻轻一笑开口说道："对呀，学习成绩确实没那么了不起。我本来也没觉得他有什么了不起，结果发现，不管我怎么努力都好，都是考不过沈执，期中考试他就是第一，期末考试之前我每天晚上学习到 12 点，结果还是没考过他。"

她轻轻皱眉，一副很烦恼的模样。

有种怎么办呀，沈执就是这么牛，就是这么厉害的意思。


一旁的沈执微侧着头，视线轻轻落在她身上，眼底尽是温柔。他怎么会不懂她的心思呢，看似看他不爽，可是全都是夸赞他的话。

这姑娘，莫不是表演系毕业的？

可是他嘴角轻勾，本来不悦的心情竟是神奇地平复了下来，有种说不出的愉悦。

他一直都知道纪染护短，别人说他一句话，她都会不开心。本来对于沈敏这种话，他早已经烂熟于心，他初中的时候沈敏他们正在读高中，年长于他却处处被他比下去。

以至于家里的长辈，都让他们以沈执为榜样。

"这个姐姐成绩肯定也好吧，说话这么有底气的人，肯定是有实力的。"纪染笑眯眯地望着沈敏，卷翘的长睫毛轻轻眨了眨，跟洋娃娃似的。

她说话轻软，语气更是崇拜的模样，丝毫没有故意嘲讽的口吻。

可是她越是这样真诚，沈敏就越觉得难堪。

为什么沈执会成为他们的参照物，还不是因为他们烂泥扶不上墙。沈敏如今在国外读书，大学也不是什么普通大学，还算得上是名校。

但她怎么进入这个学校的，家里人都心知肚明。

无非就是她爸爸花了大价钱，利用国外大学可以操作的规则，把她弄进了现在这所学校。

只是进入容易，想要毕业却没那么容易。

沈敏如今大三却面临多次挂科还有重修，她不敢跟家里说，怕父母对自己失望。但眼看着她都快无法正常毕业，沈敏心底不知多焦虑。

纪染这么一说，她莫名心虚起来。

沈纪明朝她看了一眼，冷笑了一声，要不是他这个做叔叔的不太好跟侄女一般见识，他还真的要说几句了。

当初沈敏那个成绩，烂得真是出奇，她现在还好意思觍着脸说考试成绩有什么了不起。

沈老爷子听到她的话，居然还点头，淡淡表示："考试成绩确实没什么了不起，不过你们现在是高中生，不就是以学习为主。没想到，染染这么有上进心。不过小孩子也不能学习到太晚的。"

"爷爷，这都怪沈执的，他次次考第一不说，还都是700分以上。"纪染一副"我也很无奈，我也不想"的表情。

可是沈执太厉害了让我怎么办嘛！

老爷子被她逗得大笑了起来，他眯着眼睛看着纪染，笑道："那你给爷爷一个面子，别跟沈执一般见识。"

纪染轻轻抿嘴，朝沈执看了一眼之后，又转头看向沈老爷子，乖巧点头："好呀，今天您是寿星公，您说什么都对。"

纪染这么乖巧聪慧的模样，叫沈老爷子喜欢不已。

因此这会儿他说道："既然这样，你愿不愿意跟沈执在爷爷的寿宴上跳开场舞？"

这话一说出口，周围的人脸色都或多或少变了。

老爷子年少时在国外留学，很是喜欢交际舞，当初跟沈奶奶定情也是因为交际舞。只不过沈奶奶去世之后，老爷子便不太爱跳舞。

此刻一直没出声的沈纪东开口说："爸，不是应该让沈越……"

本来今天跳开场舞的并不应该是沈执，沈纪东的意思是他儿子沈越才是长房的大孙子，他才是顺理成章的。

沈老爷子淡淡开口："阿越不是说跳开场舞太傻了，他不用太为难来哄我这个老头子开心。"

他这么说着，沈纪东脸色微白。

沈越刚才确实因为开场舞的事情跟他吵了几句，没想到居然让老爷子听见了，一时脸色难看。

沈纪明心下开心不已，这可是露脸的好机会。

只不过他看向沈执，生怕他性子倔会推掉这么个好机会。可是半天，沈执只漠然站着，并没有开口拒绝。

"跳舞？"纪染不由有些吃惊。

她这是表演得太过了，居然临时被老爷子"拉壮丁"跳舞？

于是她朝沈执看过去，希望他能开口替自己拒绝。偏偏沈执跟她的视线撞上之后，眼底笑意轻漾，竟是完全没有开口拒绝的感觉。

沈老爷子一副和蔼可亲的模样，还笑眯眯地看着她，问道："染染愿意给我这个老头子面子吗？"

沈执向来尊重老爷子，因为在这个家里，只有老爷子是真心待他。

此刻，他朝老爷子看过去时，就见老爷子居然冲着他轻笑了下，一副他全都懂的模样。

于是最后，纪染在沈老爷子的竭力邀请还有沈执丝毫不拒绝的情况下，被赶鸭子上架了。

到了后台的时候，纪染看着沈执，压低声音问："你会跳舞吗？"

纪染乌黑的大眼睛盯着他看，片刻又涌起一股子委屈，有点儿湿漉漉的，她说："你刚才干吗不拒绝呀？"

她的声音软软的，此时裹着一点点委屈，奶猫似的软绵绵。

沈执嗓子有点儿发紧："我为什么拒绝？"

能跟她光明正大站在一起的机会，他疯了才会拒绝吧！

纪染没想到他会这么说，仰起头看着他。

这一下正好撞见他漆黑的眸底。

他望着她，眼神缱绻，眸色深如夜色。

纪染脑海里有根线陡然被拉得笔直笔直，像是响起了警报功能似的。于是她不自觉地往后退了一步，可是脚掌刚移动一下，她的腰身被轻轻扣住。

沈执的手掌正大光明地搭在她的腰身，紧紧握着不让她再退后。

"我们先练习一下。"沈执刻意靠近，额头快要抵住她的额头时，这才停下。

随后他轻笑了下，嘴角勾起，笑意里带着几分浪荡不羁，竟是直接带着她跳了起来。沈执身高腿长，偏偏他身姿并不僵硬，在跳舞的时候反而十分舒展。

老爷子的生辰准备了不少节目，此时正在紧张准备的演职人员，纷纷停下手里的动作朝这边看了过来。

长相俊美的少年身姿颀长，带着怀里的少女，哪怕此刻没有音乐，可是他们的身姿那样灵动又曼妙。

美如画般。

当司仪过来请他们的时候，纪染深吸了一口气，身边的沈执毫不犹豫伸手握住她的手掌。

"别紧张，有我在呢！"

整个大厅的灯光暗了下来，唯有一束射灯打在舞台的正中央。纪染看不清楚台下的情况，于是她干脆不去看，唯有身边的少年紧紧地握住她的手掌。

直到两人在台上站定，所有人的注意力都集中在他们身上。

在前奏响起的那一秒，纪染微仰头看着面前的人。

沈执的目光同样落在她的身上："染染，这就是我不拒绝的原因。"

"我要让所有人看见，我们俩还挺登对。"


别墅里。

一大清早开始便格外热闹，赵阿姨最后检查了一遍行李箱，这才放心地叫司机过来把箱子拿到楼下车子后备厢里。

她转头看了一眼走廊的尽头，放寒假之后纪染每天都起床得比平时晚。

不过她不知道的是，她以为睡着的人，此时在房间里早醒了过来。只不过小姑娘在被窝里翻了个身，手机被她的手掌心焐得有点儿烫。

一张嘴声音带着清晨醒来特有的沙哑，有点儿娇嗔，软绵绵的："你怎么这么早？"

"陪我爷爷吃了早餐。"沈执窝在沙发里，声音清润。

可他听着对面小姑娘还带着起床气的声音，软软的还带着点儿沙，他差不多能想到她现在的模样，窝在被子里面，雾蒙蒙的大眼睛半睁未睁，还带着那么点儿倦意，却又特别乖。

沈执低低"嗯"了一声，压着声音道："你还没起床？"

"我的床好舒服好舒服，我舍不得跟它分开。"纪染在被子里面伸了个懒腰，无意识地发出一声舒服的喟叹。

声音细软得跟一条线似的，嗖的一下钻进沈执的心底。

他把头往后一靠仰躺在沙发椅背上，重重地闭上眼睛，半晌才开口："这么舒服啊！"

"嗯！"纪染得意地点头。

她的床上用品都是赵阿姨亲自挑选的，软硬适中，就连被子都是那种又蓬松又暖和，盖在身上一点儿都不压人，但是特别暖。

对面那边似乎安静了几秒。

突然伴随着一声轻笑，沈执低低开口："我还挺想感受一下的。"

纪染的脑子还处于有点儿混沌的状态，就是沈执说什么，她听确实是听了，但是没太过脑子，下意识地应了一声"嗯"。

可是下一秒伴随着笑声，纪染的脑袋像是突然清醒了。

她这才反应过来，沈执在说什么。

纪染咬着唇有点儿恼意，轻声说："沈执，你不许胡说。"

可是说完，她的耳边再次响起他促狭的声音："我只是想问问，你的床在哪儿买的。"


被他这么一闹腾，纪染再也睡不着了，干脆从床上坐了起来。对面的沈执也听到这头窸窸窣窣的声音，低笑着问道："你现在是要起床了？"

"对呀，我今天要回江都，本来一放假就该回去的。"

要不是突然去参加沈执爷爷的寿宴，也不至于推迟到今天。不过她想起那天的场景还是忍不住笑了起来，那天她跟沈执两人跳了开场舞，把那个沈敏气得脸色发青，就连沈越他们表情都不好。

纪染不在意他们怎么想，反正他们不爽，她就很开心，谁让这帮人一天到晚总是欺负沈执。

她就是想要给他们使绊子。

此时她一边穿衣服一边说："你现在在你爷爷家里？"

"嗯，下午还要陪老爷子去一趟庙里。"

沈执声音平淡，纪染突然想到什么，开口问："你堂哥堂姐他们没意见？"

怎么可能没意见，昨晚晚宴结束的时候，老爷子直接让沈执陪自己回大宅住。沈执一向不爱去大宅露脸，老爷子平时抓不到他人，现在好不容易看见了肯定不愿意放他离开。

可是老爷子这种态度，自然让别人不高兴了。

别说这些小辈儿表现明显，大房和二房的长辈们表情看起来也是不悦，显然觉得老爷子偏心太过。

不过老爷子年纪大了，随心所欲哪还管他们心底痛不痛快。

沈执也没像往常那样推脱，直接跟着老爷子上了车。今天如果纪染没出现，他还不太想要在老爷子面前表现什么。

可他的小姑娘为了他，什么红脸白脸都唱了一遍。

他岂能让她一个人唱独角戏，自然是要好好配合她。所以上车的时候，沈执还特地扶了老爷子一把。待老爷子上车之后，他回头看了一眼沈敏，黑眸里流露着不屑。

"我让他们不痛快了，才没白费你昨天那么努力地表演。"沈执声音微沉，压着一丝笑意。

纪染伸手勾了下落在脸颊侧的长发，用手指头轻轻卷了又卷。她这才小声开口说："我哪有表演，你本来就是全市第一。"

"我很厉害？"沈执像是故意的一样反问道。

明明他的声线还算正常，可是纪染觉得手机分外烫手，竟是有点儿想要立即扔掉。

可是那边的人可不打算轻易放过他，淡淡问道："染染。"

纪染认真想了下，哪怕沈执看不见还是点头："嗯，厉害！"

沈执真没想到她这么乖。

问她什么就回答什么。

一时间，心底犹如化开的水，透着贴心的暖。


楼下吵吵嚷嚷，是出发前的最后准备。纪染到楼下的时候，看见江利绮正站在客厅里指挥司机把他们的行李箱搬到后备厢里。

一旁的纪庆礼无奈道："咱们就回去一周，你弄这么兴师动众干什么？"

江利绮小声说："我给爸爸妈妈都准备了礼物，当然要带回去了。"

纪庆礼抬眸正要说话，不过想了想还是没说话。总算等他们的东西都收拾妥当了，纪染让人把自己的箱子放上去，她真没带多少东西，只带了贴身衣服。

反正江都那边还有她别的衣服。

上车之后，纪染戴上耳机闭着眼睛，坐在后排的江艺挽着江利绮的手臂。这是江艺第一次去江都。

江利绮私底下对她说过，会趁着这次机会把她的姓氏改成姓纪。

虽然有点儿掩耳盗铃的意思，可是江艺却十分开心。

纪染并不知道这件事，不过她对于江利绮现在折腾的事情都不太感兴趣。

到江都的时候是下午 3 点多，飞机落地的时候，纪染望着舷窗外面的场景有点儿感慨，上一次她离开江都还是半年前的时候。

裴苑大约是对于她选择纪庆礼这件事有点儿失望，在她去 B 市的前几天就飞往香港工作。

他们是头等舱客户又走的 VIP 通道，很快便走到外面。


江都这边早已经有人等着接他们，纪染本来安静推着自己行李箱跟着的时候，突然另外一边传来一个声音。

"染染。"

声音清冷而又好听。

纪染抬眸看过去，看见不远处一个穿着烟灰色羊毛大衣的女子，大衣微敞着，里面黑色毛衣裙将她曼妙纤细的身材衬托得前凸后翘。

实在是惹眼。

"妈妈。"纪染吃惊地开口。

她实在没想到裴苑会在机场里接她。

此时纪庆礼和江利绮母女也纷纷看过来，本来江利绮和江艺都还在好奇这是谁，没想到居然是裴苑。

特别是江艺，登时露出吃惊的表情。

一直以来她都觉得自己母亲长相秀美，哪怕到了中年身材都能保持得很匀称，就是在同学的妈妈当中，也是顶好看的那一拨。

当她看见眼前的裴苑时，瞬间有种被惊艳的错愕。

裴苑长相说起来跟纪染还真的挺相似，只不过气质南辕北辙，纪染身上还带着属于少女的稚气和甜美。

可是裴苑身上却是尽显成熟女人的妩媚和大气。

她黑色长发宽宽松松地盘起，有种特别的知性美，耳垂上戴着的珍珠耳环饱满而泛着光泽，红唇妩媚却不艳俗，处处透着精致二字。

原来纪染的妈妈这么漂亮。

裴苑下巴轻抬，站在她身边穿着黑色大衣的助理走过来，接过纪染手里的行李箱，恭敬道："染染小姐，欢迎回来。"

纪染抬脚准备走到裴苑身边，不过临走时候还是转头看了一眼纪庆礼，低声说道："爸，我先跟妈妈回去了，她好久没看见我……"

"纪染，走了。"裴苑清冷的声音再次传过来，她说完转身就离开。

纪染这才不再说话，追了上去。


江利绮从恍惚中醒过神，抬头朝纪庆礼看了一眼，发现他的眼睛一直盯着裴苑离去的方向。

哪怕对方只有一个背影留给他，他还是没舍得收回视线。

纪染追上裴苑，安静走在她身边。裴苑并未说话，本以为这样的沉默会一直持续到上车。突然裴苑偏头看着她，笑容冷漠："你喜欢跟你爸在一起生活？"

刚才纪染跟在纪庆礼身后出来时，跟他们走在一起，倒是挺像一家人。

纪染立即摇头："不喜欢。"

她果断的态度总算是让裴苑的脸色微缓，她没再说话。

直到上车之后，裴苑开始处理她的公务。她从不是江利绮那种只会依靠男人的女人，她独立坚强，不仅能独当一面，还比大部分男人都要厉害。

好在在车上，裴苑并没有空搭理她。

车子驶入一个全新的小区，这并不是纪染之前在江都住的那套房子，于是她轻声说："我们搬家了。"

裴苑这会儿刚处理完公务，在这里看文件对眼睛造成的疲劳极大，她伸手在眼皮上轻揉了几下，似乎舒缓了一点儿之后，这才转头看着窗外："以前那个房子到处是我跟纪庆礼的婚房，都是他的痕迹，我住着嫌恶心。"

纪染："……"

对于身上还流着纪庆礼一半血液的自己，纪染突然发现裴苑还愿意去机场接她，真的是母爱了。

"谢谢您今天去机场接我。"纪染想到这里，觉得自己还是该卖乖的时候卖卖乖。

她知道裴苑跟纪庆礼的性格不一样，她在应付纪庆礼的时候，得心应手。至于裴苑，哪怕是这么多年的母女，她都有那么点儿小心翼翼。

带着讨好的。

或许是因为她不想让她不开心，想让她高兴，所以下意识里带着讨好。

裴苑撇头看了她一眼，突然笑了下，她本来就长得漂亮，这么一笑更是妩媚天成，她轻声说："我今天也才回江都，是凯文提醒我，你的航班时间。"

她说的凯文就是刚才帮纪染拿行李的助理，此刻正坐在前面副驾驶座。

纪染微怔，随后朝前面的凯文看着，客气道："谢谢你！"

"您客气了。"凯文这会儿立即转头，同样客气地点头。

回到家里的时候，裴苑脱了身上的外套，家里的阿姨立即过来给她拿行李，阿姨看见纪染的时候，笑得高兴："染染回来了。"

虽然房子是换了，不过家里阿姨没换，还是之前的老人儿。

"你要是累了先去房间里休息，晚上我带你去外公外婆家里。"裴苑看着纪染站在客厅，又伸手捏了下鼻梁。

纪染点头。

这边纪庆礼带着江利绮还有江艺到了纪家的宅子，纪家老爷子和老太太是住在郊区的别墅里，没那么热闹，但是胜在环境幽雅，风景宜人。

哪怕如今是冬天，依旧能看得出来周围的好山好景致。

车子到了门口停下来，纪庆礼先下车，谁知里面出来一人，是家里的保姆。

保姆往车里看了几眼之后，冲着纪庆礼问道："先生，染染没跟着一起回来吗？"

"被她妈妈带走了。"纪庆礼没什么表情地说道。

自从离开机场之后，他就拉着这么一张脸，就像是别人欠了他钱没还让他过不了年一样。

保姆一听，居然转头就重新进了屋子里。

司机正在卸行李箱的时候，拿得也七七八八差不多，保姆又从别墅里头走了出来，到了纪庆礼旁边，说道："先生，老太太说了她这几天头有些晕，不太舒服招呼不了客人，所以就麻烦你们先回家去住。"

这话说出来，刚从车里下来的江利绮听了个正着。

这么长途劳顿她本来脸色就不太好看，这会儿刷的一下白透了，跟一张纸似的，似乎轻轻一戳，就能把这张纸戳破。

纪庆礼这脸色也没好看到哪儿去，大老远跑回来，结果亲妈还不许自己进门。

这叫什么事儿。

他拔腿就往里面走，谁知一推开门看见老太太正端着茶杯，在客厅里优雅自在地喝茶，哪有一点儿不舒服的样子。

纪庆礼无奈出声道："妈，我们这刚回来，您就算是要教训……"

"染染呢？"老太太轻轻巧巧几个字，便把他的话打断。

纪庆礼脸色一沉，低声道："被她妈妈从机场接走了，您要是想她了，我让她明天回来还不行？"

纪奶奶是上海人，说话自带一股软软的腔调，哪怕是训斥人的时候，也格外轻轻柔柔，她说："你以为我心心念念眼巴巴地盼着，是想看你呢？我是等着看我孙女，我的宝贝孙女。"

砰的一声脆响，是茶杯底部磕在茶几上的声音。

纪庆礼被老太太这话气笑了，他说："染染明天就回来了，您何必这么着急。"

"那你们干吗不明天回来呢？"老太太侧着头看他。

这话噎得纪庆礼实在是说不出一个字。

老太太缓缓站起来，虽然她没走到窗口，可站在她那个角度还是能看见窗外的场景，她说："那个女人也跟你回来了？"

纪庆礼点头。

老太太也没太生气，情绪依旧平缓，淡声说："我和你爸爸的态度，你也是知道的。不过你既然执意要跟她结婚，我们也是管不了，毕竟你都是四十好几岁的人了，确实有自己的主见。不过呢，你妈我一辈子没委屈过自己，不愿意见的人就不见。"

她说得太明白，她不想见江利绮，连门都不想让她进来。

"妈，我和利绮都已经结婚了，您何必还要这么固执呢！"纪庆礼是真的不懂，老太太何必要表现得这么反感。

倒是纪奶奶轻瞥了他一眼，不紧不慢道："能接受你跟她结婚，已经是我最大的让步，你再要求我接受她住在我家里，实在是过分了。"

纪庆礼还是劝道："妈，利绮她都怀孕了。"

他本以为老太太会看在亲孙子的分上，态度能缓和下来，谁知他刚说完，纪奶奶笑了起来。

"你不会觉得我这个老太太也跟别人一样，听到'孙子'两个字，就走不动路，然后什么原则和立场都没有了吧！"


纪奶奶年轻时候就是最新潮的那种女生，到了老年之后也没流入俗套。

况且说真的，远边的孙子她是没见着，可是裴苑给她生的孙女确实对极了她的胃口，还有裴苑这个儿媳妇她也是喜欢极了。

当初纪庆礼要离婚，她也不是没反对过，实在是觉得纪庆礼不可能再找到比裴苑更好的妻子。

只是身在福中不知福的人太多。

她儿子也是其中一个。

"好了，你要是真心疼她坐飞机累了，就带她先回去休息吧！等过两天来家里吃顿饭。"这大概是老太太最大的让步。

纪庆礼见状，知道老太太这人极固执，打定主意的事情是不可能改变的。

于是他没办法只能又带着江利绮回市区，好在他在江都也有房产，住的地方不至于没有。

纪染是在回房间之后，接到奶奶的电话。

一接通，那边就嗔怪道："小坏蛋，放假了也不知道来看看奶奶呀！"

"奶奶我今天刚回来呢，我答应您，明天一定去看您好吧！"纪染立即笑着说道。

说起来她特别喜欢自己的奶奶，有时候觉得奶奶跟裴苑性格是极像，但是吧，她又没裴苑对自己要求那么严格。

以前，纪染在国外读书，每次回国都是第一时间去看老太太。

老太太压着声音说道："你爸爸刚才回来了，不过我没让他们住在家里，奶奶呀，肯定是站在你这头的。"

纪染抿嘴笑了起来。

她知道的，不管什么时候奶奶都是站在她这头的，想当初江艺改名纪艺之后，因为纪染常年不在国内，很多人都以为她才是纪家大小姐。

也是奶奶告诉她，别着急、别担心，纪家的一切都是她的。

只会是她的。

"谢谢您！"纪染软乎乎地说道，鼻尖带着那么一点儿酸涩，有点儿想哭，但是又不想让自己显得太没出息。

她轻声说："我最喜欢奶奶了。"

老太太一听她这话，立即笑了起来，低声说："小丫头还想哄我呢！等你以后找了男朋友啊，到时候最喜欢的就是男朋友了。"

老太太跟纪染说话时，一向都没什么顾忌。

还是纪染有点儿慌张，还有点儿心虚，小声说："奶奶，我年纪还小呢，您开什么玩笑啊！"

"那昨晚跟你跳舞的那个小帅哥是谁？"老太太问道。

纪染脑子嗡的一下炸裂。

她奶奶还真的知道了。

"您怎么会知道？"纪染伸手捂了下脸颊，特别烫，有种从耳朵根儿蔓延的烧烫。

## 第五章
### 关于纪染和原景之间的秘密

华灯初上，江都的夜景依旧美不胜收。当车子在街道上慢慢行驶的时候，纪染这才发现江都依旧是那个江都，是她成长和喜欢的地方。

裴苑带她去外公外婆家吃饭，裴爷爷很久之前就退休，如今公司的一切都交给裴苑打理。

他和外婆两人就是侍弄侍弄花草，偶尔还会在院子前面种点儿蔬菜什么的。

因此裴家二老住的地方，其实也在郊区，只不过跟纪家二老住的地方颇远。

到了家里的时候，外婆最先拉着纪染的手掌，上下打量着她，半晌心疼道："瘦了，你看看这孩子给瘦的。"

裴爷爷一听，居然还进书房拿了个老花镜戴在眼睛上，十分认真地上下打量着纪染。

待他也认真看了之后，也点头无奈道："确实是瘦了，平时学习再累，也要按时吃饭照顾好自己的身体。"

"哪瘦了？"裴苑单手搭在手臂上，正端着一杯热水在喝。

她上下打量着纪染，淡淡道："青春期的小女孩，长胖才是罪恶。只长体重不长脑子就是件好事儿吗？"

裴苑说话向来不客气，哪怕是在裴爷爷和裴奶奶面前，她也丝毫不婉转。

裴爷爷听罢，当即冷哼："那也比有些做家长的，对自己的孩子不管不问的好。"

"爸，您有什么话直说，不用这么拐弯抹角的。"裴苑声音淡漠。

眼看着父女两人又要掰扯起来，一贯当和事佬的裴奶奶赶紧说道："染染肯定饿了吧，外婆今天让人给你做的菜都是你喜欢吃的，先去洗手然后来吃饭。"

纪染乖乖点头。

她一离开，裴爷爷立即说："不管怎么样，这次染染回来你必须把她留下来。"

"爸，这件事我会考虑的，你就别再多问了。"裴苑并不打算在这个问题上多做交流，显然她自己早已经有了想法。

老爷子这么一听脾气也上来了，他指着裴苑说道："你要是嫌带孩子累，你就让我和你妈来带。反正染染现在也是大孩子了，不需要人照顾。要是上学不方便，咱们就搬到她学校附近住。"

老爷子过惯了退休之后逍遥悠闲的生活，这会儿能说出这话，是真的想纪染想得狠了。

裴奶奶也在一旁帮腔，小声说："我觉得你爸爸说的这话有道理。你跟纪庆礼离婚了，染染的抚养权可不能就这么给他呀，这也是咱们裴家的孩子。"

"谁说我把染染抚养权给他了？"裴苑有些头疼，顺势在旁边的沙发坐了下来之后，伸手将手里的杯子放在茶几上。

这两位如今真是听风便是雨。

裴爷爷质问道："那你为什么不让染染留在江都？"

"是我不让吗？是她自己要选她爸爸的。"裴苑神色冷漠，干脆说道，这件事本来她是一直憋着的，此刻父母的追问让她有些气恼。

这一下二老有点儿沉默，半晌，老爷子气呼呼地说道："从小到大，染染想做的事情多着呢，我也没看你这个当妈的讲究什么民主，现在她选她爸爸，你倒是开明了起来。"

老爷子这话还真不是挑刺。

裴苑对待纪染是出了名的严格，规矩甚多，两家老人看在眼里疼在心里。不过他们也知道父母教育的时候，他们这些长辈不该插手，以免太过娇惯孩子。

可是裴苑对待纪染那真是不许行差踏错一步的严厉。

考试没有拿到第一，那就是失败，还不许反驳，反驳就是找借口。

裴家二老跟纪家二位都是老朋友了，要不然当初两家父母也不会安排裴苑和纪庆礼结婚。本来纪家老太太是不太好意思在他们面前说这件事，哪知反倒是裴爷爷先受不了吐槽起来。

四位老人家当真是找到共同话题一般。

裴苑不以为然。

此时纪染正好洗完手回来，老太太赶紧起身，拉着她的手臂："走，外婆带你去吃饭。"

这顿饭纪染是吃了十成十的饱，老太太一直念叨让她多吃点儿，哪怕她实在吃不下了，她还非让纪染喝了一碗汤。

晚上的时候，母女俩没有再离开，直接在家里住下。

这里本来就有纪染的房间，老太太又提前让人换了全新的床单被套，整个房间里还被放置了清淡的香熏。

有种淡淡的少女幽香。

纪染洗完澡之后，特地走到门口把房门反锁了起来，这才小心翼翼地走到自己的床边，把她手机拿了出来。

自从回家之后，她就没联系过沈执。

不为别的，只因为裴苑这个人太过霸道。

裴苑的霸道体现在哪儿呢，就是她是那种可以直接检查纪染手机，而不会像其他人那样明明想看得不得了，还非要偷偷摸摸，表面上显得自己特别民主又正直。

纪染不想删掉手机里跟沈执的聊天记录，因为那是她最宝贵的回忆。

她会一直保存着手机里的每一条记录。

哪怕到她老了的时候，都能拿出来给自己的孙子看。

　　她拨了个电话过去，过了好长时间，那边才接通，待他开口时，慵懒的声线透过电波传递到她的耳边，酥酥麻麻的叫人耳朵发痒："终于想起来联系我？"

　　"我回家了嘛！"纪染给自己找了理由，声音软绵绵的，让沈执真舍不得教训她。

　　纪染听到沈执那边似乎有点儿吵嚷，听起来他在外面，她看了一眼手机上的时间，问道："这么晚你还不回家吗？"

　　沈执低笑了声，似乎在笑她的迟钝。

　　纪染本来是躺在床上的，此刻突然坐了起来，连腰背都挺得笔直，紧咬着唇小声问："你不会是在外面玩吧？"

　　纪染仔细听着他后面的背景音，反正就是特别吵嚷，但是又听不出来具体的声音。

　　她心底跟小猫爪子在挠似的，一下一下地拨弄，特别乱。

　　于是她清了清嗓子，很严肃认真地说："沈执同学，别怪我没有提醒你哦，不要一失足成千古恨哦！"

　　一失足？还千古恨？

　　沈执被她比喻逗得气笑了，他朝周围看了一圈，这里是机场的停机坪，他刚从飞机上下来，身边很多是同一架飞机上的旅客。

　　他提醒道："纪染同学，我也在此提醒你一句。"

　　纪染安静听着，可是对面迟迟不开口，直到他终于轻笑了一声，声音低哑似乎还带着那么点儿潮湿，轻声开口："胡思乱想，是要被打的。"

　　这么羞耻的话，让纪染瞪目，连反驳的话都说不出来。

　　她忍不住地伸手抠床上玩偶的眼睛，黑色眼珠子差点儿被她失手扯下来，她鼓了鼓嘴巴，突然觉得自己不能这么下去。

　　居然一句话都说不出口。

　　就在她鼓足勇气准备还嘴的时候，沈执低声说："你早点儿睡觉，我明天再给你打电话好不好？"

当然是……好啦！

结果挂了电话，纪染还是好不开心哪！


第二天中午吃完饭，爷爷奶奶那边的电话就打过来催促，他们也知道纪染今天会在裴家，所以特地等到午饭之后才打电话，显然也是想纪染了。

裴爷爷和裴奶奶虽然舍不得纪染，可是也知道纪家二老许久没见纪染，让家里司机送她去纪家。

还特地准备了礼物让纪染带过去。

纪染到的时候，还真的凑巧，纪庆礼的车子就在前面。他们三人从车里下来的时候，江艺扶着江利绮的手臂，一副小心翼翼的模样。

纪庆礼站在她们旁边，似乎在叮嘱什么，看起来他们三人还真的是一家三口的模样。

这幅画面在那个时空纪染也见过不少次，她并不觉得刺眼。

很快她下车之后，司机帮忙把礼物提了下来。

纪庆礼看见她明显有松了一口气的感觉："染染，待会儿进去一定要好好跟爷爷奶奶问好。"

纪染抿嘴没说话。

几人到了门口的时候，大门被打开，老太太站在门口一眼看见穿着白色羽绒服的纪染，赶紧伸手将她拉了进去。

她手掌在纪染手背上摸了摸，小声念叨："外面冷吧！"

"奶奶看看你穿了几件，哎哟，怎么才穿三件衣服呀？"老太太一瞧见她竖起的三根手指头，止不住地心疼，念叨说，"你们小姑娘家呀，就是想要俏对吧！穿这么少，这不得冻坏了呀！"

纪染立即摇头："没有，奶奶，我这个羽绒服很暖和的。"

老太太满眼只有她，压根没搭理还站在门口的纪庆礼还有江利绮母女，还是纪庆礼开口说："咱们先进去说话吧！"

纪奶奶冲他们看了一眼，这才拉着纪染的手，走进客厅。

"染染，是不是瘦了？"纪奶奶一开口竟是说了跟外婆一样的话，大约在长辈眼里，只要没长胖那就是瘦了。

纪染摇头："没有，您怎么跟外婆说一样的话，你们是串通好了的。"

昨晚因为有裴苑在前面挡着，纪染还不知道外公外婆的心思，可是今天裴苑去公司处理事情，两位老人家没那么多顾忌。

这话里话外的意思都是，在B市没人照顾她，让她趁早转学回来。

如果裴苑没时间照顾她的话，他们可以搬到学校旁边陪着她。

没想到刚到爷爷奶奶家里，纪染就又听到这熟悉的开头，显然四位老人家早有共识，就是想让纪染从B市回江都。

如果是以前，纪染或许还会犹豫。

可是现在B市那边有她的朋友，还有她喜欢的同学和老师，所以她压根不想要回来。

老太太不知道她心底的想法，但是架不住她说出自己的想法："奶奶觉得你去那边上学，是不是有点儿太远了？"

这话一说出来，对面的江艺的眼睛一亮。

虽然老太太一眼都没看她，确实让她恼火不已，可是对于江艺来说，要是纪染能够回江都，那么她就可以搬回家去住，B市那边再也没人把她压着让她翻不得身。

于是她格外认真地盯着纪染和老太太的对话。

纪染赶紧摇头，生怕老太太提出让她回来的话："奶奶，我现在都高二了，马上高三了，过于频繁地转学对于我来说，影响很大的。"

老太太还是没打算放弃，小声说道："又不是转到别的地方去，是转回江都，你以前上学的地方，那个一中不是挺好的。"

纪染之前一直在江都一中上学，对于她来说，一中确实不陌生。

"奶奶，你是不知道我这个学期第一次月考，数学才考了22分，就是因为我转学不太适应那边的环境。结果成绩出现了这么大的波动，幸亏我后来及时调整了过来。"

老太太并不清楚她月考的事情，之前她打电话的时候，就听说她期中和期末考试成绩都不错。

实在没想到居然还有个22分的故事。

纪染这会儿抓住成绩这根鸡毛儿，赶紧最大限度发挥了它的作用，毫无底线地危言耸听道："要是我再转学一次，万一成绩再下滑，能调整还好，万一调整不过来呢？"

老太太被她忽悠得一愣一愣的。

就连对面的纪庆礼都有点儿听不下去，说道："染染，奶奶也是为了你好，你别这么吓唬奶奶。"

纪染立即抿嘴，不说话了。


可是她说出口的话，确实起到了不错的效果，老太太还真的没再继续纠缠这个话题。

没一会儿老爷子午睡起来，他从房间里出来，一看见纪染立即要拉着她进书房里面，说道："今年咱们家的对联可还没写呢，就等着你回来写了。"

"爷爷，你也太着急了吧，离过年还有好几天呢！"纪染笑眯眯地跟老爷子说道。

于是爷孙两人乐呵呵地进了书房，纪庆礼想了下正要站起来过去瞧瞧，毕竟他跟老爷子还有些话想要说，谁知他刚要起身却被江利绮拉住手腕。

这会儿老太太倒也没甩脸色给江利绮看，毕竟纪庆礼确实跟人家结婚了。

只不过她的态度是那种客客气气的态度，像是对待客人，反正不是对待家人。

晚上的时候，纪染被留在家里住下。

倒是纪庆礼他们没住下，依旧是回纪庆礼房子那边住着。

不过临走之前，纪庆礼还是跟老爷子聊上了，也没什么别的，就是说起江艺改名的事情。江利绮的理由是，她肚子里的孩子一出生肯定是姓纪。

这一个家里的三个孩子，两个姓纪，只有江艺一个外姓，时间长了孩子心里也难受。

江利绮说话一向讲究有理有据，说起来更是一套一套。

况且她如今怀孕，之前她拉着纪庆礼陪着去过一次妇产科，医生也叮嘱要让孕妇一直保持愉快的心情。纪庆礼实在不想在这种小问题上跟她纠缠。

所以这次回来，他打算跟老爷子说一声，把江艺的姓氏改了。

老爷子坐在书房的椅子上安静听他说完，他缓缓抬头朝纪庆礼看了一眼，淡淡道："如果你想改，那就改吧！"

鉴于老太太对江利绮母女的冷淡态度，纪庆礼怎么都没想到老爷子居然这么好说话。

他当即笑道："谢谢爸！"

"谢我干什么，不过就是一个姓氏罢了，她愿意姓就跟着一块儿姓。"老爷子到底是上了年纪的人，轻易不露神色，即便是此刻都依旧那副慈眉善目的和蔼模样。

直到老爷子再次开口说："不过咱们纪家的财产可不随便送人。"

这句话老爷子口吻极重，几乎就是在直接提醒纪庆礼。

想姓什么都可以，纪家的财产只能由纪家的孩子来继承。


纪染不知道纪庆礼他们什么时候走的，反正她躺在房间里，正在群里面聊天。

这是夏江鸣建的一个群，人很少，除了他们四个男生之外就只有纪染和闻浅夏两个姑娘。

闻浅夏：放假好无聊，好无聊，好无聊。染染，你觉得无聊吗？

纪染其实还好，但是她还是很给面子地回复了个：嗯。

夏江鸣：要不明天一起出来玩？

他的提议让闻浅夏来了兴致，居然还让纪染也一起出门。纪染正在写寒假作业，老师发的这些卷子，哪怕是一天写几张都得写到寒假结束。

况且马上就是新年了，不管是裴家还是纪家都是大家族，亲朋好友极多。

纪染估计再过几天自己不是在拜年，就是正要去拜年的路上。

纪染：我去不了，我现在在江都呢！

闻浅夏失望地回复道：呜呜呜呜，染染走的第三天，想她。

夏江鸣被她这副酸劲儿折服了，忍不住怼道：执哥还没说话呢，轮得着你吗？

闻浅夏不爽了，她觉得她是纪染最好的朋友，怎么就不能想了。

于是她回了一句：染，你把你家地址发给我，我明天就去找你。

明知道她就是说着玩的，纪染还真的把爷爷奶奶家的地址发了过来，逗得闻浅夏发了一堆"哈哈"过来。

她看了一眼沈执的头像，始终是黑着的。

这个人说过今天会联系自己，结果居然到现在都没出现。不过纪染也知道放了假，家里面也有很多事情。

于是她安心地做了两套数学卷子之后，才上床睡觉。


第二天早上，纪染正睡得香甜，突然放在床头边的手机嗡嗡嗡地响了起来，她伸手摸了许久才把手机摸到手心里。

"哟，小懒猪还在睡觉呢？"对面沈执的声音噙着笑意，听起来特别柔软。

纪染本来混沌的脑子一下清醒了起来，心脏跳得特别快，随即而来的是无边无际的委屈。这个人还说她胡思乱想呢，这才放假几天啊，他就敢一整天不联系自己。

一整天哪，这都超过二十四小时了。

纪染心底的委屈如同气球一般，迅速被吹得膨胀了起来，就连鼻腔里都透着那种委屈的酸涩。

可是下一秒，沈执低声说："要是睡醒了，就起床出来。"

"我带你出门去玩，不是说无聊了？"

纪染一下从床上坐了起来，出门？

她开口的时候，觉得自己声音都变了，她说："你现在在哪儿呢？"

沈执知道她家在 B 市的地址，之前很多次他送自己回家。可是现在她在江都呢，她怎么出门跟他玩？

"你昨天不是把地址发在群里了。"沈执听着她懵懵懂懂的声音，以为她还没睡醒。

终于纪染尖叫了一声，竟是迅速挂断了手机。

当她以最快的速度洗漱，换了一身衣服出门的时候，在楼下看电视的老太太还说道："染染，你吃早饭吗？让阿姨给你重新做？"

"奶奶，我不吃了，我约了朋友。"她站在玄关一边穿鞋一边喊道。

等她迅速地冲到小区门口的时候，就见站在不远处一个穿着黑色羽绒服的少年，他的头发极黑在阳光下泛着鸦青色。

此时他双手插在兜里面，正微低着头看着地面。

纪染几步冲了过去，少年听到声音抬起黑眸，眼底挟裹着的笑意一下照进她的心底。


当小姑娘拉着他的手小步往前溜达的时候，沈执有点儿想笑。

纪染拉着他的手掌，反身倒着走，边走边问："你怎么会来江都啊？"

沈执看着她这么走路，伸手拽住她的手掌，有点儿无奈道："小心点儿。"

他望着眼前小姑娘盈盈的笑脸，乌黑的大眼睛因为高兴微微翘起弯成一个浅月牙形，沈执伸手在她发顶轻轻揉了一下，望着她轻声说："我一直没跟你说过，其实我妈妈就是江都人。"

纪染的脚步顿住。

她惊讶地看着沈执，小脸带着那么点儿疑惑，显然这件事沈执确实没跟她提过，她犹豫了一下反问："你妈妈是江都人？你之前怎么没跟我说呢？"

原因有很多。

以至于沈执此时也不知道从哪儿说起，倒不是他不愿意说，只是不知道从哪里开始说起这件事。

况且提起他母亲的事情，就难免会提起他的从前，沈执还没打算告诉她。

他就是原景。

纪染看着他的表情,又联想到他的身世还以为他是因为这个原因隐瞒自己。她微仰着头看着面前的少年,沉默得叫她有点儿心疼。

她轻轻靠过去伸出双手,包住他的手掌,少年哪怕穿着这样臃肿的羽绒服依旧有种挺拔玉立的身姿,她的手掌覆在他后背,很柔很轻:"没关系,你不想说也没关系的。"

她知道每个人心底都会有种不愿被人触碰的阴影,哪怕是最亲密最喜欢的那个人。可是没有关系,她愿意等到他想要倾诉的那一天。

沈执心头发软,一时在酝酿言语时,小姑娘踮着脚尖靠近他,她乌黑的大眼睛轻眨了两下:"沈执同学,有没有一种你有一个全世界最好的同桌的感觉?是不是觉得特别幸福。"

沈执狭长的眼睛微眯着,一张脸表情莫测,直到他嘴角倏地勾起:"只是最好的同桌吗?"

纪染瞪大眼睛,有点儿蒙的模样像极了受惊的小兔子,眼睛有点儿湿漉漉的。

她立即撇开眼睛不敢朝他看,开口说道:"咱们去哪里玩呢?江都我很熟悉的哦,你想去什么地方我都可以带你去。"

她这么顾左右而言他的模样,又把沈执逗笑了。

他伸手在她的眼角处轻按了一下,身子往前靠拉近彼此之间的距离,声音低沉,哪怕是此刻寒冷的气温都降不低他言语里滚烫的暧昧:"染染,你还没回答我呢?"

哪怕说好了未来的事情,可都是第一次喜欢一个人,总想靠对方近一点儿,再近一点儿,哪怕知道未来还有很长时间留给他们。

也想在这一瞬靠在离他最近的地方。

纪染被他逗得毛躁了,一颗心犹如漂浮在水面上,怎么都沉不下去。

沈执知道这小姑娘是个顺毛驴,得一直顺着她的毛捋,所以怕再问下去她翻脸不认人,拉着她的手掌,轻轻地往前走。

也不知走出去多远,沈执停下脚步准备把迎面过来的一辆出租车拦下来。

出租车上绿色的空车两字，哪怕隔着老远依旧看得清楚。

他刚要伸手，突然身边的小姑娘低声说："也可以是别的。"

……

最后这一天去哪儿玩，甚至是玩了什么，纪染觉得在很久之后她或许不会记得，可是她会记得有个少年因为她的一句话，欣喜地在街角抱着她的模样。

从眼睛里迸发的光芒，叫她一辈子都难以忘记。

晚上的时候，沈执带纪染去吃饭，是一家江都特色的小餐厅，本地人才会去的那种路边店，没那么大的招牌也没有特别多的广告。

这时候还没像十年后那样，什么网红小吃店、不能错过的美食店遍布每一个美食 App。

有些小餐厅确实是靠着多年积攒下来的口碑带来了一拨又一拨的回头客。

纪染坐下来之后，回头望着门口放着的巨大水箱，这家小店是以酸菜鱼闻名，活鱼现杀，因此只要点了酸菜鱼的人，都会看见一条鱼被捞进后厨处理。

纪染左右看了一眼，这时候虽然是饭点，但是小店里前后的桌子，都坐着食客，她小声说："这家店的生意好好呀！"

"很多人开车过来这里吃饭。"沈执将她的餐具拆开，用开水烫了下之后才摆在她的面前。

纪染端着茶杯喝了一口，低头看了眼，惊呼："这个是大麦茶吧，好香。"

沈执看着她这也好奇那也好奇的小模样，好笑地问道："不嫌弃这里环境？"

这家店是那种老店，装修陈旧不说而且是那种明显环境卫生不太过关的。他们隔壁那桌坐着的女孩，一坐下来就把餐巾纸铺在桌子上。

脸上是嫌弃的表情。

她男朋友似乎觉得她这种做法太过显眼，还轻轻拉了下她的衣袖，谁知女生毫不顾忌地鄙视道："谁让你带我来吃这种地方的，你以为我愿意的？"

"不就是便宜。"女生眉头紧锁着。

男生登时脸上难看起来。

纪染赶紧收回自己的目光，她并不想让这个男生觉得尴尬。正好他们点的第一道菜上来，沈执把筷子递过来给她。

这是一盘清炒的青菜蘑菇，纪染夹了一个蘑菇放进嘴巴里的时候，突然沈执开口问："如果以后，我是说以后沈家的一切跟我都没关系……"

少年神色淡然，显然这个想法并不是他即兴而来，而是搁在他心底许久的想法。

只不过他谁都没有告诉过。

除了面前的姑娘。

纪染握着手指间的筷子，突然轻笑了一声，她另一只手撑着自己的脸颊，略偏了下头，小声说："沈同学，我要提醒你一下哦，我呢，是出生在一个联姻的家庭里。"

她声音稍微那么一顿，对面的沈执微扬起下巴示意她继续往下说。

纪染笑眯眯地说道："我不仅可以继承我爸家的钱还能继承我妈家里的钱，所以呢，哪怕你什么都没有。"

小姑娘的表情狡黠而透着那么一股得意，连语气都是满满的傲娇："可是我有啊！"

"而且我成绩很好，我以后可以自己赚钱，也能养你的。"


纪染看着面前的沈执，突然想起来这个男人的种种传闻，光是他每天上班时穿着的定制西装，还有手腕上经常更换的昂贵手表，都是很多女员工讨论的话题。

看起来，养他很花钱的样子。

"怎么了？"沈执望着她兴致勃勃地说着自己的计划，却说到一半的时候停了下来。

纪染小声说："哪怕养你很花钱，我也愿意的。"

沈执被这姑娘逗笑了，她从哪儿看出来养他花钱的，他觉得自己还是个很朴素又不浪费的高中生。

"养我很花钱吗？"沈执轻笑。

纪染瞪大眼睛，他真的对自己一点儿都没有清醒认识啊，光是他的一块手表差不多赶上纪染半柜子的包了。

沈执望着她有点儿小纠结的表情，突然低笑了起来，他说："别担心，哪怕我不要沈家的任何东西，我也不会一无所有。"

他的声音很寻常，平静得如同在讲述一个并不太重要的问题。

纪染子抿着唇望着他，眼角微微耷拉着，整个人看起来有点儿不开心的样子。

"真怕养不起我啊？"沈执故意逗她，还伸手在她耳垂上轻轻捏了一下，笑着说，"笑一笑，以后养家的事情交给我好了。"

纪染轻轻吸了下鼻子，小声反问："那你会把赚到的钱都给我吗？"

沈执看着她，见她眼睛睁大认真盯着他的表情，在等待他的回答。于是他收起脸上的笑意，认真道："赚到的钱都给你。"

纪染倒不是真的对钱这么执着，只是从小到大来说，在她的认知当中，裴苑和纪庆礼两人像极了那种签了合同的夫妻。

纪庆礼赚的钱归纪庆礼，裴苑赚的钱则归她自己。

他们不像大部分的普通夫妻那样，丈夫赚钱全部上交给妻子，然后妻子认真而又有规划地使用每一分钱。

纪染觉得这才有家的感觉。

她的父母就连在离婚的事情上都很干脆，因为他们很少有联名持有的共同财产，钱财分得很清楚，看起来她确实是他们之间唯一分不清楚的存在。

这种感觉，纪染挺不喜欢的。

纪染吸了下鼻子，哪怕他们现在说这个问题太早了，但是纪染知道沈执肯定能做到，他会毫不犹豫把他有的东西都给她的。

小姑娘被感动得有点儿眼眶泛红，她垂着头，看着面前的桌子，小声巴巴地说："沈执，我不会乱用钱的，你的钱我会好好打理的。"

沈执："……"

这姑娘是个活宝吧！

两人吃完饭之后，刚过了 7 点，纪染拉着他沿着这条街往前逛，两边有不少小吃店，卖章鱼小丸子的店铺门前排队最长。

纪染眼巴巴地看着这个章鱼小丸子，沈执微眯了下眼睛，准备掏钱包："要吃吗？"

可是他的钱包还没拿出来，被纪染的手掌压了回来，她另一只手轻轻压在自己肚子上，叹道："但是我太饱了。"

刚才沈执点的菜，纪染给面子全部吃完了。

所以她现在只能眼巴巴地看着，真的是一点儿都吃不下去了。

两人一直往前走，渐渐从热闹的街道走到了稍微有点儿安静的地方，她看着左右正要问沈执，他怎么会知道有这么多好吃东西的地方。

突然她看见一个建筑，心底那种若有似无的熟悉感，一下子在这一瞬间爆炸开来。

她指着对面的一栋大楼说道："沈执，你看，这是我小时候一直来的少年宫哎！"

此时隔着一条街道的对面，一个高大的建筑在黑暗之中若隐若现。路边有一排大树，只不过现在是冬天，树枝光秃秃的没有一片叶子。

可在夏天的时候，这里大树的树冠上面会长满绿叶，成为一个又一个天然的绿荫巨伞。

正好路边的绿灯亮了起来，纪染拉着沈执的手掌沿着斑马线一路走到对面。

当她走到那个熟悉的大铁门门口时，终于彻底确定，这里真的是她小时候来学数独的少年宫。

纪染没想到这么多年过去，这个少年宫居然还没有被拆掉。

其实她离开这个少年宫之后，也一直没有回来过。因为一回来她就会想起那些往事，想起她在那棵大树下，跟一个有点儿酷酷的小男孩一起分享同一杯雪糕。

这么多年过去了，小景他还好吗？

终于，她第一次这样毫无顾虑地想起原景，这么多年来，她总是不想提起他的名字。

纪染双手扒着铁门，眼睛一眨不眨地望着少年宫里面，此时夜色虽然深沉，可是她勉强能看见每层楼的窗户。

她仔细数了一下，指着左手边第四个窗子说："你看，二楼左手边第四个就是我以前学数独时候的班级。"

一旁的沈执听着她兴奋的声音，轻笑了下。

他知道。

这件事还是他告诉纪染的，那时候小纪染其实很有小公主的脾气，有一次她跟原景不知道因为什么小事儿生气，小姑娘可爱地碎碎念嘟囔："你一点儿都不跟我好了，你都不关心。"

"谁说的，我关心。"原景虽然话少，但是在这么严重的问题上，他丝毫不含糊。

小姑娘娇气地问："那你知道我在哪个班级上课吗？"

她从来没有告诉过原景，这是故意找碴呢！

谁知原景胸有成竹地说："二楼从左边开始数，第四个窗子的教室。"

小纪染登时有点儿惊住，于是小姑娘小脸上露出不好意思的笑容，小声说："好吧，你是我的好朋友。"


纪染望着眼前的一幕，又想起早已经不知在何处的故人。

她转头看着沈执，轻声说："突然回来，真的好感慨。"

沈执又何尝不是呢，其实他知道这家餐厅就在这个少年宫的附近，他就是想要带她重新回来。

纪染突然指着不远处，声音透着一丝怀念："你看那棵大树，小时候我会跟我最好的朋友坐在那里。"

"是个小男孩哦，而且长得特别好看。"

纪染侧了侧头看着沈执，故意这么说道。谁知一向小心眼的少年居然丝毫不为所动，纪染惊讶得张了张嘴巴。

这个人今天是转性了吗？

于是她继续说："虽然他不是我的同学，可是我最喜欢他。"

"你知道为什么吗？"纪染小声说道。

沈执问："为什么？"

纪染望着那棵大树，当初原景和他外婆就是坐在那里休息被人欺负，然后她才会看不下去帮忙。

她说："因为他真的是我见过最善良的小孩子。"

他会因为心疼自己的外婆，用自己小小的肩膀替外婆承担很多。

或许小时候她还没那么懂，为什么自己会独独对原景那么喜欢，后来她明白了，是小景的善良打动了她。

"可是，后来他走了，再也不见了。"纪染的声音里透着一丝惆怅。

这一秒沈执的心脏仿佛有什么东西被戳破，想要奋力地冲出来，他望着面前的小姑娘，突然想要把这个秘密告诉她。

在回到江都的那一刻，在看见她扑向自己的那一瞬间，他就想告诉她这个秘密。

关于纪染和原景之间的秘密。

其实，他早已经回到她的身边。


可是纪染的声音再次响起，这一次声音里透着难过："后来妈妈告诉我，真正的朋友是哪怕去了再远的地方，也会告诉我。什么都没说就离开的人，其实并没有把我放在心上。"

所以，小景其实也不是那么在意我吧！

裴苑说的话让小纪染很难过，可是她又不懂怎么反驳。

以至于后来，她一直都没有真正的朋友，连一个能在午夜时打电话抱怨的人都没有。

终于一旁犹如石化一样的人，挺了挺僵直的脊背，小声开口："染染，其实我有个秘密。"

"嗯？"

突然，一个巨大的声响在有些安静的街道响起。

砰的一声。

纪染眼睁睁地望着沈执扑过来抱住她。

你想跟我说什么？这句话在她的喉间却没能说出口。

隆冬安静的街道上，巨大的声响石破天惊，仿佛整个世界都要震醒。

纪染被沈执抱着摔到地上的时候，耳朵嗡嗡地响，周围所有的声音似乎都消失，只剩下脑海里的耳鸣声。

那种扑面而来的冲击感，让她觉得格外灼热。

疼，浑身都在疼。身体被沈执紧紧地箍住，每一处骨头都能感受到那股子挤压感，在危险来临的一瞬间，他只想到她。

过了好一会儿，沈执才有点儿回过神，他看着怀里的小姑娘，哑着声音喊："染染。"

纪染眼睛紧闭着，一张脸不止是一点儿白。

"这边压了人了，快来救人啊！"很快路过的人发现这边的状况。

原来一辆大货车竟是直直地撞到了路边的一棵树上，因为巨大的冲击力整个树倒了下来，竟是直接朝着沈执和纪染的方向砸了过来。

沈执眼疾手快将纪染抱着往前扑倒，可是他的速度还是没快过大树倒下的速度。

一只脚竟是被树干压住。

纪染本来脑子还在蒙，可是周围人的叫喊声又将她拉回了现实。她睁开眼睛看着面前的少年，他的黑眸比任何一刻都要亮。

他安静地望着纪染，声音那么冷静："染染，别怕，没事儿了。"

纪染不敢动弹，因为他的脸色白得跟一层纸似的，明明这么寒冷的天气，可是他的额头上竟生出细密的汗珠。

"沈执。"纪染伸手摸着他的脸颊。

此刻周围的人渐渐聚集，不断有人喊道："快过来，帮忙救人，快来啊！"

"这里，这里。"

当人群聚齐时，大家齐心协力地将树干抬了起来，然后往旁边挪了下，沈执的脚终于挣脱了出来。

他低声说："我现在挪开，你慢慢坐起来好不好？"

纪染带着哭腔喊道："你别动，你的脚肯定很疼。"

旁边有热心肠的人也提醒说："小伙子你可别乱动呀，你这个脚可不是小事儿。"

而旁边火光大起来，原来那辆撞倒大树的卡车竟是燃烧了起来，周围聚集了很多路人，很快有人开始打报警电话，还有打医院急救电话的。

好在大卡车的司机在停下车子后迅速地从驾驶座下来了。

只是整辆车子以极快的速度蔓延燃烧了起来，卡车司机站在卡车旁边双手张开，似乎想要阻止大火的蔓延，但是又只能眼巴巴地看着。

纪染本来是想维持这个姿势，一直等到医生到来，毕竟医生才能判断挪动他是不是适合。可是她头顶的人，偏偏这时还有心情笑出声："染染，我现在往左边挪一下，然后你自己慢慢坐起来好不好。"

纪染立即摇头："不要。"

她是真的担心沈执的脚，如果他的脚真的有事儿，哪怕把她的一辈子都赔给他，她都觉得不够。


虽然二十七岁的沈执依旧那么玉立挺拔，可是纪染最怕的就是蝴蝶效应。她怕自己的到来会影响到这一世的沈执。

她双手紧紧地抓着他的手臂，轻轻摇头："你别动。"

"如果现在只有我们两个，你这个要求我会很高兴。"沈执的嘴唇凑近她的耳边，温热的气息落在小姑娘的耳垂上。

比气息更滚烫的是他说出口的话，纪染的耳朵倏地染上红晕。

纪染气得想要抬手推开他，可是一想到他现在的身体状况，竟是又硬生生地忍了下来。只不过小姑娘一张小脸气鼓鼓的模样，一双本来红极的兔儿眼睛，眼底渐渐没了方才的慌张和害怕。

沈执的手指在她的耳鬓轻轻勾起她的碎发，夹在耳后："别怕，沈执哥哥真的没事儿。"

纪染突然眼前一片模糊，本来已经逐渐干涸的眼眶竟又重新被眼泪模糊了视线。

她泪汪汪地看着面前的少年，本来想要打他，可是最后脑袋伏在他的肩膀上，牙齿轻轻咬住他的外套，竭力压抑住声音里的呜咽。

很快消防车赶到，消防车一路呼啸的声音从远远的地方传来，直到慢慢传到这里。紧跟着过来的是救护车。

经过医生的初步检查，他的脚踝在被树干压到的时候，估计树杈和树干之间有点儿缝隙，所以并未直接把骨头压碎。

但是一切还需要去医院做进一步的精细检查。

沈执上了救护车之后，纪染赶紧坐在一旁陪着他。在医生初步判断之后，他没有躺在担架上，而是安静地坐在救护车里的座位上。

纪染陪着坐在他的旁边，本来因为有医护人员在，沈执并没有握她的手。

谁知救护车启动时，一只小手轻轻地挪到他的腿旁，然后偷摸偷摸地顺着他牛仔裤的边缘往上挪动，直到最后钩住他的小手指。

最后她的手掌轻轻握住他的手。

沈执垂眸将她的小动作从头到尾都收入眼底，待他微偏头时，身边的小姑娘坐得笔直眼睛望向对面的车窗外。

沈执轻笑着，反手将她的小手扣在自己掌心。

到了医院，纪染这次坚决没让他再走路，找了辆轮椅给他坐着。沈执单脚站在地面，低头看着面前的轮椅，嘴角微扯，露出一丝嗤笑："坐这个？"

"我推着。"纪染很肯定地点头。

最后沈执朝她眨了一眼，微摇头，他低声道："也就是你了。"

于是纪染推着沈执挂号看病，明明那么纤细一个小姑娘，倒是丝毫不叫累。好在拍了片子之后，医生认真看着他的脚踝处伤势，终于点头说："还好，只是有骨裂，静养一段时间就好。最好不要来回走动。"

"医生，需要住院吗？"纪染眼巴巴地看着医生，极热忱地问道。

医生被她的模样逗笑，说道："一般这种情况呢，都是建议住院观察一下。"

"好，我们住。"

"不用。"

两个声音异口同声地响起，纪染转头看着轮椅上的沈执，粉嫩的唇瓣轻抿着，片刻她开口说："你要是愿意住院，我明天不仅给你买早餐，还在医院陪你一整天。"

沈执望着她，诧异地扬眉。

纪染本来以为自己提出这么丰厚的条件，沈执应该毫不犹豫地点头答应，谁知人家眼睫轻颤了两下，居然还挺淡定。

纪染觉得她受到了极大的侮辱。

委屈。

就在她垂眼望着自己的鞋子时，突然一个温柔到极致的声音，似叹息般说："嗯，听你的。"

纪染眼睑微抬，再次朝他看过去时，沈执看着她，在笑。


陪着沈执把住院手续办好的时候，纪染的手机响了起来，是纪奶奶打过来的。

纪奶奶声音挺担心地说："染染，马上都10点了，外面不太安全，奶奶让司机来接你好不好？"

纪染知道现在这个点确实有点儿晚，所以她低声说："奶奶，我跟同学好久没见面了，我再聊一会儿天，马上就回去好不好？"

她出门的时候说的理由就是约了以前的同学。

天知道，她其实压根没有能约出来一起玩的同学。

纪奶奶也知道她很久没回江都，叮嘱说："那你快点儿，不能超过11点的。你爸爸今天过来还问你的，可都是奶奶帮你挡着呢！"

"我知道，谢谢奶奶，最喜欢奶奶了。"

纪染冲着电话亲了一下，响亮的声音把老太太逗得直乐呵。

等她挂完电话，回头看着已经穿上医院浅蓝色病号服的少年，屋子里气温适中，明亮的光线落在他的身上和脸上。

半晌，沈执抿嘴，淡声问："不是说，你最喜欢的是我？"

纪染："……"

第二天一大清早，纪染起床之后借口出门跑步，老太太和老爷子很欣慰地点头。谁知两人竟是不约而同地喊住她，要跟她一起出去运动。

吓得纪染赶紧又找了个借口溜走。

她买了丰盛的早餐到了医院，刚好碰上医生在查房，她进门的时候，里面的医生带着好几个看起来是实习生模样的人，齐刷刷地转头朝她看过来。

沈执半躺在床上，任由一帮人围观他。

倒是医生检查完了之后，饶有兴趣地朝着纪染看了一眼，转头对自己的学生说道："所以我说千万别学医，你看看连谈恋爱的时间都没有，被人家小朋友都比下去了。"

一帮学生憋着笑意，跟着医生走了出去。

贴着墙边站着的纪染眨了眨眼睛。

所以这就叫无妄之灾是吧！

吃完早餐之后，两人在病房里待了一会儿，纪染望着外面的太阳渐渐升起，暖洋洋的阳光从玻璃窗外照射进来。

纪染回头望着沈执笑道："我推你去楼下的小花园吧！"

看着她这么兴致勃勃的模样，沈执也没打扰她的兴致，干脆让她推着自己下楼。

两人到了楼下小花园，不少病人都在下面闲逛，有白发苍苍的老者，也有个子刚到膝盖的小孩子在欢快跑动。

逛了一会儿，纪染找了一张空着的椅子，沈执的轮椅停在她对面。

阳光正好，照在身上带着虽然还有点儿冬日的萧瑟，却也有那种懒懒的暖意。

纪染伸手折了一根地上草，隔着老远伸手挠沈执的脸颊，本来沈执安静坐着不搭理她，她还越挠越带劲越挠越觉得自己不可一世。

最后，沈执还真的有点儿恼意，伸手一下握住她的手掌。

"还闹？"他懒洋洋地靠在椅背上，抬头笑了起来。

纪染伸手去掰他的手指，也是闹着玩，等她微偏头视线扫过旁边。

沈执看见本来还跟他嬉闹的小姑娘，明显愣了一秒，随后整个人陷入僵硬。

下一秒他还没回过神，她跟触电般松开握着他的手掌，身体还下意识地往椅子的另一边挪过去。

是离他远的那一边。

沈执跟着她的视线朝那边看过去时，只见一个穿着驼色大衣的女人站在不远处，她长卷发披肩，整个人有种精致到极致但也疏离到极致的气质。

虽然隔得有点儿远，但沈执还是看清楚了她的长相。

是那种一眼看见就会明白她跟纪染关系的长相。

纪染妈妈。


没一会儿，旁边有个穿着黑色大衣的男人走到她身边，在她耳边低声说了几句，也朝这边看过来。

他看见纪染本来就有点儿吃惊，再看见她身边的少年更是瞠目。

纪染望着裴苑，几秒后，她起身，不过在走过去之前，她还是开口说："那是我妈妈。"

她走到裴苑面前的时候，裴苑望着她，神色莫名，是那种瞧不出太多情绪的。

"妈妈，你怎么在这儿？"纪染轻声问道。

裴苑呵笑了一声，语气不善："这句话应该是我问你吧！"

她的声音是那种她一贯的冷漠，明知道隔这么远沈执肯定听不到。可是不知道为什么，她突然不想让沈执看见裴苑跟她说话的模样。

就是不想让人发现，原来她妈妈对她会如此冷漠。

连说话的口吻都是一贯带着命令式的。

纪染头一次有点儿想要反抗，她抢在裴苑之前说："我先把他送回病房，有什么事情我们待会儿再说。"

不等裴苑给反应，纪染转身走回沈执身边，直接推起他的轮椅。

一路上两人谁也没说话。

一直到了病房，她把轮椅停下，这才小声开口："我妈在楼下，我得跟她回去了。"

沈执点了点头。

他抬头朝纪染看了一眼，整个人笼罩在一种低气压当中，是裴苑出现之后就产生的低气压。

在纪染转身离开，走到门口的时候，沈执突然开口："染染。"

纪染回头看了他一眼，笑了起来："我晚上再来看你。"

沈执望着她的脸颊，那双湿漉漉的大眼睛掩着笑意，终于他轻轻点头，声音低哑："嗯，我会等你。"

一直等。


纪染到楼下的时候，远远就看见裴苑还站在原来的位置，一步都没挪动。

于是她慢慢踱过去，速度不算快。

她一到跟前，裴苑也不啰唆，直奔主题问道："刚才那个，是谁？"

纪染想了下还是轻声说："是我同学，同桌。"

她似乎觉得这样还不算够，又说："就是那个每次都考年级第一的同学。"

裴苑似乎被她逗笑了，大概纪染的回答在她眼底就是欲盖弥彰，她呵笑了一声，微眯着眼睛望向纪染："染染，你应该知道妈妈想听的不是这个。"

纪染抿嘴。

她这样的态度让裴苑越发明了，她眸光渐冷，落在纪染身上隐隐有逼问的意思。

"染染，你是不是在谈恋爱？"

这话说出口，母女两人之间像是升起了一道无形的屏障，又或是两人之间有一道深沟，纪染在这头，裴苑在对面。

纪染依旧沉默。

这时候普通人或许就会矢口否认，没有，不是，多么简单的两个单词，一张嘴就能说出来，说不定还能蒙混过关交差。

虽然现在她和沈执还没有恋爱，可是纪染也不想直接否认。

明明之前是她不愿意让人知道他们之间的关系，她有一百种理由，要努力学习不能影响其他同学，或者是当个好学生的榜样。

理由很多，原因也可以很多。

可裴苑质问她的时候，纪染反而不想否认，明知道这并不是理智的做法，但是她不想。

她不想否认沈执的存在，也不想否认他对自己的意义。

可是她不说话，裴苑反而也沉默了下来，母女两人之间似乎有种隐隐的较劲。

直到最后，裴苑看着她声音冷漠地说："走吧，我送你回家。"


纪染没想到她们之间第一次这么公开而又直接地对峙，居然是以裴苑的率先低头而结束，连纪染自己都有点儿不太适应。

但是最后裴苑确实是把纪染送回了爷爷奶奶家里。

纪染在家安静待到晚上，她看着时间，知道爷爷奶奶睡得比较早，几乎 8 点就睡觉了。

于是她穿好衣服和鞋子蹑手蹑脚地准备出门。

等她偷偷溜出来的时候，直接打了车也没给沈执发信息。

虽然之前他发了信息告诉她，晚上不用过来找他，但是纪染一想到他孤零零在医院，就有点儿于心不忍。

到了医院，她轻车熟路地到了沈执病房的门口，谁知她正要推门的时候，里面传来一个熟悉的女声。

"你跟染染不适合。"

裴苑的声音是真的很好听，清冷里透着成熟。

纪染从病房门上的玻璃，安静朝里面看，裴苑站在床边，而她面前的少年则坐在床边，微垂着头，黑发遮住他的眼睛，叫纪染压根看不清楚他此时的表情。

沈执终于还是抬起头，他很认真地说："阿姨，我不会影响染染的学习。"

裴苑神色依旧冷漠，她面无表情地看着眼前的少年："不单单是学习的事情。"

"你的家庭。"裴苑轻轻的四个字，犹如一个巨锤般一下砸在了沈执的心头。

饶是他这样冷静自持的人，都不由露出苦笑。

是啊，他的家庭。

裴苑不习惯拐弯抹角，她这个人一向开门见山："如果你们不是认真的，那么现在就了断了，毕竟你们年纪都还小。"

"可如果你们觉得十七岁就要认定一个人，那么我也不会同意。你的家庭太过复杂，不适合染染。"

沈执微垂着头，双手狠狠地握住病床的边缘。

手掌因为太过用力，手背的骨关节泛着微微的白。

"况且你母亲的病……"裴苑略顿了下，沈执的头猛地抬起，可是裴苑并不在意他的目光，淡声说，"精神病是有家族遗传史的，你母亲是在二十一岁发病，你又怎么能保证她没有将这个基因遗传给你呢？"

砰，当门被用力推开时，撞在墙壁上的巨大声音，惊动了病房里的人。

纪染站在门口，整个人浑身都在颤抖。

裴苑震惊地望着她，可是小姑娘像是一只处于狂怒崩溃边缘的小狮子，她用力地握住自己的手掌。

死命地咬着自己的唇瓣。

可最后她还是开口说："你怎么能，怎么可以对他说这种话。"

拿一个母亲的病来警告她的儿子。

纪染想不到这会是裴苑干的事情。

她以为裴苑是霸道，是强势，她也见惯了她的强势和霸道，但是没想到她居然能这么冷漠和自私。

"你也是一个妈妈，你怎么能对一个儿子这样说他的母亲。"纪染拼命地睁大眼睛，不想让自己的眼泪落下来。

可是那种失望的心情，却如火焰般在她心底燎烧起来。

大火蔓延将她心底对裴苑所有的依恋和执着都烧得一干二净，心底为她留着的一片平原最后被烧得光秃秃，再也留不下任何东西。

纪染望着她，心头空落落。

是绝望还是失望，她说不清楚。

纪染望着她终于缓缓开口："我为你感到羞耻。"


沈执接到裴苑打过来的电话是晚上医生刚查完房的时候，还是早上的那位医生，打趣地看着他笑道："小姑娘走了？"

沈执点头笑了笑，手机正好响了起来。

他低头看了眼，是个陌生号码。

但是沈执并未像往常那样直接挂断电话，而是盯着屏幕看了好一会儿，终于在铃声快要停止的时候，他点接听键。

"你好，沈执，"对面是一个极好听的声音，声线偏清冷里透着疏离，"我是裴苑，纪染的妈妈，我们可以聊聊吗？"

可以聊聊吗？

当然。

沈执低声开口："您给个地址，我现在过来。"

"不用，你是个病人，"裴苑倒不至于高傲到这种程度，明知道人家腿脚不方便还非要对方出来，她说，"我待会儿就到医院。"

裴苑来得很快。

估计是快到楼下的时候打的这通电话，沈执本来想打开窗子，让病房里的空气清新点儿。

他正站在窗口的时候，身后房门被推开。

一回头，裴苑站在门口，手里拎着一个精致的果篮。

沈执立即走过去，声音算是很客气地喊了一声："阿姨，您好。"

裴苑将果篮放在他病床旁边的柜子上面，待她转头时，低头看了一眼他的脚踝，指了指病床："坐吧，你的脚不该长时间站着。"

看起来裴苑知道他哪里受伤了，而且语气很和善，哪怕声线是她一贯的清冷。

沈执并不擅长跟长辈这样聊天，他平常接触最多的长辈是沈纪明，他冷漠以对沈纪明狗急跳墙，而对待裴苑他有点儿拿不准态度。

显然这场聊天不会是一场很愉快的聊天。

或者应该是一场鸿门宴。

可面前的人是纪染的母亲，是生她养她十七年的妈妈，甚至他能从裴苑的脸上找到纪染的影子，她们微抿嘴沉思的模样那么相像。

沈执心底叹了一口气。

不管裴苑说什么，他都受着吧。

裴苑直接问道："你跟染染是同桌？"

第一个问题不算太过尖锐，沈执点头："是的。"

"过完年之后，纪染不会再回学校了，她会留在江都。"

第二句话犹如在沈执的心头扔下一颗雷，将他的心炸得四分五裂，可是潜意识里又觉得这种做法确实看起来是裴苑会做的。

他不禁苦笑了一声。

沈执微垂眸，轻声问："您问过她的意思吗？"

裴苑当下冷笑，小孩子果然是小孩子。在他们这个年纪总觉得家长应该给自己做主的权利，可是却不明白他们压根没有选择权。

她漠然道："我不需要询问她的意思，这是我的意思就够了。"

沈执看得出来裴苑是个极强势的人，她想要做的事情会不管不顾地达到她的目的，她不用问纪染也不会征求她的意见。

沈执点头，他知道他不可能说服裴苑。

他淡声说："或许您觉得我年纪小，还没有定性，又或者是我们这个年纪不应该考虑所谓的感情。但是我只想告诉您，如果您一定要求染染留在江都，我尊重您的决定。我会等她，等到我们到了足够的年纪。"

裴苑觉得眼前的人看起来并不惧怕她的话，她冷笑了声："你以为我还会让你们见面？我了解我的女儿，她不是轻易动这种念头的人。你们之间是谁主动，哪怕我不用问，我都知道。"

"本来这些话我不该对你说的，毕竟你不是我的孩子，我没有资格教训你。可是你应该明白，你们这个年纪应该做的事情是什么。我听染染说你的学习成绩也很好是吧，所以我更不能让你们再继续错下去，不要仗着自己现在的资本就肆意妄为下去。"

沈执抬头："阿姨，我不会影响染染的学习。"

裴苑深吸了一口气，本来她已经当了恶人以为能说通，但是看来她倒是需要说得更明白一点儿。

其实从早上见到他们在一起，裴苑就让凯文去调查。

纪染告诉裴苑，那个男孩是他们学校里的年级第一，这很容易查到。

但是当看见凯文交给她的资料时，裴苑才知道这个少年的身世有多么的复杂。恒驰集团她并不陌生，这孩子家世倒是不错。

结果当她看见对他身世的详细描述时，裴苑便再也忍不住。

这也是她来医院的原因。

对，年少时的喜欢很缥缈，说不定一句话就能把两个人吵散，又或者是高考之后选择大学的不同，也能让他们各奔东西。

但裴苑做事一向决绝。

她不能去赌那万一的可能性，裴苑不可能眼睁睁地看着他们一路走下去。

所以她淡淡开口说："我反对你们，并不单单是因为你们现在年纪小，也不单单是学习的事情。"

"是你的家庭。"

接下来的一切，就像刚才发生的那样，偷偷溜出来家门的纪染撞见了这一幕。她那样失望和难过，哪怕就算裴苑是打着为她好的旗号，纪染也没办法接受。

当她吼出这句话，"我为你感到羞耻"时，对面的裴苑是震惊的。

她眼睛不自觉地睁大望着纪染，显然她从没预想过纪染会对她说出这样的话。

就连脱口而出的纪染自己，都没想到。

纪染打小被她管束，习惯了听从她的安排，况且裴苑性格这样强势和说一不二，哪怕是纪庆礼没跟她离婚的时候，也没有对她这么说话过。

反而是一直听话的纪染，为了一个少年对她发火。

母女两人都被这样的冲击震惊着，一时整个病房里陷入凝滞的安静。

最后还是裴苑望着她，缓缓开口："如果说我最后悔的事情，那就是给你选择权让你选择了你爸爸。你看看不过半年的时间，你变成什么样子。"

纪染看着她，眼睛里同样是失望。

她一开口，声线里的哽咽和难过几乎倾泻而出，无处遁藏："你想过没，你口中那个得了病的人，对你来说是个陌生人，你不在乎你不在意。可那是他的妈妈，是一想到就觉得心底很温暖的存在。"

"就像你对我一样。"

妈妈是不一样的，就像纪染对裴苑也是的，哪怕裴苑对她要求那么多，强势霸道地安排着她的一切，让她有种被压得喘不过气的感觉。

可她每次出差的时候，如果她已经睡着，那么第二天醒来的时候，就会看见床头摆放着的礼物。是裴苑回来时，偷偷进入她房间放下的。

会在带她逛街时，看着镜子里试着衣服的纪染露出欣慰的表情，虽然那样的神色转瞬即逝，但是纪染有偷偷看见。

这些数不尽的点点滴滴记忆，让她在裴苑对她过分严厉的时候又会忍不住心软，相信她始终是爱着自己在乎自己。

所以裴苑也是她心底，那个只要一想到就会觉得特别温暖的存在。

但是现在裴苑的做法让她无法接受。

此时对面的裴苑似乎被纪染这句"就像你对我一样"感到震惊，她们母女并不是那种能够敞开心扉交流的关系，裴苑几乎从没对纪染说过我爱你这种话，纪染也没有像寻常女孩那样表现得太过依赖她。

但是这一刻，她是能感觉到纪染对她的依赖和眷念。

裴苑再开口时，语气没那么冷硬，而是带着一种近乎解释的语气：

"染染，或许你不赞同我的做法，但是我不后悔。你们不适合，你不了解他的家庭不了解他的出身，你是一头扎进去了。我不能眼睁睁地看着你走错。"

"什么是对的路呢？"纪染望着她，自嘲地笑了一声。

她当然知道在裴苑眼里什么是正确的路，因为上一世她就是朝着那条路一路走下去的，没有行差踏错一步，每一步都是她的规划。

纪染眼眶里隐隐蕴着泪，乌黑的眼眸被一层水光蒙上，摇摇欲坠。

她说："或许您不信，但是我走过那样的路，走过你所说的对的路，心无旁骛地学习、工作，不要被外界干预。可是您知道吗，那并不幸福！"

"您说的那条路，并不幸福！"

午夜时，打开手机通讯录的时候，连一个可以倾诉的人都没有。没有朋友，也没有喜欢的人，压根不知道原来全心全意喜欢一个人的时候，可以这么幸福。

哪怕是两个人喝一杯奶茶，都那么甜。

甜到让她再也不想去走那条所谓正确的路。

她见过那个只有她自己一个人的未来，所以她现在想要去感受另外一种未来。

她想要知道这个未来有多不一样。

裴苑并不想在沈执面前再跟纪染争执下去，所以她决定结束一切，带纪染立即回家。但是纪染低头看着从始至终坐在病床上安静望着她的沈执。

她询问："妈妈，我可以再跟他说几句话吗？"

裴苑眼神复杂地看着沈执，今晚她气恼过、冷漠过，但是也内疚过。纪染的话确实让她有所触动，作为一个母亲，她这么对待一个少年确实太过残忍。

因此一向不退步的裴苑望着他们，低声说："我在楼下等你。"

裴苑推门离开，高跟鞋在地上发出的声音渐渐远去。

纪染这才看向沈执，他眼神落在她身上，神色温柔缱绻："好了，快回家了，太晚了。"

纪染没想到他说的会是这句话，皱着眉想要开口，却又迟迟说不出口，直到她轻吸了下鼻子，小声问："你有没有想跟我说的？"

可是这么问似乎有点儿歧义，她又说："如果你生气，你可以跟我说，也可以骂我。但是你放心，以后谁都不可以说你，哪怕是我妈妈也不行。"

沈执抬着头看向她，没说话。

但眼神是那样软。

此刻他心底唯一的想法只有，何其之幸，他喜欢的那个人是纪染。

都说人生的道路那么长，每个人在成长过程中，都会不断地变化。可是不管从他最初遇见纪染开始还是现在，她始终是那个心底柔软犹如小太阳般的少女。

沈执站了起来，他轻轻抬起手臂，嘴角勾起，微微笑起："染染，过来。"

纪染走过去的时候，沈执收拢手臂把手轻轻搭在她头上，揉了揉，声音柔软："染染，我难过，但是我并不生气。"

说完这句话时，沈执轻轻松开她，两人望着彼此的眼睛。

沈执说："你妈妈说的话是事实，哪怕她不说也存在着。我母亲她确实是个精神病人，我不能保证这样的遗传基因没有遗传给我。所以你不要对你妈妈太失望，她只是说出了一个事实。"

连他自己都在逃避的事实。

突然纪染拼命地摇头，她的眼泪吧嗒吧嗒往下落，刚才和裴苑那么对峙的时候，她都没有落泪。

但是现在她哭了出来。

因为心疼。

世界待他已经这么不够好，她身边的人也要这么伤害他。可是这一刻，他却还想着的是她。

纪染的眼泪落在他的肩膀上，明明穿着病号服，可是眼泪像是穿透厚厚的衣服，烫着他的皮肤。

纪染哭得哽咽，摇头："你很好，你一直很好。"

突然纪染好想快点到她的二十七岁，因为在那个时空里的沈执虽然冷漠骄矜，可是他永远那么骄傲，不用担心外界的狂风骤雨的伤害。

那时候的他，谁都伤害不了。

可是她突然又好心疼，那个二十七岁的沈执究竟经历了怎样的过往，才走到那里。

又是什么样的伤害和诋毁才会让他成为那个有铜墙铁壁防护的骄傲男人。

沈执本来想安慰她，可是没想到反而惹得小姑娘越发哭得大声，她的眼泪一颗一颗砸下来，落在他的心头，犹如滂沱大雨那样。

心疼得犹如心脏被一只大手紧紧攥着。

连呼吸都有些凝滞。

他捧着她的脸颊，声音低沉沙哑："染染，我一直觉得我并不是个幸运的人，运气这两个字好像天生跟我没关系。"

"可是我突然发现，并不是我不幸运。"

他的声音微微停顿，脸上露出一点点的笑容，哪怕那样浅淡，却是发自心底。

"是我用尽了所有的幸运，只为遇见你。"

他的小姑娘像个小战士一样，永远为他摇旗呐喊。

## 第六章
## 关于时光的秘密

　　纪染到楼下的时候，裴苑已经不见踪影，但是凯文站在一楼大厅，显然是在等着她。纪染慢慢走过去的时候，凯文微微点头："染染小姐，裴总让我带您过去。"

　　凯文见纪染眼眶通红沉默不语的模样，心底微微叹了一口气。虽然他没有听到裴苑说什么，但是以他对裴总的了解，只怕说的话并不会太过宽和。

　　纪染跟着凯文一直走到医院的地下停车场里，在裴苑的座驾旁边停下，凯文替她拉开副驾驶的门之后，低声说："染染小姐，上车吧！"

　　"谢谢！"纪染微微点头，不管什么时候她的礼貌总没有错。

　　上车之后，裴苑坐在后座的另一边，停车场灯光昏暗，车窗上贴着的车膜将外面的光线阻隔住，整个车厢内陷入安静又黑暗的氛围。

　　很快，车子缓缓驶出医院的停车场。

　　纪染偏头望着窗外，此时正是江都夜晚最热闹的时候，整条街道的霓虹连接起来，如同连成一片色彩的海洋。

　　随着车子不断地行进，路灯的光影接二连三地交错而过，如同电影里经典片段的剪影。

　　到底裴苑还是没忍住，她并不是沉不住气的人，只是这件事有种要脱离她控制的感觉，这是裴苑最不能接受的。

她侧着头看向纪染，直接说道："染染，我不会同意你们的事情。"

"不是现在因为你年纪小不同意，就算是以后也不会同意。等你长大了，上了大学你要谈恋爱可以，妈妈绝对不会阻止。但是他不可以，沈执不行。"

纪染依旧沉默地望着车外。

裴苑一向是只说结果，不属于解释的人，但此时她竟还耐着性子说了原因："哪怕他没有遗传他母亲精神疾病的基因，你了解他的家庭吗？恒驰集团以后就是一个斗兽场，沈老爷子有三个儿子，以后光是争家产就有的争。"

裴苑并没有夸张，恒驰集团确实是家大业大，令人羡慕，可是恒驰集团创始人的家族庞大，历来这种大家族争家产的新闻屡屡上报，不是没有前例，而是前例非常之多。

用斗兽场形容也不为过。

裴苑几乎是语重心长地说："你不一样，你是我唯一的女儿，也是我唯一的继承人。未来裴家的一切都是你的，还有你父亲那边，他就是再不靠谱，属于你的那一份谁都抢不走。"

"染染，你的人生有无限可能，你可以一生顺遂不为任何事情烦恼的。"

不得不说，裴苑说的每一个字都是正确的。

纪染出身得天独厚，她是独女，没人可以跟她争，不管是裴家还是纪家的东西，多半是要留给她的。

她不用为钱苦恼，更不用跟别人争得死去活来。

裴苑之所以对她管束得这么严格，无非是不想让她成为一般的纨绔子弟。

终于纪染开口了，她一张嘴嗓子是哑着的，声音不复寻常的软甜，低沉沙哑得如同毛玻璃轻轻滑过："如果沈执他不想要沈家的东西呢，他不想争？"

他跟自己说过的，沈家的东西他不想要。

可是她的话刚说完，裴苑从鼻子里发出一声冷笑，显然是在嘲笑纪染的天真，她说："他不争，他父亲能不争吗？他爸爸可只有他这么一个儿子，哪怕父子关系再不好，打断了骨头还连着筋。"

"况且他真的什么都没有了，我凭什么把我的女儿交给他。"

纪染转头朝她看过去，裴苑的脸颊被隐没在黑暗中，只能看见模糊的轮廓，那样坚硬而又冰冷。

她突然发现这个论题竟是个死胡同。

沈执想要沈家的东西，势必卷入未来沈家可能发生的争产斗争当中，裴苑不愿意让纪染卷入那样的混乱又复杂的局面里。

可是他不要沈家的东西又会成为一无所有的人，裴苑更不可能让纪染跟这样一无所有的他在一起。

总而言之可以归结为一句话。

他们两个就是不行。

纪染干脆不再开口说话。

"我要回爷爷奶奶家里。"纪染看着司机的开车方向，开口说道。

司机朝副驾驶座上的凯文看了一眼，显然是有点儿不知道该怎么开，凯文只能把头转向后面看向裴苑。

裴苑淡声："送她去。"

最后车子还是在爷爷奶奶别墅外停下，纪染临下车时，裴苑转头看向她："要是再让我发现你大半夜跑出来，我不介意这几天把你带在身边看管。"

纪染知道裴苑说到做到，也知道自己晚上跑出来确实不太妥当，点头表示答应。

时间过得很快，转眼间到了腊月二十九，这天纪爷爷拉着纪染一起写对联，纪染打小就开始学书法，写得一手好毛笔字。

不管是纪家还是裴家的对联，每年都是由她亲自写。

老人家不喜欢外面卖的那些花里胡哨的春联，喜欢亲手写的这种。

"今天哪，爷爷给你亲自磨墨。"纪爷爷兴致极好地说道。

于是午饭之后，爷孙两人忙活了起来。对联纸也是自己剪裁的，纪奶奶和纪染忙活着裁纸，纪爷爷把他收藏的好墨锭拿了出来。

只不过在磨墨之前，他盯着看了好久，看起来是很不舍。

纪奶奶忍不住开口吐槽道："你爷爷啊，又舍不得他这些老宝贝了。"

纪染知道爷爷有收藏墨锭的习惯，而且很多都是年代久远的墨锭，价值不菲。她没想到只是写个春联而已，爷爷会把墨锭拿出来。

于是她开口说："爷爷要不然就用普通的墨汁吧，你要是舍不得就收藏着嘛！"

谁知老爷子板着脸，直接说道："收着干吗，这些东西买来又不是只为供着，当然要用才有它的价值。"

纪染点头，显然老爷子比她们通透多了。

于是祖孙三人裁纸、磨墨，一个下午把别墅上下的对联写完不说，纪染还特地多写了一份让家里司机送去给外公外婆家。

两边的长辈，她一个都不舍得慢待。

纪染还特地拍了几张照片，发给沈执，虽然他们这几天没见面，但沈执并未离开江都。本来沈纪明一直打电话催他回B市，但他直接把病历单发了过去，沈纪明真怕他的脚有什么问题，也不再催促了。

纪染的照片发过来的时候，沈执正好刚把自家的对联贴起来。

他衣袖还挽在手臂处，伸手拿起茶几上的手机，低头看着纪染发来的照片，几张照片都是她写的对联，显然是得意之作。

特地拍给他炫耀的。

沈执心情不错，露出一抹笑意后，修长的手指尖搭在键盘上敲击，直到旁边一双柔软的手掌轻轻伸过来将他手肘处的袖子往下扯了扯。

他有些惊诧地望着原笙，见她垂着头，温柔地将他的衣袖整理好，末了，小声嘀咕道："这样会冷。"

沈执心头一暖，低声温柔问："妈，你画完了？"

原笙一直都喜欢画画，医生也说过画画有利于她的病情康复，所以沈执给她请了专门的老师学画画。现在她已经能自己画画了。

家里有个画室，是给她准备的。

原笙点头，她好奇地看了一眼沈执的手机，发现他是跟人聊天，而且她眼尖一下看见染染两个字。

"是女孩子？"原笙轻轻问道。

沈执这几年很少回江，当初他们把沈执送走时，是拿了沈家的钱的。本来他外公外婆就心存愧疚，觉得自己是为了钱把外孙送人了。

哪怕那人是他爸爸。

后来是因为程荟到江都的家里闹过一次，而那次原笙又被刺激得不轻。

所以沈执回来得就更少，以至于他这次寒假回家，他外公外婆高兴坏了。老两口从他回家那天就开始忙活，蒸包子、炸肉圆子，顿顿桌子上都是五六个菜。

至于原笙，这几年她的病情逐渐稳定，不再像以前那样易怒，也不会像以前那样不理人。这次沈执回来，她也是忙前忙后。

沈执住院两天的事情没告诉他们，骗他们说是沈家有事儿。

谁知一回家原笙第一个发现他走路的姿势不对劲，哪怕他自己已经尽力让走路自然。

原笙拉开他的裤腿看见上面有些吓人的淤青时，眼泪吧嗒吧嗒地往下掉落。甚至还主动要求跟外婆一起去超市买东西，她因为生病的原因，一向都很抗拒去人多的地方。

可她不仅跟外婆去超市，后来居然还嫌第一天买回来的骨头不够新鲜，第二天又跑去菜市场买东西。

沈执看着她为自己忙前忙后，突然觉得，哪怕从小到大有多少人喊他是神经病的儿子，他都从不怨恨原笙。

他始终在意着她。

染染说得对，妈妈是他心底一提到就会觉得柔软和温暖的存在。


沈执点了点头，结果原笙竟是有些兴奋，她小声问："是你喜欢的女孩？”

他看着原笙，岁月是优待她的，哪怕她病了，可是她的美貌并未消失，反而依旧保留着几分属于少女的天真。

她不喜欢别人动她的头发，所以这么多年养了一头极美的黑发。

此时她倾身过来看着他的手机，黑发如瀑，极是秀美。

沈执没想到她会问得这么直接，可是因为是她问，他反而并不想骗她，点头时轻声说："嗯，是的。"

原笙竟是十分配合地轻轻捂着嘴巴，开心地说："是小景喜欢的女孩呀！"

她还是习惯叫他小景。

原景。


"以后有机会，我带她来见你好不好？"沈执微眯着眼睛，可是眼底那种应该被称为幸福的东西，还是泄露了出来。

原笙望着他，小景是沉默寡言的，她很少看见小景这么开心。

从小到大，似乎只有那一年，小景认识了一个小女孩，那是他第一个朋友，会维护他的朋友，那时候他提到那个小女孩时，眼底的光跟现在一样耀眼。

突然原笙摇头："你喜欢就好，妈妈就不见了。"

沈执有点儿错愕地看着她陡然转变的表情，他知道原笙并不是反对他喜欢谁，要不然她也不会一直笑眯眯地跟他讨论。

就在他想仔细问的时候，原笙突然握住他的手掌，语气极认真地叮嘱："小景以后不可以把喜欢的人带来见我的，一定不行。"

沈执垂眸看着她握住自己的手掌，纤细莹白，劲道很大。

"为什么？"沈执心底隐隐有想法，但还是问出了声。

原笙摇头："妈妈是病人，不可以让人知道妈妈是这样的。"

原笙像是个犯错的小孩一样，不敢抬头看着他，她总是对不起小景的。小时候因为她，没人愿意跟他玩，因为她是人人口中的疯子。

他被人嘲笑，被人鄙视，也是因为她。

她边说边摇着头，似乎生怕沈执没有听进她的话。

沈执眼底突然有了漫无边际的悲伤，因为原笙，也因为他。直到他伸手抱住原笙，本来一肚子话要说的原笙安静了下来。

沈执抱住她的时候，才发现原笙这么瘦弱，可哪怕她是病人，她也想要尽全力保护她的孩子。

"不怕，不怕，她知道的，我喜欢的这个女孩她什么都知道的，"沈执轻轻摩挲着她的后背，安抚着她，许久他笑着说，"她还说你是我心底一想到就觉得很温暖的存在。"

原笙安静地听着他这句话。

"真好，真好，"沈执怀里的原笙小声念叨着，直到最后她说，"小景，你能喜欢上这样的女孩，真好。"

喜欢上一个正确的人，何其之幸。

原笙就是爱上了一个错误的人，蹉跎了她自己的一辈子，也让她的孩子经历着那样辛苦的人生。


到了除夕夜，纪庆礼总算是带着江利绮和江艺住进了纪家。江利绮哪怕怀着身孕，也跟着忙前忙后，一副女主人的模样。

纪奶奶倒也没说什么。

至于纪染，除夕夜中午去了外公外婆家吃饭，晚饭回的这边吃，反正两边是一个都不能落下。

到了晚上的时候，大家都没有立即上楼，而是在楼下客厅看电视。

只不过纪染想跟沈执打电话，先上楼一趟。等她从房间里出来的时候，正好江艺也从她房间出来，两人的房间就在对门。

谁知江艺本来抓在手里的手机，居然直直地朝纪染这边飞过来，最后落在她脚边。

纪染垂眸看了一眼，本来打算直接走人，可是她垂眸时看见手机屏幕上的聊天记录，于是她弯腰将手机捡起来。

然后看着屏幕里的对话记录。

这是江艺跟一个男人的对话。

对方：你把纪染手机号码给我吧！

江艺：我才不呢，除非你求我。

对方：求你。

江艺：顺便再给我买个包。

对方：买买买，你回来我就给你买

江艺：我要你现在就买。

对方：我说话一向算话的，上次你给我通风报信，让我偶遇她，我不也给你买包了。

接下来就是一行数字，是纪染的电话号码。

江艺见她看自己的聊天记录，扑过来将手机抢了回去，怒道："你这人怎么这么没素质，居然看别人的聊天记录。"

江艺赶紧退出聊天的界面。

纪染冷冷地看着她，脑海里突然想起一个人，沈越。

那天沈越在天空之境遇到她，原来竟不是偶然，而是有人故意给他通风报信。

"是沈越对吧？"纪染厌恶地看着江艺，她实在没想到江艺的胆子可以这么肥。

江艺还在强撑着，死不认："你在说什么呢，什么沈越，我可不认识。"

说完她也不想再下楼，准备退回自己的房间。

纪染上前几步，一脚挡住她准备关上的房门，冷漠地看着她："不认识是吧，那行，你现在就跟我去楼下，让爸爸来看看你到底干了什么龌龊事情。"

江艺是真的怕了，立即关上门，准备删掉聊天记录。

只要没记录，纪染就是口说无凭，她死不认账就好了。


于是她伸手又打开手机，准备删掉聊天记录，可是纪染怎么可能眼睁睁地看着她这么做。两人抢夺了起来，纪染抬脚直接踩在江艺的脚上。

江艺光顾着手上的手机，压根没想到纪染会踩她一脚，当即疼得弓着背。

纪染直接从她手里轻松把手机拿回来。

这时江利绮正好找上来，刚才她就给江艺发信息，让她下楼陪着长辈们一起看"春晚"。谁知她答应说马上下来，到现在还没下来。

一上来，她就看见两个女孩似乎打了起来。

江利绮赶紧喊道："染染，你在干吗？你怎么能打江艺呢？"

"干吗？"纪染被她贼喊捉贼的态度逗笑了，她扬了扬手里的手机，冷笑道："你还是问问你的好女儿吧，她居然敢把我的手机号码直接给一个浑蛋。"

"哦，对，你女儿还挺有生意头脑的，敲诈了人家一个包呢！"

江利绮听着纪染的话，目瞪口呆。

纪染真的被江艺恶心得够彻底，她是真的一秒都不想跟这个人待下去，所以她直接拿着手机往楼梯口走。

身后的江艺连声哭喊道："妈妈，你快拦住她，她肯定要去告状了。她想把我们都赶出去。"

江利绮被她这么一喊，也有些慌了，赶紧上前去揽住纪染。

谁知纪染这时候压根不想搭理她，直接道："让开。"

江利绮拉住她的手腕，小声道："染染，你听阿姨的话，你放过她这一次好不好，我一定好好教育她。"

"晚了，她一次又一次地突破底线，你教育过吗？"纪染望着她，毫不客气地说，"你只会纵容她。"

说着，纪染绕开她准备下楼。

江利绮还是没放弃，一直跟着她走到了拐弯的平层处，江利绮再次拉住她的手臂恳求说："染染，是我纵容她了，但是马上就是新年，你让大家过个安静的新年行不行？"

纪染真的被她倒打一耙的功力折服了，她好笑地看着江利绮问道："所以你的意思，是我在闹事？"

她也不再生气，很平静地说："既然是这样，那就把这个聊天记录给我爸看看，看他怎么觉得。"

楼下纪庆礼和老爷子还有老太太说话的声音，隐隐传了过来。

江利绮望着面前的少女，突然她的脑海里响起一个声音，随后她眼底的怨毒竟是再也忍不住，她低声说："你要这样，就别怪我……"

她的声音太小，纪染又不想跟她纠缠，伸手准备拨开她拉着自己的手掌。

可下一秒，异变突生。

江利绮竟是脚下不稳一样，直直地摔了下来，然后在楼梯上滚了下去，巨大的声音惊动了还在客厅里的人。

纪染站在原地，看着摔下楼的江利绮。

她的脚掌如同生了根一样。

直到纪庆礼的声音响起："利绮，你怎么回事，你怎么摔倒了？"

此刻江利绮还没有昏过去，当她被纪庆礼抱在怀里的时候，她的手臂慢慢抬起来，隐隐地指向还站在楼梯处的纪染。

这一刻楼上的江艺也听到下面的动静，当她跑下来的时候，看着下面的江利绮，竟是疯了一样地指着纪染："是你把妈妈推下去的，是你，你怎么这么坏。"

终于纪爷爷和纪奶奶也被吵嚷声喊了过来，当他们看见躺在地上的江利绮时，一下惊呆了，还是纪爷爷先回过神："赶紧叫医生，打电话。"

可是他刚喊完，突然纪奶奶扶住他的手臂，似乎因为没站住，有点儿晕。

直到她指着江利绮说："血，流血了。"

这时候众人才发现江利绮穿着的羊毛长裙上竟是渗出血迹，随后血迹蔓延开来，竟是越来越多，越来越多。

周围一片混乱，纪染依旧安静地站在原地。

安静地。

直到许久，她开口说："我没有。"

可是没人听到她说的这句话。

整个纪家一片混乱。

哪怕今天是除夕夜，但是救护车还是来得很快。当医护人员带着江利绮离开的时候，纪染站在客厅里面无表情地望着这一幕。

"染染。"纪奶奶走过来伸手握住她的手掌。

纪染的手掌很凉，透骨冰凉，纪奶奶心疼地握住她的手掌，小声道："染染，你跟奶奶说说，到底是怎么回事？"

纪染转头看着纪奶奶，张嘴，声音里透着一股低哑："奶奶我没有推她。"

纪奶奶见她身体现在还在颤抖不已，知道她也被这一幕吓坏了，赶紧说："奶奶知道，知道染染是个好孩子，不会做这样的事情。"

纪染一直悬着的心，总算轻轻地落了回来。

好在还有人愿意相信她。

她真的没有推江利绮，对，她是不喜欢江利绮，没有隐藏，但是她从来没有想过要害江利绮，对她肚子里的孩子下手。

她不屑。

但此时纪奶奶突然捂住胸口，纪染见状立即扶住她，紧张地问道："奶奶，你怎么了？"

"没事儿，奶奶就是有点儿头晕。"纪奶奶摆了摆手。

此时纪爷爷从外面进来，刚才救护人员抬着江利绮出去的时候，他也跟着到了别墅的大门口，这会儿纪庆礼和江艺跟着救护车一起去了医院。

他走进来看见纪奶奶捂着胸口，立即问道："你是不是血压又上来了？"

纪奶奶有高血压的老毛病，平时按时吃药又不受什么刺激，自然没什么问题。这会儿突发变故，又看见江利绮下半身穿的裙子血淋淋的模样，竟是后知后觉地才头晕了起来。

纪染立即将纪奶奶扶着在沙发上坐下，家里的保姆听着声音赶过来，又是倒水又是去给她拿药。

吃了药之后，老太太的脸色总算好看了点儿。

纪爷爷看着她这副模样，低声道："我给小陈打电话，让他过来一趟。"

纪奶奶立即摆手:"算了,这大过年的,哪有这个点把人喊过来的。"

这个小陈是纪家的家庭医生,两位老人家年纪大了,有时候一些简单检查就懒得跑一趟医院,都是叫这位陈医生上门来帮他们的。

"要不您先回房间休息一下。"纪染小声问道。

纪奶奶这次没拒绝,点点头。保姆和纪染左右搀扶着她,将她扶到床上。望着纪染一脸要哭的模样,纪奶奶还笑着说:"染染,别担心,奶奶这都是小问题。"

纪染握着她的手掌,眼泪一直在眼眶里打转。

第一时间奶奶就选择相信她。

她说不是,奶奶就信。

老太太今天本来就忙碌了一天,现在血压又升了上来,整个人看起来特别疲倦。所以纪染很快离开她的房间,让爷爷陪着她。

等她站在客厅的时候,原地站了许久。

终于她轻轻转过头,朝着楼梯口看过去。那里有一摊明显还新鲜的血迹,在灯光下透着妖异的红。

纪染深吸了一口气,只觉得心口堵得难受。

保姆这时候拿了打扫的工具过来,见纪染站在这里,小声说:"染染小姐,你赶紧上楼休息吧,这里让我来打扫。"

保姆走过去的时候,纪染还站在原地。

突然,她兜里的手机响了起来。


纪染低头从口袋里把手机拿出来,发现是沈执的电话。她本来是想接听的,可是手指尖一直在颤抖。

总算按了接听键时,纪染一张嘴:"喂。"

哪怕她只说了一个字而已,沈执还是听出不对劲,他立即问:"染染,你怎么了?"

"沈执,江利绮……她流了好多的血,医生说她的孩子可能要保不住了。"

纪染的声音很虚，仿佛只要有人再戳她一下，她整个人就要从万丈悬崖上掉下去了。所以听到沈执这一句询问时，她终于抓住了一根藤蔓。

一根能拯救她的藤蔓。

沈执当然知道江利绮就是她的继母，本来他站在自家的阳台上给她打电话，这时候立马转身，边往外面走边问："你现在在哪儿？"

"我在爷爷奶奶家里。"

"我马上到。"

沈执没有一秒钟的犹豫，纪染听到他坚定的声音，突然轻咽了下。她没有说不需要，因为这一刻她真的好想看见沈执。

开车的是个年轻人，还以为沈执遇到什么急事，安慰道："小兄弟，你相信我的技术，我保证又快又稳地把你送过去。"

沈执望着窗外的风景，沉默不语。

沈执到的时候，给纪染打了电话，她直接从玄关拿了一件挂着的外套，穿上之后走了出去。

因为这里是郊区，远处的天空突然腾起几支烟花，五彩的烟火在天空绘成一道又一道耀眼的风景。

寒夜里的冷风刮在纪染的身上，她只觉得浑身都很冷。

终于她走到门口，一眼就看见站在门口的少年，他穿着一身浅灰色大衣，在门口的灯光下映衬得高挑挺拔。

少年神色比这夜色还要沉郁，抿着嘴，一言不发地望着小区里。

在纪染的身影出现的时候，他冲着她看着，然后嘴角轻勾，笑了一下。

哪怕离得那么远，纪染还是能感觉到他看着自己时的微笑。

这清浅的笑容在如此寒冷的夜晚，如同一道照亮她的光束，轻轻拨开她心底的阴霾。


纪染走过去的时候，沈执伸手将她的手掌握住。他低头看着她的脚，轻叹道："你怎么没换鞋？"

纪染跟着低头看了看自己的脚，这才发现她就穿了家里的一双拖鞋出门。

刚才还不觉得，发现时她才觉得自己的脚掌快要被冻僵了，连脚指头都快蜷缩不了。

"走吧！"沈执握着她的手掌。

她没问沈执去哪儿，就跟着他上车。那个私家车的小哥拿了他这么多钱，又见这里实在是偏僻，干脆停在这里等他。

谁知见他带了一个小姑娘回来，满脑子各种想法都有。

特别是两人看起来年纪都不算大。

也就十七八岁吧，特别是这小姑娘哪怕长发有点儿挡住脸颊，可是长得是真够漂亮的，小脸蛋在黑夜里白得都要发光了。

这算什么？

这边进了店里的纪染，只觉得店里的暖气真够足，整个人一下如同置身温水里，暖得她整个人轻颤了下。

沈执让她坐下之后，过去买了两杯热饮，端过来的时候让纪染握在手心里。

"现在暖和点儿了吗？"沈执轻声问道。

纪染点头。


沈执看着她有点儿泛着紫的唇色，显然是被冻着的。本来他可以带着纪染去酒店，可是他深夜把她从家里带出来，带到酒店里如何也说不通。

这时，他才开口问："到底发生什么事情了？"

纪染渐渐回过神，她垂眸盯着手里的杯子，上面大大的"KFC"三个字，终于她小声开口，把事情的经过告诉了沈执。

"她拦着我，我伸手想要拉开她的手，可是她突然就滚下去了。"

其实在江利绮的手指指向她的时候，纪染心底也是慌张的。那时候她很激动很生气，一心想要摆脱她，下楼去告诉长辈们这件事。

她不知道是不是，或许是她自己不在意的时候拉了江利绮一下。

沈执望着她说完就沉默的样子，声音温柔："染染，你在怕什么？"

纪染手掌松开杯子，一下捂住自己的脸颊，她小声说："我在想，或许是我自己。你懂吗？或许是我不小心碰到她，是我……"

突然沈执的手臂越过他们面前的小桌子，轻轻地搭在她的耳朵上，他的手掌温暖而干燥，那么温柔地覆盖着她的侧脸。

"染染，我知道你现在很慌张，你在怀疑自己是不是有责任，那你就安静地不被打扰地回想一下。"

纪染轻轻闭上眼睛，仔细地回味着刚才发生的一幕。

她记得江利绮摔倒之前说了一句话，然后她想伸手去拉开她的手掌，但是还没碰到她的时候……

对，她的手掌没有碰到她。

突然纪染睁开眼睛，她直勾勾地望着沈执，再次坚定地说："我没有。"

此时的沈执安静地望着她，终于又笑了起来，他轻轻点头，温声开口："我知道你没有。"

他一直都相信的。

纪染心头犹如卸了一个大石头，她知道自己肯定没有主动害江利绮的意思，但是她怕的是真的是她不小心碰到对方，才害得她摔倒。

可是现在她心底有个疑惑，江利绮摔倒真的是不小心吗？


此时到了医院的人，医生已经在门口，江利绮几乎是到了的一瞬，立即被推进了手术室。她眼睛无力地望着前方，整个人心如死灰。

她的脑海里闪过无数个片段，直到那个冷静而又残酷的声音再次响起。

"江女士，你这个情况应该是胎停。"

江利绮犹如雷劈，她不敢相信地说："不是，医生，我都已经怀孕超过十二周了，不是说胎停是在八周到十周之间。"

医生看着她无奈地说："抱歉，江女士，胎停呢确实大部分是在八周到十周。但那是绝大多数情况，并不是绝对情况。您是高龄产妇，在怀孕时本来就面对极高的风险。"

她不信，于是医生让她两周之后再去检查一次。

但她还是听到了她不想听到的消息。

江利绮是在昨天拿到检验单子的，她不敢让纪庆礼知道，甚至连江艺都没告诉，自己一个人偷偷来的医院。

此时医生不停地说话，江利绮只剩下模糊的意识。

站在外面的纪庆礼却接到家里保姆的电话，他皱眉问道："染染不见了？什么时候？"

"我在打扫楼梯这边的血迹，结果转头她就不见了。本来我以为她是回房间，可是转头一想，我一直在楼梯这边，她根本没上楼啊！"

保姆在家里找了一圈，纪染确实是不在。

况且刚才江艺大呼小叫的时候，保姆站在旁边也听到了，江艺一直在说纪染是故意推江利绮下去的。

保姆在纪家也干了好几年，对纪染这孩子还算了解，长得漂亮也很有礼貌。

所以她小声说："先生，会不会是染染因为害怕跑出去的呀，那个艺小姐一直说是染染小姐推的人。这空口白牙的……"

保姆没好意思说得太明白。

纪庆礼"嗯"了一声，叮嘱说："别让老爷子和老太太知道染染不见了，免得他们担心。"


沈执接到裴苑电话的时候，快到十一点。

裴苑直接问："染染是不是跟你在一起？"

沈执承认道："是的。"

裴苑问了他们的地址之后，让他们留在原地不要离开。二十分钟后，裴苑开着车亲自找到他们。

这次裴苑并没有因为她深夜离开家发火。

而是直接让她上车。

裴苑看着沈执，最后还是说："你也一起吧，我待会儿送你回去。"

纪染没想到的是，裴苑并没有带她回家，而是带着她一路去了医院。

一直到了医院停下时，裴苑说道："你爸爸似乎有话要跟你说，我带你来见他一面。"

刚才纪庆礼给裴苑打电话时，她本来是不接的，可是他又拿别的电话打过来。裴苑这才接通的。

她知道纪家发生的事情，又听说纪染离开家。

大概猜到发生了什么事情。

所以她才会直接给沈执打电话。

纪染坐在车里，裴苑低声说："去吧！"

终于她推门下车，当她慢慢走过去时，纪庆礼就站在医院的大厅里，纪染离很远看见他。她脚步停住站在原地。

她不想这时候跟纪庆礼有交锋，她知道他一向喜欢和稀泥，说不准还会相信江利绮对她的诬陷。

虽然她对纪庆礼的失望已经足够多。

可是她并不想再多一点儿失望。

反而是纪庆礼在第一眼看见她的时候，缓缓走了过去，望着纪染喊道："染染……"

他很少喊她染染，总是连名带姓地喊纪染。都说女孩是爸爸的小棉袄，可是纪染从来没这种感觉，他们之间并不亲密。

或许是因为她太像裴苑，纪庆礼看见她的时候，总会看见裴苑对他的压制吧！

纪染觉得，他从来不喜欢她，也不在意她。

但是没关系，她也一样。

此时她扬着头，毫不犹豫地开口说："我没有推她，没有。"

纪庆礼看着她，低声说："染染，我这个爸爸当得很失败吧！"

纪染愣住，不明白他为什么会这么说。

纪庆礼脸上突然露出一种不应该在他脸上露出的表情，是那种无奈的苦笑和一点点难过，他说："你是不是觉得我一定会相信，是你推了她？"

纪染这次彻底怔住。

纪庆礼望着她，很认真地说："我不信。"

"我不信我的女儿会做出这种事情。"


除夕夜的医院，安静得有些过分。

纪染站在原地眼巴巴地望着纪庆礼，她可以想象纪庆礼冲着她发火，问她为什么跟江利绮争执，也能想象到纪庆礼气急败坏地指责她大过年把家里闹腾得乌烟瘴气。

但是她想不到纪庆礼跟她道歉，安慰她。

她无法想象这样的画面，就是现在这一幕。他告诉自己，他不信，不信她会做出那样的事情，愿意相信她是无辜的。

甚至他还在跟她认错，是认错对吧！

他说自己是个失败的爸爸。

纪染深吸一口气，她以为自己不在意纪庆礼说的任何一句话，可是现在才发现，她不是不在乎，而是不敢在乎。

失望的次数太多，变得不会再期待。

或许小时候纪染也曾羡慕过别的小女孩跟父亲亲密的模样，但是她得到的太少，纪庆礼会给她买很贵很贵，裴苑都觉得太过贵重的礼物，但是他不会带她去游乐园。

后来他跟裴苑的关系越来越差，几乎到了冰点的时候，纪染就再也不记得她和纪庆礼有什么单独值得记忆的片段。

再后来她出国读书，毕业后在国外工作了几年，她跟纪庆礼成了偶尔会打电话客气问候的关系。

唯一还值得说的大概就是，每年她的银行账户都会收到一大笔纪庆礼给她的钱。

她没有成年时，这笔钱是抚养费，由裴苑代收。她成年之后，这笔钱都是直接打进她的账户。

能清楚证明他们之间尚存的父女关系的，大概就是这一笔又一笔的钱。

纪染曾经觉得如果没有很多很多的爱，那么她可以接受很多很多的钱。她从小就是一个在父母冷漠关系中长大的人，当她不需要很多爱的时候，她愿意选择要很多钱。

"你是不是一直对我没有抱过希望？"纪庆礼想了许久，还是忍不住问出了口。


当保姆在电话里告诉他，纪染可能因为害怕离开家的时候，纪庆礼第一反应是她有什么可害怕的。

下一秒保姆就说，是因为江艺指责她推江利绮下楼这件事。

当时纪庆礼只觉得好笑，江艺惊慌之下说的话，他怎么可能会信。况且他好歹也是纪染的父亲，他了解他的女儿是什么样的人。

她不可能故意推江利绮。

可是现在的问题是，纪染真的不见了。挂断保姆的电话之后，纪庆礼一个人站在医院的走廊想了挺长时间。

终于想通了纪染离开家的原因，那就是她不信自己会相信她是无辜的。

男人通常心思没有那么细腻，他们不太会反思所谓的亲子关系。纪庆礼一直觉得他和纪染的关系还不错，最起码她在他们离婚的时候是愿意选择他的。

但是纪庆礼今晚才发现，他这个爸爸在纪染心底有多么的不值得信赖。

此时纪染在听到他的这个问题时，沉默了几秒，缓缓点头。

纪庆礼预想到这个结果，还是挺无奈的。本来他打了纪染的电话没接，没办法只能给裴苑打电话，这是他们离婚之后的第一通电话。

也是纪庆礼头一次对裴苑用了请求这样的字眼。

他让裴苑带着纪染来一趟医院，有些话他想当面跟纪染说。

纪庆礼看着她，声音透着几分无奈，或许是因为他们之间的隔阂，他说："染染，你是我的女儿，我是从小看着你一点点长大的。这么多年来，你从来没让我们操心过。所以出事的时候，我从来没想过你会是故意推她。”

"哪怕是一秒钟，爸爸都没这么想过。"

纪染知道他在盯着自己看，可是她还是撇过头，不想让纪庆礼看见自己哭的样子，她拼命睁大眼睛，可是眼泪却是那样无法控制。

随时都有从眼眶里落下的危险。

纪染觉得自己挺没出息的，就像是一个一直被忽视的小孩，明明心底下定决心这次不管怎么样，哪怕他们把全世界都给她，她都不会看一眼。

可现在只给了她一颗糖而已，她就要感动得哭出来。

纪庆礼不太习惯说这种温情的话，此时见说得差不多，挥挥手："快回去吧，我今晚要在医院这里守着。"

纪染点头，转身离开。

纪庆礼想了下，还是把人喊住："染染。"

纪染停住脚步站在原地，身体微侧着回头看向他，低声问："怎么了？"

"以后不许晚上随便跑出去，"他口吻挺严肃的，估计他自己也意识到了，下一秒放软声音，"太危险了，爸爸会担心的。"

"哦。"纪染安静地点点头，却没有立即离开，而是有点儿踟蹰。

半晌，她终于轻声说："我回家了。"

其实她这个人也很嘴硬，明明想要说的是另外的话，可最后到了嘴边反而只剩下这个。

不过没关系，他们还有很久很久的时间。


这是纪染过得最波折的一个新年，估计沈执也是。因为当纪染离开车里的时候，车厢里只剩下沈执和裴苑两个人。

裴苑坐在驾驶座上，手肘抵着车窗玻璃，神色淡淡地望着窗外的一幕。

不远处她的女儿和前夫正站在一块儿说话。

沈执坐在后座，也是一言不发，他这么有存在感的人，头一次收敛自己的气息，还挺希望他未来丈母娘能忽略他的存在。

无奈，如今他们年纪确实是小，哪怕再过几小时，都过不了十八岁。

可一顶早恋的帽子扣下来，天各一方都算是轻松的说法。

沈执或多或少对自己这位未来丈母娘有点儿了解，强势，霸道，控制欲更是强到别人不能反驳的地步。

她反对的事情，那就是一定反对到底的。

前几天沈执刚在医院被她约谈过，结果今天又直接被撞到他和纪染深夜在外面，虽然理由很正确，但也无疑是"顶风作案"。

性质严重的话，是要被判"死罪"的。

虽然他现在在裴苑心底也没留下什么好印象，可好歹也要装一装，不至于这么破罐子破摔下去。

沈执在后座安静地做温暖好少年的时候，突然裴苑开口了，她问："这么晚出来，你妈妈会不会担心？"

等等？

沈执抬眸，准备看过去，不过他存了个心眼没直接看裴苑，而是看着后视镜，打算从镜子里观察一下裴苑说这句话的神态。

谁知他刚要打量，突然发现镜子里裴苑那双冷淡到极致的黑眸，正好和他撞上。

不得不说，人在遇到危急关头，潜力巨大到惊人。

沈执居然还能在这种修罗场一样的紧要关头，不紧不慢说道："谢谢阿姨关心，我能保护自己的安全。"

末了，他还是加了一句："我也能保护染染的安全。"

这是在解释今天晚上发生的事情。


不过裴苑知道这件事跟他没什么关系，因此没打算多说。好在这会儿纪染也转身走了回来，她拉开车门坐在副驾驶座。

之前她是想跟沈执一块儿坐在后座的，可是裴苑的眼神轻轻朝他们身上扫了一遍。

纪染乖乖拉开副驾驶的门，坐在裴苑旁边。

"你家住哪儿？"裴苑问道。

这话是问沈执的，裴苑到底还没做得太绝，直接把沈执赶下车，让他自己打车滚回去。于是沈执说了一遍家里的地址。

车子里又陷入一片安静的气氛。

今天是除夕夜，哪怕平日繁华的江都夜晚，此刻也不免有点儿过于安静。整条车道空空荡荡，车子开出去许久，竟是连一辆其他车都没遇到，

不得不说，之前沈执能拦到车也是一种幸运。

裴苑开车架势也很足，车子开在高架上，油门被踩到高架限速的最高时速，以至于从医院到沈执家小区的距离，硬生生在二十分钟赶到。

沈执对于她这种毫不掩饰地希望自己赶紧离开的行为，一点儿都不奇怪。

所以到了地方，沈执很客套地道谢，推门准备下车。

谁知他刚推开门，裴苑转头看着副驾驶座上的纪染，眸子微垂落在她的脚上，淡淡道："把鞋子换回来。"


纪染低头看了看自己脚上这双明显不属于她的男鞋，这是沈执的鞋子。

之前在爷爷奶奶家门口的时候，一上车，沈执就强制跟她换了鞋子，他的鞋子很温暖而且一点儿都没有什么味道。

此时一直穿着，纪染差点儿忘记。

没想到裴苑居然注意了。

于是纪染点头赶紧下车，两人一只换一只就这么把鞋子换掉，可是沈执的手掌在裴苑看不见的地方，轻轻挠了下她的手掌心。

纪染被吓得忍不住想往车里看，可最后还是强制自己先把鞋子换回来。

沈执似乎挺享受这种在裴苑眼皮子底下逗她的乐趣。

冬天的大衣袖口都很长，他顺着袖口轻轻捏住她的手腕。

他的手指有点儿微凉，握住她温热的皮肤，竟是突然舍不得收回

手掌。

沈执朝她看过去，眼神复杂，真想当着她妈妈的面儿把她抢回去。

藏起来。

这样他们就不用分开了。

裴苑这次直接送她回去，纪染下车的时候，她挺淡定地说："回去早点儿睡觉，明早让司机送你去外公外婆家里拜年，有什么事情之后再说吧！"

纪染点头。

在她推门下车的时候，本来握着方向盘的裴苑，突然转头看着她，声音莫名有力量地说："不是你的事情，谁都推不到你身上。"

愣了有那么几秒钟。

这时纪染回过神才明白，裴苑说的是江利绮的事情。

没等她说什么，裴苑又皱起眉："把车门关上。"

纪染听话地把车门关上，然后下一秒车子启动，竟是很快飙了出去，最后徒留一车屁股的尾气给纪染。

她这个亲妈，可真够酷的。

纪染也彻底明白，她这辈子是不可能得到一个温柔可人会抱着她说，宝贝没关系妈妈爱你妈妈最喜欢你的妈妈。

但是她有裴苑，看起来也还不错的样子。

纪庆礼是第二天回来的，江艺早上就被人叫了司机送回来。不过江艺这次回来，嘴巴倒是闭得挺紧，再也没说什么纪染推她妈下楼这种话。

纪庆礼回来的时候，纪染没在。

她一早就去裴家那边拜年，今天都不会回来。

纪奶奶还是问了江利绮的状态，孩子是肯定没了的，就是她的身体需要静养。毕竟流产不是小事儿，况且她还是这种情况流产，伤及了身体。

老太太早就叫阿姨准备了营养餐送到医院那边去，虽然她不喜欢江利绮这个人，可到底是儿媳妇，又流产了。

她要是不管不问的，未免太过刻薄。

至于裴家这边，到了下午的时候，纪染发现裴苑好像出门去了，她也没在意。


裴苑到医院的时候，微微蹙眉，她并不喜欢医院这样的地方。她自己就是能不来医院就不来，实在扛不住才会过来。

新年住院的人很少，在门口导医台问了一句，裴苑就知道了江利绮的病房。

她这次什么都没带。

直接推门的时候，病床上的人抬眼望过来，露出震惊的表情。

江利绮是真的没想到裴苑会出现，她当即有些慌张，声音拔高："你怎么会来这里？谁允许你过来的？"

因为刚做完手术，她的身体还很虚弱。

此时护工听到她的声音，从外面过来，谁知裴苑却看着她，淡笑道："你确定我们的谈话要让别人听到吗？"

江利绮有种莫名的心虚。

其实那天在机场，她第一次见到裴苑本人的时候，就知道这个女人将会是她永远跨不过去的那座大山。

她的美貌，她的优秀出众，都是江利绮无法比较的。

所以她还真的让护工先离开，因为她不知道裴苑要说什么，她们之间的对话确实也不适合被人听到。

护工离开之后，裴苑缓缓往前走了两步。

不过也只是两步而已，她并没有靠得更近，只是轻蹙着眉头看向江利绮，仿佛她是什么传染病毒似的。


江利绮撑着床面缓缓坐了起来，她躺在床上有种仰视裴苑的感觉。

这种感觉极其不好，哪怕此时她刚做完手术很虚弱，她也要坐起来。

裴苑并没有在意她的小心思，她今天之所以会来这里，自然有原因。她的聊天风格一向都是开门见山，也确实懒得再跟江利绮耗费时间："我来只是想告诉你，我不管你想干吗，但是把没有的事情硬推到我女儿的身上，我可是不会答应的。"

她似笑非笑地看着江利绮，那种表情就如同一只猫看着自己的猎物，不动声色中透着戏谑。

江利绮立即拔高声音："你过来就是想要威胁我，你凭什么？"

"凭什么？这件事真正的原因是什么，你以为你不说，我就查不出来？"裴苑讥讽地看着江利绮。

她也是个女人，知道一个母亲不可能拿自己的孩子开玩笑，除非到了逼不得已的时候。

江利绮突然摔下来流产，跟纪染没关系，那么只有两种情况，她是无意摔下来或者她是故意摔下来。

裴苑心思灵巧，大概也能猜到原因。

江利绮突然心虚了，裴苑说得对，一切都有踪迹的。况且她昨晚做手术的时候，医生肯定会跟纪庆礼说起她的病情。

说不定医生还会告诉他，自己肚子里的孩子已经胎停的消息。

江利绮自然不敢再把这件事闹大，甚至恨不得息事宁人。

"我又没说是纪染推我。"江利绮冷静下来，立即说道。

裴苑冷笑。

原来这就是纪庆礼自己的眼光，可真够差的。

裴苑觉得挺没意思的，直接转身走到门口，等她拉开门准备离开的时候，回头看了一眼江利绮，声音愉悦地说："哦，对了，祝你和纪庆礼婚姻幸福，希望这是他的最后一段婚姻。"

江利绮本来就苍白的脸色，越发苍白。


裴苑回到家里的时候，纪染正在陪着老太太和老爷子看昨晚的"春晚"，老爷子叹了一口气："现在的'春晚'可越来越没意思了。"

纪染笑着问道："外公，您想要什么有意思的，我可以陪您看。"

老爷子闲闲道："外公啊就觉得染染最有意思，想天天看着染染。"

这还是想让她留在江都啊！

纪染安静，没接住这个话茬，反而是裴苑进来的时候，脱了大衣时，朝这边望着开口说："爸，如果您真想的话，下个学期开学您帮我多看看她。"

裴老爷子一怔，随即明白自家闺女是想通了，要让纪染留在江都，开心地笑起来："好好好，帮你看着染染的时间，我多着呢！"

纪染望着裴苑，眼神里并没有太多的不敢置信。

反倒是裴苑走过来看着她，淡淡地说："染染，我觉得你不太适合再去那边住。毕竟你爸爸已经重新组建了一个家庭，现在又发生这样的事情，我觉得最适合你的安排就是留下来。"

纪染沉默不语。

她知道裴苑只是来通知她的，她并没有决定权。况且她说得确实对，她之所以想要跟纪庆礼一起生活，不就是觉得江利绮和江艺占据了她和她妈妈的位置。

她想要拿回来。

可现在她发现，属于她的东西从来没有消失过。

一直都在。

如今那个在北方的城市，让她曾经陌生却轻易喜欢上的城市，有着让她眷念和喜欢的少年，明明那么舍不得，却只能暂时说再见。

晚上纪染还是给沈执打了一个电话，其实她知道自己应该当面告诉他。

可她觉得自己应该没那么大的勇气。

"沈执。"她在电话的这端喊他的名字，声音里的眷念已经止不住，明明还没到分别的时候，她就开始舍不得。

沈执靠在床头，身体坐直，轻声问："怎么了？"

纪染试图让自己的口吻说得轻松点儿，没那么沉重："过完年，我就不回去了。"

一时，电话两端的呼吸都有些粗重。

纪染强忍着心头的哽咽，短促地笑了一声："其实三个学期很短的对吧，我们寒暑假的时候也可以见面，等以后我们一起报考同一所大学的时候，就再也不用分开了。还有哦，你不要以为我不在你身边，你就能放松下来不好好学习，要不然到时候我报考清华北大，你……"

"我等你。"沈执的声音打断了她的话。

他望着对面的墙壁，微闭了闭眼睛："染染，对你，我永远都不会放手的。"

所以别担心，时间对我们而言从来不是阻隔。

他会等她。


接下来的时间里，纪染都是在数着时间里度过，四中还有一星期就要开学了。

还剩六天。

五天。

四天。

……

一天。

凑巧的是，四中开学前一天就是元宵节，纪染知道沈执是今晚的飞机，她提前在手机里发信息，告诉他自己就不去送他了。

晚上的时候，纪染把最后一张卷子做完，望着窗外。

纪庆礼他们早已经回去，大家都走了，只剩下她一个人。

纪染突然感觉一种打心底蔓延的孤独，驱散不尽，遮天蔽日。

直到她的手机响起，纪染看着沈执的名字在手机屏幕上跳跃，心跳竟是扑通扑通的，仿佛已经快跳跃到喉咙处。

当她接通时，沈执轻笑着说："没陪你过完节，我怎么能走。"

"沈执，你……"纪染说不出话。

沈执笑道："出来吧，我在门口等着你。"

当纪染一路小跑过去，看见门口站在摩托车旁的沈执，当她过去时沈执将手里拿着的头盔戴在她脑袋上。

纪染还没问他从哪儿来的摩托车，还有他为什么不回去，机票怎么办，上学怎么办。

可是那么多问题，都在她坐上摩托车的后座的那一刻消失。

"我要带你去一个地方。"沈执说完这句话时，摩托车飞驰在夜色之中。

纪染抱着他的腰身，感受到风在自己的身体间穿梭。或许是太快的速度，让纪染有种恍惚的感觉，仿佛下一秒前面就能有个时空之门。

他们从这里回到十年后。

从纪染被留在江都开始的时候，她就不止一次在想，如果她现在是十年后，她是二十七岁，那么她可以掌握自己的命运，无须分别。

可她又多么庆幸，她能够重来一次。

因为这一次的人生里，有他在。

他们在彼此最初的时间里相遇了。

思虑至此，纪染脑海里交替出现着上一世的种种，还有这一世的一切，纪染突然心头有种说不出的感觉。

这一刻，她好想告诉沈执。

关于时光的秘密。

关于她的秘密。

于是她大声喊道："沈执，我想告诉你我的秘密。"

此时正骑着车的沈执笑了起来，虽然他没转头，但是他说道："很巧，我也想告诉你一个秘密。"

纪染立即在意了起来，她说："那你先说。"

正好此时红绿灯，沈执的车子停下来。

他微偏头看着她，笑道："不是你要告诉我秘密的？"

纪染耍赖地笑起来，突然两人的眼前一亮，待他们看过去时，一辆汽车竟是不顾红灯闯了过来。而且车子上的人似乎连方向盘都握不住，竟是偏离本来的路线，直直冲了过来。

轿车还开着远光灯，那样刺眼。

纪染的眼前只剩下一片白光。

当她偏头看过去时，他看见沈执的脸，那样远又那样近。

一切是那么快，他们竟是都没反应过来。

只有在最后的时候，沈执抓住她的手掌，声音犹如从虚空中传来："我是原景哪，其实，我一直爱着你。"

## 第七章
## 不喜欢眼前这个男人了

嘀嘀嘀。

安静雪白的房间里，精密的医学仪器正在平稳运行着，安静躺在床上的人仿佛经历了巨大的震动，眉头紧锁，眼睫轻轻颤抖。

纪染醒过来的时候，眼皮沉得她努力了许久才抬起来，她眼神无力地望着对面雪白的墙壁，意识渐渐回来的时候，只觉得头疼欲裂，浑身无力。

她的脑袋沉得犹如千斤，就像是过度睡眠之后才会产生的那种又沉又重。

纪染知道这里应该是医院，所以她想要抬手把医生护士叫进来，但是当她想抬手时，才发现自己哪怕意识恢复，可是身体仿佛不受她的控制般。

她心底着急但也知道自己刚醒过来，还没完全恢复，于是她的眼睛转了转看向门口。

凑巧的是，门外正好响起声音。

当门推开的时候，裴苑走了进来，跟在她身边的是一个穿着白色大褂的陌生女人，看起来是医院的医生。

裴苑神色并不算好，甚至连打扮都不是她一如既往的精致成熟。

因为门离开病床有段距离，裴苑又站在门口认真听医生说话，并没有注意到病房里的纪染已经醒过来了。

纪染望着裴苑，心想不过是几天而已，裴苑竟是看起来老了。

本来她一直觉得老这个字跟裴苑没什么关系，看起来她是真的担心自己了。

"妈妈。"终于纪染轻轻开口。

裴苑猛地回过头，表情是愣住的，等她看清楚真是纪染睁开眼睛喊她时，裴苑脸上露出不敢相信的欣喜若狂。

竟是一刻都没犹豫，直奔着她的床头。

"染染，你终于醒了，"裴苑毫不犹豫地半蹲在她的床头，眼神几乎是贪婪地盯着她的脸，就连冷静如她，眼眶里也出现了泪水的痕迹，"染染，妈妈真的好担心，幸好你醒了。"

纪染见她这么激动，也有点儿不太习惯她如此担心自己的模样。

不过她想到自己毕竟是出了车祸，所以裴苑会担心她也不意外。

但现在她看见裴苑，就想问沈执的事情。他们两个人是一起出的车祸，她能醒过来，沈执也没事对吧！

纪染迫切想要知道沈执的情况。

她张嘴时声音如同破锣般，沙哑难听："妈妈，沈执他现在怎么样？"

裴苑皱眉，纪染以为她是因为生气，所以不想告诉自己关于沈执的事情。她立即哀求道："妈妈，求你了，你告诉我沈执他现在怎么样了，他跟我一起出车祸……"

"染染，染染。"裴苑轻轻按住她的手掌，示意她不要这么激动，她低声说，"你到底在说什么？他怎么了？"

裴苑一头雾水的模样。

本来纪染特别激动地捏着她的手腕，想要问关于沈执的事情，但是现在裴苑居然跟她说不知道。

突然纪染冷静了下来。

"跟我一起出车祸送来的人呢？"她望着裴苑，不敢错过她眼睛里的任何神采。

裴苑微微蹙眉，神色冷漠道："你放心，我绝对不会和对方和解的，况且他是酒驾，在法律上这是要入刑的。"

纪染知道她说的是对方司机，她不知道为什么裴苑总是在回避她关于沈执的话题。

她想起来亲自去看他，可是现在她的身体仿佛还是不怎么受她的控制，哪怕她想抬起腿都无法做到。

所以她求救般地看向身后的医生，声音几乎快要哭出来："跟我来的那个人呢，他受伤了吗？出事了吗？"

这次裴苑终于听明白了她的意思，她神色错愕，甚至还出现了一丝慌乱，直到她稳定住情绪，低声说："染染，你出车祸的时候你的车上只有你一个人。"

纪染心底突然弥漫着不安，有个隐隐的念头出现在她的脑海中。

可纪染还是没死心，她说："怎么会只有我一个人，我们是一起骑摩托车出车祸的，沈执他跟我是在一起的。"

"不是摩托车。"裴苑的眼神彻底复杂了起来，她顿了几秒转头朝医生看了一眼，但是医生轻轻点头。

于是裴苑继续说下去，她说："你不记得了吗？你是自己开车出车祸的，那辆车还是你过生日的时候，你爸爸送你的车。"

开车？

终于纪染的记忆一下子被拉到了很久之前，准确点儿说，应该是她二十七岁时的最后记忆，那天她跟裴苑有些争执，是因为工作上的事情。

总而言之就是，裴苑认为她既然在公司里没有升职，干脆直接辞职回自家公司上班。

毕竟她的资历已经攒得够多。

纪染却并不想，在她看来自己在投行里的工作已经被裴苑指手画脚，要是她回裴家的企业工作，无疑就是彻底成为裴苑的傀儡。

她拒绝了裴苑的提议，而裴苑很恼火，因为她并不习惯纪染脱离她的掌控。

谁知那天纪染就出了车祸。

当裴苑得知消息时，几乎是绝望的，纪染是她唯一的女儿，她会生纪染的气却从来没想过纪染如果出事了怎么办。

纪染出事后，被及时抢救回来，但是连医生都没想到她会一直昏迷。

哪怕裴苑和纪庆礼请了最好的医生，甚至还邀请了最顶尖的脑科医生过来替她诊断，还是一样的说法。

纪染的脑部并未受到严重创伤，如今一直昏迷未醒的原因他们也不清楚。

纪染试探着问道："现在是什么时候？"

"2019 年……"裴苑望着她，神色并不轻松，人虽然是醒过来了可是看起来脑子像是糊涂了，"你昏迷了快两个月，我现在让医生来给你检查检查吧！"

此时站在一旁的医生也点头同意。

于是很快，一群医生陆续出现，开始给纪染做各种检查，纪染只觉得她这个刚醒过来的人应该会被他们再这么折腾昏过去吧！

其间有个小护士的手机从口袋里掉了出来。

纪染看了一眼是今年最新款的手机，所以这到底是怎么回事？

难道她那都只是昏迷时候做的一场久久不愿醒来的梦吗？还是说她脑海里所想到的一切确实是真实存在过的。

平行空间？

纪染都觉得自己快要精神错乱了，难道发生了这么多的事情只有她一个人记得吗？

沈执呢，他会不会不记得他跟她之间的一切。

可是纪染突然发现自己好像遗漏了什么，是很重要很重要的事情。

就在她被护士扶着慢慢半坐起来，准备吃点儿流食的时候，突然脑海里像是有闪电劈过，又或者说是她终于想了起来。

在他们被那辆车要撞到之前，沈执对她说了一句话。

他说，他是原景。

原景。

纪染猛地睁大眼睛，整个人呼吸急促，以至于旁边的护士都差点儿被她吓了一跳，连忙说："纪小姐，你没事儿吧？"

"我没事。"纪染缓缓摇头，她望着护士问道，"我的手机呢，你们看见我的手机了吗？"

她是出车祸昏迷的，估计手机还掉在车上或者直接坏了，所以她迫切想要重新拿到自己的手机，她想跟沈执联系。

她有好多话想问。

也好想见他。

可是她昏迷的时间实在太久了，医生还是建议她继续住院观察。但是好在她醒来之后，裴苑对她的态度竟是缓和了许多，纪染要自己手机的时候，她即刻让人拿了过来。

好在手机虽然在车里，但当时并没有被撞坏。

现在只是因为时间太久没电，关了机而已。

第二天的时候，纪庆礼行色匆匆地赶到医院。他推门进来的时候，纪染看着他两鬓有些微白的头发，突然有点儿陌生。

明明几天之前她看见的纪庆礼还是正值中年很是意气风发的男人。

现在看起来好像老了十几岁。

不过纪染转念一想，他可不就是五十多岁了。

"爸爸。"纪染手指还搭在手机屏幕上，因为手机刚充上电开机，她本来准备打电话给自己的助理，谁知纪庆礼就进来了。

她主动的一声"爸爸"，让纪庆礼也愣住了。

说实话，他们父女关系并不算融洽，纪染对他的抗拒和疏离纪庆礼也能感觉到。

况且她之前一直在国外，也就前半年才回国而已。

纪庆礼年纪大了，逐渐明白自己以前对纪染的忽视和疏远，本来是想要慢慢补偿她，可谁知纪染突然发生车祸。

他差点儿失去自己唯一的女儿。

这次给纪染请专家医疗团队的事情，是纪庆礼全程参与和出资，哪怕裴苑要给一半钱给他，他都没要。

纪庆礼看着她，放心地点头："我昨天在海南考察，太晚了没有飞机回来，所以只能今天赶回来。"

他这是解释自己为什么昨天没有立即过来看她的原因。

纪染点了点头，有那么点儿尴尬。

纪庆礼并不擅长对她嘘寒问暖，纪染也不擅长跟他话家常，两人不知道怎么开口的时候，裴苑进来了。

纪染紧张地朝裴苑看了一眼，毕竟这两人关系实在是太差。

离婚之后，几乎是相互不想跟对方碰面。

谁知纪染还没说话，反而是裴苑先对纪庆礼说道："你来了。"

语气普通而寻常。

纪染："……"


原来这两个月裴苑和纪庆礼为了纪染的事情是操碎了心，两人又各自有公司要管理，所以两人轮流在医院照看纪染。

虽然他们请了两个护工在这里，但始终还是不放心。

每天总要来医院看一遍。

纪染也没想到自己的车祸，会让裴苑和纪庆礼达到从未有过的和谐境界。

等他们都走后，她终于有时间打电话给自己的助理方芊。

方芊接到她电话的时候，激动得声音都带着哭腔了："老大，是您吗？您醒了吗？"

纪染没想到她这么激动，心底还是挺感动的。

虽然方芊只是她的小助理，但是没想到除了她父母之外，她对自己也这么关心。

可是下一秒，方芊带着庆幸的口吻说："您醒了，我是可以保住自己的工作了吧！"

空气中突然有一丝尴尬。

纪染都说不出话了。

此时方芊也意识到自己的不妥当，立即摇头说："我……我不是这个意思，我今晚下班来看您吧！"

纪染想了想离下班也还有几小时，她确实有很多话要问方芊。

于是她表示同意。


晚上的时候，方芊拎着一筐精致的水果篮过来。一进门，小眼圈都红了，可怜巴巴地说："老大，您总算醒了。"

方芊是纪染的助理，纪染不太喜欢别人喊她纪总，他们团队的人都喊她老大。

纪染抬抬下巴，示意她坐下。

于是方芊在床位的椅子上坐下，她本来是想多跟纪染问候几句，毕竟自家老板昏迷了两个月，谁知纪染一张嘴就问："沈执现在怎么样？"

这一刻，方芊心底立即肃然起敬。

看看，看看，这就是为什么人家是公司的执行董事，而她只能是个小小的助理。人家一醒过来，立即关心自己最大的竞争对手情况。

方芊笑着说："老大，您就放心吧，公司都还好。沈总也没搞什么大项目，他这两个月几乎都没怎么来公司，据说是放假了。"

这可是公司的一大新闻，一向全年无休的沈执，居然会放弃工作跑去休假。

一时间，公司谣言不断。

毕竟沈执的身份背景并不是什么大秘密，他跟恒驰集团的关系大家都懂，如今恒驰集团的继承人未定，大家都在猜测沈总这些天的反常会不会是跟这个有关。

毕竟在投行干得再好，哪怕最后升为合伙人，不也还是高级打工的。

当然是不如回家继承自家的家业。

纪染有点儿皱眉，方芊以为她是因为沈执的事情，立即小声说："老大，要是沈总真的要回家继承他家的家业，其实对您来说还挺好的，毕竟到时候他一走，董事总经理的位置就会空出来一个，说不准您就有机会了呢！"

纪染当然知道方芊这是在恭维她呢！

投行的董事总经理一般都需要十到十二年的工作经历，像沈执这种不到三十岁就被升为董事总经理的，通常都被称为怪物、非人类。

"不会的，董事总经理又不是非得一个萝卜一个坑。"纪染摇头。

随后她轻笑了下，低声说："况且我跟沈执的情况也不一样。"

方芊知道自家老大最烦的就是这位沈总，哪怕沈总贵为投行圈的第一"男神"，可是老大对他那是恨得一个咬牙切齿。

毕竟两人也算是有竞争关系的。

此时方芊正想着要不要跟以前一样，附和着纪染贬低沈执几句。但说句实话，沈执也是她的"男神"。

光是想到他那张高贵冷傲的脸，方芊就忍不住想要颤抖尖叫。

但是没办法呀，毕竟她也要吃饭的呀！

方芊轻咳了一下，正要说话的时候，就见坐在床上的纪染手肘搭在她自己的膝盖上，手掌搭在自己的脸颊上。

她脸上透着一丝她自己都没发觉的甜意："毕竟他那么厉害。"

方芊："……"

怎么回事？？？

方芊想伸手摸摸纪染的额头，看她是不是还发烧了，或者说难道昏迷太久容易引起神志不清？

对对对，应该是这样。

要不然以纪染的性格以及她从前对沈执的态度，除非世界末日她才会这么说吧！

她居然夸沈总那么厉害？

方芊还处于极度的震惊当中，以至于她都拿捏不好态度。不是说最好的助理就是应该能够看得懂老板的心思。

可是现在，她看不懂了呀！

方芊还在小心揣摩着老板的意思时，纪染已经喋喋不休说了起来："其实休假怎么了，我觉得人的生活里面不能只有工作对不对，应该劳逸结合的呀！"

"这么看，沈执还真的是一个很懂得生活的人呀！"

很懂生活的人？

就沈总那样子的？

方芊觉得不能怪她过分凌乱，而是这个世界变化太大，要说她这辈子见过最最最不接地气的人，那一定是这位沈总了。

光是那张脸，哪怕并不是冷着脸那种，只是不笑的时候就让人觉得跟他隔着十万八千里。自家老板以前最烦的就是这个啊，每次跟沈总开完会之后，她都会气得在办公室里摔文件夹，然后大骂对方拽什么拽，冷着一张脸是给谁看。

她还说迟早要让沈执哭笑不得。

虽然偶尔方芊觉得自己老板对于沈总的厌恶是不是有点儿太过，可是看着下雨天自己一身狼狈进公司，而人家沈总连皮鞋上都没溅起一颗水滴的时候，方芊又觉得自家老板说的话还是有那么点儿道理的。

沈总身上真没一点儿烟火气息。

所以懂生活这三字，跟人家是差了喜马拉雅山的高度，一丁点都达不到。

于是方芊觉得要再试探一下纪染的态度，虽然这时候病房里除了她们两人之外没有别人，但是为了彰显这个事情的重要性，她压着声音："老大，不过我又听说沈总已经销假了，估计过两天就回公司，您说他是不是在针对您啊？"

"针对我？为什么是针对我啊？"纪染好奇地问。

方芊有点着急，看来老大一点儿都没有危机感啊！她说："沈总没升董事总经理的时候，你们两个就是最大的竞争对手。结果后来呢，您一病沈总这样一个周末都不放假的人，跑去休假，还不就是因为您不在了，他的威胁不存在，他就放松警惕。"

"现在您醒了的消息一传到公司，肯定有人给沈总通风报信，所以他一听到消息赶紧销假回公司，好继续压在您头上。"

纪染："……"

难道现在职场里面，大家的脑洞都这么大的，这都什么跟什么呀！

她现在还处于十七岁的记忆当中，那个她和沈执相互喜欢着彼此，把对方放在心坎上，而全然忘记了二十七岁的时候，她把沈执看成自己最大的竞争对手，对他压根没有好脸色的往事。

突然纪染自己都笑了。

她望着面前还在说话的方芊，这是她身边的人。可别说是方芊了，哪怕是她自己都没想到自己会有一天爱上沈执。

纪染突然有些惆怅，难道之前发生的一切都是她的一场梦吗？

沈执会不会全都不记得了，如果告诉沈执自己喜欢他，沈执会不会觉得她是个神经病啊！

但是纪染转念又一想，不对呀，沈执说过了他是原景。今天纪染把之前发生的事情回顾了一遍又一遍，哪怕在江都的时候，她跟沈执说起过那个小男孩，她也没提起原景的名字。

况且她想起来之前在少年宫的门口，沈执跟她说，其实他有个秘密。

所以那个秘密，就是他是原景吗？

他居然是小景。

她的小景，她第一个喜欢的小男孩。

当然纪染跟原景认识的时候，年纪太小，那时候并不是什么少年之间暧昧不明的喜欢，而是单纯的朋友之间的喜欢。

可那也是纪染心目中第一个朋友。

之前出现在她身边的所谓朋友，都是她父母朋友的孩子，就是一群所谓的身家清白家世相当的小孩子打小在一块儿玩。

但是原景是她第一个交的朋友。

可是缘分是不是那么奇妙，她的初恋，她第一次喜欢上的人，是她很小的时候认识的小男孩。

难怪她说那时候她怎么会第一眼看见小景就很喜欢他呢！

如果这个世界上真的有丘比特的话，那么爱神之箭很早就射中了他们吧！

要不是方芊在这里，纪染真的想捂在被子里偷笑。

方芊离开的时候，护士站外面的两个护士因为没事儿，站在里面闲聊，正好看见她离开。于是一个短发小护士低声说："沈先生这两天怎么没来啊？"

　　"你不是看上人家了吧！"旁边胖乎乎的同事轻轻撞了下她的肩膀。

　　"哪有，你别胡说，我只是在想，纪小姐昏迷的时候他几乎天天都来，结果纪小姐醒了，他反而不来看她了。"短发姑娘单手托着腮，有些无奈道。

　　同事点头，轻声道："不过这位沈先生确实好深情，我那天进去给纪小姐拔点滴瓶，他在给纪小姐读书，声音可好听了，不急不缓。"

　　这话一说，护士站里的几个姑娘都讨论了起来。

　　"对呀，我也遇到过，我进去的时候，沈先生正在给纪小姐按摩腿部，他还特地跟我询问过他的手法对不对呢！"

　　"我没遇见，不过他每次看纪小姐的眼神都好温柔。我当时还同情他来着，毕竟万一纪小姐要是一辈子醒不过来，你说他可怎么办哦！"

　　"这么帅的男人还这么深情，好羡慕啊！"

　　"得了吧，你也不看看人家纪小姐是什么人，长得那么漂亮家里还有钱，你想想咱们医院这个 VIP 病房，一个月多少钱。还有她家里之前帮她请的专家医疗团队，你们知道多少钱请来的吗？"

　　一说到这个，大家都来了兴趣。

　　当这个人说出数字的时候，大家都倒吸了一口气。

　　这也太有钱了吧！

　　不过大家现在对这位沈先生突然不来医院的事情挺好奇的。

　　"你们说，会不会是因为这位沈先生家境不好，所以被纪小姐的父母嫌弃了，然后被棒打鸳鸯。然后他无奈跟别人结婚了，然后纪小姐突然出事，他就来医院照顾她了？"

　　短发小护士立即就不乐意了，她说："不可能，不可能。这个沈先生没戴婚戒，还有你想想啊，他要是结婚了还来照顾纪小姐，那他不就是个'渣男'了。我觉得沈先生不是这样的人。"

到底是年轻小护士，对于离奇的爱情故事很是在意。

因此这会儿她们脑洞大开，讨论得热火朝天。

病房里的纪染，却全然不知道自己已经成为女主角。

纪染醒过来之后，公司的高层也来了一趟，看望她，并且叮嘱她安心休息，等养好身体再回公司也行。

都说投行是个冷酷的地方，这里只相信金钱的力量，没什么人情味。

不过这次纪染还是挺感谢的。

两家的老人家也是特地飞了过来，本来裴苑的意思是，等纪染好了之后，再让她回江都一趟。

不过几个老人实在是等不及了。

纪爷爷和纪奶奶到的时候，纪庆礼过去接他们，谁知两位老人家让纪庆礼给他们开个酒店，他们不想去纪家住。

哪怕江利绮跟纪庆礼结婚这么多年了，可是两人都对江利绮不冷不淡的。

纪庆礼知道他们的意思，哪怕心底无奈也还是同意了他们的要求。

纪染这几天接受了不少亲朋好友的探视，她身体也从刚醒过来时的行动不方便渐渐开始恢复。毕竟之前在床上躺了快两个月，现在想要一下子恢复也是不可能的事情。

不过她在医院待了一周之后，医生终于同意她回家静养。

谁知纪染回家待两天就受不了了。

她呆呆地看着面前的卡片，还有一束已经没那么新鲜的鲜花，这是沈执让人送来的。公司很多同事没来看她的，都送了果篮和鲜花过来。

沈执也没来，但是他让人送了一束香槟玫瑰过来。

还有一张卡片，纪染才发现这张卡片是他亲手写的。

"纪染，希望你早日康复，尽快回公司。"

虽然话是有点儿冷淡，但是他希望她早日回公司呢，纪染那天握着卡片开心了好久。连出院的时候，她都一定要抱着这一束已经开始凋零的鲜花。

算起来，这好像是沈执第一次给她送花呢！

方芊作为她的小密探，这几天一直传递公司的消息给她，而且也帮她偷拍了好几张沈执。

沈总一回来果然大家都不安生了，他们团队的人这几天都人仰马翻了。

方芊在微信最后发了三个"捂嘴偷笑"的表情。

显然是有点儿幸灾乐祸。

纪染重新把手机拿了出来，贪婪地看着照片里的男人，此时临近夏天，他衣着的颜色不像冬天那么深沉，一件浅蓝色细条纹衬衫，显得他整个人面如冠玉。

哪怕方芊用的是无美颜摄像头拍摄，这人依旧英俊得耀眼。

纪染几乎都舍不得挪开眼睛，终于她狠狠地拍了下桌子，明天，明天她就要回公司。

纪染把这个决定告诉裴苑的时候，裴苑其实是不太赞同的。

裴苑看着她说："医生说了，你要多休息。"

"妈，你不是一直都在说我工作上成绩不够瞩目，我都在医院躺了两个月了，再不回公司，马上位子都要被别人抢走了。"

纪染立即拿出杀手锏，她一向知道怎么对付裴苑的。

可谁知裴苑并没有像之前那样，立马点头。

反而她优雅地放下手里的咖啡杯，看着纪染，自从纪染醒了过来之后，裴苑身上的疲态也一扫而空。

整个人重新变得光鲜亮丽起来。

她看着纪染，低声说："染染，其实妈妈这两个月也不是没在反思，我一直对你要求这么严厉，可是如果你真的出事，所谓的成就也好工作也好，真的重要吗？"

纪染一怔。

她没想到裴苑会跟她说这样的话，对于她来说，裴苑一直是那种哪怕明天就是世界末日，她都会要求纪染做好今天的事情。

她看起来并不会在意她的感受，可是现在裴苑却告诉她，如果她真的出事了，一切都没有意义。

她坐在沙发里，有那么点错愕。

下一秒，纪染轻声问："那我能选择自己想要的生活，还有和谁谈恋爱吗？"

裴苑有些错愕，她确实是有些奇怪："谈恋爱？"

纪染紧张地看着裴苑。

"你都已经二十七岁了，当然可以谈恋爱，我什么时候说过不允许你谈恋爱吗？"裴苑有些无奈。

她知道自己一向挺严厉的，但是她不至于专制到恋爱都不允许纪染谈吧！

纪染明显松了一口气。

其实她这是为她和沈执的事情做铺垫呢！

好在在她的坚持下，裴苑没对她要上班的事情继续反对，只让她注意好自己的身体。

昏迷两个月的时间里，纪染居然发现自己真的跟这个时代有点儿脱节了。

她唯一看过的一部电视剧，从荧幕情侣发展到现实夫妻的两位明星，居然也离婚了。

果然，这个世界是瞬息万变的。

她都昏迷了两个月，连天气都从她昏迷时的春寒天，变成了现在的接近夏日的炎热。

纪染在前一晚特地把自己柜子里的衣服拿了出来，明天是她跟沈执的第一次见面。

当然，是另外一种意义上的第一次见面。

她不知道沈执记不记得那些像梦一样发生的事情，但是在她看来应该是不记得了，要不然沈执怎么可能舍得不来医院看她呢！

所以她明天必须亮眼。

就是要让沈执第一眼看见她，就重新爱上她的那种。

虽然她从来没追过别人，但是没吃过猪肉也是见过猪跑的，男人都是视觉动物，还有就是在她没搞清楚之前，不能轻易表白。

万一弄巧成拙呢！

纪染看着面前的两套衣服，一套是衬衫和黑色铅笔裤，绝对不会出错的职场打扮。她的腿又长又细，穿这种紧身铅笔裤就是完全显出自己的长处。

缺点当然就是，太过保守，也不够打眼。

至于另外一套是黑色斜肩短裙，穿起来前凸后翘，露出精致瘦削的锁骨。

好在他们公司并不会要求员工的穿着，况且她这个级别的员工，也不可能有人对她的着装挑三拣四。

对，就这套衣服了，虽然有点儿性感。

但是不下重本，鱼怎么能上钩。

就连高跟鞋纪染都选了一双九厘米的，只为把她腿长的优势发挥到最大限度，脚断了算什么，她一生的幸福才是最重要的啊！

纪染一个人累死累活纠结了半天，突然好想闻浅夏。

要是有她这个狗头军师在，自己应该也有个人一起商量吧！

可是现在 B 市这么大，哪怕她知道闻浅夏是 B 市人，说不定她现在工作地点也不在 B 市了。

纪染坐在椅子上叹了一口气。


第二天早上，纪染早早就醒了。为了表示自己的重视以及让自己恢复最佳状态，她昨晚敷了一夜的睡眠面膜。

此时起床整张脸不再是生病时候的蜡黄，皮肤光滑饱满，有种嘟嘟的果冻感。

于是纪染又给自己化了一整套妆，就连在选口红的时候都是选的"斩男色"红唇。

上午 8 点 55 分，纪染准时从车里下来。

其实她 8 点半已经到了公司楼下停车场，不过呢，她知道沈执这个人一向是踩点进公司。突然她发现了他跟十七岁的相似之处，永远都是踩点。

他上学的时候就喜欢踩点进教室，没想到工作之后又是踩点进公司。

等她进了公司楼下大堂的时候，明亮又高大上的大堂里都是准备上班的员工。高通证券在 CBD 区的最好的大楼里。

这里是 B 市的心脏，而这栋大楼也是心脏里最耀眼的那颗明珠。

此时她一出现，不少着急上班的人都忍不住转头看过来。

正好也有高通证券的员工经过，看见她时，当即惊讶地点头："纪总早。"

纪染微微点头。

没一会儿她刷了员工卡，大楼里有一部高管电梯，这是公司特地给他们的福利，最起码早上不需要等电梯。

纪染本来以为自己会遇到沈执，没想到居然没遇见。

她有些失望地上楼，等到了公司，刚进门口，本来正在说话的两个前台全部吃惊地站了起来，齐刷刷地跟她问好："纪总好。"

"纪总，您身体恢复了？"左边的前台小心翼翼问道。

纪染微微点头，露出些许礼貌又不失亲和的微笑："我身体早已经好了，谢谢关心！"

等她离开的时候，两个前台再也忍不住讨论起来了。

"我的天哪，传言果然是真的，昨天才说纪总病好了要回来，今天就看见本人了。"

"她怎么还是这么美，我一大清早的眼睛都要被她亮瞎了，不是说她是大病初愈吗！"

"对呀，对呀，我刚才也想说的，她那个腿真的又细又直。"

前台在他们员工群里迅速发了消息，不过大部分人已经知道了。因为纪染这时候走过开放办公室的员工区域。

还有几分钟就到上班点，不少人都来了。

大家纷纷跟纪染打招呼，纪染一边点头一边偷瞄沈执的办公室。

他居然不在呀！

就在她有些失落，脚步微顿时，突然身后传来一声响亮的问好："沈总，早上好。"

纪染还没转身，可是一颗心已经扑通扑通地开始乱跳。怎么办，她第一句话要说什么，只是打招呼的话会不会显得太过敷衍。

她要……

可是她想到这里时，身后的男人已经走到她的旁边，纪染微垂着眼睛，第一眼看见的是他脚上穿着的皮鞋。

锃亮又娇贵，哪怕连一丝灰尘都没沾染过。

纪染就曾经跟方芊吐槽过，沈执这人就是太注重自己的形象，一点儿都不接地气，你看看他的鞋，哪怕下雨天都不会沾上一丁点泥水。

她还吐槽，他肯定是在车里自己擦过的。

待她抬头看着面前的男人时，沈执穿着一身黑色西装套装，肩膀挺括，衬衫衣领雪白笔挺，整个人严丝合缝得叫人挑不出一丝错误。

他的头发比十七岁的时候更长了点儿，全部往后梳，显得即成熟又稳重。

至于这张脸，不再是十七岁时的青春年少意气风发的模样，多了成熟韵味，特别是那双狭长的黑眸，深得仿佛深渊般。

他轻轻望向纪染的时候，眼神里透着淡定，还有一丁点的漠然。

就是那种看普通同事的感觉，丝毫没有纪染之前总是能从他眼里看见的温柔缱绻。

"你回来了？"沈执微微点头。

纪染这才想起来自己昨晚早就准备好的预案，要是出现最坏的情况，沈执不记得她了怎么办。

毕竟人生总是有各种状况会出现嘛！

她不得不怀着沉重的心情接受最坏的选择出现。

但是没关系，哪怕他不记得之前的事情了，但她还是喜欢他。

况且他要真的是原景的话，他肯定还记得他们小时候的事情，纪染觉得她可以借助以前的事情，近水楼台先得月。

至于沈执对她的冷漠，纪染只能说，她以前总是故意找沈执的碴。

果然地球是圆的，她以前怎么找沈执的碴，现在他就怎么对自己。


此刻纪染只得重新收拾好心情，她伸手撩拨了一下自己的长发，据说男人对于女人撩头发的这个动作特别受不了。

她轻轻拨弄了一下搭在肩上的长卷发，纪染今早精心给自己吹了个卷发。

此时她小露香肩，眼神妩媚地望着沈执。

纪染自信自己的身材足够好，今天打扮得也足够细心，就在她准备再加大马力冲着沈执眨眨眼睛时，突然沈执看着她说："纪染。"

纪染点头，什么事儿，你说。

是不是觉得她今天特别漂亮又好看，有很多话想跟你说。

沈执眼神有些复杂地看着她："我建议你还是多穿点儿，毕竟大病初愈。"

纪染差点儿没站住，她这一秒才觉得自己这个九厘米的高跟鞋简直就是"凶器"。

纪染强颜欢笑："是哦，谢谢你的关心！"

她忍不住捏住自己手里的包包，心底疯狂尖叫。

他是眼瞎了吗？看不见她的美貌！她的香肩！还有她小短裙下露出的大长腿！

纪染深吸了一口气，没关系，毕竟沈执是高冷"男神"嘛，高山白雪一样的存在，要是他轻易就沉迷于一个人的美貌，怎么可能一直单身呢！

对对对，一定是这样。

况且你看沈执还知道她大病初愈，知道来关心她呢，只要她努力努力……

沈执看着她继续说："待会儿我们一起开个会。"

"你团队的工作，我会尽快转交给你。"

纪染："……"

所以他关心自己，只是因为怕她再生病，增加他的工作量？

纪染回到自己办公室，深吸一口气，可还是觉得有股东西堵在胸口似的，压根下不去。不是说好喜欢她很久，结果居然看见她一点儿都不开心，一点儿都不欣喜若狂。

纪染站在自己办公室朝外面望，在她斜对面的办公室就是沈执的办公室。

其实他升为董事总经理的时候，公司是考虑给他一间更大的办公室，毕竟升职了，得配得上他的身价。

但是沈执拒绝了这个提议，说是觉得之前办公室用得挺习惯。

纪染还在背后讥讽过他装模作样。

此时纪染突然发现，她好像还真的在背后说过沈执不少坏话。她觉得自己这行为挺不地道的，就像是在工作上比不过人家，于是就在背地里不停地做小动作，还说人家坏话。

纪染猛地捂住脸，她以前怎么没发现自己干的事情挺丢脸的。

没一会儿，方芊进来通知她过去开会。

纪染病休两个月了，但是公司不可能因为她而停止运转，就连她投资团队里的人都是一样，他们直接被归为沈执团队。

纪染听着听着才觉得不对劲，因为光是从工作进度上来说，沈执一直在工作。

只不过他好像确实不太在公司的样子。

开会的时候，纪染就坐在他的左手边，一抬头就能看见他的喉结，二十七岁的男人一切地方都比十七岁的少年要更成熟。

他已经把西装外套脱了，只穿着里面的衬衫。

大概是今天没系领带的原因，他将衬衫的第一粒纽扣轻轻地解开，露出修长又瘦削的脖颈线条。

说话的时候，喉结轻轻滑动着。

有种莫名的吸引力。

突然纪染发现一件事，如果说二十七岁的沈执跟他十七岁时相比，最大的不同，大概就是他虽然长着一张高冷的脸。

但是莫名有种隐隐的吸引力。

纪染猛地摇头，明明是开会的时候，她满脑子都在想什么。

可她这么一摇头，整个会议室的人立即朝她看过来，众人脸上都有种莫名的感觉。

直到本来正讲话的沈执被她这么一摇头，停顿了几秒，转头看着她，沉声道："纪总，你是觉得有什么问题吗？"

纪染立即瞪大眼睛。

没……没有。

毕竟她总不能直接告诉沈执，其实她是在众目睽睽的会议室里对他进行思想上的非礼吧！

"如果你觉得有什么不妥，你现在可以提出来。"沈执神色淡然，有种上位者八风不动的稳重。

纪染当然不可能说有呀！

她又摇头否认："没有，没有，我觉得沈总您说得特别对，我是赞同的。"

赞同你还摇头……

纪染都觉得自己脑壳子大概是被撞坏了。

会议室里的其他人呢，都不太敢说话。毕竟这两位之间的传言挺多的，反正不是肉眼可见的。

本来两人还在同一水平线，可是自从沈执被升了董事总经理之后，纪染跟心态失衡似的，看他哪儿都不爽。

老大干架，他们这些小喽啰谁都不敢干预。

沈执安静了下来，望着她诚挚的表情，不是那种嘲讽的口吻，眼底闪过一丝意外，还有隐隐的欢喜。

只不过他迅速低头看着面前的资料，敛起眼底的情绪。

等会议结束之后，纪染拿起东西准备离开，谁知沈执开口说："纪染，待会儿到我办公室来一趟。"

纪染愕然地点头。

不过她还挺开心的，毕竟是去他的办公室，意味着他们之间有单独相处的时间了啊！

等她跟在沈执后面的时候，两人一起走到他的办公室。

沈执的办公室一般都是不拉窗帘的。

此时他转头看向纪染，开口问："你工作上有没有什么问题？"

纪染立即摇头，当然是没有。

不过她今天看着面前各种文件和资料，也有种恍惚的感觉，毕竟之前她还在为家庭作业苦恼，还在为年级第一而奋斗。

转眼间，她又成了职场里的一分子。

十七岁的记忆还那样鲜活，可是看起来却好像一场梦。

但是纪染在心底是隐隐相信，这一切都不是梦。

那是他们重逢的十七岁，重新认识彼此的十七岁，是时光给了她这样的机会，让她重新去体会，去感受这人生。

沈执望着她，眼神在她的脸颊划过后，微垂眼睑："你刚出院，其实不用这么早来公司的。病假这边我可以再帮你申请一个月也没问题。"

纪染没想到他跟自己聊的是这个。

突然纪染发现沈执并不是她以前想的那么冷漠，其实他也挺关心别人的。

对吧！

哪怕有一张冷漠如冰山般的脸蛋，却不妨碍他有一颗温暖的心。

纪染满眼笑意地望着他："没事儿的，我身体都好了，要不然我也不会想要来公司，在家待得有点儿发霉了。"

她尾音拖得有点儿长，甚至有那么一丝撒娇的味道。

语气轻松而调侃，是那种极熟稔的口吻。

本来依靠在自己办公桌上，手指正轻轻拨弄着他桌子上的水晶姓名牌的沈执，突然手指一顿，在有些锋利的棱角上用力压了下去。

她说话的口吻……

哪怕沉稳如沈执都在这一刻，心跳如雷。

沈执狠狠地按住他的桌边，低声道："如果有问题的话，你随时可以来找我。"

纪染了然地点头，随后离开他的办公室，只是她转身时，发现他办公室的视线居然还挺不错，可以直接看清楚她办公室里的一切。

纪染没多想，直接回去。


她回到自己办公室的时候，方芊立即走进来，神色紧张地问："老大，沈总把您叫过去没事儿吧？"

"什么事儿？"纪染疑惑地说道。

方芊立即瞪大眼睛，她说："您今天开会的时候不是走神了，沈总可是最讨厌有人开会时候走神，所以刚才他们都说沈总是把您叫过去骂了一顿。"

纪染立即否认："才不是呢！"

他没有骂自己。

纪染觉得他们都把沈执想得太坏了，于是她决定替沈执说话，开口道："其实他没你们想的那么冷漠无情，他把我叫进办公室是关心我的身体，怕我工作太累了。"

方芊愣了愣。

直到纪染甜蜜蜜地说："他还说可以帮我申请一个月的假期呢，你说他是不是很关心……同事。"

本来纪染是想直接说我的，可最后还是稍微收敛了一下言辞。

方芊登时惊慌失措，她这刚把自己老大盼回来，毕竟她是纪染的助理，要是纪染再休息一个月，她岂不是要再继续流浪一个月。

所以她赶紧说道："老大，您可别上沈总的当。"

"什么当？"纪染奇怪道。

方芊赶紧走过来，小声说："咱们公司现在正是忙的时候，沈总还要给您放假，您说他是不是想要架空您啊？"

这确实不怪方芊小人之心。

毕竟这两人之前确实是不对付呀，纪染都不知道当着她的面儿吐槽过沈执多少次。

她当然会觉得这是一个计策。

可纪染一听，当即有些恼火，义正词严道："方芊，你怎么回事，你怎么能这么想他，他肯定是出于关心我才会这么说的。"

见她这么生气，方芊都蒙了。

以前她附和纪染的时候，自家老大不是这样的态度。

于是方芊不得不开始接受一个事实，那就是纪染好像真的被沈执下蛊了。

"你是不是对沈总有什么意见？"纪染瞪着她问道。

方芊真的要被冤枉哭了，她说："我怎么可能对沈总有意见，他可是我的'男神'，当初投行第一'男神'的投票，我还给他刷了好多票呢！"

等等？

纪染当然记得自己老是说沈执坏话这事儿，也老当着方芊的面儿吐槽，她一直以为方芊心底跟她一个想法，合着她完全是阳奉阴违。

她冷着脸问："那以前你跟我一起吐槽沈总的时候，都是假的了？"

方芊："……"

职场好难，她真的太难了。

不过纪染并不想追究她了，毕竟当初源头是她自己，只能说她没带好头吧！

不过她望着方芊，口气危险地问道："你不会是喜欢他吧？"

方芊脑袋摇得跟拨浪鼓似的，于是纪染松了一口气，那就好。

但是她还叮嘱说："那你以后也不许觊觎他。"

他可是我的。

方芊看着她心情还不错的样子，小心翼翼问道："纪总，您现在好像对沈总不讨厌了？"

"我为什么讨厌他？"纪染反问。

方芊有点儿犹豫："可是以前……"

以前自家老板可是真的讨厌沈总的，天天说他装模作样，当然啦，沈总也总是打压自家老板，但凡纪总的项目，他好像都要掺和一脚。

纪染毫不犹豫地说："以前我瞎，现在我复明了。"

所以看见了他所有的好。

方芊彻底被震惊了，她第一次见到这么"黑"自己的。


中午吃饭的时候，为了庆祝纪染第一天回来上班，她请方芊去了隔壁不远大厦吃日料。因为距离不远，所以两人都没打车。

直接走过去的。

回来的时候，纪染才发现这个九厘米的高跟鞋美则美矣，但是它没有灵魂。

走路太累了。

只是快到公司门口的时候，纪染看见不远处一个女生，侧面竟是那么的像闻浅夏。她登时惊讶，转身就追了过去。

方芊要跟上，她立即挥手说："你先回公司吧！"

方芊这才没追着她。

只是纪染脚上穿着的鞋子确实走不快，等到她走过去时，那个女生已经消失在汹涌的人潮当中。

纪染有些失望，站在原地看了许久，这才转身准备离开。

可是她转身的时候，突然脚动不了了，她再拔，脚还是不动。等她低头看着自己的鞋子时，才发现鞋子的细跟居然扎进了路边的井盖里。

她目瞪口呆地望着这一幕。

最后只能用力拔，可谁知鞋子居然像是跟她开玩笑一样，纹丝不动。

纪染也没办法蹲下来把鞋子脱掉拔起来，因为她今天穿的是短裙，好看是好看，但是太短，她连弯腰都要注意别走光。

这时，纪染站在路边又尴尬又无奈。

外面的日头正是午后最炎热的时候，旁边人来人往，可没一个人能帮她。

纪染一边用力，可偏偏她穿的是细带高跟鞋，她怕自己再用力，还没拔出来，鞋带先断了。毕竟这种名牌高跟鞋的所用材质都特别娇气，下雨天都不能穿出来的那种。

就在她恼火，准备最后一次用力，哪怕把鞋带弄坏，都要把鞋子拔出来的时候，突然她腰身上被轻轻披了个东西。

等她转过头看过去时，沈执正低头将他的西装外套，轻轻系在她的腰间。

她纤细的腰肢系着这么大的外套，完全挡住她短裙带来的尴尬。

等系完衣服之后，沈执轻轻弯腰蹲下来，他双手握住纪染的脚踝，低声道："别怕，我帮你拔出来。"

突然纪染的心脏像是被重重地捏住，喉咙间在一秒钟仿佛被堵住。

染染，别怕，我在呢！

他永远都会在她最需要的时候出现。


炎炎烈日下，纪染垂眼看着男人的发顶，他的短发很黑，是在阳光下泛着点儿鸦青色。纪染像是被吸引般，悄悄地伸出手，可是手掌在靠近他短发的时候突然顿住。

因为她感觉自己的脚掌被猛地往上一拔。

随后她脚掌上没有了那种纹丝不动的感觉，轻松了起来。

沈执缓缓站起身，低着头看着她的脚，黑色细带高跟鞋衬得脚背白瘦纤细，顺着脚踝蔓延而上的是她笔直纤细的小腿，明明都是二十多岁的人依旧有着少女的细骨伶仃感。

他站起来的时候，纪染的脑袋随着他起身的幅度，从低头一直到抬着下巴。

纪染此刻的情绪比他刚出现的那一瞬平缓了许多，喉间的那股子涩意也渐渐消退，她扬起小脸，轻声说："谢谢你，沈执！"

"下次别穿这么短的裙子。"沈执声音挺沉的，语气听起来并不算好。

纪染低头看着自己的裙子，反问道："这条裙子怎么了吗？是不好看吗？"

沈执微微别开脸，就是太好看。

刚才沈执的车经过这里的时候，就看见她像个小傻子似的站在路边，一动不动的。不过过了几秒，他终于发现她不是不想动而是动不了。

眼看着她一直试图把自己的鞋子从路边的井盖里拔出来。

沈执坐在车后，一下轻笑出声。

他这一笑，坐在前排开车的司机和副驾驶的助理都转头看着他，毕竟他们极少听到沈总会笑，所以这动静两人都有点儿害怕，不知道究竟是好还是坏。

好在沈执喊了一声，让司机停下来，他要下车。

虽然这地儿不是停车的地方，可是司机也不敢多说话，赶紧停车让他下去了。

纪染见他不说话，有点儿无奈，他这人一向话少得很。虽然她也一直不喜欢男人话多，觉得男人话少才有魅力。

可是他这样太有魅力，她都有点儿撩拨不上了。

但是转念，纪染突然灵机一动："要不我请你喝东西吧？"

公司楼下正好有个星巴克，纪染觉得或许他们可以去坐一坐，说不定还能增加相互之间的沟通呢！

"我现在要出去，有个商务会。"沈执低头看了一眼腕上的手表，语气冷淡。

纪染失落地"哦"了一声，不喝就不喝吧！


"你请我吃饭吧！"

当面前悦耳的男低音再次响起的时候，纪染猛地抬头睁大眼睛看着他，喝东西没时间，吃饭有时间了？

幸福来得太快，纪染有那么点儿措手不及的。

但是她是那种一向善于把握机会的人，沈执这都把机会主动交到她手上了，她要是再把握不住，那就是个傻子了。

于是纪染立即点头。

沈执确实是要离开公司，纪染目送着他阔步往前走了几步，他的司机把车子停在不远处。等车子渐渐远离的时候，纪染握住手掌差点儿蹦起来。

不过等纪染进了电梯，她突然想起一个问题，沈执说让她请他吃饭，可是没说什么时候对吧！

今晚可以吗？

纪染立即拿出手机，习惯性地准备给他发信息。

结果等她将微信里的通讯录从头到尾认真地翻了一遍之后，她终于很确定，她没有沈执的微信。

本来她还觉得不太可能吧，毕竟他们是同一家公司的。

可是后来纪染又想起来，她和沈执有在一起工作的群组，但确实没有微信。况且他们还有公司内部的邮箱，她当初为了表示对沈执的冷漠，跟他的联系都是从内部邮箱开始。

纪染忍不住捂住自己的脸颊，当初作的孽，看来现在是一件件要往回还了。

于是她舰着脸把沈执的微信从群组里找了出来，然后轻轻点击了下"添加到通讯录"。她坐在办公室的椅子上，握着手机，恨不得下一秒添加好友成功的消息就传递过来。

谁知就在她想着的时候，突然手机振动提醒了下。

随后跳出来一个新的信息提醒栏目。

纪染看着他通过自己的好友验证请求，现在我们可以开始聊天的提醒，手指按在屏幕上，在想着发什么信息会显得自己亲切又不失温柔呢？

突然手机又振动了一下。

本来正在深思熟虑的纪染，低头看见沈执发来的新信息。

沈执：纪染？

纪染看着他这么两个字，这男人不仅惜字如金，甚至还打字如金。发微信又不是按字收费，你多打两个字会怎么样哦！

想起来之前，沈执给她发短信，最起码都是五个字以上的呀！

不过纪染也不想纠缠在这些细枝末节上，她直接回复了一条过去：是我，要不咱们今晚吃饭怎么样？

纪染手指点了发送的时候，她自己都有点儿蒙，二十七岁的她做事果决又不犹豫，此刻就连发信息都是下意识地打完字就发。

她为什么不注意一下措辞哦！

纪染盯着这一句话看，一会儿在想，会不会太直接，一会儿又在想，是不是语气太冷淡。

最后她直接把手机丢在桌子上，整个人靠在椅背上，无力地看着墙壁上的装饰画。

十七岁的事情依旧历历在目，结果一切都要从头再来，况且现在看起来是她比较着急，而沈执依旧是那个高冷又英俊的"男神"。

纪染不由悲从中来。

突然被放在桌子上的手机，再次有了动静。纪染睁开眼睛，一秒钟把手机拿在手里。

沈执：好，我来订餐厅。

纪染登时开心起来，但是她一想到明明是自己请客吃饭，怎么好意思让他订餐厅。谁知跟他客气了两句之后，沈执就表示他是某个餐厅的VIP。

纪染一听登时不再跟他客气了。


如果说纪染人生有什么割舍不掉的爱好的话，那么吃肯定是可以排在前几的。

沈执说的这家店正是要最起码提前一周预约的怀石料理店，纪染特别喜欢这家，之前经常去吃，但是她在那家店的排面也没到达当天想吃就能吃上的地步。

必须提前一天预约。

要是以前的纪染得知这件事，肯定是气到要死，因为沈执又把她比下去。

可现在她捂着手机，笑颜如花，满脑子只有一个念头，她喜欢的人就是厉害。

从小厉害到大的那种。

搞定约会之后，纪染开始准备自己的工作。

她是在高通证券的直接投资部工作，这个部门简而言之就是直接投资一些有商业发展前景的公司或者是一些还处于孵化当中的未来企业"大牛"。

如果你能在二十年前能看见阿里巴巴的潜力，那么你一定是个投资"大牛"。

沈执之所以能以这么年轻的年纪升为董事总经理，花了别人一半的时间走到现在这个地步，就是因为他在直接投资部的业绩太过耀眼。

他最先发现的无人机发展前景，在刚进入公司的时候，推动了投资当时并不算炙热的无人机公司。

在去年这家公司刚上市的时候，给公司带来了超过四十倍的投资回报率。

至于他的其他成功，纪染如数家珍，毕竟她曾经确实把沈执看作她最大的竞争对手。当然，她现在也不会因为自己喜欢他这件事，就在工作上有所松懈，让他一直这么压在自己头上。

纪染正在看她团队这两个月忙的这个项目，不得不说这家公司目前情况确实是惨淡。

但是它所在的行业，目前还是一个新兴待发展的行业。

值得赌的就是这个行业会不会发展起来，就像是曾经的物流行业、外卖行业还有打车行业。

这些曾经没什么前景的行业，在社会发展到一定程度时，爆发了巨大的前景和生命力。

这几个行业里面做得好的公司，在上市时给他们的直接投资者带来的回报率也是惊人的。

纪染工作起来也是拼命的状态，几乎是一个下午都在跟她团队里的人谈这个项目。

直到她手机响起来的时候，她随即接起来。

"喂！"她因为手里正在翻分析师写的投资报告，所以直接将手机夹在脸颊和脖子处。

对面有些寡冷的声音说："你什么时候可以下班，我在楼下停车场等你。"

纪染听着沈执的声音，下意识抬头看向外面，但是她一动，手机从脖子处掉了下去。于是她把手机捡起来，走到会议室外面。

她左右看了下，才发现公司里的位子已经有些空，连外面的天色都暗了下来。

等她看见手机上 7 点的时间提醒，立即说道："抱歉，我一忙就忘记时间了。"

"没事，我也刚结束回公司。"沈执声音清清冷冷的，反而听在纪染耳朵里有种莫名的感觉。

像是轻轻安抚住了她内心的燥热。

纪染立即说："我马上下来，你等我。"


似乎生怕他等不及要离开，纪染赶紧挂了电话，进会议室通知散会并且下班的事情。

她的团队是偏年轻化的团队，当初招人的时候她也参与其中，虽然确实会存在着经验不足的障碍，但是她相信年轻人的冲劲儿有时候是能够代替经验的。

况且她手底下这帮人不是国内名校毕业的，就是世界顶级名校毕业，脑袋可以说是全球顶尖的那一拨。

他们只是缺少时间展翅高飞。

团队里的人见她接了个电话就着急离开，立即有人打趣道："老板，您不会是赶着去约会吧？"

虽然她确实是，不过纪染没打算在一切尘埃落定前就曝光。

所以她故意说道："不是。"

"我觉得刚才那个电话，是男朋友打来的。"

"我也觉得。"

纪染被他们说得都有些脸红了，其实刚才她在会议室里当着那么多人的面儿接起电话的时候，沈执的声音从她手机传出来时，她是下意识地望着会议室里的其他人。

她居然莫名有种偷偷摸摸的感觉。

毕竟谁都想不到，她会和沈执约着一起吃饭吧！

但是呢，纪染决定保留这个惊喜一直到最后，最好等他们接到她和沈执的结婚请帖的那时候吧！

可是一想到结婚请帖四个字，纪染耳朵刷的一下都红了。

这么明显的变化可瞒不住办公室里的其他人。

大家这时正好下班，特别放松，也开始忍不住放飞自我。

"老大脸红了。"

"这回实锤了啊，否认都没用，什么时候请我们吃喜糖？"

"麻烦婚期尽快告诉我，我愿意当您的马前卒对付新郎。"

听到他们一下子扯到天边远，纪染故意板着脸，她沉声说："都不想下班是吧，那你们就都在公司加班，今天加班的宵夜我可以请客，尽管点。"

众人一听真不敢打趣了，赶紧撤了。

纪染走得更快，几乎是回她办公室稍微收拾了下，拎着包直接走了。

没一会儿有个人过来搂着方芊问道："方芊，你是咱们中离老大最近的人，你肯定知道老大男朋友是谁吧，说说看？"

"我不知道啊！"方芊脑袋摇得跟拨浪鼓似的。

她确实是不知道的。

"没男朋友，暧昧对象呢？"

方芊本来也想摇头的，但是她突然停住了，因为她脑海里出现了一个可怕的名字。并不是这个名字本身有多可怕，而是当把他和纪染联系在一起的时候才可怕。

但是想到纪染的种种反常举动，方芊反而觉得她这么可怕的想法，或许是真的。

呜呜呜，她不敢说，她怕被打死。


纪染踩着九厘米的高跟鞋一路到了地下停车场，她知道沈执的专属停车位在哪儿，所以没有犹豫直奔而去。

不过远远看见那辆黑色汽车时，她的脚步反而缓了下来。

踩着高跟鞋的漂亮姑娘，活生生把这地下停车场变成了秀台，走起的步子可谓摇曳生姿。

她刚靠近车子，驾驶座上的男人从车里走了下来。

他朝纪染看了一眼之后，绕过车尾将副驾驶座那边的车门打开，于是纪染走过去，特别矜持地冲他微微一笑："谢谢！"

两人在车里都坐好之后，纪染双腿并拢手掌轻轻搭在裙子上。

沈执转头看了一眼她的姿态，没有启动车子，而是转身向后伸手将后座上的西装拿了过来。

他伸手递过去："盖上。"

纪染愣了下，但马上接过西装，然后把西装外套盖在她自己腿上。

"车里冷气比较足。"就在纪染有点儿尴尬地撇开头时，突然旁边又响起他的声音。

然后纪染轻叹了一口气，这就是所谓的此地无银三百两吧！


这家怀石料理店离公司还挺近的，大概开了二十分钟就到了。不过这家店并不是在那种高楼大厦里，是在临湖的独栋小别墅里面。

格调挺雅致，门口就是日式装扮。

纪染他们车子开过去的时候，前面准备离开的车子被一个突然横着冲出来的姑娘挡住了去处。

那姑娘冲出来挡着车那视死如归的模样，把纪染都吓了一跳。

下一刻她看见那姑娘特别激动地上前拍对方的车窗，但是对方不仅没开，居然趁着这个工夫要开走。

纪染本来皱眉，觉得这些人怎么能在公共场合这么闹腾。

这不是给别人增加麻烦呀！

可在她看见那个女孩的脸时，纪染一下子惊住了。

居然是闻浅夏。

她当即指着那辆准备离开的车，立即说道："沈执快挡住他的去路，别让他跑了。"

那辆车不顾闻浅夏拉着他车子外面的镜子，居然真的准备这么直接离开。但是对方没想到，那辆本来停着的车，居然直接开上来把他的去路挡住。

黑色汽车嚣张地停在他车前。

有种，你想离开也可以，先把车撞开再说。

对方当然不敢撞，他又不瞎，他知道这车的价格！


纪染见沈执把车挡下来了，立即推门下车，走到对方车子旁边，敲响车窗。

这次对方居然降下车窗了，开车的是个戴眼镜的男人，斯斯文文的模样，还挺客气地说道："小姐，你们的车子能让一让吗？我着急赶时间。"

"你很赶时间是吧？"纪染没想到这时候对方居然还好意思跟她说赶时间，可是这男的没听懂她语气里的嘲讽，居然点点头。

纪染一下怒了起来，漂亮精致一姑娘，表情是嘲讽的，声音更是冷漠的："我看你确实是赶时间，因为你都没时间照照自己的镜子，看看自己的模样。"

男的直接被纪染骂蒙了。

他是愣神地看着纪染，可是纪染不管，直接说："你没看见刚才她还拽着你车子的镜子，你就这么开车的话，知不知道她说不定会被卷到你车子底下。"

"没事儿，我开了她肯定会松手的。"眼镜男居然还义正词严地这么说。

纪染也被气得额头直跳，她转头看着闻浅夏，直接说："我实在找不到词汇来骂他了，你是当事人，你继续。"

闻浅夏本来就生气，听到男朋友准确点儿是前男友说出这么丧心病狂的话，她当即开启暴走模式。

"你就是个浑蛋，分手你都不敢跟我当面说，发短信算怎么回事。你发条短信就想要分手，养条狗扔了都没你这么不负责任的吧！"

纪染站在一旁安静地望着闻浅夏，突然觉得这句话怎么听着那么不对劲啊！

听起来她好像是在骂自己。

"你给我下来。"闻浅夏伸手扯着对方的衣领，准备把他从车里拽出来，她边扯边骂，"我告诉你，我也不想要你，但是我就是不爽你的态度。你应该庆幸我是在这里抓住你的，要是在公司的话，我一定让你丢脸丢到家。"

纪染看着闻浅夏这模样，心下感慨，时光啊，真是个好东西。

以前被男生们吓唬得连话都不敢多说几句的姑娘，现在也成了能当街呵斥"渣男"的女中豪杰。

眼镜男直接拉着她的手丢开，说道："你发什么疯啊，我……我不是说过我们只是不合适，所以我才要跟你分手的。好聚好散行不行。"

"不行。"

"不行。"

两个声音异口同声地响起，于是纪染和闻浅夏望向彼此。

下一秒闻浅夏直接扑过去直接继续拉着他的脖子，这次闻浅夏学聪明了，拉着他衣领来回扯，对方因为坐在车里不好舒展，哪怕是个男的也被她快晃晕了。


纪染在周围四处搜寻，此时正好有双鞋落进她视线里。

沈执问："找什么？"

纪染立即回答他："我在找趁手的工具。"

"板砖吗？"男人的声线虽然是冷的，但是又透着一丝笑意的模样。

纪染：“……”

她还不至于暴力到这种程度好吧！

"我觉得你用得上，所以给你拿来了。"突然沈执递给她一根长棍一样的东西。

等纪染拿到手发现这是一根高尔夫球杆。

他这样的人在车子的后备厢里常备着一根球杆不奇怪。

但是奇怪的是，他居然在这种时候拿给她了。

这玩意儿比板砖还暴力好吧！

沈执见她不动，终于又笑了下，伸手在她头顶抚了下她的长发说："现在，你可以干你想干的事了。"

## 第八章
## 她的青春又回来了

黑夜里。

沈执的黑眸亮如星辰，隐着笑意，此刻二十七岁的成熟男人的模样竟是与十七岁那个慵懒不羁的少年渐渐重合起来。

纪染望着他，突然笑了起来。

她喜欢的人，其实骨子里一直都没变。这一刻她所有的担心和忐忑都消失不见了，哪怕沈执真的不记得那段属于他们的回忆又怎么样，她记得就可以。

她了解他，也知道他是什么样的人，也明白自己喜欢着一个什么样的人。

于是纪染毫不犹豫地接下他手里的高尔夫球杆，虽然这玩意儿确实挺吓人的，但这是目前她看见最趁手的工具了。

她举起来之后，直接在对方的挡风玻璃上敲了敲，发出当当当的巨大声响。

眼镜男一看她手里拿着这么长的棍子，而且看起来是金属材质，在黑夜里散发着银色光辉，心头一颤。

纪染冲着他竖起食指勾了勾，示意他赶紧下来。

结果这人不见棺材不落泪，居然还死赖在车里坐着。

于是她继续敲了下玻璃窗："你还不下车，真等着我拿这个敲你的脑袋？"

终于眼镜男受不了了，他看着纪染无奈道："这位小姐，我跟我前女友的事情到底关你什么事儿，你……凭什么多管闲事。"

"她是我闺密，你欺负她就是欺负我。"纪染态度强横道。

眼镜男有点儿蒙，他跟闻浅夏谈恋爱三年了，但绝对没见过纪染。哪怕就是一次，他也不可能没印象。

毕竟面前这姑娘是个超级大美人的类型。

别说他蒙，其实闻浅夏比他还蒙，毕竟她也不知道自己从哪儿就跳出来一个这样的闺密，不过纪染是一直帮着她的，她不可能给纪染拖后腿，这会儿跳出来说不认识她。

于是闻浅夏怒道："对呀，我姐们就是来跟我一起抓你的。看见那车没，你今天要是不下车，我就让他们不挪车，咱们在这儿耗着。"

说完，她直接伸手从里面把车门打开。

这下眼镜男彻底无处遁形，闻浅夏情绪也慢慢冷静下来，她说："你下来，我们不打你。"

眼镜男："……"

这话说得纪染都有那么点儿不太习惯，这就好像回到了高中时代一帮挺浑的人下课堵着别人，要跟人家聊聊。

不过之前纪染没干过这事儿，这次吧，还挺习惯的。

闻浅夏吼道："你还不下来？"

她突然拔高的声音把对方又吓了一跳，终于眼镜男从车里走了下来。

纪染看着他这个唯唯诺诺又黏黏糊糊的模样，实在是厌烦得很，转头看着沈执，低声说："你高中的时候堵过别人吗？"

沈执轻飘飘地朝她睨了一眼。

纪染眨了眨眼睛，她就是想知道她认识的那个沈执，跟这一世时十七岁的沈执是不是一样的。

可沈执看着她，淡淡道："没有。"

纪染叹了一口气，无奈地想了下，不是也没关系……

"相较于吓唬，我觉得动手更有效果。"

男人低沉的声音在夜色之中格外地撩人，纪染仰着头看他，心脏扑通扑通地狂跳，仿佛有什么东西想要从胸腔冲破而出。

她突然想要开口，哪怕他不记得自己又怎么样，她就是想要告诉他。

她喜欢他。

不，是爱他很久了。

可是突然旁边的声音打断了她的思绪，闻浅夏此刻拎着自己的包，看起来随时准备把她的包当作凶器砸在对面男人的头上。

在一起三年的男人，居然到了分手的时候这么软弱。

他们过完年之后就在讨论结婚的事情，对方看起来还是挺正常的，可是从上个月开始莫名其妙就联系不到对方。

他们并没有像普通情侣那样同居，上班也不在一个地方。

因此一周见不着面也正常。

谁知上个月闻浅夏发现自己居然一个月没见着他，而且也总是隔三岔五联系不上。这个月更是厉害，居然直接发了短信跟她提分手。

闻浅夏打电话对方不接，去他家里找了，人也不在。

甚至她发现自己手里那把他家大门的钥匙打不开门了，看来是他换了锁。

闻浅夏特别受不了这种不负责任的行为，哪怕是分手，见面说一声这是最起码的礼貌。现在这么直接短信通知，她没办法忍下去。

所以她特地去他工作单位找，发现人家居然还跳槽了。

她这才发现，只有她自己是傻子。

此时眼镜男气急败坏地说："我都说了分手了，你还来纠缠我干吗？你就算死缠烂打我也不会再回头的，我不想跟你结婚。"

砰的一下，终于闻浅夏再也受不了他这么不负责任的话，拎起包甩起来就给他一下子。

女生的包本来里面装的东西就多，闻浅夏今天提着的还是个硬质地的包。

这一下眼镜男都砸蒙了，等他跳起来想还手的时候，纪染赶紧冲过来用高尔夫球杆抵着他的胸口："往后退，想干吗呀？"

"你们这是犯罪，我要打电话报警。"

闻浅夏冷笑："好呀，报警呀，你还可以去验验伤看看我是不是把你打出脑震荡了，毕竟你的脑仁比瓜子仁大不到哪儿去，可千万别打坏了呀！"

纪染本来是想这么严肃的场合，她不太适合笑。

可是闻浅夏的话，让她扑哧一声笑了起来。


闻浅夏望着他，眼底都是失望和难过，可是现在的女孩再也不是那些被坏男人伤害之后，只会哭的无助可怜模样。

她昂着头傲气道："你以为我这么千辛万苦地来找你，是因为我想跟你复合？"

"你做梦呢，你见过谁会把扔掉的厕纸重新捡回去的？"

眼镜男登时脸上出现错愕，他……他真以为闻浅夏这么不依不饶地找自己，就是想来求他，想跟他重新和好。

他心底虽然烦，但也透着那么点儿得意。

毕竟你看，一个女人这么离不开自己呢！

闻浅夏："我来找你，只是因为你还欠我一个道歉。哪怕是分手，你也应该跟我当面说清楚原因，一个短信就准备打发我，你到底把我当什么了？"

"我没有说错，你就是浑蛋，你今天要还是个人，你就老老实实地站在这里，跟我说一声对不起。咱们以后大路朝天各走一边，我闻浅夏要还是缠着你，我就自己把自己打死。"

眼镜男是真的震惊于闻浅夏说的话。

在他看来，他这个女朋友居家有余但是不够刺激，对于他来说，跟她结婚就是生活可以一眼看到底的那种。

无趣。

可是他不懂的是，没有心是看不见一个有趣的灵魂的。

最终眼镜男还真的站在她的面前，微微鞠躬："对不起，是我对不起你。"

闻浅夏看着面前的人，猛地别开眼睛，这几天她就像是吊着最后一口气，她无法接受自己第一段感情以这种可笑的方式结束。

所以她努力想要找到对方。

现在她要到了她想要的对不起，可是她也觉得好悲凉。

"你走吧，以后我们……"她顿了下，冷淡道，"不是，是我和你再也没关系了。"

她说完转头看着沈执，轻声说："能麻烦您把车挪开，让他走吗？"

沈执没说话，只是转头重新上了车，把车子往后倒了倒。这时眼镜男还没上车，他朝闻浅夏看了一眼似乎还想说点儿什么。

闻浅夏瞪大眼睛，不耐烦地说："赶紧滚吧！"

终于眼镜男上了车子。

等他的车子发动，一直到车子驶离，这短短的不到一分钟时间，度秒如年。


直到纪染突然听到闻浅夏问："他走了吗？"

"走了。"纪染看着那辆车渐渐汇入车流之中，最后慢慢消失在夜幕之中。

突然身边一声压抑不住的抽泣声，将纪染的思绪拉了回来。

纪染见她居然哭得泣不成声，立即有些慌神，她说道："别，你别呀，你怎么哭了。"

"我就是特别难受，为自己觉得特别不值。你知道吗，上个月我还在看结婚要用的东西，结果人家已经准备离开了。这就是我喜欢的男人，我觉得我自己好眼瞎。"

当吊着的那口怨气被彻底发泄出来后，突然心底的支柱仿佛坍塌。

她整个人都处于崩溃的边缘。

明知道这全都是对方的错，但是感情并不是说收回就能收回的东西，她付诸三年的心血，以为能跟她相伴走到老的人，就这么没了。

而且是以这种让人觉得恶心的方式结束的。

委屈、难过、卑微还有怨恨，这些情绪一下子全聚集在她的心尖。

纪染赶紧从自己的包里拿出纸巾，塞到她手里，小声说："你刚才不是挺帅气的，怎么现在哭成这样。"

"对不起，我说好了再也不为这种人流一滴眼泪的，没想到还是没忍住。我刚才是不想在他面前丢脸，想着哪怕是分手，也是我不要他的。"

纪染笑了起来。

此时闻浅夏才想起来，她还没谢谢纪染呢，她一边抽泣一边说："我还没谢谢你。真的太感谢你了，你就是天降正义！"

纪染听着她说的话，特别是听到最后四个字的天降正义时，她突然又有了那种熟悉的感觉。

虽然大家都不再是十七岁的模样，可是好在他们身上依旧有着十七岁时的影子。

纪染看着她的小可怜模样，小声说："你别哭了，要不……我请你吃饭吧！"

闻浅夏望着她，突然说："幸亏你是个女的，你要是个男的，我一定觉得你是想要泡我。"

纪染："……"


此时把车子交给门口泊车服务员，又重新走回来的沈执，在听到这句话时，眉梢忍不住轻挑了下。

额头更是突突地跳动。

幸亏这次沈执预订的是榻榻米包间，所以三人一块儿进去。

只不过他们订的怀石料理是双人份的，现在多出来一个人，需要跟厨师商量。有些食材这里每天只会提供几份。

等闻浅夏在对面坐下的时候，朝四周看了一圈，这种地方哪怕她没吃过，都知道肯定是贵得离谱。

这家店是在点评平台上都搜不到的那种。

不过当她看着对面的沈执时，还裹着眼泪的眼睛忍不住定睛，她眉头轻皱着，终于还是忍不住小声说道："您高中时候是不是四中的？"

纪染看着她小心翼翼的模样，像极了刚开学的时候，闻浅夏看见沈执时就瑟瑟发抖的小模样。

突然在这一瞬，纪染觉得，她的青春又回来了。

一切都回来了。

沈执点头承认时，对面闻浅夏脸上露出一种说不出是惊喜还是惊讶或者更准确点儿说是惊吓的表情。

闻浅夏突然生出一种诚惶诚恐的感觉。

毕竟这可是一位多年未出现在任何校友群但是传说却从未停歇过的男人。沈执并不是那种会参加什么同学聚会的人，况且他读完大学出国之后再回国，联系的同学更少。

但是他是那种名字时常出现在财经新闻当中，四中的知名校友当中他可是名列前茅那种，时常被四中拿出来作为招生的炫耀资本。

所以闻浅夏很快认出沈执。

沈执看着她，淡淡点头："好久不见，闻浅夏。"

要不是他就坐在自己的对面，闻浅夏恨不得捧起自己的胸口大呼三声我的妈呀！因为她实在没想到过了这么多年，沈执居然能认出自己，还精准地叫出自己的名字。

她真的有种太荣幸的感觉。

闻浅夏眼巴巴地望着他，声音有些颤抖："你居然还记得我？"

"我们是高中同班同学。"沈执手指搭在面前的杯子上，典型日式杯子，杯壁没有那么平滑，他手指尖轻轻地按着杯子。

闻浅夏脑袋猛地如小鸡啄米般，她激动道："对对，我们是同班同学。说真的，你记忆力真好，居然还能记得我。"

沈执轻笑："你不也记得。"

闻浅夏不好意思地摆手："那不一样，你是名人，我只是个普通人。"

闻浅夏这句话倒不是自谦，她在学校里就是那种不上不下的学生，不会太坏到被所有人记住，也不会太好到被所有人记住。

高中里有太多她这样的女孩，她们才是芸芸众生。

沈执这种才是金字塔尖上的人物。

所以她认识沈执不奇怪，但是沈执记得她就很神奇了。

纪染在一旁听他们说得热闹，也有种莫名的开心，她忍不住说道："你们同学相认之后，我们是不是可以吃东西了？"

"对了，我还不知道您叫什么名字呢？"闻浅夏看着纪染，羞赧说道。

纪染眨了眨眼睛，她好像确实忘记自我介绍了，于是她笑道："我叫纪染。"

"你好，我叫闻浅夏。"

闻浅夏说完，有些歉意道："今晚真的不好意思，还打扰你两人吃饭。"

纪染没那么在意，在她看来以后跟沈执吃饭的机会多着呢！今天居然能在这么大的 B 市里遇到闻浅夏，对她来说真的意外又高兴。

于是两个女生反而叽叽喳喳地聊了起来。

沈执话少，安静地听着她们聊天。

纪染有意打听沈执高中的事情，她就是想知道她所回去的那个高中真的跟现实中的四中一样吗？

"你不知道，我们四中学生可迷信了，每次期中考试的时候，都要拿东西去拜孔夫子的。"当闻浅夏兴致盎然说起高中事情的时候，纪染听到这段，突然有点儿泪目的感觉。

原来这一切都是真的。

并不仅仅是梦。

纪染只觉得自己眼角都有些湿润，是因为太高兴。于是她端起面前的酒杯，今天他们特地要了一瓶清酒。

其实纪染并不喜欢喝酒，不过是工作之后，难免会碰上应酬。

因此她养成了私底下滴酒不沾的习惯，偏偏这时候纪染主动要了瓶清酒跟闻浅夏一起喝。

闻浅夏刚失恋完，心情也是不好。

两人你一杯我一杯，竟是快把一瓶清酒喝完。

沈执因为出去上了个洗手间，等回来时，看见她喝得面色酡红，两眼迷蒙中含着水光，有种波光潋滟的妖异感。

纪染又给自己倒了一杯酒，沈执立即伸手将她的手掌按住，低声道："纪染，不许再喝了。"

纪染看着他，眼珠子隐隐发红。

可偏偏思绪还能勉强保持清醒，她望着他低声说："沈执。"

沈执低"嗯"了声，突然纪染说时迟那时快，居然伸出另外一只手将他面前的酒杯端了起来，直接一饮而尽。

沈执："……"

这个小酒鬼。

可是当沈执看见她满足地舔了下自己的嘴唇，嫣红的唇瓣水润光泽，因为喝酒的缘故看起来特别粉嘟嘟的。

沈执的眸色一下暗沉了下来。

他下意识地转头不再去看她。

纪染陪着失恋的闻浅夏一杯又一杯地喝酒，最后两人居然嫌小杯子不过瘾，直接端起酒瓶对准瓶口开始对吹。

闻浅夏哭哭啼啼道："我跟你说哦，染染，男人都是坏蛋。"

纪染点点头，她这时候已经喝得有点儿多，整个人迷迷糊糊的，不仅脑袋晕，眼睛还有点儿花。可她转头看着沈执，突然笑了下，轻声说："除了阿执。"

"阿执，才不是呢！"

当听到这句话时，沈执的身体彻底僵住。

他本来捏着筷子的手腕，猛地松开手里的筷子，迅速按住她的肩膀，低声问道："纪染，你刚刚叫什么？你叫我什么？"

可此刻纪染突然轻轻软倒在他的怀里，脸颊枕着他的肩膀。

半梦半醒之间，纪染觉得她看见了沈执，还靠在他的怀里。她一下伸手抱住他，这种感觉真好，他是实实在在在她身边的。

纪染似乎还嫌这个姿势不舒服，往他怀里又继续钻。

沈执望着怀里此刻完全睡得不省人事的人，想笑可心底却更多的是庆幸。

总算……

纪染醒来的时候头疼欲裂，这种疼跟她之前从昏迷中醒来还不一样，是伴随着一阵又一阵恶心感的疼。

她睁开眼睛的时候，周围环境很暗，因为窗帘拉得严严实实。

压根判断不了现在的时间。

纪染扶着自己的额头坐了起来，等被子从身上滑落时，她感觉到身上有一丝冰冷。等她低下头时，差点儿惊声尖叫。

她居然除了内衣之外，身上的裙子早不见踪影了。

怎么办，到底发生什么事情了？

可是哪怕她再努力地回想，对于自己喝醉之后的事情居然记得不多，她甚至都不知道自己是怎么到这个酒店房间的。

她再次低头看着自己的身体，她也不是十几岁的小姑娘了，如果真的发生了什么事情，她也是知道的吧。

纪染低头看了半天，试图在自己身上找找有没有什么痕迹。

结果什么痕迹都没有。

在纪染纠结自己到底有没有跟沈执发生点儿什么的时候，她听到外面房门的声音。

看来这还是个酒店的套间。

因为明显有开门声，但是她的房门却没被推开。

等她伸手将被子重新拉到她胸口时，房门这次被推开了，沈执高大的身影出现在门口，他手里拎着一个很大的纸袋子。

他没想到纪染已经醒了，此刻他一推开门看见的是坐在床上的女人。

她的肩膀露在空气中，雪白浑圆的肩头连接着瘦削好看的锁骨，皮肤那么白，深深地刺激他眼底的情绪。

纪染此时有些羞怯，哪怕是沈执她也从来没有以这种姿态跟他面对面过。

好在两人都是成年人，大家哪怕心底有些慌，表面依旧保持着平和。沈执将他手里的袋子拎进来放在床对面的小沙发上，轻声说："你衣服脏了，我给你重新买了一套。"

纪染点了点头。

于是沈执说："我先出去等你，待会儿酒店会送早餐过来。"

纪染点头。

沈执离开之后，纪染立即起身去拿袋子里的衣服，只是她没想到居然是一件白色衬衫和一条黑色长裤，是那种特别上班族的衣服。

有点儿老气。

纪染没想到沈执平时穿得那么精致好看，居然给她买衣服的眼光那么差劲。不过她还是拿进洗手间，准备洗完澡之后换上。

谁知她走到洗手间时，本来没注意，但是浴室里巨大的镜子一下让她看清楚自己身上的状况。

纪染发现她的腰身两侧居然有异样。

等她低头查看时，发现她的腰侧都有类似于指印一样的东西。

纪染脑子一下炸开，难不成她和沈执真的发生了点儿什么？

只有当他双手狠狠地掐住她的腰时，才会留下这样的指印吧！

纪染盯着看了许久，突然嘴上露出一抹得意的笑容。说真的，她昨晚在沈执面前喝酒时，确实没存这样的心思。

但如果真的发生什么事情，她也不介意。

况且她能在沈执面前喝醉，就是对他的不设防。

纪染立即换好衣服，对，她现在要趁热打铁，一举拿下这朵高岭之花。过程对于她来说并不重要，只要结果重要就行了。

所以等纪染洗完澡换过衣服出来，看见沈执坐在餐桌旁，笑意袭上唇角。

沈执也换了一套全新的衣服，走近时她闻到他身上淡淡的香味，不甜腻，是有点儿冷冽又清新的草木香。

特别清爽。

纪染坐下后看着面前的早餐，是西式早餐，没那么油腻。

她偷瞄了对面男人一眼的时候，没想到沈执大大方方地朝她看过来，两人四目相对的时候，沈执轻挑眉梢。

纪染立即说："我昨晚喝了不少吧？"

纪染见他这么平静的模样，觉得自己有必要提醒一下他昨晚发生的事情，她说："你就没有什么想对我说的吗？"

"以后最好不要这么喝酒。"沈执皱眉。

纪染心底大吼，她不是想聊喝酒的事情。

于是纪染决定直接点儿，她轻撩了下肩膀，有些歉意地说："昨晚真是麻烦你了，你看我衣服脏了，还要你帮忙脱衣服……"

"纪染。"突然沈执开口打断她，他望着她认真说道，"你的衣服是我请酒店工作人员帮忙脱的。"

轰的一下。

纪染一张脸红透了，她感受到了羞辱，彻头彻尾的羞辱。

沈执这不就是撇清他和她的关系了。

纪染要是听不出这个意思，她真是白活这么多年了。纪染觉得她现在在这里一秒钟都待不下去了。

她霍地从椅子上站起来，硬邦邦地说："我吃饱了。"

等她拎着包直接从套房里离开的时候，此刻她哪怕再穿着九厘米的高跟鞋也健步如飞。她一路飞奔到电梯处，直接按了下楼的按钮，好在电梯很凑巧正好在她这层停下来了。

她立即走了进去，压根没看见身后追出来的沈执。

纪染觉得太丢脸了，她作为一个姑娘都不介意这件事，他居然告诉她，她的衣服还是工作人员脱的。

沈执看见自己这么个如花似玉的姑娘在身边，居然就一点儿都不动心吗？

还有她，纪染就差没捂住自己的脸，她太丢脸了。

她要少喜欢沈执一点儿了。

这件事让纪染一整天都心不在焉，好在她整天都在外面跟人开会。投资的事情已经到了实际考察的阶段，她正在跟对方的负责人见面。

这一次高通证券打算作为领投人，因此投资的金额以及所占比例是双方谈判的重点。

各种条款繁复而又慎重。

可以说是一条一条地讨论，连一个字都要反复斟酌。

一直到了晚上的时候，对方老板居然邀请纪染去参加一个小型的投资人聚会。这种所谓的业内聚会，纪染并不算很喜欢。

要说真的业内，谁有他们高通证券的人专业，她还不如天天泡公司跟公司员工聚会呢！

但是对方盛情邀请，纪染没有推拒。

不得不说虽然说是小型宴会，但是这个宴会搞得确实像模像样，在一个私人酒庄的宴会厅里，里面摆着不少小圆桌和椅子。

而旁边是大厨现场烹制的美食，散发着诱人的香味。

不过能来这里的，大部分都对吃的没什么兴趣。大家要不三五成群，要不两人站在一起，都在分享自己的投资经验。

纪染一进来的时候，在合作方的介绍下，大家都知道她是高通证券的高管，对她极热情。

众人竟是纷纷要跟她详聊一下投资之道。

对于这种夸夸其谈的内容，纪染实在是不乐意听，于是勉强待了一会儿，她找了个理由去洗手间。

等从洗手间回来，她就看见刚进来的几个人。

只是为首的男人和女人，她居然都认识。


纪染微眯着眼睛望着沈越和江艺两人，此时他们都不是十年前的模样，江艺跟她同龄今年二十七岁，而沈越已经到了三十多岁。

这时候纪染突然想起来，在她出车祸之前听说的传闻，说江艺即将嫁入豪门。

原来这个豪门就是沈越呀！

纪染突然发现曾经被她忽略的事情，竟是渐渐脉络清晰了起来。江艺利用纪家为跳板认识了沈越，或许他们年轻时就交往过，后来分手，但是现在又勾搭在一块儿。

对于这两人，纪染没一个有好印象的。

她准备转身不想搭理他们。

可偏偏有个人把她喊住，笑着招呼："纪总，纪总。"

纪染本来想假装没听见直接离开，谁知人家居然走过来拦住她，笑着说道："纪总，咱们都在聊惠通电子的事情呢，您是明白人，要不咱们一起聊聊。"

此时江艺也看见她了，神色异样。

对于纪染醒过来的事情，她是早就知道了。毕竟纪庆礼高兴的模样，全家人都瞧得出来。况且因为纪染的事情，她爸妈已经吵了好几次。

纪爷爷和纪奶奶来B市没住在纪庆礼家里，住在酒店里，江利绮肯定无法接受。

江利绮觉得这就是爷爷奶奶对她的漠视。

况且江利绮还得知纪庆礼要把公司的股份转让一部分给纪染，这也是她坚决反对的。但是一向跟她有商量的纪庆礼这次却坚持，并且搬出了纪家二老。

表示这股份是两位老人家要给纪染的。

所以江利绮就开始为江艺争取，谁知纪庆礼答应给江艺一套价值不菲的别墅，却死活不松口股份的事情。

江艺当然也听说了这事儿，她心下恼火，觉得哪怕纪庆礼嘴上说得再好听，说他会对自己和纪染一视同仁，结果到了分家产的时候，还不是这么偏心。

此刻她见了纪染当然不想让纪染好过。

于是她故意说道："这位纪总是哪家公司的？"

当有人介绍说是高通证券的时候，江艺惊呼一声："高通可是大公司，纪总年纪轻轻就能坐到高位，肯定是很有手段咯！"

她没说纪染有能力，反而是说有手段，登时周围人的目光有些怪异。

毕竟这种投资公司他们也了解，哪个高管不是三十好几四十往上的，纪染这样年轻的确实是少，况且她还这么漂亮。

联想力丰富的人，这会儿真的要联想起来了。

江艺当然知道这点儿风言风语不至于对纪染怎么样，她就是存心恶心纪染呢，谁让她一天到晚都跟她母亲一样，当她们母女不存在。

她妈妈都说了，纪染这样的人太骄傲，压根没把她们放在眼里，甚至觉得跟她们说话都是自降身份。

所以江艺就抓住机会，可劲地恶心纪染。

但是她全然没想到此时的纪染，早已经不是以前的纪染了。纪染也终于明白江艺以前手段有多拙劣，她居然会觉得江艺抢走了她纪家大小姐的位置。

就她这样的，配吗？

纪染只差伸手撸袖子了，真是三天不打上房揭瓦。

况且看着江艺和沈越在一起，真是新仇旧恨一起涌上心头。


可是她刚把手里的香槟杯放在桌上，抬头，微笑，正视江艺时，突然一只手搭在她的肩膀上，纪染眉头微皱转头正要发火，看看是什么人不知死活时，一个熟悉的味道撞进她的鼻尖。

是那股冷冽又清新的草木香。

十分好闻。

沈执揽着她的肩膀望向对面的江艺，声线有些冷漠道："她的能力只怕是江小姐你这种人无法企及和理解的。"

江艺当然认识沈执，他们不仅是校友，况且之前江艺还是沈越名义上的女朋友。

她没想到的是，沈执居然会为了纪染这么说自己。

"难道我说错了，她要是没点儿手段能这么快混到这里来？"江艺一直将参加这种私人聚会看作自己的一种骄傲。

毕竟这就意味着，你被容纳进了某个小圈子里面。

哪怕是富豪阶层之间，也有着不可逾越的鸿沟。

她没想到自己经营了这么久才进入这种小圈子，居然会这么快就在这里撞上纪染，说明大家接受她的加入比接受自己更容易。

沈执低头看了一眼纪染，突然笑了下，他说："她能在这里，是因为她叫纪染，她是高通证券最年轻的执行董事。"

"而你能出现在这里，只是因为你的继父是纪庆礼先生。"

江艺，或者准确点儿来说，现在叫纪艺的她，一向将自己的家世挂在嘴边，以至于很多人都下意识地认为她就是纪庆礼的亲生女儿。

此刻沈执轻飘飘的一句话，直接将她当众击垮，江艺气得浑身都在颤抖。

纪染被沈执带走之前，都在欣赏江艺那张五彩缤纷的脸，真是痛快。

"沈执，我发现你的嘴炮功力比我还厉害。"纪染此刻还沉迷在这个痛快感当中，全然忘记了她和沈执早上发生的不愉快。

沈执拉着她进了酒庄的别墅里，本来大家都在另一边的宴会厅里。

这里没有了音乐，也没有了吵吵嚷嚷的声音。

沈执看着她喊道："染染，你知不知道我一直在找你。"

纪染望着他，正要问他干吗找自己，可是突然电光石火之间，她下意识地问："沈执，你喊我什么？"

"我只让我女朋友管的。"

"我要是赢了，我们一起出去玩吧！"

"听说初雪向喜欢的人表白，会永远在一起。"

……

他说过的话，她说过的话，他都记得，都记着呢！

此时的纪染像是石化般望着他，一直以来的忐忑、害怕、担心彻底化为乌有，当她反应过来时，双手已经在他胸口用力捶了起来。

"你吓死我了，我以为你什么都不记得。"

"我以为这就是一个梦，只有我记得。"

沈执苦笑着望向她："或许你不懂，对于我来说，这就是我的梦。"

还有今天早上的事情和昨晚的事情，沈执也打算解释。

可是突然纪染拉住他胸口的衬衫，将他直接拉到自己的面前，低声说："这时候，你是不是应该先亲我？"

远处依稀传来淡淡的音乐声，听起来似乎很热闹，可是此刻这个角落里的气氛，却更加热烈。

纪染仰着头承受这个她期待已久的吻。

周围空气里弥漫着的都是他身上清冽的草木香味。

所有的忐忑、难过和害怕都在这一刻消失殆尽，她的脸颊被沈执的双手轻轻捧着，两人陷入他们的世界里浑然忘我。

直到纪染有些喘不过气儿，轻轻推开他的胸口。

沈执垂眸望着怀里的人，终于彻底笑了起来。

纪染见他还敢笑，又想起来他之前居然还瞒着自己，她望着他："你居然还跟我装得跟真的一样，你知不知道我有多害怕。"

沈执望着她，眼神深邃得如同要将她挟卷而入。

他声音极喑哑地说："其实是我更害怕。"

纪染愣住。

沈执苦笑着说："你知道这些记忆是怎么进入我脑海里的吗？就是做梦一样，我以为是我执念太深，害怕这一切都是假的。"

纪染瞪大眼睛，她这才明白沈执并没有亲身经历这些。

只是那些美好的记忆居然是通过做梦进入他脑海中。

沈执压根不知跟纪染怎么说，他一开始以为是因为他自己对纪染执念太深，他每天在医院看着躺在病床上的她。

安静的睡颜仿佛要到天荒地老般。

哪怕他表面上再镇定，可是他是人并非神，也有不确定的事情。

他不知道纪染会不会真的醒过来。

所以当他第一次做梦的时候，他以为是他自己太害怕纪染从此醒不过来，因此做了一个关于她的美梦。

在那个梦里，她那么突然地出现在他的生活中。

转校到他所在的学校里，成为他每天转头就能看见的存在。

然后他终于迈出了第一步，想要拥有这个姑娘。

从他喜欢她，一直到最后她也主动回应他。

每天从梦境中醒来的沈执，在幸福着的同时却又陷入无尽的失落，因为他每天白天在医院里看见的只是躺在病床上的纪染。

哪怕以前在公司，纪染刻意找他的碴，处处给他使绊子让他不好过。

可那时候的她是鲜活的，她端起咖啡杯满足地喝一口的模样，她工作上遇到问题微微蹙眉的认真模样，她对自己生气时眼睛拼命翻的精怪模样。

哪怕是小小的不同，都会落在他的眼中。

纪染听着他的话，微微咬着唇小声指控道："可是我在医院醒来之后，你都没去看过我。"

沈执嘴角挂着一丝无奈的笑容。

纪染立即说："那你是什么时候知道，其实我什么都记得的？"

沈执叹道："你昏迷的时候，担心你一直这么睡下去醒不过来，结果等你醒来，又怕这些回忆只存在我的记忆中，你什么都不记得。"

他的语气很淡，但是纪染听着却特别难受。

她明白沈执的意思，如果所有的记忆只有他一个人记得，那么他就会很可怜。舞台上只剩下他一个人演着滑稽剧，他甚至不能告诉别人，到底发生了什么事情。

这就是当初纪染醒来之后，没有立即跟沈执坦白的原因。

她怕这一切都是她一个人的幻影，记忆明明是两个人的，最后却只属于她。

纪染鼻尖酸酸，委屈地说："我也是这样的。"

"我醒来之后也好害怕，怕你什么都不记得。"纪染仰起头望着他。

沈执伸手在她发顶轻揉了下，低声喃喃道："小傻瓜，怎么会。"

不过纪染脸上的失落并没有持续太久，她哼了下得意道："不过我心底已经想好了，哪怕你不记得我也没关系，因为我会再把你追回来的。"

"所以你喝醉酒是在给我机会？"突然，沈执脸上露出有些古怪的表情。

纪染脸颊微红，哪怕她有这个心思，此时也绝对不能承认啊！要不然她以后在他面前都抬不起头了。但是对面的男人望着她的神色，随即他露出一抹遗憾的笑容。

沈执淡淡道："抱歉，我没及时把握住机会。"

纪染立即瞪他，凶巴巴地说："谁说我就给你机会了，你想要机会排队去吧！"

可是沈执听了这话也不生气，他居然还认真回头看了一眼，笑道："这个队伍里只能有我一个人。"

"你怎么这么霸道，我告诉你，喜欢我的人一点儿不夸张地说，能从这里排到我们公司门口。"

纪染觉得不管怎么样，输人不输阵。

但沈执下一秒又变得一本正经，他眸光微沉，低声说："染染，如果你没同意的话，我不会随便跟你发生关系。昨晚你在我面前喝醉，是因为信任我。我只是不想破坏我们之间的这种信任。"

纪染垂眸看着自己的鞋尖，她不想抬头，不想让沈执发现她泪眼蒙胧的模样。

有点儿丢脸。

可是她总是一次又一次被眼前的这个男人感动，他是个成熟男人，怎么可能心底会没有心猿意马，可是他是出于对她的尊重，是为了保护她才这么做的。

终于她伸手抱住面前的沈执。

"沈执，"纪染的脸颊靠在他的胸口，低声说，"如果说一开始我不知道为什么我会重回十七岁，可后来我知道，这是老天爷重新给了我一次机会，让我重新认识你，爱上你。"

这是时光给她的恩赐。

沈执低头再次吻住她的唇瓣，这一次两人都彻底敞开心扉不再保留彼此。

他的手指轻轻搭在她的脖颈处，轻揉着她滑嫩的肌肤，手指微微粗粝的触感在皮肤上如同点火般。

只是突然有两人走过来，当她们看见暗处拥吻的人时，轻呼了一声。

纪染也听到动静，有点儿害羞，想要把他推开。谁知沈执微微抬起头，将纪染半抱在怀里，用自己的身体挡住她。

于是来人只看见男人高大的背影。

还有女人那双纤细笔直的长腿。

纪染含糊地说："沈执，有人。"

沈执从鼻间溢出一声轻笑，低声说："要不我们去别的地方继续？"

纪染："……"


沈执把纪染送到楼下的时候，纪染准备下车，谁知沈执把车停住，转头看着她："就这么走了？"

"还要干吗？"纪染望着他。

沈执隐隐嗤笑一声，纪染笑着倚靠在副驾驶的椅背上，歪着头看向他："要不我们再聊一会儿。"

对于纪染这个提议，沈执自然很赞同。

可是下一秒他弯腰过来，手掌捏着她的下巴，跟着轻咬住她的唇，这一路上要不是在开车，他早就忍不住了。

因为临近夏日，车外不远处的大树上，隐隐有蝉鸣。

明明那么吵闹的声音，此刻竟是忽远忽近，渐渐模糊。

纪染手掌搭着他的肩膀，两人温热的鼻息交错，明明车里开着冷气，却依旧浇不灭逐渐升温的气氛。

直到纪染轻喘着气息被松开，沈执垂眸在她的唇上流连片刻，低笑："你不换气啊？"

纪染呼吸还未均匀，横了他一眼，有点儿没好气地问："说得好像你很有经验似的。"

"男人不需要学。"沈执越靠越近，气息浸染着她的鼻尖和耳垂，渐渐他的唇靠近她的耳朵，纪染下意识缩了下肩膀。

可是沈执居然只是笑了下，并没有真的亲上来。

纪染突然想起来一件事，今晚她一直处于一个情绪上的剧烈起伏，以至于这么重要的事情，她到现在才记得问出来。

她望着沈执，轻声问："你还记不记得在摩托车上，你对我说的最后一句话？"

染染，我是原景。

沈执突然往后拉出一段距离，纪染有些错愕时，他伸手拍了拍自己的大腿："你先坐过来，我再告诉你。"

纪染："……"

沈执嘴角轻勾正要笑时，突然旁边的姑娘弯腰将脚上的高跟鞋脱掉，然后长腿抬起居然当真从中间的空当地方直接跨了过去，坐在他的腿上。

她双手轻轻揽着沈执的肩膀，直勾勾地望着他："好了，你现在可以告诉我了。"

沈执笑开了，纪染似乎从来都是这样，她打定主意的事情就要做。

这姑娘骨子里就有一股劲儿。

他望着纪染安静了许久，开口道："我是原景。"


再一次听到他说出这句话，纪染还是觉得特别惊讶和不可思议。原景，这个她藏在心底很多年的名字。

其实她早已经对小景的模样模糊了，要不然她也不会没有认出沈执。

因为她记忆里的小景瘦瘦小小，还有点儿倔强，不说话的时候会抿着嘴安静地坐在马路牙上。

那样的小景是她印象中的小景。

她无法想象小景长大的模样，更想象不到那么纤细敏感的小男孩会是后来的沈执，现在两个人被联系在了一起，纪染心中犹如掀起巨浪般，久久无法冷静下来。

"怎么不说话了？"沈执望着她，抿着嘴一言不发的模样。

纪染看着他，还是没立即说话，终于她小声开口说："我只是在想，缘分真的好神奇，你居然是小景。"

她爱的人居然是她小时候第一次喜欢的小男孩。

沈执轻笑："因为我长得不如小时候好看了？"

纪染有点儿怔住，不太明白他怎么突然说这个，直到她想起来之前她带着沈执一起去她小时候的那个少年宫。

那时候她是怎么说来着的？

对，她小时候有个好朋友是个小男孩，而且还长得特别好看。

突然纪染想捂住自己的脸，她就说那天这个醋缸怎么会那么淡定，所以她是当着当事人儿的面夸他自己了？

纪染觉得这男人可真够坏的。

她睨了沈执一眼，狠狠道："所以你当时心里特别美滋滋的吧？"

沈执居然还敢点头，轻笑道："你还说你最喜欢我。"

这句话他刚说到最后一个字时，纪染猛地伸手堵住他的嘴巴，简直是想把这个人当场处置了。

可是纪染更多的还是感慨，她从来不是个相信命运的人。

如今种种，却让她相信这世上真的有命运。

她以为原景早已经成为她记忆中的人，以后再也不会见到，再提起就会像她跟沈执聊天时说的那样，从前有个小男孩……

是从前的男孩。


现在他活生生地出现在她面前，不再仅仅只是记忆中的人，甚至是她生命中最重要的男人。

沈执望着她，低声说："其实那天听到你说，什么都没跟你说就离开的人，压根没把你放在心底，我想告诉你，不是的。"

那时候沈纪明去了江都，沈执答应跟他走的那天，他又跑去了那个少年宫。

但那天并不是周末。

纪染没有来上学，哪怕他在门口徘徊了许久，也无法看见纪染。沈纪明着急着带着他回B市，所以没等到周末他就离开了。

等过年的时候他再次回江都，第一时间就去那个少年宫。

可是纪染那时候已经不在那边上课了。

"所以你后来回去找过我对吧？"纪染望着他轻笑道。

沈执点头。

纪染有点儿得意，脸上露出笑容小声嘀咕说："我就说你看起来那么喜欢我，怎么可能一句话都不说就走了，肯定是有原因的。"

沈执望着她这会儿得意的小模样，丝毫不想戳穿她，那天她说小景走了的时候什么都没跟她说，那个可怜巴巴像个被遗弃的小猫崽子。

其实自从知道沈执的身世之后，纪染便差不多想明白原景当时不辞而别的原因。

他只是个小孩子而已，他的命运被大人掌握着。

他父亲不要他的时候，任由他那么小的年纪在街头帮着自己外婆打扫卫生、捡垃圾；他父亲需要他的时候，就立即把他带回家，让他成为沈家的儿子。

纪染现在不生气他的不辞而别，她只是难过。

没想到，她打小心疼小景。

长大后，还是要心疼沈执。

这个男人仿佛永远能激发她的保护欲，纪染伸手将他抱住，小声说："不管怎么样，小景，谢谢你能回来！"

当沈执听到她再一次喊小景这个名字时，眼眸竟是隐隐酸涩了起来。

哪怕是他，情绪也有无法控制的时候。


纪染下车的时候，沈执跟着下车拉住她的手掌。纪染无奈道："都快 12 点了，你快回家吧！"

沈执朝她身后的大门看了一眼。

纪染立即像个受惊的小兽，警惕地望着沈执："你该不会是想跟我回家？"

"可以吗？"沈执没否认，而是直接笑着反问。

纪染磨磨蹭蹭地转头，心底确实是犹豫的，反正他们早晚会结婚的呀！对吧，让自己的男朋友去自己家里，其实也不是不可以的吧！

况且他们又不是认识第一天。

就在纪染还犹豫的时候，沈执叹了一口气，伸手在她的额头上轻轻弹了下："先回去吧，今天太晚了。"

心急吃不了热豆腐，况且沈执已经等了这么多年，不差这一个晚上。

纪染直接踮起脚尖在他唇上亲了下。

这才转身离开。


不远处，一辆黑色轿车停在路边，坐在驾驶座上的人往后看了一眼，低声问道："裴董，咱们还进去吗？"

坐在后面的裴苑望着不远处，安静坐着。

终于不知过了多久，漆黑的后座传来一个有点儿疲倦的声音："凯文，你认识那个人吗？"

坐在驾驶座上的凯文小声道："裴董，抱歉，我不认识。"

"我认识。"裴苑伸手按了下自己的鼻尖，低声道，"是高通证券的那个沈执，之前我和他在亚洲经济论坛上见过。不到三十岁的人，就成了高通证券这样顶级投行的董事总经理。"

"是一直压着染染的人。"

凯文沉默不语，他知道这时候裴苑并不是一定要自己回答。倒不如安静，让她自己说完想说的。

只是裴苑此时突然想到纪染刚出院时候说的话。

她提到谈恋爱的问题，其实她已经二十七岁，裴苑当然不可能想让她变成一辈子的单身。

几分钟后，裴苑终于说："走吧！"

凯文点头将车子开了出去。

周五的时候纪染接到裴苑的电话，她刚接通，裴苑已经说道："今晚陪我去吃个饭。"

"去哪儿？"纪染虽然有点儿奇怪，但是也没多问。

裴苑口吻有点儿冷淡，似乎并不想多说，只是说："待会儿凯文会把地址和时间发给你，不要迟到。"

纪染应了一声。

那边也准备挂断，只是最后裴苑还是补充了一句："穿得好看点儿。"

好看？

纪染不由对这顿晚餐跟谁一起吃挺好奇的，毕竟裴苑从来没跟她这么说过话。

只是晚上到餐厅门口的时候，她看见凯文正等着她。她走过去，问道："我妈妈已经到了吗？"

本来转身准备领着她进去的凯文，到底还是停住脚步。

他看向纪染，低声提醒："纪小姐，今天这顿晚餐裴董不会出席。"

"为什么？"纪染有些奇怪了，这地方是她自己选的，吃饭的要求也是她提出来的，结果到了这时候她反而不参加了。

凯文："这是您的相亲晚餐。"

本来拎着包慢慢走到餐厅里的纪染，猛地顿住脚步，侧着头看着凯文，嘴角勾起一抹冷笑："所以她这是擅自给我安排相亲？"


纪染突然觉得裴苑好像一直都没变过。

本来她以为经历自己的车祸之后，裴苑真的会有所改变，可是这才过了几天，她又开始对自己的人生指手画脚。

纪染想起来裴苑曾经对她说过的话，她不想看着自己走上错误的那条路。

所以她现在又在指引着她走所谓正确的路。

好在纪染现在是二十七岁，并不是什么都不能反抗的十七岁。

她转身准备离开，哪知凯文挡住她的去路，歉意地说："裴董吩咐我，一定要看着您吃完这顿晚餐。"

纪染冷静地望着他，声音不大不小："凯文，我敬重你在我妈身边工作了十几年，但是你可千万别为虎作伥啊！"

凯文被她这个形容弄得极其无奈，他劝道："纪小姐，裴董只是为了您好而已。"

为了我好！

瞧瞧这光明正大的理由，多少父母都是打着为你好这个旗号，插手孩子的人生，甚至最后把自己的孩子逼上绝路。

纪染没想到自己二十七岁还是需要听到这句话，这个借口。

"你让开。"纪染声线一点点冰冷。

就在此时他们对峙时，身后有个声音喊道："你们把我骗过来，就是想让我相亲？我告诉你，今天哪怕就是来了个天仙，这顿饭我也不吃。"

纪染和凯文同时转头看过去。

然后纪染在看见对方的脸时彻底露出震惊的表情。显然在这家餐厅里面，还是被逼着来相亲的，应该就是这么巧合吧，那个人就是自己的相亲对象。

只是纪染怎么都没想到，这个人会是夏江鸣。

居然是夏江鸣？

纪染一下子笑了，刚才跟凯文对峙的剑拔弩张转瞬烟消云散。

她点头说："好呀，这顿饭我吃了。"

凯文有些瞠目，现在在叫嚣的人他当然认识，因为几分钟前他亲眼看着对方也是被押进餐厅的。

只是他没想到纪小姐听到对方这样的叫嚣之后，居然还挺开心的？

纪染缓缓走过去，因为裴苑叮嘱过让她穿得漂亮点儿，她特地回去换了一身白色露肩长裙，这家餐厅是西餐厅，整个氛围优雅浪漫。

她穿得这么正式倒是也不至于特别奇怪。

她在夏江鸣对面的位子上坐下时，刚才还气急暴怒的夏江鸣，一下子安静了下来。

他轻咳了一声，有些尴尬："你……你好。"

刚才他叫嚣着待会儿哪怕来个天仙，这顿饭他也不会吃下去。结果现在，他觉得，好像还是可以吃的。

纪染望着夏江鸣这模样，怎么会不懂他心底的想法。

不过呢，看在夏江鸣叫了她那么久小同学的份儿上，她觉得她不能看着夏江鸣误入歧途。

她直接说："你好，我是纪染。"

夏江鸣这会儿脸上和心底的脾气完全没有了，他觉得自家老头其实还不错嘛，你看看这给安排的相亲对象，漂亮得他都舍不得眨眼。

"我是夏江鸣。"夏江鸣把手伸出来，想要跟她握手。

纪染手掌托着下巴，轻笑着看向他："我认识你，你是沈执的高中同学对吧！"

这几天纪染已经弄清楚了，四中是存在的，她记忆里的那些同学也都是存在着的，唯一的变数就是她自己。

虽然闻浅夏和夏江鸣他们不再记得她很可惜，可是这么短短几天时间，她居然先是遇见闻浅夏，又在所谓的相亲宴上遇到夏江鸣。

夏江鸣在听到沈执名字的时候，登时瞪大眼睛，下意识说："你认识执哥？"

纪染点头："我也是高通证券的。"

夏江鸣立即了然，笑道："原来你跟执哥是同事，我跟你说，我跟你们沈总从高中开始就是同学。"

纪染笑了起来。

果然夏江鸣还是那个夏江鸣的感觉。

话多。

"是吗？那我们沈总高中时候就是这个样子吗？"纪染状似好奇地问道。

夏江鸣一见两人有共同话题，立即说道："那当然了，你们沈总高中时候就是我们学校的校草，喜欢他的姑娘可比你们投行里喜欢他的还要多。"

沈执在投行圈子里之所以这么有名，除了他的能力出众之外，就是那张英俊的脸。

甚至他之前还上过"热搜"。

当他的照片出现时，底下最多的评论就是，从此小说里的霸道总裁都有了脸。

"沈总呢，他有喜欢的人吗？"纪染笑着问道。

其实她就是想要知道关于他的事情，那些她不曾真正参与过的时光。

夏江鸣望着她，神色一下古怪了起来。毕竟他又不是真的傻，这姑娘跟他相亲，结果问的都是沈执。

他小心问道："你怎么对执哥的事情这么感兴趣？"

"沈总毕竟是我们公司所有女生的'男神'，我感兴趣也是正常吧！"纪染并不避讳，她笑着说道，"不会是你们关系其实并不算好吧！"

夏江鸣觉得别的他都能忍，但是说他和沈执关系不好，他忍不了。

哪怕知道这姑娘可能是在故意刺激自己，还是没忍住爆料："我怎么会不知道，他第一次追求女生的时候，还是我给他出主意的。"

纪染心底咯噔一下，有种说不出的感觉。

他还真的追求过别人呀！

夏江鸣提起这个事情特别好笑，他说："本来他是没告诉我，是我无意中发现的。所以我就问他是不是不好意思追人家，结果他居然还真的是。你能想象你们沈总那样的人，都有不敢追的人吗？"

不能想象。

纪染有点儿生气了。

他怎么能除了她之外，还喜欢别的人呢？

可对面夏江鸣丝毫没察觉她神色的异常，笑着说道："不过你知道他最后是怎么追人家的吗？"

"你不说，我怎么知道。"纪染的口吻已经冷淡了下来。

可是夏江鸣正说到兴头上，笑嘻嘻地说："他喜欢的那个女孩是学数独的，数独你懂吧，人家都是参加竞赛的。所以呢，他就专门自己出了一道数独题，寄给那个姑娘。"

"我本来还在想，正常女孩谁会回复这种奇怪的信件。结果半个月之后，那个女孩真的把信寄回来了，不仅把那道题做完了，还给他又出了一道。"

夏江鸣是难得找到人吐槽这事儿，你想想啊，普通高中生有个笔友不算奇怪。

他们上高中的时候，其实还挺流行笔友的。

只是他没见过这么奇葩的通信方式，两人你出一道数独题我回一道数独题，你来我往，还挺热闹的。

　　等他说完，发现对面的纪染一言不发，整个人看起来在微微颤抖。

　　"他什么时候写信的？"

　　什么时候？

　　这个问题夏江鸣还真的要仔细想想，毕竟都过去十年了，实在是时间太过遥远，最后他有点儿不确定地说："好像是高二的时候吧！"

　　夏江鸣望着她，有些担心地说："你怎么了？"

　　纪染小声问，她说："你知道吗，我们投行有个传闻，说他有个一直喜欢的女孩，'白月光'一样存在，你知道那是谁吗？"

　　"就是这个女孩啊！"夏江鸣毫不犹豫地说道，"本来他们通信好好的，可是后来不知道为什么收不到那个女孩的回信。我以为他们断了，可是你知道吗，我上次去他家里，居然还看见那个女孩的信就摆在他的书房里面。"

　　"我就说他怎么这么多年都不谈恋爱呢，原来是心底还想着人家。"

　　"还是你们女生会形容啊，'白月光'，嗯嗯，确实是这种感觉。"

　　突然，他絮絮叨叨的时候对面的纪染站了起来，夏江鸣惊讶："哎，你这是去哪儿啊？"

　　"抱歉，这顿没办法继续吃了，等下次吧！"纪染一秒钟也不愿等待地转身离开。

　　原来他没有喜欢过别人，不是别人。

　　就是她自己。

　　那个他写信的女孩就是她自己啊！


　　当夏江鸣说起来的时候，纪染才想起来她高中时候有段时间，确实是收到过一封奇怪的信，只是信里没有其他的内容，就是一道手工画的数独题。

　　那时候她还以为是谁故意恶作剧。

　　或许是因为她当年的高中生涯确实是太过无趣，永远都在学习，都在跟别人争第一。

数独变成她的避风港，她喜欢数独。

于是她回了那封信，并且也选了一道数独题回复了过去。

没想到就这么你来我往地保持了联系。

后来对方会偶尔写几句话，纪染也会回几句。

她一直觉得他们是君子之交淡如水。

可是她永远都不知道，当沈执给她写信时，是抱着多大的期待。

至于为什么她回到十七岁时，没有像上一世那样继续收到信件，大概就是因为那个时候她正好转学到四中，沈执不需要写信也能跟她联系。

所以她才没有继续收到信件。

这也是为什么他会数独的原因吧！

在少年宫的时候，他就看着她学习数独，她也告诉沈执，数独是自己最喜欢的存在。

他一定是为了她才学数独的。

突然纪染发现，原来所有的事情都是有迹可循的，时光在跟她开一个巨大的玩笑，可是最后时光又替她拨开了所有迷雾和疑惑，让她看清楚一切。

纪染疯了一样地回到裴苑家里。


自从裴苑为了公司的发展搬到 B 市之后，江都那边的东西也都被寄了过来，她高中很多东西也被一并运了回来。

于是她不顾保姆的疑惑，疯狂冲进家里的阁楼。

她拼命地开始翻腾每一个箱子，身后跟着过来的保姆望着她疯狂的模样，小声问道："小姐，您找什么呢？"

纪染没回答她，只是低头继续翻找。

应该还没丢掉吧！

那些信，她应该没有丢掉对吧！

高中毕业时候，她把自己很多东西都收拾了一遍，这些信被她保留了下来。毕竟她觉得自己以后回想高中的时候，不再仅仅是一张张试卷。

那时候她只是抱着这样的想法，把这些信留下来的。

结果现在，她才发现她忽略了对自己有多重要的东西。

终于当她要绝望时，一个被她翻出来的小箱子里面掉出一大堆东西，然后有几张特别明显是信的东西落进她眼里。

纪染小心地将它们拿在手里。

然后打开第一封，这是一封后期他们的书信，这时候他已经开始会写几段话。

看着熟悉的笔迹，纪染一下落泪。

因为在那个时空里她每天都坐在沈执的身边，所以太清楚他的笔迹。

这些被遗忘在时光里的信，再一次告诉纪染，他有多爱她。

纪染低头望着手里的信纸，眼泪落下的瞬间，又有点儿想笑。

她觉得自己大概是疯了。

可是她怎么都没想到，命运跟自己开了这么大的玩笑。

原来她就是沈执的"白月光"。


纪染握着手里的信，就像是她的宝贝一样，再也不想撒手。她花了这么多年时间，才明白这个世界上有个人一直在深爱着她。

保姆站在门边，小声问道："小姐，您没事吧？"

她瞧着这姑娘又哭又笑的，感觉是受了不小的刺激。

纪染摇摇头，猛地从地上站了起来。刚才她蹲在地上找信，此时再站起来有点儿天旋地转，她摇摇头："我没事儿。"

她转身往楼下走，她知道沈执的团队今晚要加班。

他一定还在公司，她现在就想去见他。

到楼下时，大门正好被打开，裴苑从外面进来撞见她匆匆下来："你已经吃过晚饭了？"

她提到这个的时候，纪染脚步顿住。

随后她看向裴苑，深吸一口气，低声道："妈，我已经不是十七岁的小孩了，您以后能不能不要再随便安排我。"

裴苑闻言，轻挑眉梢，她并未因纪染这句有些大逆不道的话而生气，反而淡笑：“不喜欢今晚的这个相亲对象？”

这语气轻松，仿佛纪染刚才说的话压根没有作用。

纪染不打算跟她拐弯抹角下去，如果说她在裴苑身上学到最大的一个优点，那么一定是开门见山。

“不是不喜欢这个相亲对象，而是我有喜欢的人了，所以我不可能再去喜欢别人。也麻烦您以后不要再给我安排这种无聊的相亲。”

纪染说完就想走。

但是裴苑转身叫住她：“染染，你说的那个喜欢的人，是沈执吗？”

纪染猛地转头，她有些吃惊地望向裴苑，她和沈执在一起的时候，他们并未跟别人说过。毕竟他们在一家公司里面，哪怕是为了影响也不会这么快公布。

但是她不知道裴苑怎么会这么快知道。

“你不用在想，我怎么这么快知道，只是作为一个母亲，我想给我女儿一点儿建议。”

纪染突然笑了起来，她望着裴苑眉梢眼底都是笑意，哪怕裴苑并没有之前她重回十七岁的记忆，但是裴苑所说的话所想做的事情，却一模一样。

她十七岁的时候，裴苑用不能早恋这样的理由来阻止她。

如今她早已经到了成年的年纪，而且是能掌握自己生活的年纪，裴苑只怕会从别的地方来阻止自己。

纪染微微点头，轻声问：“您打算给我什么意见？告诉我他母亲有精神疾病，为了我自己的幸福考虑，应该排除这个隐患。还是告诉我，他是恒驰集团的继承人之一，如今恒驰集团继承权成谜，我要是跟他在一起就会被拖入恒驰集团那个斗兽场。”

这些话都是裴苑曾经对她说过的话，现在她一字一句全部都还给她。

裴苑听着她所说的每一句话，竟像钻进了她的脑子中，将她的所有念头都阅读一空，但是裴苑并没有因她的这些话就放弃。

“染染，既然你知道我反对的理由，那么这两点足可以让我反对你们在一起。”

纪染觉得或许真的是她以前过于听话，没让裴苑见识过什么叫作叛逆少女，让她养成了这种唯我独尊的性格。

　　让裴苑觉得她只要说一个字出来，自己就得原封不动地遵守。

　　纪染觉得她也不需要再装什么乖巧女儿，声音淡漠："那么我也告诉您一声，您的反对无效。"


　　这句话说完之后，纪染直接走出家门。

　　她是开车到家里，此时上了车直奔着公司而去。一路上，她哪怕一直盯着前面的路况，可总有各种画面从她脑海中滑过。

　　终于车子在公司楼下车库停好，纪染直接上了楼。

　　白日里繁华喧闹的大楼，此刻早已没了白日的人烟，变得格外安静，就连一向永远在运行的电梯都安静停在楼上的某一层。

　　纪染按了按钮，几秒后，电梯停下缓缓打开门。

　　她到公司的时候，果然如她想的那样，会议室里面的灯是亮着的，不时有人声嘈杂，看起来都在忙着。

　　她也带过项目，到了重要关头的时候，别说 9 点不下班，哪怕熬到次日两三点都是常有的事情。

　　纪染站在会议室外面，最后还是忍住没有敲门。

　　于是她干脆坐在会议室对面的办公桌等着，这个会议室正对着开放办公室，所以只要他们一出来，沈执肯定能看见她。

　　纪染坐在椅子上时，又将信从包里掏了出来。

　　她一封一封地慢慢看，如果今天不是夏江鸣把这件事当成一件趣闻说给她听，或许她永远都不会记得这些信。

　　这就像是散落在记忆星河里的贝壳。

　　曾经她把它放在她触手可及的地方，觉得这是她珍贵的记忆。可是时光太过强大，它总是能让人忘记曾经被捧在心头的那些重要回忆。

　　最后这些回忆渐渐粉碎成尘埃，四下散落。

　　当初她保存这些信，不就是觉得这是她高中生活难得有趣的回忆。一个陌生人的突然来信，向她发出数独挑战。

如今再想起来，其实她当初也猜测过这会不会是喜欢她的男生做的事情。

看来她确实没猜错。

纪染看着这些信，会议室里的工作始终没有结束。不知为何，她突然变得特别疲倦，她望着会议室时，慢慢倦意袭上心头。

等待总是让人觉得那么漫长而又无趣。

就在她伸手挡住自己又一个哈欠，心头微微有点儿烦躁的时候，她掩着嘴唇的手掌突然顿住。

有一股强大而又难以自持的心酸突然袭上心头。

两小时，她坐在这里等了他两小时，就觉得很累很无聊。

可是他呢？

沈执在这么漫长的岁月中，究竟等了她多久啊！他愿意忍受着数不尽的寂寥，等待她发现他的存在。

突然，她好心疼沈执。

好心疼好心疼。


终于，会议室的门被轻轻推开。

最先走出来的两个人看见外面办公桌上的人，都吓了一跳，特别是对方还低头掩面，长发垂在肩上，恐怖效果别提多明显。

他们这么一咋呼，后面出来的人都被吓了一跳。

等有胆子大的人仔细看了几眼，低声说：“好像是纪总？”

没一会儿，有人认出来确实是纪染。

他们面面相觑，纪染这大半夜不在家休息跑来公司干吗？而且她一直双手掩面，看起来好像是在哭？

这时刚起身往外走的沈执，见下属不仅没像往常那样迅速散开准备回家，反而聚集在会议室门口。

“怎么了？”沈执朝外面看了一眼。

下一秒，他拨开眼前的人，直奔着坐在椅子上的纪染。

他走过去略弯着腰，低声喊道：“染染。”

纪染本来沉浸在自己的情绪当中，并未听到他们出来的声音，直到此刻沈执喊她，纪染抬起头，泪眼蒙眬中看着男人这张英俊中带着点儿焦急的脸庞。

她突然站起来伸手搂住沈执的脖子。

这一下，身后站着的所有人都震惊了，这两位？

全公司谁不知道，纪染和沈执是出了名的不对付，特别是纪总每次看见沈总都恨不得生吃了他一样。

也有女员工佩服纪染居然能一心搞事业，不被沈总这祸国殃民的美貌所迷惑，甚至沈执的美貌都买通不了她。

结果，现在这是什么情况？

但是被抱住的沈执丝毫没管他们的想法，他手掌轻轻抚着纪染的后背，声音温软："染染，发生什么事情了？"

纪染轻吸了下鼻子，低声说："我知道了，也想起来了，你写给我的信。"

写给她的信？

沈执身体微僵，他当然记得那些信，因为她回给他的信至今还在他的书房里，那是他最珍贵的记忆，珍藏的宝贝。

哪怕信封泛黄老旧，他依旧记得当初收到她回信的欣喜。

沈执之前从不觉得他的人生中，有什么值得用一生来回忆的事情，可是唯独关于她的一切他都珍藏着，包括那些信。

纪染松开他，将她摆在桌子上的信捧到他的面前，声音里带着低泣："对不起，是我没有早点儿发现。"

没有发现你就是小景。

没有发现你爱着的人一直是我。

也没有发现这么多年来，你一直在等着我。

纪染心脏抽痛得好厉害，她突然哭道："阿执，怎么办，我好疼，我好心疼你。"

因为不敢想象他等待了这么多年，忍受了多少失望和寂寞。

沈执突然心底被揣得满满的，那种只有和她在一起时才有的感觉，在她重回十七岁的回忆里，她就是这样一次又一次地护着他。

全世界都不可以欺负沈执，因为她会心疼。

明明看起来那么纤细柔软的小姑娘，偏偏在护着他的时候，刚强得像个女战士。

她不仅为他摇旗呐喊，她还会带着不舍的哭腔告诉他，怎么办，阿执，我好心疼你。

突然这一刻，沈执觉得十年的等待值得。

或许不止十年。

从原景离开的那一天，他就渴望着再有一天能回到这个女孩的身边，听着她笑，也听着她碎碎念的抱怨。

这一刻，他等待了太久太久。

但是好在，时光总是没有辜负他。

他等到了。


清晨，当调皮的阳光从窗帘的一丝缝隙里偷偷溜进来时，还陷入沉睡梦境里的人，突然身体动了下，她伸手拍了下自己的脸。

啪嗒一声，身边正在用她自己的长发挠她脸颊的男人登时哭笑不得。

沈执确实没想到纪染对自己都会这么狠，大概是被弄得烦了，一巴掌拍在脸上。

白皙的脸颊上泛起浅浅红印。

沈执叹了一口气，慢悠悠地开始给她揉脸蛋，本来背对着他的姑娘这时候倒是乖顺，居然转了个身，拱进他怀里。

沈执不打算当什么绅士了。

随后沈执低头在她的脖颈蹭了蹭，过了一晚上，他下巴上的胡茬儿已经冒出了点儿头，贴着皮肤蹭有点儿刺人。

纪染本来累得四肢都不想动弹一下，沈执仿佛要将过去错失的一切都找补回来。

昨晚沈执倒也会做人，结束之后小心翼翼把她抱进他家价值不菲的浴缸里面，对，当时他打造这个浴缸的时候，来他家做客的夏江鸣都说他肯定是疯了。

其实沈执知道自己挺疯，他当初之所以坚持要用这个浴缸，是因为他想着如果有一天纪染出现在他家里，这个浴缸足够他们两人用。

那时候是纪染刚从国外回来的时候，她看着他的眼神里都透着杀气。

沈执就敢这么异想天开。

现在是早上 10 点，幸亏今天是周六，他们都不用去上班。

沈执知道他还有个会议要开，但是连他助理都不敢打电话给他，大概是知道自家老板昨晚刚春风一度。

谁都没这个胆子。

纪染终于慢吞吞地睁开眼睛，先是睁开一只，随即闭上。之后又悄悄地睁开一条缝，悄摸地朝他看过来。

这是他们第一次在同一张床上醒来。

之前纪染也住过沈执家里，可是两人别说一张床，连一个房间都没睡过。

她一动，面前男人跟着低声吃吃地笑了起来，纪染有点儿恼火提醒："沈执，别怪我没提前跟你说哦，我现在没有心情。"

她昨晚被沈执闹得都没睡好。

她生气了。

突然纪染的手机响了，不过不是电话而是振动声。沈执伸手摸了下，拿在手里看了一眼屏幕，低声问："你今天要去复诊？"

虽然纪染被医生允许出院，不过她毕竟是遭遇的车祸，而且还昏迷了这么久。

所以医生给她安排了复诊。

沈执看了一眼下午两点这个时间，低笑道："没关系，咱们还有点儿时间。"

"沈执。"纪染气恼起来。

可是沈执捏着下巴，似笑非笑道："叫老公。"

不叫！！！

纪染觉得她一定是太好说话了，可是她刚要伸手，整个人已经被沈执抱住，又过几秒，挣扎渐渐成了呜咽。

纪染临近 1 点才出门，直到沈执给她做了午餐才勉强让她脸色没那么冷漠。

去的医院依旧是她昏迷时住的那家。

到了地方的时候，纪染去检查，沈执坐在外面等着。不过她出来时候，外面的人不见了踪影，纪染也没着急想着他应该不是去洗手间就是去接电话。

不是有句话很有名来着，女人当男人用，男人当牲口用。

投行就是把这句话贯彻得最彻底的一个行业。

特别是在他们这种业内顶级公司，每年清北毕业的学生就不知有多少，什么世界 TOP10 的大学对公司来说也并不稀罕。

纪染站在原地的时候，正好遇到之前她住院时有点儿眼熟的小护士。

小护士主动跟纪染打招呼，开心道：“纪小姐，您是不是来复诊的？”

纪染点头。

小护士突然笑了下，特别好奇地问：“您跟沈先生是不是在一起了？”

沈先生？

纪染意识到她或许指的是沈执，有些奇怪道：“你认识沈执？”

“当然啦，您昏迷的时候除了您父母之外，沈先生来得最频繁了。”小护士想了一下摇头道，“其实您父母来得都没沈先生那么频繁，他几乎每天都在的。”

“你说他每天都在？”纪染呼吸有点儿紧。

她有些迷茫地抬头望着小护士。

小护士也惊讶，不过随后想到先前的事情，她们护士站的人都在讨论他们两人是不是被棒打鸳鸯的无缘情侣，要不然后来的事情有点儿说不通啊！

小护士觉得她应该帮帮沈执。

她说：“您昏迷的时候，沈先生对您可好了，我们都看在眼里的，他不仅给您读书还给您按摩腿部。有时候坐在您病房里半天，什么也不干，就那么呆呆地看着您。"

"那时候我们其实还挺同情他的，生怕您一直醒不过来，您说留他一个人多可怜呀！"不过小护士随后意识到自己说的话有点儿问题，赶紧把最重要的事情说了出来，"只是您醒来之后，他就不来医院了，我们都还奇怪呢！"

"谢谢你啊！"纪染知道对方告诉她这些事情，并不单单只是因为好奇。

或许她是想要把沈执为她做的事情，都告诉她，最起码让她知道。

原来她昏迷的时候，是他一直在身边。

小护士摇摇头，她说："纪小姐，您别怪我多嘴，我真的觉得你们特别般配，而且您病了，沈先生一直陪着您。所以我希望你们能永远幸福下去。"

或许正是因为小护士年纪还小，她才敢勇敢说出这些，在旁人看来是多管闲事的话。

纪染认真地看着她，轻声说："谢谢你！我们一定会幸福的。"

小护士冲着她握了下拳头做了个加油的手势，又赶紧跑开去忙别的病人的事情。

沈执回来的时候，纪染正坐在椅子上等着他。

她望着走廊上来来回回的病人，有些是被家人陪着一起来的，有些显然是男女朋友，最凄惨的是一个人来的。

沈执在她身边坐下，低声道："检查完了？"

"嗯，要等半小时。"纪染望着他，突然说，"沈执，你想过没，为什么那段记忆除了我之外，只有你记得？"

沈执没想到她会问这个问题，但也还是认真想了下。

只是这件事他一直没办法用常理来解释。

"是不是因为只有你是每天陪着我的，又加上我一直昏迷，说不定是我们脑电波突然对接了起来？"纪染特别认真地望着他。

沈执被她的异想天开震惊，他无奈道："染染，并不是所有事情都能有一个合理解释的。"

"况且也不仅仅是我每天都陪着你，你的护工、医院里的护士也是经常陪着你的。"沈执怕她钻进牛角尖，试图安慰她。

可他刚说完，纪染看着他说"所以你每天都在医院里陪着我是吧！"

此时沈执才发现原来纪染这是给他下了一个套。

她怎么可能会相信所谓的脑电波对接这种原因，她就是想知道是不是他在医院里一直陪着她。

沈执有些无奈，他确实没想到纪染会给他玩这么一手。

但是纪染也没准备放过他，她问："你为什么不告诉我？是你一直在照顾我，一直陪在我的身边，为什么你一直都不说。"

沈执微愣。

一开始为什么没说，是因为她和他的关系确实是不一样，之前他们的关系看似对立，况且他也无法确定纪染到底还有没有这段记忆。

他怕这些都是自己的大梦一场。

最终醒来，都会成空。


沈执无奈道："我怕你不记得我们的事情。"

"后来呢，我记得了你为什么也不跟我坦白？"纪染并没有被他随便糊弄过去，对，他一开始是害怕，纪染能理解他。

因为她自己都处于那种不确定的惶惶不安之中。

但是后来他们坦白了一切，沈执完全有时间跟她说。

纪染轻声问："是不是我妈妈？"

沈执神情里夹杂着一丝苦笑，确实跟裴苑有关。他没想到十七岁的时候，裴苑如此反对他们，到了二十七岁时依旧反对。

他复杂的身世，他母亲的精神病史，从始至终都是裴苑反对的理由。

纪染："沈执，我现在不是十七岁了，我是二十七岁的人。哪怕现在我跟你领证，也没有人可以干涉我，我能决定自己的人生。"

"也能决定自己要爱一个什么样的男人。"

你是值得的那个人。

终于沈执轻轻点头，他问："染染，你愿意跟我去见见我母亲吗？"

哪怕是此时想起原笙跟他说的那句话，沈执心底依旧无法释怀。

小景，以后不可以把喜欢的人带来见我，一定不行。

她怕自己会拖累他，怕他喜欢的女孩会在意她的精神病史，可是沈执相信，纪染不会在意。

以前，他从未想过带谁去见原笙。

现在，他有一个想要带去的人了。

纪染眨了眨眼睛，轻声说："沈执，这是在变相跟我求婚吗？"

## 第九章
### 最喜欢的是十七，最爱的人是你

"这么敷衍可以吗？"沈执含笑望着她。

纪染摇头，不可以，不可以。

她挽着沈执手臂，细细说道："你要真的向我求婚的话，场面必须大，玫瑰花呢最好九千九百九十九朵起步吧，什么灯光、舞台，按照高标准。"

其实纪染这么胡说八道就是为了缓解一下尴尬。

求婚这种事情从她嘴里说出来，好像显得她很迫不及待似的。

偏偏沈执一本正经地问道："你还要上去唱一首？"

纪染："……"

两人出了医院上车之后，纪染一边系安全带一边问："我们现在去哪儿？"

"去见我妈妈。"沈执望着她，声音里透着愉悦。

手指正在调整安全带的纪染一下停住，微有些诧异地抬头："现在吗？"

她是真的有点儿蒙，见家长这种事情不是应该选个良辰吉日沐浴焚香之后再去，怎么能这么随意？

纪染脑袋立即摇得跟小拨浪鼓似的。

"不想去？"沈执这么说着的时候已经开始启动车子。

纪染立即摇头，哪里是不想去啊！她怕沈执会真的以为她不想，立即解释说："我今天什么都没有准备呢，怎么跟你一起去呀？"

沈执语气轻松："不需要准备任何东西，你就是最好的礼物。"

纪染嘴角轻扬露出一抹笑意，却还是一本正经道："那可不行，这是最基本的礼数，哪有人第一次去男朋友家里做客是空手上门的。"

沈执淡淡转头看着她，轻声说："或许应该我先见你父母对吧！"

纪染之前没谈过恋爱自然也不知道其中的礼数，可是不管是沈执的家庭还是她的家庭，其实都挺复杂。

裴苑总是以沈家太过复杂来劝阻她，可是她家里呢！

父母离婚，父亲再婚之后的妻子以及对方带来的女儿都不是省油的灯。

纪染暂时还不想把沈执带去见他们任何一个人。

就像沈执也不会把她带去见他父亲一样。

"你想让我见你爸爸吗？"纪染望着他问道。

沈执立即摇头，他和沈纪明的关系冷漠到极点，是那种哪怕逢年过节都不会相互问候的关系。如今他更是一直在高通证券没打算离开，沈纪明心底对他恼火至极，认为他无法帮助自己在沈家的财产继承权上抢占先机。

所以父子两人这几年的关系越发冷淡。

至于原笙和他外公外婆，沈执在自己有了能力照顾他们之后，早已经把他们都接到了 B 市，给他们在郊区买了一套别墅。

外公外婆喜欢种地，他买的别墅花园都改成了菜园，两位老人家想怎么折腾都行。

至于原笙，她这几年越来越专注在画画上面，就连医生都说她的病情早已经好了许多。沈执会带她一起去看画展，甚至还请了国内著名的油画大师指点她的画技。

纪染一路上听着沈执聊起的这些事情，哪怕她没有参与过，可是光是听着都觉得这样真好，这才是他想要的家庭吧！

哪怕沈家再有钱，可是那里并不欢迎他。

车子到了别墅大门外，外面有停车位，沈执直接把车子停了下来，他停稳之后，纪染跟着一块儿下车。

只是刚关上车门，她一下抓住车门边上的倒车镜，瓮声瓮气道："沈执，我们能下一次再来吗？"

她还是有点儿紧张，没怎么做好心理准备。

哪怕平时工作上的事情，她也不会紧张到这种地步。他们是直接投资部的，每次为了投资份额和占比的事情，要谈判很多轮，纪染是出了名的心黑手狠。

如今反而是在见他家人这件事上露怯了。

沈执慢悠悠走到她面前，张开双臂低声说："先抱一下。"

纪染乖巧地上前抱住他的腰身，声音小小道："沈执，你妈妈一定长得很漂亮吧！"

"你待会儿自己进去看，不就知道了？"他声线温软，透着诱哄的味道。

可是纪染才不想上他的当呢！她也不知道自己怎么又软弱了起来。

就在两人抱着站在原地的时候，突然伴随着吱呀的一声门轴转动，大门被轻轻打开，一个穿着长裙的长发女人站在门口。

"小景。"

她喊了一声，纪染和沈执立即回头。

这时纪染才看见门口的女人，她看起来顶多只有四十岁，甚至还不到的那种感觉，一头乌黑长发及腰，泛着柔软的亮泽感。

纪染心底忍不住升起惊艳的感觉。

因为哪怕历经了岁月，可是面前的人身上依旧有种空灵的气质，很温柔也很让人舒服。

其实她的长相跟沈执并不算特别相似，纪染见过沈执的父亲，他长相更像他父亲。只是这张脸她怎么都觉得好漂亮好有气质。

原来这就是阿执的妈妈呀！

原笙一只手扶着大门有点儿尴尬地望着他们，当她注意到纪染的时候，突然有点儿不好意思地笑了下。

她一笑，纪染就觉得哪怕时光荏苒，原笙身上依旧有种难得的纯真。

"小景，是你女朋友吗？"原笙好奇地问道。

不仅是她搬到 B 市的这几年，就是之前她还住在江都的时候，沈执都没带过女孩回家。偶尔原笙也跟他提过，人生并不仅仅只有工作，他可以不用这么累。

原笙甚至还告诉他，她可以出去工作，因为她一起画画的朋友介绍的。

不过沈执后来还是没同意，毕竟她最重要还是休养。他怕在自己没有看见的地方，原笙会被别人刺激。

纪染羞涩地看了她一眼，其实并不单单是因为她是沈执的母亲。

更因为原笙好漂亮。

又空灵又美。


"阿姨，您好，我是纪染。"纪染主动开口打招呼。

原笙很少跟外人接触，就是画画的朋友她也是过了好久才慢慢熟悉起来，但是面前的这姑娘是小景第一次带回来的女孩子。

哪怕她心底有那么点儿胆怯，还是笑着回道："你好，我是原笙。"

沈执望着她身上围着的围裙，上面还沾染着新鲜的油画染料，带着淡笑道："您又在画画？"

原笙开心地点头，朝他看了一眼之后又望着纪染小声问："你要看我新画的画吗？"

"我妈很少舍得把她的画给别人看的。"沈执笑着提醒说。

原笙内心纤细敏感，她之所以喜欢画画是因为这样就像是把她的内心世界打开，把她心底想的东西透射到画上，像是普通人写的日记一样。

所以原笙的画室，哪怕是沈执的外公外婆都不会轻易进去。

今天第一次见到纪染，她就邀请纪染看自己的画。

可见对纪染十分喜欢。

纪染跟着进门之后，沈执的外公外婆从厨房里出来，家里有个保姆。毕竟这么大的别墅，总要有人打扫。老人家淳朴了一辈子，现在反而用起了保姆，实在是有点儿不习惯。

不过好在他们都挺听沈执的话。

"外婆，您还认识她吗？"沈执牵着纪染的手掌走到外婆身边。

哪怕是沉稳如沈执，此刻都仿佛要回到那个炎热的盛夏，绿荫下的小男孩安静地看着小女孩在写她的数独题。

其实他很聪明，纪染告诉他解题思路时，他慢慢看着很快就看会了。

那时候他帮着外婆干完活，纪染就会出来找他玩。

外婆盯着纪染的脸看了许久，老太太毕竟年纪大了，况且又过去了十几年，过了半晌才摇摇头："有点印象，但是不记得了。"

她笑着跟沈执说："外婆是不是真老了，这么好看的小姑娘都不记得了。"

纪染今天没怎么化妆，也不是平时上班时刻意强势美艳的打扮，有点儿素面朝天，看起来一下比实际年纪还要小。

只是外婆这一声小姑娘把纪染叫得挺不好意思。

沈执轻声说："外婆，我九岁的时候周末帮您一起打扫卫生，那时候不是总有个小女孩每次都会来找我玩。"

外婆到底是年纪大了，哪怕沈执说得这么明白，她还是想了半天没想起来。

还是沈执笑道："就是每次都给我带零食，您还说以后找老婆就要找这样的。"

这次，老太太一下子有了印象。

哎哟，说起来真的是好多好多年了，她虽然不记得那个小女孩的模样，但确实记得依稀有这么个小姑娘。

那时候没有别的孩子愿意跟小景玩，外婆他们看在眼里，心底也难过。

好不容易有个小姑娘愿意跟沈执玩之后，外婆还让他不要帮自己打扫卫生，免得被小朋友嫌弃。

小姑娘长得白白嫩嫩不说，穿的衣服也好看。

一看就是那种有钱人家的孩子。

可沈执照旧替外婆干活，小姑娘一点儿都不嫌弃，她下课的时候会从少年宫里偷偷溜出来，给沈执塞巧克力或者果冻，有时候甚至直接给一整袋东西，反正每次她的零食都不带重样的。

沈执并不会每次都吃，有时候是甜食的东西，他拿回去给原笙吃。

所以外婆每次下班跟他一起回家时，总会笑呵呵地问道，小媳妇今天又给他送什么了。

外婆的戏言，惹得沈执有些不好意思，他握紧手里的东西摇着头。

哪怕是外婆都没想到，十几年前的一句话居然会当真。

她惊呼："哎呀，这就是之前那个小朋友，外婆总说是你的小媳妇。"

纪染没想到原来外婆私底下还开过他们这样的玩笑，登时脸颊泛起红晕，哪怕再见惯大场面的人，此时也有点儿手脚都不知往哪儿放了。

原笙在一旁听得新奇，诧异道："你们很早就认识了？"

沈执点头："九岁的时候，就认识了。"

从九岁到二十七岁，命运兜兜转转，最终他还是牢牢地抓住她的手掌。


好在原笙见她被外婆一直问东问西有些尴尬，说道："妈妈，我带他们去我的画室看看，你跟阿姨一起准备晚餐好不好。小景好多天没回来了，染染也是第一次来家里。"

外婆点头。

沈执打小是吃外婆做的饭长大，哪怕他早已经尝遍这世界上所谓顶级厨师烹制的美食，可是对于他来说，外婆做的菜还是他最喜欢的味道。

他工作太忙碌，回家的次数不算多，但每次回来外婆都会给他烧一两道拿手菜。

原笙的画室在二楼，房间特别大，而且拥有漂亮的落地窗。此刻房间里摆着一幅正画了一半的油画，纪染虽然对油画并没有特别的鉴赏力，可是眼前的这幅画虽只是取景于一处简单的田园风景，但它的色彩饱满生动，整幅画哪怕没有画完，都叫人期待不已。

纪染转头又看着房间墙壁上挂着的，地上摆着的，有些好奇地问："阿姨，这都是您画的？"

她之前从未见过原笙，一直听裴苑说她是精神病人这件事，纪染当然不在乎。

她甚至愿意跟沈执一起照顾他的母亲，因为这是他的母亲。

她一开始总以为原笙应该是那种常年不出门在家，皮肤有些苍白，神色特别委顿，整个人看起来战战兢兢，仿佛随时都会受到惊吓。

现在她才发现，原笙从来不是这样。

她虽然病了，可是她喜欢画画，从她画的这些画看来，她内心一点儿都不阴沉，反而比很多人都要饱满明亮。

直到她看见挂在墙壁上的一幅素描画，这幅画是被专门用相框装裱起来的。

纪染走近时，突然笑着说："这是沈执对吧？"

"是小景。"原笙开心地点头，她小声抱怨说，"小景一直不愿意当我的模特，这个还是我过生日时候许愿求来的。"

纪染惊艳道："画得真好。"

黑白铅笔线条勾勒而成的沈执，鼻梁英挺笔直，眼梢微微向下显得整个人有点儿深沉而又严肃的感觉。

这样英挺又深邃的五官，有点儿不像是真人，反倒像是随意勾画出来的漫画人物。

"真好看。"纪染盯着看了一眼，又惊呼了一声。

原笙顺势说道："你想试试吗？"

纪染微睁大眼睛，一双乌黑的眸子里透着诧异，惊呼道："我也画这个？"

原笙被她这个想法逗得直发笑，低声说："我不是说这个，我的意思是你要不要试试当我的模特？"

"我可以吗？"纪染一听原笙是想画自己啊，登时更加来了兴趣。

只不过一旁的沈执眼看着她要跳进这个大坑里，觉得自己身为男朋友还是有点儿义务提醒纪染："画一次要坐在那里两小时，你忍受得了吗？"

纪染："当然能。"

沈执微挑起眉梢，露出古怪的表情，再次提醒道："就算无聊也不能放弃，因为这是妈妈在画。"

他这是在告诉她，要是不想让未来婆婆留下什么坏印象，最好答应就得做到底。

纪染愣了几秒钟而已，立马又点头。

原笙比她还开心，让她坐下之后，立马给自己又竖起一块画板，拿出素描笔开始画了起来。

沈执在旁边就这么安静地看了两小时，这么多年来，特别是从他上了大学开始，他每天都在忙着如何更快地完成学习，如何更快地赚钱。

他为什么会学习金融，为什么会选择投行。

就是因为这份工作能带给他高薪，他不想依靠沈家并不是嘴上说说而已。

自从上大学开始，他就慢慢着手准备脱离沈家的事情。终于他一步步走到现在这一步，哪怕外人都觉得他是依靠着自己强大的家世，唯有沈执自己明白，他所有的一切都是靠着自己一点点熬出来的。

连续工作三十五小时不睡觉，把公司当成是自己的家，别人工作时他在工作，别人休息时他在工作，哪怕是生病他都会带着文件一边看一边打点滴。

终于他靠着自己的能力，把妈妈还有外公外婆他们都接到了自己身边。

此刻初夏的午后，阳光透窗而入，安静坐在凳子上的姑娘微笑着望着对方的人，而对面拿着画笔的人一边用笔尖在画纸上轻轻勾勒一边又用笔测量一下。

沈执倚靠着墙壁，望着这一幕。

他所有的努力，都是为了这一瞬的宁静温柔吧！

临走的时候，原笙把那幅画送给了纪染。

纪染高兴得一路上都在看这幅画，直到沈执把车子开到小区门口，低声说："走吧！"

她这才抬起头看向外面，只是一眼看见很熟悉，再一秒才反应过来这就是她自己的家啊！只不过才一晚没回来住，居然有点儿陌生了。

沈执下车的时候，纪染拉着他的手，小声说："你待会儿开车记得小心点哦！"

好不容易能在一起了，居然还要分开，哪怕是她都有那么点儿小情绪上来，也不管是不是被沈执看出来她太不想跟他分开这件事。

可是男人的手指捏着她的手腕，突然嗤笑了声："我是要陪你上去拿换洗的衣服，谁说今晚要送你回家了。"

纪染一愣。

她黑漆漆的大眼睛抬头望着，哪怕时间过去十年，可是她的黑眸并未因时光变得暗淡，反而越发深邃。

此刻露出惊诧神色时，更让人觉得可爱。

他顺势低头在她唇上亲了一下。

"好不容易把你带回去，不会再送回来了。"

纪染笑着伸手抱住他。

纪染没想到第二天就接到纪庆礼的电话，他们父女出院之后还没打过电话，只是纪庆礼给她发过几条微信，叮嘱她别那么劳累的。

听到纪庆礼约着跟她见面，纪染想了下还是同意了。

她是开沈执的车来他家里的，今天他在家办公，所以纪染借着开了他的车出门。临走的时候，沈执坐在椅子上隔着桌子望着她："真不带去见我的老岳父？"

"你的岳父要是知道你用老形容他，大概是这辈子都不愿意认你这个毛脚女婿了。"

纪染双手撑在桌子上，隔着桌子凑过去亲了他一下。

她实在不敢跨过这个桌子，生怕这个人会直接拉住她不松手。

到了纪庆礼约的地方，是个私人会所。一看就是他这种年纪的人会喜欢的地方，中国风装饰，进了包厢摆着的花瓶是青花瓷，地上铺着的地毯是中国红，就连墙壁上挂着的壁画都是山水画。

纪染进来时看了一眼纪庆礼，其实他这人还挺闷骚，穿着打扮都挺讲究。

只不过这会儿发鬓上如附上了微微白霜般，清楚地告诉她岁月确实是在他身上烙下了痕迹。


纪染坐下后，纪庆礼居然还亲自给她倒了一杯工夫茶，茶香四溢，连空气里都浮动着那股子浓郁的香气。

"您找我有事儿？"纪染问道。

纪庆礼直接把面前的一个文件夹推到她面前，纪染不明所以，但还是拿起来将文件夹打开，然后看着里面的文件。

纪染越看越心惊，抬头看着他："这是什么意思？"

"这些本来是爸爸想等你结婚的时候再给你，可是你出了车祸之后，我觉得还是早点儿交给你吧，让你自己来打理。"

纪庆礼给她的东西里，不仅有纪家企业的股票，还有基金甚至是价值过亿的房产。

这些东西，说一句天价也不为过。

虽然每年纪庆礼都会给她一笔钱，但是跟眼前的东西比起来，实在是太不值得一提。

纪染一时陷入沉思。

纪庆礼反而说道："我知道这么多年来，一直是你妈在照顾你，爸爸对你的关心太少……"

"所以这是对我的补偿吗？"纪染突然抬起头望着纪庆礼。

她突然觉得有那么点儿好笑，这时候她是不是还应该把文件夹砸在纪庆礼的面前，然后大吼一声你早干吗去了，现在才知道对我关心太少，我不稀罕。

她不稀罕吗？

突然纪染想起在那个时空里，江利绮失去她的孩子时，纪庆礼说相信她。

他相信他的女儿并不是这样的人。

时光是个最残酷的敌人，因为它会毫不客气地带走我们的青春、容貌甚至是生命。可是时光对她却又那样怜悯。

它让自己发现了那些被藏在时光里的秘密。

那些珍贵的珍珠就被藏在密封的贝壳里，然后她一点点地撬开贝壳，发现晶亮的珍珠。

那是她第一次发现纪庆礼是爱她的。

这一瞬，她又有了那天那样的心酸和难受。

所有的情绪夹杂在心头，她甚至不知该跟纪庆礼说什么，责怪他这么多年对自己的忽视吗？还是责怪他曾经的冷淡。

可她自己就是毫无过错的吗？她远离他，排斥他，对他不尽厌烦。


突然在这一声质问之后，她又想起那天他说的话，整个人就像是被一根极细极细的针戳破了气球，那些压抑在心底她曾经以为并不存在的怨气竟是一点点汹涌而出。

她忍不住睁大眼睛望向窗外。

房间里那样安静。

不知过了多久，纪染突然说："我结婚的时候，你会来吗？"

纪庆礼当即道："你说的这是什么胡话，我就你这么一个女儿，你就我这么一个爹，我不去让你挽着谁，难不成你还打算一个人走到新郎跟前？"

只是他这一连串话说出来，突然狐疑地望向纪染："你不会给我搞个闪婚吧？"

纪染声音嗡嗡的："反正我现在有男朋友，我很喜欢他。"

她生怕纪庆礼像裴苑那样反对，低声说："你们反对也没用的。"

纪庆礼对于这个很是无奈，但是随后他想了下："是你妈反对，对吧？"

纪染没出声。

那就是被他猜中了。

随后纪庆礼又想了下，突然说："不会是姓沈的那个吧？"

"您认识？"这次轮到纪染觉得惊讶。

"天天恨不得住在你病房里面，我就是想不认识都不行。"纪庆礼"哼"了一声，之前纪染还没谈恋爱的迹象，这刚从昏迷中醒过来也没几天就说要谈恋爱。

况且瞧着她这口吻，都提到结婚了，纪庆礼就猜着是沈执。

他口吻不善道："我认识他爸爸，沈纪明对吧，那可不是个好人。"

纪染突然笑了，她还记得之前十七岁的记忆里，他看见人家沈纪明还一副哥俩好的样子，如今倒是一副瞧不上人家的模样。

她问道："那您觉得沈执怎么样？"

"这小子啊……"纪庆礼偏偏说到这里慢悠悠地喝了一口茶，见对面纪染脸上一副不耐的样子才慢悠悠开口说，"有骨气，拎得清楚。"

其实纪庆礼之前在医院里也跟沈执聊过。

毕竟他是男人都懂男人，自家女儿昏迷在医院两个月都不醒，他连工作都不要宁愿守在这里，这是真的喜欢惨了纪染。

况且沈执的名字他确实听说过，之前也在公共场合见过，那时候沈执对他毕恭毕敬。

纪庆礼还觉得面子上挺有光，毕竟这么年轻强干的投资人愿意跟自己交好。

后来他才知道，原来是早就打着他女儿的主意呢！

至于说他有骨气，当然是因为恒驰集团那么大的产业，他不仅没倚靠一分还拼着自己的本事走到现在。

况且恒驰虽然表面风平浪静，可是底下暗潮涌动。

光是继承权这一项，就够折腾的。

他不仅不往上沾染还明哲保身，这不是拎得清是什么。

"您很喜欢他？"纪染有点儿开心，哪怕纪庆礼的意见对于裴苑来说一点都不管用，但是最起码纪染自己不是孤零零的。

纪庆礼望着她笑道："你是不是怕你妈反对？"

纪庆礼忍不住嗤笑道："你妈妈这人心高气傲了一辈子，除了她自己还有被她严格教育出来的你之外，她是谁都瞧不上。所以沈执在她看来就是痴心妄想做她女婿的人，她看不上太正常了。"

纪染觉得纪庆礼这话简直是精辟。

哪怕这两人离婚十年了，依旧是最熟悉的人啊！

"好好做做你妈妈的思想工作，毕竟这是你自己喜欢的人。"这次纪庆礼毫不犹豫地站在她这边。

纪染望着他，憋了许久终于轻声说："谢谢您，爸爸！"

纪庆礼神情古怪地望着她，终于忍不住道："难怪说呀，女生外向，送你这么多东西你没说一声谢谢，只是顺着你说了几句那小子的好话，倒是说上谢谢了。"

纪染："……"

不过临走的时候，纪染想了想，还是说道："您现在的夫人一直在找我妈公司的麻烦，您知道吗？"

这句话叫纪庆礼脚步一顿。

他点点头，说道："江利绮确实是手伸得太长，这件事我已经跟你妈妈道过歉了，以后不会再发生这样的事情。"

纪染不知道原来纪庆礼已经知道，并且处理过。

她点点头。

毕竟这是纪庆礼自己家庭的事情，她并不想多管。


只是她不知道的是，纪庆礼乘车刚回到家里，就撞见正在客厅里的江利绮。她一见自己回来，立即迎了上来质问道："你这是去哪儿了？"

纪庆礼淡淡道："找我有事儿？"

江利绮见他态度冷淡，笑道："只是见你打电话不接，有点儿担心而已。"

"我去见染染了，给了点儿东西给她。"纪庆礼说得稀松平常，仿佛他给出的价值十几亿的东西真的就是几张纸而已。

江利绮狐疑地望着他，突然想起他书房里的东西，说："你不会真的把股票什么都给她了吧？还有和清水苑那套房子，你不会也是为她准备的吧！"

去年和清水苑开盘，不菲的价格让很多人抢疯了。

当时她也心动，但是实在拿不出这么多钱。

谁知与她相熟的一个夫人竟说，纪庆礼买了一套房子还跟他朋友说是结婚礼物，当时那个夫人可是好生羡慕，以为这所谓的结婚礼物是纪庆礼送给她的结婚礼物。

江利绮一开始也期待不已，可她等了半年都没消息，于是小声试探纪庆礼的口风。

没想到他这套房子确实是结婚礼物，但这是他买来打算送给纪染的结婚礼物。

"你既然把和清水苑给纪染了，那纪艺呢，她跟沈越感情这么稳定马上也是要结婚的，你打算给她什么结婚嫁妆？"

纪庆礼走到沙发旁边坐下，随口说了一个小区的名字，江利绮这可是倒吸了一口气，气急说："万悦花园的房子和清水苑那套房子完全不是一个价！庆礼，你对两个孩子未免也太过偏颇了吧？"

江利绮跟他结婚十年，再也不是当初战战兢兢的模样。

十年的纪夫人让她自觉有了很多的底气。

纪庆礼朝她看了一眼，突然笑了起来："偏心？纪艺这么多年可是一直长在我们身边，她享受了多少染染应该享受的东西。所以我多补偿点儿染染，有什么不可以？"

江利绮被他说得微微有些尴尬，但是她还是强作镇定道："又不是咱们亏待，那不是她妈妈不允许她来这里。"

这么多年来，江利绮就是用着这样的借口，一次又一次加深他们父女之间的隔阂。

直到那天纪染出车祸，他和江利绮赶过去。孩子刚刚从手术室里出来，江利绮就打着哈欠对他说："老纪，要不咱们先回去吧！你明天不是还有个特别重要的会议，我看纪染这边应该没什么重要的事情。"

那一刻，纪庆礼望着她跟自己说话的模样，只觉得荒唐。

他自觉是个不错的继父，对江利绮女儿的要求是有求必应。

可是这一刻，他的女儿刚从手术室里推出来，还没完全脱离危险，她居然让他回去休息，就因为明天有个重要的会议？

所以她是觉得这个会议重要过他女儿的命？

纪庆礼这才发现自己当一个父亲的失职，或许就是平时他对纪染的冷漠，才让江利绮对纪染这么冷漠甚至无情。

如果今天是江艺躺在这里，她是绝对不可能让自己回去休息的。


江利绮此刻压根不知道纪庆礼已经把医院的那件事记在心底，她有点儿不满意地说："咱们是做娘家的，陪嫁要是陪得太少，沈家那边会瞧不起小艺的。"

"沈家那种大户人家，你说眼界得多高啊！那这样吧，姐妹两个嘛，咱们不偏不倚就陪一样的嫁妆行不行。和清水苑的房子要是买不着，咱们要不在纽约给小艺买一套吧，以后外孙出国留学多方便。"

江利绮这会儿还想得挺美滋滋的。

纪庆礼突然笑了下，他挺直接地说："那我是给不起这么多的。"

江利绮脸色一愣又说："这怎么能行，怎么能这么不公平呢……"

"染染才是我的亲生女儿。"

突然纪庆礼一句话打断了江利绮的所有话头。

她直勾勾地望着纪庆礼，突然有点儿不敢相信地说："老纪，这么多年来可都是小艺陪在你身边，你这么说要是让她听到，多伤孩子的心。她难道不是跟你的亲生女儿一样吗？"

"那你有把纪染当成你的亲生女儿吗？"

纪庆礼这么直接地询问，让江利绮有点儿说不出话，她还不可能脸皮厚到当着纪庆礼的面儿说瞎话。

况且她说有，纪庆礼也不可能信啊！

"我之前就说过，染染的爷爷奶奶对她很好，所以纪家的东西都是要留给她的。纪艺这边我可以给她送一套结婚的房子，车子我也会给她买一辆她自己想要的。至于现金这么多年来你自己也攒了不少吧！"

纪庆礼说得很清楚，江艺结婚，他给房子和车子都行。

但是更多的……

没有。


纪庆礼不想再跟她纠缠在这件事上，说完径直去了一楼的书房。等书房门关上之后，没一会儿从楼上走下一个人。

江艺像个游魂似的走到江利绮面前，把江利绮都吓了一跳。

江利绮皱着眉望着她这副模样，突然叹了一口气："你都听见了？"

"妈，您答应我的，我结婚的时候股票、现金什么都会有，而且您说会给我过亿的嫁妆的，您要是这样，到时候沈越他妈妈会怎么看我。"

沈家那帮夫人眼高于顶，她因为只是纪庆礼的继女而已，没少受沈越他妈的白眼。

好在她几次都暗示，以后她结婚纪家公司的股份她也是有份的，而且还能当成嫁妆带过来。

现在倒好，什么都没有。

江利绮叹了一口气："也不知道你爸爸抽什么风，自从那个纪染回国之后，我就心情没好过。本来以为她就这么一睡不醒好了，没想到居然还给她醒了。"

要是她就这么一睡不醒，该多好啊！

当江利绮说完时，突然江艺心底也闪过这个念头。

到时候那该多好啊，她什么都不能跟她抢了，什么也不能跟她争。

江艺连眼神都变得怨毒了起来。


纪染回去的时候，看见沈执还在书房里工作，投行工作本来就忙碌，加班是常事。这两天周末沈执没去公司都是因为她。

她站在门口看着他一直在开会，电脑那头是远在大洋那边的工作小组。

他用英文流利地跟对方交流，在抬头看见纪染的时候伸手勾了下手指。

纪染笑着走过去。

等发现只是语音通话，并不是视频会议时，她干脆坐在沈执的腿上。没想到这个会议竟是又开了半个多小时。

一直到他挂断电话，纪染才打了个哈欠。

"累了？"沈执偏头看着她说。

纪染点头，她说："以前自己工作的时候不觉得累，可是现在突然觉得好累。"

"阿执，你累吗？"她软软地问。

沈执被她这么乖巧绵软的模样撩拨得心猿意马，但还是点了点头。

纪染突然像是献宝一样，把一直抓在手里把玩的文件夹给他看，得意地说："阿执，你知道这是什么吗？"

沈执望着她，轻笑道："岳父给你的？"

"嗯。"纪染点头，她小声说，"我爸爸给我的嫁妆。"

她停顿了一秒，望着他的眼睛之后，很认真地说："如果你愿意的话，也可以是聘礼。"

就算养你很贵，我也不怕了。

她软甜的声音是那样动人："我愿意养你的。"


纪染本以为上班之后，她和沈执的事情会传遍整个公司，毕竟那天晚上她可是当着他所有下属的面儿抱着他哭的。

只不过她没想到周一的高通证券一切都风平浪静。

她猜测或许是沈执严禁他们私底下传播这件事，不得不说，纪染还挺佩服他的驭下手段。

沈执的做法纪染还挺支持。

高通证券虽然没有明文规定不允许办公室恋情，但他们都不是那种喜欢把工作和私人生活混为一谈的人。

纪染松了一口气，不过又有点儿好笑。

高中的时候两人假装不熟是为了避开老师的耳目，结果现在到了谁都管不着他们谈恋爱的年纪，却又因为在同一个公司要注意影响。

第二天早上纪染给众人开完会之后，突然方芊拿着平板电脑走了进来。

"老大，您看。"方芊把平板电脑放在她面前。

纪染低头看了一眼标题，露出惊讶的表情，随即点开视频。这是几分钟前发布的一则新闻，是关于恒驰集团董事长沈桥山先生身体状况突然恶化入院的新闻。

方芊低声说："老大这新闻一出来咱们群里可都聊疯了。"

"你们这么关心恒驰集团的事情？"纪染压着心底的担心，只是眉头依旧微蹙着。

方芊立即来了精神，她说："老大，您忘记了恒驰集团可是沈总家的公司，难怪沈总今天早上没来上班呢！大家都在讨论沈总会不会回家继承他家的家业啊？"

纪染知道沈执今天早上没来上班，但是她知道是因为他跟律所那边有个会议要开，只是没想到现在出现这样的状况。

她知道沈爷爷是沈家仅有对他温情的存在。

哪怕是把他带回去的沈纪明，都无法让沈执信任。

纪染叹了一口气。

方芊有些疑惑地问道："老大，您好好的叹气干吗？这是怎么了？"

纪染随口道："只是觉得生老病死是谁都逃脱不了的，哪怕再有钱都不行。"

"对哦，就是这样的。"方芊点头，不过她随后说道，"但是能建立恒驰这样的大公司，我觉得一辈子都没遗憾了吧！"

纪染不置可否。

"大哥，不是我说，你凭什么不让我们见爸爸，你有什么资格？"此时沈家二伯沈纪远站在走廊，不顾身份和地位大声喊了起来。

"就是啊，大伯，我爸爸也是爷爷的儿子，您这么独断专行只怕是不妥当吧！"

沈敏双手抱在胸口，有点儿不忿道。

说起来在沈家，三个儿子里面沈纪远确实是最不受老爷子喜欢的，老大是长子从一出生就受到万众瞩目，老三是幼子打小就受尽宠爱。

在中间的这个就有点儿爹不疼娘不爱的意思，况且沈纪远能力普通，就连沈纪明都不如。

因此老爷子一倒下，他是真急了。

此时见到大哥居然还拦着不让他进病房，这脑子里面当即就炸了。

什么豪门争产的例子全都在他脑子里头过了一遍。

沈家大伯沈纪东见他们盯着自己吵，也是气得脑壳子有点儿疼，薄怒道："你们都在说什么呢，爸爸都病倒了，医生都说要休养。你们这么多人进去，还怎么休息？"

"你们进去看过了，在爸爸面前露过脸了，现在你就拦着我们，你这是想干吗呀？"

"我进去就说了两句话出来，老二你这是什么意思？"

本来在外头都是风风光光的沈总，此时两人吵起来，丝毫不顾及身份地位，就连一旁站着的沈纪明都看着发笑。

他倒没老二那么着急，就算真让老大见着老爷子又怎么样。

难不成多见一面，老爷子就把整个集团给老大了。

他不停回头往电梯的方向看，一副正在等人的样子。

终于电梯叮的一声响传递到这边，沈纪明整个人来了精神。没一会儿从电梯里走出来几个人，只是为首的两人倒是大家没想到他们会一起来。

沈纪明微眯着眼，盯着沈执和沈越走到自己面前。

只是沈越刚一走近，身上那股子酒气熏天，他忍不住伸手挡了下鼻子，微皱眉道："沈越，你这是喝了多少酒？"

"三叔，真没多少。"沈越嬉皮笑脸地说。

可是他一张嘴熏得沈纪明往后倒退了一步，就连站在稍远的沈敏都不住皱眉。

沈越母亲赶紧过来拉住他的手，小声说："怎么喝了这么多？"

"妈，别担心，我没事儿。"沈越不在意地说道。

这话叫他二叔不满起来，沈纪远斥责道："你到底怎么回事，你爷爷都病成这样了，你还有心思喝酒。"

"老二，你这话就说错了，沈越他又不知道爸爸突然住院的事情。他一天到晚为公司做事儿你看不见，这喝酒倒是让你抓住了。"

这一下两人又吵嚷起来。

沈执站在离他们最远的地方，单手插在裤兜里，整个人挺拔玉立地站着，只不过在听着他们越发肆无忌惮相互指责下，眉梢终于忍不住轻挑起来。

都这时候了，还有心思相互攻讦。


"你怎么才来？"沈纪明松了一口气，不过心情还算不错，估摸是为了沈执及时赶到。

"我是担心爷爷。"

沈执语气淡淡，如秋水上的云雾那样缥缈，听着声音是空的。

他很少会给人这么不坚定的感觉，但是这一刻或许是同情或许有那么几分心疼吧，爷爷把整个沈家扛在肩膀上。可是他一病倒这里所有的人吵闹不休，犹如失去了赖以生存的食物的猢狲，可悲又可怜。

沈纪明并不知他心底的想法，低声说道："你大伯和二伯都吵到现在了。"

沈执眉梢轻压，整个人犹如笼罩着一层叫人窒息的低气压。

哪怕是沈纪明都不由得有些莫名心虚。

也不知过了多久，突然里面走出一个穿着西装的男人，这是老爷子的助理陈特助，跟在老爷子身边二十多年，是比儿子还忠心的存在。

"执先生，老爷子醒了，说是想要见见您。"

所有人脑袋就像是被吸铁石同时吸住一样，全部转头看向站在末尾的沈执。

他轻轻颔首走到陈特助的身边，低声说："麻烦带路。"

两人消失在走廊时，除了沈纪明所有人的脸色都难看不已。此时沈家二伯倒还有心情嘲笑道："有人把自己当成这个家里大管家，结果好像爸爸不这么看啊！"

沈家大伯一下跳脚，气急怒道："老二你这是说什么废话呢？"

"我说你了吗？我指名道姓了吗？"

连沈纪明都不明白这两人今天火气怎么这么大。

沈执进了病房之后，他看着老爷子身上还戴着氧气罩，身上连着机器的线，看起来虚弱极了。

他一进去，老爷子的手指微微抬起，似乎在叫他过去。

"爷爷。"沈执走过去半蹲在床边轻轻握住他的手掌，年少时他觉得特别温暖的一双手，如今干瘦如柴，一握住仿佛在捏着一把骨头似的。

老爷子睁开眼睛望着他，眸光竟是发亮般，他张了张嘴，第一下没出声。

待他又试了第二次之后终于喊道："阿执。"

沈执轻轻点头时，老爷子已经开口说道："你还不愿意帮爷爷吗？"

其实早在沈执成为高通证券总经理的时候，老爷子已经开始劝说他回恒驰集团发展，甚至以他目前的履历和能力，直接掌管整个恒驰集团都没有问题。

他虽然年轻却经历了太多。

老爷子如今在沈家唯一能信任的人，只有他了。

哪怕沈执一次又一次毫不犹豫地拒绝爷爷，可是这一秒他望着床上这个虚弱的老人，往常不假思索的话竟是有点儿说不出口。

在沈家，唯一对他好的只有沈老爷子。

沈纪明因为他故意考砸的事情，恼羞成怒时要断掉他的生活费，甚至还威胁要让原笙和外公外婆流浪街头。

可是后来是老爷子笑眯眯地跟他说，阿执不要太着急，趁着年轻想干点儿什么就干点什么。

这位睿智的老人一直都知道他在做什么。

沈执看着他不说话，可是老人仿佛抓住救命稻草那样："阿执，爷爷只有你了。"


晚上纪染回家的时候，一打开灯，刚要把包扔在沙发上，结果眼睛瞥见沙发上躺着的人，差点儿包从手里直接掉了下来。

"你在家？"纪染赶紧走过来在他身边坐下。

沈执好像睡了很久的样子，此时刚醒来，浓密长睫轻颤，黑眸周围密布着细小的红丝，看起来疲倦不已。

"染染。"

他轻声喊了一句，将手搭在她的后背，声音里夹杂着浅浅倦意，"让我抱一下。"

纪染轻轻弯腰趴在他的怀里。

他的胸口微烫，纪染的脸颊贴着他微微敞开的脖颈，感受着皮肤的温热。

谁都没说话。

安静地待在一起。

终于沈执开口说："今天我故意没上班。"

从医院回来之后他就一直在家里沙发上躺着，一开始只是在放空自己，后来渐渐睡着，一觉睡到纪染回来的时候。

纪染小声说："你开心吗？"

"我好像很久很久没这么痛快了。"沈执声音里夹杂着笑意。

直到两人坐起来时，沈执侧着头目光落在她身上，突然低声问："如果我选了一条很累的路，你会支持吗？"

虽然他没说，可是纪染仿佛猜想到了他的想法。

她知道一定是跟沈家的事情有关。

可是她没多问，也没多想，直接点头说："我会支持。"

"阿执，做你想做的事情就好，哪怕全世界都反对，我也会支持你。"

她伸手将沈执的手掌拉了起来，手指轻轻插进他的手指指缝中。

待纪染将两人的手掌举到半空中，轻声说："就像这样牢不可破。"

果然很快，恒驰集团创始人住院的事情被大幅度报道，就连公司股价都应声下跌，毕竟恒驰集团至今都没确定继承人。

可以说整个家族暗潮汹涌。

直到一个月后恒驰集团突然举办了一场新闻发布会。

当沈执穿着一身西装出现在现场的时候，所有媒体一片哗然。本来大家都以为这场发布会是介绍公司新项目，没什么大新闻出现。

结果作为高通证券董事总经理的沈执突然出现，岂不是意味着他即将执掌恒驰集团。

果不其然，在会议上宣布沈执将出任恒驰集团新任 CEO。

这件事不仅得到了沈老爷子的支持，也得到了整个恒驰集团董事会的一致赞同。

纪染是在办公室里跟方芊一起看这场直播的，自从方芊无意中看见纪染上了沈执的车，并且纪染直言不讳地告诉她，她确实在和沈总谈恋爱的时候。

方芊就捧着脸，张着嘴无声尖叫，心底怒吼着她就知道，她就知道肯定是这样的。

甚至她怀疑纪染以前那么讨厌沈执，其实就是故意装的。

这样才能引起沈总的注意。

当然她不敢把这种妄想告诉纪染，因为她怀疑自己下一秒就会失去工作。

哪怕成为 CEO 沈执的工作也并非一帆风顺，毕竟沈家其他两房在公司里经营许久，不仅对他不配合甚至还处处阻挠。

以至于沈执工作困难程度比寻常增加几倍。

况且沈越像疯了一样，对于沈执成为 CEO 这件事，他甚至比他父亲的反应还要大。在他看来自己是沈家的长孙，沈家一切都属于他，这个外来的人凭什么跟自己争呢？

偏偏沈执赢了。

他不费吹灰之力得到了沈越梦寐以求的恒驰 CEO 这个位置。

所以沈越发了疯一样想要报复他。

此时豪华包厢里发出一声巨大的脆响声，是酒杯砸在墙壁上破碎的声音，四分五裂的玻璃碎片在半空中迸得到处都是。

可他似乎还嫌不够，直接拿起一个女生的手机，狠狠地摔在地上。

但地上铺着厚实又柔软的地毯，压根没办法摔碎手机。于是沈越直接将手机又捡了起来，对准桌角狠狠砸下去。

这一下手机屏幕四分五裂，他露出邪笑："还帅？他还帅吗？"

问完这句话时，他直接把破碎的手机砸在她的头上，女生被吓得抱住头顶呜呜大哭起来。

"沈越算了吧！"终于有人怕闹出事情，开口劝阻了一句。

沈越冷漠地望着对方，又把人吓得不敢说话了。

要说这个女生也是飞来横祸，她是被沈越一个朋友带过来玩的小姑娘，几个男人凑在一块儿喝闷酒，她们女生干脆在一起聊天玩手机。

谁知这个女生正好刷到沈执的新闻，就跟其他人开心分享起来，还说这个 CEO 真的是又帅又年轻。

沈越正好听见这才发了大火。

就在沈越起身把桌子上的酒瓶、酒杯全部扫落在地上的时候，包厢的门被推开。

江艺进来时，正好看见他发狂的一幕。

最近这一段时间她见过太多次沈越发怒的样子，所以她并不意外。只不过看见有个女生坐在地上哭时，她还有点儿惊讶。

"你们先出去吧！"江艺挥挥手。

这帮小姑娘都是沈越朋友带来的，本来大家都是来玩，谁能想到遇见个疯子。这时候大家都被吓蒙了，谁也不敢动。

正好江艺说了这句话，一个个拿起包包赶紧起身跑了。

幸亏还有个人记得把地上被吓得腿软的姑娘一起带走。

包厢里只剩下沈越和江艺两个人的时候，江艺把自己手机拿出来递到他面前。沈越没接，江艺冷笑："你知道沈执现在跟谁在一起吗？"

沈越一听到沈执这个名字，猛地转过头。

终于他看见了上面的照片，随后他抬起头："这不是那个……"

"纪染。"江艺冷笑，她说，"沈执现在已经占据上风，如果他再跟纪染结婚，那么你就更赢不了了。"

沈越一下暴怒起来："谁说我赢不了？他一个外人而已。"

"阿越，我们现在才是同一阵营的人，你说对不对？"江艺伸手轻轻地按住沈越的肩膀。

沈越望着她，江艺的声音又轻又柔："所以我们一定得阻止他们。"

当江艺看见这几张照片时，简直是狂怒。谁都不知道她第一个喜欢的男生叫沈执，哪怕过了这么多年，再见到那个男人时她依旧记得当初心动的感觉。

面前的沈越即便拥有同样姓氏，可他们有着天壤之别。

如果沈执跟别人在一起她还能忍受，但是她绝不能忍受他和纪染在一起。

"怎么阻止？"沈越抓了一下自己的头发，他眼睛发红像是个到了穷途末路的野兽般，"沈执已经开始查我的账目了，他肯定会大做文章的。我现在哪还有什么工夫管他跟谁谈恋爱。"

"怎么没有。"

江艺是越调查越心惊，原来之前纪染昏迷住院两个月，沈执居然连工作都不要一直在医院里陪着她。

他竟是爱她到如此地步。

"之前她昏迷两个月，沈执都这么陪着她。你说她万一要是死了，沈执会不会发疯？你不是一直都说他母亲是个精神病，万一他被刺激得发疯呢？"

沈越愣住，哆嗦了下："你……你是说杀人？"

他目瞪口呆地看着江艺，仿佛不认识她一样。这个女人怎么能把这种事情说得这么轻松。

"当然不是我们亲自动手，我手里有个很好的人选，我们可以把他推出去。你知道吗？除了你之外，他才是最恨沈执的那个人。咱们只提供点儿线索，让他去找该找的人而已。"

沈越想了半天，终于轻声说："你说的是谁？"

"唐振鹏。"

纪染加班到九点多的时候，像往常一样刷卡下楼。到了地下停车场的时候，她刚走出去几步就听到后面有动静。

可她回头时，偌大的停车场空寂无人。

纪染往前走了几步，终于走到自己的车子前面，她伸手用车钥匙开门之后，正伸手去开门，突然余光瞥见一个男人站在自己不远处。

纪染明显被吓了一跳，手里车钥匙都掉了下来。

她假装没在意那个人的模样，弯腰捡起钥匙，可是却死死拽着手里的包。她突然有点儿后悔今天背着的包是软皮材质，哪怕是砸在人的身上也没那么疼。

终于男人还是走了上来，他面无表情地望着纪染说："你就是纪染吗？"

纪染下意识否认："我不是。"

她仔细看着这个男人的脸，最起码三十五岁以上的模样，个子不是很高背部有点儿佝偻，整个人看起来唯唯诺诺的。

只是这张脸却出奇地眼熟。

真的好眼熟，她究竟是在哪儿见过。

直到她的脑海中突然想起一个画面，是在一个公交站牌下，沈执狠狠地按着对方，将他推到广告牌上的画面。

唐振鹏。

纪染不知道为什么对方会来找到她，可是她心底下意识觉得不好，伸手就去拽车门。但是对方比她速度更快。

唐振鹏直接冲上来箍着她的脖子，但是纪染身体灵活地弯腰，居然从他腰那边逃了过去。

　　随后她放弃上车的想法，拼命开始往前跑，大喊："救命，救命啊！"

　　可唐振鹏并未放弃，直接冲上来，男人和女人的速度天生就有差距，他一下抓住纪染。这次纪染还想再继续挣扎，可是对方一下子拿出一把早已经藏在身上的匕首。

　　"你再动，你再喊呀！"

　　他的眼珠泛红，有种不正常的诡异。

　　纪染一下子安静了下来。

　　可是停车场并非只有他们在，确实有人听到纪染的求救声，走过来一下看见一个男人将一个姑娘按在地上。

　　男人手里还拿着一把匕首。

　　"你干吗？"路人男子赶紧呵斥道。

　　可是唐振鹏直接将纪染从地上拽了起来，将她拉往停在靠墙壁的两辆车中间，这样纪染挡在前面，两辆车和身后的墙壁直接挡住他的身子。

　　纪染大口喘气。

　　还真是冤家路窄，或者说也不是路窄，唐振鹏明显是冲着她来的。只是她不明白，为什么唐振鹏会找到她？

　　按理来说，唐振鹏并不会记得关于她的记忆。

　　毕竟连闻浅夏和夏江鸣都不记得。

　　就在她疑惑的下一秒，唐振鹏的匕首抵着她脖子喊道："打电话给沈执，你打电话给沈执叫他来。"

　　突然纪染明白了唐振鹏为什么会找上自己，他是想要通过自己报复沈执。

　　纪染知道她记忆里的很多事情在上一世都是发生过的，所以唐振鹏也一定是因为猥亵女生的事情被判刑了。

　　就像她记忆里发生的事情一模一样。

沈执也一定在这其中起到了决定性作用。

纪染当然不会打电话给沈执，她除非是疯了才会让沈执过来面对这个疯子。但是那个路人迅速报警，一切早已经不由她的控制。

沈执赶到的时候，整个地下停车场已经被封锁。

警车停在外面，哪怕是晚上周围还围着不少人。他到的时候本来警察不允许他进去，可是当他说自己是沈执时，警察赶紧让路。

当他看见纪染被一个男人用匕首控制住时，整个人仿佛一下连呼吸都困难起来。

他再也不顾一切直接走到最前面。

此时唐振鹏已经等得不耐烦，正在念叨："怎么还不来，还不来，你们是不是骗我呢？"

纪染被他勒着，他越激动勒着纪染就越紧，她险些连喘气都喘不上来。

当沈执出现时，他朗声道："我来了。"

唐振鹏看见他的一瞬间，表情再次变得狰狞。这个男人哪怕此刻在这个憋屈又有些气闷的地下停车场，依旧那样耀眼夺目，他一出现时周围仿佛都亮堂了起来。

唐振鹏怨毒地望着沈执，是他，都是他。

如果当初不是沈执告发他，他就不会被学校开除也不会被警察抓。他上学比别人晚一年，当初被抓的时候因为年满十八岁，刑期完全是按照成年人的标准。

所以一坐牢就是八年。

他出来之后找不到任何工作，要不是靠着他舅舅家，只怕他什么工作都找不到。他再也不敢路过四中，甚至不敢去那附近，因为他从一个学习成绩那么好的天之骄子一下子掉落在泥沼里。

可是沈执呢，他却越来越风光。

这种风光在沈执出席发布会被宣布成为恒驰集团总经理的时候，达到了顶点，也让唐振鹏心底的恨达到了顶点。

沈执微眯着眼睛望着对方。

他记忆力一向极好，许久他冷冷吐出几个字："唐振鹏。"

他也认出对方来了。

况且他有之前的记忆，所以唐振鹏对于他来说并不是十年未见的人，所以哪怕他现在老了许多，沈执还是把他认了出来。

"你想要干吗？"沈执没有废话，直接问道。

唐振鹏激动地说："你给我跪下，你现在就跪在我面前忏悔，说你错了，当初不该那么害我。"

他情绪越发激动，本来抵着纪染脖子的匕首竟是往她皮肤上深了几分，一下割出一道血印。

"你别动。"沈执猛地喊道，他望着唐振鹏试图缓解他激动的情绪，"有什么话，你好好说。"

他怕对方继续伤害到纪染。

纪染紧紧地咬住自己的唇，因为只有这样她才能让自己闭嘴。

其实她疯狂地想要告诉这个唐振鹏，沈执做的事情是对的，他只不过是被送去了该去的地方而已。

但是她也知道自己在别人的手上，她不能刺激对方。

沈执望着纪染时，唐振鹏狞笑："你舍不得她对吧，现在给我跪下，跪下道歉。"

对方一直在叫嚣着。

此时警队负责人走到沈执身边，低声说道："沈先生，对方情绪太激动了，你不适合再留在这里了。"

"我要是走了，他岂不是更疯。"

"所以我打算强攻救下纪小姐。"负责人解释道。

当谈判无法达到要求的时候，唯有这个办法。

沈执猛地摇头："你们有多大的机会，百分之百吗？如果你们都不能保证，你让我怎么离开？"

突然他瞥见对方腰间的匕首，转头冲着唐振鹏说："只是下跪吗？

你对我的要求只有这些吗？"

他这话倒是把唐振鹏惊醒了，唐振鹏立即喊道："对，不能这么便宜你了。"

唐振鹏突然从腰间掏出另外一把匕首，扔到中间的过道，猛地喊道："你现在捅自己一刀，我要看见你放血。对，你必须捅自己。"

沈执毫不犹豫地往前走，准备去捡那把匕首。

警察负责人伸手拉住他准备拦着，他低声说："就是现在，准备好了吗？"

他这一句话叫对方微怔。

下一秒沈执走过去，将地上的匕首捡了起来，纪染望着他终于再也忍不住："不要。"

她喊出来的时候，沈执已经拿起匕首对准自己的胸口。

当刀尖抵到他胸膛的一瞬，突然一声划破空气的声音悄然而至，唐振鹏的肩膀被射中的一瞬，纪染猛地挣脱开，周围的特警更是一拥而上制住他。

纪染几乎是连滚带爬地到了沈执身边，她望着他不停在流血的伤口吼道："你疯了，你一定是疯了。"

"嗯，我可以为你发疯。"

沈执的黑眸紧紧地望着她，像是盯着随时又会被人抢走的宝贝般。

"染染，你是我愿意拿命来换的人。"


这件事哪怕被封锁消息，可还是影响极恶劣，因此整个侦破工作极快，当纪庆礼看见自家客厅里站着的警察时，还以为他们是找自己了解情况的。

可谁知警察却说："我们是来带纪艺回去询问，她涉及一起绑架谋杀案。"

"什么，不可能的。"江利绮摇头，坚决不信。

可是警察带着逮捕令压根不理会她，直接把江艺带走了。

当纪庆礼知道居然就是江艺教唆唐振鹏对纪染下手的时候，他险些崩溃。自己这十年婚姻，居然养出了一只白眼狼。

他自觉对江艺已经仁至义尽，可是偏偏她却贪心不足。

当江利绮哭着求他救救江艺，求他给江艺请最好的律师时，纪庆礼冷笑着望向她："你让我去救一个杀人犯？还是要对我女儿下手的杀人犯？"

纪庆礼这次再也忍不住，一把将江利绮推开："你滚，你给我从我家里滚出去。"

他下定了决心要跟江利绮离婚。

至于沈越，被以同样的罪名逮捕，虽然他一直宣称这件事江艺是主谋。沈纪东忙着给他找律师，好跟江艺狗咬狗，也没什么工夫再关心公司的事情。

沈执出院的那天，纪染脸色都不好。

在她的心目中，她舍不得沈执用他的命来换她，她舍不得。

可是偏偏沈执又是为了救自己，于是她又生不起来沈执的气，最后变成都生自己的气，她那天在停车场要是有能力直接把唐振鹏打死就好了。


眼看着夏天一下子都过去了。

8月底的某天，一向忙到无法分身的沈执居然有空带着纪染出去吃饭。只不过他这次没选什么浪漫餐厅，又是那种很好吃的店，如今大众媒体越来越发达，这些好吃的小店，藏都藏不住。

两人吃完之后，沈执领着她沿着路边往前走，逛逛消食。

谁知走了没多久就看见一个小公园，此时公园门口好几个地方亮晶晶，都是摆着小摊子的地方，还有卖带灯的气球，那么长一根管子连着气球，小孩子拿在手里别提多拉风。

纪染挺有兴趣地盯着看了好久。

突然，夜空中整齐地飞来一队无人机。

一下子小公园的人都被这无人机吸引，夜空中的无人机带着闪光，犹如一颗一颗小星星，然后伴随着无人机编队的重新排列，竟是变换成各种图案。

纪染知道这几年无人机发展迅速，但第一次看见这样的表演还是觉得格外新鲜。

于是她拉着沈执站在原地望着天空。

"真好看对吧！"纪染惊艳地望着，可就在她说话时，突然无人机编队再次变换阵形，这一次让她震惊的一幕出现了。

因为所有的无人机在半空中组成了两个斗大的红色汉字。

纪染。

是她的名字！

纪染一下转头望着面前的男人，可是沈执依旧微抬头仰望着天空。

当底下的人再次发出惊呼时，无人机又一次变换阵形。

嫁给我。

这三个字出现半空时，小公园里本来在纳凉的人们一下沸腾了起来，他们本来都以为这是一个什么表演秀，可没想到居然是求婚。

纪染震惊地望着天空时，沈执已经拉住她的手掌，轻笑着说："你还记得这里吗？"

她左右看了一眼。

终于发现了熟悉的感觉。

沈执轻声道："我感谢时光，让我有第二次认识你的机会。染染，这里是我们故事第一次开始的地方。"

纪染记起来了，这是当初她误坐沈执的车子，被带过来的小公园。

她趴在车窗边好奇地望着他在打架。

那时候沈执已经把她认出来了。

"所以，你的答案是？"他微微凑近，声音那样轻。

纪染这次直接将他抱住，声音哽咽："我愿意。"

我愿意成为你的妻子，成为与你相伴一生的那个人。

哪怕是在梦境中，我不曾幻想过的场景终于发生，我以为这不过是又一场荒唐梦境，直到我发现这是时光的馈赠。

当你出现时，我曾经祈祷上天听见我的祈求。

那些关于在时光中隐藏和遗忘的小秘密，终于再一次重见天日。

比如我爱你。

番外一
同学，
你准考证掉了

四中。

高二（8）班的学生都在往后看，每个人脸上都是一副说不出是惊恐还是害怕的表情，甚至有胆小的已经伸手捂住了嘴，生怕下一秒血溅当场的时候自己会尖叫出来。

趴在桌子上的少年慢悠悠地抬起头，他头上的东西慢慢滑落，掉在地上。

其实只是一个宣传册子，并不是很重，可是这个小册子落在地上的时候，（8）班的学生们有种"啊，完蛋了"的感觉。

沈执还是一副没太睡醒的模样，他经常这副懒散困倦的姿态，仿佛昨晚没有睡觉，而是在工地上搬了一晚上的砖。

沈执捡起来的时候，正好小册子打开到了中间几页。本来他准备还给人家，他虽然不在意自己在同学心目中是怎么样的，但是真把女生吓哭感觉也不太好。

他的视线瞬间被小册子上的照片吸引，眼睛死死地盯着照片上的小姑娘。她一只手拿着荣誉证书，一只手拿着奖杯。

下面写着一行小字：第九届全国中学生数独大赛冠军，纪染。

染染。

沈执的黑眸沉了下去，盯着照片上的小姑娘。从十岁开始，到现在已经过去六年，当初那个稚气未脱的小女孩儿变成了少女。

她绑着干净好看的马尾，如雨后水洗过的黑眸在摄像镜头之下，越发明亮。

从原景变成沈执之后，他就再也没见过纪染。

当初，他想亲口跟纪染告别，可是除了少年宫，他不知道纪染的任何信息。

小孩子以为什么都是永恒不变的，就像他曾经天真地以为永远可以在少年宫的门口等到纪染。

可是那天，他没等到。

后来他又回过江都，一个人偷偷溜去了那个少年宫，但是别人告诉他，因为那个教数独的老师去了另外一个地方，所以那个班的很多学生都跟着一起走了。

纪染也早已不在那个少年宫。

江都那么大，突然间，他们之间的那条线被剪断了，再也找不到彼此。

沈执看着照片上的小姑娘，突然笑了。

你长大了，染染。

本来站在原地等着沈执暴风输出的女生，突然听到一声莫名其妙的笑声，等她大着胆子抬头看过去的时候，沈执正拿着她的小册子轻笑。

什么情况？

他被砸傻了吗？

下一秒，沈执抬起头扬了扬他手里的东西："这个能送给我吗？"

女生微愣，沈执以为这个册子她还有用，低声道："或者你告诉我在哪儿买的，我想买一个。"

"你想要就拿去吧，这是第十届数独大赛的宣传册子，学校数独队发的，你要是感兴趣可以去领的。"

四中作为高中名校，不仅高考成绩出众，课外生活也极其丰富，之前学校组织的合唱团还参加过电视台的表演。

数独队也是四中的特色之一，在众多的知识竞赛里，数独虽然没有物理、化学和信息学那么大众，但是也有不少学生对它感兴趣。

因此四中的数独队一直都成绩突出。

带数独队的许老师怎么都没想到自己的队伍里居然有一个特殊学生要加入。许老师是高二年级的数学老师，因为对数独很有想法，因此这几年四中的数独队都是他辅导。

作为教高二的老师，他自然对沈执这个学生很熟悉。

逃课、年级倒数第一，贴在他身上的标签压根和数独联系不到一起。

因此当沈执要求报名参加今年的全国数独比赛的时候，他还挺惊讶。

当然许老师的性格不错，哪怕是对差生也没什么偏见。

况且人家主动要求参加数独比赛，显然是想要进步，他们当老师的总不能在这个时候拖后腿吧。

许老师一向开明，他笑道："沈执同学，你要是真的对数独感兴趣呢，明天开始可以先跟着我们数独队一起试试，这样呢……"

"老师，我只是想报名参加比赛。这种全国比赛要学校组织报名，所以我只是想请您把我的名字加上去。"

沈执难得一口气说了这么多话。

他说得稀松平常，许老师听完却哭笑不得。

许老师有些无奈道："沈执同学，是这样的，你没参加过校队所以不懂我们的流程。一般参加这种全国大赛，都要先经过市里的初赛以及省里的复赛，最后才能参加全国性的比赛。不是想去就能去的。"

沈执点点头，这个数独比赛的流程他早就了解过，不然也不会直接来找许老师。

许老师看着面前高大英俊的少年，他知道这种少年，虽然成绩不怎么样，自尊心却很强。他思考了片刻，还是觉得有必要把现实的困难告诉他。

"沈执啊，这个比赛是全国十八岁以下的少年组比赛，你以为简单，其实强者如林。去年的冠军是一个刚上高一的小女孩，那叫一个厉害，所以老师觉得你还是应该先跟着上课，咱们一起为了全国大赛努力。"

许老师平时喊口号喊惯了，现在一张嘴就是各种心灵鸡汤。

可是沈执并未在意他的话，他所有的注意力都被许老师所说的冠军吸引，一个刚上高一的小女孩，那不就是纪染。

本以为再也见不到的人，却陡然出现在他眼前。

沈执现在已经没有什么想要坚持的东西，对于他来说，纪染就是那个坚持。

好想再见她一面。

好想再听她叫自己一声小景。

"许老师，您直接把初试的时间发给我吧，我会自己准备的。"

沈执并不想再在这件事上纠结。

幸亏许老师不是那种你敢不来上课我就一定不让你参加比赛的独断专行的性格。沈执不愿意来上课，但是想参加比赛，许老师没再多说什么，给他开了绿灯。

之后夏江鸣就发现执哥变了。

别说放学之后找不到人，连平时周末也找不到人。直到夏江鸣再也忍不住，跑到沈执家里，发现他书房的书桌上摆满了数独资料。

"数独？执哥，你看这玩意儿干什么？"夏江鸣捏着手里的书看了半天，他发现上面的每个字他都认识，但是他看不懂。

沈执伸手直接把他手里的书拽了回来，淡淡道："无聊。"

夏江鸣满脸疑惑，无聊就看数独比赛的资料？你这打发时间的方式也太高级了吧，他无聊的时候只会想打游戏或者打台球。

反正什么有意思玩什么。

难不成执哥觉得数独这玩意儿比较有趣？

这……未免也太变态了吧。

"执哥，要不咱们还是去天空之境玩吧，我请客，你不是不喜欢人多，台球厅我包场请你玩。"夏江鸣觉得沈执是想在压抑中毁灭，不然谁会用数独打发时间。

沈执倚在椅背上，心情颇为不错："不去，我已经发现了更有趣的东西。"

还更有趣的？

夏江鸣小心翼翼地望着他，神情哭丧："执哥，你……"

"我打算拿个全国冠军玩玩。"沈执知道纪染虽然是个小姑娘，可是好胜心比谁都要强，当初他们认识的时候，纪染参加比赛都会全力以赴拿冠军。

有一次她因为生病状态不好，勉强拿了个季军。

小姑娘刚看见他的时候还能憋住，可是没一会儿，哭得泪眼婆娑，可怜巴巴地跟他说："小景，我输了，我输给了那个讨厌的张迟。"

接着又一周，纪染还是不停地念叨那个叫张迟的男生。

沈执那时候心情特别不好，他不喜欢从染染的嘴里不停地听到另外一个男孩儿的名字，他更不喜欢染染一直惦记他。

哪怕只是为了打败他。

所以从来没跟外婆提过要求的沈执，告诉外婆他想要买数独参考书，哪怕那样的书很贵，他还是求着外婆给自己买。

那是染染最喜欢的数独，所以他也想要跟染染一起学。

这样以后他们就可以一直聊数独，有说不完的话题。

夏江鸣觉得沈执只是一时迷恋，过阵子肯定就不喜欢了。

谁知沈执不仅参加了初赛，居然还以第一的成绩一路杀进了复赛，并且最后直接进入了全国大赛。

当学校将参加全国大赛的名单贴在布告栏的时候，所有人看着红纸上沈执的名字，陷入震惊之中。

这是他们知道的那个沈执吗？

今年的全国大赛在江都举办，沈执知道的时候心底竟有种隐隐的迫不及待，他想要看见纪染见到他时的激动和开心。

就像他从未忘记过她的那份心情。

在江都比赛依旧是许老师带队，只不过沈执依旧没有跟着学生队伍行动，许老师本来坚决不同意，在知道他老家是江都后，这才同意放行。

比赛是上午十点举行，许老师要求所有人九点在比赛场集合。

沈执是从酒店出发，他临时回来没有惊动原筌他们。当他从出租车上下来，高大的少年一出现就吸引了不少人的目光。

这里很多都是来参加比赛的高中生，只不过相较于那些戴着眼镜普通又平凡的高中男生，沈执这样的实在太耀眼。

好在他早已习惯别人的目光，双手插在兜里安静地往场地里走。

"纪染，这边。"

突然一个清脆的女声喊了一句，沈执的脚步立马顿住。

他没有立即回头，可是他清晰地听到自己的心跳声，那种从胸腔里响起，犹如越敲越急的鼓点一样的心跳声。

当他慢慢转身时，不远处一个穿着衬衫背带裙的少女冲着他的方向挥了挥手。

少女脸上的笑意灿烂，一张白嫩干净的小脸清纯灵动，这满天的春光都不及她的笑容灿烂。

沈执看着少女慢慢走近，特别是当她走到自己面前的时候，突然歪了下头。

他的黑眸紧紧盯着她的脸颊，想要张嘴喊她。

突然纪染冲着他笑了，沈执心底的冰雪瞬间消融，她也记得他对吧，就像他不曾有一刻忘记她那样。

纪染的手突然抬了起来，指着地上："同学，你的准考证掉了。"

沈执："……"

突然，他有点儿想笑，或许他应该用更隆重的方式让染染重新认识自己。

比如，从她手里抢到冠军。


纪染从柜子里拿出奖杯的时候，特地看了一眼底座上的小字：第十届全国中学生数独大赛，沈执。

她盯着这个奖杯看了很久，突然脑海中闪过一个念头。

一闪而过，有点儿不够清晰。

于是纪染直接将奖杯从储藏室里拿了出来，走到书房，沈执本来刚跟人开完会，见她进来，笑着喊道："怎么了？老婆。"

自从前几天求婚成功之后，沈执就开始叫她老婆。

纪染双手背在身后，抿嘴浅笑，一副狡黠小狐狸的模样，她微挑眉看着沈执，有种又要使坏的感觉。

还没等他问出口，突然纪染往前走了两步，将藏在身后的奖杯放到他面前。

"阿执，我发现你居然有这个奖杯。"

看着兴奋的纪染，沈执有点儿诧异，他定睛看了一眼奖杯底座上刻着的金色小字：第十届全国中学生数独大赛。

纪染有点儿兴奋地说："阿执，你知道吗？我是这个比赛的第九届冠军，你居然是第十届，那就是我后面那一届啊。"

他的记忆一下子被拉回到十年前。

那时候他无意中从这个比赛的宣传册上看见了纪染的照片，就不管不顾地参加了比赛，只为遇见纪染。

可此时眼前的纪染早已不记得曾经与他的重逢。

那天，沈执参加比赛很成功，在赛事结束之后出乎四中所有人的预料，他拿到了大赛的第一。当时他满怀期待地等待着颁奖典礼。

等着看见纪染望着他时，那种不甘心又有点儿气愤的小模样。

然后他会告诉她，自己就是原景。

沈执还在想到时候她会惊喜多点儿还是惊吓多点儿，毕竟她肯定想不到这次打败她拿下全国大赛冠军的是他。

是原景。

谁知颁奖典礼来的是两个他不认识的女生。

一开始沈执还能沉得住气，以为纪染只是这次发挥失常，结果听到两个女生在旁边聊天。

"你说纪染这次怎么没参加比赛？"

"她说已经拿过一次冠军，没什么意思了，不太想继续参加了。"

"我的天啊，她好嚣张哦。"拿了亚军的女生故作惊讶地捂住嘴，低声说道，"我听说她在你们学校一直很嚣张对吧？"

沈执的脸上渐渐浮起冷笑，已经顾不得纪染没参加比赛这件事。

反而觉得这两个姑娘在背后诋毁别人，人品实在是不怎么样。

沈执虽然对女生这种生物不怎么了解，但是他知道女生之间小群体抱团很严重，因此两个女生聊得越来越投入的时候，他的眉头也渐渐蹙了起来。

"谁让人家是我们一中的状元呢，人家有嚣张的资本啊，况且她家还那么有钱。"

虽然这个女生说的话是夸奖纪染，但是语气酸溜溜的，明显地透着一股我就是在嫉妒她，看她很不爽的意思。

"你们（1）班不是很多'大神'级别的学生，都考不过她呀？"拿了季军的女生好奇地问。

拿了亚军的女生点了点头："对呀，说出来你都不敢信，她从高一入校开始回回都考我们学校第一，基本上没什么人能超过她。"

突然组委会的工作人员走了进来，笑着说道："请你们三位准备好，待会我们就要举行颁奖仪式了。"

两个女生听到"三位"这个说法被吓了一跳，等她们回头才发现后面的沙发上还坐着一个人。

沈执不紧不慢地站起来，双手插在兜里抬步往外走。

两个人望着眼前俊秀又有些冷漠气质的少年，当他笔直往外走去的时候，两个女生彼此对视了一眼，都从对方的眼里看到了几分尴尬和害羞。

这个俊秀的少年是这次比赛的冠军吗？

沈执走到门口，突然停下了脚步。他慢慢地回头，冲着两个人看了一眼，嘴角轻轻勾起，露出一抹嘲讽的笑意。

"你们在背后讨论别人的样子，挺丑。"

两个女生顿时脸颊通红，仿佛刚刚受到了一万点暴击。只怕她们过了很久很久，都不会忘记这天的场景。

……

"你笑什么？"纪染好奇地望着忍不住笑了一声的沈执。

至于沈执绝对不可能告诉她，自己为了她对两个女生恶言相向，其实他因为原笙的关系一直很尊重女孩儿。

哪怕是四中的那些女孩儿把他传成一个离谱的形象，他也没发过一次火。

那次却毫不犹豫地开口呛了对方。

沈执不说话，纪染却特别有兴致，她拿着奖杯开心地说道："我也要回去把我的奖杯找出来，真的是太凑巧了，我们居然参加了同一个比赛，而且还是相邻的两届。"

纪染觉得这又是一种缘分，她觉得妙不可言。

她和沈执之间仿佛被一条无形的线连在一起，哪怕曾经走散，最终也还是找到了彼此。

看着她开心的模样，沈执突然有那么一秒的冲动，这是他为数不多的时刻。

"不仅仅是凑巧。"

沈执轻笑一声，有那么一点儿觉得十七岁的自己好笑，又觉得那时候的自己过分率直。他低声说："我看见这个比赛的宣传册上有你的照片，所以在想你可能会再参加比赛，所以我就去了。"

不是巧合，是他为了遇见她特地去参加的比赛。

他说完抬眸望向身边的人，缓缓站起来凑近。纪染下意识地看向他，眼睛里的迷茫、惊讶交织成明亮的光芒直直地照进他的心底。

纪染突然吸了下鼻子，有点儿不知道该说什么。

她以为自己发现了一个天大的巧合，是命运给他们藏着的小惊喜，等待着她来挖掘。

结果发现，这并不是小惊喜。

而是沈执的努力，他努力地想要来到她的面前，来到她的身边。

这么多年，在她看不见的地方，他好像一直都在努力。纪染似乎有点儿明白为什么她会有那样神奇的经历，能重新回到自己的十七岁。

为什么她会在十七岁的时候选择跟着纪庆礼来到 B 市，重新遇见沈执。

或许是他太过漫长而又无望的等待感动了老天爷，或许真的存在命运之神愿意给他们一次机会。

纪染突然眨了下眼睛。

原本还带着笑意的明亮黑眸，突然就有泪珠顺着眼角滑落下来，一颗又一颗，那样分明，晶莹的泪珠沾染在睫毛上，有种楚楚动人的美感。

饶是仙女落泪，也不过如此吧。

沈执没想到她会陡然哭了起来，一下后悔了，本来这小狐狸还带着狡黠笑意，像是发现了什么藏宝跟他献宝。

让他非要捅破。

"染染，别哭了。"沈执是心疼的，明知道她是为了自己哭，还是心疼。

这世上他大概是最不愿意看见纪染哭的那个人，哪怕是感动，他也希望她是笑着的、开心着的。

纪染也觉得自己现在这么容易哭挺丢人的。

她泪眼婆娑地望着沈执，憋着语气里的哽咽："沈执，你是不是太喜欢我了？"

等了半天居然只等来这么一句话，他觉得纪染这姑娘有时候心也太大了。

于是他板着脸点头："对，我就是这么喜欢你。当初为了找你去参加比赛，结果你只是去考场转了一圈，没有参加比赛。"

纪染的脸颊一下憋得有点儿红。

沈执实在太喜欢这姑娘的反应了，总是那么可爱，于是他继续低声说："后来还说讨厌我，你以为你天天跟方芊嘀咕，我都不知道？"

纪染这下真是羞红了脸。

她挣扎着想表示：她没有，她不是。

但是她真的做不出这么虚伪的事，因为她之前真的很过分，天天跟方芊嘀咕沈执，于是她有些委屈地说："谁让你总是抢我看好的项目。"

他们作为直接投资部门，会选择一些有潜力的公司投资。

她看中的好几家公司都被沈执投资了，当时她都怀疑沈执是不是买通了她身边的人，窃取了她的商业机密。

毕竟这种事情接二连三地发生，实在太反常了。

"还有，现在我们在一起的事情，你还想继续瞒着吗？"沈执说到这句时，倾身靠了过去，微弯腰，视线与她齐平，黑亮的眼睛里透着几分笑意，声音压低，带着成熟的磁性。

惹得纪染心剧烈地跳动。

她轻轻摇头："我没有刻意瞒着。"

"那我们什么时候去领证？"沈执再一次凑近她，声音听起来清清冷冷，说得云淡风轻，可是声线里的那一丝紧张还是无意中泄露了出来。

他直到现在都无法相信，纪染就在他身边，是他的人。

其实他这个人还挺有领地意识的。

属于他的，他就想要盖上属于他的独特标志。

他恨不得在纪染身上都标上沈执所有的标志，所以他才会迫不及待地求婚。毕竟没有什么方式比结婚更直接，更隆重地告诉全世界这个人是他的。

纪染看了他一眼，突然说："我怀疑你在套路我。"

番外二
你是我
对上苍许的愿

沈执在跟纪染谈恋爱之后才知道，所谓的投行精英、职场"白骨精"、现代独立女性头衔都是莫须有的。

纪染这人，撒娇、卖乖、"戏精"上身，种种行为简直数不胜数。

最开始的一次，是两个人在一家高级餐厅吃饭。因为工作，两个人忙得不可开交，纪染又出差去了一趟上海，所以足足有一周没有见面。

沈执在她回来后，立即订了餐厅，享受浪漫的约会。

谁知吃到一半，沈执的手机响了起来，他本来没想接，但一看是个重要客户，于是对着纪染扬了扬手机，示意自己要接个电话。

就在他起身的一瞬间，纪染用不大不小的声音说："你该不会是想趁机逃单吧？"

这声音虽然并不算很大，但也足以让隔壁桌的客人听到。

优雅而安静的餐厅飘荡着美妙的音乐，隔壁的客人微微转头，盯着他看的同时，窃窃私语。

沈执猝不及防地愣在原地，朝纪染看了半晌，才回了几个字："别胡闹。"

等他接完电话回来，刚拉开椅子准备坐下，就听对面的纪染用一种格外庆幸的口吻说："你终于回来了。"

果然，隔壁桌的那两个女孩儿再次扭头。

特别是跟沈执面对着的那个女生，用一言难尽的眼神望着他，哪怕只是一眼，也能从里面看出对方的鄙夷，仿佛在说"白长了一张脸，居然是个吃软饭的小白脸"。

沈执坐下，伸手揉了下额头，抬头问纪染："开心吗？"

纪染直接将手里的勺子伸了过来，沈执张嘴，吃了下去。她这才笑眯眯地说："开心。"

以至后来诸如此类的事情发生得多了，沈执居然也见怪不怪了，有时候还能堵回去，堵得纪染无话可说。

一开始纪染没想那么快结婚，按照她的想法，先享受恋爱。

虽然她答应了沈执的求婚，但是从求婚到结婚，也有个过程。

可沈执这人，做事一向快、狠、准，目的性强就不说了，而且有种不达目的誓不罢休的狠劲儿。况且经历这么多年，他打心底渴望跟纪染组建一个家庭，又如何会甘愿再等那么久。

一向高冷的男人居然也使出了缠字诀。

两个人约会之后，在纪染家楼下，沈执俯身直接吻住她，哪怕夜晚冷风瑟瑟，两个人之间的热度却足以抵挡周遭的一切寒冷。

纪染伸手抱住他的腰，双手从他的风衣外套伸了进去，手掌贴着他的衬衫。他身体的温度从掌心一点点传到她的心底。

"舍不得我走？"沈执感觉到她对自己的依恋。

纪染乖巧点头。

只有这个时候她才不是那副"皮皮虾"模样，沈执的下巴在她头顶轻蹭了一下，低声说："要不我上去陪你。"

"不行。"纪染拖着长音，懒懒地说道。

沈执挑眉。

纪染解释："我明天早上有个会要开，你要是上去的话，我明早肯定没精神。"

她把话都说到这里了，沈执岂会不明白。

他低头轻吻了下纪染的嘴唇，一如既往的柔软，压着声音："我保证，一定会乖乖看着你睡觉。"

纪染仰头，微眯着眼睛，似乎是在思考他说的这话的可信度。

"不行。"

最后她肯定地说道。

沈执微微皱眉，低头轻轻吻了一下她的唇，压着声音问："怎么就不行？"

两个人在一起之后，有段时间因为太过放纵，让纪染连着三天都上班迟到，不得已纪染才将沈执暂时赶走，让他别来影响自己的生物钟。

毕竟男女的精力还是有差别的，沈执凌晨两三点不睡觉，第二天早上依旧能六点起床给她做早餐。

纪染在投行这种竞争激烈的行业，平时工作强度本来就大。

"你爸爸之前不是让你回公司？"沈执突然换了个话题。

纪染嗤笑："我才不去呢，我妈说了，只要拿他的钱就好。公司反正我是不会管的，要不然他有了时间，说不定又要乱搞。毕竟男人有钱就容易变坏，更别说有钱又闲的男人。"

沈执轻轻挑眉："这是提前给我打预防针？"

"不是，我永远相信你，"纪染伸手搂住他的脖子，声音轻而充满诱惑："我知道，我的沈执跟任何人都不一样。"

这个在所有岁月里都那样喜欢着她的男人，永远值得相信。

沈执果然被这句话哄得飘飘然，以至纪染已经转身上楼，他才意识到，这姑娘是不是彻底拿捏住他了。

纪染回家之后，立即洗漱。

当她从洗手间出来，准备给自己倒杯水时，突然听到客厅里传来动静。

她的心跳猛地停了一拍，紧接着怦怦直跳，直到她走到客厅走廊边缘，看见不远处背靠着吧台的男人，心跳才恢复正常。

或许是她的喘息声惊动了站在吧台边的男人。

他转身，看着身后穿着睡衣，长发湿漉漉的纪染，轻笑道："洗完澡了？正好给你倒了杯水。"

"你怎么又回来了？"纪染着实被吓了一跳。

她洗澡的时间可不短，又是洗头发，又是保养，没有一个小时根本不可能。

沈执盯着她的眼睛："本来已经快到家了，但是突然想到，家里空荡荡的，就不想再回去了。"

沈执住的地方，跟纪染的房子只有二十分钟车程。

平时纪染也会过去住，但是这阵子两个人都是各回各家。

此刻听着沈执的这番话，纪染的一颗心瞬间软了，心底充满了愧疚。

她伸手抱住沈执，低声说："对不起。"

纪染知道沈执的童年经历，也应该想到，他其实比任何人都害怕孤单。

她扬起脸，看向沈执，轻笑着问："沈先生，我有一张床，分一半给你可以吗？"

"嗯，我要，"沈执瞬间凑到她面前，鼻尖蹭了下她的鼻尖，低声说，"分我一辈子好不好？"

纪染轻声应道："好，就分你一辈子。"

周末的时候，纪染难得不用加班。

沈执带着她出门看了一场电影，是经典的动作片。整场电影除了开头的短暂文戏，后面就一直是枪战，直到电影结束。

以至电影结局时，看到满身伤痕的男主抱着女主，纪染的耳膜都有些微疼。

前后两排的人大概都是粉丝，当电影院里的灯光亮起时，他们依旧讨论得热火朝天。倒是纪染从椅子上站起来，顺势摸了下耳朵。

沈执见状，伸手捏了下她的耳垂，低声问："怎么了？耳朵不舒服？"

"声音太大了，有点儿吵。"纪染摇头。

沈执直接握住她的手，将她牵到外面。

纪染低声说："我先去下洗手间。"

沈执点了点头。

等纪染回来的时候，正好路过两个女孩儿，就听其中一个留着浅灰色长发的女孩儿跟自己的朋友嘀咕："我觉得他肯定是一个人，要是跟女朋友一起来的话，肯定会帮女朋友背包的吧。"

纪染低头看了一眼自己身上背着的小包。

不巧，她今天随手拿了一个迷你小包，此刻正乖巧地背在自己身上。

于是纪染毫不犹豫地走向沈执，轻声道："小哥哥，一个人啊？"

沈执见她眼中藏着狡黠的笑意，就知道她又没安好心，正轻笑着准备回复她"我的女朋友马上要回来了"，就见纪染朝他眨了眨眼睛，似给他传递消息，要是他不好好回答，她就要他好看。

就在此刻，沈执的目光撇向身后的两个女孩儿。

从纪染走过来开始，对方就一直在盯着他们看。

难不成纪染就是因为她们，才又戏瘾发作？

"嗯，一个人。"沈执勾唇浅笑，眼睛深邃望向她，"你也一个人吗？要不一起吃个晚餐。"

"好呀。"纪染没想到他会如此上道。

沈执轻轻转身，朝纪染微抬起手臂，纪染趁势挽住，两个人携手离去。

留身后两个小姑娘面面相觑，那个留着浅灰色长发的女孩儿，带着懊悔说道："你看我就说吧，他肯定没有女朋友，呜呜呜。"

"算了，算了，"身侧的同伴安慰她，"你也不看看搭讪他的那个女生长得多漂亮。"

浅灰色长发女孩儿瞪眼："你是说我不如她好看？"

同伴微愣，随后笑嘻嘻地搂着好友："亲闺密才跟你说实话，确实不如哈。"

顿时，两个人嬉闹成一团。

此刻，远去的两个人已经走出电影院的门，沈执看向身侧的纪染，淡淡地问道："开心了？"

"开心。"纪染毫不犹豫地说道。

其实连她自己都觉得奇怪，明明她在公司是说一不二的纪总，无论是下属还是合作对象，都不敢轻易小觑她。

她这个年纪也是成熟女性了。

可每次她跟沈执在一起的时候，就好像一瞬间回到了那个十七岁的纪染。

想做什么就做什么，无所顾忌，灿然快乐。

沈执早就预订了一家附近的日料店，两个人坐在台子旁，边看着师傅做菜，边品尝佳肴，就连纪染都难得地喝了几口梅子酒。

她平时因为工作需要喝酒应酬，所以私底下能不喝酒就不喝酒。

当她和沈执走出商场时，沈执低声说："散散步。"

"好啊。"

这个商场就在江滩旁，不远处甚至传来隐隐的江船的汽笛声。当两个人慢慢走过去时，就看见江岸的两边全是闪着耀眼光芒的高楼大厦，赤、橙、黄、绿各种颜色。水面上泛起层层涟漪。

两个人沿着江岸慢慢往前走，直到来到一座摩天轮下。

这是 B 市新建的地标级建筑，立在江滩边，在夜幕之下，整个摩天轮闪烁着耀眼又唯美的光芒，此刻灯光变换，摩天轮从红色变成橙色，从橙色变成紫色，又从紫色变成蓝色，最后四种颜色齐聚。

很多游客都停下了脚步，拿出手机，对着摩天轮拍个不停。

纪染愣愣地看着面前的摩天轮，那些关于十七岁的记忆再次涌上心头。

他们曾经一起坐过摩天轮。

"要不要再坐一次？"

突然，身侧的沈执提议道。

纪染毫不犹豫地点头，两个人走向售票处。其实这个摩天轮是观光游览用的，很多外地游客，特别是情侣，都是冲着这个江景摩天轮来的。

因此前面的队伍排得很长。

他们也不着急，慢悠悠地跟着队伍前进。

终于排到他们，两个人坐进去之后，摩天轮的门缓缓关上，座舱的四周都是玻璃，方便坐在里面的人一眼看见外面的景色。

一开始他们所处的座舱位置并不高，但随着摩天轮的转动，他们一点点升至高空，周围的江景被彻底收入眼底。

江滩两边的高楼大厦汇聚而成的景色，肆意地变换着光华，整个夜空都被笼罩在一种五光十色的梦幻之中。

原本座舱内安静得有些过分。

直到男人的声音突然响起："染染，你还记不记得，你曾经跟我说过的话？"

纪染眨了眨眼睛。

"你说让我等你，等你长大一点。"

纪染当然记得，这是属于他们的记忆。

纪染扭头看向沈执，正想笑，就听男人慢悠悠地说："你说等你到了二十五岁，就会对我负责。"

这句话彻底让纪染无言。

当初不过是一句戏言，她确实说过让沈执等到自己二十五岁之后，再跟自己谈恋爱。

但她没想到，时光用另外一种方式，让这个戏言成真了。

现在她真的二十五岁了。

"所以，你还要我等到什么时候呢？"沈执呢喃的同时，身体已经倾了过来，紧接着他的手掌轻轻扣住她的后脑勺，直接强势地吻了上去。

不同于年少时的青涩和温柔，此刻的吻带着浓烈的渴望。

纪染伸手搂住他的脖子，这个绵长而炙热的吻，仿佛永远没有结束的时候。

当摩天轮渐渐接近最高处时，两个人心有灵犀地松开彼此，不约而同地看向头顶。

摩天轮升到顶点时许愿，上苍会听到你的心声。

这是一个美妙的传说。

当初的沈执或许并不相信，但此刻看着眼前的纪染，他突然相信了。

沈执低声说："我曾经最大的愿望，是能够快点长大，长大到能够光明正大地跟你站在一起。"

纪染的眼睛里隐隐闪着水光，他的心愿未尝不是她的心愿。

"我想上苍已经听到了我的声音。"因为此刻他光明正大地站在了纪染身边。沈执明亮的眼睛直勾勾地盯着纪染，声音微哑道，"现在我希望，你永远都能陪在我身边。"

纪染在座舱到达顶点的瞬间，轻轻抱住了他。

"我会的。"

沈执同样搂住她，心底是前所未有的满足。

或许纪染并不知道，其实她才是他向上苍祈求过的最大的心愿。